HEIKE MECKELMANN
Küstendämon

DÄMONISCHE KÄLTE Grausame Fundstücke –Kommissar Westermann und Kommissar Hartwig werden zu ihrem dritten Fall auf die Insel Fehmarn gerufen. Am Ostersoll hatte eine Joggerin eine grauenhaft entstellte Leiche entdeckt. Es wird immer gruseliger, als eine zweite Leiche gefunden wird und die Kommissare entdecken, dass ein junges Mädchen verschwunden ist. Die attraktive Sophie wurde im Senator Thomsen Park von einer schrulligen Unbekannten betäubt und entführt. Ist sie das nächste Opfer des Killers? Die Polizei versucht verzweifelt die Wahrheit ans Licht zu bringen. Doch rätselhafte Handy-Mitteilungen sind die einzige Spur von Westermann und Hartwig. Werden sie die Rätsel lösen und Sophies Leben retten können? Der Killer spielt derweil Katz und Maus mit ihnen. Er legt Spuren, die verwirrend sind, wie der dunkle Teppich längst vergangener Zeiten, der die Insel umhüllt.

© Foto Oliver Franke

Heike Meckelmann wurde in der Nähe von Elmshorn geboren und zog vor mehr als 34 Jahren auf die Insel Fehmarn. Sie betrieb nach dem Studium der Betriebswirtschaft auf der Insel lange Zeit einen Friseursalon und eine Hochzeitsagentur. Viele Jahre arbeitete sie in der Fotografie und nahm als Sängerin ein eigenes maritimes Album auf. Seit 2016 ist sie als freie Autorin auf Fehmarn tätig und schreibt Kriminalromane, die überwiegend auf der Insel spielen und Reiseliteratur. Über 22 Jahre mit einem Fehmaraner verheiratet, bezeichnet sie sich durch und durch als Insulanerin, die ihre Insel genauso liebt, wie die Geschichten, die sie auf der Sonneninsel schreibt.

HEIKE MECKELMANN

Küstendämon

KRIMINALROMAN

GMEINER

Bei Fragen zur Produktsicherheit gemäß der Verordnung über die allgemeine Produktsicherheit (GPSR) wenden Sie sich bitte an den Verlag.

Immer informiert

Spannung pur – mit unserem Newsletter informieren wir Sie
regelmäßig über Wissenswertes aus unserer Bücherwelt.

Gefällt mir!

Facebook: @Gmeiner.Verlag
Instagram: @gmeinerverlag

Besuchen Sie uns im Internet:
www.gmeiner-verlag.de

© 2018 – Gmeiner-Verlag GmbH
Im Ehnried 5, 88605 Meßkirch
Telefon 0 75 75 / 20 95 - 0
info@gmeiner-verlag.de
Alle Rechte vorbehalten
2. Auflage 2025

Lektorat: Claudia Senghaas, Kirchardt
Satz: Mirjam Hecht
Umschlaggestaltung: U.O.R.G. Lutz Eberle, Stuttgart
unter Verwendung eines Fotos von: © Christian Horz / shutterstock.com
Druck: Custom Printing Warschau
Printed in Poland
ISBN 978-3-8392-2230-0

Für Papa, der du immer in meinem Herzen bist …

PROLOG

Ich bin das Produkt meiner Mutter, und der Dämon tobt
in mir.

Leises Schluchzen entkam ihrer Kehle. Sie schnalzte mit
der Zunge und schaute hungrig in die Richtung, in der
sich der Tisch befinden musste. Sie roch das Vanillearoma
des Haferbreis, der selbst den moderigen Geruch ihres
Gefängnisses übertünchte, und reckte gierig die Nase in
die Höhe. Der Magen rumorte, als sie den Speichel, der
sich in ihrem Mund sammelte, ihre Speiseröhre hinunterlaufen ließ. Der Geruch vernebelte ihre Sinne. Der Steiß-
knochen schmerzte, und sie rutschte auf dem verdreckten
Boden und dem stinkenden Stroh umher. Die mangelnde
Polsterung auf ihrem Po bot nicht genügend Schutz und die
Haut schürfte an den nackten Stellen immer mehr auf. Das
dünne Höschen hing, nur noch vom Bundgummi gehalten, an ihrem mageren Körper. Mit der freien Hand schuf
sie einen Puffer, indem sie die unter ihre Pobacke schob.

Sie streckte die Zehenspitzen ihres rechten Fußes aus und versuchte verzweifelt, in die Nähe des Tisches zu gelangen. Es war aussichtslos. Das Möbelstück stand mindestens zwei Meter entfernt. Zwei Meter, die unerreichbar zwischen ihr und dem heiß ersehnten Essen lagen. *Niemals komme ich da ran,* dachte sie und ließ entmutigt das Bein sinken. Sie wollte ihren Schutzengel um Hilfe bitten, als sie mit Erschrecken feststellte, dass ihr Armband verschwunden war. Das Geschenk ihrer Eltern zu ihrer Konfirmation. Sie hatte es nie mehr abgenommen seitdem, und nun war es nicht mehr vorhanden. Es erschien ihr wie ein Zeichen, ein böses Omen.

Auf einmal bemerkte sie, dass sich etwas im Dunkeln bewegte. Regungslos horchte sie. Sie wusste, auch ohne, dass sie es sah, dass der Nager sich an *ihrem* Brei zu schaffen machte.

»Na, hast du endlich, was du wolltest, widerliches Biest? Wenigstens lässt du mich jetzt in Ruhe«, keuchte sie, wohl wissend, dass die einzige Nahrungsquelle, die ihr Leben retten sollte, gerade versiegte. Sie stierte resigniert in das schwarze Nichts, aus dem leises Schmatzen zu ihr drang.

*

Das Licht stahl sich schleichend davon. Es versteckte die letzten hellen Fetzen des Tages hinter dunklen Wolken und knorrigen Bäumen. Es gab dem Bodennebel Raum, der feindselig, geisterhaft und übermächtig zwischen den Stämmen hindurchkroch. Wie ein undurchsichtiges Netz legte er sich auf den vermoosten Boden und ließ seine dürren Finger um Bäume und Sträucher wandern. Mara spürte die Kälte, die ihre Beine hochkroch. Die Füße verschwanden bis zu den Knöcheln unter den Schwaden. Der Forst lag um die Zeit einsam da. Niemand würde bei der Arbeit stören. An diesem düsteren Spätnachmittag erschien die Welt für sie in Ordnung. Mara liebte die unheimlichen Orte ihrer Insel. Es gefiel ihr, wenn ein eiskalter Schauer nach dem anderen ihren Rücken hinunterlief. Nur die weit entfernten Schreie einiger Möwen unterbrachen die Stille, die sie daran erinnerte, dass sie sich im Frühlingsmonat April auf *der* Sonneninsel schlechthin aufhielt. Brechendes Holz knackte unter den Sohlen ihrer Stiefel. Direkt vor ihr flanierte ein paradiesisch aussehender Fasan und streckte die fast 50 Zentimeter langen Schwanzfedern gekonnt in die Luft, um sie wie einen Fächer direkt vor ihr auszubreiten.

Er schien Mara zwar wahrgenommen zu haben, reckte aber ungestört den Schnabel der verhangenen dunklen Wolkendecke entgegen. Seine staksigen Füße tauchten ebenfalls bei jedem filigranen Schritt in die Nebelschwaden ein. *Was für eine Erscheinung.* Mara lächelte. Sie verharrte an ihrem Platz und lenkte das Kameraobjektiv im Zeitlupentempo in die Richtung des farbenprächtigen Vogels, um ihn nicht zu verschrecken.

Er wirkte zwischen den betagten Bäumen und dem unheimlichen Dunst wie die Fabelfigur eines Mysterythrillers. Sie drückte auf den Auslöser und lauerte, ob das Tier das fremdartige Geräusch registrierte. Mara sah bereits das fertige Bild vor ihrem geistigen Auge. Der Wald in Grautöne getaucht, darin der faszinierende Hahn. Ihr Herz schlug unanständig schnell. Eine Weile betrachtete sie den Fasan, lauschte dem Rauschen der Blätter, dem Knarzen der Äste, die aneinanderrieben. Gierig atmete sie die kühle Seeluft ein und hörte dem geisterhaften Wald zu. Alles erschien surreal. Mara verharrte einen Augenblick in dieser unwirklichen Welt, legte ihre Kamera in den geöffneten Rucksack und betrachtete die Eiche, die ihren knorrigen Stamm emporreckte, der mindestens 100 Jahre auf dem Buckel haben musste. Sie zog den Reißverschluss ihres olivfarbenen Parkas zu und rückte die schwarze Wollmütze über die rötlichen Locken. Entspannt breitete sie die Arme aus und umarmte den uralten Baum. Sie lehnte den Kopf dagegen und spürte die Wärme, die er ausstrahlte. Zufriedenheit erfüllte sie, und für einen Moment schien die Zeit stillzustehen.

Es knackte plötzlich im Unterholz.

Der Fasan war lautlos verschwunden, als sie die Augen verwirrt wieder aufschlug. Das Geräusch drang erneut aus Richtung Steilküste zu ihr herüber. Reflexartig hockte sie sich hin, griff nach ihrem Rucksack und hielt Sekunden später die Kamera in den Händen. Sie betätigte den Zoom des Objektives, näherte sich unauffällig der Stelle, von der das Knacken herrührte. *Ein Reh?* Vorsichtig schob sie ihren Körper an der Rinde einer Eiche empor und versteckte sich hinter deren dickem Stamm. Hoffentlich sah man sie nicht. Bewegungslos inspizierte sie mit dem Sucher der Nikon das Waldstück. Der Nebel erreichte die unteren Äste und waberte bedrohlich zwischen den Bäumen hindurch. Dann entdeckte sie das Objekt der Begierde. *Das ist ein Mensch. Eine Frau! Was macht um diese Uhrzeit jemand im Wald?* Maras Herz fing an zu rasen, und sie versuchte, die Person mit dem Objektiv einzufangen. Sie drückte ohne Unterbrechung auf den Auslöser. *Wo ist sie?* Sie starrte gebannt in die Richtung, in der sie die Person entdeckte, und lauerte auf eine Bewegung. *Was passiert da? Seltsam.* Ihr Pulsschlag raste unkontrolliert. Sie hörte das Pumpen des Herzschlages in der Schädeldecke. Es war ein aufregendes Gefühl, heimlich eine Fremde zu beobachten. Der Wald übte auf einmal eine ungeheure Faszination auf sie aus, und sie wartete auf ihre Gelegenheit. Unerwartet sah sie auf Augenhöhe einen roten Gegenstand hinter dem Baum vorragen, der ihr einen Schrecken einjagte. Wie gebannt hielt sie die Kamera drauf und löste unbeirrt aus. *Hat die sich versteckt? Was macht die um diese Zeit?* Nervös zuckte der Finger auf dem Auslöser. *Der richtige Moment, was zählt, ist nur der richtige Moment*, dachte sie, und ihre Hände schwitzten trotz zunehmender Kälte.

Die Person ließ sich bei dem, was sie beschäftigte, nicht im Geringsten stören. *Hoffentlich bemerkt die mich nicht,* brütete Mara und machte sich klein. Das Licht verschwand gänzlich hinter den Bäumen, und Mara veränderte die Kameraeinstellungen. Sie wagte kaum zu atmen. Sie wusste, dass ihr nichts anderes übrig blieb, als so lange in ihrem Versteck zu verharren, bis das Schauspiel ein Ende hatte. Unerwartet spürte sie Blicke in ihre Richtung starren. Mara fühlte sich ertappt, hielt eine Hand vor den Mund und verbarg ihren Körper augenblicklich im Schatten der Eiche. Sie presste die Lippen zusammen und blieb regungslos stehen. *Hoffentlich hat die mich nicht entdeckt.* Es knackte erneut im Unterholz. *Die kommt hierher.*

Die Fotografin bekam es mit der Angst zu tun. *Ich könnte mich als Spaziergängerin zu erkennen geben und mit der Frau ein belangloses Gespräch anfangen. Aber der Blick, den die Rothaarige aussendet, verheißt nichts Gutes.* Eilig ging die Fotografin in die Hocke, riss den Rucksack zu sich und verstaute blitzschnell die Kamera.

Sie richtete sich auf, als sie hörte, dass die Schritte näherkamen. Ohne zurückzuschauen, rannte sie fluchtartig weiter. Das Ende des Forstes war nicht in Sicht. Hinter ihr knackten Äste. Es bedeutete, dass die Verfolgerin ihr dicht auf den Fersen zu sein schien. Maras Puls puckerte so laut in der Halsschlagader, dass sie die Hand auflegte, um ihn zu beruhigen. Ohne sich umzudrehen, jagte sie durch das dunkle Gehölz. Plötzlich stolperte sie über einen abgebrochenen Ast. Sie schlug der Länge nach hin. Der Rucksack lag bleischwer auf ihrem Rücken. Wie von Sinnen rappelte sie sich auf und strauchelte durch das Unterholz. Sie hörte das schwere Atmen der Frau unmittelbar hinter sich. Mara japste, hielt sich die schmerzende Seite und hechtete weiter durch das Unterholz. Die Verfolgerin konnte ihr anscheinend nicht so schnell folgen, wie sie wollte. Dann war der Wald endlich zu Ende. Angespannt hetzte sie, so schnell sie in der Lage war, den Privatweg entlang bis zum Parkplatz. Ohne sich ein einziges Mal umzudrehen, riss sie den Wagenschlüssel aus der Tasche und öffnete mit zitternden Fingern die Wagentür. Hektisch zerrte sie den Rucksack vom Rücken und warf ihn auf den Rücksitz.

Mit einem beklemmenden Gefühl in der Magengegend startete sie und drückte das Gaspedal durch. Panisch verließ sie den Parkplatz. *Was, wenn die mich verfolgt? Warum bin ich bloß abgehauen? Vielleicht hätte ich mich einfach mit ihr unterhalten sollen. Was für ein Blödsinn. Das war mit Sicherheit eine ganz normale Frau, die im Wald spazieren ging,* dachte sie und rauschte die Landstraße Richtung Burg. Aber in Wahrheit war es ihr recht, nicht mit ihr zusammengetroffen zu sein.

Ich wollte längst auf dem Weg nach Lübeck sein. Das war schließlich nur ein Kurztrip auf die Insel, um ein paar Fotos zu schießen, die mir noch für die Ausstellung fehlten. Der Wald schien ihr besonders geeignet, und sie fuhr nach

Fehmarn, ohne ihre Eltern zu informieren. *Die hätten keine Ruhe gegeben, bis ich bei Kuchen und Kaffee mit ihnen auf dem Sofa gesessen hätte. Aber jetzt ist es egal.* Sie schaute auf die Uhr im Armaturenbrett. *Ich kann auch hier übernachten und fahre morgen früh nach Lübeck,* dachte sie und nickte. Sie tippte auf die Kurzwahltaste ihres Handys, und wenige Sekunden danach meldete sich Melli auf der anderen Seite der Leitung. Mara teilte ihr mit, dass sie auf Fehmarn blieb und die Fotos bearbeiten wollte, um sie ihr per Mail rüberzuschicken. Eigentlich war sie mit ihr in der Pizzeria verabredet, aber sie wollte nur noch nach Hause und die Tür hinter sich absperren. Sie sprachen darüber, die Ausstellung im Senator-Thomsen-Haus vorzubereiten. *Ja, das ist eine gute Idee,* dachte sie. *Ich bleib hier.*

»Ich hab beschlossen, auf der Insel zu bleiben«, sagte sie stattdessen. »Ist mir jetzt zu spät, und vielleicht zuckel ich morgen noch einmal in den Wald. Mir ist da wirklich etwas Unheimliches passiert.« Sie erzählte von der Begegnung mit der Frau im Staberforst. »Die geht mir nicht aus dem Kopf, furchterregend, wenn du mich fragst«, flüsterte sie ins Telefon, schüttelte sich und blickte auf die Armbanduhr.

»Kannst auch bei mir schlafen, wenn es dir zu blöd ist, nach Wenkendorf zu fahren. Oder zu gruselig«, antwortete Melli durch den Hörer.

»Ne, lass mal. Das schaff ich wohl. Die halbe Stunde macht mir nichts aus. Ich setze mich gleich hin und bearbeite die Fotos. Da ist bestimmt Spannendes dabei. Das war schon ziemlich angsteinflößend mit der komischen Tussi im Wald, das will ich dir sagen. Ich kann es kaum abwarten, die Bilder durchzusehen. Falls ich fertig werde, schick ich dir heute noch den Ordner mit der Auswahl und der Reihenfolge, in der du die Ausstellung anordnest, wenn ich in Lübeck bin. Wäre das für dich okay?«, fragte Mara.

»Natürlich. Ich freu mich drauf. Du weißt doch, dass ich dir gern helfe. Das ist mir eine Ehre, einer so erfolgreichen Frau unter die Arme greifen zu dürfen«, sagte Melli. Sie verabschiedeten sich. Nachdenklich legte sie das Handy zurück in die Mittelkonsole.

Kurz vor Landkirchen fing der Wagen plötzlich an zu ruckeln und machte Anstalten, stehen zu bleiben. »Verdammt, was ist denn jetzt schon wieder. Nimmt das Theater denn heute gar kein Ende?«

Vorsichtig lenkte sie den Wagen an den Straßenrand, bis er stehen blieb. Sie startete erneut, doch das Auto gab keinen Mucks von sich. »Mist, was mach ich denn jetzt?« Sie starrte auf das Handy in der Mittelkonsole, sah sich um. Keine Menschenseele in der Nähe. Ihr Herz klopfte, als sie sich an die Werkstatt in Burg erinnerte. Soweit sie wusste, hatten die sogar einen Notdienst. Sie griff nach dem Telefon und googelte die Telefonnummer der Autowerkstatt, dann wählte sie. »Ja, hallo, können Sie mich abschleppen, ich bin liegengeblieben … ja genau, der gibt keinen Pieps mehr von sich. Kurz vor Landkirchen … ja, genau … Danke!« Erleichtert drückte sie den roten Knopf und schaltete das Warnlicht ein.

Eine viertel Stunde später rollte der Abschleppwagen heran. Mara stieg aus, erklärte die Sachlage und gab ihm den Wagenschlüssel. »Moment, ich muss meine Sachen noch aus dem Auto nehmen. Können Sie mich nach Wenkendorf fahren oder muss ich mir ein Taxi nehmen?«

»Bringen Sie man Ihre Sachen in meinen Schlepper, ich fahr Sie.« Er zwinkerte ihr mitleidig zu. Mara war beruhigt und stieg auf der Beifahrerseite ein. Ihr Auto verschwand auf der Ladefläche des Abschleppers und sie fuhren Richtung Wenkendorf.

Der Wagen, der hinter ihr im Dunkel währenddessen die ganze Zeit lauerte und den sie nicht bemerkt hatte, folgte ihr wieder …

»Ich kann Ihnen gar nicht sagen, wie froh ich bin«, murmelte Mara leise.

»Das kann aber ein paar Tage dauern mit der Reparatur«, entgegnete der Besitzer der Werkstatt. »Wir haben so viel zu tun und keine Leute.«

»Kann ich jetzt auch nicht mehr ändern«, murmelte sie. »Dann bleibe ich halt noch ein paar Tage länger auf der Insel.«

Als sie in Wenkendorf von der Hauptstraße abbogen, sagte sie: »Sie können mich hier rauslassen, sonst wecken sie noch die ganze Straße auf. Außerdem können Sie hier gut drehen.« Der Mann nickte und hielt am Straßenrand vor einer Biegung. »Ist recht, Mädchen. Und schönen Abend noch. Ich rufe Sie an, wenn der Wagen fertig ist. Ach ja, Ihre Telefonnummer brauch ich.« Mara reichte ihm eine Visitenkarte und lief los.

Alles mucksmäuschenstill – perfekt, dachte sie und huschte, die dunkle Kapuze ihrer Jacke tief über den Kopf gezogen, wie ein Dieb im Dunkeln zum Haus.

Mara steckte leise den Schlüssel ins Türschloss des kleinen Anbaus neben dem Haupthaus und öffnete. *Wie schön, dass ich immer ein Domizil auf der Insel habe, wenn ich komme.* Geräuschlos drückte sie die Tür wieder hinter sich zu, drehte den Schlüssel zweimal im Schloss um, als könne sie damit das Unheimliche aus dem Staberforst aussperren. Die Fotografin entledigte sich ihrer Stiefel, schlüpfte aus dem Parka und warf ihn achtlos auf die Treppenstufen, die ins ausgebaute Dachgeschoss führten. Dort, direkt unter dem Giebel, stand ihr kuscheliges selbstgebautes Bett. Die freigelegten Dachbalken und der rotkarierte Bettbezug verströmten bayrisches Flair. Sie schlupfte in ihre Norwegersocken und rutschte auf den Holzdielen im Flur entlang.

Im gemütlichen Wohnzimmer stellte sie den geschulterten Rucksack auf den Tisch, riss den Reißverschluss auf und zog die Kamera heraus. Mit einer Hand klappte sie den Deckel des Computers auf, schaltete ihn ein und verband im gleichen Atemzug den Fotoapparat mit dem Laptop. Sie konnte es kaum abwarten, die Ergebnisse ihrer Fotosafari zu sehen. Hektische Flecken zeichneten sich auf ihren Wangen ab. In Sekundenschnelle importierte der Laptop die Fotos auf die Festplatte, und Mara öffnete gespannt den Ordner, den sie mit ›Hexenwald‹ titulierte. Sie nahm einen Finger in den Mund und begann an ihrem Fingernagel zu knabbern. Eilig zog sie den Stuhl vom Tisch weg und ließ sich darauf fallen. Mit unruhigem Blick betrachtete sie die ersten Bilder, als wollte sie sie ins Gedächtnis einlesen. »Wenn das kein Fang ist. Die Aufnahmen sind der absolute Hammer!« Die Fotografin schlug mit der flachen Hand auf die Tischplatte und begann unverzüglich mit ihrer Arbeit. »Wahnsinns Ausbeute! Diese Frau hinter dem Baum ist phänomenal«, sagte sie, wenngleich ihr im selben Moment ein kalter Schauer den Rücken hinunterlief. Mara konzentrierte sich und bearbeitete stundenlang die Fotos. *Das wird allem Bisherigen den Rang ablaufen,* dachte sie und setzte die Reihenfolge fest. »Das Bild mit der komischen Tante wird das letzte der Serie sein. Die werden sich allesamt gruseln«, murmelte sie. Erleichtert, dass sie ihre Arbeit endlich beenden konnte, sendete sie den fertigen Bilderordner ›Hexenwald‹ ihrer Freundin, die wahrscheinlich sehnsüchtig auf die Ergebnisse wartete, um die Ausstellung zu organisieren. Überrascht schaute sie auf die Uhr. Die Stunden schienen nur so verflogen zu sein. Es war kurz nach Mitternacht. Sie gähnte müde und verspürte auf einmal nagenden Hunger in ihrer Magengegend. Das Abendessen mit Melli war schließlich ausgefallen, und sie hatte nicht registriert, dass sie seit heute Morgen nichts mehr zu sich genommen hatte. Erschöpft stand Mara auf, zog eine wärmende Strickjacke an, die über einer der Stuhllehnen lag, warf ein paar Scheite Holz in den Kachelofen und schlurfte in die Küche. Ihre rotblonden Haare hingen zerzaust vom Kopf, und es wurde Zeit, in die Falle zu hüpfen. Im Kühlschrank tanzten die Mäuse wahrscheinlich Polka, weil niemand etwas besorgt hatte, mit dem man ihn hätte befüllen können. Und somit nichts, das man jetzt zu sich nehmen könnte. Missmutig öffnete sie die Türen des Küchenbuffets, das bereits ihrer Großmutter gehörte, in der Hoffnung, dass sich irgendetwas Essbares in den Ecken versteckte. Allerdings herrschte auch hier gähnende Leere. Nur eine halbleere Packung Müsli stand im Regal über der Spüle. Da sie allerdings keine Milch im Haus hatte, war diese Option ebenfalls wertlos. *Nicht ein einziger Keks,* jammerte sie. Und trockene Haferflocken – wer mochte schon furztrockene Haferflocken?

Dafür zog sie eine Flasche Rotwein aus dem Holzregal unter dem Küchenfenster, die zum Sammelsurium geschenkter Präsente ihrer Eltern gehörte. Die Flaschen, von denen sie Dutzende besaßen, reichten sie freundlicherweise an Mara weiter, weil sie nicht häufig Wein tranken. Mit der Buddel im Arm und einem geschliffenen Weinglas in der Hand kuschelte sie sich in den dicken Sessel, der ebenfalls ein Erbstück der Oma war. Entspannt lehnte die junge Fotografin sich vor dem Kachelofen zurück, goss Rotwein ins Glas und lauschte dem Knistern der Holzscheite im Ofen. Sie seufzte und streckte die Beine aus. Sie trank und wackelte gleichzeitig mit den Zehen, als Zeichen für anheimelnde Gemütlichkeit. Durch die Wärme im Zimmer und den lieblichen Wein, der ihren Kopf zunehmend schwerer werden ließ, setzte langsam lähmende Müdigkeit ein. Sie gähnte, nahm einen weiteren Schluck, der sich wohlig in ihrem Körper ausbreitete, als es leise, fast unhörbar an der Tür klopfte. Benommen raffte sie sich auf. *Wer will denn jetzt noch was? Hoffentlich nicht meine Eltern.* Der Alkohol benebelte mittlerweile dermaßen ihre Sinne, dass sie durch den Flur taumelte und unaufhörlich kicherte. Sie wankte zur Eingangstür, wuschelte mit den Händen durch ihre roten Locken und öffnete arglos. Sie sah in unbarmherzige Augen, als sie der Person gegenüberstand und erstarrte …

EINIGE ZEIT VORHER

Es war so einfach. Stechende Blicke folgten Mara bis zu ihrem Wagen. Die Kapuze tief über das Gesicht gezogen, lief die Schattengestalt ihr, immer wieder Deckung hinter Bäumen suchend, unauffällig nach. Das war nicht weiter schwierig, da sie sich ganz in Schwarz gekleidet hatte, um im Wald nicht aufzufallen.

Als die Fotografin in ihrem Golf an der Vermummten vorbeiraste, spurtete sie zum eigenen Fahrzeug und jagte hinterher, bis sie Maras Fahrziel erreichte. Ein Lächeln legte sich auf die Lippen der dunklen Gestalt. Es schien an der Zeit, den Hexen den Garaus zu machen …

Die junge Frau bemerkte den Wagen nicht, der sie seit dem Staberforst verfolgte. Die Dunkelheit machte es unmöglich, einen Verfolger auszumachen. Nur wenige Autos waren zu dieser Stunde unterwegs, und sie maß den Lichtern der Fahrzeuge, die hinter dem Abschlepper leuchteten, keinerlei Bedeutung bei, als sie in den Seitenspiegel blickte. Sie fühlte sich mittlerweile wieder sicher.

Am Wegrand unweit eines Bauernhofes in Wenkendorf stoppte das zweite Auto. Mara war ganz offensichtlich zu Hause angekommen. Eisige Blicke folgten der Fotografin, bis sie in dem kleinen Anbau des riesigen Gehöftes verschwand. Die unheimliche Erscheinung aus dem Wald rollte mit dem Wagen auf den Seitenweg, der mehrere Parkplätze im Dunkeln bot. Kein Auto stand auf dem hauseigenen Parkplatz. *Sie muss alleine sein,* dachte die Person im Wagen. Denn erst, als sie im Inneren des Hauses war, leuchtete eine Lampe in einem der Zimmer auf.

Niemand nahm Notiz von der Gestalt im Auto, dessen Scheinwerfer ausgeschaltet blieben. Der kaum zu erkennende Weg hinter dem Gebäude führte auf den Hof. Was dahinter lag, war nicht einzusehen. Alles stockdunkel. Große düstere Scheunengebäude zeichneten sich im Nachthimmel ab. Kein Mensch weit und breit in Sicht. Nicht einmal ein winziges Fenster, aus dem Licht drang. Das Haupthaus schien ebenfalls im Tiefschlaf zu liegen, wenn es überhaupt bewohnt sein sollte. Keinerlei Gefahr. Niemand registrierte die schwarz gekleidete Figur, die eine Weile später geräuschlos ausstieg und in der Sicherheit der Bäume am Wegrand zum Eingang des Anbaus huschte. Die Augen stets auf das Grundstück und die menschenleere Straße gerichtet, in der eine in die Jahre gekommene Straßenlaterne unwirklich die Gegend erhellte. Leise klopfte die Gestalt gegen die antike Holztür. Ein diffuser Lichtstrahl blitzte wenige Minuten später unter der Tür hindurch.

Es dauerte einen Moment, dann öffnete Mara die Tür. Mit einem: »Pssst«, presste die Besucherin die in Lederhandschuhen steckende Hand auf den Mund der überraschten Fotografin, ein winziger Stich in den Hals, und die Sache erledigte sich wie von selbst. *Es ist so einfach! Warum sind Frauen dermaßen neugierig, dass sie sofort jedem die Tür öffnen, ohne geringste Sicherheitsvorkehrungen. Keine Türkette, kein Bewegungsmelder. Wie leichtsinnig. Für mich mehr als eine gelungene Einladung. Sie wird nicht verstehen, dass ich sie in ihr wahres Zuhause schicke. Aber in ihrem nächsten Leben, das von Güte und Liebe zu Gott erfüllt sein wird, kommt alles wieder ins Lot.* Problemlos schleppte sie die bewusstlose Mara über den Seitenweg zum Fahrzeug und zog sie in den Laderaum des Autos. Nur ein Hund, der plötzlich wie aus dem Nichts auftauchte und laut anfing zu bellen, hätte das ganze Projekt um Haaresbreite zum Scheitern verurteilt. Eilig schlüpfte die Schattengestalt ins Auto, startete den Wagen und rollte vom Hof.

Die Kamera und der Laptop … Scheiße! Es war nicht mehr möglich, die Gegenstände, die die Wahrheit ans Licht bringen können, an mich zu nehmen. Im Haupthaus leuchtete, durch das Hundegebell aufgeschreckt, eine Flurlampe auf. *Später komme ich zurück und hole den Fotoapparat, später. Der Plan ist zu fast hundert Prozent aufgegangen. Vermutlich kann sowieso niemand etwas mit den Fotos auf der Speicherkarte anfangen.* Erleichtert über die Beute und dennoch angespannt, was das Equipment anging, fuhr sie zurück. Nach einer halben Stunde rollte der unscheinbare Minitransporter im Schritttempo die Einfahrt hinauf. Vor einem Schuppen stoppte das Auto. *Die Fotografin aus der eigenen Wohnung auf das Grundstück zu verfrachten, war ein Kinderspiel. Nun nur noch Vorfreude auf das, was auf die Frau zukommt.* Allein die Gedanken versetzten die dunkle Gestalt in euphorische Stimmung. In aller Ruhe zog sie Mara an den Handgelenken hinter sich her, in einen speziell vorbereiteten Raum. Seelenruhig legte sie die Frau ab. Anschließend ließ sie sich auf einem Stuhl nieder, der an einer der kahlen Wände stand. Erwartungsvoll schlug sie die schlanken Beine übereinander, schaute kurz auf ihre Armbanduhr und wartete geduldig.

Mara stöhnte und bewegte flatternd die Augenlider. Sie schnalzte mit der Zunge und schluckte, um den widerwärtigen Geschmack aus ihrem Mund zu entfernen. Nach und nach kam sie zu sich und öffnete die Augen. Wie in Trance versuchte sie, ihren Körper aufzurichten, wobei die Arme immer wieder zur Seite knickten und sie zurück auf ihr kaltes, hartes Lager fallen ließen. Nach mehreren Anstrengungen schaffte sie es in eine sitzende Position. Ihr fehlte Orientierung und sie fragte lallend: »Wo bin ich?« Sie hockte mittig auf einer Metallpritsche in einem mit Dämmplatten ausgeschlagenen Raum. Von der Steindecke hingen Neonröhren, deren grelles Licht in ihren Augen schmerzte. Sie streckte den Kopf in die Höhe und entdeckte einen gewaltigen Spiegel, der ihr erschreckend bleiches Ebenbild zeigte. Geschockt fuhr sie zurück. Sie senkte den Blick und sah sich einer Frau gegenüber sitzen, die völlig entspannt mit verschränkten Armen auf einem Stuhl saß. »Wo … wo bin ich? Wer sind Sie und was wollen Sie?«, stammelte sie. Es kam keinerlei Antwort, nur dieser abgrundböse Ausdruck auf dem Gesicht der Person, der ihr umgehend einen fürchterlichen Schreck einjagte. Panik erfasste sie, und sie versuchte, von der Pritsche zu rutschen. Sie spürte, dass ihre Beine augenblicklich versagten. Hilflos krallte sie sich an die Kante der Metallliege, weil sie ohne Vorwarnung zusammensackte. »Ich habe Durst … Wasser … bitte!« Mara war schwindelig, und sie hielt den Schädel mit beiden Händen, da das Gefühl, gleich zu zerspringen, übermächtig wurde. »Reden Sie!«, schrie sie. Die Fotografin versuchte, ihren Verstand einzusetzen, klare Gedanken zu fassen. Sie konzentrierte sich und stutzte. »Ich kenne Sie doch. Sie sind *die*, die ich im Wald gesehen habe!« Sofort fiel ihr ein, welche Angst sie im Wald verspürt hatte, weil sie annahm, dass die Rothaarige dort nichts Gutes im Schilde führte. Sie war im Gegenteil ziemlich sicher, sie bei etwas Geheimnisvollem ertappt zu haben. Die Frau, die einen gepflegten Eindruck auf sie machte, erhob sich und kam lächelnd auf sie zu. In ihrem hautengen schwarzen Kleid und den hochhackigen Pumps wirkte sie eher, als wollte sie in wenigen Minuten eine Party aufsuchen. Dann sah sie, wie die Person langsam ein etwa 40 Zentimeter langes Stück dünnen Drahts hinter ihrem Rücken hervorholte und zwischen den Händen hielt. Das Blut in ihren Adern gefror, und sie bekam urplötzlich massive Atemprobleme. Sie zitterte, was augenscheinlich nicht an der Kälte im Raum lag. Maras rotblonde Haare, die ihr ständig Vergleiche zur amerikanischen Schauspielerin Julianne Moore einbrachten, klebten von Angstschweiß getränkt an ihrer Schläfe, und sie strich sie fahrig zur Seite. Starr schaute sie auf den Draht, der sich unaufhaltsam ihrem Gesicht näherte. Er sah aus wie ein grüner Faden. Die Knöchel traten weiß hervor, als sie die Finger immer fester um die Metallkante der Liege krallte. Sie schnaubte, die Nasenflügel bebten, und sie hoffte, dass nicht passierte, was sie tief im Inneren ahnte. Das Lächeln der Frau verzerrte sich zu einer dämonischen Fratze, was ihre letzten Hoffnungen auslöschte.

Sie wollte auf keinen Fall aufgeben und sich ihrer Entführerin widerstandslos ergeben. Es entsprach nicht ihrer

Art, sich dermaßen schnell geschlagen zu geben – niemals! Auf einmal erwachten ungeahnte Kräfte. Sie spürte, wie ihr Körper anfing zu kribbeln und die Lähmung verscheuchte, die von ihren Muskeln Besitz ergriffen hatte. Zitternd rutschte sie von der Liege und stand das erste Mal seit Stunden auf ihren Beinen. Wie eine Marionette suchte sie eine standfeste Position, um sich keineswegs kampflos zu ergeben. Sie war sich der ausweglosen Situation, in der sie sich befand, sehr wohl bewusst. Aus den Augenwinkeln schielte Mara in jede Ecke des Raumes, um einen Ausweg oder eine Waffe zu finden, die ihr helfen könnte. Metallschränke standen an den Wänden und medizinisches Besteck lag auf glänzenden Tabletts verteilt. Von der Decke über dem Kopfende der Metallpritsche, auf der sie gelegen hatte, hing ein Kabel, an dessen Ende eine eigenartige Maschine mit einer Trennscheibe hing. *Oh mein Gott, das ist eine Säge, eine Autopsiesäge. Was hat die vor?* Ein derartiges Gerät war ihr in einer der vielen amerikanischen Autopsie-Sendungen aufgefallen, die sie manchmal anschaute, wenn sie nicht schlafen konnte.

Noch ehe sie weiter darüber nachdachte, sprach die Frau sie gefährlich leise an. »Du bist böse, und das Böse muss zurück ins Reich der Finsternis. Sei im nächsten Leben ein wenig genügsamer. Suche nicht mit deiner Kamera nach Dingen, von denen du keine Ahnung hast. Du weißt nicht, was du damit heraufbeschwören kannst.« Mara zog die Fäuste hoch und versuchte, auf die Rothaarige einzuschlagen. Die Fausthiebe trafen ins Leere. Sie wankte. Die Schlinge, die sich ruckartig um ihren Hals legte, zog sich zu, bevor sie überhaupt in der Lage war, zu reagieren. Sie nahm der Fotografin die Luft genau in dem Moment, als sie schreien wollte.

Das abartige Lächeln und der eingefrorene Blick aus einem eiskalten Augenpaar wirkten erbarmungslos.

Die Luft roch nach schwerem, süßem Honig. Corinna sog gierig die Abendluft in ihre Lungen.

Sie lief auf der Stelle, drehte sich um und sah trippelnd den letzten Sonnenstrahlen nach, die unter einer aufkommenden Wolkendecke hinterm Kirchturm der Sankt-Nikolai-Kirche verschwanden. Verschwitzt und mit gerötetem Gesicht wandte sie sich wieder ihrer Laufrichtung zu. Eigentlich wollte sie zum Strand von Gahlendorf joggen, aber die Arbeit in der Kanzlei hatte ihr heute die allerletzten Kraftreserven aus dem Körper gezogen. Sie blieb völlig ermattet stehen. Keuchend beugte sie ihren Oberkörper vornüber und drückte die Hände in die Taille. Stechender Schmerz hielt sie in gebeugter Haltung gefangen. Sie konnte kaum einatmen. Man sah ihr an, dass Atemnot sie quälte, trotzdem sie versuchte, immer wieder Luft in ihre Lungen zu pumpen. Die düstere Wolkenfront rückte näher. Die Seitenstiche waren das Ergebnis falscher, viel zu flacher Atmung. Sie dehnte ihren Rücken und hoffte, dass die Beschwerden verschwanden.

Die Strecke war normalerweise sehr angenehm, gerade jetzt im April, wo die ersten Knospen der Rapsfelder aufbrachen, ihren einzigartigen schweren und dennoch atemraubenden Duft freigaben. Corinna liebte diese Abende. Niemand störte sie, wenn sie verträumt den allabendlichen Lauf bis zum Strand absolvierte. Kaum ein Fahrradfahrer, der ihren einsamen Weg kreuzte. Und die wenigen, die vorbeiradelten, kannte sie. Vereinzelte Fehmaraner, die zumindest zu dieser Zeit im Frühling nach getaner Arbeit ein paar Momente der Ruhe in der Vorsaison genossen.

Corinna presste die Handflächen erneut auf die Oberschenkel und senkte verausgabt den puterroten Kopf. Schweißperlen benetzten die Stirn, und sie zog keuchend Luft in ihre Lungen. Auf einmal spürte sie einen Wassertropfen auf der Nase. »Jetzt fängt es auch noch an zu regnen, ich werd verrückt.« Ohne Vorwarnung platterten die ersten Tropfen auf sie herunter. *Ich muss mich unterstellen, bevor ich komplett durchnässt bin,* dachte sie und guckte auf die verwitterte Holzbank, die unmittelbar vor dem Gehölz des Ostersolls unter dicht gewachsenen Büschen stand. Das Wäldchen, das versteckt dahinter lag, umgab einen kaum wahrzunehmenden Tümpel, auf dessen Wasseroberfläche es um diese Zeit vor kleinen Tierchen nur so flimmerte. Es war ein Soll, ein sogenannter Teich der Urzeit. Der kleine Wald würde ihr einen gewissen Schutz bieten, solange es regnete. Sie hatte eigentlich keine Ahnung vom geschichtlichen Hintergrund des Solls, aber als sie heute Morgen das Tageblatt aufschlug, entdeckte sie einen nicht uninteressanten Bericht des Heimatforschers der Insel. Nun wusste sie, dass sie hier im Ostersoll im April 1937 in der Süd-Ost-Ecke des Wäldchens den legendären Bürgermeister der Stadt, Claus Lafrenz, mit einem Strang an einem dickeren Ast über dem Soll *aufrecht hängend*, wie sie es titulierten, aufgefunden hatten. Der Arme erschoss seinen Jagdhund und sich selbst, nachdem er sich eine Schlinge, die an einem dicken Ast hing, um den Hals legte. Wie grausam. Sie entdeckte bisher weder eine Hinweistafel noch einen Gedenkstein. Jetzt fand sie es zunehmend schade. Die Geschichte, die dazu gehörte und die sie interessiert gelesen hatte, war dermaßen mitreißend, dass sie es sich wünschen würde. Und jetzt war obendrein wieder April. Fast wirkte es für sie wie ein Zeichen.

Sie schlängelte sich durch den verengten Eingang. Vereinzelte Mücken, hervorgelockt durch die ersten warmen Tage, suchten nach Nahrung im Feuchtgebiet.

Corinna blieb stehen und zog die Wasserflasche aus dem Gurt, den sie um ihre Hüften geschlungen hatte. Sie zerrte das blaue Frotteeband vom Kopf, wischte damit die Wassertropfen von der Stirn. Gedankenverloren strich sie mit den Händen durch die nussbraunen kurzen Haare. Die Mittdreißigerin setzte die Flasche an die Lippen und leerte sie in einem Zug. Anschließend schaute sie zurück Richtung Burg, das unter der schwarzen Wolkendecke bedrohlich auf sie wirkte. Sie betrachtete die Reflektoren ihrer lachsfarbenen Turnschuhe, als es hinter ihr plötzlich kaum wahrnehmbar knackte.

Erschreckt fuhr sie herum. Corinna spürte auf einmal ein ungutes Gefühl in der Magengegend. Vielleicht irrte der Geist des Verstorbenen immer noch im Ostersoll herum. *Was für ein Blödsinn,* schalt sie sich und duckte sich hinter einen dichten Busch.

Vereinzelt fand der Regen einen Weg durch die Bäume und tropfte von den Blättern. Ihr Herz fing erneut unkontrolliert an zu schlagen. Sie versuchte, durch die Gewächse hindurchzuschauen. Allerdings erkannte sie nichts Verdächtiges. *Was wäre wenn … Quatsch! Wie sollte hier jemand herumlungern? Hier gibt es rein gar nichts,* überlegte sie und schlich trotz des mulmigen Gefühls in ihrer Magengegend entschlossen zu dem Trampelpfad, der ins Innere des Gehölzes führte. *Bin doch kein dummes Gör,* dachte sie und tippte mit dem Finger gegen die Stirn. *Süd-Ost-Ecke des Wäldchens, wo könnte der Baum –* pah! *Hätte ich das nur überlesen heute Morgen.* Trübe schimmerte das Wasser des Teichs, der sich auf der linken Seite des Geländes ausbreitete. Einzelne Regentropfen schlugen auf die Wasseroberfläche auf. Der Tümpel verschlang sie genauso gierig wie die knochig herunterhängenden Äste einer betagten Trauerweide. Corinna fasste nach dem Taschenmesser, das sie griffbereit in ihrer Jackentasche verwahrte, um sich vor Attacken schützen zu können, wenn es notwendig wäre. Es beruhigte sie, den kühlen Griff des Messers in ihrer Hand zu spüren. Sie schritt den Weg entlang, der ungefähr eine Länge von 50 Metern besaß, bevor er vor einer Kette von Gebüsch endete. Sie umkreiste aus den Augenwinkeln den Tümpel, damit nichts Unvorhergesehenes passierte, ohne dass sie es wahrnahm. Gott sei Dank war es im Inneren des Wäldchens einigermaßen trocken, sodass sie hier im Ostersoll den Regen abwarten wollte. Egal, wie unheimlich es auch erscheinen mochte.

Im Wasser des Teiches, auf dem ein milchig trüber Schleier wie eine Fahne entlang zog, lagen von zurückliegenden Stürmen abgebrochene Teile einiger Bäume und dicke Wurzeln, die sich bis ans schlickige Ufer schlängelten. Die umliegenden Felder schimmerten durch die Büsche, und niemand hielt sich in der Nähe auf. *Was bin ich für eine Idiotin,* dachte sie und schüttelte den Kopf. Langsam umrundete sie das Gewässer. Ihr Puls fuhr auf ein normales Maß runter, obwohl ihr unbehaglich zumute war. Und endlich konnte sie ohne Probleme befreit durchatmen. Die Seitenstiche waren Gott sei Dank verschwunden. *Es ist besser, wenn ich mich nach dem Regen sofort auf den Rückweg mache. Wer weiß, wie das Wetter sich entwickelt. Da lass ich mir von so dämlichem Geknacke Angst einjagen. Das war wahrscheinlich ein Hase, der hier irgendwo einen Bau hat. Außerdem knurrt mir der Magen.* Corinna sah auf ihre Uhr. *Gleich halb sechs. Wird Zeit, dass es aufhört zu regnen.* Sie trottete auf dem Pfad weiter und erreichte fast den Eingang des Wäldchens.

Versteckt zwischen den herunterhängenden Zweigen der Trauerweide sah sie etwas am Rand des Teiches treiben, das eine eigenartige Form besaß. Es sah aus wie ein im Wasser entsorgter schwarzer Müllsack, der aufgebläht wie ein Ballon an der Oberfläche trieb.

Corinna stakste mitten durch Brennnesseln und zerbrochenen Holzstückchen an die Uferböschung heran. Sie versuchte herauszufinden, um was es sich bei dem Gegenstand handelte. Ihre Sneakers versanken im feuchten Morast, der glucksend in die Schuhe eindrang. Die Nässe sickerte durch die Socken, und ein ekelhaftes Gefühl auf der Haut, das sie schon als Kind hasste, breitete sich in ihr aus. Die dunklen Schatten, die sich mittlerweile bis ins Innere des Gehölzes gefressen hatten, ermöglichten kaum noch eine vernünftige Sicht. Der Regen platterte auf die Blätter und lief in feinen Rinnsalen auf den Boden, der mehr und mehr verschlammte. Sie schob sich den schmalen schlammigen Saum hinunter und schlitterte geradezu auf das moderige Wasser zu. Immer tiefer versanken ihre nagelneuen Sportschuhe im Modder. Reflexartig krallte sie sich an einer der langen Weidenäste fest, um zu verhindern, dass sie mit den Füßen komplett in den Tümpel rutschte. Sie trat erschreckt einen Schritt zurück. Etwas streifte plötzlich ihre nackten Beine, die in kurzen Sporthosen steckten, und hinterließ Kratzer, die an einigen Stellen zu bluten anfingen. Sie fuhr erneut zusammen. Erleichtert atmete sie auf. Ein Ast war der Übeltäter. Ein kleiner Vorsprung im lehmigen Grund machte es ihr leichter, sich zu fangen, um ihr Gleichgewicht wiederherzustellen. Sie unterdrückte den Schmerz und suchte nach einem langen Gegenstand, den sie benutzen konnte, um den vermeintlichen Sack heranzuziehen. Noch einen Schritt. Jetzt hatte sie endlich festen Boden unter den Füßen. Der Regen war mittlerweile durch ihre Klamotten gedrungen und hatte sie bis auf die Haut durchnässt. Sie fröstelte trotz des einigermaßen geschützten Waldes, während außerhalb ein regelrechter Guss runterprasselte. Sie hielt es für besser, so lange im Schutz der Bäume abzuwarten, bis der Regen aufhörte. Aber hier herumzuschnüffeln – daran hatte sie ebenfalls kein allzu großes Interesse mehr.

Allerdings gab es auch keinen guten Grund, den Ort, der ihr immer unheimlicher vorkam, überstürzt zu verlassen. Corinna zog entschlossen den Reißverschluss ihrer blauen Sportjacke hoch und trottete mit verdreckten Sportschuhen und völlig durchnässt Richtung Straße. Sie wollte am Ausgang abwarten, weil sie sich einbildete, schneller von dort verschwinden zu können. Ihre Schritte wurden langsamer, und letztendlich blieb sie unschlüssig auf dem ausgetretenen Pfad stehen. *Bin ich blöd, dass ich Schiss vor einem Hasen oder wer weiß was habe?* Bockig machte sie auf dem Absatz kehrt. Am Wegrand zum Soll entdeckte sie einen langen knorrigen Ast, der ihr stabil genug erschien, die Erforschung ihrer Entdeckung fortzusetzen. Sie streckte den Arm aus und nahm das Holz an sich. Es knackte erneut im Unterholz. Angespannt drehte sie den Kopf zur linken Seite. Eine Taube, die in einem der Bäume auf einem Ast saß, flatterte wild mit den Flügeln und verließ ihren Platz. Erleichtert lachte Corinna. Sie hatte sich von einem Vogel Angst einjagen lassen. Bewaffnet wie Jean Dark schritt sie mit dem Holzstück an die Uferböschung und suchte nach dem kleinen Absatz, der ihr vor wenigen Minuten Halt gegeben hatte. Ihr Herz puckerte vor Aufregung, und das ungute Gefühl in ihrer Magengegend breitete sich weiter in ihren Eingeweiden aus. Dennoch, die Neugier in ihr war eindeutig stärker als das Muffensausen.

Breitbeinig stellte sie sich hin und begann, mit dem Ast den vermeintlichen Müllsack in Bewegung zu bringen. Der Gegenstand, der träge an der Oberfläche trieb, fing an, unkontrolliert hin und her zu schaukeln. Sie vermutete, dass sich etwas Schweres darunter verbarg, weil sie Schwierigkeiten hatte, das undefinierbare Paket zu bewegen. *Wahrscheinlich hat jemand seinen Müll hier einfach entsorgt. Was für eine Schweinerei!* Abermals postierte sie ihre Beine auf der Erde, beugte den Oberkörper vornüber und stieß mit Kraft in den im Wasser vorhandenen Gegenstand, um ihn heranzuziehen. Vorsichtshalber hielt sie sich nach dem Stoß mit einer Hand am herunterhängenden Ast der Trauerweide fest und drückte das Gebilde unter die Oberfläche, um es ins Trudeln zu bringen. Im Zeitlupentempo fing der vermeintliche Sack an zu rotieren. *Endlich!* Zwischen den Bäumen auf dem Rapsfeld erblickte sie aus den Augenwinkeln ein Reh, das neugierig den Kopf reckte und unverwandt in ihre Richtung starrte. Der Regen schien nachzulassen, was Corinna allerdings in ihrem Übereifer nicht bemerkte.

Noch einmal bündelte sie ihre Kraft, stöhnte lautstark, sodass das Reh erschreckt Reißaus nahm, und drückte das Gebilde angestrengt unter Wasser. Dann löste es sich aus seiner Unbeweglichkeit und trieb frei an der Wasseroberfläche. Das Gewicht verlagerte sich, und in dem Moment schob sich die Hülle, die wie eine Decke ausgebreitet dalag, beiseite. Jetzt erkannte sie, was der vermeintliche Plastiksack darstellte. *Das ist kein Müllsack, das ist ein Umhang. Ein schwarzes langes Cape aus Stoff. Wolle?* Verdutzt hielt Corinna inne und starrte fassungslos auf das pechschwarze

Bündel, das auf dem Wasser trieb. Luftblasen stiegen träge blubbernd nach oben, und der Überwurf glitt zur Seite. Was darunter zum Vorschein kam, ließ sämtliche Farbe aus ihrem Gesicht weichen. Vor ihr im Tümpel wurden zwei bleiche Hände und Füße sichtbar, die anscheinend miteinander verschnürt waren und jetzt losgelöst nach oben drangen. Entsetzt entglitt Corinna der Ast. Verstört hielt sie die Hand vor ihren Mund und wich zurück. Sie stolperte über eine Baumwurzel und landete auf ihrem Hintern. Das Wasser schlug erneut Blasen, als der Umhang sich wie von Geisterhand in Bewegung setzte. Die kalkweißen Körperteile verschwanden, das Cape trieb weiter und versank ebenfalls. Der Körper rotierte wie eine Schraube. In Zeitlupentempo wurde der Umriss eines Kopfes an der Wasseroberfläche sichtbar. Ein Gesicht. An den Stellen, an denen sich normalerweise Augen befanden, starrten ihr schwarze Löcher entgegen.

Corinna saß für einen Moment versteinert auf dem schlammigen Grund. Dann löste sich der Schock, und sie stieß einen gellenden Schrei aus, der über die Felder hallte. Geschockt rappelte sie sich auf, rutschte immer wieder auf dem matschigen Boden aus, sodass die Füße ständig zurück ins Wasser glitten. Panisch kämpfte sie gegen das Abgleiten in den Tümpel und hörte überhaupt nicht mehr auf zu schreien. Die Vögel, die auf den Ästen versammelt saßen, schreckten auf und flüchteten. Das war kein Müll, den sie zum Vorschein gebracht hatte, das war unübersehbar eine Wasserleiche.

*

»Ist das schön!«, schwärmte Charlotte überschwänglich, obwohl niemand in der Nähe war. Allein mit sich und ihrer Nikon stand sie auf dem geräumigen Balkon im zweiten Obergeschoss und betrachtete die Stiefmütterchen, die sie erst vor wenigen Tagen in Kübel und Balkonkästen gepflanzt hatte. Sie blickte mit geschultem Auge durch den Sucher ihrer Spiegelreflexkamera und versuchte, die Stimmung des Moments mit dem Blumenarrangement einzufangen. *Eigentlich sollte ich ja die Eisheiligen abwarten, aber was soll's. Wenn es doch so schön ist.* Wiederholt drückte sie verzückt den Auslöser. Die ersten weißen Blüten breiteten sich in den Kübeln aus und warteten auf die wärmere Jahreszeit, die ihnen zu voller Pracht verhelfen würde. »Der Mai mit seinen Eisheiligen kann mich mal«, gluckste Charlotte und hielt kichernd die Hand vor den Mund.

»Und der Kontrast mit dem Wasser, ich werd verrückt. Dass ich es noch einmal so gut treffen würde, hätte ich niemals gedacht«, rief sie begeistert und stellte sich barfuß hinter die Blumen. *Katrin würde mir eine Moralpredigt halten, weil ich schon wieder barfuß laufe,* dachte sie und wackelte mit den blaulackierten Zehen, die ihr wie kleine Edelsteine entgegen blitzten. Grienend ging sie in die Hocke und versuchte, mit den Gewächsen im Vordergrund die Ostsee mit der rotgoldenen Decke der untergehenden Sonne einzufangen. Sie kam hoch, setzte sich seufzend auf einen Gartenstuhl aus edlem Bangkiraiholz und legte die Kamera neben sich auf den Tisch. Dabei ließ sie den Blick über den Sund schweifen, bis hin zu ihrer geliebten Sundbrücke, hinter der gerade der glutrote Ball verschwand. Es sah aus, als wollte die Sonne vor der drohenden Regenwand fliehen, die von Westen heranzog. Sie strich den weißen Leinenstoff ihrer Hose glatt und schloss die hüftlange, mit maritimen Motiven bestickte Strickjacke. Verträumt fuhr sie durch ihre silberfarbenen Haare und klemmte einzelne widerspenstige Strähnen hinter ihre Ohren.

»Wie kitschig und was für ein Glück!«, rief sie und klatschte in die Hände. »Von mir aus können die mich hier mit den Füßen zuerst raustragen, wenn's denn sein muss. Aber erst viiiel später.«

Die dunkle Wolkenfront zog über den Sund hinweg, und erste Regentropfen fielen auf den mit Holz ausgelegten Balkon. »Das verheißt nichts Gutes«, sprach Charlotte zu sich selbst. Sie kramte Kamera, Glas und Decke vom Tisch und ging zurück ins Wohnzimmer. *Wenn es gleich regnet, kriegen die Stiefmütterchen ihren Schluck Wasser,* dachte sie und verschloss die Terrassentür. Sie guckte vom Wohnzimmer aus zum Sund und versank in Gedanken. Die Hände hinter dem Rücken verschränkt, wippte sie auf ihren Zehen immer wieder auf und ab, als ob sie ihr Sportprogramm absolvierte.

Der abscheuliche Brand des wunderschön gelegenen, gemütlichen Hauses am Sund lag mittlerweile ein gutes Jahr zurück. Dass ihr Traumhaus einem Brandstifter zum Opfer fallen würde, der eigentlich sie im Visier hatte und genauso gut Katrin hätte umbringen können, brachte sie fast an den Rand des Verstandes. Ihre Nichte und Freunde kämpften mit allen Mitteln einige Wochen, um Charlotte wieder aufzupäppeln. Katrin, die ihretwegen von Hamburg nach Fehmarn gezogen war, wich wochenlang kaum von ihrer Seite und durchlebte Ängste, die für Außenstehende unvorstellbar waren. Sie betete, dass ihre Tante die Vorkommnisse der letzten schweren Übergriffe unbeschadet überstand. Charlotte war stark. Wenngleich sie lange Zeit häufig in Tränen aufgelöst durch die Gegend lief, selten das Haus verließ, es sei denn an den Strand, versiegten die Tränen dann doch irgendwann. Sie erholte sich zusehends. Sie trauerte nicht nur um ihr schönes Domizil am Meer, die Erinnerungen, die in ihm verbrannten, setzten ihrem Gemütszustand ziemlich zu. Dennoch, im Nachhinein dachte sie oft darüber nach, wie viel Glück sie bei allem Unglück gehabt hatten. Das traumhaft gelegene Grundstück fand schneller einen Käufer, als sie gucken konnte. Vom sehr großzügigen Erlös kaufte sie sich mit ihrer Nichte Katrin diese wunderschöne Eigentumswohnung im obersten Stockwerk des exklusiven Neubaus. Kaum zu glauben, dass die Wohnung ebenfalls direkt am Sund lag, nur auf der anderen Seite ihrer geliebten Brücke. So hielt sich der Verlust zumindest in Grenzen. Es blieb obendrein genügend Geld übrig, um einen ruhigen Lebensabend zu verleben. So verbrachte sie mit Katrin, die mittlerweile ihren Platz im eigenen Hochzeitseventbüro gefunden hatte, eine schöne Zeit. Das Leben hatte sie endlich wieder.

Das Telefon klingelte und riss sie aus ihren Gedanken.

»Mhm, schmeckt der gut. Wo hast du den denn her?« Die sportlich schlanke Frau warf ihre langen brünetten Haare zurück und schlürfte den süffigen Rotwein, der im Glas leuchtete wie die blutrote Sonne am Strand von Westerbergen.

»Das verrate ich auf keinen Fall, sonst kommst du noch auf die Idee und kaufst ihn dir selbst und mich brauchst du nicht mehr.« Katrin lächelte, stellte ihr Weinglas auf die Decke und schlang die Arme um seinen Hals. »Küss mich, bester Rotweinkäufer aller Zeiten.« Sie hielt ihm ihre gespitzten Lippen entgegen, und er verspürte Lust, ihren weichen Mund mit den Lippen zu verschließen. »Du hattest wirklich recht«, flüsterte er, »das ist der schönste Sonnenuntergang, den ich seit Langem gesehen habe.« Die Sonne hatte den Flügger Leuchtturm erreicht und legte sich wie ein roter Ball hinter das Leuchtfeuer. Es schien, als stände der gesamte Turm in Flammen. »Traumhaft, finde ich auch. Ich komme schon jahrelang hierher«, sagte sie. »Wenn ich als Jugendliche zum Surfen nach Gold gefahren bin, habe ich oft am Strand geschlafen.«

»Ist das nicht verboten?«, fragte der gutaussehende Mann an ihrer Seite und zog verschmitzt die Augenbrauen hoch. »Ach, was alles so verboten ist. Musst du ja nicht gleich jedem auf die Nase binden, dass ich hier als Jungspund am Strand geschlafen habe. Ist außerdem verjährt und wäre wohl eher eine Ordnungswidrigkeit, denke ich zumindest.« Katrin strich die Decke glatt und streckte ihren wohlgeformten Körper aus.

Der äußerst attraktive Mann, mit dem sie die letzten zwei Stunden hier am Deich auf einer ausgebreiteten Decke verbrachte, um gemeinsam den Sonnenuntergang zu erleben, lachte lauthals. »Möchtest du noch ein Stück Baguette oder ein paar Weintrauben?« Frech wedelte sie mit der Traube und hielt ihm die leckeren Früchte direkt unter die Nase, um sie sofort, wenn er danach griff, feixend wieder zurückzuziehen. Lachend sprang sie auf und lief barfuß den Wall hinunter zum Wasser. »Fang mich, wenn du welche willst. Komm Feigling, fang mich.« Sie blieb an der Wasserkante stehen und lauerte. Er erhob sich erstaunt und folgte gelassen. Seine 1,92 Meter konnte man nicht einfach ignorieren. Katrins Herz fing heftig an zu schlagen. »Musst du einen alten Mann so hetzen?«, rief er und hechtete mit wenigen Schritten auf sie zu. Kreischend preschte sie ins Wasser und stakste, so schnell sie konnte, vom Ufer weg.

»Na warte, dich krieg ich. Kinder mit einem Willen kriegen was auf den Po«, hechelte er und folgte ihr prustend durch das flache kalte Nass. Sie schrie, als wäre der Teufel hinter ihr her, und stolperte. Der Länge nach fiel sie samt Jeans und T-Shirt ins kniehohe Wasser. Angestrengt darauf bedacht, die Hand mit den Weintrauben in die Höhe zu halten, damit sie nicht im Salzwasser landeten. Lachend sprang er hinterher und ließ sich neben sie in die eisige See fallen.

»Oh Mann, ist das kalt. Wie viel Grad hat die Ostsee denn? Null?« Er hielt die Hand mit den Trauben fest, führte sie zum Mund und verschlang sie gierig. »Ich hab doch gesagt, ich schnapp dich.« Katrin lachte und schlang erneut ihre Arme um seinen Hals.

»Ne, unser Binnenmeer ist gerade zehn Grad warm«, antwortete sie.

»Du meinst wohl kalt!«, sagte er, dann zog er sie gierig an sich. Ihre Lippen fanden sich zu einem fordernden Kuss, der mehr verlangte. Seine Fingerspitzen fuhren unter ihr nasses Shirt und berührten die Brüste, die sich unter dem durchsichtigen Stoff deutlich abzeichneten. »Lass uns nach Hause fahren«, antwortete er heiser. »Ich will dich.«

»Warum nicht hier?«, entgegnete sie ihm aufreizend. »Weil mir das Wasser zu kalt ist«, lachte er, sprang auf und spritzte eine Fontäne in ihr Gesicht. »Fang du mich, wenn du mich willst«,rief er und stapfte, so schnell ihm möglich war, zurück an den Strand.

Lachend folgte sie ihm und warf sich kichernd neben ihn auf die Decke. Sie schaute zum Himmel und schreckte auf Anhieb hoch. »Sieh mal, da zieht eine gewaltige Wolkenformation hoch. Ich denke, wir sollten gleich einpacken.« Sie reckte ihm ihre feuchten Lippen entgegen, als sein Handy klingelte. Augenblicklich verzog Katrin den

Mund, in der stillen Hoffnung, er würde das schrille Läuten ignorieren.

»Ich muss rangehen«, sagte er mit ernster Miene, zuckte mit den Schultern und zog das Mobiltelefon aus der Tasche der Jacke, die dicht bei ihm auf der Decke lag. »Könnte wichtig sein«, antwortete er, als er feststellte, wessen Name auf dem Display stand. »Na Jungchen, was gibt es so Brenzliges, das ich löschen muss? – Was ich tue? – Du holst mich gerade aus der Badewanne«, griente er und sah die sexy aussehende Frau an seiner Seite verheißungsvoll an. Am anderen Ende schien man allerdings weniger gute Laune zu haben als die beiden am Strand von Westerbergen. »Nein – das gibt es nicht – ist gut – wir treffen uns in einer Stunde in der – wo sagtest du – am Ostersoll – ja, ich bin da – bis dann.«

Dirks Mimik veränderte sich schlagartig, und ein besorgniserregend harter Zug umspielte den Mund. Katrin sah ihn erstaunt von der Seite an. Sie wusste mittlerweile, dass der Gesichtsausdruck nichts Gutes bedeutete.

»Mädchen, hör zu, ich werde dich nach Hause fahren. Ich muss sofort weg«, sagte er, während er die nassen Sachen auszog, sich ein Handtuch um die Hüften schlang und seine Jacke über den nackten Oberkörper streifte.

»Wie weg? Können die nicht *ein Mal* ohne dich klarkommen? Was kann denn so wichtig sein?« Sie hielt blitzartig den Mund. Ihr war klar, dass niemand ihn grundlos aus der kargen Freizeit holte. »Es tut mir leid. Ich weiß, dass du nicht ohne Anlass los musst.« Dennoch verspürte sie fiese Nadelstiche in ihrer Herzgegend. Sie zog ebenso ihre triefende Kleidung vom Körper und schlang die Decke, die vorher am Boden lag, um ihre Schultern.

»Du musst dich zu Hause sofort warm duschen«, versuchte er die Stimmung zu retten. Beide sahen in ihrer Kostümierung irgendwie deplatziert aus.

Es entstand eine kurze Pause, während beide über das Meer schauten und die Regenfront auf sich zukommen sahen.

»Wir müssen sowieso los«, platzte Katrin in die Stille. Dirk nickte.

»Sie haben eine Leiche entdeckt«, sagte Dirk Westermann angespannt. Er wusste, dass sie es in jedem Fall erfahren würde, und sah auch keinen Grund, Katrin nicht augenblicklich reinen Wein einzuschenken. Sie sah ihn entgeistert an.

»Nein, das kann nicht wahr sein. Nicht schon wieder.«

»Doch, leider. Ich muss sofort los. Es tut mir leid, wirklich.« Der Hauptkommissar nahm die Nichte von Charlotte Hagedorn schweigend in den Arm. Sie befreite sich aus der Umarmung, stand auf und kramte ihre Sachen zusammen. Wortlos gingen sie wenige Minuten später zum Parkplatz. Dirk Westermann öffnete den Kofferraum und zerrte eine lange Sporthose und ein T-Shirt aus seiner Sporttasche, die er im Wagen deponiert hatte. »Ich muss mich im Kajüthus erstmal umziehen.«

Als er sich gerade ins Auto setzen wollte, summte das Handy zum zweiten Mal. Das Summen einer bestimmten Melodie zeigte ihm den Eingang einer SMS an. Dirk zog das Telefon aus der Jackentasche, blieb am Wagen stehen und lehnte sich gegen die Karosserie. Stillschweigend betrachtete er das Display, während er mit dem Zeigefinger darüberfuhr. Die Mitteilung einer unbekannten Nummer ließ ihn zweimal hintereinander das Geschriebene lesen.

›Wenn über Kreuz die Sünde liegt, ruht an der Stätte, die nicht der Wahrheitsfindung dient, die Wahrheit in der Tiefe.‹

Westermann wunderte sich, wer ihm auf dem Dienst-handy einen derart konfusen Text übermittelte. Er beant-wortete die SMS und hoffte auf eine Antwort. ›Was soll mir diese Mitteilung sagen?‹ Er wartete auf eine Reak-tion, und Katrin wurde schlagartig sauer, als sie sah, dass er nicht einstieg. Wütend schwang sie die Haare zur Seite. *Blödmann.*

Nur wenige Sekunden später kam die Antwort.

›Wir spielen ein Spiel, und ich bestimme die Regeln. Ich befreie euch …‹ Der Kommissar schüttelte den Kopf, steckte das Telefon zurück in die Tasche und stieg ein. Mit keinem Wort erwähnte er die eigenartige SMS. In Gedan-ken versunken fuhr er schließlich los.

*

Westermann erkannte von Weitem die rotierenden Lich-ter der Polizeifahrzeuge, die am Rande des Wirtschafts-weges zwischen Burg und Gahlendorf aufleuchteten. Er nahm den Fuß vom Gaspedal und rollte an die Wegbie-gung heran. Konzentriert lenkte er den Wagen an den Straßenrand und stellte den Motor aus. Er schob die Pfeife in den Mund und entzündete sie. Es war mittler-weile dunkel, und er knipste die Taschenlampe an, die er ständig in der Jackentasche mit sich trug. Mit wenigen Schritten erreichte er den weitläufig abgegrenzten Bereich. Er blieb stehen und sah sich aufmerksam um. Mit einer Hand knetete er das Kinn und verlagerte die Tabakspfeife in den Mundwinkel. Der konzentrierte Blick glitt über die dunklen Felder, eine schmale Teerstraße und zurück nach Burg, wo Lichtquellen vereinzelter Häuser aus den Fenstern leuchteten. Westermann filterte alle Informationen und verinnerlichte sie. Riesige, freistehende Hallen, ein Traktor auf dem Gelände. Keine Menschen weit und breit. Das kleine Wäldchen lag direkt an der Straße Richtung Gahlendorf.

Es würde auffallen, wenn man hier irgendwen mit dem Auto entsorgte. Es sei denn, wenn es dunkel genug wäre wie gerade in diesem Augenblick. Ihm erschien der Ort perfekt, um jemanden zu beseitigen, ohne verräterische Spuren zu hinterlassen. Links und rechts nichts anderes als Felder, die nach Anbruch der Dunkelheit niemanden interessierten. Wohl aber die, die Böses im Sinn hatten.

Bevor Westermann den Tatort ansteuerte, schritt er die schmale Teerstraße ab, bis das Waldstück zu Ende war. *60, vielleicht 70 Meter breit, mehr nicht,* vermutete er. Umgeben von weit gestreckten Weiden, bis hin nach Gahlendorf. Am Schluss der Baumreihe ein eingefahrener Pfad, auf dem er Reifenspuren erkannte, als er mit der Lampe darüber leuchtete. *Wahrscheinlich fährt der Bauer hier mit Traktoren entlang. Eventuell versteckte der Täter sein Fahrzeug ebenfalls hier im Schutz der Bäume.* Der Hauptkommissar ging grübelnd die Strecke zurück, bis er den Eingang des Ostersolls erreichte, und zog eine qualmende Vanillefahne hinter sich her. Er hob die Banderole an und schob den Körper darunter hindurch. Ein Kollege der Kriminaltechnik reichte ihm Handschuhe und Schuhschutz. Bedächtig schritt er den Pfad entlang, stülpte beides über und näherte sich dem Tümpel. Mindestens acht Beamte der Spurensicherung in weißen Anzügen und zwei Taucher suchten im und um den Teich nach verwertbaren Spuren. Etliche Taschenlampen und aufgestellte Leuchten erhellten den gesamten Tatort. *Wahrscheinlich gehen hier täglich Leute spazieren. Obwohl, wer diesen Ort nicht*

kennt, findet durch den dichten Baumbewuchs kaum her-
aus, dass es hier einen kleinen See gibt, um den man her-
umlaufen kann. Ich hätte den Weg glattweg übersehen.
Das ist doch eher ein Spazierweg für Menschen, die die
Gegend kennen, dachte Westermann und sah sich um. Er
zog das schwarze Notizbuch aus der Jackentasche, stellte
sich in die Nähe einer der bereits aufgestellten Lampen,
nahm den Stift und machte erste Aufzeichnungen. ›Täter
könnte ortskundig sein.‹

»Ach nee. Schön, dass du auch da bist« sagte Thomas
Hartwig und grinste über das ganze Gesicht. »Gibt ja nicht
nur dich«, brummte der Hauptkommissar. »Habt ihr etwas
Brauchbares?«, fragte er und stakste zum matschigen Ufer-
saum hinunter. »Wo ist die Zeugin?«

»Die sitzt völlig aufgelöst im Wagen.« Hartwig deutete
auf eines der Dienstfahrzeuge, die hintereinander am Wegrand parkten. »Aber wir haben die Daten aufgenommen.
Sie hat nur gesehen, was du auch gleich sehen wirst, und
niemanden bemerkt. Willst du mit ihr reden oder können
wir sie nach Hause bringen?«

»Schickt sie nach Hause.« Westermann reichte dem Kollegen eine Visitenkarte. »Sie soll mich anrufen, falls ihr
irgendetwas einfällt, das uns weiterhelfen könnte.« Hartwig nickte. Wenig später kam er zurück zum Tatort.

»Sonst?« Hartwig wusste sofort, worauf der Kommissar hinauswollte.

»Weibliche Leiche, zwischen Ende 20 und Mitte 30,
gefesselt, wahrscheinlich erdrosselt. Wir wissen noch nicht,
ob sie ertrunken ist oder vorher ermordet wurde. Sie liegt
drei bis vier Tage im Wasser. Genaues kann dir Henning
nach der Obduktion sagen.«

»Vorher? Was soll das heißen?« Der Hauptkommissar sah erstaunt auf, und selbst Hartwig, der etwas abseits stand, traute sich einen Schritt näher an die Leiche heran als gewöhnlich.

»Die Tote hat keine Augen mehr«, sagte Kriminaltechniker Henning, der über die Leiche gebeugt war. »Dort, wo die sich eigentlich befinden sollten, sind leere Höhlen.« Westermann starrte Henning an.

»Also kann man nicht von Selbstmord ausgehen.«

Er schüttelte heftig den Kopf.

»Außerdem ist sie so verschnürt, das hätte sie auf keinen Fall alleine bewerkstelligen können. Aber sieh es dir selber an.«

»Habt ihr schon nach Reifenspuren außerhalb des Wäldchens gesucht?«, wandte Westermann sich beiläufig an die Kollegen der Spurensicherung. Hartwig verneinte.

»So weit sind sie noch nicht.«

»Lauft mal die Wege links und rechts des Ostersolls entlang, vielleicht findet ihr Reifenspuren oder Fußabdrücke. Der wird sie ja kaum auf dem Rücken hierher getragen haben«, wies der Hauptkommissar Hartwig an.

»Geht gleich los, sobald wir um den Teich herum fertig sind«, antwortete einer der Kollegen.

»Hat ja leider geregnet. Wer weiß, ob wir überhaupt verwertbare Spuren finden«, sagte Westermann und rutschte die schlammige Grasnarbe entlang. Taumelnd hielt er sich an einem der Äste der Trauerweide fest, um nicht ins Wasser zu stürzen. »Einmal langt mir heute. Ist sowieso merkwürdig. Wieso hat es hier geregnet? In Westerbergen war schönster Sonnenuntergang«, entgegnete der Kommissar aus Oldenburg.

»Hä? Heute hat es nicht geregnet. Aber wieso Westerbergen?« Hartwig sah seinen Vorgesetzten fragend an.

»Geht dich gar nichts an«, winkte er ab und schob die Pfeife von einer Seite auf die andere.

»Hast wohl im Traum mit deiner Süßen in der Wanne gelegen, als ich anrief, was?«

»Ich hab dir schon einmal gesagt, das geht dich gar nichts an.«

Er wusste, dass Thomas sich vor nicht allzu langer Zeit in Katrin verguckt hatte. Beinahe holte ihn das schlechte Gewissen dem Kollegen gegenüber ein. Allerdings – wenn sie ihn wirklich gewollt hätte, wäre sie sehr wahrscheinlich auf seine Avancen eingegangen.

Dirk Westermann konnte das Interesse, das sie ihm am Anfang ihres Kennenlernens entgegenbrachte, selbst kaum glauben. Schließlich war er es, der sie aus einer Laune heraus küsste. Sie war so jung, so lebendig und tat ihm unendlich leid, als sie vor dem brennenden Haus stand und bitterlich weinte.

»Chef, ich denke, das solltest du dir unbedingt ansehen«, winkte Henning den Kommissar zu sich. Westermann fand augenblicklich in die Gegenwart zurück und wandte sich der Frauenleiche zu. Er ging in die Hocke und betrachtete die Tote, die auf einer Folie lag und von einem der Kollegen von allen Seiten fotografiert wurde. »Der Körper der Frau wurde fachmännisch gefesselt und besitzt keine Augen mehr.« Der Kriminaltechniker deutete auf die bleichen Hände, die über Kreuz mit den Füßen verschnürt waren. Ein weißes Baumwollseil von ungefähr fünf Millimeter Stärke führte um den Hals herum. »Das ist eigenartig«, sagte Henning. Er sah konzentriert auf die Kehle. »Hier, unterhalb des Seils verläuft eine schmale Schnittlinie, wie von Draht oder Ähnlichem. Siehst du?« Der Techniker wies auf die hauchdünne, rot verlaufende Linie direkt unter dem Kehlkopf. »Wahrscheinlich wurde sie zuerst stranguliert, bevor der Täter sie fesselte. Oder aber er hat sie gefesselt und hinterher erdrosselt. Auf jeden Fall ziemlich gruselig. Ich kann es nicht genau zuordnen, weil keine Augen vorhanden sind, die uns eine Einblutung zeigen könnten. Wir packen sie ein und bringen sie in die Gerichtsmedizin.«

Westermann stimmte zu und fragte: »Was hat das für einen Sinn? Der Täter hat sie nicht nur erdrosselt und gefesselt, er hat ihr auch noch die Augen entfernt.«

Henning nickte. »Da sie keine Augäpfel mehr besitzt, gehe ich davon aus, dass sie bereits tot war, bevor sie in diesem Teich abgelegt wurde. Auf jeden Fall bedeutet das, dass der Fundort nicht gleich Tatort ist. Das wurde ziemlich fachmännisch erledigt. Das macht niemand mal eben im Wald. Wer auch immer das hier getan hat, leistete vorher ganze Arbeit. Hier«, sagte Henning und deutete auf die Augenhöhlen, »führte der Täter eine komplette Exenteration durch.«

Westermann sah ihn ungläubig an. »Heißt was?«

»Bedeutet, dass er die gesamten Weichteile mitsamt der Augäpfel aus den Höhlen medizinisch entfernte. Wenigstens wusste der Täter genau, was er tat. Mediziner, Jäger? Kann ich noch nicht sagen. Oh mein Gott.« Wieder zeigte er auf die Hohlräume.

Der erstaunte Blick des Kriminaltechnikers verhieß nichts Gutes. Er fuhr mit dem Handrücken über die eigenen Augen, als könne er damit seinen Unglauben verscheuchen. »Was ist?«

»Ich weiß nicht«, entgegnete Henning, nahm eine Taschenlampe und leuchtete in die Löcher. »Guck, hier ist etwas.« Konzentriert deutete er mit der Lampe in die leeren Augenhöhlen. »Siehst du das? Kreuze, da sind kleine Kreuze aus Metall.« Der Techniker sah Westermann unverwandt an.

»Warum macht jemand das?«, fragte Dirk Westermann. »Wenn sie schon tot war, warum legt er sie hier ab? Und warum entfernt man die Augen? Was ergibt das für einen Sinn? Darf ich?« Er forderte die Leuchte und betrachtete die Kreuze aus Silber. *Augen, die gesehen haben, was niemand wissen durfte? Kannten sie den Täter?* »Auf jeden Fall will derjenige hier etwas demonstrieren, so viel steht fest«, sagte der Kriminaltechniker. »Sieh dir an, wie sie gefesselt wurde. Das könnte System haben. Da war nicht unbedingt ein Laie am Werk«, beendete er seinen Satz.

»Reifenspuren«, rief Hartwig. »Da sind Reifenspuren! Zum Teil stand der Wagen unter Gebüsch, dadurch sind nicht alle Spuren verwaschen.«

Westermann erhob sich und ging zügig zum Ende des Wäldchens. Einer der Männer machte konzentriert Fotos von den Abdrücken, während Daniela Worms Gips in die deutlich sichtbaren Eindrücke goss.

»Hm, das ist vielleicht ein kleiner Anfang«, sagte Westermann und sah Hartwig an, der ihm wortlos gefolgt war.

»Das war's aber auch schon«, sagte Hartwig und zuckte die Schultern.

»Alles eintüten und zur KTU«, antwortete Westermann bestimmt.

»Und wir fahren nun in die Burger Dienststelle, dann können wir uns schon mal häuslich einrichten«, forderte er Hartwig auf.

Hartwig sah seinen Vorgesetzten an. »Wenn du meinst. Hier richten wir im Moment sowieso nichts aus«, antwortete der junge Kommissar.

Westermann wechselte einige letzte Worte mit Henning, und die beiden liefen zurück zum Wagen.

»Charlotte, Tante Charlotte? Wo steckst du denn schon wieder?« Aufgebracht steckte ihre Nichte den Kopf ins Wohnzimmer. Leer!

»Ich bin auf Klo«, kam die prompte Antwort vom Ende des Ganges. Katrin eilte in ihr Zimmer, ließ die Decke fallen und zog sich trockene Sachen an. Dann ging sie zurück in den Flur. Die bereits getrockneten Haare raffte sie zusammen und band sie zu einem Zopf zusammen.

Alles ist so hell und freundlich und so modern, dachte sie. *Wie gut sie sich eingewöhnt hat. Erstaunlich.* Statt selbstgemalter Bilder schmückten in Holz gerahmte Fotos der Insel die weißen Wände des Flures. Ihre geliebte Brücke, der kleine Leuchtturm von Strukkamp sowie ein wunderschöner Sonnenuntergang in Westerbergen.

Selbst wenn wir kaum zwei Kilometer vom alten Zuhause entfernt sind, so liegen doch Welten dazwischen.

Ihre Erinnerungen, ihr früheres Leben. Alles futsch! Nicht ein Foto, kein Stück ihrer Papiere konnten gerettet werden. Sämtliche Dokumente mussten wir erneuern. Katrin seufzte.

»Na Deern, was gibt es so Wichtiges, dass du mich fast vom Topf holst? Kann nicht mal in Ruhe meine Sitzung abhalten. Du weißt, dass man ältere Menschen niemals scheuchen soll.«

»Ach Tantchen, war auf keinen Fall so wichtig, dass du hättest hetzen müssen.«

»Nun, was ist los im Staate Dänemark?«, entgegnete Charlotte.

»Witzig, sei froh, dass wir nicht mehr zum Staate Dänemark gehören, aber mal im Ernst. Was hältst du von einer lecker Tasse Tee?« Charlotte spähte durch die Tür, gähnte und schaute auf die runde Holzuhr an der Wand, deren gebleichtes Holz Strandgut nachempfunden war.

»Na ja, eigentlich ist keine Teezeit mehr.«

»Ach komm, nun sei mal nicht immer so fünsch. Ist doch nicht Mitternacht.«

»Ja, ja, aber ich hab die ganze Zeit auf dich gewartet«, entgegnete Charlotte. Sie sah ihre Nichte maulig an. »Hast aber Schwein gehabt, dass der Abendbrottisch noch gedeckt ist. Du wolltest viel früher zu Hause sein.«

Der mürrische Augenaufschlag ihrer Tante entging Katrin keineswegs. »Du weißt, dass ich am Strand war. Ich hab dir heute Nachmittag erzählt, dass ich mich mit Dirk treffe. Wir haben so wenig voneinander. Komm, sei wieder lieb. Gönn mir das bisschen Glück«, zwinkerte sie und nahm Charlotte in die Arme.

»Na dann, wollen wir uns in die Küche setzen?«, fragte ihre Tante versöhnlich.

»Ja Charlottchen, das ist eine gute Idee. Ich muss dir etwas sehr Wichtiges erzählen.«

»Ich dachte, das wäre nicht so wichtig, was du loswerden wolltest? Aber egal, behalt dein Wort. Zuerst muss ich dir wat vertellen. Ich habe heute Post bekommen.« Charlotte Hagedorn wedelte mit einem weißen Umschlag, auf dem kleine Herzchen klebten. »Was ist das, von wem? Sechs Richtige im Lotto?«

»Na, die hätt ich bestimmt längst bei Niederlechner abgeholt.«

Katrin musste laut lachen. »Da kann man die Millionen nicht einfach mal so eben abholen, das ist dir doch wohl auch klar, oder, Miss Marple?«

»Ach, du nu wieder«, Charlotte wiegelte ab.

»Hör doch mal zu! Eine ganz alte Freundin hat sich gemeldet. Ich habe dir bestimmt irgendwann mal von ihr erzählt.« Ihre Nichte spürte, wie aufgeregt ihre Tante war, und drückte sie sanft auf einen Stuhl in der Küche. »Conny heißt sie. Sie betreibt mit ihrem Mann eine Fleischerei in Tornesch. Du weißt, wo Tornesch ist, oder?«

»Natürlich weiß ich, wo das ist«, antwortete Katrin. »Ich bin eine Hamburger Deern, falls du es vergessen haben solltest.«

»Ich bin jeden Samstag in Eidelstedt auf den Wochenmarkt gegangen, um heiße Wurst an ihrem Stand zu essen. Wenn du mal wieder nach Hamburch fährst, musst du unbedingt zu Conny und Harrys Wurststand und 'ne leckere Wurst essen.« Charlotte sprang vom Stuhl und tanzte barfuß in der Küche umher, bis die Haare flogen. Sie wedelte fröhlich mit dem Umschlag. »Wir haben fast zehn Jahre nichts voneinander gehört. Darüber war ich lange *sehr* traurig. Aber nun, nun kommt sie mich besuchen.« Plötzlich standen Tränen in Charlottes Augen.

»Ich hab sie schon ziemlich vermisst. Du weißt ja, dass im Alter die Freunde rar werden und man Freundschaften pflegen muss.«

»Ach Tantchen, dann könnt ihr die Freundschaft ja ordentlich begießen und pflegt anschließend das zarte Pflänzchen, damit es nicht wieder vertrocknet und eingeht.« Katrin zwinkerte. Das Lächeln auf ihrem Gesicht verschwand allerdings augenblicklich, als ihre Tante sie noch einmal daran erinnerte, dass sie ihr etwas Wichtiges erzählen wollte. »Was gibt's denn so Gravierendes, dass dein Lächeln vorhin fast eingefroren ist?«

Charlotte Hagedorn blieb stehen, wippte mit den Füßen und fuhr mit den Händen durch die graue Mähne, die die Schultern nach einem modischen Fehlversuch mit einer Schere bereits wieder erreicht hatten. »Ach, komm man erst mal, ich mach uns Tee.« Sie bewegte sich zum Wasserkessel. Die Einrichtung der Küche war zwar modern, dennoch schafften es die Frauen in kürzester Zeit, eine urige Gemütlichkeit herzustellen. Katrin nahm den Teekessel, füllte ihn mit Wasser und setzte ihn auf die Ceranplatte. Sie entnahm dem weiß lasierten Hängeschrank zwei Becher und stellte sie auf den antiken Küchentisch, den Charlotte in einem Antiquitätengeschäft in Heiligenhafen erstanden hatte. »Jedes Stück, was wir uns hier reinstellen, will gut überlegt sein. Ich möchte in dieser Wohnung nicht nur modernen Kram haben. Punkt. Das ist definitiv meine letzte Bleibe.« Ihre Nichte lächelte verschmitzt. Sie würde niemals etwas entgegnen, was ihrer Tante schlechte Laune bereiten könnte.

»Nun erzähl doch endlich, was gibt's Neues auf der Insel? Zu dieser erfrischenden Jahreszeit.« Charlotte strich die Hände über die Leinenhose, als wollte sie sie glattbügeln. Katrin Duvenstedt kaute auf ihren Lippen und räusperte sich verhalten, als müsste sie jedes Wort genauestens abwägen, das sie ihrer Tante gleich servierte. Demonstrativ pustete sie ihren Tee. Es fiel ihr sichtlich schwer.

»Sie haben ... sie haben eine ...« Charlotte spürte das Unheil, das in ihrer Stimme mitschwang. »Aber du wirst es sowieso erfahren ... sie haben wieder eine Leiche gefunden.«

Eine gespenstische Stille erfüllte den Raum, und Charlotte legte ruckartig ihre Arme um die Schultern, als fröre sie. Trotz des diffusen Lichtes, das die Deckenleuchte spendete, konnte Katrin sehen, wie ihrer Tante plötzlich alle Farbe aus dem Gesicht gewichen war. »Heiland Mailand, hört denn das niemals auf? Da freut man sich für einen Moment, dass endlich Ruhe einkehrt, und dann kommt ein Hammer, der einem den Boden unter den Füßen wegschlägt«, stöhnte sie. »Das ist nicht normal, dass auf der Insel reihenweise Menschen wie die Fliegen sterben. War das ein Unfall?« Sie sank einem Häufchen Elend gleich auf den nächstbesten Stuhl.

»Nein, das war es anscheinend nicht. Dirk bekam einen Anruf vom Tatort am Ostersoll, während wir in Westerbergen gepicknickt haben, und musste augenblicklich los. Er hat mir erzählt, dass sie eine Leiche aufgefunden haben.« Sie schüttelte den Kopf und fuhr mit der Hand über die Augen, als könnte sie die grausamen Erinnerungen damit vertreiben. »Er will mich anrufen, sobald er Genaueres weiß.«

»Das muss aber trotzdem nichts heißen. Vielleicht ein Betrunkener, der da draußen eingeschlafen und nicht wieder aufgewacht ist. Wäre ja nicht das erste Mal. Oder jemand hat Selbstmord begangen wie dieser Bürgermeister damals. Stand heute im Tageblatt«, murmelte sie verhalten.

»Ich denke, wir warten ab, was Dirk zu sagen hat. Wenn es allerdings wirklich Mord sein sollte, dann können wir beide das sowieso nicht ändern«, flüsterte Katrin. Charlotte schaute auf, sprang unerwartet vom Stuhl, und ihr Gesicht nahm einen merkwürdigen Ausdruck an, den ihre Nichte bereits kannte. Es schien, als rotiere es in ihrem Gehirn, und sie bündelte ihre Kräfte, um in einen imaginären Krieg zu ziehen. Sie schnaubte, ballte ihre Hände zu Fäusten und sagte mit fester Stimme: »Ich lasse mich nicht von der Insel vertreiben.« Dann schlug sie so hart mit der Faust auf den Tisch, dass Messer und Becher auf der Holzplatte klirrten. Sie patschte mit ihren nackten Füßen über den Fliesenboden. »Und ich lasse ebenso wenig zu, dass auf *meiner* Insel üble Figuren ihr Unwesen treiben. Das wollen wir doch erst mal sehen! Wo ist meine Kamera? Morgen fahre ich als Erstes zum Tatort! Wo sagtest du, ist der?«

»Charlotte!«

*

Sophie schlenderte die gemütliche Burger Altstadtstraße entlang. Vor jedem der Geschäfte, die sich wie bunte Perlen aneinanderreihten, blieb sie für einen Moment stehen, um die Auslagen der Boutiquen und Schmuckgeschäfte anzuschauen. Ihre blonden, weit über die Schulter reichenden Locken, denen das Abendlicht einen zauberhaften Glanz verlieh, umschmeichelten ihr engelgleiches Gesicht. Sie passte hervorragend in die nahezu menschenlose, nostalgische Kulisse historischer Häuser und betagter Bäume. Nach Geschäftsschluss war es um diese Jahreszeit ruhig. Ostern lag gerade erst hinter den Bewohnern der Insel. Der April gab bis jetzt genügend Zeit, um noch einmal tief durchzuatmen und sich auf die anlaufende Hauptsaison vorzubereiten.

Genüsslich schleckte die hübsche junge Frau an ihrem Walnusseis, das sie kurz nach der Schließung des Eiscafés mit bettelndem Augenaufschlag und zuckersüßem Lächeln gerade noch ergattert hatte. Auf der anderen Straßenseite, unweit des Burger Filmtheaters, liefen zwei Halbstarke lautstark johlend über den Gehweg. Bei Sophies Anblick stießen sie sich frotzelnd die Ellbogen in die Seite und verrenkten pfeifend die Hälse. Lasziv leckte sie mit der Zunge an der Waffel herunterlaufende Eiscreme ab, während sie ihre Mähne verheißungsvoll nach hinten schwang und die Typen anstrahlte. Die etwa

20-Jährigen blieben stehen und grinsten das Mädchen in den knallengen Lederhosen auf der anderen Straßenseite herausfordernd an. Sie war sich ihrer Wirkung bewusst. Geschickt streckte sie ihre wohlgeformten Brüste hervor, die sich unter einer transparenten Bluse und einem darunter getragenen Büstenhalter nur dezent versteckten. Gelassen steckte sie eine Hand in die Hosentasche und drehte den beiden ihren Rücken zu. Sie tat, als betrachtete sie die Ware im Schaufenster. In der Spiegelung der Scheibe allerdings beobachtete sie genau, ob die Jungs ihr hinterher gafften. Mit einem erfrischenden Lächeln, das sie ihrem eigenen Spiegelbild zuwarf, wurde eine weiße Zahnreihe sichtbar, und sie schlenderte zufrieden weiter. Eine Viertelstunde später hatte sie die Innenstadt umrundet und trat ihren Rückweg an. Wie immer nach der Arbeit in einer Modeboutique wollte sie die Abkürzung durch den Senator-Thomsen-Park nehmen, sodass sie ein paar Minuten bis zu ihrer Wohnung einsparte. Die Grünfläche mitten in der Altstadt bildete eine grüne Oase, die für etliche Leute einen besonderen Platz darstellte. Gerade erst diskutierten die Stadträte eifrig über ein Konzept zur Belebung des Parks, um Künstlern eine Plattform zu bieten. Dies würde die letzten undurchsichtigen Gestalten wohl endgültig aus dem Kleinod verjagen, die ihr ab und zu Unbehagen verschafften. Das Eis war längst in ihrem Bauch verschwunden, und sie zog einen Lipgloss aus ihrer Hosentasche. Routiniert öffnete sie den Verschluss und fuhr mit dem glänzenden Stift über ihre wunderschön geschwungenen, vollen Lippen. Der kirschrote Ton des Lippenstiftes stand ihr gut und betonte den elfenbeinfarbenen Teint ihrer zarten Gesichtshaut. Sie bog gut gelaunt in den Park ein. Ab dem darauffolgenden Tag hatte sie für eine Woche Urlaub genommen, damit sie ihre Freundin Svenja in Hamburg besuchen konnte. Die beiden wollten mal richtig die Sau rauslassen, wie sie es nannten, und den Kiez bei Nacht unsicher machen. Sie freute sich seit Wochen auf die schöne Zeit in der Großstadt.

Die Sonne war untergegangen, und Dunkelheit breitete sich gnadenlos im Park aus. Die Bäume in der Grünanlage warfen lange Schatten über den sandigen Spazierweg. Wirkten auf einmal bedrohlich. Es war kurz nach 21 Uhr. Sie empfand keine Angst, dennoch ging sie die wenigen Meter schneller als üblich, um zügig aus dem dunklen Stadtgarten herauszukommen. Manchmal trafen im Dämmerlicht des Tages irgendwelche zwielichtigen Gestalten zusammen, denen sie auf keinen Fall begegnen wollte.

Als sie den Ausgang zur Osterstraße um ein Haar erreicht hatte, fiel ihr im Licht einer Laterne eine Frau auf, die nur wenige Meter vor ihr gebeugt durch die Anlage schlich. Sie trug schwer an einer Kiste, die mit zentnerschweren Dingen gefüllt sein musste. Die schlanke Gestalt senkte stöhnend das Behältnis auf den Boden und hielt angestrengt die Hände gegen den Rücken, als Sophie sich näherte.

»Kann ich Ihnen helfen?«, fragte sie höflich.

»Ach schon gut, die Box ist nur verdammt schwer. Ich hätte niemals gedacht, dass sie mich fast umbringt. Dabei muss ich nur noch bis zum Wagen. Sehen Sie da vorn?« Sie deutete auf einen alten weißen Caddy, der unmittelbar am Ende des Senator-Thomsen-Parks direkt an der beleuchteten Straße abgestellt stand. Die Unbekannte streckte ihren Rücken und stöhnte. Sie war nicht gerade klein geraten, allerdings wirkte sie ziemlich dünn. Ihr Rock umspielte die Waden und betonte die schlanken Fesseln, über die sie dunkle Seidenstrümpfe gezogen hatte. Sophie lächelte, als sie die Frau betrachtete, deren Kopfbedeckung über die bis an die Schultern reichenden, rot gewellten Haare gestülpt war. *Die Wolljacke ist auch nicht mehr die jüngste,* dachte die hübsche Blondine. Die Fremde machte auf sie keinen ungepflegten Eindruck. Sie schien keineswegs alt zu sein. Etwa Mitte 40. Ein bisschen schrullig vielleicht.

»Na, dann wollen wir mal«, sagte sie, hob die Kiste an, die bleischwer in ihren Händen wog und in der wohl jede Menge Werkzeug lag. Angestrengt schritt sie der Frau hinterher, die sich nach wie vor den schmerzenden Rücken hielt. Sophie versuchte, die Holzkiste so vor ihrem Bauch zu platzieren, dass sie ihre schicke Bluse nicht verdreckte. *Mann, der Kasten ist wirklich sauschwer,* dachte sie und spannte die Muskeln ihrer Arme an, während die andere bereits am Wagen angelangt war. Mit einem Schlüssel hantierte sie ungelenk an der Wagentür.

»Warten Sie, ich öffne die hinteren Türen, und Sie können das schwere Monstrum reinschieben.« Unbeholfen fummelte sie zuerst an der rechten, dann an der linken Tür, bis sich beide nacheinander quietschend öffneten. Das ungepflegte Auto wies etliche Rostblasen auf. *Der hat seine besten Jahre auch hinter sich,* schmunzelte Sophie, zentrierte all ihre Kraft und hob die Transportkiste mit einem lauten »Jipp« in den verschmutzten Teil des Wagens. Sie bemerkte nicht, dass das zarte silberne Armband, das sie am Handgelenk trug und an dem ein Engel hing, an der Kiste hängen blieb und zerriss. Es fiel herunter, wo es unbemerkt im Rinnstein liegenblieb.

Im Innenraum des Fahrzeuges lagen ausgefranste muffelig riechende Wolldecken ausgebreitet, unter denen Zeitungen und Papiermüll herausquollen. Überall roch es muchelig. *Stinkt bös nach Friedhof,* dachte sie und beugte den Oberkörper vor. Angestrengt schob sie den Kasten tief in den Wagen und spürte unerwartet einen Stich im Genick. Bevor sie die Hand überhaupt zum Nacken führen konnte, wurde ihr schwarz vor Augen, und sie verlor das Bewusstsein.

*

Sie hat es mir so einfach gemacht. Wie leicht es ist, böse Mädchen für sich einzunehmen. Ein wenig Hilflosigkeit, etwas Liebenswürdigkeit. Mir war klar, dass sie mir helfen würde. Die gut erzogene, stets hilfsbereite, liebe Sophie.

Sie sagen immer, Mädchen sind Engel. Mädchen fühlen sich so gut an. Sie tragen schöne Kleider, haben so weiche Haut, wunderschönes Haar. Mädchen sind lieblich und zart.

Alle behandeln sie wie Engel, aber sie sind keine. Manche sind böse, eiskalt, berechnend und abartig, wenn es darum geht, Männer zu zerstören, in den Abgrund der Hölle zu ziehen. Meine Mutter hat es immer gesagt. Sie sind Hexen. Und Hexen müssen vernichtet werden, damit sie kein Unheil mehr anrichten können.

Die hochgewachsene Person stolzierte durch ihr geräumiges Wohnzimmer. Die Holzdielen knarrten bei jedem Schritt. Versonnen blieb sie vor dem Panoramafenster stehen und stierte über die Felder. Von hier aus konnte sie die Ostsee in einiger Entfernung sehen. Das erste Grün bedeckte die Weiden, und das Meer strahlte in tiefem Blau bis zum Horizont. Sie genoss diese Ausblicke. Zufrieden drehte sie sich vom Fenster weg und sah sich um. Die gesamte Inneneinrichtung passte nicht zum äußeren, ländlichen Stil des Gebäudes. Im Inneren des Hauses war alles hell und modern eingerichtet. Weiß, fast klinisch rein wirkte das Wohnzimmer. Kein Staubkorn lag auf den

weiß lackierten Schränken. Kein Dreck auf dem Eichenparkett. Man hätte vom Fußboden essen können. Hier gab
es keinerlei Unordnung. Nirgends lag irgendetwas herum.
Akkurat standen die wenigen ausgesuchten Gegenstände
wie die silbernen Kerzenleuchter, Glasvasen und Bücher
angeordnet auf Tisch und Kaminsims.

Das Haus gehörte ihr allein, seitdem ihre Mutter nicht
mehr da war. Der Vater – längst aus ihrem Gedächtnis
gelöscht. Er verließ die Familie, als sie ein Kind war und
ihn am meisten gebraucht hätte. Nun war dies ihr Paradies. Es gab keine Parasiten, die sich an ihrem Eigentum
laben konnten. Das Gebäude lag abgelegen, fast einsam.

Eingewachsen von Hunderten Bäumen und Sträuchern.
Die wiederum umgeben und geschützt von einem zwei
Meter hohen Metallzaun. Das gesamte Grundstück war so
gut wie nicht von außen einzusehen. Sie fühlte sich behü-
tet und geschützt in diesem äußerst geräumigen Zuhause.
Unendlich viele Zimmer zweigten von der mächtigen Diele
ab, die, ebenfalls mit Holzböden belegt, Atmosphäre in
den Eingangsbereich brachte. Die Einsamkeit störte sie
keineswegs. Im Gegenteil: So konnte niemand neugierig
über den Zaun spähen, um ihre Gewohnheiten auszukund-
schaften. Josephine stöckelte in hochhackigen Pumps über
das gewienerte Parkett, holte aus der Küche einen Becher
Kaffee und setzte sich in den dunkelroten Ledersessel am
Panoramafenster. Lässig schlug sie ihre langen schlanken
Beine übereinander, die in hauchfeinen Nylonstrümpfen
steckten. Die Aussicht auf den Schuppen auf der anderen
Seite des Grundstücks steigerte ihre Laune um ein Viel-
faches. Denn dort im Nebengebäude saß die süße zarte
Sophie. Sie sollte mit ihr gemeinsam zum Maifeuer gehen
und feurigen Spaß erleben. Nur dass der blonde Engel

davon bisher nichts ahnte. Wie einfach war es gewesen, sie direkt vom Park in den Wagen zu locken, dieses unachtsame Kind. Wie naiv, ihr so zu vertrauen.

Leises Schnurren brachte sie in die Gegenwart zurück.

»Mister X, mein Freund. Schön, dich zu sehen, alter Kater. Komm her, mein Schatz.«

*

Stöhnend kam Sophie zu sich. Brennende Schmerzen, die jede Faser, jeden Muskel und jeden Knochen in ihrem Körper zu zerreißen drohten und in ihren Eingeweiden wie heiße Eisen glühten, ließen sie bewegungslos verharren. Sie spürte den feuchten Untergrund, auf dem sie lag und der seine Kälte an sie abgab. Sie zitterte, klapperte mit den Zähnen und versuchte fieberhaft, ihre vernebelten Gedanken zu ordnen. Während sie angestrengt darüber nachdachte, was passiert war, verteilte sich im Mund bitterer Geschmack, der pelzig und ekelerregend auf der sich wattig anfühlenden Zunge lag. Sie schluckte und probierte immer wieder schmatzend, die trockene Kehle zu befeuchten, was allerdings einen Reflex auslöste, der sie würgen ließ. Hilflos unterdrückte sie den Brechreiz. Sie fühlte sich wie nach einem mehrstündigen Marathon, und in ihrem Schädel hämmerte es, als quälte sie gerade ein schwerer Migräneanfall. Sophie zwang sich, ihre Augen zu öffnen. Aber egal, wie sehr sie sich bemühte, die Augenlider blieben verschlossen. *Die sind verklebt, ich bekomme sie nicht auf, die sind zugepappt.* Sie spürte würgende Angst, die wie ein eisernes Korsett ihren Brustkorb zusammenpresste. Ihr die Luft zum Atmen nahm. *Darum ist alles so düster.*

Angsterfüllt und gleichzeitig sehr benommen suchte sie nach Gedankenfetzen, Puzzleteilen, die sie zu einem Ganzen zusammenfügen konnte. *Da war diese Alte im Park, der Wagen und der Stich im Nacken, bevor mir schwarz vor Augen wurde. Wo bin ich? Wie bin ich hierhergekommen? Wer ...? Die Frau ...* Sophie wollte die Hand bewegen, um den brummenden Schädel zu halten, als ohne Vorwarnung die Luftzufuhr abbrach. Es gelang ihr nicht, die Realität zu fassen. Der jähe Sauerstoffmangel raubte ihr zunehmend den Verstand. Sie geriet in Panik und zog die Hände erneut nach vorn. Je mehr sie allerdings zog, umso heftiger drückte ihr etwas die Kehle ab. Sie hechelte wie ein Hund und spürte im selben Augenblick die Fesseln, die hinter ihrem Rücken in die Handgelenke einschnitten. *Bewege ich mich, zieht sich die Schlinge um meinen Hals zu.* Geschockt blieb sie still in der verrenkten Haltung liegen, um genügend Sauerstoff inhalieren zu können.

Sophie versuchte tief und gleichmäßig zu atmen, um ihren rasenden Puls herunterzufahren. Seltsamerweise galten die ersten klaren Gedanken, ausgelöst durch die Bewegungsunfähigkeit und Blindheit, einem Kinderlied. Ihr fiel das Lied ein, das ihre Mutter sang, wenn sie als Kind Angst im Dunkeln verspürte, die bösen Geister in ihrem Kopf nicht loslassen wollten und sie am Einschlafen hinderten. Sie versuchte, sich an den Text zu erinnern, um nicht zurück in das bodenlose Loch zu fallen, in dem sie zu stecken schien. *Sternenstaub auf Engelshaaren, Mondlicht glänzt auf blasser Haut, auf dem Weg durchs Wolkenmeer hab ich ein Märchenschloss gebaut. Wie ging es weiter? Weiter, ich muss mich konzentrieren.* Sophie überlegte fieberhaft. *Leuchtend Sicht, nein, Leuchtend Licht in meinen Augen, strahlt in tiefe Nacht hinaus, f... federleicht auf weichen*

Flügeln schweb ich zu goldnen Sternen auf. Die Beklemmung nahm überhand und erfüllte ihren Körper mit zusätzlichem Stress. Adrenalin ließ ihr Herz unkontrolliert schlagen, und sie spürte Gefahr, die sie von jeder Seite umgab. Schwindelig bewegte sie den Kopf wenige Zentimeter und spuckte metallisch schmeckende Flüssigkeit aus, die sich in der Mundhöhle sammelte. Aus einer Wunde sickerte Blut. Sie musste die Wange von innen aufgebissen haben. Der Durst zwang sie, den roten Saft im Mund anzustauen, um ihre Kehle zu befeuchten. Sie dachte nicht darüber nach, dass es sich um ihr Blut handelte.

Der Boden, auf dem sie lag, roch modrig. Es gab nichts, das ihren geschwächten Körper, an dem sie nichts weiter trug als ein Höschen und ihren Büstenhalter, auch nur annähernd wärmen könnte. Sophie atmete schwer. Ermattet legte sie den Kopf zurück auf den verdreckten Untergrund, sog Dreck und Staub in ihre Lungen. Sie wusste nicht einmal, wie lange sie bereits in der vermeintlichen Finsternis kauerte. *Ist es überhaupt dunkel?*

Sie verspürte stechenden Durst und schluckte nochmals gierig die blutige Masse hinunter, die süßlich ihre Mundhöhle ausfüllte. Ein abstoßender Geschmack, der ihr erneut Übelkeit bereitete. Sie würgte und erbrach sich auf den Boden. Angeekelt drehte sie den Kopf. Die Luft in ihrem Verlies roch nach Erbrochenem, Gruft und Tod.

»Ich träum mich in fremde Welten, auf Zuckerwatten Schaum ins Glück, dann bringen erste Sonnenstrahlen mich ganz leis nach Haus zurück. Mama«, weinte sie verzweifelt und zitterte. »Mama, hilf mir.«

Heiße Tränen brannten hinter geschlossenen Augenlidern, als hätte jemand Chilipulver hineingestreut. Sophie spürte, dass die Tränenflüssigkeit die eitrigen Verkrustungen, die ihre Lider zugepappt hatten, nach und nach auflösten. Wenn auch nur extrem langsam, so konnte sie doch unter schmerzhafter Anstrengung langsam ihre Augen öffnen.

»Mama, hilf mir, ich will nach Hause.« Das herzzerreißende Schluchzen erfüllte den Raum.

Sophie versuchte erneut, sich mit den Händen vom kalten Boden zu lösen. Aber je mehr Anstalten sie unternahm, sich zu befreien, umso heftiger strangulierte sie ihren Hals.

Wenn ich mich nicht selbst umbringen will, muss ich …

»Mama, ich will nach Hause«, weinte sie. Während Tränen die Wangen hinunterliefen, kam ihr eine Idee, die vielleicht Erleichterung brachte.

Die 24-Jährige zog die Beine zum Rücken, um damit den Händen näher zu kommen, und verspürte schlagartig Lockerung am Hals. Sie schlängelte ihren Körper wie eine Schlange vorsichtig über den Fußboden, immer darauf bedacht, die Körperhaltung einzuhalten. *Irgendwo muss der Raum ein Ende haben,* dachte sie und schlängelte sich voran. Aus einer der Ecken vernahm sie leises Fiepen. Ängstlich lauschte sie. *Was war das?*

Sie hatte ein feines Gespür und das Gefühl, nicht alleine im dunklen Verlies zu sein. Irgendetwas teilte sich mit ihr das unfreiwillige Gefängnis, und sie fühlte einen lauernden Blick auf sich ruhen. Ermattet atmete sie den nötigen Sauerstoff tief in ihre Lungen. Sie schob die Arme, so weit es ihr möglich war, rücklings ein paar Zentimeter nach oben, zog zugleich die Füße hinterher. So verschaffte sie der Schnürung an ihrem Hals immer wieder Lockerung. *Ich muss etwas trinken.* »Hilfe, ich will raus, helft mir.« Sophie wusste nicht, ob irgendjemand sie in diesem Gemäuer hören, geschweige denn aus diesem befreien konnte. Aufs Neue kamen Mosaiksteinchen in ihrem Gedächtnis hoch. *Ich war im Park. Da war diese Frau ... es ist alles so schwammig. Da war das Auto, ein altes Auto ... die Kiste. Dann war da nichts mehr ... rote Haare. Die hatte rote Haare.* Sie erinnerte sich so genau daran, weil die Locken, die unter der Mütze hervorlugten, richtig leuchteten, als sie in der Parkanlage unter der gusseisernen Laterne stand.

Sophie seufzte. *Da war wieder das Fiepen!* Sie lauschte und konzentrierte sich auf das Geräusch, das aus einer Ecke herrührte. Sie spürte einen Luftstrom. Etwas huschte an ihrem Kopf vorbei. Unerwartet zog ein warmer Faden über ihr Gesicht. Sie wagte nicht zu atmen, wollte schreien, Aber ihrer Kehle entrang sich nur röchelndes Krächzen. Das Etwas, das für Sekunden auf ihren Lippen lag, verschwand, als sie heftig den Kopf schüttelte. Die zitternde Frau spannte den Körper an und versuchte, sich aufzurichten. Hilflos lag sie in ihrer skurrilen Position. Der vermeintliche Faden schlängelte sich um ihren Kopf. Ohne Vorwarnung sprang das Etwas, von dem sie davon ausging, dass es sich um ein Tier handelte, auf ihre Schulter und blieb für einen Moment regungslos sitzen. Sie fühlte Wärme an ihrem Hals. Sophie drehte reflexartig den Kopf in die andere Richtung. Ein Fauchen, dann biss etwas in das Fleisch ihrer Wange. *Das ist ein ... eine Ratte?*

»Eine Ratte«, schrie sie. »Verschwinde, du Biest. Verschwinde!« Sophie Larsen röchelte, zog ihr Schultergelenk nach oben und bewegte sich mit einem Ruck zurück, sodass das Nagetier von ihr geschleudert wurde, bevor es sich festbeißen konnte. Sie wusste von ihrem Vater, wie gefährlich diese ekelhaften Nager sein konnten. Er hatte eines Nachmittags die Fasane im Gehege füttern wollen, als er eine Ratte auf einer Stange, nahe des Futtertroges der Fasane, entdeckte. Als er sie mit einer Schaufel verjagen wollte, sprang sie ihm fauchend an den Hals und verbiss sich im Jackenkragen. Er erzählte ihr die Geschichte bei jeder passenden Gelegenheit. Ein Schaudern lief ihr über den Rücken. Das Tier, das hier mit ihr das Gefängnis teilte, quiekte und verschwand in der Dunkelheit. Das verzweifelte Mädchen bündelte seine Kraft und robbte hechelnd weiter, bis es mit dem Kopf gegen einen harten Gegenstand stieß. Sie stoppte. *Das muss die Wand sein.* Sie schob sich an der kalten Steinmauer hoch, bis sie gekrümmt dagegen lehnte. Mit der Mauer im Rücken fühlte sie sich weitaus sicherer, als hilflos auf dem Boden zu liegen. Das Nagetier schien noch in ihrer Nähe zu lauern, sie konnte die Blicke spüren.

Wenn ich nur nicht so einen wahnsinnigen Durst hätte. Meine Kehle vertrocknet, wenn ich nicht bald etwas zu trinken bekomme. Sie räusperte sich und versuchte, das Kratzen im Hals zu ignorieren. Ihr Körper zuckte, und sie fing erneut an zu weinen. Kein Lichtstrahl drang von irgendwo in ihren Kerker. Sie versuchte, Umrisse zu erkennen. Durstig leckte sie die salzigen Tropfen mit der Zungenspitze von der Haut und sog sie in ihren ausgetrockneten Mund.

Plötzlich blitzte in Höhe des Fußbodens in einiger Entfernung auf der gegenüberliegenden Seite ein schmaler heller Streifen auf. Im gleichen Moment sprang die Tür auf, und ein gleißender Lichtstrahl traf sie unvermittelt im Gesicht. Sophie konnte noch nicht einmal die Hand heben, um ihre Augen vor dem Licht zu schützen, das sie blendete.

»Gott sei Dank, ich dachte schon, ich müsste hier sterben. Können Sie mich losbinden? Ich bin gefesselt. Helfen Sie mir bitte!« Die Erleichterung in ihrer Stimme war deutlich herauszuhören. Sie wähnte sich gerettet. Ein hochgewachsener Schatten mit einem Kranz von langen Haaren löste sich aus dem Türrahmen und kam direkt auf sie zu. Sophie war erleichtert. »Nehmen Sie die Taschenlampe herunter, ich kann nichts sehen.« Der Lichtschein bewegte sich weiter auf sie zu. »Bitte, ich ertrage das nicht!«

»Bleib ganz ruhig, meine Süße, hab keine Angst, ich werde mich um dich kümmern. Mach dir keine Sorgen.«

Sie erkannte die Stimme und blickte in die Richtung, in der die Gestalt wie eine Statue verharrte. Es war die Frau, die sie an ihren Wagen begleitet und der sie geholfen hatte, ihre Kiste zu verstauen.

»Gott sei Dank. Ich dachte schon, ich müsste hier sterben.« Sie sog frische Luft in ihre Lungen, die von außen mit hineingeströmt war.

»Wirst du auch, allerdings später und bestimmt nicht an diesem Ort«, antwortete die Frau in sonorem Ton. »Wenn ich mit dir fertig bin, wirst du dir wünschen, erlöst zu werden. Und nenn mich einfach Josephine.«

Sophie schluckte. Ihre Lippen fingen unkontrolliert an zu zucken. Panik ergriff sie und das Gefühl ersticken zu müssen, als sie versuchte, sich mit aller Macht von den Fesseln zu befreien.

»Was wollen Sie von mir? Ich habe Ihnen doch nichts getan«, röchelte sie hysterisch. »Ich kenne Sie überhaupt nicht. Was wollen Sie? Geld? Meine Eltern werden es bezahlen.« Ihre Stimme überschlug sich, und sie hustete. »Was wollen Sie?«

»Was ich will? Mich um dich kümmern. Du hättest ein braves Mädchen sein sollen, als du noch Gelegenheit dazu gehabt hattest. Dann müsstest du jetzt keineswegs hier sitzen.« Der Tonfall der Frau verursachte Sophie Gänsehaut.

»Was habe ich Ihnen denn getan?«

»Was du getan hast? Du warst ein böses berechnendes Weibsstück. Sieh nur, wie du herumgelaufen bist. Enge Hosen, wilde Mähne. Geschminkt wie eine jämmerliche Nutte, die Männer in den Abgrund ziehen will«, fauchte die Fremde, die sich immer noch hinter dem Lichtkegel der Taschenlampe verschanzte. Mit dem Fuß stupste sie gegen die nackten Oberschenkel der hilflosen Sophie.

»Aber jetzt bin ich ja da und werde mich um das Übel, das du verbreitet hast, kümmern. Keine Angst, du wirst keinem Mann mehr den Kopf verdrehen und ihn dann wie schmutzigen Müll entsorgen.«

Sophie wusste nicht, was sie darauf antworten sollte, und versuchte trotz ihrer Angst die Taktik zu ändern, um sie zu besänftigen. »Ich habe Durst«, hauchte sie. Sie gab ein jämmerliches Bild ab und glaubte nicht mehr daran, dass diese Frau sie retten würde.

»Du bekommst etwas zu trinken. Morgen. Für heute musst du dich gedulden.«

»Ich muss dringend zur Toilette. Bitte, machen Sie mich los«, schluchzte sie.

Lautes Gelächter füllte den Raum. »Deine Toilette ist hier doch wirklich groß genug.«

Sie bückte sich, und Sophie verspürte erneut einen stechenden Schmerz im Nacken. Ihr wurde schwummerig, und nur wenige Sekunden später verlor sie das Bewusstsein. Die Fremde drehte sich um und verließ mit einem Lächeln auf den zu stark geschminkten Lippen das Verlies. Bevor sie die Tür verschloss, wendete sie sich noch einmal um.

»Morgen mache ich dir eine schöne Maniküre. Schlaf gut, kleine Hexe.«

Das Lachen hallte in ihren Ohren, und die schwere Eisentür fiel ins Schloss. Sophie war wieder alleine im Dunkeln.

*

Sophie kam zu sich. Sie fuhr mit der Zunge über die spröden aufgeplatzten Lippen. Sie wusste nicht, wie viele Tage sie in ihrem Gefängnis bereits gefangen gehalten wurde. Das Zeitgefühl war verloren gegangen. Immer wieder kam die Rothaarige und brachte ihr zu trinken. Am Ende jeden Besuches spürte sie den Stich einer Nadel, der sie in eine lange Bewusstlosigkeit fallen ließ.

Ihr ausgezehrter Körper zitterte. Sie war mit den Händen, die weit ausgestreckt an die Wand gekettet hingen, zu keinem Befreiungskampf mehr fähig. Teilnahmslos hielt sie den Kopf gesenkt und reagierte kaum noch auf Ansprache. Die Fesseln, vorher um Leib und Hals geschlungen, waren verschwunden. Sie gab ein erbärmliches Bild ab, das an eine Mittelalterszene erinnerte. Eine junge Frau in einem jämmerlichen Verlies, abgemagert bis auf die Knochen, die auf ihren Tod wartete. Sie pustete geschwächt eine verschmutzte fettige Haarsträhne aus dem Gesicht, die ihr wiederholt in den Mund rutschte. Der Boden, auf dem unter ihrem Körper Stroh ausgelegt war, sog die Feuchtigkeit ihrer Aussonderungen auf, die ihrem Leib böse zusetzten. Das Gesäß fühlte sich taub an, und sie schlitterte solange herum, bis sie von einer auf die andere Pobacke gelangte. Ihre Lungen schmerzten bei jedem Atemzug, und es rasselte verdächtig in ihrem Brustkorb. Dreck, der überall in ihrem Gefängnis den Fußboden bedeckte, hatte sich in die aufgeschürften Wunden gesetzt, die begannen sich zu entzünden. Sophie seufzte und stierte aus dunklen Augenhöhlen in die Finsternis. Sie kniff die Augen zusammen, um in der Dunkelheit Orientierung zu finden. Ab und zu nahm sie einen schwachen Lichtschein unterhalb der Tür wahr. Ihre Angst kehrte zurück, wenn das Licht anging. Dann kam die Teufelin wieder, und es bedeutete Schmerzen, die kaum zu ertragen waren.

Die Wirkung der Drogen schien nachzulassen. Ihre Finger schmerzten. Sophie konnte sie nicht heranziehen, um nach den Fingerkuppen zu sehen. Sie erinnerte sich nur zu gut an die letzte Stippvisite.

Josephine hatte die zarte Frau von den Fesseln befreit, auf einen Holzstuhl gehievt, vor dem ein alter Holztisch stand. Ihre Hände gewaltsam an Halterungen auf der Tischplatte festgeschnallt. Langsam kroch der Schmerz ihrer Erinnerungen die Eingeweide hoch.

Mit einem Foltergerät – sie zitterte – hatte sie ihr die Finger der linken Hand gequetscht und emotionslos ihre Schreie ignoriert. Bereits nach kurzer Zeit sackte sie auf dem Stuhl zusammen und fiel in eine erlösende Ohnmacht.

Die Schnürungen um Körper und Hals blieben verschwunden. Jetzt hing sie stattdessen an Ketten. Die Schmerzen der letzten Stunden und Tage waren erträglicher geworden. Es schien, als bekäme sie Medikamente, die sie in eine Art Dämmerzustand versetzten. Alles um sie herum versank in undurchdringlichem Nebel. Es störte sie nicht einmal mehr, dass ihr vierbeiniger Mitbewohner umherschlich und mit Sicherheit nur darauf lauerte, dass es mit ihr zu Ende ging. »Du schaffst mich nicht. Das kannst du vergessen, du Viech.« Sophie redete mit der Ratte, um nicht komplett verrückt zu werden. Sie fing leise an zu singen, was allerdings eher einem heiseren Krächzen glich.

»Auf dem Weg zum Regenbogen werd ich vom warmen Wind geküsst, er trägt mich auf 1.000 Sternen, bis mein Weg zu Ende ist.« Es klang nicht mehr nach einem Kinderlied, sondern eher nach einem Gebet, in dem ein letzter Hauch Hoffnung steckte.

Tränen der Erschöpfung rannen über ihre Wangen. Der ausgemergelte Körper schlotterte. »Mama, ich will nach Hause. Bitte hol mich hier raus«, schluchzte sie. Dabei hatte sie den Glauben an eine Rettung mittlerweile fast aufgegeben. *Meine Eltern suchen mich, das weiß ich.* »Ich habe dir doch nichts getan.« Der Aufschrei hallte durch den Raum. »Was willst du? Ich kenne dich nicht«, schrie sie hysterisch. Sophie spürte, wie ihr Slip herunterrutschte. *Ich darf mich nicht bewegen.* Still und mutlos stierte sie in die Dunkelheit, lehnte ihren schmerzenden Rücken gegen die eiskalte Steinmauer und weinte. Sie verspürte quälenden Hunger. Seit wie vielen, ihr endlos erscheinenden Tagen bekam sie außer Wasser keine feste Nahrung und auch davon gerade so viel, um sie am Leben zu erhalten und ihr irgendwelche Medikamente einzuflößen. Das beißende Gefühl im Magen war einem gedämpften Rumoren gewichen. Erschöpfung ließ sie immer wieder in erlösende Besinnungslosigkeit fallen.

Das Licht unter der Tür blitzte auf. Sophie zuckte zusammen. Der Schlüssel drehte sich schwer im Schloss, und die Tür sprang knarzend auf. »Na, meine Süße. Ist alles in Ordnung?«, kam Josephine flötend in den Kellerraum. Sie trug eine schwarze Hose und eine gerade geschnittene dunkle Jacke. Sie schien sich verwandelt zu haben. Aus dem Mütterlein war eine gut gekleidete, modisch frisierte und geschminkte Frau geworden. Lächelnd kam sie auf die Gefangene zu und erkannte, dass sie kaum ansprechbar war. Sie ging in die Hocke und tätschelte vorsichtig ihre

Wange. »He, wach auf, kleine Maus. Alles in Ordnung?«
Sophie stöhnte, als sie zu sich kam.

»Was soll in Ordnung sein?«, wisperte sie. »Sagen Sie mir endlich, was Sie wollen. Ich habe Ihnen nichts getan, lassen Sie mich bitte gehen«, krächzte sie.

»Du wirst gehen, aber auf keinen Fall den Weg, den du erwartest.« Schrilles Lachen erfüllte den Raum. Sie erhob sich, ging zu einem Tisch, der mittig im Gewölbe stand, um mit einem Becher zurückzukehren. »Warte die Zeit ab. Es wird nicht allzu lange dauern, dann werde ich dich an den Ort deiner Bestimmung bringen.« Die Frau bewegte sich wieder auf sie zu. »Du musst trinken, damit du mir nicht vorher verdurstest.«

»Aber warum lassen Sie mich nicht einfach los und ich verschwinde. Ich verrate Sie nicht, bestimmt nicht.« Die Stimme klang mutlos.

»Trink!«, antwortete die Rothaarige und hielt mit der einen Hand, deren Fingernägel sorgfältig mit tiefrotem Nagellack lackiert waren, Sophies Kinn fest, um ihr mit der anderen den Inhalt des Gefäßes einzuflößen. Wasser war alles, was sie ihrer Gefangenen zustand. Gierig schluckte sie die Flüssigkeit hinunter. »Bitte noch einen, bitte!«

»Das reicht! Aber ich verspreche dir etwas. Wir werden heute jede Menge Spaß haben.« Sie stellte den Becher beiseite. »Es wird dir gefallen.« Die schlanke Frau klatschte begeistert in die schmalen Hände, stöckelte in ihren roten High Heels zurück zur Tür und drehte am Lichtschalter, der sich gleich neben der alten Eisentür befand.

Sekunden später flammte das Licht einer alten rostigen Glaslaterne auf, die unter der Decke hing. Entschlossen schritt sie aus dem Raum, um Sekunden später mit einer Art Holzpritsche zurück zu kommen, die mit Rollen versehen bei jedem Zentimeter quietschte. Sie schob die Pritsche in den Kerker. Die Gefangene starrte geschockt auf das Gestell. Ähnliches kannte sie von Bildern aus dem Geschichtsunterricht. Eine Holzbank, an deren Ende Seilzüge befestigt waren – und Ketten. Eine Streckbank. Sophie zitterte plötzlich. »Was haben Sie vor? Bitte nicht«, flehte sie heiser. Sie erinnerte sich an die Folterbänke aus dem Mittelalter, deren Abbildungen im Geschichtsbuch ihr bereits während des Unterrichtes kaltes Grausen verursacht hatten. Panische Angst ergriff sie, als die Frau auf sie zukam. Sie zog das Mädchen hoch, löste mit einem Schlüssel das Schloss der Handfesseln und hob ihre Gefangene auf die Bank. »Nein, nein.« Ihr dürrer Körper vibrierte, als die Rothaarige ihre Hände am Kopfende festzurrte. Verzweifelt versuchte sie, sich zu wehren, es war aussichtslos. Ihre Kräfte reichten bei Weitem nicht aus, um sich dem, was auf sie zukam, entgegenzustellen. Das bösartige Wesen spreizte die Beine des Opfers und umschloss die Knöchel mit eisernen Fußfesseln.

Sichtbar erregt ging sie um das zitternde Mädchen herum, dessen Körper von Wunden und Dreck bedeckt war, und bewegte sich ans Kopfende. Sie nahm ihre Hände und fing an, das Holzrad an der rechten Seite der Streckbank in ihre Richtung zu ziehen.

»Neiiiin!«

»So, Kollegen. Was haben wir bis jetzt?«, fragte Westermann und schaute in die Runde der im Büro versammelten Polizeibeamten. »Kann mich bitte jemand mit Kaffee versorgen?«

»Wo haben Sie denn geschlafen?«, fragte Schütt. Besorgt starrte er auf die müden Gesichter der beiden Kommissare aus Oldenburg.

»Im Auto. Wir hatten nur zwei Stunden und haben erstmal unseren Arbeitsplatz klargemacht«, sagte Westermann und deutete auf die leere Pinnwand.

»Mir auch bitte einen«, deutete Becker auf den Kaffeebecher in seiner Hand und hielt ihn in die Höhe. Die anderen starrten gebannt auf die Wand und überhörten und übersahen seine Forderung. »Na, dann geh ich halt.« Die Obermeisterin Mareike Jansen erhob sich widerwillig und trottete los, um eine Kanne Kaffee aus der Küche zu organisieren.

»Bin ich denn blöd, oder was?«, fluchte die Brünette, blieb im Flur stehen und überlegte, wieder umzukehren, um den Kollegen anzuzeigen, dass sie keineswegs für die Versorgung der Männer zuständig war. Gereizt kam sie Minuten später mit einer gefüllten Isolierkanne zurück und stellte diese direkt neben Dirk Westermann auf den Schreibtisch. *Sollen die anderen doch sehen, wo sie ihre Brühe herbekommen,* dachte sie und setzte sich grinsend auf den Stuhl, während sie ihren geflochtenen Zopf nach hinten schwang und die Nase stur nach vorn richtete.

»Also, was haben wir? Eine weibliche Person zwischen 20 und 30 Jahren. Hat sie zwischenzeitlich irgendjemand als vermisst gemeldet?« Alle schüttelten die Köpfe. »Wieso wird die Frau nicht vermisst? Das versteh ich nicht. Keine Eltern, Freunde?« Erneutes Kopfschütteln. »Na, dann. Also diese Frau«, Westermann deutete auf das Foto, das er an die Pinnwand heftete, »ist seit gut 48 Stunden plus minus vier Stunden tot. Hände und Füße sowie der Hals wurden mit einem geflochtenen Hanfseil verbunden, das einen Durchmesser von vier bis fünf Millimetern hat. Fünf Millimeter, um genau zu sein. Vorher allerdings«, er zeigte mit dem Stift auf eines der Fotos, »hat der Täter oder die

Täterin sie mit einem dünnen Gegenstand, wahrscheinlich einem Draht oder einem sehr schmalen Seil, erdrosselt. Der Tod trat durch Strangulation ein, allerdings nicht durch das Seil, das um ihren Körper gezurrt war.« Er wies auf den feinen roten Strich unterhalb des Kehlkopfes. »Und sie wurde eindeutig erdrosselt, bevor sie im Teich vom Ostersoll abgelegt wurde. Der Pathologe fand kein Wasser in der Lunge. Also Fundort ist eindeutig nicht Tatort. Es wurden keine Spuren entdeckt, die darauf hinweisen, dass der Täter sein Werk im Ostersoll vollendet hat.« Die Anwesenden flüsterten miteinander. Mareike Jansen hörte still zu und machte sich als einzige Notizen.

»Darf ich? Weitermachen, meine ich. Jetzt kommen wir zum unangenehmen Teil dieser schrecklichen Geschichte. Derjenige, der ihr das Leben nahm, entfernte ihr danach, und ich betone, *nach* der Strangulation die Augen.«

Die Kollegen sahen sich sprachlos an. »Woher wollen Sie das so genau wissen?«, fragte Hauptmeister Becker nervös. »Henning von der Pathologie hat uns den Bericht sofort zukommen lassen. Sie können ihn jederzeit lesen.« Der Hauptkommissar deutete ohne die Miene zu verziehen auf die Dokumentation, die er in seiner Hand hielt und zu den übrigen Details an die Pinnwand heftete.

»Aber dann war sie ja tot, als … Warum hat der Täter hinterher …«

»So ist es«, antwortete Westermann ernst. »Da verspürte jemand anscheinend extreme Lust, ihr nach der Strangulation noch die Augen zu entnehmen.«

»Und daran kann der Kerl sich aufgeilen?«, rief Becker verächtlich.

»Was glauben Sie, an was manche Psychopathen ihre Freude haben, wenn sie ihre Opfer töten. Von Aufgeilen, um es mit ihren Worten auszudrücken, ist hier eher nicht die Rede. Mehr von Machtausübung, von Hass, absoluter Kontrolle und sehr wahrscheinlich auch sexueller Befriedigung. Wir können uns freuen, dass er es nicht tat, bevor …«

»Woher wollen Sie das wissen?«

»Ich gebe Ihnen gern einen ausführlichen Einblick in die Abgründe, die sich zum Teil auftun, wenn Sie es mit Tätern dieser Ausrichtung zu tun haben.« Becker schüttelte hilflos den Kopf, wurde rot. Verschämt blickte er zu Boden. »Außerdem ist sie nicht vergewaltigt worden. Es gab keine Spuren eines sexuellen Vergehens.«

Dirk Westermann goss Kaffee in den Becher und nahm einen Schluck. »Wir kommen nun zu einem weiteren wichtigen Detail, den Kreuzen.« Er tippte mit dem Finger auf vier Bilder, die aus verschiedenen Perspektiven aufgenommen wurden und die er nacheinander an die Pinnwand heftete. »Wie Sie sehen, handelt es sich um kleine silberne Kreuze, die im Inneren der Augenhöhle steckten. Das könnte der Hinweis auf ein rituelles Zeichen sein, mit dem der Täter etwas ausdrücken will.«

»Das verstehe ich nicht«, antwortete Kant und sah Westermann irritiert an.

»Es könnte sich um einen Ritualmord handeln, bei dem der Täter ein Zeichen setzen will. Das Kreuz steht für Glauben. Ist das Opfer jemand, der ungläubig ist und dem mit diesen Kreuzen die Augen für Gott geöffnet werden sollen?«

»Oder das Böse vertreiben will?«, entgegnete Schütt und deutete auf das Foto.

»Satansbruder, oder was? Eine Ungläubige? Ich versteh gar nichts mehr. Das ist doch alles Kokolores«, rief Becker und raufte sich verwirrt die wenigen Haare auf seinem

Kopf. »Wir sind doch hier nicht im Kino und gucken einen Horrorfilm«, setzte er irritiert noch eins drauf.

»Es sind nur Hypothesen. Vielleicht bedeuten die Kreuze auch gar nichts.« Westermann lehnte sich gegen den Schreibtisch, der neben ihm stand. »Aber wir sollten es im Hinterkopf behalten.« Der Hauptkommissar kritzelte eine zusätzliche Notiz auf das Flipchart. »Nun zu den folgenden Bildern. Es handelt sich um die Reifenspuren, die nach dem Vermessen zu einem SUV, Caddy oder Ähnlichem gehören könnten. Der Abdruck bringt uns in diesem Fall allerdings nicht weiter, solange wir nicht das richtige Gegenstück gefunden haben, weil die Reifen, die die Spuren verursacht haben, mindestens zehn Jahre alt sind. Ähnlich verhält es sich mit den Fußspuren. Es gab mehrere Abdrücke. Zum einen, und das ist merkwürdig, Abdrücke großer Stiefel Größe 45 sowie Damenpumps, Größe 43, die jedoch auch nur mit dem passenden Pendant Sinn ergeben.« Leises Raunen ging durch die Gruppe der Polizisten. Westermann sprach ruhig weiter. »Ja, Pumps. Sie haben richtig gehört.«

»Vielleicht waren es zwei Täter, ein Mann und eine Frau?«

Westermann zuckte mit den Schultern. »Das war's auch schon mit den ersten Informationen. Haben Sie noch etwas auf dem Zettel?«, hakte er nach. Allgemeines Kopfschütteln. »Na gut, für den Moment ist das alles. Machen wir uns an die Arbeit. Sie wissen, dass wir schnell handeln müssen. Denn je länger es dauert, den Täter aufzuspüren, umso unwahrscheinlicher wird es, ihn überhaupt dingfest zu machen. Also zügig, meine Herren und meine Dame.« Er zwinkerte Obermeisterin Mareike Jansen zu, die sich ebenfalls erhob. »Übrigens sehr guter Kaffee!«

Die junge Beamtin schenkte dem Hauptkommissar ein strahlendes Lächeln und verließ den Raum.

Hartwig räusperte sich und blieb mit Westermann zurück. »Meinst du, wir kriegen dieses Schwein?«

»Wir müssen. Und zwar schnell, bevor noch mehr geschieht. Wer weiß, ob der schon am Ende ist. Das gefällt mir nicht, überhaupt nicht.«

✻

An der Tür zur Dienststelle läutete es in dem Moment, als Hauptkommissar Dirk Westermann und sein Kollege diese verlassen wollten. Schütt sah durch das Glasfenster des Büros und drückte auf den Knopf, der die Tür mit einem Summton öffnete.

Aufgeregt kam ein Ehepaar mittleren Alters in die Polizeidienststelle. Die Frau ging aufgelöst auf Dienststellenleiter Olaf Schütt zu.

»Olaf, du musst uns helfen, unsere Tochter ist verschwunden!«

Hauptkommissar Schütt runzelte die Augenbrauen. »Nun kommt erst mal mit ins Büro, dann erzählt ihr mir, was genau passiert ist.« Westermann hielt Hartwig, der bereits auf dem Weg nach draußen war, am Jackenärmel fest. »Wir müssen wieder rein, da geht irgendetwas vor.«

»Wieso? Was soll denn da vorgehen?« Widerwillig zog Thomas seinen Arm zurück und folgte dem Kollegen in die Dienststelle. Schütt bat die aufgebrachten Leute, sich vor ihm auf die Stühle zu setzen.

»Möchtet ihr einen Kaffee? Nun erzähl mal ganz ruhig und der Reihe nach, Hannes.«

Noch bevor Hannes Larsen etwas antworten konnte,

betraten Westermann und Hartwig das helle, schlicht eingerichtete Büro. Dirk blickte den Burger Kommissar fragend an.

»Darf ich vorstellen. Das sind Hauptkommissar Westermann und sein Kollege Thomas Hartwig von der Mordkommission Oldenburg.«

»Mordkommission?«, fragte Marianne Larsen entsetzt. »Wissen Sie schon was?«, fragte sie entsetzt. Sie wurde bleich wie die Wände hinter ihr und fing unkontrolliert an zu zittern.

»Nein, beruhige dich. Die beiden Kollegen sind wegen eines anderen Falles auf die Insel gekommen.« Schütt stand auf, ging um den Schreibtisch herum und legte der Frau die Hand auf die Schulter. Er bot den Männern aus Oldenburg die Stühle an. Westermann begrüßte die Larsens. Dann setzten sie sich schweigend, um zu hören, was die beiden zu berichten hatten.

»Also … also« Hannes Larsen räusperte sich. »Die Sophie ist verschwunden. Sie hat sich seit neun Tagen nicht mehr bei uns gemeldet. Das ist überhaupt nicht ihre Art.«

»Sie geht auch nicht ans Telefon zu Hause, geschweige denn ans Handy«, platzte Marianne Larsen dazwischen. »Das hat sie noch nie gemacht.« Tränen standen in den verquollenen und stark geröteten Augen der aufgelösten Mutter, die ein zusammengeknülltes Taschentuch in ihrer verkrampften Hand hielt und die Tränen wegtupfte. Es schienen nicht die ersten zu sein, die sie vergossen hatte.

»Beruhige dich. De Lütt is keen Kind mehr. Die ist vielleicht einfach nur mal weg«, sagte Schütt.

»Wie weg?«, rief Hannes Larsen. »Sophie ist nie einfach mal *nur* weg. Die weiß, was sich gehört.«

»Könnte sie nicht bei einer Freundin sein?«, fragte der Dienststellenleiter.

»Nein, die haben wir alle angerufen. Sie wollte für ein paar Tage zu Svenja nach Hamburg, shoppen gehen, wie die das nennen. Du weißt schon, mit den Mädels in der großen Stadt mal so richtig auf die Pauke hauen.«

»Und – war sie?« Schütt lächelte.

»Deshalb haben wir sie ja auch nicht vermisst, zuerst nicht. Aber als sie sich nicht meldete, wurde Marianne unruhig und hat vorgestern bei Svenja angerufen.«

»Sie war überhaupt nicht da!«, rief Marianne weiner-lich. Westermann überlegte, ob Sophie die Tote sein könnte.

»Wie alt ist eure Tochter?«

»24, warum fragst du?«

»Nur so.« Schütt schüttelte den Kopf.

»Wer ist Svenja?«, mischte sich Thomas Hartwig ein.

Hannes drehte sich um und sah dem jüngeren Kommis-sar nervös in die Augen. »Ihre beste Freundin in Hamburg. Die beiden sind schon gemeinsam hier auf Fehmarn zur Schule gegangen. Aber meistens gehen die dann weg von Fehmarn, um zu studieren oder einen Job zu finden. Sie wohnt in Altona.« Westermann nickte. »Aber die Sophie ist überhaupt nicht dort gewesen, verstehen Sie? Die war anscheinend die ganze Zeit auf der Insel.«

»Woher weißt du, dass sie es sich nicht anders überlegt hat und alleine weggefahren ist?«

»Wir waren so unruhig, nachdem wir die Svenja ange-rufen hatten, und sind zu ihrer Wohnung gefahren. Wir haben einen Schlüssel.« Hannes zog einen Metallring aus der Jackentasche, an dem zwei Schlüssel hingen. »Sie ist nicht da. Es sah auch nicht aus, als wenn sie schon losgefahren ist.«

»Warum nicht?«, fragte Hartwig.

»Weil noch der benutzte Kaffeebecher und ein Teller auf dem Tisch standen. Das ist nicht ihre Art. Sie ist so ordentlich, ein feines Mädchen.« Er blickte wieder zu Schütt. »Du kennst mein Mädchen, Olaf, sag du was.«

»Ja«, antwortete der Kommissar. »Ich kenne sie gut, und sie ist wirklich ein nettes Mädchen und sehr hübsch obendrein.« Olaf Schütt kannte die Larsens bereits eine Ewigkeit. Die Bäckerei war bekannt und beliebt. Es gab dort die besten Franzbrötchen der Insel. Er wusste, dass Hannes und Marianne ihre Tochter mit Liebe aufgezogen hatten und sie ihre Eltern ebenfalls abgöttisch liebte. »Sie ist eine von den Guten.« Die Eltern nickten.

»Sie war sogar mal Rapsblütenkönigin in Petersdorf«, sagte die Mutter stolz.

»Aber nun zurück. Ist euch sonst noch etwas merkwürdig vorgekommen?«

»Ja«, rief Marianne Larsen. »Das Auto steht auf dem Parkplatz!« Die Polizisten sahen sich an.

»Die Wohnung ist also leer, aber nicht aufgeräumt, wenn ich das richtig verstanden habe, und der Wagen steht auf dem Parkplatz?«, fragte Westermann. Er stand auf, ging um die Stühle herum, auf denen die Eltern saßen, und blieb neben Schütt stehen. Ernst blickte er die beiden an und steckte eine Hand in die Hosentasche seiner verwaschenen Jeans. »Dürften wir uns vor Ort ein Bild machen? Und den Schlüssel bekommen?« Dirk Westermann hielt Hannes die andere Hand entgegen.

»N… natürlich! Hier.« Er reichte dem Kommissar aus Oldenburg das schmale Schlüsselbund.

»Schütt, haben Sie etwas dagegen, wenn *wir* uns dort einmal umsehen? Wenn Sie … Sie können selbstverständlich mitkommen«, sagte er.

»Nein, machen Sie mal. Ich bleibe hier und nehme die Vermisstenanzeige auf.« Hannes Larsen kratzte sich am Kopf, und seine Frau zog ein neues Papiertaschentuch aus der Jackentasche, um lautstark die Nase zu schnäuzen.

»Geben Sie uns bitte noch die genaue Adresse Ihrer Tochter? Ach ja, die Handynummer auch.«

»Ja, natürlich, aber was wollen Sie denn mit der Handynummer? Sie geht doch nicht ran«, weinte Marianne Larsen. »Hoffentlich ist ihr nichts passiert?«

»Wir können versuchen, sie zu orten. Vielleicht ist das Handy angeschaltet. Manchmal haben wir Glück, und alles stellt sich am Ende als völlig harmlos heraus. Haben Sie ein aktuelles Foto von ihr?«

Hannes nickte und überreichte Kommissar Westermann ein Bild, das nach der Krönung auf dem Rapsblütenfest in Petersdorf aufgenommen worden war.

»Hübsches Mädchen«, sagte Westermann. Die Eltern nickten heftig.

»Sie finden das Mädel, ja?«, schluchzte Marianne Larsen und schnäuzte erneut in ihr Taschentuch.

»Wir tun, was wir können. Sie wissen ja, zu diesem Zeitpunkt besteht kein konkreter Verdacht, dass etwas Schlimmes passiert sein muss.« Die Männer sahen sich wortlos an und verließen mit knappem Gruß die Dienststelle.

»Denkst du auch, was ich denke?«, fragte Westermann. Hartwig nickte.

»Meinst du, das könnte irgendetwas mit unserem Fall zu tun haben?«

»Ich hoffe nicht! Das ist alles mehr als merkwürdig. Wir werden auf jeden Fall eine Vermisstenanzeige rausgeben. Auf jeden Fall ist die Tote nicht unsere Gesuchte.«

Westermann zog sein Handy aus der Tasche und wählte

die Dienststelle in Oldenburg. »Könnt ihr für uns mal eine Ortung anfordern? Ich gebe euch die Nummer. Ich weiß, dass wir eine gerichtliche Anordnung brauchen, aber die Frau ist seit neun Tagen verschwunden. – Nein, es könnte sich um ein Verbrechen handeln – bitte – ja sofort. Ich danke euch. – Mann, dass die immer so stur sein müssen.«

*

Die Sonnenstrahlen förderten eine völlig verdreckte Windschutzscheibe zutage. »Mann, Mann, ich hätte das Auto auch mal waschen lassen können. Ich kann kaum die Straße erkennen.« Dirk Westermann fuhr den Sundweg entlang. Die Sonne blendete ihn. Zu seiner Rechten lag das Wasser, und erste Segelschiffe kreuzten bereits auf der Ostsee. Thomas Hartwig machte sich zur gleichen Zeit auf den Weg, um mit Becker, der über die nötigen Ortskenntnisse verfügte, die unmittelbare Umgebung des Fundortes nach eventuellen Zeugen abzuklappern.

Westermann lenkte den Dienstwagen auf den neu angelegten Parkplatz, der zur Wohnung von Charlotte Hagedorn und ihrer Nichte Katrin gehörte. Er stieg aus, rückte den Kragen seiner maritimen Windjacke zurecht und schob die Tabakspfeife in den Mundwinkel. Dann blieb er für einen Moment stehen, griff zum Feuerzeug und entzündete den Tabak. Langsam setzte er sich in Bewegung und betrat den nur wenige Meter entfernten Deich. Er verschränkte die Arme vor der Brust, stand auf der Anhöhe und blickte grübelnd über den Sund. Unablässige Rauchschwaden zogen mit dem Wind nach Westen. Selbst die graue Mähne des Kommissars wehte in die gleiche Richtung und verdeckte ständig seine Augen. *Hätte meine*

Mütze mitnehmen sollen. Das Wasser, auf dem eine etwa zehn Meter lange Jacht der Brücke entgegen segelte, glitzerte wie das Silberpapier einer Schokoladentafel. *Was für ein Anblick*, dachte er und atmete die frische Frühlingsluft ein. *Wie kann man in so einer Umgebung jedes Maß verlieren und dermaßen grausam töten? Was für ein Mensch umgibt sich mit so viel Schönheit und pflegt derart abartiges Gedankengut?* Westermann versuchte, in die vermeintliche Gefühlswelt des Täters einzutauchen. *Da erdrosselt jemand eine junge Frau, schneidet ihr die Augen heraus und entsorgt sie gefesselt in einem Teich. Wie viel Hass birgt diese Person in sich? Es reichte nicht, sie zu erdrosseln. Er wollte ein Zeichen setzen. Was hat die Frau getan, was eine derartige Reaktion ausgelöst hat? Warum die Kreuze? Satanskult, kirchlich – hat die Frau etwas gesehen, das sie auf keinen Fall sehen durfte? Warum legt er sie in diesem Wäldchen ab? Sollte sie jemand finden? Warum der Umhang? Warum im Wasser, wenn sie bereits tot war? Er hat sie nicht einfach verbuddelt, er wollte, dass man sie auf genau diese Art und Weise findet.*

Warum gerade sie?

In Westermanns Kopf wirbelten die Gedanken durcheinander, und er versuchte, analytische Ordnung hineinzubringen. Angestrengt rieb er die Stirn. *Dies war kein Mord aus Eifersucht oder Habgier. Das war auch keine Verdeckungstat, da steckt etwas ganz anderes dahinter. Kannte der Täter die Frau? Kannte die Frau ihren Mörder?*

Am Strand standen zwei Angler am Ufer. Unablässig warfen sie ihre Routen in den tief abfallenden Sund. Es war eine schöne Gegend. Rechts die kleine Marina, in der Boote schaukelten, und als er den Blick nach links schwenkte, sah er, wie ein Pärchen händchenhaltend die weiße Landzunge entlang spazierte. *Tolle Ecke.* Sein Blick glitt auf die andere Sundseite nach Großenbrode, wo er noch nie gewesen war. Das Ganze verband sich durch die prächtige Fehmarnsund-Brücke, die Charlotte irgendwann einmal »schöne alte Dame« genannt hatte.

Wir müssen schnellstens herausfinden, wer sie ist. Vielleicht finden wir dann die Verbindung. Wer das Opfer kennt, kennt meist auch den Mörder!

Langsam drehte er sich um und ging auf das neue Zuhause von Charlotte und Katrin zu. *Die sind wirklich zu beneiden. Auch wenn es tragisch war, was passiert ist. Beide sind mit dem Leben davongekommen, und so übel ist dieses Domizil ja nun auch wieder nicht.* Langsam ging er über den breit angelegten Deich zurück.

Westermann hob den Fuß und klopfte die Pfeife an der Hacke seines Schuhes aus, während er den weißen Neubau betrachtete. Umständlich verstaute er sie in der Jackentasche. Er lief zurück und drückte auf den Klingelknopf des Appartementhauses und wartete, dass die Tür sich öffnete. Im Garten, der zurzeit rund um das Gebäude angelegt wurde, setzte ein Gärtner erste Pflanzen in vorbereitete Beete. Weitere Männer waren mit Pflasterarbeiten beschäftigt. Der Landschaftsgärtner blickte für Sekunden auf, weil er sich beobachtet fühlte, sah in Westermanns Richtung und widmete sich dann wieder seiner Arbeit. Eine Reihe von Stauden hatte bereits ihren Platz gefunden und leuchtete in blau-weiß-roten Farben. Der Hauptkommissar vernahm das leise Summen des Türöffners. Er ließ das frühlingshafte Bild noch einmal auf sich wirken und verschwand im Hauseingang.

»Ach, du bist es. Warum nimmst du nicht den Lift?«, rief Katrin, weit über das Geländer gebeugt, als sie Dirk erkannte, der die Treppen zum obersten Stockwerk hochlief. Sie hatten sich seit gestern Abend weder gesehen noch gesprochen. »Ich dachte, du wolltest anrufen«, schmollte die hübsche Frau, deren langes Haar ihr schmales Gesicht einrahmte.

»Darf ich erst einmal reinkommen oder wollen wir das hier draußen im Treppenhaus klären?«, lachte Dirk und nahm Katrin überschwänglich in den Arm, als er die letzte Treppenstufe erreichte. Hingebungsvoll küsste er sie, während sie ihn am Kragen in den Flur zog, bevor sie die Wohnungstür hinter ihm mit dem Fuß zuschob. Atemlos wand sie ihren Körper wie eine Schlange aus seiner Umarmung.

»Natürlich nicht, ich meine ja nur. Du hast versprochen, mich anzurufen.« Sie stand wie ein Schulmädchen vor ihm und machte eine zuckersüße Schnute, die er zum zweiten Mal mit einem Kuss verschloss.

»Ach mein Mädchen, es war so spät, da wollte ich euch auf keinen Fall mehr stören. Ihr habt mit Sicherheit schon geschlafen, als wir halbwegs fertig unsere Akten zugeklappt haben. Allerdings beschleicht mich langsam das Gefühl, als hätten wir noch nicht einmal mit den Ermittlungen angefangen. Aber darf ich erst mal ins Wohnzimmer oder muss ich hier im Flur stehenbleiben?« Er deutete auf die offene Zimmertür und öffnete die Jacke.

»Gib her!« Katrin verzog den Mund, nahm sie ihm ab und hängte sie an einen der Haken der Garderobe. Verstohlen roch sie am Stoff des Cabans und sog den herb männlichen Duft durch ihre Nase. Sie liebte das Aftershave, das er benutzte. »Möchtest du etwas trinken?«, fragte sie versöhnlich. »Ich hätte ein kaltes Bier anzubieten oder ein Glas Rotwein! Charlotte und ich haben gestern Abend eine Flasche Dornfelder geköpft.« Sie huschte sockfuß voran ins Wohnzimmer und ließ sich auf die Couch fallen. Dirk Westermann rutschte neben sie und strich mit der Hand über den weichen Stoff ihrer Jogginghose.

»Wein ist gut. Wo ist denn Charlotte?« Er blickte sich im Zimmer um. »Die war müde und ist zu einem verspäteten Mittagsschläfchen ins Bett gegangen.« Katrin kuschelte sich an den Kommissar und klammerte ihre Arme um seinen muskulösen Oberarm.

»Fühlt sich an, als wenn du jeden Tag in der Muckibude wärst«, sagte sie bewundernd.

»Na das fehlt mir noch. Ich bin froh, wenn ich ab und zu ein paar Runden joggen kann. Aber sag mal, musst du nicht ins Büro?«, fragte er neugierig.

»Nein, ich war fertig und habe erst morgen Termine mit einem Hochzeitspaar.«

Dirk nickte. In verwaschenen Jeans und dunkelblauem Baumwollpullover, der den gut geformten und durchtrainierten Körper unterstrich, sah er ziemlich maskulin aus. Sie fuhr ihm über den melierten Dreitagebart und hauchte einen Kuss auf sein Kinn. Leise stöhnend glitt er mit der Hand durch das lange haselnussbraune Haar, in das helle Reflexe einen weichen Schimmer zauberten. Sie schmiegte ihren Körper zärtlich an seinen, sodass er ihre Brüste spürte, als auf einmal zu hören war:

»Wer sagt denn hier etwas von müde? Ich bin überhaupt nicht müde. Katrin meinte, ich müsste meinen altersgerechten Schönheitsschlaf abhalten. Aber ich bin doch auch ohne Schlaf schön, oder, Herr Kommissar?« Erschreckt zuckten beide wie ertappte Schulkinder zusammen und richteten sich hastig auf.

»Nun lassen Sie endlich mal das *Herr Kommissar*. Ich denke, es ist an der Zeit, ein wenig familiärer zu werden, oder?« Er zwinkerte der Künstlerin, die barfuß in hellblauem Hausanzug vor ihm stand, zu und schenkte ihr ein Glas Rotwein ein. Dann sprang er auf und hielt ihr das Rotweinglas entgegen. »Auch wenn es vielleicht ein wenig früh ist. Ich bin der Dirk und du …?«

»Ich, ich bin Charlotte, aber das wissen Sie … äh, du doch schon. Außerdem ist es nach vier, da kann man ja mal eine Ausnahme machen, oder?«

»Na, denn Prost, Charlotte. Auf eine ruhigere Zukunft und dass ihr mir gesund bleibt. Alle beide.« Westermann prostete den Frauen zu. Seelenruhig setzte er sich zurück zu Katrin, die verdattert von einem zum anderen schaute.

»Das ist eine sehr gute Idee«, sagte sie und leerte ihr Glas, um gleich darauf nachzufüllen.

»Na, nun aber mal nicht so hastig, junge Dame. Dafür ist es dann doch wirklich zu früh«, rief Charlotte, zwinkerte mit den Augen und nippte an ihrem Wein, während sie nach draußen in den dämmerigen Himmel blickte. Dann setzte sie sich in den Ohrensessel. »Und, Herr Komm… Dirk, was gibt's Neues? Ich habe gehört, dass auf der Insel wieder Schlimmes passiert ist?«

»Na, die Inselpost scheint sich ja schneller zu verbreiten, als der Wind über die Ostsee fegen kann.«

Katrin lachte laut und antwortete mit rotem Kopf. »In diesem Fall war wohl ich besagte Inselpost, tut mir leid. Aber ich konnte es selbst kaum glauben.«

»Ist nicht tragisch. Ihr müsst mir allerdings versprechen, dass all das, was in diesem Raum gesprochen wird, hier bleibt. Außerdem kann ich sowieso kaum etwas anderes berichten als das, was morgen in der Zeitung erscheint.« Westermann fuhr sich mit der Hand über die Bartstoppeln und sah die Frauen ernst an.

»Und was erscheint da?«, bohrte Charlotte neugierig weiter.

»So viel verrate ich: Es handelt sich um den Mord an einer jungen Frau. Wer sie ist, wissen wir noch nicht, aber ein Bild der Toten erscheint morgen früh im Tageblatt.«

»Haben … hast du ein Foto bei dir?« Charlotte schien vor Neugierde zu platzen und rutschte unruhig auf ihrem Sessel umher.

Hastig stellte sie ihr Glas auf den Tisch.

»Das willst du sicherlich nicht sehen, sieht nicht gut aus.« Westermann schüttelte angespannt den Kopf.

»Aber vielleicht kann ich dir helfen!«, antwortete sie aufgebracht. »Mir ist fast jeder auf dieser Insel bekannt. Na ja fast jeder.« Sie schaute dem Kommissar geradeheraus in die graublauen Augen, die sie ohne jegliche Regung fixierte. *Der Mann hat was von einem einsamen Wolf,* dachte sie, *der tut nur so ruhig. Er ist immer auf der Lauer, das merkt man, wenn man ihn besser kennt. Und ich kenne ihn besser, als er ahnt.* Sie nahm ihr Glas vom Truhentisch und leerte es. Westermann nagte an seiner Unterlippe. Man sah ihm an, dass er sich bei dem Gedanken unwohl fühlte, Charlotte ein Foto der Toten zu zeigen. Auf der anderen Seite könnte sie eventuell Licht ins Dunkel bringen. Immer wieder strich er mit der Hand über das markante Kinn.

»Die Kollegen in Burg haben sie jedenfalls noch nicht identifiziert«, räumte er ein. »Niemand in der Dienststelle kannte beziehungsweise erkannte sie, was allerdings auch nicht leicht ist, so entstellt wie sie aussieht. Ich tue das nicht gerne, Charlotte! Gar nicht gern. Schlag es dir lieber aus dem Kopf. Das ist schwer zu ertragen.«

»Papperlapapp! Da mach du dir man keine Sorgen, was ich ertragen kann oder nicht, das entscheide ich immer noch selbst. Ich schaue einfach mal mit meinem geübten Kamerablick, dann ist das wohl nur halb so schlimm.« Charlotte Hagedorn blinzelte ihm aufmunternd zu.

Dirk Westermann schnaubte, zögerte und zog das Handy aus der Tasche der Jeanshose. Er wusste, dass die Künstlerin viele Leute auf der Insel kannte. Seine analytische Seite, die ständig überwog, ließ ihn das Display öffnen. Katrin warf ihrer Tante währenddessen eindringliche Blicke zu und schüttelte beharrlich den Kopf. Der Kommissar scrollte im Menü durch die Fotogalerie und suchte eines der von ihm gemachten Fotos vom Fundort heraus. Er strich sich mit dem Finger über die Lippen und schien genauestens zu überlegen, welches Foto er Charlotte zeigen konnte, ohne sie zu sehr zu verschrecken. Dennoch war ihm klar, wie wichtig schnelle Ergebnisse waren, und Charlotte war stark, das wusste er.

Zögernd hielt er ihr das Handy vors Gesicht. Ebenso unsicher lenkte Charlotte Hagedorn ihren Blick Richtung Bildschirm. Sie bündelte ihren Mut, zog die Augenbrauen zusammen, sodass eine tiefe Falte auf ihrer Stirn entstand, und betrachtete mit klopfendem Herzen das Foto. Erst mit einem Auge, das andere hatte sie vorsorglich zugekniffen. Vorsichtig öffnete sie auch das zweite, um ihre Sicht zu schärfen. Sie spitzte die Lippen. Ihre geballten Fäuste lagen verschwitzt auf den Oberschenkeln. Dann sah sie es deutlich. Es zeigte eine tote Frau im geöffneten Leichensack. Nur der Kopf lugte heraus. Dunkle leere Augenhöhlen schienen sie anzustarren. Entsetzt wich sie zurück und hielt die Hand vor den Mund. Kreidebleich sah sie den Kommissar und ihre Nichte an und schluckte. Katrin sprang auf.

»Es reicht! Schluss damit! Ich will das nicht! Hat sie nicht schon genug durchgemacht?« Wütend funkelte sie

Dirk Westermann an, der das Mobiltelefon augenblicklich zurückziehen wollte, als Charlotte seine Hand mit zitternden, eiskalten Fingern festhielt.

»Halt, nicht so schnell, junger Mann! Das war nur der erste Schreck. Geht gleich wieder.« Sie sah ihre Nichte mit festem Blick an. »Und ich bin kein kleines Kind, merk dir das! Ich entscheide selbst, was ich vertrage und was nicht, basta!« Sie holte tief Luft und strich sich eine Haarsträhne aus der blassen Stirn. Erneut inspizierte sie das Foto. Gewissenhaft betrachtete sie die Gesichtszüge der toten Frau. »Ich bin mir nicht absolut sicher, aber es könnte«, sie schüttelte den Kopf, »es könnte die Osterdeichtochter sein, die Mara. Wie gesagt, sie lebt bereits eine ganze Weile in Lübeck, aber ich bin mir fast sicher, dass sie es ist.« Charlotte nickte ununterbrochen. »Sie sieht ihrer Mutter verdammt ähnlich. Das schmale Gesicht, die hohen Wangenknochen. Die rötlichen Locken.« Sie zeichnete mit den Fingern die Konturen auf dem Foto nach. Westermann blickte sie eindringlich an, zückte sein Notizbuch und notierte den Namen. »Wieso haben die Kollegen aus Burg sie nicht erkannt, wenn sie ihrer Mutter doch so ähnlich sieht?« Charlotte zuckte die Schultern. »Wahrscheinlich haben sie … ich weiß auch nicht.«

»Bist du absolut sicher?«, fragte er noch einmal eindringlich. »Ich lasse diese Information sofort im System durchlaufen, dann wissen wir mehr.« Damit stand er hastig auf, leerte das Glas in einem Zug und drängte in den Flur, um die Jacke überzustreifen, weil das, was er gerade erfahren hatte, keinen Aufschub duldete.

»Du willst schon wieder gehen?«, hauchte Katrin, und ihr Mund verzog sich aufs Neue. »Du bist gerade erst gekommen. Das hat doch Zeit bis nachher!«, sagte sie enttäuscht.

»Nein, Katrin, das hat keine Zeit! Du kennst meinen Beruf. Und du kennst mich. Ich kann mir die Freizeit nicht einteilen, wie ich es gerne möchte. Ich bin bei der Mordkommission! Das bedeutet rund um die Uhr, wenn es sein muss. Wir haben einen Fall zu klären. Jede noch so kleine Spur ist von immenser Bedeutung. Verstehst du das?« Seine Stimme klang hart, während er mit ihr sprach. Nervös strich er die Haare aus dem Gesicht und rückte die Brille auf dem Kopf zurecht. Blitzschnell streifte er die Jacke über und bewegte sich unaufhaltsam auf die Tür zu. Er blieb stehen, als überlegte er, und drehte sich abrupt um. »Sei nicht traurig«, versuchte er, sie zu besänftigen. »Sobald ich diese unglaublich wichtigen Informationen verarbeitet habe, rufe ich dich an, dieses Mal ganz sicher, versprochen! Und danke noch mal für den Hinweis, Charlotte.« Westermann wusste nicht, ob sie seine Worte verstanden hatte. Entschlossen zog er Katrin in die Arme und gab ihr einen um Versöhnung bettelnden Kuss. Sie riss sich los, blitzte ihn an, schob ihn ruppig ins Treppenhaus und schlug die Tür ohne einen weiteren Blick hinter ihm zu. Erstaunt blieb er im Hausflur stehen und starrte auf die verschlossene Eingangstür. *Versteh einer die Frauen. Vielleicht ist mein Job wirklich nicht mit einer Beziehung in Einklang zu bringen*, dachte er und verließ eilig das Haus.

Wenig später betrat er die Burger Dienststelle und schritt mit knappem Gruß in das provisorisch hergerichtete Büro.

An einem der Schreibtische saß Thomas Hartwig und sah erstaunt von seinen Papieren auf. Er fuhr mit der Hand durch das kurze dunkle Haar und schüttelte fragend den Kopf.

»Was machst du denn wieder hier? Ich dachte ...«

»Was dachtest du?«, antwortete er. »Ich sagte doch, dass ich einen Termin hatte.« Thomas sah ihn irritiert an, hob abwehrend die Hände und wandte sich den Papieren zu. Angespannt ging der Kommissar an seinen Schreibtisch und schaltete den Computer ein. Konzentriert gab er den Namen ein. »Volltreffer. Ich hab's gewusst!« Unter dem eingegebenen Namen erschien die Homepage einer Foto-agentur, die diese Mara Osterdeich betrieb. Dazu ein Foto auf der Startseite. »Es ist eindeutig unser Opfer!«, sagte Westermann und schlug sich mit beiden Händen auf die Oberschenkel.

»Was hast du gewusst?« Thomas stand auf, schlich um den Tisch und starrte auf den Monitor, auf dem ihm das Bild einer Frau entgegenblickte, die ihm irgendwie bekannt vorkam.

»Das ist die Tote! Charlotte Hagedorn hat mir gerade den entscheidenden Tipp gegeben.« Hartwig zog die Augen-brauen hoch. Er schob die Ärmel seines Sweatshirts hoch und sah Dirk Westermann an.

»Wieso hat Charlotte Hagedorn dir den entscheidenden Tipp geben können?« Der Hauptkommissar nickte und ließ den Blick über das Gesicht der attraktiven Frau mit den schulterlangen rot gelockten Haaren schweifen. »Sie hat sich eine der Aufnahmen angesehen, die ich mit dem Handy gemacht habe, und sie wiedererkannt.«

»Du hast was?«, rief er aufgebracht. »Hast du verges-sen, was diese Frau gerade erst alles durchgemacht hat. Die gerade mal so mit dem Leben davongekommen ist und kei-nen Stress verträgt?« Thomas Hartwig bekam einen roten Kopf, schnaubte und tippte mit dem Finger gegen die Stirn.

Eine steile Falte bildete sich zwischen den Augenbrauen. Wütend ging er zum Fenster und riss es weit auf.

»Nun mal ganz langsam.« Westermann sprang vom Stuhl. »Erstens, wie redest du mit mir? Vergiss nicht, *wem* du hier gerade gegenüber stehst. Wir sind nicht im Volksparkstadion. Das zum einen. Zweitens …« Westermann holte Luft und seine Stimme bekam einen rauen Unterton. Seine Augen verengten sich zu schmalen Schlitzen, die Hartwig anstarrten. »Zweitens ist mir sehr wohl bewusst, dass Charlotte zurzeit nicht die Fitteste ist. Allerdings vertraue ich ihrem Menschenverstand und habe natürlich eines der Fotos herausgesucht, auf dem die Tote einigermaßen erträglich aussieht.« Er machte eine Pause und fuhr sich durch die welligen Haare. »Und drittens«, seine Stimme wurde laut, »wüssten wir ohne Frau Hagedorn immer noch nicht, mit wem wir es zu tun haben. Nicht mal die Fingerabdrücke haben uns weitergeholfen, weil sie nirgends registriert ist. Also, was willst du?« Wie ein Wolf, der jederzeit zum Angriff bereit ist, stand Westermann dem Kollegen gegenüber. »Wir können auf das Foto in der Tageszeitung verzichten und einigen Menschen einen Schock ersparen, verstehst du? Was ist schlimmer? Charlotte Hagedorn, die den entscheidenden Hinweis gab und vielleicht eine unruhige Nacht vor sich hat«, er schritt zum Fenster und atmete tief ein, »oder eine Menge Leute, die die nächsten Wochen nicht mehr ruhig schlafen können, weil sie das Bild der Toten nicht mehr aus ihrem Kopf bekommen?« Westermann steckte die Hände in die Hosentaschen und drehte sich langsam um. Sein Gesicht wurde rot, und er stellte sich Hartwig entgegen. »Ist das jetzt angekommen? Noch bin ich hier der Chef, vergiss das nicht! So, und jetzt schreibst du die Info an die Zeitung, damit wir morgen früh eine Presseerklärung ohne Foto herausgeben können. Ist das jetzt klar? Ich suche währenddessen die Adresse heraus, und dann fahren wir zu den Angehörigen!«

Thomas Hartwig schluckte, starrte Westermann mit offenem Mund an, wuchtete lautstark das Fenster zu und machte sich schweigend an die Arbeit, ohne seinen Chef auch nur eines Blickes zu würdigen. Er war sprachlos. So wütend hatte er Dirk noch nie gesehen.

Der Hauptkommissar fand unterdessen zwei Adressen heraus, von der sich eine in Lübeck und die andere auf Fehmarn befand. Wenkendorf. *Hm. Kenne ich nicht*, dachte Westermann und ging wortlos in den vorderen Bereich der Dienststelle, in der Becker und Schütt an ihren Schreibtischen saßen.

»Wisst ihr, wie wir nach Wenkendorf kommen?«

»Was wollen Sie denn da?«, fragte Becker ahnungslos.

»Wir haben die Identität der Leiche herausgefunden und fahren gleich in dieses Dorf.«

»Wie heißt die Tote?«, erkundigte sich Schütt erstaunt, stand vom Schreibtischstuhl auf und rieb das Kinn.

»Osterdeich, Mara Osterdeich.«

»Was?«, schrie er, sprang vom Stuhl auf, der hinter ihm lautstark zu Boden fiel. »'tschuldigung«, sagte er und hob ihn geschockt wieder auf. »Ich ... ich kenn die Deern.« Sein Gesicht hatte alle Farbe verloren, und er stand bleich vor dem Hauptkommissar.

»Warum haben *Sie* denn die Tote nicht als Mara Osterdeich identifizieren können?« Westermann sah ihn unverwandt an. Die Lippen formten sich zu schmalen Linien.

»Weil ich ... ich habe sie nicht erkannt.« Er fing an zu stottern. »Außerdem habe ich wirklich nur kurz, sehr kurz hingesehen. Es war so schrecklich. Und dás, was ich gesehen habe, hatte absolut keine Ähnlichkeit mit dem Mädchen. Derartige Geschichten kommen hier äußerst selten vor.« Er machte eine Pause. »Obwohl, langsam nimmt das auf Fehmarn überhand.« Schütt schluckte tief betroffen. Man sah ihm an, dass ihm die Nachricht verdammt an die Nieren ging. Becker trottete auf ihn zu.

»Soll ich dir ein Glas Wasser holen?«

»Ne, lass man, geht schon wieder.«

Westermann sah die Männer an, winkte Hartwig zu sich, der in der offenen Tür stand, und flüsterte:

»Warte bitte im Auto, ich komm gleich.«

Der Hauptmeister meldete sich zu Wort. »Fahren Sie am besten Richtung Landkirchen, über Dänschendorf nach Wenkendorf.«

»Ja, Landkirchen ist gut, das kenne ich«, antwortete Westermann nickend. »Wir schalten das Navi ein. Die nette Dame wird uns schon hinbringen. Nichts für ungut. Schütt, wollen Sie sich heute Nachmittag freinehmen?« Der Dienststellenleiter tat dem Hauptkommissar leid. Er spürte, dass die Vorkommnisse der letzten zwei Jahre ihn langsam überforderten. Die Insel war eben doch eigentlich ein Dorf, abgesehen von den Monaten, in denen hier die Großstadt herrschte. Üble Delikte dieser Art waren keineswegs an der Tagesordnung. Hier ging es nach wie vor eher ruhig und beschaulich zu.

»Ne, Sie sehen ja, was hier los ist. Ich trink jetzt erst mal einen starken Kaffee, dann geht das schon wieder.«

*

Eine halbe Stunde später rollten die Kommissare aus Oldenburg auf die Einfahrt eines großen Bauerngehöftes.

»Hier muss es sein«, bemerkte Westermann.

»Du vorhin, das war nicht so gemeint«, versuchte Thomas, die frostige Atmosphäre aufzutauen. Verlegen sah er den Kollegen von der Seite an. Westermann winkte ab.

»Lass mich heute einfach mal in Ruhe, mir ist nicht nach reden, verstehst du?«, brummelte Dirk, als er den Motor abstellte. Ohne ein weiteres Wort verließen die Männer das Auto. Frischer kühler Wind, der vom Strand Teichhof herüberzog, wehte ihnen scharf ins Gesicht. Es war dunkel, und die angeschalteten Lampen im Gebäude erleuchteten den gekiesten Innenhof. Der Strand lag nur zwei Kilometer entfernt auf der Nordseite der Ostseeinsel. Westermann sah den Kollegen angespannt von der Seite an. Er nahm die Pfeife aus dem Mund, klopfte den Tabak routiniert an der Hacke seines Schuhes ab und steckte sie in die Jackentasche. Als Nächstes drückte er den Klingelknopf. Die Spannung zwischen den Männern war deutlich spürbar. Ein Hund bellte im Inneren des Hauptgebäudes. *Irgendwas hat dem mächtig die Suppe versalzen*, dachte Hartwig und stellte sich neben seinen Chef. Westermann blickte sich um, während er auf ein weiteres Lebenszeichen aus dem Haus wartete. *Die Höfe auf der Insel haben eine stattliche Größe*, dachte er. Überall stachen ihm Schilder ins Auge, die auf Ferienwohnungen hinwiesen. So auch vor diesem Grundstück. Unter dem großen Hinweisschild, das beleuchtet und kunstvoll mit maritimen Motiven verziert war, hing ein kleineres, das mit einem weißen ›Frei‹-Zeichen beschriftet war. Es dauerte eine Minute, dann blitzte Licht im Flur auf, und eine Frau mittleren Alters in Jeans und Strickjacke kam ihnen entgegen.

»Sei ruhig, Basko, aus.« Zügig wurde die rechte Seite der zweiflügeligen Eingangstür geöffnet. »Ja bitte? Was kann ich für Sie tun? Brauchen Sie ein Zimmer?«, fragte die Frau mit dem schmalen Gesicht und den hohen Wangenknochen selbstbewusst und strich sich eine rotblonde Haarsträhne aus dem Gesicht. Die Ähnlichkeit mit Mara Osterdeich war überhaupt nicht zu übersehen. Das musste die Mutter sein. Der Jagdhund, ein Deutsch Kurzhaar, saß neben dem Frauchen und ließ die Männer nicht eine Sekunde aus den Augen. *Die sieht genauso aus wie die Tote,* dachte Hartwig, winkte ab und schüttelte unmissverständlich den Kopf.

»Nein, Hartwig, Kripo Oldenburg, dürfen wir reinkommen?« Er zog den Dienstausweis aus der Innentasche seiner dunkelbraunen Jacke.

»Ja, kommen Sie rein.«

Hartwig deutete fragend auf den Hund.

»Der tut nichts, solange Sie ihm nichts tun«, lächelte sie. »Kripo … Kommissar? Was wollen Sie denn? Wir haben nichts verbrochen.«

»Nein, nein, wir müssen Ihnen leider eine traurige Nachricht überbringen. Dürfen wir?« Er zeigte mit der Hand in den Flur. Helen Osterdeich wurde blass und bat die Männer hinein. Sie zog die Strickjacke enger zusammen und verschränkte die Arme vor der Brust, als wollte sie aufkommendes Unheil fernhalten.

»Kommen Sie bitte. Aber warum Kripo? Wo ist denn der Polizist, Herr Schütt?«, fragte sie unsicher und schaute suchend aus der Tür. Als sie niemanden entdeckte, schloss sie die Tür und ging hastig über den Terrazzoboden voran. Der Hund an ihrer Seite hielt wachsam den Kopf oben, und es schien, als hätte sie ihren persönlichen Bodyguard. Helen Osterdeich bot den Kommissaren einen Stuhl an einem großen antiken Esstisch an, der im vorderen Bereich des Wohnzimmers stand. *Das ist kein Wohnzimmer, das ist ein Saal,* dachte Hartwig und stellte sich neben Dirk, der im Eingangsbereich stehen geblieben war und sich umsah. Thomas betrachtete das geräumige Zimmer mit den alten Holzmöbeln und die kugelige Glasvase auf dem Tisch, in der sich ein dicker Strauß gelber Tulpen ausbreitete. Der überdimensionierte Flachbildfernseher an der Stirnwand fiel ihm sofort ins Auge, weil er nicht in das Bild des heimeligen Raumes passte. Es erinnerte ihn an die nächsten Fußballspiele, die er mit Sicherheit verpassen würde. Seine Mundwinkel fielen für einen kurzen Moment nach unten.

An den hell tapezierten Wänden hingen Ölbilder. Auf einem war der Bauernhof zu erkennen, wie er früher einmal ausgesehen haben musste, auf dem anderen der Strand von Teichhof mit Kindern, die versonnen am Wasser spielten.

»Der Kollege Schütt ist in diesem besonderen Fall nicht zuständig. Deshalb sind wir hier«, unterbrach Westermann die Stille.

»Nun setzen Sie sich doch«, sagte die Bäuerin. »Platz, Basko!« Der Hund legte sich auf den Boden, ohne die Männer aus den Augen zu lassen.

»Nein, danke, wir möchten uns nicht setzen. Ist Ihr Mann auch im Haus?«

Helen Osterdeich sah Westermann ungläubig an. »Ja … aber was wollen Sie denn von ihm? Wir sind …«

»Würden Sie ihn bitte rufen?«, unterbrach Westermann und öffnete seinen Caban.

»Hans Jürgen, kommst du mal. Polizei!« Die Blässe wechselte sich mit hektischen Flecken im Gesicht ab, und ihre Ohren fingen an zu glühen. Mit einem unguten Gefühl setzte sie sich auf einen der leeren Stühle, ohne die Arme vom Oberkörper zu nehmen. Sie sah aus, als friere sie, und die Strickjacke könnte sie vor dem schützen, was gleich passierte.

»Jo meen Deern, wat giff dat so Wichtiges?« Lautstark polterte er ins Wohnzimmer. Mit dunkelblauer Wachsjacke und Gummistiefeln bekleidet sah er nicht danach aus, als ob er auf einen gemütlichen Plausch eingestellt war. »Du weißt doch, dass ich los muss!«, raunzte er ungehalten. Der Hund sprang wie auf Kommando auf und wedelte vor seinem Herrchen mit dem Schwanz. »Aus, Basko, sitz.« Hans Jürgen Osterdeich sagte barsch: »Ich bin zum Jagen verabredet und will mich in einer halben Stunde mit Freunden im Revier treffen, um Schwarzwild zu schießen. Ich hab wenig Zeit.« Westermann spürte, dass er aufgebracht war, als er weitersprach. »Seit einiger Zeit werden hier Wildschweine gesichtet, die unbedingt erlegt werden müssen. Niemand weiß, wo die Biester herkommen, plötzlich waren sie wie aus dem Nichts auf der Insel aufgetaucht. Nie vorher hat das hier Wildschweine gegeben. Verdammte Biester.«

»Können Sie sich bitte setzen?«, unterbrach ihn der Hauptkommissar. Er besaß ein gutes Gespür dafür, was gleich passieren würde. »Ich bin Dirk Westermann, Leiter der Mordkommission Oldenburg, und das ist mein Kollege Thomas Hartwig. Wir müssen Ihnen leider eine traurige Mitteilung machen.« Vorsichtig zog er ein Bild, das er vorab von ihrer Homepage kopiert und aus dem Computer ausgedruckt hatte, aus der Jackentasche und zeigte es den Eheleuten. »Kennen Sie die Frau auf diesem Foto?«

»Was soll das?«, fragte Hans Jürgen Osterdeich unwirsch. »Das ist unsere Tochter. Hat sie etwas angestellt?« Er steckte demonstrativ beide Hände in die Hosentaschen der Cordhose und stellte sich breitbeinig vor die Beamten.

»Nein«, antwortete Hartwig.

»Ja und warum dann das Foto? Sie ist nicht hier.«

»Das wissen wir, darum sind wir hier. Also dies ist Ihre Tochter, sind Sie ganz sicher?«

»Natürlich sind wir sicher. Schwerlich zu übersehen, oder?« Er deutete auf seine Frau, die ihren Kopf reckte, um das Foto ebenfalls zu sehen, und nickte.

»Ihre Tochter wurde im Ostersoll tot aufgefunden. Wir gehen davon aus, dass sie ermordet wurde«, sagte Westermann geradeheraus. Es war plötzlich so still, dass man die Standuhr im Flur ticken hörte.

»Das ist Blödsinn. Die ist in Lübeck«, wies er die beiden Männer harsch zurück.

»Die ist gar nicht hier«, rief Helen Osterdeich und sprang aufgeregt vom Stuhl auf. »Sie irren sich. Sie ist nicht auf Fehmarn.« Zitternd stand sie vor den Polizeibeamten und knetete nervös ihre Hände. Die hektischen Flecken auf den Wangen verstärkten sich, und sie blickte unsicher zu ihrem Ehemann. Sie fing an zu schwitzen, fuhr mit dem Handrücken über die Stirn und wischte den Schweiß an ihrer Jeans ab. Der Hund neigte wachsam den Kopf.

»Nun noch mal ganz langsam«, sagte ihr Mann nicht mehr ganz so unfreundlich, und man konnte sehen, wie sämtliche Farbe aus seinem Gesicht wich, als er das Foto mit seiner Tochter betrachtete. Er zog eine Hand aus der Tasche und tippte mit dem Zeigefinger klopfend auf das Foto. »Das ist unser Kind. Sie ist letzte Woche hier gewesen und längst zurück in Lübeck. Da hat sie eine Wohnung und ihr Fotostudio. Mara ist Fotografin und nur ab und zu auf der Insel.« Er hoffte, dass die Annahme, die er tätigte, der Wahrheit entsprach.

Westermann redete weiter. »Leider ist das kein Irrtum. Schweigend beobachtete er die Szene und hielt sich im Hintergrund.

»Ihre Tochter wurde hier auf Fehmarn gestern Abend gegen 17.30 Uhr von einer Joggerin im Ostersoll tot aufgefunden. Sehr wahrscheinlich lag sie bereits ein paar Tage im Wasser.« Westermann blickte beide an. Helen Osterdeich riss geschockt die Augen auf. Ihre Lippen zitterten. Sie fing panisch an zu atmen, als wenn ihr jemand die Kehle zudrückte. Schreiend brach sie Sekunden später am Tisch zusammen, als realisierte sie gerade, was passiert war.

Ihr Mann sprang auf sie zu, hielt sie an den Schultern fest und versuchte zitternd, sie zu beruhigen. Der Hund sprang jaulend auf und lief unruhig zwischen den Anwesenden umher, während er bellte. »Sollen wir einen Arzt holen?«, fragte Hartwig und blickte Westermann an, der nickte. Hans Jürgen Osterdeich war aschfahl im Gesicht, fiel vor seiner Frau auf die Knie.

»Helen«, schrie er. »Helen!« Weinend legte er den Kopf in ihren Schoß.

✻

Die Kamera schlenkerte um ihre linke Hüfte, als Charlotte das tomatenrote Fahrrad, das man ohne Frage als Oldtimer bezeichnen konnte, aus der Garage schob. Sie rückte ihre Häkelmütze mit dem applizierten Delfin zurecht und stieg auf das Vehikel. Bepackt mit Backpack und Fotoapparat radelte sie den Sundweg entlang. Die welligen Haarspitzen, die unter der Mütze hervorlugten, wehten im Wind. Erste Sonnenstrahlen blitzten durch die Wolkendecke und kitzelten ihre Nasenspitze. Sie musste lautstark niesen. Charlotte entschied heute Morgen aufgrund des Wetterberichtes, dass praktische Garderobe mehr als angemessen schien. Eine Jeans und ihre Steppjacke, die sie wie ein Michelinmännchen erscheinen ließ, gehörten zum Ensemble. Da sie vorhatte, im Wäldchen ihren Miss-Marple-Trieb auszulassen, um eventuell übersehene Spuren aufzufinden, war sie sicher, warme Kleidung bei den frühlingshaften Temperaturen vorzuziehen.

Im Wanderrucksack, den sie umgehängt hatte, in dem sie normalerweise ihr halbes Leben durch die Gegend schleppte, fanden sich heute Morgen ausschließlich eine Flasche Wasser, ein belegtes Butterbrot, eine riesengroße Lupe und ihr Diktiergerät. Mit dem wollte sie ihre Gedanken am Tatort ordnen und gegebenenfalls aufzeichnen. Energiegeladen fuhr sie die Strecke vom Sund Richtung Wulfen. Zu ihrer Rechten lag der Golfplatz, auf dem bereits ein einsamer Golfer seine Runde zog. Sie stieg ab, um auf den Deich zu gelangen, der sie um den Burger Binnensee herumführte. In der Früh roch alles noch unverbraucht und frisch. Ein feiner Dunst zog über das Wasser, und eine Möwe absolvierte schreiend im Tiefflug ihre Kunststücke. Die Seeluft strömte in ihre Nase, als sie um die Bucht herumfuhr. In der Ferne sah sie bereits weiße Masten einiger im Hafen liegender Segelschiffe. Sie atmete tief durch und pfiff ein altes Seemannslied. Am Hafen von Burgstaaken radelte sie vorbei und bog in eine kleine Nebenstraße ab. Die Strecke von ihrem Zuhause bis zum Ostersoll war gute neun Kilometer lang, und sie trat kräftig in die Pedale. Als sie die Straße am Sportplatz entlang fuhr, geriet sie das erste Mal mit ihrer Luft in Bedrängnis.

»Charlotte, Charlotte, du musst unbedingt was für deine Kondition tun«, schimpfte sie wie ein Rohrspatz, während ihr Gesicht wie eine reife Tomate glühte. Aber den Fundort der Leiche im Visier, trat sie noch einmal kräftig in die Pedale und radelte die letzten Meter bis zum Wäldchen keuchend und prustend weiter. Das Liederpfeifen hatte sie bereits geraume Zeit eingestellt, weil ihr zwischendurch immer wieder die Puste ausging. Kurz bevor sie den Ostersoll erreichte, schwang sie mit letzter Kraft in die Kurve. Für einen Moment büßte sie die Kontrolle über ihr Fahrrad ein, weil auf der Fahrbahn Sand lag, der sie bedrohlich ins Schlingern brachte. Jaulend rutschte sie von einer Seite der Straße auf die andere, und es sah aus, als verlöre sie augenblicklich das Gleichgewicht und würde stürzen. Sie hielt den Oberkörper der Neigung entgegen und bekam in der allerletzten Sekunde ihr Vehikel wieder in eine gerade Position. Ihr Herz flatterte, und sie trat tatterig auf die Rücktrittbremse. »Puh, nochmal Schwein gehabt«, dankte sie leise ihrem Schöpfer und kratzte sich den Kopf. Ihre Mütze verrutschte und saß nun einseitig über dem Ohr, sodass das andere hochrot herausblitzte. Japsend stieg sie nach mehr als einer halben Stunde wackelig vom Rad und stellte es am Eingang zum Soll auf den Seitenständer.

Sie zupfte Jacke und Strickmütze zurecht, rückte die Kamera vor den Bauch und stapfte in den kleinen Wald, in dem es nach Erde und Moder roch. Die Absperrung war mittlerweile verschwunden, was sie vermuten ließ, dass die Untersuchungen abgeschlossen waren. Sie stakste um den Soll herum, der ihr aufgrund der gruseligen Informationen, die sie hatte, einsam und unheimlich erschien. Die Augen der Künstlerin tasteten wie ein Scanner bei jedem Schritt eine gewisse Fläche ab. Sie glaubte fest daran, dass die Männer irgendetwas übersehen hatten. Sie ließ die Lupe im Rucksack, weil sie keinesfalls auf dem Fußboden herumrutschen wollte, wenn es nicht nötig war. Es knisterte im Gehölz. Charlotte hielt inne und wagte nicht, sich zu bewegen, geschweige denn umzudrehen. Ihre Knie zitterten immer noch wie Wackelpudding, als sie in ihren roten Gummistiefeln den schmalen Pfad entlang stolperte. *Kommt der Mörder zurück und bin ich jetzt dran? Man liest ja ständig, dass Täter an den Tatort zurückkehren,* dachte sie und atmete flach. Ihr Herz fing an zu klopfen. Ein mulmiges Gefühl breitete sich in ihr aus. *Was bin ich nur für eine dumme Göre.* Plötzlich musste sie lauthals über ihre eigene Angst lachen. Direkt vor ihr auf dem Weg saß ein kleiner Hase, der sie mit Kulleraugen anblickte und Reißaus nahm, ehe sie »och, wie süß« ausrufen konnte. Sie schalt sich eine Närrin und bewegte sich vorsichtig weiter. Neugierig blickte sie auf das Buschwerk, das das Wäldchen zum freien Feld abgrenzte, und sah, wie die Sonne langsam die Wolkendecke verdrängte und den Dunst über den Weiden auflöste. Sie zog ein paar Vinylhandschuhe aus ihrer Jackentasche und zog sie über ihre rosigen Hände. *Es wird ein wunderschöner Tag,* dachte Charlotte und hatte den Teich fast umrundet.

»Schweinerei«, rief sie laut, als sie plötzlich einen Haufen verkohlter Holzstücke entdeckte, die zu einem erloschenen Lagerfeuer gehörten, das mitten im Wald abgebrannt worden sein musste. »Wenn das hier zu brennen anfängt, diese Gören!« Ihr war bewusst, dass der Ostersoll, wie schon viele Jahre zuvor, gern als Geheimversteck und Naturspielplatz von Kindern und Jugendlichen genutzt wurde. *Die erste Zigarette, das erste Bier, der erste Kuss!* Charlotte kicherte. Hier vermuteten die Eltern ihren Nachwuchs mit Sicherheit nicht. *Aber gibt es nicht in jedem Ort einen verbotenen Spielplatz? Vielleicht gehörte auch der Mörder zu denen, die hier irgendwann einmal ihr Versteck hatten. Vielleicht war das ein Platz, der ihm etwas Besonderes bedeutete?* Charlotte Hagedorn nahm ihren Beutel von den Schultern, stellte ihn auf den Boden und öffnete den Reißverschluss. Sie hockte davor und wühlte im Inneren. Sie griff nach dem Diktiergerät und schaltete es ein. »Täter könnte diesen Ort kennen, weil er als Kind hier vielleicht bereits gespielt hat, eventuell kommt er von hier. Oder zumindest aus der Nähe. Wäre auf jeden Fall möglich«, fügte sie hastig hinzu. Sie streckte ihren Fuß und schob die verkohlten Holzstücke auseinander.

»Schweinerei!« Dann bückte sie sich und hob zwei leere Blechdosen auf. ›Booster, Energy Drink‹, stand in grellen Farben darauf. »Was ist das denn nun wieder? Booster, noch nie gehört. Ist bestimmt nix Gutes. Und die lassen das alles hier liegen, diese Gören. Obwohl, da ist sogar Pfand drauf. Die haben aber auch vor nichts mehr Respekt. Lassen das Geld, das die Eltern sauer verdienen müssen, einfach auf dem Boden liegen.«

Sie wollte die leeren Blechdosen in ihren Rucksack stopfen, als sie innehielt. Wie ein Gedankenblitz erschien ihr die Idee, die Dosen in einen Fünf-Liter-Gefrierbeutel zu stecken, den sie extra für eventuelle Funde eingesteckt hatte. »Wer weiß? Könnten sogar Fingerabdrücke drauf sein. Als hätte ich nicht genug zu schleppen. Könnte sie aber auch zu Edeka bringen, dann kriege ich wenigstens das Pfand«, murmelte sie, zog einsatzbereit die riesige Lupe heraus und begutachtete wie Sherlock Holmes die Feuerstelle. Weitere Spuren konnte sie allerdings keine entdecken. Enttäuscht stand sie auf, verstaute alles, nahm ihre Kamera und machte Fotos.

»Sicher ist sicher.« Ein paar Meter weiter erreichte sie das Ende des Weges. Sie blieb erleichtert stehen und betrachtete die Trauerweide, die ihre langen Zweige ins Wasser getaucht hatte, und seufzte. »Eigentlich ist es hier so schön, viel zu schön für einen Mord. Oder Selbstmord wie beim alten Bürgermeister.« Sie schüttelte den Kopf und verabschiedete sich nickend vom Tatort. Schickte gedanklich einen Segen für die Verstorbenen in den Himmel und verließ fast ein wenig schwermütig das Gehölz. Dann schwenkte sie nach rechts, um hinter dem Wald den Weg abzusuchen, auf dem sich gut hätte ein Wagen verstecken lassen. *Irgendwie muss der Mörder die Leiche schließlich hierher gebracht haben.* Die vorhandenen Reifenspuren auf dem Weg weckten ihr Interesse, und sie schritt langsam an ihnen vorbei. Dabei entdeckte sie Überreste von Gips. »Ah, hier haben sie also schon Spuren festgestellt und Abdrücke genommen. Da haben die wahrscheinlich die gleichen Gedanken in ihren Köpfen gehabt wie ich«, brabbelte sie und war sichtlich erfreut, dass sie sich keineswegs auf dem Holzweg befand. Dann stutzte sie. Unter den Zweigen eines Busches entdeckte sie eine Anhäufung schwarzer Erde, die fehl am Platz war. *Was ist das für Erde?* Abermals setzte sie den Rucksack ab, knipste mit ihrer Kamera und ging neugierig in die Hocke. Mit der Hand nahm sie ein wenig vom Erdreich auf und schnüffelte daran. *Das riecht nach Pilzen,* mutmaßte sie und fischte noch einen leeren Beutel aus der Tasche. *Wieso liegt hier diese schwarze Erde? Das ist äußerst verdächtig.* Sie kratzte die losen Krümel mühsam zusammen und ließ sie in die Plastiktüte fallen. Beweismittel Nummer zwei. Sie zog erneut die Lupe heraus und untersuchte das Stück des Weges zentimetergenau. Noch einmal ging sie in die

Knie, rutschte, das Vergrößerungsglas vor Augen, auf allen vieren umher. Etwas abseits der Erdkrümel entdeckte sie einen grünen Faden. Sie griff nach dem Teilchen, das sich als hauchdünnes Drahtstück herausstellte. »Allenfalls fünf Zentimeter lang«, sagte sie leise.

»Was zum Teufel …« Charlotte war irritiert und versuchte eins und eins zusammenzuzählen. *Wenn hier der Wagen stand, in dem die Tote hertransportiert wurde und beim Herausziehen der Leiche die Erde mit herausgezerrt wurde, dann hat der Täter die Erdkrumen vielleicht im Auto gehabt. Vielleicht ist an der Toten ebenfalls von dem Zeug? Wo kommt die Erde her? Hier aus dem Wald? Der Draht. Gehört das zusammen? Könnte sein.* Charlotte verschloss behutsam den Beutel, verstaute alles und fotografierte die Stelle, an der sie *ihre* Beweismittel entdeckt hatte. *Wieso hat die Spurensicherung das nicht gefunden? Heiland Mailand!*

Die Hobbydetektivin war zu 100 Prozent in ihrem Element. *Dieses Mal werde ich mit Sicherheit vorsichtiger sein, um nicht wieder ins Visier eines Killers zu geraten.*

Gedankenverloren verließ sie den Ort des Grauens, stapfte durch das Gras zu ihrem Fahrrad, rückte Kamera und Rucksack zurecht und stieg auf. Sie musste direkt zur Polizeistation fahren, um den Beamten ihre Beweismittel zu bringen. Unterwegs hielt sie bei Bäcker Börke an, um sich mit Kröpeln einzudecken, die sie heute Nachmittag zum Tee genießen wollte. Gut gelaunt stapfte sie zehn Minuten später in die Dienststelle.

»Moin«, rief sie in den Lautsprecher, als sie den Klingelknopf betätigt hatte. Der Summer ertönte, und die Tür sprang auf. Freudestrahlend stiefelte sie auf den Polizeihauptmeister Becker zu, der sie fragend ansah.

»Na, meine liebe Frau Hagedorn, was kann ich für Sie tun?«

»*Sie* ... gar nichts. Ist der Herr Kommissar aus Oldenburg nicht da?« Suchend blickte sie sich um.

»Ne«, sagte Becker. »Die sind außer Haus.«

»Und Schütt ist auch nicht da?«

»Doch, der sitzt in seinem Büro. Ich hole ihn. Um was geht es denn?«

»Papperlapapp. Ich kenn den Weg.« Sie hob abwehrend die Hand, riss die Mütze vom Kopf und stapfte ohne Umschweife den Flur entlang. Entschlossen öffnete sie die Tür zu Schütts Arbeitszimmer. Auf dem Weg dorthin hinterließ sie eine Reihe matschiger Fußabdrücke auf dem hellen Boden, die eindeutig ihr zuzuordnen waren.

»Moin, Herr Kommissar. Ich glaube, ich habe ein paar *sehr* wichtige Beweisstücke für Sie! Die müssen Ihre Leute übersehen haben«, sagte sie nicht ohne Stolz und versuchte mit einer Hand die Frisur in Ordnung zu bringen.

»Erst mal Moin, und wo drückt denn der Schuh, meine liebe Frau Hagedorn?« Mit einem verschmitzten Lächeln bat er die Künstlerin, deren Wangen immer noch von der Rückfahrt glühten, Platz zu nehmen.

»Mich drückt kein Schuh.« Sie hob ein Bein mit einem ihrer völlig verschmutzten roten Gummistiefel in die Höhe. Erst in diesem Moment bemerkte sie, dass schlammige Erde an der Sohle klebte und sie eine Dreckspur hinter sich hergezogen hatte. »Das sind doch mal sichere Indizien«, kicherte sie. »Das tut mir ehrlich leid«, sagte sie verschämt.

»Eindeutig Charlotte Hagedorn«, sagte der Hauptkommissar nicht mehr ganz so freundlich. »Na, nun setzen Sie sich mal«, fuhr er fort und sah sich den Schlamassel auf dem Boden stirnrunzelnd an. Er strich mit der Hand über die Augen, als könne er das Chaos damit beseitigen. Dann rückte er seine Brille zurecht, weil die Tatsachen nicht zu übersehen waren. »Dann mal her mit den Beweisen, junge Frau.«

Charlotte zog ihren Rucksack von den Schultern, setzte sich auf den Stuhl vor Schütts Schreibtisch und öffnete den Reißverschluss. Mit ernster Miene zog sie drei Gefrierbeutel heraus und legte sie dem Kommissar auf den Tisch.

»Und was soll das jetzt sein?«, fragte der fassungslos, als er die Tüten mit Erde, leeren Dosen und einem Stückchen Draht hochhielt und von allen Seiten argwöhnisch betrachtete.

*

»Dass die so unfreundlich zu mir sein müssen, das geht mir völlig gegen den Strich«, regte Charlotte sich lautstark auf, als sie eine Viertelstunde später mit Doro auf dem roten Sofa im Café Liebevoll saß. Zufällig trafen die zwei Frauen sich auf der Straße vor Doros altem Geschäft, und sie lud Charlotte spontan auf einen Tee in das gegenüberliegende Café ein.

»Ach, die tun doch auch nur ihre Pflicht«, entgegnete die adrette Doro und schlürfte den frisch gebrühten Pfefferminztee.

»Ja, ja, *die* tun ihre Pflicht. Wenn sie das man täten. Dann hätten sie meine Beweismittel nicht so verächtlich behandelt.« Sie klopfte unsanft mit der Hand gegen ihre Brust. »Wehe wenn Dirk kommt, dann können die sich aber auf was gefasst machen.« Erbost schlürfte sie ihren Tee. »Dass du aber auch deine Boutique zumachen musstest. Tsts, wo soll ich denn jetzt bloß meine schicken Leinensachen kaufen?«, wechselte sie plötzlich das Thema. Charlotte war traurig, weil Doro ihr Modelädchen Ende letzten Jahres einfach geschlossen hatte.

»Du, irgendwann ist nun mal Schluss. Du weißt ja, mein Mann ist zu Hause, und ich will auch noch was vom schönen Nichtstun haben.«

»Papperlapapp, Nichtstun. Das kann man doch noch lange genug, wenn man unter der Erde liegt.« Die Fotografin rutschte unruhig auf dem roten Biedermeiersofa hin und her. Ihre Beine baumelten dabei in der Luft, und der Schlamm, der noch immer im Profil der Sohlen ihrer Gummistiefel klebte, flog in kleinen Klumpen unter den Tisch. »Aber du hast ja recht. Nichts geht über die Freiheit und nutzt man sie auch nur dafür, Verbrecher in die Flucht zu schlagen.« Sie grinste und drückte der Freundin einen Kuss auf die Wange.

»So meine Liebe, nun ist genug gequatscht, ich muss meine Ermittlungen weiterführen. Und zum Markt will ich auch noch. Heute ist doch Mittwoch.« Sie hüpfte wie ein Irrwisch vom plüschigen Sofa, legte passendes Geld auf den Tisch und rauste aus dem Café. Doros Blicke folgten ihr die Straße hinunter und sie schüttelte lächelnd den Kopf. Während Charlotte längst verschwunden war, schrubbte der Inhaber des Cafés noch immer mit einem Feudel die Schlammspuren beiseite, die sie hinterlassen hatte.

»Charlotte, Charlotte.«

Charlotte Hagedorn wandelte zwischen den Marktständen hindurch auf der Suche nach leckerem Gemüse und einem Strauß Rosen beim Blumenhändler ihres Vertrauens.

»Na, Frau Charlotte, die roten?«

Sie nickte, und der freundliche Markthändler suchte ihr zehn der schönsten roten Rosen heraus. Liebevoll band er sie zu einem schönen Strauß. Allerdings war die kleine Miss Marple bereits mit den Ohren ganz woanders. Sie lauschte einem Gespräch, das direkt hinter ihr seinen Höhepunkt fand.

»Hast das im Tageblatt gelesen?«, sabbelte Anni Bernsdorf munter drauflos.« Die haben schon wieder eine Frau ermordet.«

»Ne, sach mal, das gibt's doch nicht. Erst in Katharinenhof, dann am Grünen Brink und nu schon wieder? Mein Gott, was ist denn hier los? Da is man ja seines Lebens nich mehr sicher.«

»Ich sach dir das. Das kommt von den ganzen Touristen. Hier kommen so viele Fremde auf die Insel. Da wirst ja ganz rammdösig.« Erna schüttelte entsetzt den Kopf.

»Und wenn dat nu gar keine Fremden waren, sondern welche von hier?« Anni zuckte mit den Schultern.

»Ja, in der Bildzeitung steht das auch, auf der ersten Seite, ganz groß sind wir da drin«, rief Hein und gesellte sich zu den Damen. Sie standen mitten auf dem Marktplatz zwischen Blumenkübeln und Gemüsestand und gestikulierten wild. »Ich wollte eigentlich den Sportteil lesen, denn die Bildzeitung lese ich sonst ja nie, aber da ist mir das gleich in die Augen gefallen mit der Toten. Das is ein Schock, kann ich euch sagen.«

Charlotte Hagedorn drehte sich abrupt um und räusperte sich ungeniert. »Wenn ich dazu etwas sagen dürfte?« Ohne die Antwort der Anwesenden abzuwarten, brachte sie ihr Veto ein. »Sie brauchen sich keine Sorgen machen, die Kommissare sind ununterbrochen im Einsatz und werden den Killer schnellstmöglich zur Strecke bringen. Alles wird gut.«

Um sie herum bildete sich eine Traube Menschen, die besorgt auf die zwei Frauen, den Mann und Charlotte schauten.

»Kann ich Sie etwas fragen?«, gesellte sich ein Ehepaar zur Gruppe.

»Ja, können wir Ihnen helfen?«

»Sie sprachen da gerade von Mord und einer Toten. Ist das hier auf der Insel passiert?«

»Ja, was glauben Sie denn? Wir verzählen uns ja nichts vom Festland. Das geht uns ja nichts an.« Anni stemmte die Hände in die Hüften. »Die haben hier eine Frau am Ostersoll gefunden, ermordet. Die hatte so gar keine Augen mehr.«

»Pst, Hein, das kannst du doch nicht einfach erzählen.«

»Aber wenn's doch wahr ist. Stand auch im Tageblatt.«

»Gar nicht wahr«, rief Anni, »das hast du von Becker, das weiß ich genau.«

»Ist ja auch egal. Auf jeden Fall stand in der Zeitung, dass die Frau umgebracht worden is.«

»Macht euch man keinen Kopf um die Sache, die Polizei wird die Sache sicher schnell auflösen«, sagte Charlotte und wandte sich wieder ihren Blumen zu.

Das Ehepaar stand sprachlos da und verließ eiligst das Getratsche. »Komm, wir holen uns erstmal das Tageblatt und die Bildzeitung. Vielleicht ist es besser, wir reisen ab. Oder was meinst du, Ernst?«

»Nun mach mal nicht gleich die Pferde scheu. Wer weiß, was da dran ist. Wenn hier Leute ermordet werden, dann kommt nachher niemand mehr auf die Insel.« Ernst zog seine Frau in die Buchhandlung Niederlechner, und sie suchten die Zeitungen, die die Hiobsbotschaft verkündet hatten.

»Die sind alle weg«, sagte die Verkäuferin. »Versuchen Sie es bei Stolz, da könnten Sie noch Glück haben.«

Schnurstracks verließen sie den Laden und schwenkten zum großen Kaufhaus direkt am Markt. Aber selbst hier waren alle Exemplare der aktuellen Tageszeitungen vergriffen.

»Das gibt's doch gar nicht. Wieso gibt es denn keine Zeitungen mehr?«, murrte Ernst die Verkäuferin hinter der Kasse an.

»Weil ein Mord passiert ist und jeder wissen will, was genau passiert ist.«

»Ja, und was ist nun genau geschehen? Muss man sich Sorgen machen? Wir machen hier Urlaub!«, sagte die Frau verunsichert.

»Wie viele Tausend andere auch«, mischte sich ein Mann grinsend ein.

»Ja, aber das ist doch eine Zumutung, wenn wir hier Urlaub machen und ganz nebenbei Leute umgebracht werden.« Sie schluckte.

»Glauben Sie man nicht, dass wir einen Mörder herbestellt haben, um die Gäste zu vergraulen.« Der Mann, anscheinend Fehmaraner, schüttelte verständnislos den Kopf und ging weiter.

»Ernst, ich hab Angst, wollen wir nicht lieber abreisen?«

»Wieso, die ist doch schon ermordet worden!«, brachte sich nun ein junger Mann ein, der grinsend vor der Kasse stand und in einer ›Sportbild‹ blätterte.

»Ja, aber wenn der Mörder noch frei rumläuft, nachher bin ich die Nächste.«

»Warum sollte er *dich* umbringen?«, murrte Ernst.

Als Charlotte am gleichen Abend im Wohnzimmer saß und das wärmende Kaminofenfeuer genoss, sprang in dem Moment, als sie den Korken aus der Weinflasche zog, die Tür im Flur auf.

»Hallo, Tantchen, ich bin wieder da!«

»Na, das ist fein, mein Mädchen. Komm rein, ich habe uns eine Flasche Wein aufgemacht.« Katrin lugte durch die Tür und zog Jacke und Schuhe aus. Ihr Schlüsselbund klapperte, als sie es in die Schale auf der alten Kommode im Flur ablegte.

»Ich komm gleich, muss nur schnell aufs Klo.«

Die Künstlerin stand auf, schlurfte zur weiß lasierten Vitrine, die rechts neben dem bodentiefen Fenster ihren Platz gefunden hatte, und nahm ein weiteres Glas heraus. Auf dicken, selbstgestrickten Wollsocken rutschte sie auf dem Parkett zurück zum Sofa. Sie stellte das Weinglas auf den Truhentisch und blickte durch die Glasscheibe nach draußen. Gardinen gab es keine, unnötig, da niemand hereinschauen konnte.

»Na, Tantchen, wie war dein Tag?«

»Och, eigentlich ganz gut, bis auf …« Sie druckste herum, als wollte sie nicht so recht mit der Sprache herausrücken.

»Bis auf was?«, forschte Katrin und ließ sich auf den Sessel gegenüber plumpsen.

»Sag mir erst mal, wie es bei dir gelaufen ist«, entgegnete ihre Tante.

»Alles gut! Die Termine im Standesamt sind geklärt, das Buffet habe ich bestellt und dich als Hochzeitsfotografin bereits im Plan eingetragen. Ist dir doch recht, oder?«

»Fein, hoffentlich spielt das Wetter mit. Ist ja immer noch ein bisschen unbeständig, und Fotos am Strand brauchen einen blauen Himmel.« Sie kniff die Augen zusammen.

»Wenn du kommst, scheint immer die Sonne«, antwortete Katrin und lächelte ihrer Tante aufmunternd zu.

»Aber nun erzähl von *deinem* Tag. Was ist passiert, dass du ein Gesicht wie ein Mops machst?«, lachte ihre Nichte.

Charlotte druckste, leerte ihr Glas in einem Zug und schnaubte angestaute Wut heraus.

»So schlimm?«

»Na ja, geht so. Die Menschen hier auf der Insel sind jedenfalls ziemlich verunsichert. Die Ersten reisen bereits ab. Wenn das man bloß keinen Schaden für unseren Knust gibt. Die Zeitungsreporter sollten lieber vorsichtig mit ihren Mitteilungen umgehen. Das ist nicht lustig. Und stell dir das bloß mal vor.« Sie nahm die Weinflasche und schenkte Katrin ein.

»Die auf der Wache sind auch nicht ganz dicht! Die … die haben mich glatt ausgelacht.« Charlotte sprang auf und zog sich die pinkfarbene Jogginghose mit den Blumenmotiven bis über den Bauchnabel. »Ich habe denen Beweise vorgelegt, die sie gar nicht ignorieren können, und was machen die? Die lachen mich aus. Das war das letzte Mal, dass ich denen helfe.« Maulend ging sie ans Fenster und blickte nach draußen. Es wurde zusehends dunkler, die Sonne war längst verschwunden. Die Wellen rollten auf den Strand zu und brachen kurz vorher. Weiße Schaumkronen, die aussahen wie frisch geschlagene Sahne, ließen Charlotte seufzen. »Schön nicht?«

»Ja, nun aber, was hast du denen denn gegeben, dass sie dich ausgelacht haben?«

»Erde, Draht und Dosen. Hätte ich die leeren Dosen bloß zum Edeka-Markt gebracht, dann hätte ich jetzt wenigstens das Pfand.« Sie schaute Katrin auf einmal unsicher an.

»Du hast ihnen Erde und Draht angeschleppt? Und was sollten sie damit anstellen?«

»Nun mal ganz langsam. Das habe ich am Tatort gefunden, ob du es nun glaubst oder nicht.«

»Meinst du nicht, dass sie den bereits besonders gründlich untersucht haben?« Katrin nahm einen Schluck und kreuzte die Beine zum Schneidersitz. Das dunkelgrüne Sweatshirt unterstrich die Farbe ihres brünetten Zopfes, der über die Schulter nach vorn gefallen war, und ließ ihre braunen Augen wie Bernstein strahlen.

»Papperlapapp, auch die können was vergessen. Sieht man doch ewig im Fernsehen, dass sie Beweisstücke übersehen.«

Charlotte war sich ihrer Sache absolut sicher und bewegte den kleinen Ohrring an ihrem Läppchen. »Das juckt ganz schön«, jaulte sie und rieb solange am Ohrläppchen, bis es rot und geschwollen war. »So schick die auch sind, die Delfine meine ich. Ach ist ja auch egal.«

»Du musst das Antisept darauf machen, sonst kannst du sie nicht drinnen lassen«, antwortete Katrin und zeigte auf Charlottes Ohr.

»Außerdem kann der Mörder zurückgekommen sein, um Trophäen am Tatort zurückzulassen«, entgegnete Charlotte, als hätte sie Katrins Worte nicht gehört. Die verschluckte sich und prustete los.

»Oh Mann, der schöne Wein. Die lassen keine Trophäen am Tatort zurück, sie nehmen welche ihrer Opfer mit, aber das solltest du doch wissen«, jauchzte sie und lief in die Küche, um sofort mit einem feuchten Tuch zurückzukommen. Sie wischte den Rotwein vom Parkettboden, bevor er in die Dielen eindrang.

»Der Täter könnte Hinweise für die Polizei hinterlassen haben, meinte ich.«

»Wenn da irgendwelche Spuren waren, dann hat er diese bereits hinterlassen, als er die Leiche abgelegt hat, oder? Und dann haben die Beamten der Spurensicherung mit Sicherheit alles haarklein dokumentiert, verwahrt und ins Labor mitgenommen. Meinst du nicht?«

»Ach ihr, ihr habt ja keine Ahnung. Ignoranten!« Sie machte eine Atempause und stürzte ihren Wein hinunter. »Wenn dein Kommissar da gewesen wäre, dann … dann wäre das niemals passiert. Der nimmt mich ernst, wollen wir wetten?«

»Ich wette nicht mit dir, aber«, sie grübelte und runzelte die Stirn, »du könntest recht haben. Wahrscheinlich wäre er mit Thomas ganz anders an die Sache herangegangen.«

»Ich habe Schütt gesagt, er soll die Beweismittel auf jeden Fall dem Kommissar vorlegen.«

»Na dann ist doch alles in Ordnung. Ich werde nachher mit ihm telefonieren, dann kann ich ihn fragen, was mit den Beweismitteln passiert, okay?«

Charlotte nickte und schenkte sich noch einmal nach.

»Das ist eine gute Idee. Ich glaub, ich bin düselig und muss sofort ins Bett.«

*

Wasser ergoss sich auf Sophies Gesicht. Die Rothaarige stand vor der jungen Frau, die regungslos am Boden kauerte und deren rechter Arm angekettet an der Wand hing. Merkwürdig verrenkt lag dagegen die linke Hand auf ihrem Oberschenkel. Ihr dürrer Körper war ein Bild des Jammers. Knochig hockte sie auf übelriechendem Stroh, nur durch die Ketten halbwegs in aufrechter Position gehalten.

»Los, wach auf. Hier wird nicht so einfach gestorben. Mit dir habe ich noch Besonderes vor, das sagte ich dir doch schon.« Sie blinzelte die Bewusstlose an, und ein Lächeln umspielte ihre schmalen, rot geschminkten Lippen. Euphorisch fuhr sie mit ihren Händen durch die frisierten Locken, um danach über ihren Körper bis zu den Hüften hinunterzugleiten. Man spürte, dass es sie erregte, die Gefangene kurz vor dem Verrecken liegen zu sehen. Sie zupfte ihr schwarzes enganliegendes Kleid zurecht, das von einer Perlenkette an ihrem Hals geschmückt wurde, und beäugte Sophie mit verklärtem Blick. Erfreut betrachtete sie ihre neuen hochhackigen Lackpumps und stieß das Mädchen damit an. Als die immer noch nicht reagierte, hockte sie sich hin und streichelte sanft über deren bleiche eingefallene Wange.

»Komm wach auf, Süße, heute gibt`s was zu essen.« Auf dem Tisch hinter ihr stand eine kleine Schale mit warmem Haferschleim. »Ich hoffe, es tut nicht mehr weh?« Sie blickte auf den Arm, der eigenartig verdreht in Sophies Schoß lag. »Das Einrenken war vielleicht ein bisschen unangenehm, aber das geht vorbei.« Die Person, die sich Josephine nannte, neigte den Kopf zur Seite und fixierte Sophie mit leerem Blick.

Ohne Vorwarnung hob sie ihre Hand und ließ sie klatschend in ihrem Gesicht landen. »Wach endlich auf, Schlampe! Ich hab nicht ewig Zeit«, giftete sie.

Immer noch keinerlei Reaktion. Die Gefangene blieb regungslos am Boden. Wutentbrannt sprang die Rothaarige auf. »Wenn du keinen Hunger hast, dann hast du Pech gehabt.« Sie trat mit der Spitze des Pumps nach dem Oberschenkel der jungen Frau. Unbeachtet ließ sie das Schälchen auf dem Tisch stehen und verließ schweigend den

Raum. Es wurde dunkel. Mit lautem Knall fiel die Tür ins Schloss. Nicht ein Geräusch drang mehr von draußen zu ihr ins Verlies. Selbst die Ratte blieb nach dem Auftritt der Rothaarigen verschreckt in ihrem Versteck.

Sophie lauerte einen Moment, dann öffnete sie blinzelnd die Augenlider. Sie würde sich von nun an jedes Mal bewusstlos stellen, wenn sie zurückkam. *Vielleicht lässt sie dann von mir ab und verliert das Interesse.*

∗

Die Beamten der Spurensicherung untersuchten Mara Osterdeichs Wohnung in Lübeck. Westermann und Hartwig standen unterdessen vor der Nachbartür. Thomas drückte auf die Klingel, die sich rechts neben der Eingangstür befand. Sie war überklebt mit einem rechteckigen Papierstreifen, der mit dem Namen ›Jons Schröder‹ bekritzelt war. Etliche Minuten später öffnete sich die Tür, und ein verschlafener Typ in Shorts und T-Shirt schielte durch den Türschlitz. Er blinzelte und raufte die wirr vom Kopf abstehenden Dreadlocks. Anschließend fuhr er mit der Hand über das völlig zerknitterte Shirt.

Keine fünf Minuten später saß er geschockt und kreidebleich auf einem Schreibtischstuhl im Wohnzimmer. Die nackten Knie zitterten, und Jons versuchte, sie unter Kontrolle zu bringen, indem er die Hände auflegte. Nervös rotierte er auf dem Stuhl hin und her.

»Und Sie haben Ihre Nachbarin nicht vermisst?«, fragte Dirk Westermann den etwa 30 Jahre alten Mann.

»Nein, ich wusste, dass sie auf Fotosession unterwegs ist. Meistens kommt sie irgendwann zurück und fährt früh morgens zum nächsten Termin los.«

»Ist das immer so, oder nur im Augenblick?«, setzte Westermann nach.

»Nein, sagte ich doch! Sie ist freiberuflich tätig und hat keine festen Arbeitszeiten. Das Einzige, was ich Ihnen sonst noch sagen könnte, dass sie an den freien Wochenenden oft bei ihren Eltern auf Fehmarn ist, ich meine war.« Er stand auf, schlich barfuß ans Fenster und blickte abwesend die Straße hinunter, die zur Trave führte. Schleppend bewegte er sich zurück zum Schreibtisch, nahm Tabak aus einem Päckchen, ein Blättchen und drehte eine Zigarette. Gierig zog er an der Kippe und blies den Rauch in die Luft, während er die Augen zusammenkniff, weil der Qualm in ihnen brannte.

Westermann und Hartwig standen im Raum und sahen sich im karg eingerichteten Zimmer um, das jedwede Gemütlichkeit vermissen ließ. Der Hauptkommissar klappte das Notizbuch zu, als Thomas Hartwig fragte:

»Wissen Sie, ob Frau Osterdeich Feinde hatte?«

Schröder sah die beiden Männer an.

»Feinde? Die Mara, die hat keine Feinde. Wie sich das anhört.« Er tippte mit dem Finger gegen die Stirn. »Zumindest weiß ich nichts davon. Niemals! Also, die …«, er stockte und drückte die Kippe im überfüllten Aschenbecher aus, »sie *war* die tollste Frau, die ich in den letzten Jahren kennengelernt habe. Immer gut drauf, richtig lieb. Für jeden da, der Hilfe brauchte, wenn Sie verstehen, was ich sagen will. Niemand hatte einen Hass auf sie.« Er ging auf den Schreibtisch einer schwedischen Möbelkette zu und lehnte sich dagegen. Westermann nickte und wollte wissen:

»Was ist mit Freunden? Ich meine einen Lover, Liebhaber oder wie man das nennt. Hatte sie einen?«

Jons schüttelte den Kopf. »Außer …« Er sah die Männer an und verschränkte die Arme vor der Brust. Es schien, als friere er plötzlich. Eine Gänsehaut überzog seinen Körper, und er schlotterte. Zitternd drehte er eine weitere Zigarette und steckte sie in den Mund. »Da war mal einer, aber die haben sich vor über einem halben Jahr getrennt.«

Schröder kräuselte die Lippen und blickte auf die Fingernägel, während der Rauch der Kippe, die verloren im Mundwinkel hing, erneut beißend in seine Augen stieg. Umständlich drückte er den Stummel im Ascher aus und wischte mit dem Handrücken über die Augenlider.

»Rauchen bringt einen um, sag ich immer wieder«, sagte Hartwig und deutete auf den Qualm in seinen Augen und den maßlos vollen Aschenbecher. Jons nagte an der Unterlippe. Er sah gut aus, trotz der drei Nummern zu großen Shorts und dem zerknitterten Shirt. Immer noch geschockt, schob er die blonden Dreadlocks aus dem Gesicht.

»Nun erzählen Sie mal, was war mit dem Mann«, sagte Westermann und sah ihm in die Augen. »Der konnte nicht damit umgehen, dass sie so selten zu Hause war, und ihre Hirngespinste gingen ihm auf den Zeiger.«

Thomas Hartwig zog die Augenbrauen hoch, als er fragte »Hirngespinste? Was meinen Sie damit?«

»Also ich will da auf keinen Fall irgendetwas in Gang bringen. Sie hat es mir erzählt, als sie ihn zum Teufel gejagt hat.«

»Uninteressant, ob Sie da was in Gang bringen. Dafür ist es bereits zu spät, wie Sie ja wissen. Also, was meinten Sie mit Hirngespinst?« Hartwigs Gesichtsausdruck verfinsterte sich zusehends.

»Erzählen Sie uns einfach, was Sie wissen. Es könnte äußerst wichtig für unsere Ermittlungen sein«, ergänzte

Westermann sachlich und sah den Kollegen an. »Dürfen wir uns einen Moment setzen?«

Schröder wies auf die verschlissene Kunstledercouch an der gegenüberliegenden Wand, die dürftig mit einer Wolldecke abgedeckt war, um kleine Risse im Material und Brandlöcher zu kaschieren. Er selbst rutschte auf dem Schreibtischstuhl von einer Seite auf die andere. Hartwig betrachtete zwei große, auf Leinwand gezogene Fotografien, die viel Raum an den Wänden des eher kleinen Zimmers einnahmen. Er zog einen vollgepackten Küchenstuhl heran, der unweit der Tür stand und anscheinend als einziger Kleiderständer diente. Jons griff den Wäschehaufen und ließ ihn neben dem Schreibtisch fallen. Westermann setzte sich auf die Couch, deren Federkern bereits den Geist aufgegeben hatte und ihn in die Tiefe zwang. Er musste lächeln, rückte seine Jacke zurecht und bestaunte nebenbei den Couchtisch, der aus zwei alten Einwegpaletten hergestellt war und auf dem ein weiterer überquellender Aschenbecher einen Dauerstellplatz zu haben schien. Rollen drunter schrauben, fertig. *Auch eine gute Idee*, dachte er, als er den Holztisch inspizierte und dem Gespräch folgte.

Auf den Bildern zeigte sich ein Surfer, der durch eine riesige Tube glitt.

»Tolle Fotos, sind Sie das?«, fragte Hartwig versöhnlich.

»Jipp, Hawai. Das ist in Velzyland, an der Nordküste. Geile Wellen. Aber kein Revier für Greenhorns. Das ist schon der heißeste Spot für Surfer. Extrem flaches Riff und überhaupt.« Plötzlich war Jons in seinem Element und vergaß sogar die Trauer über Mara für einen Moment. »Da bin ich im Winter, wenn es hier zu kalt wird. Ich gebe Surfunterricht für Anfänger. Allerdings nicht da«, er zeigte auf die Fotos, »dann bin ich im Ehukai Park.«

»Und im Sommer?«, fragte Westermann.

»Kellnern unten an der Trave und Surfen auf der Ostsee, wenn's erlaubt ist?«

Die Polizeibeamten nickten. »So, und nun noch einmal. Wer ist dieser Exfreund, von dem Sie eben gesprochen haben?«, fragte der Hauptkommissar und zog das in schwarzes Leder gebundene Notizbuch erneut aus der Jackentasche.

»Hansen, Jochen Hansen heißt der Mann. Uncooler Typ, Marke Bürohengst, wenn Sie verstehen?«

»Nein, versteh ich nicht, erklären Sie es uns bitte«, sagte Westermann gelassen und lehnte sich zurück.

»Das war so ein Typ mit Porsche und Anzugträger.« Das klang aus seinem Mund ziemlich abwertend. »Arroganter Sack. Der passte überhaupt nicht zu Mara. Kam hier ständig laut schwafelnd mit Schampus und Rosen an. Andauernd musste sie mit ihm essen gehen, auf irgendwelche bescheuerten Events, obwohl sie in ihrer eh viel zu knapp bemessenen Freizeit viel lieber zu Hause geblieben wäre.«

»Woher wissen Sie das alles?«, fragte Hartwig.

»Weil sie mir irgendwann, kurz bevor sie mit ihm Schluss gemacht hat, bei einer, nein zwei Flaschen Wein einmal ihr Herz ausgeschüttet hat. Das war eine Nacht, kann ich Ihnen sagen.« Er hob theatralisch die Hände. »Sie hat mir erzählt, wie verliebt sie am Anfang gewesen war. Ihre Gedanken bekamen richtig Flügel, als sie anfing, von diesem Arsch zu sprechen, die Beziehung mit ihm und das verkorkste Ende ihrer Bettgeschichte.«

MARA

Die ersten Wochen des Kennenlernens waren aufregend. Er, ein erfolgreicher Geschäftsmann, dem scheinbar alles zu gelingen schien, und sie, die Fotografin von der Insel. Sie lernte ihn kurz nach ihrem Umzug in Lübeck kennen. Der Abend mit seiner fotografisch goldenen Stunde lockte sie an jenem bewussten Tag mit ihrer Kamera aus der Wohnung. Die Stimmung am Fluss war entspannt. Der Verkehr hatte nachgelassen und nur wenige Menschen spazierten am Ufer entlang. Die urigen Kneipen auf der anderen Straßenseite waren geöffnet, und einige Leute hockten an kleinen Tischen vor den Türen der alten Häuser. Der Geruch nach Meer und Pizza verströmte südländisches Flair. An diesem Abend saß auch Jochen Hansen mit ein paar Freunden an einem der Holztische und trank sein gepflegtes Feierabendbier. Mara spürte sehr wohl, dass sie beobachtet wurde. Mit ihren rot gelockten Haaren, die sanft über die Schultern fielen und in der Abendsonne wie ein entzündetes Feuerwerk leuchteten, fiel sie ihm sofort auf. Als sie sich umdrehte, bemerkte sie, dass einer der Männer nur Augen für sie hatte. Unvermittelt stand er auf. Die beiden anderen schauten ihm verdutzt hinterher, als er auf Mara zusteuerte.

»Hallo, schöne Frau, darf ich Sie auf ein Bierchen einladen? So viele Eindrücke einfangen macht doch bestimmt Durst, oder?«

Sein freches Grinsen gefiel ihr, dennoch lehnte sie dankend ab und lachte. Sie schob die Kamera über ihren olivgrünen Parka und wollte weitergehen. Allerdings hatte sie die Rechnung ohne den erfolgsverwöhnten Makler Jochen Hansen gemacht.

»Bitte bitte«, bettelte er, blickte in ihre grünen Augen und registrierte die lustigen Sommersprossen, die auf ihrer Nase tanzten und sie noch kindlicher erscheinen ließen. Er war sich sicher, dass sie ihm den Wunsch nicht abschlug.

»Nein, ich muss die Fotos noch sichten und bearbeiten. Ein andermal vielleicht«, sagte sie und wollte sich wegdrehen, als er ihren Arm wie einen Schraubstock festhielt.

»Nicht anfassen, ja!«, fauchte sie und funkelte ihn an. Wenn Mara etwas hasste, dann war es besitzergreifendes Verhalten. Sie war ein Freigeist.

»Entschuldigung, das war nicht so gemeint. Ich möchte auf keinen Fall, dass Sie wie eine Elfe im Abendrot verschwinden, ohne dass ich Gelegenheit bekomme, sie näher kennenzulernen.« Die Art, wie er sich ausdrückte, beeindruckte sie. Die Fotografin fand den dunkelhaarigen, schlanken Mann äußerst attraktiv. Er trug elegante Kleidung und war auch sonst eine markante Erscheinung. Vorsichtig rückte er ihre Jacke wieder zurecht und zog unvermittelt eine Visitenkarte aus der Innentasche seines Sakkos.

»Makler, soso«, antwortete Mara ungerührt, zog die Augenbrauen hoch und schielte auf die Karte. Sie reichte sie ihm unaufgefordert zurück. So einfach wollte sie es ihm nicht machen.

»Wo kann ich Sie finden? Ich würde gern Ihre Fotos ansehen. Sie sind doch Fotografin, Ihrem Equipment nach zu urteilen?« Er deutete auf den riesigen Rucksack, den sie auf ihrem Rücken trug.

»Ja, und die Bilder können sie im Internet auf meiner Seite ansehen.« Sie zog umständlich eine Visitenkarte mit der Adresse ihrer Homepage aus dem Portemonnaie und reichte sie ihm. »Wenn Sie eines kaufen möchten, gibt es ein Kontaktformular«, sagte sie beiläufig. Dass ihr Herz bis zum Hals schlug, konnte er nicht sehen.

»Kontaktformular hört sich gut an«, sagte er und grinste frech.

»So, ich muss jetzt wirklich los, sonst taugt das Licht nicht mehr.« Entschlossen wandte sie sich ab und ging, ohne sich noch einmal umzudrehen, weiter Richtung Hafenstraße.

Verdutzt schaute ihr der Makler hinterher. *So kalt hat mich bisher keine abblitzen lassen.* Hansens Begleiter schlugen die Hände auf die Oberschenkel und johlten ungeniert. Sein Jagdinstinkt war geweckt. *So einfach kommt die mir nicht davon*, dachte er und machte sich beleidigt zurück auf den Weg zum Tisch. Er hielt die Visitenkarte zwischen den Fingern und klopfte damit gegen die Handinnenfläche.

»Ihr könnt ruhig lachen, Jungs, aber ich hab ihre Nummer. So einfach kommt *die* mir nicht davon. Die hab ich so gut wie sicher.« Verächtlich schob er die Karte in die Innentasche der Jacke und setzte sich.

Aus den Augenwinkeln hatte sie beobachtet, wie er

zu seinen Leuten zurückging und sich lautstark ein Bier bestellte.

In den folgenden Monaten, nach mehrmaligen Versuchen seinerseits, sie kennenzulernen und dem Nachgeben ihrerseits, erkannte die frischverliebte Fotografin allerdings bereits wenige Wochen später den wahren Charakter des Mannes. Hinter der Fassade des erfolgreichen Maklers steckte ein eitler, oberflächlicher und arroganter Gockel mit psychopathischen Zügen. Er betrog sie bereits zwei Monate später das erste Mal, und es schien ihn nicht zu interessieren, ob sie es bemerkte oder nicht. Er hatte seine Beute erlegt, und es wurde für ihn Zeit weiterzuziehen. Er schien gefühlsmäßig über Leichen zu gehen. Sie war für ihn nichts weiter als eine Art Trophäe, von denen es anscheinend jede Menge vor ihr gab und wohl auch nach ihr geben würde. Sein Bemühen verschwand genauso schnell, wie es aufgeblüht war. Der Jäger musste zurück ins Revier und auf Streifzug gehen.

Westermann nickte, als Jons geendet hatte, und Thomas Hartwig betrachtete währenddessen interessiert den digitalen Bilderrahmen, der neben dem alten Röhrenfernseher auf einem Phonotisch stand und alle zehn Sekunden ein neues Foto einblendete.

»Wo wohnt der Herr Hansen?«, fragte nun Hartwig beiläufig.

»Der hat irgendwo ein Seegrundstück an der Trave. Aber genau kann ich Ihnen das nicht sagen. War selbstständig in Sachen Versicherung, Makler. Ein Arsch, wenn Sie mich fragen.«

»Fragt aber keiner«, antwortete Hartwig und biss sich gleichzeitig auf die Zunge. »'tschuldigung.«

»Wie war das mit den Hirngespinsten, von denen Sie vorhin sprachen?«, forderte Westermann sein Gegenüber auf, weiter zu sprechen.

»Wie äh, soll ich Ihnen das erklären?«

»So, wie es ist«, sagte Westermann.

»Wie Sie wissen, war Mara Fotografin. Sie hat sich spezialisiert auf – sagen wir mal – Geisterorte.«

»Was heißt das genau?«, wollte Thomas Hartwig wissen.

»Sie hat Orte, wie Häuser oder Wälder, halt Stellen abgelichtet, an denen Unheimliches oder Übernatürliches stattgefunden hat oder haben könnte. Gruselige Szenarien erstellt, die einem manchmal einen Schauer über den Rücken laufen ließen. Erscheinungen, Geistwesen, wenn Sie so wollen«, sagte Jons.

»Eine Art Geisterjäger oder wie soll ich das jetzt verstehn?«, lachte Hartwig.

Sein Vorgesetzter warf ihm einen scharfen Blick zu.

»Das ist nicht witzig. Wenn Sie wüssten, was einige Menschen bereits erlebt haben, würden Sie hier kaum so albern herumfeixen«, entgegnete Jons. Das saß. Thomas Hartwig biss sich auf die Unterlippe und zerrte den Reißverschluss der Jacke auf. Der Schal mit eindeutigen Farben des HSV kam zum Vorschein.

»Was ist denn jetzt gruseliger? Geister oder Ihr Verein?«, lachte Jons Schröder, hob abwehrend die Hände und verzog grinsend den Mund, während Thomas wütend den Reißverschluss wieder schloss.

»Kommen wir wieder zur Sache, meine Herren. Also, die Verstorbene fotografierte unheimliche Orte und Gegenden, was der ehemalige Lebensgefährte nicht sehr prickelnd fand.« Westermann brachte das Gespräch wieder auf den Punkt.

»Genau, deshalb hat er sie abfällig belächelt und als esoterische Zicke bezeichnet. Am Ende hat sie ihn ja auch abserviert. Und Sie können sich sicherlich denken, wie es ist, verlassen zu werden. Das finden Männer nicht lustig. Ich glaube, der hat sie gehasst. Verletzter Stolz, wenn Sie verstehen.« Die Kommissare sahen sich an und schwiegen. »Sehen Sie, meine Herren, gekränkte Eitelkeiten. Kann mir nicht passieren.«

»Wieso nicht?«, wollte Hartwig zynisch wissen.

»Ich bin mit allen Frauen dieser Erde gleichermaßen befreundet. Da kann dir gar nichts passieren. Ich lieb sie alle, und sie lieben mich.« Er zeigte noch einmal auf die Bilder an der Wand hinter sich, klopfte sich mit der Hand gegen die Brust und lächelte selbstbewusst.

Hartwig sagte nichts mehr und atmete tief durch. Westermann erhob sich und Thomas folgte ihm. An der Tür verabschiedete sich der Hauptkommissar.

»Ja, dann vielen Dank für Ihre Hilfe. Mit dem Namen kommen wir auf jeden Fall weiter.«

Die Männer standen bereits im Treppenhaus, als Jons Schröder plötzlich stutzte, weil ihm etwas eingefallen war.

»Ach ja, ich weiß nicht, ob das für Sie wichtig ist, aber der war vor ein paar Wochen noch mal hier. Das gab richtig Terz.«

Westermann blieb abrupt stehen und sah Jons erstaunt an. »Wann war das?«, fragte er.

»Ich weiß nicht genau. Um den 12. April herum. Ne, am 14., genau, vom 14. auf den 15., da hatten wir eine Party an der Trave. War ziemlich spät, so gegen ein Uhr morgens. Ich bin nach Hause und wollte mir 'ne Jacke holen. Da hab ich die beiden megalaut schreien hören. Der hat gebrüllt, dass sie ohne ihn gar nichts wäre und sie bettelnd ankriechen müsste, damit er sie zurücknimmt. Mann, Mann, und dass es

ihr noch leidtun würde.« Plötzlich verstummte er. Anscheinend wurde er sich der Schilderung, die er gerade getätigt
hatte, bewusst. »Kann es sein, dass er sie hier nebenan …?«
Er stockte.

»Wir sind dabei, die Wohnung auf eventuelle Spuren hin
zu untersuchen. Halten Sie sich bitte zur Verfügung. Wir
werden Sie bitten müssen, uns in der Dienststelle auf Fehmarn aufzusuchen, damit Sie Ihre Aussage zu Protokoll
geben«, sagte Hartwig. »Wo waren Sie eigentlich in der fraglichen Zeit?«, vervollständigte er seinen Satz. Jons stutzte,
als könnte er nicht begreifen, was der Kommissar ihn gerade
gefragt hatte.

»Das sagte ich doch, arbeiten. In der gefragten Zeit und
auch die Tage danach habe ich unten in der Bar gekellnert,
das können Sie meinetwegen überprüfen. Trauen Sie mir das
zu?« Sprachlos knallte Jons die Tür zu. »Und da hilft man diesen Dödels auch noch«, maulte er hinter verschlossener Tür.

»Ich traue erst mal grundsätzlich keinem«, antwortete
Hartwig.

Sie betraten die Wohnung von Mara Osterdeich. Henning und seine Leute waren dabei, die Wohnung nach Spuren auf den Kopf zu stellen.

»Tut mir mal einen Gefallen«, sagte Westermann und
sah den Leiter der Spurensicherung an. »Sucht nach einem
Tagebuch oder Ähnlichem. Vielleicht auch digital im Computer. Eventuell hat sie Aufzeichnungen über einen Typen
namens Jochen Hansen irgendwo notiert.« Lutz Henning
nickte und wandte sich wieder seiner Arbeit zu.

»Aber Computer haben wir in der ganzen Wohnung
keinen gefunden«, sagte Henning erstaunt. »Nicht mal
ein Kabel hängt hier. Den hat entweder jemand entwen-
det oder …« Er zuckte mit den Schultern.

Westermann telefonierte mit der Dienststelle Oldenburg. Dann steckte er die kalte Pfeife in den Mund. Nach wenigen Minuten bekam er die Adresse des Mannes in Lübeck per SMS.

»Hartwig und ich fahren jetzt zu Maras ehemaligem Freund. Ihr macht hier weiter.« Dirk verabschiedete sich von den Kollegen und wenige Minuten später saß er mit Hartwig im Dienstwagen.

Hartwig gab die gesendeten Daten ins Navi ein, und eine Viertelstunde später standen sie vor einem villenartigen Gebäude direkt an der Trave.

»Mann, der muss ja wirklich Kohle haben«, vermeldete er und starrte beeindruckt auf das Haus, in dem sich anscheinend mehrere Wohnungen befanden, und dessen Grundstück am Gewässer endete. »Nobel, nobel.«

»Nun bleib ganz ruhig«, antwortete Westermann. »Der geht auch nur zur Toilette.« Er grinste, und sein Grübchen auf dem Kinn wurde sichtbar. »Du kannst ja richtig witzig sein, Herr Kommissar.«

»Dafür scheinst du ja deinen Spaß in letzter Zeit verloren zu haben«, entgegnete er und deutete auf den Kragen von Hartwigs Lederjacke.

»Wieso?«

»Na, du trägst den Heiligen Gral ... äh Schal ja nur noch versteckt. Ist mir schon vor ein paar Wochen aufgefallen. Was ist los, Jungchen, alles im Eimer? Haben sie die Uhr angehalten?«

»Halt bloß den Mund, lass mich damit einfach in Ruhe. Ich will jetzt nicht drüber reden.«

Westermann griente, und sie betraten das Grundstück.

Er wusste, dass Hamburgs Fußballwelt im Moment zum wiederholten Mal am Abgrund tanzte und erneut kurz vor der Zweiten Liga stand. Vorsichtshalber ließ er das Thema die letzten Wochen unerwähnt. Und er wusste, wie sehr Thomas unter den ständigen Niederlagen, immerwährenden Trainerproblemen und dem ständigen Auf und Ab seines Vereins litt. Aber ab und an ritt den Hauptkommissar ein kleiner garstiger Teufel, so wie jetzt. An der Haustür blieben sie stehen und betrachteten die Klingelknopfleiste, auf der sich allerdings nur zwei Namen befanden.

»Maklerbüro Jochen Hansen und Jochen Hansen. Na, da haben wir dich ja schon«, murmelte Westermann und drückte den unteren Klingelknopf.

Wenige Sekunden später erklang eine metallische weibliche Stimme. »Maklerbüro Hansen, was kann ich für Sie tun?«

»Kripo Oldenburg, wir würden gerne Herrn Hansen sprechen.« Es folgte ein Summton, und die Tür öffnete sich wie von Geisterhand.

Im Treppenhaus mit verzierten Stuckleisten und dunkelroten Teppichläufern ging, ebenfalls wie von Geisterhand, eine weitere Tür auf. Vor ihnen, hinter einem eleganten Tresen, eine etwa 30 Jahre alte, modisch gekleidete Frau mit langen blonden Haaren. Westermann zog seine Karte aus der Tasche und hielt sie der Frau unter die Augen.

»Kripo Oldenburg, wir möchten zu Herrn Hansen.« Thomas stand hinter seinem Kollegen und musterte die attraktive Blondine.

»Kommen Sie bitte«, sagte sie und deutete auf den Empfangsbereich, der mit modernen Stühlen ausgestattet war. »Nehmen Sie einen Augenblick Platz, Herr Hansen empfängt Sie gleich. Darf ich Ihnen einen Kaffee anbieten?«

»Nein, danke«, preschte Hartwig hervor. Sie nickte und verschwand wieder hinter ihrem Empfangstresen. Zwei

Minuten später öffnete sich eine Tür am Ende des Flures, und ein gut aussehender Mann, Mitte 40, im eleganten Anzug und polierten Lederschuhen, stolzierte ihnen entgegen. Westermann zog den Dienstausweis heraus und stellte sich vor.

»Entschuldigung, dass Sie warten mussten. Wichtige Telefonate, Sie verstehen? Ich bin ein viel beschäftigter Mann.« Er lächelte einnehmend und entblößte dabei eine Reihe strahlend weißer Zähne, während er seine schwarzgerahmte Brille zurechtrückte, die gut zu den dunklen, kurz geschnittenen Haaren passte. Sein Auftreten wirkte enorm gewichtig, erhielt allerdings nicht den erwünschten Applaus der Kriminalpolizisten. »Und was kann ich für Sie tun? Habe ich etwa falsch geparkt?«, versuchte er, die Situation ins Lächerliche zu ziehen, als er merkte, dass das Getue keinen Eindruck hinterließ.

»Nein, absolut nicht, aber dürfen wir Ihnen ein paar Fragen stellen?«, fragte Westermann.

»Bitte, wenn es sein muss.« Er blickte auf seine teure Armbanduhr.

»Vielleicht allein?«, bat Westermann förmlich und nickte Richtung Tresen. Hansen sah sich irritiert um und bat die Männer ins Büro.

»Was kann ich denn nun für Sie tun, meine Herren? Ich habe wenig Zeit und bin eigentlich im Begriff zu gehen.« Er tippte provozierend auf die protzige Uhr an seinem Handgelenk.

»Wir haben ein paar Fragen an Sie. So viel Zeit werden Sie sich nehmen müssen«, antwortete Westermann. Hartwig sah sich unauffällig, aber beeindruckt um. Der Designerschreibtisch stand mitten im großräumigen Büro, direkt vor einem bodentiefen Fenster, welches einen fantastischen

Blick auf die Trave freigab. Vorsichtig ging er über den polierten Steinboden. Moderne Stilelemente zeugten vom Geschmack des Eigentümers. Westermann schien keineswegs beeindruckt. »Kennen Sie Mara Osterdeich?«

»Wieso wollen Sie das wissen?«, fragte Hansen gelangweilt und betrachtete gleichgültig seine Fingernägel. »Und setzen Sie sich bitte.«

Er schwang sich auf einen schwarzen Ledersessel, schwenkte den beiden kurz den Rücken zu und blickte aufs Wasser. Die Männer schüttelten die Köpfe, was Hansen nicht sah.

»Ich denke, wir stellen hier die Fragen, und Sie geben uns einfach korrekte Antworten. Und es wäre nett, wenn Sie sich uns zuwenden.« Westermanns Stimme nahm einen eisigen Ton an. »Noch mal – kennen Sie Frau Osterdeich?« Hartwig betrachtete unterdessen das Gartengrundstück und die Trave, die in ruhigem Strom vorbeifloss.

»Ja, die kenne ich, flüchtig«, entgegnete er und wandte sich langsam den Männern zu.

»Flüchtig?«, fragte Dirk Westermann. »Uns ist zu Ohren gekommen, dass Sie mit Frau Osterdeich, na sagen wir mal, ziemlich eng befreundet waren.« Er sah ihn an, zog das Notizbuch aus der Tasche und klappte es auf. Angestrengt blickte er auf seine Eintragungen.

»Befreundet ist wohl zu viel gesagt. Sie war eine Zeit mein Betthäschen, wenn Sie verstehen.« Er grinste die Polizisten an und schwenkte den Stuhl, auf dem er sich breitbeinig niedergelassen hatte, wie ein Pendel.

»Nein, wir verstehen nicht. Nach unseren Informationen waren Sie eindeutig mehr als ein Bettgeselle«, sagte Hartwig spitz.

»Ach, die hatte überhaupt nicht mein Niveau. Wir

haben ein paar Monate Spaß gehabt, aber sonst ...«, Hansen hauchte gegen die Fingernägel der linken Hand und steckte sie anschließend in die Hosentasche. Er versuchte, bewusst unberührt zu erscheinen.

»Wo waren Sie in der Zeit vom 13. bis 16. April?«, fragte Westermann ohne Überleitung.

»Wow wow wow, in welche Richtung geht das denn hier? Würden Sie mir endlich sagen, warum Sie überhaupt solche Fragen stellen?« Der Makler wurde schlagartig blass, und er sprang wütend vom Stuhl auf. Die Kommissare sahen sich an und erkannten sofort, dass ihm die Frage keineswegs behagte. »Wo ich gewesen bin? Im Büro oder was meinen Sie? Warum wollen Sie das alles wissen?«

»Erzählen Sie uns erst mal genau, wo Sie sich in dieser Zeit aufgehalten haben. Sicherlich können Sie das belegen und haben Zeugen für die infrage kommenden Tage?« Westermann blickte ihn durchdringend an.

»Natürlich! Ich bin Workaholic, wenn Sie verstehen. Meine Tage haben mindestens 18 Stunden. Das ist ja nicht verboten, oder? Ich bin schließlich kein Beamter und muss mein Geld mit harter Arbeit selbst verdienen.«

»Ja, das sieht man«, antwortete Hartwig und deutete nickend Richtung Fenster. »Dafür gibt es dann ja sicherlich Zeugen?«, tippte er forsch.

»Natürlich, was glauben Sie. Meine persönliche Assistentin ist quasi Tag und Nacht an meiner Seite.« Das Grinsen in Hartwigs Gesicht war nicht zu übersehen.

»Die übrigen Stunden in der Nacht hat sie dann wohl ebenfalls mit Ihnen verbracht?«, fiel Westermann ihm ins Wort.

»Äh, na ja, ich ... ich schlafe kaum. Ja, Sabine ... äh Frau Volkert, war, wenn Sie es genau wissen möchten, die ganze Zeit bei mir. Sie kann Ihnen auch die genauen Termine geben. Sie ist quasi mein Terminkalender. Wenn ich mir das alles merken müsste, Mann oh Mann.« Er wippte unruhig mit den in eleganten Lederschuhen steckenden Füßen. »Aber was wollen Sie noch, ich muss los. Sagen Sie mir zuerst, warum Sie diese ganzen bescheuerten Fragen stellen.«

»Wir sind noch nicht fertig. Ihren nächsten Termin müssen Sie wohl verschieben«, verkündete Hartwig.

»Nur, wenn Sie mir endlich erzählen, um was es eigentlich geht.« Wieder stierte er provozierend auf die Uhr.

»Wir haben Mara Osterdeich am 20. April tot aufgefunden. Sie lag allerdings bereits 48 Stunden am Fundort. Das bedeutet, dass sie am 16. April, irgendwann in der Zeit zwischen 20 bis 24 Uhr, getötet wurde.«

Entgeistert starrte Hansen die Polizisten an und schluckte.

»Wie getötet? Unfall? Was ist denn passiert?«, wollte er wissen und presste die Lippen zusammen.

»Sie wurde ermordet, wenn Sie es genau wissen möchten. Mehr werden wir Ihnen zu diesem Zeitpunkt nicht mitteilen«, sagte Westermann und machte erneut Notizen.

»Was schreiben Sie denn da alles rein?« Er war sichtlich irritiert und zeigte unruhig mit dem Finger auf Westermanns Notizbuch. Seine Augenlider flatterten. »Ich kann Ihnen nichts sagen, außer dass wir eine Zeit lang eine Bettgeschichte hatten. Sie war so eine Fotonudel, die ständig mit ihrer Knipse unterwegs war und irgendwelches esoterisches Zeug fotografierte. Die ging mir echt auf den Geist mit ihrem Spinnkram. Mehr weiß ich nicht, ehrlich.« Westermann spürte, dass der Mann nicht die Wahrheit sagte.

»Das stellt sich uns nach Zeugenaussagen allerdings völlig anders dar.« Fragend starrte er Hansen an. »Sie sollen der Frau nachgestellt haben. Es sah wohl eher so aus, als wenn sie die Geschichte mit Ihnen beenden wollte.«

»Welche Zeugen? Die, die war es überhaupt nicht wert«, schrie er.

»Genau, sie war es nicht wert«, äffte Hartwig den Makler nach.

»Sie können *mich* doch nicht ernsthaft beschuldigen, die Frau umgebracht zu haben. Von mir hören Sie jetzt gar nichts mehr.« Provozierend stellte er sich vor die Beamten.

»Wir beschuldigen hier niemanden. Wir stellen lediglich Routinefragen.«

»Was tätigen Sie eigentlich für Geschäfte?«, fragte Hartwig ungerührt.

»Ich handle mit Häusern, das sehen Sie doch.« Er zeigte auf Fotos mehrerer Objekte, die an der Wand an einer Metallleiste hingen.

»Und damit verdient man so viel Geld, dass man *so* einen Lebensstil führen kann? Porsche, noble Wohnung im besten Viertel?« Hartwig deutete auf das edle Büro und die Fensterfront und fühlte sich gut, als er diese Fragen stellte.

»Woher wissen Sie, was für einen Wagen ich fahre?«, schnauzte Hansen unwirsch zurück und verengte die Augen.

»Also fürs Erste«, beruhigte Westermann die Situation, »geben Sie uns bitte die genauen Termine, und dann unterhalten wir uns weiter. Waren Sie in der betreffenden Zeit eigentlich auf Fehmarn?« Westermann wusste, dass von dieser Frage vieles abhing.

»Nein, war ich nicht. Falls das hier ein Verhör werden soll, sage ich jetzt nichts mehr und rede mit Ihnen nur noch in Beisein meines Anwaltes. Ich habe nichts mit der Sache zu tun, und nun verlassen Sie bitte mein Büro oder haben Sie einen Hausdurchsuchungs… dingsda?«

»Zum einen haben wir bis hierhin nur ein paar Fragen gestellt, und wenn Sie nicht kooperativ sein wollen, können wir gerne im Revier weitersprechen, dann kommen wir auf jeden Fall mit einem Durchsuchungsbeschluss«, lächelte Hartwig frech.

»Ich war es nicht«, schrie Hansen mit hochrotem Kopf und drückte auf die Gegensprechanlage.

»Sabine, bringen Sie sofort meinen Terminkalender!«

»Ach ja, was ich noch gern wissen würde. Worüber haben Sie sich in der Nacht vom 14. auf den 15. April eigentlich so heftig mit der Verstorbenen gestritten?« Westermann wusste, dass er mit der Frage ins Schwarze getroffen hatte.

Hansen wurde blass.

»D… das weiß ich doch jetzt nicht mehr.« Er stotterte und überlegte, wie er den Satz zu Ende bringen sollte. »Die Schlange wollte Geld von mir, was sonst. Die hat mich erpresst! Sie sehen doch, dass hier jede Menge zu holen ist.«

»Da Sie uns weder erklären können noch wollen, wo Sie in der Nacht gewesen sind, glaube ich, Sie begleiten uns aufs Kommissariat. Sie sind dringend verdächtig, den Tod von Mara Osterdeich herbeigeführt zu haben, und vorläufig festgenommen«, sagte Hartwig, griff das Handgelenk des Maklers, drehte es auf den Rücken und legte ihm Handschellen an.

»Sie werden jetzt dem Haftrichter vorgeführt.« Hartwig sprach wie aus dem Lehrbuch.

Hansen rüttelte an den Handfesseln und schrie:

»Das werden Sie noch bereuen! Ich will sofort meinen Anwalt sprechen.«

»Sobald Sie in der JVA sind, können Sie das gerne erledigen. Sie kennen ja sicherlich Ihre Rechte, die ich Ihnen ordnungshalber jetzt vorbeten werde«, entgegnete Hartwig gelassen.

Als die Beamten den Rückweg nach Oldenburg antraten, wussten sie nicht, was sie von der Sache halten sollten.

»Der war ziemlich nervös«, sagte Thomas Hartwig. »Hat sich gewunden wie ein Aal.«

»Der Haftbefehl ist ausgesprochen, jetzt müssen wir sehen, was passiert.«

»Ja, aber die Termine waren lückenlos, das hast du doch gesehen.«

»Daran kann man herummanipulieren«, antwortete Westermann. »Diese Assistentin scheint mehr zu sein, als nur ein Büromäuschen.«

»Den werden wir im Auge behalten. Vielleicht bringt die Vernehmung Licht in die Geschichte, und er gesteht«, entgegnete Thomas.

»Wenn das so einfach wäre. Ich gehe davon aus, dass der Anwalt den umgehend wieder rausholt. Hast doch gehört, dass er nicht mit uns reden wollte«, sagte Westermann und trommelte mit den Fingern auf das Lenkrad. »Und wenn wir ehrlich sind, haben wir nichts Greifbares in den Händen.«

»Auf jeden Fall ist er der erste Verdächtige in diesem Mordfall«, antwortete Thomas Hartwig.

»Wir klären jetzt unsere Termine in Oldenburg, und dann richten wir uns wieder mal häuslich auf Fehmarn ein«, sagte der Hauptkommissar und zündete seine obligatorische Pfeife an. »Ruf doch gleich in der Pension an und frage, ob sie ein Zimmer für uns haben!«

In Oldenburg klärten sie die Sachlage. Sie meldeten sich für die nächsten Tage ab, um die Vernehmung von Jochen

Hansen in Lübeck vorzubereiten und sich um die weiteren Untersuchungen im Mordfall Mara Osterdeich sowie die verschwundene Sophie Larsen zu kümmern. Die war seit elf Tagen wie vom Erdboden verschluckt. Normalerweise ging die Polizei bei vermissten Erwachsenen nicht sofort mit einer Vermisstensuche ans Werk. Aber in diesem besonderen Fall …

»Hat die Person ihren gewohnten Lebenskreis verlassen?«, sinnierte der Hauptkommissar, während er dicke Rauchschwaden im Wageninneren verteilte.

»Ja, hat sie. Sie ist seit elf Tagen verschwunden«, beendete er seine laut ausgesprochenen Gedankengänge. Hartwig fing an zu husten. »Kannst du mal deine Dampflok abstellen, das nervt echt.«

»Verschwunden oder untergetaucht«, stellte Westermann die Frage in den Raum und ignorierte die Bemerkung.

»Warum sollte sie untertauchen?«, fragte er stattdessen.

»Vielleicht hat sie einen Freund, von dem die Eltern nichts wissen sollen?« Westermann ging wie immer sachlich und emotionslos an die Sache heran. »In dem Alter wollen die jungen Leute manchmal einfach nur ausbrechen und tauchen ab.«

»Das kann ich mir kaum vorstellen«, sagte Thomas. »So wie ich das verstanden habe, hat sie ein super Verhältnis zu ihren Eltern. Ich kann mir nicht denken, dass sie ihnen nicht erzählen würde, wenn da ein Kerl auftaucht. Sie ist ja keine 15 mehr. Außerdem ist das doch ein ziemlich heißer Feger, wenn du mich fragst.«

Hartwig betrachtete das Foto, das er mit dem dazugehörigen Ordner aus der Aktentasche gezogen hatte. Der Hefter lag seit Fahrtbeginn geöffnet auf seinen Oberschenkeln.

»Und ein anderer Aufenthalt ist unbekannt; selbst wenn

es einen Mann geben sollte, haben wir keinen Anhaltspunkt.«

»Den haben meist nur die engsten Freunde, eine beste Freundin. Warum bin ich da nicht früher drauf gekommen.«

Hartwig sah den Kollegen fragend an.

»Wieso, die haben uns doch von der Frau aus Hamburg erzählt«, antwortete Dirk.

»Dass die Sophie selbst sucht und sie nicht erreichen konnte. Meinst du nicht, sie hätte davon erzählt, dass da irgendwo ein Macker rumläuft?«, sinnierte Thomas.

»Ja, du hast recht. Trotzdem möchte ich die Frau schnellstens in der Dienststelle sehen.« Hartwig nickte und telefonierte. Die Anweisung schien ihm äußerst schlüssig. Bestimmt konnte die Befragung dieser Svenja hilfreich sein.

»Und was ist, wenn sie bereits irgendwo unter der Erde liegt, im Wald oder in der Ostsee?«, murmelte Thomas und blickte ernst aus dem Fenster. »Das passt alles überhaupt nicht auf die Sonneninsel«, sagte er. Die Brücke tauchte vor ihnen auf. Sie besaß einen besonderen Glanz im Licht der Sonne und thronte erhaben über dem Sund. Sie fuhren Richtung Großenbrode.

»Das ist ja schon fast wie nach Hause kommen«, sagte Westermann und schob die erloschene Pfeife in den Mundwinkel.

»Du sagst es. Deshalb müssen wir die eine unbedingt finden und den Mörder der anderen schnellstens dingfest machen.«

Zehn Minuten später fuhren sie auf den Hof der Polizeidienststelle in Burg.

»Moin«, grüßte Hartwig. »Na, Sie sind ja mittlerweile schon Rucksack-Fehmaraner, was?«, rief der schlaksige

Hauptmeister aus dem Büro, als die beiden Beamten in den Eingangsbereich traten.

»Man tut, was Mann kann«, grinste Westermann und brachte seine wellige Mähne in Ordnung.

»Und was sind Rucksack-Fehmaraner?«, wollte Hartwig wissen und schüttelte amüsiert den Kopf.

»Das sind Leute, die auf die Insel gezogen sind, aber nicht von Fehmarn kommen. Aber nach 25 Jahren ...«

»Wo ist der Chef?«, unterbrach Westermann den redseligen Hauptmeister. Becker deutete zum Ende des Ganges.

»Sie wissen ja, wo es langgeht!«, antwortete Becker und verzog das Gesicht. Der Kommissar nickte und ging mit Hartwig den Flur hinunter. Hinter einer der verschlossenen Türen randalierte jemand lautstark und hämmerte gegen die Tür.

»Ihr Schweine, lasst mich hier endlich raus. Ich will einen Anwalt sprechen.« Becker sprang vom Stuhl auf und stiefelte zur Metalltür, hinter der sich die Ausnüchterungszelle befand. Er öffnete eine Klappe in Augenhöhe und warf einen kurzen Blick ins Innere der Zelle.

»Bleib man ganz ruhig. Hein, leg dich auf die Pritsche, schlaf erst mal deinen Rausch aus, dann schnacken wir weiter.«

»Ihr Kotzbrocken, laat mi rut!« Der Fischer schlug mit dem Fuß gegen das Metall der Zellentür. »Ihr ... Ihr habt alle Schuld, wenn mein Kudder wech ist. Ihr Schweine.« Plötzlich hörten sie einen dumpfen Knall. Becker öffnete erneut die Klappe und schloss sie leise wieder. »Der liegt lang und pennt endlich. Wenn er nüchtern ist, kann er nach Hause. Dieser Kerl, ne ne.«

»Was hat das auf sich mit dem Kutter?«, fragte Westermann interessiert.

»Ach, der meint das nicht so. Der ist, genau wie die anderen Kutterkapitäne, total sauer, weil die Fangquoten schon wieder immens nach unten geschraubt wurden.«

»Und warum liegt der dann jetzt in der Zelle?«, wollte Hartwig wissen.

»Weil die meist mehr in der Haifischbar sitzen, als dass sie auf dem Boot sind und Fische fangen. Da rasten die schon mal aus. Die haben die Quoten für Dorsch heftig reduziert. Das macht viele der Fischer kaputt. Die kriegen dann 'ne Abwrackprämie und so weiter und so weiter. Dazu gehört Hein auch. Das richtet den guten Mann langsam, aber sicher zugrunde. Was soll der in seinem Alter denn noch anderes anfangen? Mit über 50!«

»Das ist doch aber nur die eine Seite«, antwortete Westermann sachlich und fuhr über die Bartstoppeln. »Was ist mit den Fischbeständen, wenn viel zu viel herausgeholt wird? Da bleibt am Ende gar nichts mehr, für niemanden.« Becker wollte Luft holen, als Westermann weiter sprach. »Gelesen habe ich, dass Angler bald genauso viel Dorsch aus der Ostsee holen wie die Fischer mit ihren Kuttern. Ich finde schon, dass das so nicht weitergehen kann, wenn wir in baldiger Zukunft noch Fisch essen wollen.«

Der Hauptmeister schnappte nach Luft und raufte sich die wenigen Haare.

»Aber können Sie uns vielleicht auch sagen, wovon die dann leben sollen? Das ist eine Haupteinnahmequelle der Staakener, solange ich denken kann. Und ich bin hier geboren. Und die Angelausflüge sind mittlerweile festes Standbein. Wenn das wegbricht, können die ihre Kutter verkaufen. Wollen Sie das nicht verstehen? Wir sind eine Insel, und die lebt auch vom Fischfang, basta.«

»Und der Dorsch? Wie überlebt der das? Recht macht man es in diesem besonderen Fall wohl eher keinem, dennoch glaube ich, die Natur braucht gewissen Schutz, damit in naher Zukunft nicht alles zerstört wird. Kaum Fisch, viel Plastikmüll, ich weiß nicht recht. Die Ostsee ist auch nur ein See, wenn auch ein großer. Gibt sicherlich andere Fischarten wie Hering und Plattfisch, die gefischt werden können. Da sind die Quoten doch erhöht worden, oder?«, fragte Westermann, um den Kollegen aus Burg zu besänftigen.

»Das heißt Binnenmeer«, murmelte Becker, drehte sich wortlos um und stapfte beleidigt in sein Dienstzimmer. »Die vom Festland sabbeln immer schlau rum«, fluchte er. »Keine Ahnung von uns und unserer Insel, diese Döschköppe. Aber lass man. Die haben bei den Fishing Masters die größte Kutterdemo geplant, die Deutschland je gesehen hat. Ihr kriegt uns so einfach nicht weg. Das wär doch gelacht.«

»Das hab ich genau gehört«, griente Westermann und ging auf die Tür von Olaf Schütts Büro zu. »Ich versteh das ja alles, aber die Meere sind überfischt und die Verschmutzung nimmt weiter zu und besorgt den Rest«, sagte er leise zu Thomas, der dem Gespräch interessiert gefolgt war. Gedankenverloren hielt Westermann kurz inne, bevor er die Tür öffnete.

Was für ein Driss!, dachte er.

»Guten Tag, Herr Schütt. Na, was gibt's Neues? Darf ich?« Fragend zog er einen Stuhl heran und setzte sich. Hartwig ließ sich unaufgefordert auf den Stuhl daneben fallen.

»Ja, so schön wie die momentane Wetterlage ist das hier alles nicht«, sagte er und fasste an den Kragen seines dunkelblauen Diensthemdes. »Wir haben die Ergebnisse der Technik. Also, in der Lübecker Wohnung war nichts. Kein Blut! Natürlich jede Menge Fingerabdrücke von diesem Makler, aber sonst rein gar nichts. Ach ja, die haben die Reifenspuren ausgewertet. Auch nichts. Kein Vergleichsobjekt, das dazu passen könnte. Die Reifen sind älter als 15 Jahre, die können überall herkommen. Sie haben den Reifentyp herausgefunden und die Marke. Aber zu diesem Zeitpunkt sind Tausende dieses Herstellers im Handel verkauft worden.«

Hartwig erhob sich, nahm einen Becher vom Sideboard und füllte ihn mit Kaffee aus der Maschine.

»Auch auf Fehmarn? Das schränkt doch eigentlich den Radius ein«, sagte Westermann.

»Ja, wir sind gerade dabei, die Reifenhändler vor Ort zu überprüfen. Bisher keine Erfolgsmeldung, tut mir leid. Und es gab in der Wohnung weder einen Computer noch einen Laptop. Kein Handy, nichts.«

»Alles gut.« Schütt reichte dem Kommissar den Ordner mit den bisherigen Auswertungen. »Das Seil, mit dem die Frau gefesselt wurde?«

»Gibt es in jedem Schiffsladen von hier bis Honolulu«, mumelte Schütt.

Hartwig prustete los.

»Na, da flieg ich gerne hin, um das zu checken.« Während er sich vor Lachen ausschüttete, schwappte Kaffee aus dem Becher und landete auf seiner Jeans. »Mist!« Schütt warf dem jungen Kommissar einen missbilligenden Blick zu.

»Ich sehe auf dieser Mitteilung, dass der Draht, mit dem sie wahrscheinlich erdrosselt wurde, Spuren hinterlassen hat, die gerade untersucht werden. Vielleicht kommen wir damit weiter. Keine Fingerabdrücke, keine DNA.« Der

Kommissar aus Oldenburg runzelte die Stirn und tippte auf die Papiere. »Das sieht keineswegs erfolgversprechend aus.«

»Ne, wir sind ein bisschen ratlos und froh, dass Sie und Ihr Kollege uns wieder unterstützen. Schon zum dritten Mal übrigens«, antwortete der Dienststellenleiter.

»Gibt es sonst noch etwas, das wir verwerten könnten?«, fragte Westermann, während er sich durch die Haare strich.

»Der Abgleich der Erde ist da. Keine Übereinstimmung mit dem Boden vom Ostersoll. Die brauchen Proben, aber woher sollen wir die denn nehmen? Könnte von überall auf der Insel herstammen. Und sonst, nichts, außer ... aber das ist kaum der Rede wert«, sagte Schütt und trank seinen Kaffee.

»Wie Sie wissen, kann jede noch so kleine Spur uns weiterbringen.«

»Aber das ist ... ne, nicht wichtig.«

»Was wichtig ist, müssen Sie uns überlassen. Was gibt es denn so Beiläufiges?«, fragte Westermann eindringlich.

»Die Frau Hagedorn hat mal wieder ein bisschen Miss Marple gespielt und uns tütchenweise Beweismaterial vorbeigebracht.« Er grinste und schob Dirk Westermann die Gefrierbeutel über den Schreibtisch.

»Was ist das?«, Hartwig guckte interessiert auf die Plastiktüten.

»Dosen, Erde und keine Ahnung, ich habe nicht genau nachgesehen.« Olaf Schütt bekam einen roten Kopf, als er sah, dass Westermann ihn ärgerlich anblickte. »Das scheint ja bei Ihnen zum Tagesgeschäft zu gehören, dass Sie nicht richtig nachsehen.« Er schnaubte und betrachtete die durchsichtigen Tüten.

»Das ist tatsächlich Erde.« Westermann öffnete den Plastikbeutel und roch daran. »Eindeutig.« Er legte den Beutel beiseite und nahm den zweiten in die Hand. »Draht, grüner Blumendraht.« Hartwig und Schütt sahen sich an. »Haben wir nicht vorhin etwas von Blumendraht gelesen?« Das Gesicht des Dienststellenleiters bekam auf einmal die Farbe frisch gepflückter Tomaten.

»Draht? Das ist mir gar nicht aufgefallen.«

»Wo hat Frau Hagedorn das her?«, fragte Westermann und zog die linke Augenbraue hoch. Sein Blick verfinsterte sich und er hielt Schütt den Beutel vor die Nase.

»Vom Fundort!«

»Wie vom Fundort? Die Spurensicherung hat doch das gesamte Areal auf den Kopf gestellt, wenn ich mich recht erinnere?«

»Ja, sie sagte, sie wäre gestern früh noch einmal da gewesen und hätte sich umgesehen. Da hat sie die Sachen gefunden. Die hat da rumgeschnüffelt, wenn Sie mich fragen, sonst nichts.«

»Ich frag Sie aber nicht. Das sind Beweisstücke und vielleicht außerordentlich wichtige. Wenn *Sie* Ihre Arbeit so ernst nehmen würden wie Frau Hagedorn, die Sie ja unsinnigerweise als Schnüfflerin bezeichnen, wären *wir* wahrscheinlich schon einen wesentlichen Schritt weiter!«, konterte er lautstark. »Sie wissen wohl auch, dass wir den Täter oder die Täterin so schnell wie möglich festsetzen müssen. Mann, Mann!« Westermann sprang vom Stuhl auf und ging zum Fenster. »Das ist hier kein Spielplatz, auf dem Räuber und Gendarm gespielt wird. Und es wird auch kein Fahrraddieb verfolgt. Hier ist ein *eiskalter* Killer unterwegs! Und wir wissen nicht, was er als Nächstes plant.«

Der Beamte holte tief Luft, schob die Pfeife in den anderen Mundwinkel und zog das Feuerzeug aus der Jackentasche. »Hier ist Rauchen verbo… 'tschuldigung. Sie können natürlich.«

»Dachte ich mir doch. Wenn wir Pech haben, verehrter Herr Schütt, dann hat der Mörder sich vielleicht bereits eines weiteren Opfers bemächtigt.« Hartwig sah den Kollegen staunend an, der sich in geschwollenem Deutsch mit dem Chef der Dienststelle in Burg auseinandersetzte.

»Ja, denke ich auch«, sagte er stattdessen. »Wir müssen unbedingt das Mädchen finden«, setzte er nach. »Ich habe die Freundin aus Hamburg herbestellt. Sie wird morgen früh hier in der Dienststelle erscheinen«, sagte Schütt bemüht, von möglichen Fehlern bei der Spurensicherung abzulenken. »Wie weit sind Sie mit der Einrichtung des Büros?«

Hartwig guckte Schütt fragend an.

»Wieso? Bleiben Sie auf Fehmarn?«, fragte Schütt erstaunt.

»Das können Sie sich ja wohl denken. Ich glaube nicht, dass das hier bald vorbei ist«, sagte Westermann und zündete die Pfeife an. Er blinzelte mit den Augen, als der Rauch nach oben stieg.

»Morgen früh ist das Team der Soko hier, und wir durchforsten noch einmal jede brauchbare Spur, jede!« Nickend blickte er auf die vorher achtlos herumliegenden Plastiktüten, nahm sie an sich, verabschiedete sich und verließ mit Thomas Hartwig das Büro. *Meine kleine Miss Marple, ich wusste, ich kann mich auf dich verlassen. Das ist alles sehr, sehr merkwürdig.* Der attraktive Mann aus Oldenburg und sein nicht minder gut aussehender Jungkommissar stiegen in den Dienstwagen. »Hast du wegen der Zimmer telefoniert?«

Hartwig nickte und sagte: »Sehr erfreut schien sie allerdings nicht zu sein.«

»Na ja, nach der letzten Attacke kann ich mir das schon gut vorstellen«, antwortete Dirk Westermann grienend und sog an der dampfenden Pfeife. Die beiden Kriminalkommissare machten sich auf den Weg in die Pension. »Erst lecker was essen und dann zu Bett. Ich bin wirklich saumüde«, sagte Hartwig und gähnte, als hätte er mindestens 48 Stunden keinen Schlaf mehr bekommen.

»Moin, Frau Martin«, sagte Thomas Hartwig erfreut, als die Pensionswirtin ihm die Tür öffnete.

»Na, da sind Sie ja.« Nele betrachtete die Männer argwöhnisch. Normalerweise war es keineswegs ihre Art, mit Gästen schroff umzugehen, doch der Schock des letzten Besuches saß immer noch tief. »Dann kommen Sie man rein. Aber ich sag Ihnen gleich, nicht dass das hier wieder so ein Tohuwabohu gibt.« Sie winkte die beiden Polizisten, die einen abgekämpften Eindruck auf sie machten, in den Flur und schloss anschließend leise die Tür.

»Oh nein, das ist versprochen, wenn Sie nicht wieder irgendwelche undurchsichtige Gestalten in Ihrem Haus bewirten.«

»Gaaanz bestimmt nicht!«, rief sie entrüstet. »Das passiert mir nur einmal. Jetzt lass ich mir sofort als Erstes den Ausweis zeigen, und der wird in eine Liste eingetragen. Punkt. Und nun mal her mit den Dienstausweisen«, lockte sie die Männer mit einem Fingerzeig in den Frühstücksraum. Die Beamten lachten lauthals. »Was gibt's denn da zu lachen, das ist mein völliger Ernst.« Westermann zog die

Augenbraue hoch und zerrte augenblicklich den Dienstausweis aus der inneren Jackentasche. »Das war Spahaß«, feixte sie und kicherte. »Ne, aber nun ernsthaft. Warum sind Sie diesmal hier? Sind Sie wieder Verbrechern auf den Fersen?« Die beiden Kommissare zogen Stühle vom Tisch und setzten sich.

»Frühstück gibt's aber jetzt nicht«, sagte sie und ließ sich den Beamten gegenüber ebenfalls auf einen Stuhl fallen.

»Jetzt wollen Sie uns wohl veräppeln. Sie wissen sicher genau, was los ist, aus der Inselpresse, oder?«

»Ne, wirklich, sind Sie deshalb hier? Ich hab mir das ja fast gedacht, und Henning hat das auch schon vermutet. Was hier alles so passiert, geht auf keine Kuhhaut mehr. Das ist schon 'n büschen makaber. Wenn das so weitergeht, such ich mir 'ne andere Insel«, lachte sie und schüttelte die blonde lockige Haarpracht. »Und was ist genau passiert? Wer war das?« Sie nickte heftig.

»Nun mal langsam«, sagte Thomas Hartwig. »Hier oben im Norden auf dieser schönen Insel geht es ja normalerweise viel cooler zu. Bleiben Sie man hier, die Urlauber brauchen Sie noch.«

»Aber Sie wissen auch, dass wir Ihnen keine Auskunft über den Fall geben dürfen, selbst wenn wir wollten«, schmunzelte Westermann und blinzelte ihr zu. »Das einzig Merkwürdige ist, dass bereits der dritte Bösewicht in kürzester Zeit hier sein Unwesen treibt.« Westermann zuckte mit den Schultern. »Aber nun mal Butter bei die Fische. Welche Zimmer haben Sie für uns fertig?«

»Leider müssen Sie im großen Appartement schlafen und es sich teilen. Wir sind fast ausgebucht.« Nele wurde rot.

»Aber das macht doch nichts, solange ich mit dem Bärtigen nicht in einem Bett schlafen muss«, antwortete Thomas, der bisher still dasaß, die Beine ausgestreckt hatte und anfing zu gähnen.

»Na, die Kommissare haben ja schon die richtige Bettschwere.« Sie grinste und stand auf. »Dann will ich Sie mal zu Bett … äh in Ihr Appartement bringen.«

»Das ist nett, aber können Sie uns vorher ein nettes Restaurant empfehlen, wo wir was Anständiges essen können und nicht noch lange fahren müssen?«

»Was heißt hier anständig?«, fragte Nele Martin.

»Fisch, ich möchte gerne Fisch essen«, sagte Westermann.

»He, he, ich will ein richtiges Schnitzel mit Bratkartoffeln«, rief Hartwig und rieb sich den Bauch.

»Ist überhaupt kein Problem. Dann gehen Sie hier am Haus den Gang entlang, und am Ende ist das Landhaus Kröger. Da gibt es leckere deutsche Küche. Und das zu einem vernünftigen Preis. Und es ist der kürzeste Weg zu einem gut gefüllten Teller. Da gehen Henning und ich mindestens einmal die Woche hin, wenn ich keine Lust habe, selber zu kochen. Ich ess immer Schnitzel«, kicherte sie. »Mit Tomaten und Käse überbacken. Die sind der Hammer!« Jetzt rieb Nele sich den Bauch. »Da könnte ich glattwegs Hunger bekommen und Sie begleiten. So, nun kommen Sie man, damit Sie Ihre hungrigen Mäuler stopfen können. Sonst kippen Sie mir noch aus den Latschen. Ich bring Sie rüber.«

»Oh, mein Gott! Das ist doch alles nicht mehr wahr!« Charlotte hielt die Hand vor den Mund und starrte Katrin entgeistert an.

»Was ist denn nun schon wieder?«, antwortete sie müde.

»Da, im Tageblatt.«

»Was im Tageblatt? Erzähl endlich!« Ihre Nichte strich Butter auf das Brötchen, ließ einen Klecks Honig darüber träufeln und biss herzhaft hinein.

»Jetzt suchen sie die Lütte von Bäcker Larsen, ich fass es nicht.«

»Welche Lütte? Ich kenn nur die Sophie, die hübsche blonde Tochter. Ich wusste gar nicht, dass die noch mehr Kinder haben.«

»Ach, was du immer redest. Die meine ich doch.« Sie tippte aufgeregt auf die Tageszeitung, deren Headline auf der ersten Seite ihren schrillen Ausruf hervorgebracht hatte. »Für mich ist die klein. Ich kenn die Püppi schon, da war sie noch sooo«, sie deutete in Höhe ihres Bauchnabels, auch wenn sie dabei sitzen blieb.

»Ja, ist ja gut, und was ist nun mit ihr?«

Charlotte ließ sich entgeistert auf den Küchenstuhl plumpsen. Sie zog den Bademantel, den sie über ihrem karierten Flanellpyjama trug, enger um sich, als würde sie plötzlich frösteln.

»Die Sophie ist verschwunden, einfach so. Seit dem 22. April ist die wie vom Erdboden verschluckt. Das gibt's doch nicht. Zuerst die Mara. Jetzt die Sophie? Das geht nicht mit rechten Dingen zu.« Charlotte griff zu ihrem Becher und stellte ihn angewidert zurück. »Darauf brauch ich erstmal einen Schnaps.«

Sie stand auf, ging zum Küchenschrank und packte die Flasche Rum, die sich in der Backschublade befand. Aus dem Hängeschrank nahm sie ein Schnapsglas und schenkte sich einen ein.

»Willst du auch?«, fragte sie Katrin.

»Na sag mal, spinnst du? Es ist gerade mal neun Uhr.« Sie tippte mit dem Finger gegen die Stirn. »Wieso hast du eigentlich eine ganze Flasche Schnaps im Küchenschrank und Schnapsgläser? Du trinkst doch wohl nicht heimlich?«

Entrüstet schnappte Charlotte Hagedorn nach Luft.

»Na weißt du. Nun spinnst du aber mal selbst. Das ist Küchenrum, ich meine Kuchenrum. Den brauch ich zum Backen, oder was glaubst du? Mit dem Glas messe ich das ganz genau ab. Nur, dass du das weißt.«

»Ja, das hätte ich jetzt auch gesagt. Ich hab dich im Auge, liebe Tante!« Katrin zog mit dem Zeigefinger das Unterlid herunter, um ihrer Tante ein klares Zeichen zu signalisieren.

»Aber das ist ja nun auch nicht wichtig«, sagte Charlotte und winkte ab. »Das hängt bestimmt mit dem Mord zusammen. Wieso sollte Sophie verschwinden, das nette Mädel?«

Kopfschüttelnd vertiefte sie sich wieder in die Zeitung.

»Weil Mädchen manchmal einfach untertauchen, wenn du verstehst. Vielleicht ging ihr alles auf den Zeiger, und sie braucht eine Auszeit.« Katrin verschlang den Rest des Brötchens und spülte mit einem großen Schluck Tee hinterher.

»Ein Mann taucht vielleicht unter, aber ein so süßes Mädchen? Hat keinen Grund.«

»Woher willst du denn das wissen? Bist du ihr unsichtbarer Geist? Man kann hübsch sein und trotzdem die, entschuldige, die Schnauze voll haben, oder?«

»Ja, du hast recht. So gut kenne ich sie nun auch wieder nicht, aber das ist doch sehr suspekt, dass sie gerade jetzt verschwindet, wo die Mara umgebracht worden ist, das arme Mädel!«

Katrin lächelte ihre Tante von der Seite an. »Ich seh schon, in deinem Gehirnkasten rattert es einmal mehr. Ach Tantchen. Gib mal die Zeitung, ich möchte das selbst lesen.«

Charlotte reichte ihr das Tageblatt und schüttelte heftig den Kopf. »Heiland Mailand. Die arme Deern.«

Katrin las laut die Headline vor.

Wo ist Sophie?

»Das gibt's doch nicht!«

Von Josefine Meyer
Burg

Die Verkäuferin Sophie L. (24) aus Burg von der Insel Fehmarn ist unter rätselhaften Umständen verschwunden. Zuletzt wurde die 1,72 Meter große Sophie am 21. April in ihrem Heimatort Burg (Ostholstein) gesehen. Die in einer Boutique Beschäftigte verließ das Geschäft, um nach Hause zu gehen (dies bestätigten die Kollegen). Sie trug zum Zeitpunkt ihres Verschwindens eine dunkelbraune Lederhose und eine weiße Bluse. Als besonderes Merkmal wurde ein Armband mit einem auffälligen Engelanhänger bezeichnet. Vor zwei Tagen erstatteten die Eltern bei der Polizei Vermisstenanzeige. Die Ermittlungen führten bisher zu keinem Ergebnis. Da Sophie L. als äußerst zuverlässige Person gilt, bittet die Kriminalpolizei Oldenburg um Mithilfe.

Auf Fehmarn wurde von einem Großaufgebot von Polizei und Feuerwehr die Umgebung des Wohnortes großräumig abgesucht.

Mit im Einsatz: ein Hubschrauber und Mantrailer-Spürhunde, deren Spuren sich am Senator-Thomsen-Park verloren. In Burg und auf dem weitläufigen Festland wurden alle Wachen und

Streifenwagenbesatzungen über den Vermissten-
fall informiert, da in Burg einige Tage zuvor eine
tote Person aufgefunden wurde, deren Todesursa-
che auf Fremdeinwirkung schließen lässt. Aus die-
sem Grund ist es dringend notwendig, Sophie L.
zügig aufzufinden.
Wer Sophie gesehen oder etwas über ihren Verbleib
sagen kann, den bitten wir um Mithilfe.
Hinweise bitte an Telefon …

»Das ist allerdings wirklich merkwürdig«, sagte nun auch
Katrin. Sie streckte die Füße aus und stieß gegen die nackten Zehen von Charlotte. »Du sollst doch was anziehen,
hab ich gesagt!«

Peinliches Schweigen. »Ich muss unbedingt mit deinem
Kommissar reden, unbedingt!«

Hanna Schattenberg flitzte auf völlig durchnässten
Socken aus dem Badezimmer in den Flur, um, so schnell
sie konnte, die Haustür zu öffnen. Unter ihr staute sich
ausgelaufenes Wasser auf dem Fußboden. Die Heilpraktikerin, die zu den bekannten Heilkundlerinnen der Insel
gehörte, sich neben der Naturheilpflanzenkunde auf die
Reinkarnationstherapie spezialisiert hatte, wurde nicht
selten belächelt und als Scharlatan abgeurteilt. Die mol-
lige Hanna störte es nicht, kamen doch dieselben Personen im Halbdunkel zu ihr, um sich Tarotkarten legen
zu lassen oder in ein anderes, längst vergangenes Leben
zurückzukehren. Die Zukunft sowie die Vergangenheit
schienen oft sehr viel interessanter als die Gegenwart zu
sein. Aber dass ihre Wohnung unter Wasser stehen würde,
das hatte sie nicht vorausgesehen.

Hanna hatte sich einige Jahre zuvor einem Kreis angeschlossen, einem sogenannten kleinen Zirkel von Frauen,
die regelmäßig zum Erfahrungsaustausch zusammentrafen.
Es war keine große Runde, ganze drei Personen gehörten
dazu. Eine von ihnen fotografierte Orte, an denen unheimliche Erscheinungen vorgekommen waren, die zweite nahm
Verstorbene wahr, die sich ihr auf irgendeine Weise mitteilen wollten. Sie selbst hatte die Gabe, aus den Karten zu
lesen und Menschen in andere Leben zu begleiten. Aber
es genügte, mit diesen Kolleginnen eine Gemeinschaft zu
gründen. Sie lernten viel Neues, brachten ihre Erfahrungen
zusammen und hatten obendrein ihren Spaß, auch wenn sie
auf der Insel mittlerweile als Hexenclub verschrien waren.
Fahrig fuhr sie mit der Hand über die verschwitzte Stirn und
schob die schwarzen, klitschnassen Haare aus dem Gesicht.

»Kaball, schleich dich, schnell!« Sie gab ihrer schwarzen
Katze, die mit gespitzten Ohren auf der Anrichte im Flur
saß, ein »Sch, sch« auf den Weg, was die allerdings wenig
berührte und einfach sitzen bleiben ließ. Sie hasste Wasser wie fast alle Katzen und würde niemals durch das auf-
geschäumte Nass staksen. Genervt hievte die vollschlanke,
etwas zu klein geratene Hanna sie auf den Arm, setzte sie
auf dem trockenen Wohnzimmerboden ab und verschloss
die Tür. Selbst mittlerweile pitschnass, pustete sie erneut
eine Strähne aus dem Gesicht und öffnete verschwitzt die
Tür.

»Oh Mann, wie gut, dass Sie da sind. Kommen Sie bitte
herein. Das ist 'ne richtige Sauerei, alles ist nass. Sie sehen
ja selbst.« Sie deutete auf den Flur, in dem das Wasser zen-
timeterhoch stand, und winkte ihn hektisch hinein. »Das
schwappt hier schon über«, rief sie händeringend, und das
Rot ihrer Gesichtsfarbe vertiefte sich.

Der Hausverwalter der Wohnungsbaugesellschaft sah die rotwangige kleine Person an, säuberte akribisch die Schuhsohlen an der Fußmatte und trat ein. Das Wasser drohte bereits in die darunterliegende Wohnung einzudringen.

»Wo sitzt denn das Übel?«, fragte der Verwalter, der zufällig im Gebäude arbeitete und vom Eigentümer eiligst zu Hanna Schattenberg geschickt wurde, als diese völlig aus dem Häuschen bei ihm anrief. »Gott sei Dank bin ich gerade im Haus«, bemerkte er höflich. Er folgte der Frau, die durch den Schaum watete.

»Hier im Badezimmer! Das blöde Ding lässt sich nicht öffnen und das ganze Zeug läuft und läuft und läuft. Sehen Sie sich den Mist nur an.« Sie zeigte mit dem Arm, an dem ebenfalls Schaumflocken hinunterliefen, auf das Dilemma, rutschte voran, und der Hausmeister stakste in derben Schuhen hinterher.

»Schöne Sauerei«, sagte er trocken und drückte die vorhandenen Knöpfe der Waschmaschine.

»Das hab ich alles gemacht, geht nicht«, sagte sie mutlos.

»Haben Sie das Wasser abgestellt?«, wollte er sie beruhigen.

»Wasser abgestellt? Ja wo denn? Ich habe keine Ahnung, wo sich das abstellen lässt. Das ist mir noch nie vorgekommen.« Hilflos stand Hanna, eingebettet im Schaum auf nassen Socken, in aufgekrempelter Hose und hochgeschobenen Blusenärmeln vor ihm.

»Na dann.« Der schlanke hochgewachsene Mann mit den kurzgeschorenen Haaren stellte seinen Handwerkerkoffer ab, öffnete den Schrank, der unter dem Waschbecken eingebaut war, und drehte einen silberfarbenen Drehknopf im Uhrzeigersinn. Anschließend zog er den Stecker der Waschmaschine aus der Steckdose und legte ihn auf die Maschine. »So, jetzt warten wir, zählen langsam bis zehn und stecken ihn wieder in die Dose.« Hanna prustete plötzlich.

»Stecker in die Dose stecken, wie sich das anhört … Entschuldigen Sie, das war dumm«, murmelte Hanna, und ein verlegenes Lächeln huschte über ihr rundes Gesicht, während sie dem Mann bei der Arbeit zusah.

»Manchmal hängt sich die Elektronik auf«, ignorierte er den Spruch emotionslos.

»Aha!«, antwortete sie nickend. Er schloss die Waschmaschine wieder an, alle Leuchten blinkten, und auf einmal regulierte sich das Display von selbst. Der Hausmeister stellte den Bedienknopf auf Abpumpen, und wie von Geisterhand lief das Wasser auf dem richtigen Weg den Abfluss entlang.

»War die Wäsche fertig gewaschen oder gerade angelaufen?«

»Fertig!«, sagte sie schnell.

»Dann kann sie normal zu Ende laufen, und Sie können beruhigt dieses Schwimmbad entfernen.« Er sah sie unverwandt von der Seite an, während Hanna anfing, mit sämtlichen zur Verfügung stehenden Handtüchern den Raum trockenzulegen.

»Möchten Sie vielleicht einen Kaffee?«, fragte sie und wischte mit dem Handrücken die herunterlaufenden Schweißperlen von der Stirn. Er schüttelte den Kopf.

»Was bekommen Sie denn jetzt für die Reparatur?«

»Das ist schon in Ordnung. Ich war wohl gerade im richtigen Augenblick am richtigen Ort.« Er hob seinen Metallkoffer an und stand unschlüssig im Badezimmer.

»Danke«, sagte Hanna überschwänglich und klatschte begeistert in die Hände. »Ich habe eine tolle Idee«, sagte sie und griff vom Badezimmerregal die letzten Handtücher. Umständlich breitete sie die auf dem Weg Richtung Wohnzimmer wie einen Teppich auf dem Boden aus. »Haben Sie einen Moment Zeit?«

»Eigentlich nicht«, antwortete er gelangweilt.

»Dauert nicht lang. Glauben Sie an die Macht der Karten?«

Befremdet sah er sie an und zog die Augenbrauen hoch. »Wieso?«

»Ich werde oft besucht, um Leuten die Zukunft vorauszusagen. Tarot – kennen Sie?«

Er schüttelte den Kopf.

»Kommen Sie. Ich lege Ihnen die Karten, umsonst. Dafür müssen andere viel Geld hinblättern, damit ich in deren Zukunft schaue.« Hanna zog den Mann hinter sich ins angrenzende Wohnzimmer. Sein Interesse schien auf einmal geweckt. Er stellte den Handwerkerkoffer ab. Im Erker des Zimmers stand ein alter runder Holztisch, um den herum drei Stühle angeordnet waren. Auf dem Tisch eine weiße Kerze in einem Silberständer, eine Glaskugel und Tarotkarten, die akkurat gestapelt mittig auf der Tischplatte lagen. »Bitte, tun Sie mir den Gefallen. Es dauert nicht lange. Oder soll ich Sie in ein früheres Leben entführen? Aber dafür bräuchte ich viel Zeit. Ich muss ja den Schweinkram da draußen noch entfernen. Bitte, schlagen Sie es mir nicht ab. Sie haben mir schließlich auch geholfen. Ohne Sie würden meine Nachbarn sehr wahrscheinlich absaufen.« Bereitwillig setzte er sich auf einen der Stühle und betrachtete den plüschig eingerichteten Raum. Ein rotes Biedermeiersofa, über dem ein Bild mit einem Engel hing, war das Einzige, was ihm wirklich gefiel. Lampen, mit dünnen Tüchern abgehängt, damit diffuses Licht sich ausbreitete, sorgten für angemessene Beleuchtung.

Alles wirkte wie in einem Museum. Mittendrin auf dem Sofa eine schwarze Katze, die ihn mit ihren grünen Augen fixierte und starr wie ein Stofftier auf ihrem Platz verharrte.

Hanna mischte währenddessen das Kartendeck und breitete eine Art Fächer auf dem Tisch aus.

»Denken Sie konzentriert an das, was Sie am stärksten beschäftigt und Ihre Frage darstellt, dann ziehen Sie bitte drei Karten.« Sie hob drei Finger ihrer linken Hand und blieb still vor ihm sitzen. Er wirkte plötzlich sehr entspannt, in sich gekehrt und irgendwie abwesend. Achtsam zog der Hausmeister die geforderten Spielkarten aus der Reihe und reichte sie mit einem Lächeln der Kartenlegerin. Konzentriert sah sie die Tarotkarten an, und ihr Blick verfinsterte sich zusehends, als sie unvermittelt fragte:

»Ist jemand in Ihrer Familie vor Kurzem gestorben?« Sie deutete auf die Karte mit dem Tod. Daneben lagen die des Gehängten und der vier Schwerter. Der Mann, der ihr gegenüber saß, verengte die Augen zu kleinen Schlitzen und schüttelte den Kopf.

Hanna blieb plötzlich angespannt sitzen und stierte unentwegt auf die liegenden Blätter. Sie schluckte und sagte:

»Ich kann Ihnen nicht viel dazu sagen.« Sie stockte. Es war, als müsste sie die richtigen Worte finden.

»Was meinen Sie damit? Sie wollten doch in meine Zukunft blicken«, sagte er, ohne sie aus den Augen zu lassen. »Das kann ja wohl nicht alles gewesen sein, oder?« Der Hauswart war im Begriff aufzustehen.

»Gehen Sie von dem eingeschlagenen Weg ab, sonst überstrapazieren Sie das System«, murmelte Hanna plötzlich. »Es wird nicht gut ausgehen. Sie haben so viel Leid erfahren. Es ist so verworren. Ist eine nahe Verwandte verstorben?«

Der Dienstleister schüttelte abermals kaum merklich den Kopf. Hanna schluckte und stand hastig auf. »Was soll das bedeuten? Sind Sie schon am Ende mit Ihrem Hokuspokus?«

»Eigentlich wollen die Karten Ihnen nur raten, eine dringend benötigte Pause einzulegen. Arbeiten Sie mal nicht so viel.« Eilig schob sie den Stuhl zurück, ging Richtung Flur und öffnete die Haustür. »Sie sehen ja, ich muss jetzt wirklich weitermachen, damit ich den Rest dieser Seenplatte loswerde. Trotzdem, vielen Dank noch mal.« Sie schloss hastig hinter ihm die Tür.

»Armes Schwein.«

Zwei Stunden später hatte Hanna die Wohnung wieder einigermaßen im Griff und sehnte sich nach ihrem Sofa. Sie nahm ein Weinglas aus der Vitrine, eine Tafel Schokolade aus dem Wohnzimmerschrank und setzte sich mit einer angefangenen Flasche Rotwein und der Vollmilchnussschokolade neben ihre Katze und legte die Beine hoch.

»Na Kaball, lassen wir es uns heute Abend gutgehen?« Sie goss einen Schluck des trockenen Weines ins Glas, öffnete zuerst die Verpackung und wickelte genüsslich das Silberpapier von der Tafel. Dann biss sie herzhaft hinein und spülte mit dem Wein hinterher. »Mhm, ist das lecker.« Die Katze miaute und erhielt ebenfalls ein Stück der süßen Leckerei. Hanna war eine Einzelgängerin, und die Leute nahmen sie so, wie sie war. Und sie ließen sie in Ruhe. Wer sollte also um diese Uhrzeit ihr kleines Paradies stören. Die Welt, in der sie lebte, war abseits dessen, was man als normal bezeichnen würde.

Bereits mit 14 hatte eine Freundin die Neugier für übersinnliche Dinge in ihr geweckt, für alternative Heilmethoden, die sie bis zum heutigen Tag beibehielt. Sie absolvierte in Hamburg eine Ausbildung zur Heilpraktikerin und eröffnete in ihrer Wohnung eine kleine Praxis. Ein Raum stand therapeutischen Maßnahmen wie Irisdiagnostik und Reiki zur Verfügung. Das war der offizielle Teil ihrer Lebensgeschichte. Der inoffizielle Lebensbereich führte in einem zweiten Behandlungsraum sehr viel mehr in die Tiefe der menschlichen Seele, als einigen lieb war. Sie war in der Lage, Probleme von Menschen zu lösen, die in ihrem Leben nicht zurechtkamen. Sie brachte sie in ein anderes, früheres irdisches Dasein zurück, um Komplikationen im Hier und Jetzt aufarbeiten zu können. Es hörte sich für viele in ihrem Umfeld vorerst irrwitzig an, allerdings erstaunte sie genau diese Leute schnell mit ihren Fähigkeiten. Sie hatte sich auf Reinkarnationstherapie spezialisiert und war eine Könnerin auf ihrem Gebiet. Unterstützte Menschen dabei, Erinnerungen an Vorleben oder verdrängte Erlebnisse aus der Kindheit, die für ihr heutiges Leben schwere Hürden bedeuteten, gezielt an die Oberfläche zu bringen, um sie zur Lösung gegenwärtiger Probleme einzusetzen. Diese Vorgehensweise, die man als Rückführung bezeichnete, hatte es ihr besonders angetan. Sie ließ die Patienten nach der sogenannten Regression nicht mit ihren Geschichten und ihrer Hilflosigkeit allein zurück, sondern führte mit ihnen eine anschließende Therapie durch, um das Erlebte auch weitreichend verarbeiten zu können. Sie liebte ihre Arbeit. Und wenn es auf eine noch geheimnisvollere Ebene ging, dann konnte sie anhand ihrer Tarotkarten in die Zukunft führen. Unheimlich und angsteinflößend, so wirkte Hanna auf viele Insulaner.

Hanna seufzte, hielt ihre schnurrende Katze und die letzte Rippe der Schokolade auf dem Schoß, während sie Kaball hinter den Ohren kraulte. Sie genoss ihren Feierabend, als unerwartet das Telefon im Flur klingelte. »Oh nein, wer will denn jetzt noch was?« Müde stand die Heilpraktikerin auf, setzte die Katze auf das Kissen und trottete in die Diele.

»Reinkarnationstherapie – ja – Hausbesuch – unbedingt heute noch? – ja, kann ich machen – halb acht – geht in Ordnung. Wenn Sie mir Ihre Adresse noch mitteilen würden.« Mit einem Kugelschreiber notierte sie auf einem kleinen Block, der neben dem Mobiltelefon auf einer schmalen Anrichte stand: »Lü… Ga… halb acht.« Sie riss das Blatt ab. »Wie bekloppt ist das denn? Jetzt kann ich auch noch einen Hausbesuch abstatten. Aber die kann ja nichts dafür, dass sie sich das Bein gebrochen hat. Klang wichtig.« Sie nahm den Mantel vom Haken, stopfte den Zettel in die Jackentasche und griff nach ihrer Tasche. Dann ging sie in den Therapieraum, packte eine Klangschale, eine warme Decke, ein paar CDs und ihr Diktiergerät ein. »Tschüss Kaball und pass mir auf die Wohnung auf. Bin bald zurück.«

Kurze Zeit später stand sie vor dem großen, einsam gelegenen Haus, das sie auf ihren Spaziergängen vorher nie wahrgenommen hatte, weil es von hohen Bäumen und Büschen umringt war. Das Tor war offen, und sie fuhr mit ihrem alten blauen Honda Civic die Auffahrt hinauf. Sie stieg aus, schnappte ihre Tasche, die auf dem Beifahrersitz stand, und ging zum Eingang. Sie klingelte. Sehen konnte sie nicht viel, weil es bereits dunkel um sie herum war. Im Inneren des Hauses schimmerte Licht durch die verhängten Fenster. Die Haustür öffnete sich, und eine elegant gekleidete Frau bat sie hinein. *Das scheint nicht die zu sein, deren*

Rückführung ich durchführen soll. Die trägt kein Gipsbein.
Als sich die Tür hinter Hanna schloss, spürte sie einen Stich
im Nacken, dann wurde es dunkel.

*Wie leicht sie es einem machen. Sie kommt ohne Misstrauen
in ein Haus, dessen Bewohner sie vorher nie gesehen hat.
Wie dumm muss man sein. Aber für mich ist es ein Segen.
Jetzt werde ich sie zur Rechenschaft ziehen und dorthin
zurückschicken, wo sie hergekommen ist – in die Hölle. Ich
freue mich darauf, sie zu präsentieren. Es wird nicht ganz
einfach sein, sie an den Platz zu schaffen, den ich für sie
vorgesehen habe. Es wird köstlich, und ich bin der Scharf-
richter, der die Bösen ihrer gerechten Strafe zuführt.*

*

»Ich fass es ja nicht«, schrie Hartwig durch das Zimmer
des Appartements. »Die sind so geistlos, die sind ja total
überfordert. Wie kann der nur so blöd sein. Nehmt den
bloß raus!« Das rot angelaufene Gesicht des Kommissars
schien jeden Moment zu platzen.

»Nun komm mal runter, Jungchen.« Westermann öffnete
eine Bierflasche, reichte sie dem jungen Kollegen. »Nun
trink erst mal einen Schluck, dann sieht die Welt schon
wieder ganz anders aus.«

»Was soll denn da anders aussehen? Die kriegen heute
den Arsch voll.« Da verkündete der Moderator nicht einmal zehn Minuten später das zweite Tor. »Scheiße! Keinen
Bock mehr, ich werde Dortmund-Fan.«

»Na, wenn du es genau nimmst, ist Dortmund ja auch
eindeutig die bessere Mannschaft!«, frotzelte Westermann.
Hartwig nickte frustriert.

»Was für ein Driss. Ich sollte mich ordentlich besaufen.«

»Untersteh dich, das kannst du im Moment vergessen, sonst geht es wieder nach hinten los, wie beim ersten Fall. Du weißt doch noch, wie es dir nach deinem Saufgelage ging, oder?«

»Tor! Dortmund führt drei zu null!«, vermeldete der Sportmoderator.

»Mach den Scheiß bloß aus, ich will das nicht mehr sehen. Nicht mal eine Stunde, und die haben drei Buden kassiert. Ich bin so froh, dass ich keine Zeit habe, ins Stadion zu gehen. Mann, Mann, Mann.« Westermann wusste allerdings sehr genau, dass Thomas liebend gern in der heiß begehrten Nordkurve stehen würde, um dem geliebten Verein die Stange zu halten.

»Nun komm runter. Der Norden steht doch gerade wieder auf. Werder siegt in letzter Zeit ständig, und der HSV ist doch auch heimstark. Die steigen schon nicht ab.« Dirk stand auf und knuffte Hartwig gegen die Schulter. »Wird schon.«

In diesem Augenblick klingelte Westermanns Handy. Er schaute aufs Display und sagte leise: »Katrin.« Er verzog sich in den Flur und verschloss die Tür.

»Na, Kleine, ich hätte dich nachher sowieso angerufen. Wir sind hier, um es mal dezent auszudrücken, ein bisschen unter Druck – ja, hast du gelesen? – ganz schön explosive Situation, wir gehen systematisch jeder Spur nach. Und trotzdem, es ist, als hätte sich alles gegen uns verschworen. Du kannst deiner Tante sagen, dass die Beweismittel bei mir angekommen sind. Es könnte tatsächlich etwas Wichtiges dabei sein, aber darüber darf ich nicht sprechen, das verstehst du ja. – Ich dich auch – hm, schlaf gut. Ich melde mich.« Nachdenklich machte der Kommissar das

Telefon aus und ging zurück ins Wohnzimmer. Thomas leerte gerade die zweite Flasche Bier.

»Pass auf, mein Junge, wir brauchen morgen einen klaren Kopf. Ist wohl ganz gut, dass wir hier zusammen campieren. So habe ich dich wenigstens im Auge.« Müde ließ er sich in den blauen Ledersessel fallen. »Von mir aus können wir uns etwas anderes anschauen. Ich muss das nicht sehen.« Er zeigte auf den Flachbildschirm. »Ist doch sowieso gleich zu Ende.«

»Ne, jetzt will ich wissen, wie das ausgeht, und dann können die von mir aus die blöde Uhr abschalten.« Plötzlich fing Thomas Hartwig an zu flennen.

»Was ist denn jetzt los? Mann, mach bloß aus.«

»Wie soll das bloß weitergehen? Wenn die absteigen, war's das. Zweite Liga, dann ist der Ofen komplett aus und der Verein total am Ende.« Dirk reichte ihm demonstrativ ein Taschentuch.

»Lass das!«

»Ja, Tor, Tor! Ich werd nicht mehr. Jetzt geht es los.« Thomas sprang auf und stieß die Bierflasche um.

»Mensch, sieh dir die Sauerei an.« Der Hauptkommissar stand auf und kam mit Toilettenpapier aus dem Badezimmer zurück.

»Tor!« Es schien, als geriet sein übermotivierter Kollege in totale Euphorie. »Nein, ich fass es nicht, das wird nicht gewertet. Abseits.« Westermann wischte Hartwigs vergossenes Bier auf und entsorgte das durchgeweichte Papier. »Die kriegen endlich Fahrt drauf«, schrie Thomas und war dabei, eine weitere Flasche zu öffnen.

»Untersteh dich. Jetzt ist Schluss, das ist eine Dienstanweisung. Du kannst dir den Kram von mir aus anschauen, aber ohne Alkohol. Ist sowieso verloren, was soll's also.«

»Und du bist kein Fußballgott, das lass dir gesagt sein. Ich bleibe hier, bis zum bitteren Ende.«

Dirk wollte diesem Zirkus entkommen und verzog sich auf den Balkon. Er blickte auf den Kirchturm, der hinter den hochgewachsenen Bäumen durchblitzte. »Hier könnte ich glatt wohnen.«

*

Die ersten Dunstschwaden hatten sich aufgelöst, und Mareike Hoffmann spürte die warme Luft durch die blonden schulterlangen Haare wehen. Sie unternahm mit Lea, ihrer achtjährigen Tochter, einen Fahrradausflug von Burgtiefe nach Orth. So jedenfalls war das erreichbare Ziel heute Morgen geplant. Sie genossen den Mutter-Kind-Aufenthalt auf der Insel und die gemeinsame Erholung. Dass sie auf Fehmarn landeten – ein wahrer Glücksfall. Das Wetter spielte mit, obwohl es zum Baden noch zu kalt war. Dafür gab es nur wenige Meter entfernt das Meerwasserwellenbad, in dem sie einige Stunden ihrer Urlaubszeit in den Wellen des Schwimmbads Fehmare herumplantschten.

Da die Kurklinik direkt am Meer lag, konnten sie schöne Spaziergänge an der Ostsee unternehmen. Das Wegenetz war gut erschlossen, und so erkundeten sie jede Menge Landschaft per Fahrrad und zu Fuß. Die erste Woche lag bereits hinter ihnen, und seit Tagen freuten sie sich auf den Ausflug in den Inselwesten. Die Räder brachten sie über Landkirchen und Petersdorf bis zum Ratssoll, wo der legendäre Galgenberg seinen Platz hatte. Sie fuhren die Straße entlang, auf der sich jetzt am frühen Morgen kaum Autos bewegten, und hielten Ausschau.

»Da Süße, das müsste es sein.« Mareike zeigte auf eine Baumgruppe, die in unmittelbarer Nähe zur Fahrbahn lag. »Lass uns absteigen.« Gut gelaunt sprang die strohblonde Schülerin von ihrem Fahrrad und ließ es am Wegesrand aus den Händen gleiten. »He mein Kind, nicht so hastig. Zuerst wirst du das Rad vernünftig auf den Ständer stellen, fix, junge Dame.« Die blonde Frau blickte ihre Tochter streng an. »Das gehört uns nicht, da geht man ordentlich mit um.« Lea kam trotzig zu ihrer Mutter zurück, die ihr Rad bereits auf den Seitenständer gestellt und abgeschlossen hatte.

»Brauchst du nicht abschließen. Hier ist niemand«, rief Lea und hob ihr Rad murrend vom Boden auf. Sie stellte es neben das der Mutter und wollte sich zügig entfernen.

»Nix da, anschließen. Du weißt nicht, ob hier nicht doch jemand kommt. Wenn das Rad weg ist, wie willst du dann wieder nach Burgtiefe kommen? Laufen?« Mareike Hoffmann ließ keine Wiederworte gelten.

»Aber ...?«

»Nix aber, anschließen.«

»Na gut«, maulte die Achtjährige und verschloss widerwillig das Leihrad. Abermals machte sie Anstalten, vor ihrer Mutter den Galgenberg zu erreichen. Vor einem kleinen Gewässer blieb sie stehen. »Mama, schau mal, hier ist ein Ostsee.« Mareike fing laut an zu lachen. Grübchen zeichneten sich auf ihren leicht gebräunten Wangen ab.

»Ach Schatz, das ist doch keine Ostsee. Das hier ist der Ratssoll, wenn ich das richtig gelesen habe. Das ist ein Teich aus der Eiszeit.«

»Eiszeit, da ist doch wohl kein Eis drin?« Lea bückte sich und hielt zuerst den Finger gegen ihre Schläfe, um ihn dann eilig in das Wasser zu tauchen.

»Da ist natürlich kein Eis drin. Siehst du hier irgendwo welches? Das ist viele tausend Jahre her, die Ära damals hieß Eiszeit, und das hier ist ein Teich, der in der Zeit aus Toteis entstanden ist.« Plötzlich schwieg sie und sagte stattdessen: »Ist vielleicht ein bisschen früh, dir das genau zu verklickern. Das bekommt ihr früh genug in der Schule. Ich kann aber nachschauen, ob ich darüber im Netz etwas finde, dann erkläre ich es dir, okay?« Lea nickte gelangweilt. Die frischen begrünten Äste hingen bis hinunter in den Tümpel. *Idyllisch wirkt er auf jeden Fall*, dachte Mareike, zog ihr Handy aus der Jackentasche und machte Fotos vom Eiszeitsee und dem angrenzenden Gelände.

»Mama, komm hierher. Hier ist ein Berg mit vielen Steinen drumrum.« Aufgeregt zeigte sie auf die Findlinge, die um einen aufgeschütteten Hügel drapiert lagen.

»Das ist der Galgenberg, mein Schatz. Schau mal, hier ist eine Tafel für Kinder, auf der erklärt wird, um was es sich handelt.«

Lea stand mit rollenden Augen vor der Hinweistafel.

»Ich will das jetzt nicht lesen, hab Ferien.«

»Nun sei doch nicht so zickig!«, antwortete die Mutter.

»Galgenberg, Galgenberg, hier wurden die Leute gegalgt«, rief sie belustigt.

»Nein Süße, gehängt. Und das ist überhaupt nicht lustig. Hier hat man böse Menschen, also Verbrecher, an einem Galgen gehängt, wenn sie Böses getan haben. Aber warte mal. Hier steht, dass hier niemand aufgehängt wurde. Die bösen Menschen, die Verbrecher wurden geköpft.« Mareike sah sich um. »Hörst du mir überhaupt zu?« Lea interessierte sich anscheinend nicht weiter für die Worte ihrer Mutter und hüpfte über den Hügel. »Ist auch noch alles ein bisschen zu gruselig für dich, mein Schatz«, flüsterte Mareike Hoffmann.

Sie las die Sätze auf der Tafel leise durch, und ein Schaudern erfasste sie, als ihre Tochter plötzlich wie gebannt stehen blieb und rief: »Mama, und warum hat die große Puppe da keinen Kopf mehr?«

»Ob ich Lust habe? Da fragst du? Das ist doch wohl selbstverständlich, dass wir hingehen. Ich denke, das sind wir ihr einfach schuldig.« Charlotte Hagedorn legte nachdenklich das Telefon zurück in die Station. *Da bereitet sie die Ausstellung vor und kann sie nicht einmal mehr miterleben. Wie schrecklich! Die arme Deern.* Sie ging ins Wohnzimmer und blickte aus dem Fenster. *Die Ostsee sieht heute Morgen genauso traurig aus, wie ich mich fühle,* dachte die Künstlerin und schnaubte. *Grau wirkt der Sund, trübe und schmutzig – und melancholisch.* Kleine Wellen kräuselten sich, sammelten ihre Schaumkronen an der Oberfläche und wurden vom Sog der Strömung in der nächsten Sekunde verschluckt. Charlotte wandte ihren Blick gedankenverloren ihrem Wohnzimmer zu. Lustlos griff sie nach dem Staubsauger. *Ich muss Gas geben, wenn ich rechtzeitig fertig werden will. Und anziehen müsste ich mich auch langsam,* dachte sie und strich mit der Hand über ihren rosa Hausanzug.

17 Uhr im Senator-Thomsen-Haus. Die rechte Seite der geschwungenen Barocktür des vor über 200 Jahren erbauten Senator-Thomsen-Hauses stand bereits offen, als Charlotte Hagedorn und Nele Martin, schick angekleidet, einträchtig untergehakt, am Eingang eintrafen. Ein großes Schild mit einem Porträtfoto der ermordeten Künstlerin auf einer Hinweistafel wies auf die Fotoausstellung hin.

»Ganz schön schaurig, eine Vernissage zu besuchen, deren Künstlerin vor Kurzem erst umgebracht wurde«, sagte die Pensionsbesitzerin bedrückt. »Meinst du, es ist die richtige Entscheidung, dass wir heute hier sind?«

»Na aber gerade!«, antwortete Charlotte. »Wie wäre es denn, wenn niemand käme? Alleine dass hoffentlich viele Menschen die Ausstellung besuchen, damit würdigt man sie und ihre Kunst. Ich fände es verwerflich, nicht hier zu sein.«

»Du hast ja recht. Also, dann lass uns reingehen«, flüsterte Nele und betrat mit ihrer Freundin den Eingangsbereich.

»Dass der Friedrich Schumacher der Stadt das Haus geschenkt hat, ist eine echte Bereicherung für uns alle«, hauchte Charlotte beeindruckt und streifte ihren Mantel ab. Sie strich mit der Hand über die weiße Bluse, die mit einer Rüschenborte und einer applizierten dunklen Schleife geschmückt war. Dazu trug sie eine schwarze Leinenhose.

»Mensch, Frau Hagedorn, das sieht wirklich sehr hübsch aus«, sagte Nele, die sich ebenfalls des Mantels entledigte.

»Na, das ist aber auch nett«, antwortete Charlotte und deutete auf den marineblauen Hosenanzug, den ihre Freundin trug. »Ein bisschen dem Anlass geschuldet«, entgegnete die Pensionswirtin und zeigte auf den bereits gut gefüllten Ausstellungsraum. »So wie die anderen gekleidet sind, ist dies wohl genau richtig.« Fast durchweg trugen die geladenen Gäste dunkle Anzüge und Kleider, was der Trauer um die Künstlerin Ausdruck verleihen sollte. »Ich freue mich immer wieder hierher zu kommen, selbst wenn das heute eine traurige Veranstaltung ist«, sagte Charlotte. Ihre Freundin nickte. »Alles voll, das gibt's doch gar nicht«, staunte die Pensionswirtin.

»Siehste, da kannst du sehen, zu welch wichtigem Event die Ausstellung geworden ist. Schau da vorn, der Bürgermeister.«

Die Fotografin wies mit dem Kopf Richtung Konzertflügel, vor dem der Chef der Stadt sich verhalten mit einigen Leuten unterhielt.

An den Stehtischen, die allesamt umringt von Menschen waren, sah Charlotte viele bekannte Gesichter.

»Heute sind wieder alle da«, schmunzelte sie.

»Wieso? Was meinst du?«

»Ach lass mal«, antwortete sie und steuerte schnurstracks auf einen der Tische zu. »Hallo, Lena, wie geht es dir denn?« Sichtlich erfreut presste sie die Witwe des verstorbenen Beerdigungsunternehmers Max Hartmann an sich. Lenas Augen fingen an zu leuchten, als sie die langjährige Freundin erkannte.

»Gut geht's uns«, sagte die sportliche blonde Frau und drückte lächelnd Kajas Arm, die direkt neben ihr stand. Die bildhübsche, zierliche Person mit wunderschönen langen Haaren, die im Licht der Strahler glänzten, blickte verliebt auf ihre Partnerin.

»Schön, euch mal wieder zu sehen«, bemerkte nun auch Nele. Sie reichte Kaja ebenfalls die Hand. »Ihr seht beide richtig gut aus.« Charlotte meinte es ernst, das konnte man ihrem Tonfall entnehmen. »Und wo ist der Lütte?«

»Der ist bei der Nachbarin«, antwortete sie. »Und von klein kann gar keine Rede mehr sein. Der hat in den letzten Monaten wirklich zugelegt, an Größe, meine ich.« Sie hielt sich die Hand in Brusthöhe gegen ihren Körper.

»Na ja, ist ja auch länger als ein Jahr her, dass wir uns gesehen haben. Die Bengels wachsen uns doch sowieso alle über den Kopf. Hauptsache, ihr seid glücklich!«, sagte Nele. »Und was ich zu euch gesagt habe, das zählt immer noch. Wenn ihr jemanden für das Bürschchen braucht, ich bin da!« Sie sprach sehr überzeugend. Kaja nickte und versprach, es nicht zu vergessen.

»Habt ihr zwei kleine Plätzchen für uns frei?«, fragte Charlotte und zeigte auf den Tisch.

»Na klar, wir rücken ein wenig zusammen, das geht selbstverständlich. Und wir sind sehr glücklich, nicht wahr, Schatz?« Kaja nickte und blickte Lena verliebt in die Augen.

Eine Kellnerin steuerte mit einem befüllten Tablett Sekt- und Orangensaftgläser auf sie zu und blieb direkt vor der Vierergruppe stehen.

»Oh ja, ich nehm einen Sekt«, sagte Charlotte und nahm eines der Gläser vom Tablett. Die anderen folgten dem Aufruf, und kurz darauf hielten alle vier gut gefüllte Sektgläser in den Händen. Die Tür wurde leise verschlossen, und der Bürgermeister persönlich schlug mit einem Löffel gegen das Glas. Er räusperte sich und fing dann an, seine Laudatio auf die Künstlerin zu halten, die mehr als zehn Minuten in Anspruch nahm. Besonders stimmungsgeladen ging es heute nicht im Senator-Thomsen-Haus zu. Es war eher eine stille, feierliche Andacht für eine Fotokünstlerin, die ihre Werke der Stadt übergeben hatte, um sie stolz präsentieren zu können. Dementsprechend zurückhaltend fielen die Beifallskundgebungen der Anwesenden aus, als der Bürgermeister mit den Worten endete:

»Nun wünsche ich Ihnen, dass Sie das in den Bildern sehen, was die Künstlerin wahrnahm und fühlte, als sie den richtigen Moment abpasste, um diese hervorragenden Fotografien zu erstellen. Die Poesie und das Können einer großen Fotografin, die mit den ausgestellten Aufnahmen ein unvergessliches Denkmal geschaffen und das Geheimnisvolle zur Kunst erhoben hat.« Ein Raunen ging durch die Menge, dann lösten sich einzelne Personen von den Tischen und schritten auf die Wände zu, an denen insgesamt 45 Bilder hingen, die auf zwei Räume verteilt waren. Im kleineren der Ausstellungsräume hatte ihre Freundin Melli die Abbildungen platziert, die sie selbst als besonders unheimlich empfand und die ihrer Ansicht nach einen gesonderten Platz benötigten, um aussagekräftige Wirkung zu erzielen.

Mara hatte ihr die Fotos in der von ihr gewünschten Reihenfolge per Mail zugesandt, kurz bevor sie ermordet wurde. Was für eine traurige Präsentation. Melli hielt es für ihre Pflicht, sich nach Maras Tod genauestens an die Vorgaben zu halten. Es sollte der letzte Freundschaftsdienst sein, den sie ihr erfüllen konnte. Sie weinte ununterbrochen, als sie die fertigen Bilder ansah, in den Händen hielt und sie für die Ausstellung vorbereitete.

Die Aufnahmen zeigten die elementaren Jahreszeiten der Insel aus Perspektiven, wie man sie sonst sehr selten zu Gesicht bekam. Wenig Sättigung mit einigen herausgearbeiteten farblichen Akzenten schürte die Fantasie des Betrachters und ließ ihm die Nackenhaare zu Berge stehen. Fehmarn-Motive waren normalerweise meist bunt, fröhlich und voller Leben. Maras Fotos beinhalteten die düstere Seite des Eilands, die die fast in Vergessenheit geratene Vergangenheit und deren Seelenschmerz aufzeigen sollte.

Charlotte nahm ihr Glas und betrachtete aus gewisser Entfernung mit geschultem Auge die Bilder.

»Sie hatte echt was los, wenn es ums Fotografieren ging«, flüsterte sie ihrer Begleitung ins Ohr. Die nickte und folgte ihrer Freundin auf dem Fuß.

»Das hier, das gefällt mir auch *sehr* gut«, staunte Nele und zeigte auf ein Foto, das die Messstation in Westermarkelsdorf in Sturm und Nebel präsentierte. »Wie unheimlich.« Charlotte nickte.

»Ist doch mal etwas anderes als Stadtvertretersitzungen und Volkshochschulkurse in diesen Räumen. Ich finde es ausgezeichnet, was die Stadt aus diesem Geschenk gezaubert hat«, betonte sie noch einmal. Charlotte deutete quer durch die Räumlichkeiten. »So können auch Einheimische ihre Werke vorstellen, Lesungen durchführen, Konzerte geben. Richtig gut!«

»Mhm, du hast völlig recht«, entgegnete Nele.

Die Gäste folgen der durchnummerierten Ausstellung. Berührt von der Feinsinnigkeit und dem einzigartigen Gefühl, im richtigen Moment Spannungen einzufangen, freuten sich die Besucher über die gelungene Veranstaltung.

Nele ging voraus in den zweiten kleineren Raum und schüttelte den Kopf. »Das ist aber schon sehr düster«, sagte sie schaudernd. Fotografien, die im schwindenden Licht des Abends oder dichtem Nebel auf Friedhöfen entstanden waren und deren schemenhafte Umrisse andeuteten, nicht von dieser Welt zu sein. Sie ließen den Betrachter frösteln. Charlotte konnte den Blick kaum abwenden und betrachtete die Bilder kommentarlos. Sie verweilte lange vor jeder Ablichtung. Abwesend stellte sie ihr geleertes Glas auf eines der überall abgestellten Tabletts, um sogleich nach einem weiteren zu greifen. Sie stand verwirrt vor einer relativ großflächigen Fotografie, die das Staberholz zeigte. Das größte Waldgebiet der Insel, wenig größer als fünf Hektar. Für einen Wald wahrlich keine Größenordnung. Dennoch hatte Mara es verstanden, diesen kleinen Forst respektvoll, mächtig und unheimlich dastehen zu lassen. Ein faszinierender Fasan eingehüllt in Nebelschwaden, die ihn zu verschlucken drohten. Die Baumgruppen mit ihren dunklen Schatten, die wie lange Arme nach dem Betrachter zu greifen schienen. Ausgehöhlte morsche Baumstämme, aus denen glühende Augen starrten.

Charlotte stutzte. Sie zog ihren Lederrucksack von den Schultern und kramte, ohne den Blick vom Bild zu nehmen, ihre Lesebrille heraus. Verwundert rückte sie so nah an das Motiv heran, dass sie fast mit der Nasenspitze gegen das Glas stieß. Mit offenem Mund blieb sie stockstill stehen und rührte sich nicht mehr, bis ihre Freundin sie aus ihrer Schockstarre erlöste.

»He, Charlotte, was gibt's denn? Es sieht aus, als wolltest du ins Foto reinkriechen. Da kann ja keen anderer mehr wat kieken. Du bist ja ganz blass.« Charlotte hob die Hand und winkte Nele aufgeregt zu sich.

»Was siehst du da? Sag mir, was du auf dem Bild siehst.« Ihre Stimme zitterte.

»Was soll ich da sehen? Bäume, Bäume und Bäume! Na ja. Schattig ist es und düster.«

»Ja, hast du denn keine Augen im Kopf?« Charlotte tippte sich fortwährend mit dem Finger gegen die Stirn.

»Danke, meine Liebe, ich habe sehr wohl Augen im Kopf. Was soll ich denn deiner Meinung nach sehen? Nun gib mir doch wenigstens mal einen Hinweis«, sagte die Pensionswirtin pikiert. Sie trat einen Schritt zurück, verschränkte die Arme vor der Brust und betrachtete aufmerksam die Fotografie. Sie zuckte unsicher mit den Schultern. Charlotte sprang nach vorn, nahm ihren Finger, klapperte mit ihrem Fingernagel auf einen der Bäume und flüsterte aufgeregt.

»Da, Nele, da siehst du das nicht? Da versteckt sich

jemand.« Sie hämmerte ohne Unterlass auf den vermeintlichen Kopf, der hinter dem Stamm hervorlugte. »Nimm doch mal deine Hand aus dem Bild, dann kann ich vielleicht auch was sehen.«

»Ja, und wir möchten vielleicht auch etwas sehen«, hörten die beiden Freundinnen eine unwirsche Stimme hinter sich, die einem nicht sehr freundlich gestimmten Mann gehörte. »Das ist hier sehr, sehr wichtig! Sobald ich meine Untersuchungen beendet habe, können Sie das Bild ansehen«, fauchte die Künstlerin. Sie stemmte die Hände in die Hüften und drehte sich um. Das feurige Blitzen in ihren Augen ließ den Besucher, der mindestens 1,90 Meter groß war, dennoch eilig weitergehen. »Komm ich eben später wieder«, maulte er sichtlich von Charlottes harscher Art eingeschüchtert. Nele machte einen Schritt vorwärts. »Was willst du denn damit sagen? Wenn ich meine Untersuchungen beendet habe«, fragte sie neugierig und zog die Augenbrauen hoch. »Das könnte ein äußerst wichtiger Hinweis für die Polizei sein!«

»Hä, wieso das denn? Das ist doch nur ein Foto!«

»Aber eines, das …« Sie zog ihre Freundin schroff zur Seite und flüsterte: »Eines, auf dem vielleicht ihr Mörder, oder ihre Mörderin zu sehen ist.« Nele schien nichts mehr von den Ausführungen ihrer Freundin zu verstehen und schüttelte missbilligend den Kopf.

»Das da hinter dem Baum ist, wenn ich mich nicht täusche, eine Frau mit roten Haaren – oder siehst du etwas anderes auf dem Bild?«, sagte Charlotte pampig.

Nele ging noch einmal auf das unheimliche Foto zu und plierte auf die Stelle, an der die Miss Marple von Fehmarn eine Frau erkannt haben wollte. »Könnte sein, aber sicher bin ich mir keinesfalls.«

»Aber das ist eindeutig zu sehen.« Sie setzte ihre Brille ab, hauchte gegen die Gläser, nahm den Zipfel ihrer Bluse und polierte sie angestrengt. »Das ist sehr wohl eine rothaarige Frau, und irgendwie kommt sie mir sogar bekannt vor«, sagte sie. »Ich weiß nur nicht genau woher. Das Foto muss auf der Stelle zum Kommissar, sofort!«

»Aber du kannst doch nicht …«

»Und ob ich kann.« Ohne zu fragen, hebelte Charlotte das Bild von der Wand und ging damit schnurstracks durch die verdutzte Menge zum Bürgermeister. Auffordernd blieb sie vor ihm stehen. Der sah sie allerdings nur verblüfft an, als sie mit der gerahmten Ablichtung vor ihm stand.

»Sie können das Bild nicht kaufen. Die bleiben genau da hängen, wo sie sind! Was machen Sie denn da?« Man sah ihm an, dass er kurz davor war, die Fassung zu verlieren. Sein Kopf wurde rot, als Charlotte Hagedorn ihn am Sakkoärmel resolut hinter sich her in den Ausstellungsflur zog. »Wir müssen uns unbedingt sofort unterhalten.« Charlotte öffnete die Tür zur Küche und zerrte den verblüfften Bürgermeister unsanft hinein. Alle Gäste, die das Schauspiel verfolgten, schüttelten verständnislos die Köpfe. Ein paar der Damen kicherten hinter vorgehaltener Hand und flüsterten.

»Na, nun ist aber mal gut! Was fällt Ihnen ein, Frau Hagedorn? Sie können doch hier nicht mirnichts dirnichts Bilder von den Wänden reißen.« Wütend entriss er ihr seinen Arm und stellte sich aufgebracht vor sie. »Sie hören mir jetzt mal zu!«

Er holte tief Luft, als Charlotte: »Nein, Sie hören mir jetzt mal gut zu« rief und sich wie ein Stierkämpfer vor ihm aufbaute. »Wenn Sie nicht wollen, dass der Mörder dieser Künstlerin weiter frei rumläuft, dann muss dieses Foto sofort zur Polizei!« Sie klopfte unverdrossen auf die Fotografie. Der Bürgermeister schüttelte außer sich den Kopf, tippte mit dem Finger ununterbrochen gegen die hochrote Stirn. »Frau Hagedorn, was ist denn in Sie gefahren? Sind Sie noch zu retten?« Seine Empörung war nicht zu übersehen. Charlotte hob das Bild in die Höhe und stellte es so auf den Küchentisch, dass es an der Wand lehnte. Eilig suchte sie nach einem Lichtschalter, um zusätzliche Beleuchtung zu schaffen.

»Sehen Sie das? Sehen Sie sich das genau an!«, forderte sie den Bürgermeister auf.

»Ja, was denn um Gottes willen?«

»Da … da versteckt sich jemand hinter dem Baum, und wenn ich mich nicht täusche, ist das eine Frau.«

»Ja und? Jetzt hören Sie augenblicklich mit dem Blödsinn auf und hängen das Bild sofort wieder dahin, wo es hingehört. Da ist jemand auf dem Foto, das ist aber noch lange kein Verbrechen, oder?«

»Nein, das nicht, aber vielleicht hat Mara etwas gesehen, was sie nicht sehen sollte!«

»Sie spinnen doch. Her jetzt mit dem Bild, oder ich rufe die Polizei!«

Schnurstracks nahm sie das Foto wieder hoch und umklammerte es mit ihren Armen. Der Bürgermeister zerrte am Bild und versuchte, es Charlotte zu entreißen.

»Na das wäre doch mal eine gute Idee«, schrie sie. »Ich bitte sogar darum.« Mit der rechten Hand schlug sie unkontrolliert gegen die Brust des Stadtoberhauptes.

»Charlotte!«, schrie Nele entsetzt. »Lass los!«

»Nein, ich lass nicht los! Da könnt ihr euch auf den Kopf stellen«, schrie Charlotte Hagedorn aufgebracht. »Das sind Beweisstücke , die haben hier nichts zu suchen.« Der Bürgermeister versuchte erneut, ihr das Foto aus den Händen zu reißen, was ihm allerdings nicht gelang, da das lautstarke Gerangel mittlerweile etliche Neugierige in die enge Küche gelockt hatte. Charlotte war auf dem besten Weg, die Vernissage zu sprengen.

»Nein und noch mal nein«, schrie sie. Über ihr Gesicht hatten sich rote Flecken ausgebreitet, die aussahen, als hätte sie Scharlach.

»Charlotte, nun hör endlich auf!«, versuchte Nele verzweifelt, sie zu beruhigen. Entsetzt sah sie in die nervös zuckenden Augen. »Was soll das denn? Du kannst hier nicht so einen Aufstand veranstalten. Mensch, was sollen die Leute bloß denken?«

»Das ist mir doch egal, was die Leute denken. Pah! Ich will, dass dieses Foto auf der Stelle zur Polizei gebracht wird, und zwar hurtig.« Es sah nicht danach aus, dass sie das vermeintliche Beweisstück auch nur einen Zentimeter herausrücken wollte. Die Menschentraube, die sich um das Schauspiel gebildet hatte, verfolgte fasziniert das Geschehen und fing an, sich körperlich an dem Gerangel zu beteiligen. Jeder fühlte sich auf einmal berufen, Charlotte ihre Beute zu entreißen.

»Was ist hier denn los?«, vernahm die pöbelnde und wild gestikulierende Gruppe plötzlich eine laute, sehr dominante Stimme im Hintergrund.

»Herr Schütt! Könnten Sie der Dame bitte umgehend das Bild abnehmen? Die sprengt hier unsere komplette Veranstaltung«, rief der Bürgermeister aufgebracht und blickte wütend zum Polizisten. Er war nicht mal mehr in der Lage, die Gesellschaft zu beruhigen, von denen einige auf Charlotte losgingen, um sie in ihre Schranken zu weisen.

»So, stopp! Nun gehen Sie fix alle zur Seite und lassen

mich augenblicklich durch.« Der Kommissar der Burger Dienststelle appellierte energisch an die Menge und schob sich mit seiner Kollegin durch die aufgebrachte Menge. Sekunden später stand er vor der völlig verschwitzten Charlotte, die wie ein in die Enge getriebenes Tier in der Ecke lauerte und keinen Deut ihrer Kampfeslust verloren hatte. Ihre vorher schick geföhnten Haare hingen strähnig vor dem Gesicht, und sie hatte Mühe, sie vor den Augen wegzupusten, um dem Geschehen überhaupt noch folgen zu können.

Ungefähr 20 Leute drängelten sich mittlerweile in und vor der Küche des Senator-Thomsen-Hauses und verfolgten erwartungsvoll die groteske Situation. Schimpftiraden stürzten wie Maschinengewehrsalven auf sie herab. Unerschütterlich stellte sie sich dem Tumult, den sie selbst herbeigeführt hatte.

»Na, Frau Hagedorn, was gibt es denn nun schon wieder?« Schütt stemmte die Hände in die Hüften und verschaffte sich und der Kollegin genügend Platz, um die Sache umgehend zu schlichten.

»Ich habe hier ein Beweismittel, das von großer Tragweite für die Aufklärung des Mordes an Mara Osterdeich sein könnte, und bitte Sie, dieses unverzüglich sicherzustellen.«

»Ja aber, Sie können nicht so einfach ein Bild ... Wo haben Sie es überhaupt her?« Fragend sah er sie an und zog die Stirn in krause Falten. Die dunkelblaue Uniform und der dramatische Tonfall seiner Stimme flößten den Gästen jede Menge Respekt ein. Nicht aber Charlotte Hagedorn, die zurzeit nicht gerade gut auf den Burger Polizisten zu sprechen war.

»Wo ich das her habe? Von der Wand, woher denn sonst«, konterte sie frech.

»Trotzdem, das geht so nicht! Es handelt sich hier um eine Ausstellung.«

»Das ist mir wohl klar, aber das hier ist definitiv ein Beweisstück!« Unversöhnlich deutete Charlotte auf die Fotografie, um sie anschließend wieder fest in die Arme zu schließen. »Und wenn Sie mir nicht helfen wollen, dann rufen Sie doch Kommissar Westermann an!«, forderte sie provozierend und starrte ihm mit festem Blick in die Augen. Schütt räusperte sich plötzlich auffällig und erinnerte sich an die Worte, die Westermann erst vor Kurzem mit ihm gewechselt hatte. ›Jeder Hinweis ist wichtig, selbst wenn er noch so klein ist.‹ Schütt stieg jetzt ebenfalls die Röte ins Gesicht und sagte leise:

»Also gut, wir werden das Corpus Delicti mit aufs Revier nehmen und dann einer genauen Untersuchung übergeben. Sind Sie nun zufrieden?«

Charlotte sah ihn ungläubig an.

»Ja, natürlich. Mir ist nur wichtig, dass das Foto untersucht wird. Auch wenn ich noch nicht weiß, an wen die Person mich erinnert.«

»Darf ich jetzt auch mal was sagen?«, meldete sich eine blonde Frau Mitte 20 zu Wort.

»Und wer sind Sie?«, fragte Schütt.

»Ich bin die Freundin von Mara Osterdeich und habe diese Vernissage organisiert. Und Sie können doch nicht einfach das Bild mitnehmen!«

»Doch, das kann ich. Es ist in diesem besonderen Fall ein Beweisstück!« Er sah sie an und erinnerte sich an Westermanns Worte. »Wo haben Sie denn die Fotos her?«, fragte er und zog Stift und Block aus seiner Jackentasche. »Die Fotos? ... die hat Mara mir gemailt. Ist doch heute nichts Besonderes mehr.«

»Dann haben Sie die Tote also nicht auf Fehmarn getroffen?«

»Nein, aber sie war auf der Insel, wir haben telefoniert.«

»Ja dann, halten Sie sich auf jeden Fall zur Verfügung, falls wir Sie noch einmal brauchen und Kommissar Westermann noch Fragen hat.« Damit drehte er sich wieder der Menge zu.

»Das glaub ich doch jetzt nicht. Das darf doch wohl alles nicht mehr wahr sein. Ja, wo sind wir denn hier?«, schrie der Bürgermeister wie von Sinnen. »Ich verlange eine Anzeige wegen Störung einer öffentlichen Veranstaltung und versuchten Diebstahls. So geht das hier nicht! Wir sind doch nicht im Zoo!« Wütend gestikulierte er mit den Händen, und sein Blick wanderte von dem gerufenen Polizisten zu Charlotte Hagedorn.

»So, und um die Sache ein für alle Mal zu beenden, kommen Sie *beide* mit auf die Dienststelle, dann können *Sie* das Ihrem Kommissar Westermann erklären.« Er sah Charlotte an und wandte sich dem Bürgermeister zu. »Und *wir* nehmen die Anzeige wegen Störung einer öffentlichen Veranstaltung und versuchtem Diebstahl auf, wenn's denn unbedingt sein muss.«

Ein Teil der anwesenden Gäste klatschte »Bravo« rufend in die Hände, die anderen schüttelten verständnislos den Kopf. Minuten später löste sich die Gruppe auf und verteilte sich schweren Herzens in den Ausstellungsräumen. Angeregte Gespräche mit anschließendem Sektgelage waren die Folge. So eine aufregende Vernissage hatten die Burger noch nie erlebt.

Einer, der unbeteiligt am Rande des Szenarios das Geschehen verfolgte, war der Journalist Jens Klöver vom Tageblatt, der die Schlagzeile für die morgige Ausgabe bereits vor Augen hatte und sie zügig niederschrieb. Das Lob des Redaktionschefs würde ihm sicher sein.

Der Bürgermeister zerrte am Ärmel von Schütt und bat ihn mit hochrotem Kopf nach draußen.

»Können Sie mir bitte erklären, was das alles hier soll?« Seine Wut war kaum zu bremsen.

»Das kann und darf ich Ihnen nicht erklären, das greift in die laufenden Ermittlungen in unserem Mordfall ein. Wenden Sie sich bitte an Hauptkommissar Westermann von der Mordkommission.«

Der Chef einer Insel starrte den Hauptkommissar Olaf Schütt entgeistert an.

»Das glaube ich doch wohl nicht!«

*

Charlotte hockte in ihrer weißen, mittlerweile völlig zerknitterten Bluse auf einem Stuhl im Büro der Soko Mara. Im Schlepptau Nele, die sich keineswegs davon abbringen ließ, der Künstlerin zur Seite zu stehen, auch wenn sie für das Theater, das diese gerade auf der Vernissage veranstaltet hatte, keinerlei Verständnis hatte. Dennoch – geteiltes Leid war ja bekanntlich halbes Leid, und so begleitete sie die immer noch unter Strom stehende Charlotte im Fond des Polizeifahrzeugs auf die Dienststelle.

»So habe ich mir das heute Abend ganz sicher nicht vorgestellt«, flüsterte Nele ihrer Freundin peinlich berührt ins Ohr, als sie nur wenige Minuten später wie Schwerverbrecher im Dienstzimmer auf Stühlen kauerten. Angespannt warteten sie auf die sicherlich folgende Moralpredigt. »Mann, Charlotte, da hast du dir aber ein Ding geleistet. Was ist nur mit dir los gewesen? Es sah aus, als wäre der Teufel persönlich in dich gefahren«, flüsterte sie leise, schüttelte unentwegt den Kopf und musste plötzlich laut lachen. Die groteske Situation schien ihr gerade noch einmal durch den Kopf gegangen zu sein und löste diesen Anfall von Heiterkeit in ihr aus.

»Na und, wenn die mir nicht zuhören wollen, da kann ich doch nichts für.« Sie war ihrer Sache absolut sicher und hielt das, was sie getan hatte, für richtig.

»Möchten Sie einen Kaffee?«, fragte die junge Bäderpolizistin, die sich insgeheim köstlich über die Aktion amüsierte. In ihrer bisherigen Tätigkeit bei der Polizei war ihr eine derartige Geschichte noch nicht untergekommen.

»Haben Sie keinen Tee?«, fragte Charlotte. »Schwarz mit Zucker?«, fragte die Beamtin.

»Ne, mit Rum. Nele, du auch?«

»Ne, mir ist nicht nach Tee. Ich bräuchte eigentlich einen Klosterfrau Melissengeist, aber so was gibt's hier wohl nicht, oder?« Die Beamtin schüttelte bedauernd den Kopf.

»Weder noch«, lautete die Antwort.

»Na dann eben nicht.«

Einen Moment später hörten die Frauen lautes Stimmengewirr auf dem Flur. Eine unüberhörbare Stimme war die des Bürgermeisters, der sich noch immer lautstark über die Frechheiten Charlotte Hagedorns ausließ und kaum zu beruhigen war.

Dann vernahm Charlotte den leisen, sonoren Tonfall *ihres* Kommissars, und der Puls fuhr augenblicklich herunter.

»Jetzt kommt gleich Dirk und der wird mich verstehen«, flüsterte sie sichtlich erleichtert und nickte bestätigend.

»Glaubst du wirklich?« Nele war sich der Sache nicht so sicher. Sie hielt die Idee mit dem Foto vom ersten Moment an für irrsinnig und erwartete eigentlich in wenigen Minuten ein Riesentheater vom Leiter der Mordkommission. *Was hat sie sich nur dabei gedacht. So etwas Verrücktes bringt auch nur diese Frau fertig.*

Die beiden Freundinnen rückten ihre Kleidung zurecht, als sie hörten, dass mehrere Männer im Anmarsch waren.

Schwungvoll wurde die Tür aufgestoßen, und Dirk Westermann betrat mit Olaf Schütt im Schlepptau das Büro.

»Ich lass euch dann mal allein«, sagte Schütt. »Ach ja, bevor ich es vergesse. Ich habe mir Notizen gemacht, die mir die Freundin der Mara gegeben hat. Mara war auf Fehmarn. Die haben allerdings nur telefoniert und die Fotos für die Ausstellung hat sie ihr gemailt«, sagte Schütt. Er reichte Dirk Westermann die Notiz und und verschwand so schnell, dass niemand auch nur eine Antwort hätte geben können.

»Ach ne, Charlotte, du auch wieder hier?« Dirk Westermann blickte grienend auf die Künstlerin, die Beine baumelnd auf ihrem Stuhl saß und fest entschlossen die Arme vor der Brust verschränkt hatte. Nele saß schweigend daneben und schielte verstohlen auf ihre Armbanduhr.

»Ich sitze hier, weil *die*«, sie deutete wie eine Anhalterin mit dem Daumen zur Tür, »es so wollten. Ich bin nicht freiwillig hier, wie du dir vorstellen kannst. *Die* wollten unbedingt, dass ich mit auf die Wache komme.«

Ihr resolutes Auftreten schien einer Kampfansage gleich. Sie plapperte ohne Punkt und Komma, um von der peinlichen Situation abzulenken.

»Dienststelle heißt das«, lachte Westermann und schob die Brille auf den Kopf. Vielsagend blickte er Charlotte geradewegs ins Gesicht.

»Die haben mich einfach verhaftet«, sagte sie, ohne auf die Belehrung des Kommissars einzugehen.

»So schnell wird man nicht verhaftet«, antwortete er grienend. »Nun erzähl mal, was ist denn passiert.«

Der Hauptkommissar zog seinen Caban aus, legte ihn auf die Stuhllehne und schob die Ärmel des dunkelblauen Pullovers hoch. Entspannt drehte er den Stuhl herum, sodass er ihr gegenüber saß. Er schlug ein Bein über das andere und stützte die Hände auf die Oberschenkel.

»Na dann mal los!«

Charlotte wiederholte ihre Geschichte und ließ nichts aus. Westermann hörte aufmerksam zu, setzte die Brille zurück auf die Nase und sah ihr dabei unentwegt in die Augen. Zwischendurch nickte er, ohne sie zu unterbrechen.

»Wo ist eigentlich der Thomas?«, fragte sie beiläufig.

»Der hat jetzt mal Feierabend. Herr Schütt hat mich angerufen und sagte mir, dass du Beweise sichergestellt hast. Da bin ich natürlich sofort los.« Er stand auf, verzog grinsend das Gesicht und zog die Pfeife aus der Jackentasche, um sie in den Mund zu stecken.

»Nicht anstecken, ich vertrag das Gestinke im Moment nicht.« Charlotte hielt demonstrativ mit zwei Fingern die Nase zu.

»Charlotte!«, rief Nele, die die ganze Zeit schweigend daneben gesessen hatte und sich wie in einem Kasperletheater vorkam. Unsanft stieß sie ihr den Ellbogen in die Seite. »So etwas kannst du nicht sagen«, flüsterte sie ihrer Freundin ins Ohr. »Überhaupt, ich müsste wirklich los. Mein Mann reißt mir sonst den Kopf ab, wenn ich nicht bald zu Hause erscheine.«

Charlotte nickte. »Dann hau du man ab. Ich krieg das auch alleine gebacken.«

Erleichtert stand die Pensionswirtin auf, drückte ihrer Miss Marple einen Kuss auf die Wange und gab dem Kommissar die Hand.

»Auf Wiedersehen und nicht gleich einweisen«, lachte sie zum Abschied und verließ eilig den Raum.

Mittlerweile war es kurz nach 21 Uhr. Der Parkplatz der Dienststelle war kaum beleuchtet. Nele Martin zog den Kragen ihrer Jacke hoch und marschierte Richtung Innenstadt. Steckte sie den Schlüssel ins Schloss der Pension.

Die Befragung dauerte an, als die Tür aufging und Thomas Hartwig das Büro betrat.

»Ich dachte, du ruhst dich aus«, sagte Westermann und guckte erstaunt über den Brillenrand.

»Nö, ohne dich bin ich soo einsam«, grinste der Jüngere der beiden, gab Charlotte mit einem Zwinkern die Hand und setzte sich breitbeinig auf den Stuhl hinter seinem Schreibtisch. Er sah ein wenig ausgeruhter aus als ein paar Stunden zuvor.

»Noch mal für unseren Thomas hier, damit er weiß, wovon wir reden. Warum hast du das Bild von der Wand genommen?«

»Das will ich dann gerne noch einmal erklären, wenn man mich denn lässt. Also«, sie stand auf, nahm das Foto, das als Beweismittel auf dem Tisch vor ihnen lag, und zeigte mit dem Finger darauf. »Sieh her.« Sie deutete mit dem Zeigefinger direkt auf die Stelle, auf der hinter einem Baum, fast ein wenig verschwommen, ein Kopf hervorlugte. »Sieh hier, das ist eindeutig ein Frauenkopf oder lüge ich?«

»Ja und?«, fragte Hartwig interessiert. »Also meine Vermutung lautet, da hat Mara etwas oder eher wahrscheinlich jemanden fotografiert, der nicht abgelichtet werden wollte.«

»Was meinen Sie genau?«, wollte er wissen.

»Ich denke, die Mara hat diese Person auf dem Foto bei etwas beobachtet, was sie nicht beobachten sollte. Vielleicht hat sie bei irgendetwas gestört? Vielleicht jemanden erkannt, der ihr gefährlich werden könnte. Vielleicht ist das der Mörder oder die Mörderin – hier auf dem Foto!« Sie tippte unaufhörlich auf die Ablichtung.

»Stellen wir mal die Hypothese auf, dass das, was Sie da sehen, die gesuchte Täterin ist.« Hartwig zog das Bild zu sich und betrachtete eingehend das Gesicht, das mit aufgerissenen Augen in die Kamera starrte. »Was wollte sie im Wald? Kann ich mal eine Lupe haben?« Er schnippte selbstbewusst mit den Fingern. Westermann zog schmunzelnd die Augenbrauen hoch, ging wortlos zum Schreibtisch. Er öffnete die oberste Schublade und griff nach einem Vergrößerungsglas, das er dem Kollegen kommentarlos reichte. Langsam fuhr er damit über den für Charlotte wichtigen Teilbereich und stockte.

»Eindeutig, das ist eine Frau, mit roten Haaren. Aber das könnte auch Zufall sein. Vielleicht war sie spazieren und hat Pilze gesammelt«, mutmaßte Westermann.

»Es gibt zu dieser Zeit keine Pilze. Die Saison ist erst September, Oktober, und hier auf Fehmarn werden keine Pilze gesammelt. Jedenfalls kann ich mich nicht daran erinnern«, sagte Charlotte trotzig.

»Na gut, dann musste sie eventuell mal Pipi«, antwortete Hartwig und griente.

»Blödsinn, das glaube ich nicht. Sie steht doch eindeutig, wenn Sie genau hinsehen«, entgegnete sie schroff.

»Aber man bringt doch niemanden um, nur weil man

fotografiert worden ist. Dann hätte diejenige eher Stress gemacht oder sie hätte die Aufnahme löschen müssen. Aber umbringen, Quatsch.«

Für Hartwig war das alles nur Mutmaßung, für ihn klang es eher nach einem Hirngespinst Charlottes, der bei ihrer ganzen Kreativität mal wieder die Fantasie durchgegangen war.

»Wo ist denn die Stelle, an der das Foto geschossen wurde?«, fragte Westermann sachlich. Die Beamten beugten sich über das Bild und versuchten, den Ort auszumachen, an dem es aufgenommen wurde.

»Staberholz«, sagte Charlotte.

»Ja, aber das Gebiet ist ziemlich groß. Wir müssen uns den Platz morgen ansehen, vielleicht finden wir ja etwas«, erklärte der Hauptkommissar und blickte Charlotte wohlwollend an.

»Das ist eine gute Idee. Wir fahren morgen früh als Erstes da hin und suchen nach Spuren«, rief sie aufgeregt. Sie war plötzlich in ihrem Element, und eine leichte Röte überzog ihre Wangen.

»Nein, *wir* fahren hin. Thomas, meine Person und zwei Männer der Spurensicherung. Du bleibst schön zu Hause und ruhst dich aus«, entgegnete Dirk Westermann.

Charlotte blickte beleidigt zu Boden. Sie war mit ihrem Bericht am Ende und kaute auf den Lippen. Sie hoffte, dass Dirk Westermann ihren Hinweisen genügend Beachtung schenkte.

»Was willst du jetzt mit dem Bild machen?«, lenkte sie nachgiebig ein. Der Hauptkommissar betrachtete es genau wie Thomas vorher eingehend mit der Lupe.

»Es kommt direkt zur KTU, und wir lassen einen Gesichtsabgleich erstellen. Vielleicht finden wir heraus, zu wem dieses Profil gehören könnte. Aber ob uns das wirklich weiterbringt, weiß ich auch nicht«, murrte Westermann leise.

»Bin ich nun vorbestraft – wegen Hausstörung und Diebstahl?«, wollte die Künstlerin wissen.

»Charlotte, so schnell ist Mann oder in deinem Fall, Frau nicht vorbestraft. Ich werde mit dem Bürgermeister reden und ihm die Sachlage erklären. Wenn du ganz viel Glück hast, sieht er vielleicht von einer Anzeige ab!«

Westermann stand auf, zwinkerte, zog sie vom Stuhl hoch und sagte:

»Und du fährst jetzt brav mit dem Kollegen Becker nach Hause und grüßt mir die Katrin. Sag ihr bitte, dass ich sie später anrufe, ja?«

»Ach, was ich dir noch sagen wollte«, holte Charlotte erneut aus. »Könnte es sein, dass der Täter eventuell von hier stammt?«

»Wie kommst du darauf?«

»Mir ist das aufgefallen, als ich im Ostersoll nach Spuren gesucht habe. In dem Wäldchen spielen Kinder schon jahrzehntelang, heimlich, wohlgemerkt. Vielleicht ist der Mörder ja auch als Kind dort gewesen und hat sich an diesen unheimlichen Ort erinnert. Vielleicht ist er aus der Gegend. Von der Insel, meine ich.«

»Wäre möglich«, sagte Westermann und betrachtete die Frau, die sich müde die Augen rieb. Er half ihr in den Mantel, den sie neben sich auf die Stuhllehne gelegt hatte, und begleitete sie schweigend in den Flur. Mit dem Hauptmeister im Schlepptau verließ sie völlig ausgelaugt die Dienststelle. Kommissar Schütt, der im Büro saß, grüßte knapp und wandte sich anschließend wieder seiner Arbeit zu. *Diese verrückte Alte!*

Westermanns Telefon summte. Es zeigte ihm eine SMS an, die vor wenigen Sekunden eingegangen war.

Er berührte das Display und öffnete die Mitteilung, deren Nummer die gleiche wie beim ersten Mal war. Er kannte sie nicht. Als er die Zeilen überflog, verfinsterte sich sein Gesicht. ›Zu jener Zeit häufte sich die Erde, um Gerechtigkeit zu verkünden. Die Zeichen waren aber die Falschen.‹

»Jetzt reicht's mir aber langsam«, raunzte Westermann. Er suchte nach der Pfeife, die auf dem Schreibtisch im Aschenbecher lag, und entzündete sie. Thomas ging zum Fenster und riss es auf.

»Was ist denn los? Deine Katrin?« Er grinste und fing sofort Dirks Blick auf, der plötzlich nicht mehr freundlich reagierte.

»Halt bitte den Mund. Ich bekomme schon wieder eine App und weiß überhaupt nicht, was das zu bedeuten hat.« Er zog gierig am Mundstück und inhalierte den Rauch.

»Darf ich mal lesen?« Hartwig hielt seinem Chef die Hand entgegen. Wortlos reichte ihm Westermann das Telefon.

»Vielleicht kannst du ja was damit anfangen. Ich jedenfalls nicht. Und dass man die Nummer nicht zuordnen kann, nervt mich. Diese scheiß Prepaidhandys.«

Hartwigs Augenbraue zog sich immer weiter in die Höhe, als er die Mitteilung las.

»He he, Chef. Was ist denn mit dir los? Solche Ausdrücke aus deinem Mund kenne ich gar nicht. Das lass bloß niemanden hören. Sonst verlierst du noch den Respekt der Jungs.« Er stand breitbeinig am Schreibtisch, lehnte dagegen und betrachtete die Nachricht. Seine huskyblauen Augen leuchteten, als er sich mit der Hand durch die dunklen kurzen Haare strich. Dann sagte er ziemlich überzeugt:

»Das ist ein Fake. Lösch das, wer weiß, was für ein Spinner da zufällig an deine Nummer geraten ist. Wahrscheinlich hat er irgendeine gewählt.« Er wollte Dirk das Handy zurückgeben, als dieser sagte:

»Nein, das ist schon die zweite, ich glaube nicht, dass die *zufällig* auf dem Smartphone gelandet ist. Fake, ja, vielleicht. Löschen besser nicht, vorläufig lasse ich sie drauf. Vielleicht hängen die Mitteilungen mit unserem Fall zusammen, aber es nervt, dass da jemand mit meiner Handynummer Rätselraten spielt.« Hartwig las auch die andere Nachricht und nickte vielsagend.

»Ja, mach. Erklärt sich wahrscheinlich von selbst.« Er reichte das Telefon unaufgefordert zurück.

»Willst du wirklich die Spurensicherung informieren?«, fragte Thomas beiläufig, als sie kurze Zeit später vor den Akten saßen und die Notizen wieder und wieder durchleuchteten.

»Nein, aber ich wollte Charlotte erst mal beruhigen. Wir werden uns das Mysterium zusammen ansehen. Mach doch bitte mit deinem Handy ein Foto vom Foto.« Bei seinen Worten musste selbst Westermann grinsen. »Was für ein bizarrer Fall«, sagte er leise, schlug den Aktendeckel zu und stand auf.

»Komm, wir legen uns jetzt hin und fahren morgen früh als Erstes zum Staberholz.« Hartwig blieb vor dem Flipchart stehen, kreuzte die Arme vor der Brust und warf einen letzten Blick auf alle relevanten Fotos beider Fälle. *Die ganzen Kritzeleien zwischen den Fotos lassen die Arbeit wie ein Kunstwerk von Salvador Dalí aussehen*, dachte er, und sein Gesicht wies ernste Züge auf, die ihn augenblicklich männlicher erscheinen ließen.

Hoffentlich gab es keinen Zusammenhang zwischen der Toten und der Vermissten.

*

»Was ist denn hier los?«, rief Hartwig erstaunt und schlug den Kragen seiner Lederjacke hoch. »Das pisst ja wie Sau!« Der Regen, der sich auf der Wetterkarte nicht angekündigt hatte, platterte wie Trommelfeuer vom Himmel. Dunkle Wolken hingen dermaßen tief über den Dächern der Stadt, als wollten sie gleich auf die Erde stürzen.

»Mensch Junge, achte mal auf deine Wortwahl«, maßregelte Westermann den ungestümen Kollegen. »Komm, hol schon mal den Wagen!«

»Warum muss ich eigentlich immer den Wagen holen?«, maulte Hartwig.

»Weil du Harry bist!«

»Hä?« Westermann winkte belustigt ab.

»Du willst bei dem Schietwetter doch nicht wirklich zum Staberholz fahren?«

»Aber auf jeden Fall, mein Bester.« Westermann wartete geduldig im Hauseingang. Hartwig lief zum Parkplatz, sprang in den Wagen und hielt kurz danach direkt vor dem Haus.

»Wollen wir nicht abwarten, bis der verdammte Regen aufhört?«, fragte der Kommissar deprimiert, als sie eine Viertelstunde später den Forst erreicht hatten.

»Nö, und wenn du Angst vor dem bisschen Fisselregen hast, solltest du dir vielleicht lieber einen Bürojob suchen oder eine Nanny, die dich tröstet, weil du nass werden könntest.«

»Witzig«, maulte Hartwig und stieg aus, während er den Kopf wie eine Schildkröte einzog, damit das Regenwasser nicht in den Kragen lief. Der Hauptkommissar ging zum Kofferraum, öffnete die Kofferraumklappe und zog einen Schirm heraus. »Na, das war ja klar. Der feine Herr hat natürlich einen Regenschirm dabei.«

»Willst du mit unter?«, fragte Westermann grinsend. »Der passt für zwei.« Thomas schüttelte den Kopf und stiefelte voran. Er zog sein Handy aus der Tasche und versuchte, die Aufnahme, die er am Abend zuvor gemacht hatte, einzuordnen.

»Die scheiß Bäume sehen alle gleich aus«, maulte er und ging weiter.

»Such dir etwas Prägnantes!«

»Wie soll ich etwas Prägnantes suchen, wenn ich nicht mal weiß, wo?«

»Du sollst auf dem Handyfoto nach Außergewöhnlichem Ausschau halten. Einem Hinweis, eine Möglichkeit.«

»Vielleicht die Rothaarige?«, frotzelte er. »Gib mir das Handy.« Wortlos überließ er es seinem Vorgesetzten. Ohne Vorwarnung zuckte plötzlich ein greller Blitz über den Himmel. »Ah, verdammt, was ist das denn jetzt«, rief Hartwig und machte einen Satz zur Seite. »Du weißt doch, dass man sich bei Gewitter auf keinen Fall unter Bäumen aufhalten soll. Lass uns morgen wiederkommen. Es reicht mir.«

»Mädchen!«, lautete die knappe Antwort. Es folgte ein Donner, der darauf schließen ließ, dass das Unwetter sich genau über ihnen befinden musste. Westermann hielt das Handy vor die Augen, blickte immer wieder suchend in den Wald und auf das Foto. Konzentriert machte er wenige

Schritte, blieb stehen und wiederholte das Spiel. Geschützt unter dem Schirm versuchte er die Gegend, an der das Bild entstanden sein könnte, einzugrenzen. Aber alles sah so verdammt ähnlich aus, dass es aussichtslos schien, genau die Stelle festzulegen, die sie suchten. Ein paar Meter weiter standen sie plötzlich direkt vor der Steilküste und blickten hinunter auf die Ostsee. Bedrohliche Blitze zuckten über das aufgewühlte Wasser, gefolgt von lautem Grollen. »Hier finden wir heute nichts, Dirk.«

»Wahrscheinlich hast du recht. Wir kommen wieder, sobald es aufgehört hat zu regnen.« Er nickte, und sie traten gemeinsam den Rückzug an. »Wir finden die Stelle, an der das Foto aufgenommen wurde«, sagte Westermann und erlöste Hartwig von seinen schauspielerisch sensationell gespielten persönlichen Qualen. Wie ein nasser Köter stapfte er leise fluchend durch den Wald hinter Westermann her und ignorierte den angebotenen Regenschirm demonstrativ.

Ein Augenpaar folgte den Männern.

Ihr kriegt mich nicht. Ich hätte besser aufpassen müssen. Wenn ich nicht achtgebe, entdecken sie ... Aber ich bin so viel schlauer als ihr alle zusammen. Ich muss die Stelle besser tarnen. Warum kommen die jetzt hierher? Ihr kriegt mich nicht. Ein diabolisches Grinsen huschte über das Gesicht.

Geräuschlos schlich die Schattengestalt zwischen den Bäumen entlang und wartete, bis die Männer endgültig verschwunden waren. Loses Blattwerk und moosiger Grund ließen den Ort der Verdammnis endgültig verschwinden. Der Regen, der nach Meer und Algen roch, verwischte sämtliche Spuren, und es schien, als ob nie etwas an dieser Stelle vorgefallen war. *Niemals findet ihr sie, niemals.*

*

Sophie hielt die Plastikschüssel mit dem Haferschleim fest in ihren knochigen Händen. Sie würde ihr Essen nicht noch einmal dem ekelhaften Mitbewohner überlassen. Gierig schlürfte sie die breiige, erkaltete Mahlzeit. Der Magen brannte bei jedem Bissen, der ihre Speiseröhre hinunterlief. Sie saß zusammengekauert auf einer alten Wolldecke, die die schreckliche Person ihr gebracht hatte und deren Enden sie zitternd um ihre fröstelnden Schultern zerrte. Sie war das erste Mal in ihrem Verlies nicht angekettet. Anscheinend hielt Josephine es nicht einmal mehr für nötig, sie wie einen Hund anzubinden. Sie stellte keine Gefahr mehr dar und war ganz offensichtlich zu schwach, um überhaupt einen Ausbruchsversuch zu wagen. Die Schmerzen in ihrem Arm pochten seit Tagen gleichmäßig dumpf, und Sophie ertrug das Gefühl, als gehörte dieses Klopfen wie ihr Herzschlag zum Körper. *Die Hexe ist entweder leichtsinnig geworden oder sie plant etwas Teuflisches,* dachte Sophie. Erneut schnürte mörderische Angst ihr die Kehle zu. Sie versuchte die letzten unzähligen Tage auf das durchtriebene Spiel der bösen Frau einzugehen und es zu durchschauen und so eventuell aus ihren Fängen entkommen zu können. Aber die nebulösen Andeutungen brachten die unzusammenhängenden Puzzleteile in keiner Weise zusammen. Sophie ahnte nicht, in welch einem gefährlichen Sog sie sich befand. Sie versuchte, ihr unvorhersehbares Bühnenstück mitzuspielen, verstellte sich, so gut es ging, und hoffte dass die Alte keinerlei Verdacht schöpfte. Sie erkannte ziemlich schnell, wollte sie hier lebend wieder herauskommen, dass sie ihre Kräfte bündeln und auf den richtigen Moment warten musste. Langsam, aber stetig klärten sich ihre Gedankengänge. Die zunehmende Klarheit in ihrem Schädel verlieh ihr ungewöhnliche Energie, die sie geschickt zu verbergen wusste. *Bin ich nach außen schwach, ist das die einzige Möglichkeit, nicht angekettet zu werden. Das könnte meine letzte Chance sein, dieses Loch lebendig zu verlassen.* Sie atmete modrig stinkenden Mief ein, der mittlerweile jaucheähnlich roch. Sophie nahm es kaum noch wahr. Der Geruch hatte sich zu ihr gesetzt, wie ein guter Freund. Er umschloss ihren Körper, ihre Haare, und selbst im Mund verbreitete sich der üble Gestank. Nur, wenn die Tür aufging und frische Luft mit hineinströmte, verspürte sie im Nachhinein für einen kurzen Moment das übelriechende Elend. Es war ihr egal, wenn sie nur die Gelegenheit bekam, diesen grausamen Ort zu verlassen. Sie nahm es genauso als gegeben hin wie die Tatsache, dass ihr Körper ziemlich zugrunde gerichtet war. Verkrustete Hautstellen, die sich entzündet hatten, ebenso der Dreck, der an ihm klebte.

Mit knurrendem Magen schlürfte sie schier unersättlich die Reste des Schleims aus der Schüssel. Danach leckte sie das Gefäß mit ihrer Zungenspitze bis auf das letzte Bisschen aus und fuhr anschließend damit über die spröden, aufgeplatzten Lippen. Sie hielt den Bauch, der sich nach außen wölbte und ein Gefühl von Wärme ausstrahlte. Sophie spürte das Tier, das ebenfalls hungrig um sie herumschlich. Mit seinen Augen erforschte das hilflose Mädchen die Umgebung, ohne im Dunkel auch nur das Geringste erkennen zu können. Allerdings sensibilisierten die unzähligen Tage und Nächte in absoluter Finsternis ihre inneren Antennen empfindlich und nahmen jede noch so kleine Regung wahr. Die Ratte schien ganz offensichtlich genauso in diesem Verlies gefangen zu sein wie sie selbst. War anscheinend nicht in der Lage, ihr Versteck zu verlassen, um draußen auf Nahrungssuche zu gehen. Sophie vernahm leises Kratzen auf dem Boden, hörte, wie der Nager sich ihrem Lager näherte und leise fiepte.

»Du bekommst hier gar nichts mehr, du Vieh«, fauchte sie und stieß mit dem Fuß, der unter der miefigen Wolldecke steckte, ins Dunkle. Sie konnte nur ahnen, wo das Tier gerade in diesem Moment lauerte. Sie schlief nur noch im Sitzen. Fürchtete sich davor, von dem ekeligen Nagetier angegriffen zu werden, sobald sie die Augen schloss und in konfuse Albträume fiel.

Die muss ebenso viel Hunger verspüren wie ich.

Geräuschlos schob sie die Schüssel weit genug von ihrem Körper weg, um keine Aufmerksamkeit zu erregen. Dennoch dauerte es nur wenige Sekunden, dann hörte sie, wie das Gefäß über den Boden gezogen wurde.

»Ja, friss nur, wenn du noch etwas findest«, flüsterte sie. »Ich glaube kaum, dass ich dir irgendwas übriggelassen habe.« Sie lachte kehlig und hielt plötzlich inne, als sie hinter sich in unmittelbarer Nähe leises Scharren vernahm. Sophie lauschte und versuchte die Richtung auszumachen, aus der das Geräusch kam. *Die Ratte kann es nicht sein, die schiebt nach wie vor die Schüssel über den Boden. Es dauert nicht mehr lange, dann frisst sie mich.*

Kein Licht drang durch irgendwelche Ritzen. Ihre Peinigerin würde niemals um diese Zeit erscheinen, das wusste sie. Nur einmal am Tag kam sie, um nachzusehen, ob sie überhaupt noch lebte. Sie brachte Wasser und manchmal etwas Haferschleim. Gerade so viel, dass sie nicht verhungerte. Danach ergriff sie jedes Mal ein betäubendes Gefühl. Spürte ihre Schmerzen kaum und schwankte zwischen bleierner Müdigkeit und Euphorie. Das Kratzen wurde lauter. Sophie richtete sich auf und lehnte ihren Rücken gegen die eiskalte Mauer. Mühsam zog sie die Wolldecke bis zum Hals, um sich zu schützen und ihren Körper zu verhüllen. Einige der Wunden hatten immer wieder geblutet. Jetzt fuhr sie mit der zitternden Hand über ihren Arm und fing an, die Verkrustungen abzukratzen, sodass erneut Blut heraussickerte. Da, das Schaben im Raum wurde deutlich hörbarer und von leisem Miauen begleitet. *Eine Katze? Das ist eine Katze! Vielleicht kommt die hier rein? Aber das geht doch gar nicht.* Sophie traten Tränen in die Augen. *Hier ist nichts, wo sie einen Weg hineinfinden würde.* Verzweifelt rief sie: »Miez, miez, miez« und hoffte, dass das Tier nicht augenblicklich wieder in der Dunkelheit verschwand. *Aber wieso kann sie mich hören? Sie muss unmittelbar hinter der Wand sein. Da ist keine Mauer dahinter, nur diese Holzwand,* vermutete sie. Ihr Herz fing erneut heftig an zu schlagen. Plötzlich sah sie die Chance für sich gekommen.

Es kann eine Möglichkeit hier raus sein. Wenn die einen Weg hierher findet, dann komme ich auch nach draußen … Sophie sprach sich selbst Mut zu. Sie wusste, dass sie Kraft und Willen besaß, ihr Gefängnis zu verlassen. Die Katze schubberte ununterbrochen an einer der Wände.

»Miez, miez, miez. Komm her, du alte Socke, komm her. Willst mich wohl befreien.« Plötzlich erinnerte sie sich an einen Kater, der mit seinem Herrchen in mehreren Mordfällen auf Gangsterjagd ging. Sophie hatte sämtliche Kriminalromane der Autorin Heike Wolpert verschlungen, weil sie trotz der Ernsthaftigkeit viel Humor verströmten. Jetzt saß sie in einem Gefängnis und hoffte tatsächlich, dass eine Katze ihr aus ihrer fatalen Lage half. Deprimiert schüttelte sie den Kopf, weil sie wusste, dass eine Geschichte nichts, aber auch gar nichts mit der Realität gemein hatte.

»Socke komm, du musst mir helfen«, flüsterte sie.

Das Kratzen wurde eindringlicher, je mehr Sophie das Tier lockte. Sie lauschte unablässig zur Tür, um ihre Peinigerin nicht zu überhören, falls es ihr gerade heute einfiel, ihr einen *Besuch* abzustatten. Langsam nervte sie allerdings das nervtötende Gemieze. Deshalb begann sie flüsternd zu singen, um sich selbst zu beruhigen und um die Katze anzulocken.

Sofie fliegt zum Regenbogen
Rosen in zarter Hand
glänzend Schuh aus roter Seide
das Haar verziert von Schleifenband

Die Katze entgegnete ihrem Gesang mit leisen miauenden Lauten, und es schien, als schlug sie immer heftiger mit der Tatze gegen das Holz.

Sophie lauschte den Geräuschen und hauchte hoffnungsvoll den Text.

Auf dem Weg zum Regenbogen
wird sie von warmem Wind geküsst
Er trägt sie durch tausend Sterne
bis ihr Weg zu Ende ist.

Holz splitterte. Ein schwacher Lichtpunkt fiel in den dunklen Kerker, der sie nach wie vor wie ein gieriges Monster in seinen Fängen hielt. Sophie atmete schluchzend auf. Ihr Herz fing an zu rasen. *Da geht es raus. Das ist der Weg nach draußen.* Der Herzschlag pochte bis zum Hals. Vorsichtig kroch sie trotz quälender Schmerzen über den dreckigen Boden auf hervorstehenden Hüftknochen bis zur Stelle, von der das Licht hereinfiel. Es waren mindestens sieben

Meter bis zum Lichtpunkt, dem letzten Hoffnungsfunken. Das Kratzen wurde immer eindringlicher. Sophie fühlte unendliche Erleichterung, eventuell einen Weg aus ihrem Kerker gefunden zu haben. *Ich muss hier raus!* Dann war es plötzlich ruhig, und die Katze gab keinen Mucks mehr von sich. Sophie sang leise, um sie zurückzulocken. Aber sie blieb verschwunden. Verzweifelt lauerte Sophie stundenlang auf das erneute Erscheinen der Katze. Das Tier kam nicht zurück. Irgendwann fiel sie entkräftet in einen unruhigen Schlaf.

Viele Stunden später hockte sie traurig da und lauerte, als sie Schritte hörte.

Sophie stellte sich schlafend, obwohl ihr Herz bestialisch raste. Die Halsschlagader pulsierte hämmernd unter der Haut. Sie hoffte, dass die Frau es nicht bemerkte. Die am Boden Liegende zitterte am ganzen Körper. Das Licht im Kellergang flackerte auf, und das Klackern hochhackiger Schuhe kam näher. Die Rothaarige blieb wie angewurzelt stehen, als sie leises Fauchen vernahm. Sie lauschte, dann wurde es still. Kopfschüttelnd wandte sie sich wieder ihrem Treiben zu. Kaum wahrnehmbares Geschirrklappern unweit Sophies Schlafplatzes machte ihr deutlich, was für Schmerzen der Hunger in ihr verursachte, auch wenn sie erst vor Stunden etwas zu sich genommen hatte. Sie roch den Duft herrlich riechenden Haferbreis, und der Magen fing erneut unkontrolliert an zu rebellieren.

»He kleine Maus, aufwachen, es gibt Leckerli. Feines Breichen.« Das kalte Lachen war nicht zu überhören. Sophie tat, als weckte sie das Gelächter. Sie stöhnte leise, während sie die Augen rieb und gähnte. Sie musste auf der Hut sein, wenn sie ihren Plan in die Tat umsetzen wollte. Kraftlos schob sie ihren Körper in eine sitzende

Position und lehnte gegen die eiskalte Steinwand. Warum brachte sie ihr schon wieder zu essen? Warum gab es plötzlich, was sie tagelang so quälend vermisst hatte? Irgendwie schien Zeit eine Rolle zu spielen, und der Zeitpunkt für was auch immer näherte sich anscheinend seinem Höhepunkt. Sophie musste handeln. Die Decke fiel zu Boden und sie saß halb nackt vor der Frau. Mittlerweile war es ihr egal, dass ihre Peinigerin sie fast komplett entblößt vor sich hatte. Die Rothaarige wollte anscheinend ihre Macht demonstrieren, indem sie ihr, bis auf den Büstenhalter und ihren Slip, die Kleidung abgenommen hatte. Sie wollte sie erniedrigen. Aber hier ging es ums Überleben. Vom verdreckten Büstenhalter hing einer der Träger zerrissen herunter. Sie scheuerte mit dem Handrücken über die vom Licht schmerzenden Augen und öffnete langsam die Lider. Den Blick hielt sie gesenkt, um keine verkehrten Zeichen auszusenden. Sophie schätzte sie gerissen genug ein, ihr ansehen zu können, dass sie ein falsches Spiel spielte.

»Hier, iss! Du musst bei Kräften bleiben!« Der scharfe Unterton ihrer Stimme war kaum zu überhören. Ihr fiel auf, dass sich mit der Stimmung der bösen Frau auch ihr Wesen veränderte. Es schien, als gelänge ihr in Sekundenbruchteilen der Sprung zur eiskalten Femme fatale. Die dämonischen Züge konnte sie nicht überspielen. Sophie war klar, dass sie es mit einer äußerst gefährlichen Person zu tun hatte und der erste äußere Eindruck ein für sie verhängnisvolles Täuschungsmanöver gewesen war. Fast kam es ihr vor, als hätte sie eine Persönlichkeitsspaltung. Eine Verrückte, die ein armseliges Weibchen darstellte und ihr nun als grundböse Hexe ganz offensichtlich das Leben nehmen wollte. Sie musste raus, bevor es zur unvermeidlichen Katastrophe kam. Ohne Blickkontakt griff sie zur Plastikschüssel, die die Rothaarige ihr direkt unter die Nase hielt.

»Mäuschen, essen«, flötete sie plötzlich wie eine alte Freundin. Sophie nahm den Löffel, der im Brei steckte, und führte ihn zitternd zum Mund.

Nicht einmal eine Viertelstunde später sackte sie besinnungslos auf ihr Lager zurück.

»Schlaf gut, schöne Sophie.«

Zwei Tage später stand die Rothaarige erneut vor der Gefangenen.

»He, aufwachen. Hier wird nicht dauernd geschlafen.« Emotionslos stieß sie die Schuhspitze ihres High Heels in die Seite von Sophies Körper. Stöhnend bewegte die sich. »Ha, du lebst!« Euphorisch sprang die Frau händeklatschend um den Lagerplatz. »Ein paar Tage noch, dann gehen wir beide auf einen feurigen Ball. Das wird ein Fest.« Erneut tänzelte sie sichtlich erregt um die am Boden Liegende. »Freust du dich kein bisschen?« Ernüchtert blieb sie vor ihr stehen, senkte den Blick und starrte sie durch schmale Schlitze an. »Wenn ich dir eine Frage stelle, hast du sie mir zu beantworten«, giftete sie. Der Stiletto-Absatz bohrte sich ohne Vorwarnung tief in das Fleisch ihrer Taille und brachte Sophie an den Rand ihres Verstandes. Malträtiert zwang sie sich, nicht aufzuschreien. Benommen röchelte sie und sog Luft in ihre rasselnden Lungen. Schwerfällig öffnete sie die Augenlider und flüsterte flehend.

»Ich kann nicht mehr. Ich habe Ihnen nichts getan. Bitte, Wasser!« Sie schnalzte mit der Zunge, die an ihrem Gaumen klebte. »Oder töten Sie mich einfach, dann hat das hier ein für alle Mal ein Ende.« Kraftlos hob sie ihre magere Hand in die Höhe. Die Rothaarige stutzte. *Wenn die mir hier ver-*

reckt, ist der Spaßfaktor verloren. Bockig wie ein Kind trat sie ein paar Schritte zurück, schnaubte und schnappte den Plastikbecher auf dem Holztisch.

»Hier, du kleine verhexte Schlampe, trink!« Widerwillig hielt sie ihr das Trinkgefäß entgegen. Sophie bäumte ihren Körper auf, griff nach dem Wasserbecher und ließ die Flüssigkeit gierig ihren Rachen hinunterlaufen. Sie verschluckte sich, hustete und prustete einen Teil des Wassers wieder aus. »He, nicht so hastig«, kreischte die Frau, die in Jeans und Seidenbluse breitbeinig vor ihr stand und ihr den Plastikbecher entriss. Ihr rot geschminkter Schmollmund verzerrte sich zu einem hässlichen Maul und entblößte eine Reihe weißer Zähne. Geschwächt fiel Sophie zurück auf die Decke, die mittlerweile eher einem alten Lappen glich als einer wohligen Wolldecke und bestialisch nach Fäkalien stank.

»Ich tue alles, was Sie wollen, nur lassen Sie mich bitte gehen«, weinte sie.

»Hahaha, du gehst in wenigen Tagen mit mir zu einem feurigen Ball. Dafür komme ich in dein Märchenschloss und richte dich hübsch her, meine Kleine. Glaube nicht, dass ich nicht mitbekommen habe, was du da für einen Blödsinn von dir gibst, wenn ich auf der anderen Seite der Tür stehe.«

Ohne ein weiteres Wort sah sie sich im Kellergewölbe um, machte auf dem Pfennigabsatz kehrt und rauschte aus dem Raum. Sophie war wieder allein. *Ich muss vorsichtiger sein, sonst ...*

Minuten später geriet sie in den bekannten federleichten Zustand. Die Schmerzen traten in den Hintergrund. *Das ist das Betäubungsmittel, das sie mir immer gibt*, dachte sie und fühlte zugleich, wie benommen sie war. Sie konnte nur vermuten, dass das Medikament im Wasser aufgelöst sein musste, wenn sie ihr keine Spritze verpasste. Mühsam richtete sie ihren Körper auf. Ihre Augenlider wurden bleischwer, und sie musste sich zusammenreißen, nicht zurück auf die Decke zu fallen und einzuschlafen. *Ich bin so müde.* Sie gähnte ununterbrochen und kämpfte zugleich dagegen an. *Das ist mit Sicherheit meine letzte Chance hier rauszukommen. Hoffentlich ist die Katze noch da.*

»Miez, Miez, wo bist du?«, flüsterte sie benebelt.

Sophie nahm alle Kraft zusammen und robbte auf allen vieren zu der Stelle, an der sie ihren Fluchtweg vermutete. Der Lichtschein war verschwunden. Es musste draußen dunkel sein. Sie hatte unbeobachtet die Katzenwand in Augenschein genommen, als das Licht vorhin im Raum anging. Es war nichts zu sehen als eine schmale Bretterwand. Die einzige in diesem Keller. Keine Tür, keine Luke, nur eine ungefähr 1,50 Meter breite Holzwand.

»Eine Tür, das könnte eine Tür gewesen sein«, murmelte sie. Dann entdeckte sie direkt über dem Boden an der Wand ein etwa 40 Zentimeter breites Quadrat, das anscheinend nachträglich eingebaut worden war. *Wahrscheinlich war an der Stelle das Holz marode und wurde erneuert*, überlegte sie.

Endlich hörte sie leises Scharren. Die Katze wähnte sich offenbar in Sicherheit, weil das Licht im Raum erloschen war. Sophie rückte auf dem Boden voran.

»Das ist eine Katzenklappe!«, flüsterte sie. »Eine nachträglich verschlossene Katzenklappe. Das war hier dein Zuhause.« Jetzt wusste sie, was sie zu tun hatte. Es war, als schloss sie mit der Katze, die an der verborgenen Klappe hineinwollte, einen geheimen Pakt. Die eine wollte hinein, und sie musste raus. Ihr kam es vor, als verliehe ihr dieser kleine Hoffnungsschimmer einen neuen Energieschub. Sie lauschte dem Geräusch und hielt dort, wo sie die Katze vermutete, die Handfläche gegen die Bretterwand. An der Stelle kribbelte es auf ihrer Haut. Sophie tastete über den Boden, um irgendetwas zu finden, mit dem sie von ihrer Seite aus die Katzenklappe öffnen konnte. Nichts außer jahrelang angehäuftem Dreck lag auf dem Fußboden. Mit ihren abgebrochenen Fingernägeln bearbeitete sie die Wand. Sie empfand keinerlei Schmerzen. Nur den unbändigen Willen, dieser Hölle zu entkommen. Das Holz splitterte und drang unter den Nägeln in die Haut ein. Die junge Frau schindete sich mit ihrem heldenhaften vierbeinigen Komplizen, der auf der anderen Seite sein Bestes gab, unermüdlich ab. Sophie fühlte warmes Blut die Finger herunterrinnen. Es war ihr egal. Auf einmal bemerkte sie ein kleines abgesplittertes Holzstück zwischen Zeigefinger und Daumen, das sich vom Rest der Latte gelöst hatte. Vorsichtig zog sie es Richtung Brustkorb. Dann brach es ab. Sie hielt ein etwa zehn Zentimeter langes Stück in der Hand. Mutig steckte sie das abgebrochene Teilstück in die vorhandene Lücke und hebelte die Holzlatten auseinander. Es dauerte quälende Minuten, dann splitterte es erneut. Langsam griff sie mit blutverschmierten Fingern in den Schlitz und versuchte, die Latte von der Unterkonstruktion zu reißen. Der Weg in die Freiheit schien so nah. Die Verlattung lockerte sich nur wenig. Einen Moment sanken ihre Hände auf den Schoß. *Ich muss ausruhen. Ich bin so müde.* Die Katze trieb ihre Arbeit inzwischen voran und schabte unentwegt weiter. Sophie war schwindelig, hundemüde, und die Wirkung des Betäubungsmittels ließ nach. Die Schmerzen kehrten zurück. Die ausgemergelte Frau zitterte unaufhörlich am ganzen Körper. Sie drehte sich um, bündelte ihre Wut und steckte die Finger erneut zwischen die Holzlatten. Mit einem lauten Aufschrei riss sie die Latte zu sich, dann löste sich das Brett vom Rest des Verschlages – und nur wenige Sekunden später fühlte sie die weiche Tatze der Katze.

*

»Na, wie war gestern die Ausstellung?«, fragte Katrin, als sie gerade dabei war, den Frühstückstisch abzuräumen.

»Ach, hör mir bloß damit auf. Ich will jetzt nicht darüber reden. Es war ganz okay.« Charlotte Hagedorn verließ die Küche und schlich schnurstracks ins Badezimmer. *Na die ist ja heute schlecht drauf*, dachte ihre Nichte und stellte kopfschüttelnd die Spülmaschine an. Pfeifend ging sie in den Flur, öffnete die oberste Schublade der alten Kommode und nahm eine Haarbürste heraus. Sanft strich sie durch ihre lange Mähne, während sie sich dabei zufrieden im Spiegel betrachtete. Entspannt teilte sie die Pracht in drei dicke Stränge, um sie anschließend miteinander zu verflechten. Als sie fertig war, zog sie mit einer Hand ein Gummiband aus der Hosentasche und fingerte es um das Ende des Zopfes.

»So, startklar«, sprach sie zu ihrem Spiegelbild. Sie überprüfte das dunkelblaue Sweatshirt und stieg in ihre Sneakers. *Charlotte wird sich freuen, wenn ich die Zeitungen hole*, dachte sie, nahm den Schlüssel aus der runden Holzschale, die auf der Kommode ihren Platz hatte, und verließ leise die Wohnung. Kurze Zeit später betrat sie bereits wieder den Flur und ging mit den Presseerzeugnissen, die unten im Haus in ihrem Briefkasten steckten, ins Wohnzimmer.

»Das sieht heute draußen aber gar nicht schön aus«, rief sie, obwohl sie wusste, dass ihre Tante sich noch im Badezimmer zu schaffen machte. »Wollen wir etwas Nettes unternehmen? Ich mach blau. Hab erst morgen früh Termine«, bemerkte sie deutlich lauter, als sie vorhatte, weil sie annahm, dass Charlotte sie nicht hörte.

»Können wir, mein Schatz«, kam prompt die Antwort aus dem Bad. »Ich muss hier weg«, vernahm Katrin das leise Gemurmel ihrer kleinen Miss Marple.

Sie blickte erstaunt aus den bodentiefen Fenstern und betrachtete den grauen Himmel, über den ununterbrochen Blitze hinwegzogen. *Das wird wohl noch eine Zeit anhalten, das Schmuddelwetter*, vermutete sie.

Durch die Scheibe beobachtete sie zwei Arbeiter, die trotz des schlechten Wetters seit Wochen damit beschäftigt waren, Steine zu einem Weg zu verlegen, der vom Haus zum Strandweg führte. Ein dritter, in Ölzeug gekleideter Mann, pflanzte unermüdlich Sträucher und Pflanzen, die dem Areal eine heimelige Note verleihen sollten. *Schön wird das*, dachte sie, legte die Bildzeitung aus der Hand und betrachtete den vorderen Teil des Tageblattes. Entgeistert fing sie laut an zu lesen, was in fetten Lettern auf der ersten Seite stand.

»Künstlerin sprengt Vernissage! Charlotte H. musste wegen versuchten Diebstahls und Störung einer öffentlichen Veranstaltung auf die Wache. Der Bürgermeister geriet außer sich. Die Frau hatte offensichtlich ihre Wahrnehmung verloren und tobte sich auf der Fotoausstellung der kürzlich ermordeten Fotografin Mara Osterdeich lautstark aus«, rief Katrin Duvenstedt fassungslos. »*Charlotte Hagedorn!* Was hast du *jetzt* wieder angerichtet!«, kreischte sie und ließ sprachlos die Zeitung sinken. Entsetzt drehte sie sich um und sah ihrer Tante in die graublauen Augen, die mit hochrotem Kopf ins Wohnzimmer geschlichen kam und unaufhörlich schluckte, als hätte sie einen großen grünen Frosch im Hals. Sie stand wie ein ertapptes Schulkind vor ihr, und es schien, als wären bei den zwei Frauen die Rollen vertauscht.

»Ich kann dir alles erklären«, murmelte die Künstlerin kleinlaut und senkte den Kopf. In ihrem Bärenpyjama und den grauen verwurschtelten Haaren, die aussahen wie ein aufgeplatztes Sofakissen, sah sie aus wie ein zerrupftes Knuddeltier, dem man eigentlich gar nicht böse sein konnte. Katrin musste innerlich schmunzeln, vermied es aber, ihr dies nach außen zu zeigen.

»Na, dann erklär mir bitte mal, warum *du* heute auf der ersten Seite stehst!« Grätig sah sie ihrer Tante ins errötete Gesicht. Charlotte schien vom barschen Ton ihrer Nichte sichtlich beeindruckt.

»Das war alles halb so wild. Du kannst Dirk fragen«, versuchte sie stotternd die Situation zu retten.

»Wie, ich kann Dirk fragen? Was hat der denn damit zu tun?«, fragte sie entgeistert.

»Na, den haben sie doch angefordert, als ich mit dem Bild auf der Wache saß.« Kleinlaut setzte sie sich auf das blau-weiß gestreifte maritime Sofa, das den Blick auf den Sund ermöglichte.

»Was hast du bloß wieder angestellt. Ich kann dem Mann ja langsam nicht mehr in die Augen sehen.« Wutschnaubend sah Katrin ihre Tante an, die wie ein Häufchen Elend auf der Couch kauerte.

»Aber ich hatte recht, das Bild ist ein wichtiges Beweismittel.«

»Ach, Tantchen, mittlerweile glaube ich, du solltest endlich aufhören mit deinen Schnüffeleien. Das können die schon ganz gut ohne dich.« Auf einmal tat Katrin der harsche Ton leid, mit dem sie auf ihre Tante losgegangen war. Sie starrte aus dem Fenster und sagte leise: »Weißt du was, wir beide ziehen uns jetzt warm an, und dann fahren wir zum Staberhuk. Was hältst du davon? Es scheint aufzuhören mit dem Gewitter.«

»Oh ja, dann sehen wir uns gleich die Stelle an, an der Mara dieses Foto gemacht hat.«

»Charlotte!« Katrin drehte sich um und stemmte entrüstet die Hände in die Hüften. »Und da fahren wir ganz sicher *nicht* hin! Wir düsen jetzt nach Teichhof und laufen auf dem Deich Richtung Westermarkelsdorfer Leuchtturm. Da kannst du dir dein Köpfchen mal ordentlich durchpusten lassen und mir meinetwegen haarklein erzählen, was gestern wirklich passiert ist.« Charlotte wollte gerade etwas entgegnen, als Katrin mit strengem Blick den Zeigefinger über die zusammengepressten Lippen legte. »Geh, zieh dich schon mal an.«

Katrins Handy klingelte. »Ja, oh Dirk, schön, von dir zu hören. Was ich mache? Ich will gleich mit meiner Tante an die frische Luft – ja, heute Abend können wir uns treffen. Holst du mich ab, dann gehen wir zum Italiener, wenn du magst – ich dich auch, bis dann.« Mit erröteten Wangen legte sie das Mobiltelefon auf den Tisch zurück. Mit keinem Wort erwähnte sie Dirk gegenüber den Artikel in der Zeitung und war froh, dass er das Thema ebenfalls nicht angesprochen hatte.

»Na, war das wieder dein Kommissar?« Charlotte hatte mit ihrer Kleidung auch ihre Selbstsicherheit wieder angelegt und griente sie an, als sie nach wenigen Minuten ins Wohnzimmer kam.

»Und wenn schon, *du* bist jetzt erst mal ganz leise.« Katrin bewegte sich auf den Flur zu. »Komm endlich, wir wollen los.« Maulig schlich ihre Tante hinterher, und sie verließen gemeinsam die Wohnung.

Als sie zum Wagen gingen, grüßte einer der Gartenarbeiter freundlich, der sich gerade angestrengt den Rücken hielt. Die beiden Frauen erwiderten und stiegen in das dunkelgrüne Käfer Cabriolet.

»Das mit dem Auto war eine gute Idee«, sagte Katrin, als sie sich anschnallte. »So kann ich die Brautleute sogar zur Hochzeit fahren.« Sie war sichtlich stolz auf ihren neuen Gebrauchtwagen, den sie vor ein paar Wochen bei einem Händler hatte stehen sehen. Sie konnte nicht anders, als ihren alten Schnubbi-Polo, mit dem sie so viel erlebt hatte, in Zahlung zu geben. Der Wagen erinnerte sie bei jeder Gelegenheit an die schreckliche Fahrt von Hamburg nach Fehmarn, die sie fast ihr Leben gekostet hatte. Schweren Herzens ließ sie ihn mit seinen Pril-Blumen in Hamburg zurück. Langsam rollten sie vom Grundstück und fuhren Richtung Teichhof. Die Arbeiter sahen dem besonderen Käfer mit dem typischen Sound hinterher.

Charlotte gähnte, als sie das Gelände erreichten, den Wagen parkten und den Deich hochstiefelten.

»Das sieht aber immer noch ziemlich unheimlich aus da draußen«, sagte die Fotografin und deutete zum Wasser.

Sie blieben an einer Bank stehen, auf der sie im Sommer ab und zu saßen, um über den breiten Schutzwall auf die Ostsee zu schauen.

»Das wird uns auf keinen Fall umbringen. Außerdem haben wir ja die richtigen Klamotten an. Die neuen Hamburger Friesennerze sehen doch wirklich schick aus und sind soo praktisch. Mach dir mal keine Sorgen, die frische Luft wird deine Synapsen ordentlich durcheinanderjuckeln und hoffentlich an den passenden Stellen wieder zusammenfügen.«

»Was du immer hast«, murrte Charlotte und trottete brav hinter Katrin her, die mit der Hand winkte, damit sie einen Gang zulegte. »Wo sind die Jacken eigentlich her?«, fragte Charlotte, um von wesentlichen Problemen geschickt abzulenken.

»Vom Surf und Fashion Shop in der Osterstraße. Du weißt doch, der Laden von Jan Überall.«

»Ach der Kleine. Ich kenne den Laden noch, als seine Großeltern ihn noch hatten, da war mal ein … ach ist ja auch egal. Ne, ein Elektroladen war da drin, genau.« Schweigend liefen sie ein paar Meter nebeneinander her.

»Meinst du nicht, dass du dir manchmal ein wenig viel zumutest?«, fragte Katrin ihre Tante, um den roten Faden nicht aus den Augen zu verlieren.

»Nein, warum. Ich will nur helfen, den Mörder zu finden, verstehst du das nicht?«

»Ja doch, aber dafür gibt es wahrhaftig genug Polizei auf Fehmarn. Die empfinden deine, na sagen wir mal Bemühungen nicht als Hilfe, sondern als lästiges Umherschnüffeln. Du behinderst sie bei ihrer Arbeit.« Charlotte schnappte nach Luft und zog die Mütze vom Kopf.

»Umherschnüffeln, dass ich nicht lache. Wer hat ihnen denn den entscheidenden Tipp gegeben, nur weil ich herumgeschnüffelt habe. Ich!« Sie klopfte mit der Faust gegen ihr Brustbein.

»Du hast ja recht, aber du musst langsam mal mehr an dich denken.« Katrin nahm ihre Tante in den Arm und drückte sie. »Ich brauch dich und wir wollen doch noch lange Spaß miteinander haben, oder?« Charlotte Hagedorn nickte, löste sich aus der Umarmung und stiefelte weiter. *Ich kann nicht anders,* dachte sie und blickte über die Ostsee. Der Regen hatte tatsächlich nachgelassen, und der Himmel lockerte trotz Schlechtwettervorhersage auf. Stellenweise lugten tiefblaue Flächen durch die graue Wolkendecke, die sich in der See als smaragdgrüne Flecken widerspiegelten.

»Da, wo die Sonne hinkommt, wird es richtig warm. Das scheint heute wirklich noch schön zu werden«, sagte Charlotte andächtig. Das Meer beruhigte sich, und kleine Wellen schlugen an den Strand. Die Luft roch nach dem reinigenden Regen nach frischem Tang und einer Prise Meersalz.

»Das ist Fehmarn, Tantchen! Die Sonneninsel schlechthin.« Katrin drehte sich wie ein Kreisel auf der Stelle und breitete ihre Arme aus. Die Entspannung an der würzigen Seeluft tat beiden sichtlich gut. Gemütlich spazierten sie auf dem Deich Richtung Westermarkelsdorf.

»So, und nun erzählst du mir noch mal alles der Reihe nach, und dann machen wir den Deckel drauf, okay?«

Charlotte Hagedorn nickte bedröppelt. Ihr fiel ein Stein vom Herzen, weil sie spürte, dass ihre Nichte nicht mehr böse zu sein schien. Sie stapften unermüdlich die gut dreieinhalb Kilometer lange Strecke nebeneinander, während Katrin ihrer Tante bei deren Ausführung aufmerksam zuhörte. Sie konnte ihre Beweggründe verstehen, dennoch machte sie sich zugleich große Sorgen um das Wohlbefinden ihrer Tante. Der Himmel brach immer weiter auf. Einige Zeit später verflüchtigten sich auch die letzten grauen Wolken mit dem Wind Richtung Westen.

»Sieh mal«, rief sie, als ihre Tante einen Moment schwieg. »Da kannst du schon den Leuchtturm von Wester sehen.« Sie freute sich wie ein kleines Kind, als die rotleuchtende Haube des achteckigen Turmes näher kam. »Sieht der nicht süß aus?«, flötete sie. »Wie Vanilleeis mit Erdbeersauce.« Sie strahlte plötzlich. »Wir sind hier einige Male mit ein paar Surfern lang und haben direkt vor dem Leuchtturm Picknick auf dem Deich gemacht. So mittenmang der Schafsköttel«, erläuterte sie belustigt. »Das war richtig cool, allein der Blick auf den Leuchtturm und die Ostsee. Traumhaft. Schau, wenn man die Gräben anschaut, sieht es hier aus wie in Holland an einer der Grachten.« Charlotte ließ sich von der Begeisterung ihrer Nichte anstecken und antwortete:

»Weißt du eigentlich, dass der Turm früher mal zehn Meter hoch war und erst viel später aufgestockt wurde?«

»Aha, wen's interessiert«, konterte Katrin und betrachtete den schnuckeligen vanillefarbigen Turm. »Hier hab ich Sven zum ersten Mal geküsst«, erinnerte sie sich. Ihr wurde plötzlich warm ums Herz, und auch wenn sie ihren Exfreund jetzt ein Jahr nicht mehr gesehen hatte, so blieb doch eine kleine Ecke in ihrem Herzen mit ihm besetzt. »Weißt du denn auch, wann der gebaut wurde?«, versuchte Katrin schnell, ihre Tante vom Thema Sven abzulenken, bevor sie auch nur ein Wort dazu sagen konnte. »Na, als wenn ich das nicht wüsste«, brüstete sie sich.

»Das war 1881, wenn du es genau wissen willst.« Stolz nannte sie das Datum und sagte: »Seh ich mir deinen Vanilleturm so an, läuft mir glatt das Wasser im Mund zusammen, und ich bekomme direkt Hunger auf ein Stück leckeren Kuchen. Du nicht?«

»Weißt du was, wir sind nun schon weit über eine Stunde gelaufen. Lass uns man langsam zurückgehen. Wenn du Lust hast, können wir beiden Hübschen im Restaurant am Deich einkehren. Ich finde es für Süßes allerdings noch ein bisschen früh, aber Mittag könnten wir essen, was meinst du?« Sie schaute ihre Tante von der

Seite an, die richtig rosig im Gesicht aussah und mit der Hand den Bauch rieb.

»Na, dann man los«, sagte Charlotte.

＊

»Moin, meine Herren! Na, was hat die KTU Neues für uns?« Die Männer der Spurensicherung saßen bereits seit zwei Stunden über den Akten und durchforsteten die Hinweise, die bis zu dem Zeitpunkt eingegangen waren, als die beiden Kommissare von ihrem regenreichen Waldspaziergang zurückkehrten.

»Was wir haben? Anrufe von äußerst *wichtigen* Zeugen, die dunkle Gestalten im Ostersoll entdeckt haben wollen. Anruf einer Frau, die das Opfer mit mehreren Männern zusammen gesehen haben will und Mara als Flittchen bezeichnete, weil die ihr angeblich den Mann abspenstig machen wollte. Sonst nichts.« Ulf Johnson zog die Augenbrauen hoch und zuckte mit den Schultern.

»Also viele Hinweise, die uns nicht unbedingt weiterbringen.«

Dirk Westermann zog den Caban aus und hängte ihn an den weißen Holzständer neben der Tür. Hellwach durch den frühen Waldspaziergang ging er zur Kaffeemaschine und goss zuerst einen Becher Kaffee ein. Er verzog das Gesicht und schaute Henning über die Schulter.

»Das ist alles bis jetzt? Das ist nicht viel!«, sagte Hartwig, der sich wie ein Hund schüttelte, um die letzten Regentropfen loszuwerden. Er streifte die völlig durchnässte Lederjacke ab und legte sie angewidert auf den einzigen Heizkörper im Raum.

»Der ist aus«, erwiderte Sebastian Harms. Missmutig

zerrte der Kommissar die Jacke wieder herunter und warf sie einfach über die Stuhllehne. Harms reichte ihm einen Ausdruck.

»Hier sind die Auswertungen der KTU. Die Kollegen sind bereits in allen Baumärkten und Gärtnereien im Umkreis unterwegs. Der Draht«, er räusperte sich, »könnte aus jedem Baumarkt in ganz Deutschland kommen. Das sind gängige Fabrikate, damit kommen wir nicht weiter, es sei denn, wir finden das Stück, das zu diesem gehört.« Harms zeigte auf das Foto mit dem Drahtstück, das an der Pinnwand angeheftet war, »dann haben wir den Mörder. Aber das ist wie die berühmte Nadel im Heuhaufen. Wir können wohl kaum in sämtlichen Haushalten auf Fehmarn auf Drahtsuche gehen. Wahrscheinlich kommt der Täter gar nicht von der Insel.« Er zuckte mit den Schultern.

»Da wäre ich mir noch nicht einmal so sicher«, entgegnete Westermann. Harms sah ihn fragend an und sprach weiter.

»Anders verhält es sich mit der Erde. Das ist keine Blumenerde. Die muss irgendwo von der Insel kommen. Aus dem Baumarkt ist die jedenfalls nicht. Und ebenfalls nicht aus dem Ostersoll.«

»Aber wir wissen gar nicht, ob der oder die Täter nicht doch von der Insel kommen«, entgegnete der Hauptkommissar noch einmal und sah Harms an, als würden alle Fakten undurchschaubar auf sie einstürmen.

»Also was wir haben, ist ...«, wollte der Kriminaltechniker zusammenfassen, als Westermann ihm zuvorkam und ihm das Wort abschnitt.

»Nichts!«, sagte er, raufte die graue Mähne, ging zur Garderobe und zog das Feuerzeug und die Pfeife aus der Jackentasche. Er schob sie in den Mund und entzündete sie.

Eine steile Falte zeichnete sich tief zwischen den Augenbrauen ab. »Ich wusste, das wird kein leichter Fall, aber dass wir bisher gar nichts Brauchbares haben, macht mich verrückt. Lasst mal eine Probe von der Erde aus dem Staberholz holen, und die sollen in Lübeck einen Abgleich mit der machen, die uns Frau Hagedorn freundlicherweise zur Verfügung gestellt hat.«

»Wieso Staberholz?«, fragte Hartwig und verschränkte die Arme.

»Weil es irgendetwas mit dem Foto aus dem Wald zu tun haben könnte«, zuckte Dirk mit den Schultern. Harms nickte und zog die Jacke an.

»Daniela, kommst du mit?« Die Kollegin stand auf, und die beiden verließen den Raum.

»Ich muss telefonieren, wir brauchen einen Fallanalytiker. So kommen wir nicht weiter.« Dirk Westermann war das erste Mal ratlos, als er in die Runde ebenfalls sprachloser Kriminalisten schaute. Er schob die Brille auf den Kopf. Enttäuscht rieb er die Augen und legte schützend die Arme um die Schultern, als wollte er sich vor der Kälte schützen, die dieser Fall in ihm auslöste. Er fröstelte. »Vielleicht stellen die uns jemanden zur Verfügung, der aufzeigen kann, in welche Richtung wir noch ermitteln sollten.«

»Habt ihr etwas in der Sache Sophie Larsen?« Alle schüttelten einhellig den Kopf. »Die ist wie vom Erdboden verschluckt. Ansonsten allenfalls ein paar ganz wichtige Anrufe von Frauen, deren Männer zu lang in ihre schönen Augen geblickt haben und die sie sogar als Hexe titulierten. Die sind zum Teil ziemlich eigenartig hier auf der Insel. Ach, die Freundin, diese Svenja, kommt übrigens in einer halben Stunde.«

»Na, das ist ja wenigstens etwas«, sagte Dirk ernüchtert und blies eine Tabakwolke in die Luft. Er schob die Ärmel seines Sweatshirts hoch und steckte eine Hand in die Tasche. Die Stimmung im Raum war angespannt.

»Gab es sonst keinerlei Hinweise auf das Vermisstenfoto? Hat sie vielleicht irgendwo jemand gesehen?« Westermann suchte nach Antworten bei den kopfschüttelnden Polizisten.

Im Flur hörten sie Stimmengewirr, als Becker, ohne anzuklopfen, ins Büro schoss.

»Herr Westermann, ich glaube, wir haben was.« Die Männer starrten alle zur gleichen Zeit erstaunt auf den Hauptmeister. »Kommen Sie bitte herein«, bat er eine ältere Dame in einem grauen Tweedmantel und passendem Hut, die in Begleitung ihres Ehegatten schüchtern das Zimmer betrat. Der ungefähr 80-Jährige, der ebenfalls einen gleichfarbigen Wintermantel und eine Art Bogart-Hut trug, gab dem Hauptkommissar aus Oldenburg respektvoll die faltige, zittrige Hand.

»Herr Kommissar, Müller mein Name. W…wir haben da etwas gefunden.«

»Das sieht so aus wie das im Tageblatt«, stotterte seine Frau aufgeregt und hielt ihm die Tageszeitung unter die Nase.

»Dann zeigen Sie mir doch bitte mal, was Sie da haben«, entgegnete er ruhig. Er zog zwei Stühle heran und bat die betagten Herrschaften, sich zu setzen. Die ältere Dame legte die Zeitung auf den Tisch, zog eine kleine gelbe Plastikdose aus ihrer Manteltasche und reichte sie Westermann, bevor sie sich hinsetzte.

»Und was ist das?«, fragte der Kommissar

»Aufmachen, Sie müssen die Dose aufmachen«, sagte der Ehemann. Er zog den Hut vom Kopf und platzierte ihn auf dem Schoß. Nervös strich er die grauen, gewellten Haare zurück und deutete mit dem Finger auf die Dose. Seine Frau nickte. Sie knöpfte ihren Mantel auf und wedelte mit der Hand vor ihrem Gesicht, als litte sie unter aufsteigender Hitze. Thomas Hartwigs Neugier war geweckt, er stand auf und stellte sich unmittelbar neben Westermann.

»Nun mach schon auf«, forderte er ihn auf.

»Immer langsam, Jungchen«, antwortete Westermann und öffnete mit einem leisen Klickgeräusch die kleine Lasche der Plastikschachtel. Auf einem Stück gefalteten Küchenpapiers lag ein Schmuckstück. Der Hauptkommissar runzelte die Stirn, nahm eine Pinzette vom Tisch und hielt die Kette in die Höhe.

»Das ist das Armband von dem Mädchen, wenn ich mich nicht täusche«, sagte Hartwig und ging zur Pinnwand. Er zog eines der Fotos herunter, auf der die Zeichnung eines Bettelarmbandes zu sehen war, die nach Angaben der Mutter von einem Phantombildzeichner erstellt worden war. Sie erinnerte sich deshalb so genau an das Armkettchen, weil sie selbst es ihrer Tochter zur Konfirmation ausgesucht und geschenkt hatte. Als sie dem Zeichner die detaillierte Beschreibung gegeben hatte, fing sie bitterlich an zu weinen.

Westermann zog Handschuhe über, hielt das feingliedrige Armband in die Höhe und verglich es mit der Zeichnung.

»Das könnte es sein«, entgegnete Hartwig. »Wo genau haben Sie es gefunden?«, fragte der Hauptkommissar.

»Im Rinnstein«, sagte nun der Alte, der höflich aufstand und den Polizeibeamten gegenübertrat, während er die Hände knetete.

»Wo im Rinnstein? Wir müssen das präziser wissen«, sagte Westermann und bat den Mann, wieder Platz zu nehmen.

»Am Senator-Thomsen-Park.«

»Wo da genau?«, fragte Hartwig und stellte sich breitbeinig vor das eingeschüchterte Paar.

»Wenn man wieder rauskommt, an der Osterstraße. Da lag es am Kantstein. Wir wollten zur Sahrensdorfer Straße, und da hat meine Frau etwas glitzern gesehen, im Rinnstein meine ich.«

»Haben Sie das Armband angefasst?«, fragte Hartwig.

»Ja, wie hätte meine Frau es sonst aufheben sollen?« Man sah dem Mann, der aufgeregt den Kopf schüttelte, die Aufregung an. Seine Ohren röteten sich zusehends. Die Ehefrau nickte heftig.

»Ja, das hätte ich sonst wirklich nicht aufheben können, und wir wussten ja nicht, dass …«

»Da haben Sie uns wirklich weitergeholfen«, sagte Westermann aufmunternd. »Der Kollege nimmt Ihre Personalien auf, und wenn Sie so freundlich wären, uns Ihre Fingerabdrücke auch gleich dazulassen.«

»Warum das denn?«, fragte die Frau unruhig und wurde blass.

»Wir müssen doch wissen, wer uns dabei behilflich war, eine vermisste Person aufzufinden. Und falls Fingerabdrücke am Armband zu finden sind, sollten wir Gewissheit haben, dass es Ihre und nicht die des Tä… Mädchens sind«, verbesserte er zügig seinen Satz. Westermann stand auf, verabschiedete sich von beiden und übergab sie Becker, der lauernd in der offenen Tür stand.

»Kommen Sie bitte mit«, sagte er und brachte sie hinaus.

Der Hauptkommissar nahm das Handy und fotografierte das Schmuckstück. Dann ließ er es nachdenklich in eine kleine Klarsichthülle fallen.

»Das muss schnellstens nach Lübeck. Wer fährt?«

Harms hob die Hand, als er mit Daniela das Büro betrat.

»Da kann ich gleich etwas erledigen. Ich fahr sofort los. Die Erde haben wir auch hier, und ich bring sie gleich zum Abgleich.« Der Polizeibeamte griff zur Tüte, steckte sie zu der anderen in die Jackentasche und verließ eilig das Büro. Daniela setzte sich an ihren Schreibtisch und vertiefte sich in einen Ordner.

»Wahrscheinlich ist der froh, wenn er mal wegkommt. Der düst bestimmt erst mal zu seiner Alten«, lachte Hartwig. Die Grübchen verliehen ihm einen jungenhaften Charme, der dem Hauptkommissar sympathisch war.

»Die haben doch nicht dauernd das Gleiche im Kopf wie du«, foppte er. »Außerdem ist das seine Frau. Da ist *Mann* nicht mehr ganz so wild.«

»Das musst du grade sagen. Da habe ich ja, im Gegensatz zu dir, wohl eher Notstand«, wandte Hartwig sich dem Aktenordner zu, der vor ihm auf dem Schreibtisch lag. Sein Vorgesetzter lächelte und startete den Computer. Routiniert vernetzte er das Handy mit der Festplatte. Anschließend druckte er gleich darauf zwei der Fotos aus und pinnte sie zu den übrigen an die Wand.

»Nehmen wir mal an, das Armband lag am Ausgang vom Park, dann ist es sehr wahrscheinlich, dass sie auf dem Weg nach Hause war«, mutmaßte Westermann. »Vielleicht hat sie es verloren und nicht einmal bemerkt, dass es hinuntergefallen ist«, antwortete Hartwig.

»Kann sein. Aber weiter.« Der Hauptkommissar stand auf und bewegte sich zur Pinnwand, die von Fotos und einer Vielzahl von kaum zu entziffernden Kritzeleien überquoll. »Also, nehmen wir an, sie hat es nicht einfach verloren, sondern jemand riss es ihr, sagen wir, aus Versehen vom Handgelenk, als er sie überwältigte.« Hartwig versuchte, den Strichzeichnungen, die Dirk auf die Tafel platzierte, zu folgen.

»Aber wer überfällt eine Frau auf der Straße, quasi auf dem Bürgersteig? Ne, das bringt niemand. Derjenige müsste davon ausgehen, gesehen zu werden. Glaube ich nicht«, sagte Thomas Hartwig.

»Nehmen wir weiter an, derjenige hatte hier«, Westermann wies auf ein Foto, das den Ausgang des Parks zeigte, »einen Wagen stehen, überwältigte sie und zerrte sie ins Auto.«

»Fällt genauso auf. So blöd wird niemand sein, in der Öffentlichkeit ein Mädchen abzugreifen«, betonte Thomas. »Vielleicht hat er sie in einen Lieferwagen, dessen Türen aufstanden, hineingestoßen.«

»Nein, nein! Sie hätte mit Sicherheit geschrien.« Westermann blickte auf das Foto. »Wenn er sie vorher betäubt hat?«, sagte er zu sich selbst.

»Wie kommst du denn darauf? Wie hätte er das bitte schön machen sollen?«

Der Hauptkommissar versuchte, in die Rolle des vermeintlichen Täters zu schlüpfen. »Ich will dich, kenne dich. Kennst du mich? Du musst mir nur bereitwillig folgen.

Nur bis zum Auto. Warum folgst du mir? Doch nicht ohne Grund? Ich bitte dich um etwas, damit du mir folgst. Ich bringe dich dafür nach Hause, weil du mich kennst. Aber wenn du mich kennst, dann hast du Vertrauen, dann ... Wenn du dich wehrst, halte ich dir ein Chloroform getränktes Tuch vors Gesicht. Niemand beobachtet mich, weil ich unauffällig bin. Außerdem ist es dunkel.« Thomas starrte Dirk Westermann von der Seite an.

»Was dir alles so einfällt. Manchmal bist du mir richtig unheimlich. Aber wenn er sie betäubt hat, der Täter hat doch nicht zufällig Chloroform bei sich.«

»Spinnen wir weiter: Er kannte sie und hat ihr ganz bewusst aufgelauert. So wie ich ihre Eltern verstanden habe, ist sie diesen Weg regelmäßig gegangen, weil es eine Abkürzung für sie war.«

Westermann ging zur Kaffeemaschine und füllte einen Becher mit Kaffee. »Möchtest du auch?«

»Nein danke«, winkte Thomas Hartwig ab.

»Kann es nicht vielleicht sein, dass der Täter oder die Täterin beide kannte?« Westermann ließ die Worte im Raum stehen.

»Dann ist die Sophie ein weiteres Opfer?«, entgegnete Thomas.

»Könnte genauso gut das erste Opfer sein, und wir haben sie nur noch nicht entdeckt«, sagte Dirk.

»Hoffentlich nicht«, antwortete Hartwig.

Plötzlich wurde die Tür aufgerissen und Becker stürmte aufgeregt ins Büro. »Es ist etwas Schreckliches passiert!«

*

Tränen der Erleichterung liefen Sophie über die Wangen. Sie wusste, sie durfte keine Zeit verlieren, um hier zu verschwinden. Sie hielt inne und lauschte den Geräuschen, die sie wahrnahm. Regen. Es regnete draußen und war stürmisch. Der Wind jaulte seit geraumer Zeit und bretterte gegen die Holzwand. Ermattet legte sie den Kopf auf den Boden, um durch das Loch sehen zu können. Die Katze war verschwunden. Sie konnte nichts erkennen. *Es ist dunkel. Es ist Nacht,* dachte sie und sog gierig die Luft tief in ihre Lungen. *Mir bleiben ein paar Stunden, dann muss ich hier raus sein.* Die unerwartet in die Nähe gerückte Möglichkeit zur Flucht trieb sie an. Sie rollte zurück auf den Bauch, schob sich auf die Knie und zerrte unter unsäglichen Schmerzen weiter am Holz. Schultern und Hände waren wie betäubt. Der Hals war ausgetrocknet, und sie empfand quälenden Durst. Die Augen brannten, als hätte jemand Chilipulver hineingestreut. Aber sie fühlte ihren Körper. Sie lebte! Die Kraft in ihrem Geist verlieh übermenschliche Energie, die sie unablässig antrieb.

Stunden später besaß die Öffnung in der Wand eine Größe, durch die die Katze ohne Probleme hindurchgepasst hätte. Der Wind peitschte den Regen ins Innere ihres Gefängnisses, und Sophie fror. Aber es war die Kälte der Freiheit, die sich auf ihre dünne Haut legte. Als sie das enge Loch betrachtete, schluckte sie. *Da komme ich niemals durch,* dachte sie, als sie plötzlich entfernte Schritte hörte.

Erschreckt hielt sie inne. Ihr Herz fing an zu rasen. *Sie kommt, sie kommt.* In ihrem Gehirn fing es an zu arbeiten. *Wenn sie jetzt die Tür öffnet, bin ich verloren.* Mit letzter Kraft robbte sie zur Decke, zerrte die bis zu dem Platz, an dem sie endlose Stunden um ihre Freiheit gekämpft hatte. Sie schob den stinkenden Lappen unter ihren Hintern und lehnte sich ermattet gegen die Holzwand.

Die Schritte verstummten vor der Tür. Sophie stockte der Atem.

Es dauerte einen Moment, dann entfernten sich die Schritte plötzlich wieder. *Was hat sie dazu gebracht, noch einmal hierherzukommen mitten in der Nacht? Hat sie mich gehört?* Die Schlagader puckerte wie pulsierende Paukenschläge. Sie hatte das Gefühl, dass die Ader jeden Moment explodieren würde.

Sophie atmete erleichtert auf und sog gierig Luft in die Lungen, als die Schritte verklungen waren. Sie konzentrierte sich auf ihre Atmung und versuchte, den Puls zu beruhigen. Hastig schob sie die Decke beiseite, robbte zur Öffnung, legte sich flach auf den Boden und spähte durch die klaffende Spalte. *Ich habe keine Wahl, ich muss da durch, wenn ich das hier überleben will.*

Verzweifelt glitt die Hand hektisch über den versifften Fußboden, um die abgebrochene Latte wiederzufinden. Als sie sie endlich ertastet hatte, hebelte sie das Stück zwischen die gelösten Bretter der Holzwand. Sophie arbeitete unermüdlich daran, das Loch zu vergrößern. Sie bot ein Bild des Jammers, wie sie halbtot vor der Öffnung kauerte, die kaum größer war als ein Schuhkarton. Es dauerte eine gefühlte Ewigkeit, dann war die Katzenklappe freigelegt. Von dem Tier allerdings keine Spur. *Wahrscheinlich hat sie wegen des Lärms längst das Weite gesucht,* dachte Sophie. Völlig ermattet legte sie sich auf den Boden, um Kraft zu schöpfen. Sie spürte nicht einmal mehr die Kälte und überlegte fieberhaft, ob sie sich zuerst mit dem Kopf oder den Beinen aus ihrem Gefängnis befreien sollte. Verzweifelt schob sie die Arme durch die beängstigend schmale Luke und zog sie sofort zurück. *Das geht nicht, die Schultern passen nicht durch, da habe ich keine Chance, ich muss mit den Füßen, dann …*

Sie drehte sich umständlich und steckte die nackten Füße voran. Ihre extrem schmal gewordene Hüfte rutschte mühelos durch das fast quadratische Loch der Wand.

Wenn meine Hüften da durchgehen, passt der Kopf auch. Mit den Händen schob sie ihren Körper Stück für Stück in die Freiheit. Sie spürte kalten, nassen Betonboden. Mit den Zehen versuchte sie, sich herauszuziehen. Der Wind pfiff ums Haus, was ihr in diesem Moment wie ein Wink des Himmels erschien. So würde die Hexe sie nicht hören. Noch einmal versuchte sie, die Arme durch die Öffnung zu schieben. An ihren Schultern schien der Ausbruchsversuch zu scheitern. *Es geht nicht. So geht das nicht!* Obwohl Panik sie erfasste, weil sie keine Luft mehr bekam, überlegte sie die wenigen Möglichkeiten, die ihr blieben. Sie steckte einen Arm in die verdammte Öffnung, drückte das Schulterblatt herunter und reckte den anderen weit in den Raum. Die Armstellung erinnerte an das Blatt einer Cessna. Am Ende zwängte sie den Kopf durch das enge Loch. Einmal, zweimal, dreimal schob sie ihn verzweifelt wieder zurück. *Zu eng, das funktioniert nicht, zu eng,* dachte sie verzweifelt und war kurz davor zu hyperventilieren. Dann nahm sie all ihren übrig gebliebenen Mut zusammen, drückte mit der rechten Hand gegen die Holzverkleidung und quetschte den schmalen Schädel durch die Katzenklappe. Bei dem Versuch zerkratzten herausgebrochene Holzstücke ihr Gesicht. Splitter verfingen sich in der Haut und drangen tief ins Fleisch ein. Benommen vom Schmerz zog sie den linken Arm heraus und legte den Kopf ermattet darauf. Für einen Moment blieb sie regungslos in der Wasserpfütze liegen und atmete die kühle Nachtluft ein. Erleichtert liefen Tränen ihre Wangen hinunter. *Ich muss hier weg, sofort.*

Sophie fuhr mit der Handinnenfläche über die aufgescheuerte Gesichtshaut. Mit den Fingern tastete sie nach einem Splitter, den sie zitternd aus einer klaffenden Wunde in der Wange herauszog. Müde raffte sie den Oberkörper auf, rollte zur Seite und quälte sich hoch. Der Brustkorb schmerzte, und die Luft in ihrer Lunge brannte bei jedem Atemzug wie tausend Nadelstiche. Ihr dreckiges verfilztes Haar hing strähnig herunter und war dennoch der einzige Schutz für ihren geschundenen Körper. Das wurde ihr schmerzlich bewusst, als sie auf wackeligen Knien hockte und der Wind den Regen gegen die nackte Haut klatschte. Angetrieben durch die Chance auf greifbare Freiheit kroch sie wie ein verwundetes Tier auf allen vieren vom Gebäude weg. Sie schleppte sich Meter für Meter weiter. Der Dunkelheit ausgeliefert suchte sie Sicherheit im Schatten der Sträucher und Bäume, die das Grundstück eingrenzten. Es war eisig kalt, und der Sturm wehte ihre speckigen Haare immer wieder vor die Augen. Sie versuchte, auf die Füße zu gelangen. Taumelte, als der Ast eines Baumes, vom Wind heruntergeschlagen, sie zu Boden peitschte. Planlos robbte sie auf der aufgeweichten Erde voran. Zweige von Büschen zerkratzten ihr Gesicht und hinterließen tiefe Schrammen. Die Haut triefte vor Nässe, und sie schlotterte. Sophie lauschte, um die Geräusche ihrer Umgebung einordnen zu können, die sie trotz des Windes immer wieder erschreckten. Leises Schnauben in unmittelbarer Nähe jagte ihr Höllenangst ein. *Was ist das?* Sie bewegte sich keinen Millimeter weiter und wagte kaum zu atmen. Wie ein Hund kauerte sie auf allen vieren und lauerte. Plötzlich vernahm sie das Stapfen von Hufen. *Das sind Pferde,* dachte sie, und Tränen der Erleichterung liefen über ihre Wangen. Vorsichtig stemmte sie ihren Körper erneut hoch und kam mühsam auf die Füße. Die nackten Sohlen versanken in nassem Gras. Das Gefühl gab ihr neuen Lebensmut. *Gleich, gleich habe ich es geschafft.* Sie klapperte wie eine Holzmarionette, während sie, angetrieben vom leisen Schnauben der Pferde, Schritt für Schritt weiterschlurfte. Sie wähnte sich bereits in Sicherheit. *Nur noch wenige Meter, dann bin ich weg von diesem schrecklichen Platz.* Sie wusste nicht, wie lange sie in dem Kerker zugebracht hatte, aber sie wusste, dass es beinahe gereicht hätte, um sie zu töten. Sophie musste Hilfe holen. Sie suchte verzweifelt ein Licht in der Dunkelheit, setzte einen ausladenden Schritt vorwärts, als sie ohne Vorwarnung gegen etwas kaltes Hartes schlug. Benommen sank sie erneut zu Boden und tastete mit den Fingern durch die Dunkelheit. Sie fühlte den Gegenstand und erschrak. *Nein, das ist ein Zaun. Bitte Gott, hilf mir.* Entsetzt hielt sie die Hände vors Gesicht. Hoffnungslos krauchte sie zwischen Sträuchern und Metallzaun entlang, der kein Ende nehmen wollte. Sie zog sich hoch, um zu sehen, wie hoch er war, aber sie konnte keinerlei Abgrenzung spüren. *Sinnlos, es ist sinnlos. Ich bin gefangen. Irgendwo muss der Ausgang aus dieser Hölle sein.* Erneut strauchelte sie über einen herumliegenden Ast und fiel auf die Knie. Ganz nah hörte sie das Schnauben des Pferdes. *Es ist so nah.* »Bitte Gott, hilf mir.« Auf allen vieren kroch sie weiter. Plötzlich stieß sie abermals gegen ein Hindernis. »Ich bin dein Gott, wo willst du hin?«

٭

»Sie müssen sofort kommen. Wir haben wieder eine Leiche!« Becker starrte entsetzt zu den Männern der Sonderkommission, die in ihre Untersuchungen vertieft waren und entgeistert aufschauten.

»Was?« Westermann sprang vom Schreibtischstuhl auf und ging bleich wie die Wand auf den Hauptmeister zu. »Wo? Wer? Was ist passiert?« *Sophie?*

Alle schauten erwartungsvoll auf den Polizisten, der mit hochrotem Gesicht im Türrahmen stand und mit der Hand die fast kahle Schädeldecke kratzte.

»Nun reden Sie schon«, rief Hartwig und schnellte ebenfalls hoch. Ohne eine Antwort abzuwarten, schnappte er die Lederjacke und streifte sie über.

Becker schien sich gesammelt zu haben, als er antwortete. »Also ... also da ist eine Frau tot aufgefunden worden.« Er druckste herum, unschlüssig, ob er seinen Satz beenden sollte.

»Reden Sie, Mann!«, rief Westermann hart.

»O... ohne Kopf, quasi kopflos. Die Frau hat keinen Kopf!« Jeder im Raum spürte die Erregung des Hauptmeisters und die Spannung, die in der Luft lag und jeden Moment zu explodieren drohte.

»Wo?«, fragte der Hauptkommissar aus Oldenburg. Die harten Gesichtszüge erschreckten die Kollegen.

»Am Galgenberg!«

»Wo ist das?«, wollte Hartwig wissen. »Galgenberg? Was ist das denn? Nun reden Sie schon.«

»Der Galgenberg ist im Westen. Etwa 500 Meter nordöstlich von Petersdorf, wenn man den Weg nach Dänschendorf fährt«, gab Becker Auskunft.

»Zeigen Sie uns das sofort auf der Karte«, forderte Westermann.

»Ich kann Sie hinbringen, das ist viel einfacher!« Hartwig nickte, und die drei Männer verließen in höchster Alarmbereitschaft die Dienststelle.

»Rufen Sie augenblicklich die Leute der Spurensicherung zusammen. Wir brauchen die gesamte Mannschaft an diesem Galgenberg. Sofort!«, rief Westermann scharf.

Hansen telefonierte, während Becker die Polizeibeamten der Soko im Nebenraum informierte. Als sie im Wagen saßen und Dirk den Anweisungen des aufgeregten Hauptmeisters folgte, stellte er die für sie relevanten Fragen.

»So, nun erzählen Sie, was ist genau passiert?«

»Also, eine Urlauberin hat mit ihrem Kind den Galgenberg besucht. Da hat die Tochter die Tote gefunden.«

»Wie grausam«, antwortete Hartwig.

»Wie alt ist das Kind?«, fragte Westermann weiter. »Neun oder zehn, glaube ich. Hab ich schon wieder vergessen. Das waren so viele Informationen, die ich notieren musste.«

»Wo sind die beiden?«

»Wohl noch vor Ort«, entgegnete Becker nuschelnd und schüttelte schulterzuckend den Kopf. »Haben Sie einen Krankenwagen hingeschickt?«

»Wieso einen Krankenwagen? Die ist doch schon tot.« Der Hauptmeister war irritiert.

»Wissen Sie eigentlich, was für ein Trauma die Mutter, geschweige denn das Kind haben kann? Da ist doch wohl völlig klar, dass ...« Jetzt war es Westermann, der den Kopf heftig schüttelte. »Mann, Mann, Becker! Thomas, ruf den Notarzt. Sie sollen sofort zu diesem Galgenberg kommen!« Hartwig nickte und telefonierte.

Mittlerweile hatten sie Landkirchen verlassen und jagten auf der Straße Richtung Petersdorf. Wenig später erreichten sie ihr Ziel.

»Sie sichern unverzüglich großräumig den Tatort, halten sich dann bedeckt und bleiben zurück. Wir müssen aufpassen, dass wir auf keine Spuren verwischen. Gott sei Dank ist es heute trocken.« Westermann stierte nach oben in den grauen Himmel. »Hoffentlich bleibt es so«, murmelte er kaum hörbar.

»Thomas, du nimmst bitte die Zeugen beiseite und beruhigst sie, bis der Arzt kommt.«

»Natürlich«, sagte er und wollte Richtung Ratssoll laufen.

»Hast du nicht was vergessen?«, fragte Dirk, öffnete den Kofferraum und streifte weiße Papierfüßlinge über seine Lederschuhe. Er wedelte mit den Überziehern und zog Handschuhe an. Wortlos ging er zurück und eiferte dem Chef nach.

Schon von Weitem sahen sie die aufgelöste Mutter und das schreiende Mädchen, das zitternd den Kopf an ihre Brust gepresst hatte.

»Und was mache ich jetzt bitteschön?«, wollte Becker beleidigt wissen. Unschlüssig stand er neben dem Dienstwagen.

»Sie warten auf den Krankenwagen und die Spurensicherung und weisen sie ein.«

»Mhm«, lautete die kurze Antwort. Er kraulte sein Kinn und stapfte Richtung Straße, um die Anweisungen auszuführen.

Westermann ging als Erster auf die beiden verstörten Personen zu und zückte den Ausweis.

»Hauptkommissar Westermann, mein Kollege Hartwig. Der Beamte wird sich um Sie kümmern, bis der Krankenwagen kommt. Ihnen wird gleich geholfen.«

Verweint sah die Frau die Männer an und nickte erleichtert.

»Wo haben Sie die Tote gefunden?« Stumm hob Mareike Hoffmann den Arm und deutete hinter den Hügel, um den herum Bäume gepflanzt und zwei Reihen Steine angeordnet waren. Sie brachte kein Wort heraus und heulte ununterbrochen. Hartwig legte seine Hand auf ihre Schulter und setzte sich zu ihr auf den Baumstamm, der kaum zehn Meter vom Galgenberg entfernt am Rande des Grundstückes lag. Konzentriert zückte er das Notizbuch, notierte Details, während er der Frau Fragen stellte. Direkt vor ihnen lag der Ratssoll, ein kleiner Teich, Überbleibsel der letzten Eiszeit, der normalerweise eine idyllische Stätte für Besucher darstellte. Jetzt mutierte er schlicht zu einem Ort des Grauens.

Westermann schritt extrem angespannt auf den Hügel zu. Er atmete tief durch und hoffte, dass es nicht so brutal sein würde wie prophezeit. Vor der Erhebung blieb er stehen. *So sieht also das Gelände aus, auf dem die Leute damals hingerichtet wurden,* überlegte er und blickte sich um. *Von dieser Stelle aus gibt es nichts Verdächtiges zu sehen. Gespenstisch wirkt der Ort eigentlich nicht.* Die Sonne schien durch die Bäume und verteilte ein warmes Licht auf der Anhöhe. Es war ein ruhiger Ort, aber keineswegs unheimlich. *Anders als der Ostersoll,* dachte er und lief langsam an der Tafel vorbei, auf der eine Erklärung des Galgenbergs angebracht war. Die interessierte den Hauptkommissar allerdings im Moment wenig. Er versuchte sich dort zu bewegen, wo am wenigsten Spuren zerstört werden könnten. So schritt er außerhalb des Steinringes um die Anhöhe herum. Dann entdeckte er sie. Zweifellos eine weibliche Person, die hinter dem aufgeschütteten Hügel gegen einen Baum gelehnt saß. Und die keinen Kopf mehr auf ihrem Hals besaß. Um die Schultern der Toten lag wie bei der ersten Leiche ein schwarzer Wollumhang. Westermann stutzte, blieb wie versteinert stehen, und ein kalter Schauer ließ ihm die Nackenhaare hochstehen. *Verdammt, das ist genauso ein Cape wie bei der Toten am Ostersoll. Ich werd irre. Das gibt's doch nicht. Was ist das für ein Dreck!*

Hartwig verfolgte seinen Kollegen mit aufmerksamem Blick. Als er nicht reagierte und ihn nicht zu sich rief, widmete er sich wieder den Zeugen.

Der Hauptkommissar machte erste Notizen. *Schwarzer Umhang. Derselbe Täter? Frauenleiche ohne Kopf.* Vorsichtig trat er an die Leiche und ging in die Hocke. Von Weitem hörte er die Sirenen des Rettungswagens. Er betrachtete eingehend die Lage der Toten, die mit dem Rücken gegen einen der Bäume gelehnt saß. *Sie sitzt nicht, sie hockt.* Westermann schrieb. *Warum hockt sie vor dem Baum? Wieso liegt sie nicht in dem Teich? Aus welchem Grund ist sie geköpft worden? Wahrscheinlich mit einem Schwert oder Messer, glatte Schnittkanten. Weshalb gerade dieser Platz?* Konzentriert untersuchte er das Umfeld des Ortes, der anscheinend wie der andere nicht der Tatort, sondern Ablageort war. Vorsichtig hob er mit den Fingerspitzen den Umhang in die Höhe, um herauszufinden, weshalb sie in einer Hockstellung kauerte. Dann wurde ihm augenblicklich klar, warum. Hände und Fußgelenke waren wie bei der ersten Leiche ebenfalls mit einem Strick über Kreuz verbunden, sodass sie überhaupt nicht aufrecht hätte sitzen können. Er ließ das Cape sinken und stand auf. Wieder hielt Westermann seine Eindrücke in seinem Notizbuch fest. Jeder Schritt, den er tätigte, war durchdacht, und langsam umrundete er den Galgenberg. Dann stockte er und wich erschreckt zurück. Hinter dem letzten Baum vor dem Grundstücksende steckte ein Holzstab im Erdboden und auf ihm in Blickrichtung des Hügels aufgespießt der Kopf der Toten.

Die Augen starr aufgerissen, als schauten sie geradewegs auf den nicht vorhandenen Galgen. »Rote Haare, sie hat auch wieder rote Haare.« Westermann atmete unkontrolliert. *Ich werd wahnsinnig! Was hat das alles zu bedeuten?*

Der Hauptkommissar drehte sich entsetzt um und sah, dass ein Arzt und zwei Sanitäter sich um die Frau und ihr Kind kümmerten. Westermann hatte das Gefühl, als drückte ihm genau in diesem Moment jemand die Luft ab. Er spürte das eiserne Korsett, das sich um seine Brust immer enger zuzog. Automatisch fuhr die Hand über die Herzgegend. Verzweifelt atmete er tief ein und versuchte, sich zu beruhigen. Hartwig blickte in die Richtung des Kollegen. Es war ein stummer Blick, den beide tauschten, und er sagte mehr als tausend Worte. Thomas erschrak über die aschfahl gewordene Gesichtshaut Dirks. So hatte er ihn noch nie gesehen. Irgendetwas Fürchterliches musste dort hinten liegen. *Es geht ihm nicht gut. Ich muss ihm helfen.* Er wollte zu ihm eilen, aber als er einen Schritt auf ihn zu machte, winkte Westermann bestimmt ab. Hartwig hob fragend die Arme, worauf der Hauptkommissar nur den Kopf schüttelte.

Thomas blieb stehen und wusste nicht, was er in dieser Situation tun sollte. Becker hatte mittlerweile die Nähe zu Hartwig gesucht und bemühte sich, ihn in ein Gespräch zu verwickeln.

»Das ist ja wie im Tatort hier«, hörte Westermann Becker weitab vom Fundort der Leiche reden. Er zog die Augenbrauen hoch und wandte abermals den Blick auf den aufgespießten Kopf. *Die Frau war um die 30, vielleicht auch 40*, dachte er. *Was hast du gemacht, dass du hier enden musstest? Was habt ihr beide gemeinsam, dass ihr getötet wurdet? Was verbindet euch mit eurem Mörder?* Langsam löste sich die beklemmende Enge in der Brust, und er konnte normal weiteratmen. Dirk Westermann lehnte gegen einen der Bäume und versuchte sich zu sammeln, um klare Gedanken fassen zu können.

In dem Moment fuhren mehrere Fahrzeuge der Spurensicherung auf den Vorplatz des Grundstückes. Die Männer und Frauen der Spusi verließen die Wagen und stiegen in die Schutzanzüge. Mit ihren Metallkoffern bewaffnet, staksten sie auf den Tatort zu. Becker lotste sie wie angewiesen zum Hauptkommissar, der bereits mit verschränkten Armen vor der Brust auf sie wartete. Hartwig verfolgte die Situation und näherte sich ebenfalls dem Kollegen. Aber eigentlich wollte er endlich wissen, warum Dirk so angespannt an einer bestimmten Stelle stehen blieb. Er unternahm ein paar Schritte, als …

»Bleib da, Thomas«, rief Dirk streng. Wieder blieb der jüngere Kommissar abrupt stehen und wagte nicht weiterzulaufen. Westermann hingegen trat den Rückzug an und schilderte der Spusi die Situation, woraufhin die genauso geschockt auf die Stelle schauten wie vorher Westermann. Ernst stand er anschließend vor Thomas.

»Was ist denn nun so schrecklich, dass ich mir das auf keinen Fall ansehen soll?«

»Lass uns eine rauchen«, entgegnete Westermann trocken.

»Ich rauch doch gar nicht. Und du solltest es auch lieber lassen, so wie du aussiehst«, rief er und tippte den Finger gegen die Stirn.

»Aber ich will rauchen!« Er zog die Pfeife aus der Jackentasche, steckte sie sich zwischen die Lippen und zündete sie an. »Du wirst verrückt«, presste er hervor und zog gierig an der Tabakspfeife.

»Nun erzähl schon. Was hat euch alle so aus der Fassung gebracht?«

Westermann blickte in den trüben Himmel und pustete den Rauch in die Luft.

»Eine weitere Tote. Dieses Mal ohne Kopf! Aber das wusstest du ja bereits. Nur, das zu sehen, wäre zu viel für deine nicht gerade stark besaiteten Nerven gewesen.« Westermann versuchte, gelassen auf seinen Kollegen zu wirken.

»Die Frau wurde geköpft, und der Schädel steckt symbolträchtig wie eine Trophäe auf einem Spieß. Das sieht nicht sehr nett aus.«

Hartwig sah ihn entgeistert an.

»Und womit ... ich meine, womit hat der Täter sie geköpft?« Er hielt sich demonstrativ die Handkante gegen den Hals.

»Das sieht erstmal nach einem scharfen Gegenstand aus. Keine Säge, vielleicht ein Beil, Schwert oder Ähnliches.«

»Da wird einem ja übel, hör auf!«, rief Thomas und schluckte.

»Siehst du, jetzt weißt du, warum du da bleiben solltest.« Hartwig nickte.

»Wenn mich nicht alles täuscht, haben wir es mit demselben Täter zu tun!«

»Wie kommst du darauf?«

»Die Tote war drapiert und hatte die gleiche Fesselung wie das erste Opfer. Die gleichen roten Haare. Das war ganz eindeutig eine Zurschaustellung. Da wollte jemand, dass wir die Leiche unbedingt finden. Und er hat Zeichen hinterlassen. Es ist dieselbe Art der Fesselung und ein silbernes, auf den Kopf gekehrtes Kreuz. Dazu kommt dieser historische Ort. Die Fußabdrücke. Wieder Stiefelabdrücke und Pumps. Da waren zwei Leute am Werk.«

»Schon wieder die Augen heraus...«

»Nein, *dieses* Kreuz hängt um den Hals der Toten. Sichtbar!«

»Was für ein Monster suchen wir?« Hartwig war geschockt.

»Weiß ich nicht, aber es wird Zeit, den Täter oder die Täterin oder beide zu finden, bevor …« Er stockte. »Denkst du auch an Sophie?«

»Ich hoffe, dass sich ihr Verschwinden harmlos aufklärt.«

*

»Hast du wirklich geglaubt, du könntest mir so einfach entkommen?« Das verächtliche Lachen dröhnte wie ein Presslufthammer in ihrem Schädel. Sophie ließ den Kopf sinken, blieb erschöpft im Gras liegen und fing hemmungslos an zu weinen. Sie wähnte sich in Sicherheit, was für ein Trugschluss. »Halt deinen Mund, sonst …« Der Tritt in ihre Taille war für das Mädchen nur ein weiteres Zeichen, dass es sich zurück in der Realität befand. Diese Geschichte würde sie nicht überleben, das wurde ihr klar. Stöhnend ließ sie sich von ihrer Widersacherin in die Höhe ziehen. Die rothaarige Hexe hebelte sie ohne große Probleme über die Schulter und trat den Rückweg an. Sophie schlackerte hinter ihrem Rücken leblos wie eine Puppe hin und her. Sie hatte die Besinnung verloren, sank in eine erlösende Ohnmacht, die sie für kurze Zeit von ihrem Schmerz befreite. Fluchend brachte die Rothaarige die zerbrechliche Frau zurück in das Verlies. Wie ein Müllsack fiel sie auf die Decke. Das Weibsstück zog sie mit einer erschreckenden Leichtigkeit an den alten Platz und kettete ihre Arme an die Vorrichtung, sodass sie weder sitzend noch liegend an der Kette hing. Sie selbst stöckelte zur Katzenklappe und betrachtete das aufgebrochene Loch.

»Da hast du ja ganze Arbeit geleistet, du kleine freche Schlampe«, fluchte ihre Peinigerin und kräuselte die Lippen. Wortlos entfernte sie sich, um wenig später mit einem

Holzbrett und Werkzeug zurückzukommen. Zügig versenkte sie mehrere Nägel im Holz. »Das wird dir nicht noch einmal gelingen, du Aas«, flötete sie und lächelte plötzlich geistesabwesend. Sie glättete mit den Händen sorgfältig ihren Rock und klopfte den Staub vom Stoff. Ihr Blick schien versteinert und dennoch von einer furchteinflößenden Gleichgültigkeit.

Bald bist du erlöst ... Sie strich sanft mit den Fingern über die verletzte Wange der Bewusstlosen, während sie robotergleich den Kopf hin und her wiegte. Eine Minute später verschwand sie endgültig.

Kurz darauf kam Sophie zu sich. Die Medikamente, die in ihrem Körper wirkten, führten dazu, dass sie Dinge sah, die nicht sein konnten. Sie halluzinierte und sah plötzlich Nebelschwaden auf sich zukommen, die ihr Verlies in unwirkliches Licht tauchten. Ein transparenter Dunst, der den Umriss einer Frau annahm und ihr unsagbare Furcht einjagte. *Hanna! Das ist Hanna!* Ihr Körper zitterte, sie wollte schreien, brachte aber keinen einzigen Ton heraus. *Jetzt ist alles aus, ich sterbe, das sind die Boten.* Der Nebel verharrte vor ihr, und sie hörte, wie er leise flüsterte. ›Hab keine Angst Sophie, hab keine Angst.‹

Dann schrie Sophie.

*

»Sie haben den Makler festgesetzt. Der kommt jetzt erst mal nicht wieder raus. Der Staatsanwalt hat den Antrag seines Anwalts auf Freilassung vorerst abgelehnt. Fluchtgefahr!«

»Na, das ist ja mal eine positive Botschaft«, sagte Westermann und steckte das Mobiltelefon zurück in die Ladestation. »Wir müssten ihn umgehend noch einmal befragen. Was hatte der auf Fehmarn zu suchen und wieso kannte er die Mädchen? Wir fahren sofort nach Lübeck und vernehmen ihn.«

»Wenn du meinst. Aber ich glaube, das ist nur ein großkotziger Spinner. Große Klappe, nichts dahinter«, antwortete Hartwig.

»Lass uns fahren, bevor sein Anwalt ihm rät, den Mund gar nicht mehr aufzumachen«, forderte Westermann den Kollegen auf.

Anderthalb Stunden später saßen sie dem Makler in der JVA Lübeck gegenüber.

»Na, Herr Hansen, wie fühlen Sie sich im Lauerhof?« Thomas Hartwig grinste, als er dem Inhaftierten die Frage stellte und sich im kargen Vernehmungsraum umsah. Der Typ war ihm von Anfang an ein Dorn im Auge gewesen. *Diese Überheblichkeit, diese Hackfresse will ich hinter Gittern sehen*, dachte Thomas und lehnte sich grinsend gegen die Wand.

»Wie ich mich fühle, geht Sie überhaupt nichts an. Außerdem kriegen Sie ein Disziplinarverfahren an den Hals. Darüber sind Sie sich doch wohl im Klaren, oder? Mein Anwalt ist dabei, alles Notwendige in die Wege zu leiten.«

Jetzt war es der Makler, der sein überhebliches Grinsen nicht mehr aus dem Gesicht bekam.

»Das wollen wir erst mal sehen«, antwortete Hartwig eiskalt. Dirk Westermann beobachtete die Szene.

»So, mein verehrter Herr Hansen. Nun erzählen Sie uns bitte, wo genau Sie sich in der Zeit vom 13. bis 16. April aufgehalten haben«, startete Westermann die Vernehmung, um dem hitzigen Gespräch nicht noch mehr Futter zu geben.

»Sie wissen aber schon, dass ich hier gar nichts sagen muss, wenn ich nicht will? Warum halten Sie an dieser Zeit so fest? Ich habe Ihnen den Terminplan lückenlos präsentiert. Was wollen Sie denn? Sie ticken doch nicht richtig.« Langsam verlor er die Kontrolle, fing an zu schreien, und seine Stimme überschlug sich. »Sie können mir gar nichts. Ich habe mir rein gar nichts vorzuwerfen.«

»Wir möchten nur wissen, wo Sie sich in der fraglichen Zeit aufgehalten haben und woher Sie die Personen kennen, deren Namen wir genannt haben. Sie haben versucht, uns davon zu überzeugen, dass Ihnen die Personen noch nie, und ich betone, noch *nie* begegnet sind. Das war ganz klar eine Lüge«, sagte Westermann und setzte sich ihm gegenüber auf einen Stuhl. Er ließ ihn nicht eine Sekunde aus den Augen. Thomas Hartwig stand währenddessen lässig an die Wand gelehnt und verfolgte die Vernehmung schweigend. Hansen kochte vor Wut. Allerdings war er sich bewusst, dass jedes falsche Wort ihn nur tiefer in den Abgrund reißen würde. Er wusste, dass er auf Anraten des Anwaltes schweigen sollte. Aber er versuchte dennoch die Situation für sich zu retten. Aus diesem Grund änderte er schlagartig seine Taktik und saß wie ein geprügelter Hund vor dem Kommissar. Er faltete die Hände und legte sie auf den Tisch. Westermann vermutete, dass er reden wollte, aber nicht die richtigen Worte zu finden schien.

»Was soll das? Ich sehe doch, dass Sie etwas loswerden wollen. Nur wenn Sie reinen Tisch machen, haben Sie die Chance, dieses Haus«, er deutete auf die Mauern um ihn herum, »schnellstens wieder zu verlassen. Helfen Sie uns endlich, dann helfen wir Ihnen. Oder befreien Sie sich von dem Ballast in Ihrem Gewissen.«

»Ja, ja, die Bullen, dein Freund und Helfer, was?« Hansen blickte die Kommissare abschätzend an. »Befreien Sie Ihr Gewissen? Dass ich nicht lache. *Sie* haben mich schließlich hier reingebracht, obwohl ich nichts, aber auch gar nichts verbrochen habe.« Die Stimme wurde auf einmal verhalten. Die endlosen Stunden in der Untersuchungshaft hatten längst die arrogante Schale geknackt. Er war es gewohnt, im Mittelpunkt zu stehen und in bester Gesellschaft zu brillieren. Das hier entsprach absolut nicht den Vorstellungen eines angesehenen Maklers. Und die gut gesinnten Freunde, die ihn vorher noch haben hochleben lassen, verschwanden augenblicklich aus seinem Blickfeld. Westermann spürte, dass er das überhebliche Spiel nicht mehr lange aufrechterhalten konnte.

»Kommen Sie. Reden wir!« Er sah ihm unverbindlich in die Augen. Hartwig kreuzte die Beine und steckte gelangweilt die Hände in die Hosentaschen.

»Wollen Sie nicht oder können Sie nicht? Geben Sie doch zu, dass Sie die Frauen umgebracht haben. Und was haben Sie mit Sophie gemacht? Reden Sie endlich, dann sind Sie erlöst.« Thomas wollte die Vernehmung vorantreiben. Ihm gefiel nicht, wie Dirk den Typen mit Samthandschuhen anfasste. Dirk jedoch wusste, dass Verständnis und Ruhe eine Vernehmung besser voranbrachten als Wut, Drohungen und unkontrolliertes Geschrei. Wenn ein Täter sich öffnen soll, dann gelingt das nur mit psychologischen Tricks. Allerdings ging Thomas dieser Typ einfach auf die Nerven, und er wollte, dass er die Morde zugab.

Grinsend sah er die Polizeibeamten an.

»Ich will sofort meinen Anwalt. Hier sage ich gar nichts mehr.«

Westermann stand auf.

»Dann war's das vorerst für uns. Den Rest überlassen wir dem Staatsanwalt. Wenn Sie uns nicht helfen wollen, dann …« Der Kommissar raffte seine Akte zusammen und wollte mit Hartwig den Raum verlassen, als Hansen schnaubend rief:

»Da können Sie lange warten, wenn Sie glauben, dass ich so blöde bin.«

»Bist du aus dem schlau geworden?«, fragte Thomas Hartwig den Kollegen, als sie sich auf dem Rückweg befanden.

»Na, er hat uns zwar lückenlos erzählt, wo er war und dass es keine Zeugen gibt außer der Büromaus, aber er bleibt nach wie vor undurchsichtig«, sagte Westermann. »Ich glaube, der hat richtig Dreck am Stecken und verarscht uns gewaltig. Wir werden auf jeden Fall noch ein paar Gespräche mehr führen, das glaube ich.« Den Rest der Fahrt hingen beide schweigend ihren Gedanken nach. Eine halbe Stunde später betraten sie den Besprechungsraum und tauschten sich mit den Kollegen der Soko aus. Viel Neues hatte sich nicht ergeben. Der Hauptkommissar stand auf und baute sich vor der Pinnwand auf. Er fuhr grübelnd mit der Hand über das stoppelige Kinn und schwenkte die Blicke von einem Foto zum anderen.

»Was übersehen wir hier?«, stellte er die Frage in den Raum. Die Polizisten sahen unverwandt zur Wand und schienen ebenso ratlos wie Westermann selbst, als unvermittelt die Tür aufging.

»Moin, Johanna Erding. Meines Zeichens Fallanalytikerin oder, wie es Neudeutsch gerne genannt wird, Profilerin«, sagte die Frau, die wie eine Fata Morgana den Raum betrat. »Ich bin die Neue in Lübeck und hoffe, wir werden noch jede Menge Spaß haben.« Sie zog ihre Jacke aus, warf sie auf einen Stuhl und postierte sich mit verschränkten Armen neben Westermann. Ohne abzuwarten, fing sie an zu reden. Westermann, Hartwig und der Rest der Soko starrten die Frau ungläubig an.

»Unser Team hat sich vorab Fragen gestellt. Erstens, was ist genau passiert? Wir haben uns zuallererst die Ablageorte angesehen. Dabei ist uns aufgefallen, dass es sich um Orte handelt, die jedem zugänglich sind, aber beim ersten Fundort nicht unbedingt von jedem einsehbar, was bedeuten könnte, dass der Täter oder die Täterin über Ortskenntnisse verfügen könnte. Wir gehen bisher von einem männlichen Täter aus.« Erding holte kurz Luft. »Die zweite Frage ist«, sprach sie weiter: »Warum ist es passiert? Welches Motiv hatte der Täter? Warum hat er sich so entschieden und nicht anders? Ist er überhaupt schon am Ende oder müssen wir uns auf weitere Opfer gefasst machen? Wir gehen davon aus, dass die Opfer auf jeden Fall gefunden werden sollten. Sie wurden regelrecht zur Schau gestellt. Zwei völlig unterschiedliche Ablageorte, dennoch zwei Orte, die sich ohne Frage ähneln.« Sie starrte auf die Fotos.

»Wieso ähneln?«, fragte Hartwig. »Die liegen nicht gerade nebeneinander.«

»Aber sie sind beide unheimlich, einsam gelegen und haben einen für uns noch nicht ersichtlichen Hintergrund. Mystische Plätze. Passt zu der Art, wie er die Frauen zurechtmachte«, antwortete sie.

»Inwiefern? Wieso *er*? Wer sagt uns, dass es ein männlicher Täter ist?« Schütt suchte einen Zusammenhang.

»Die meisten Morde dieser Art werden von Männern verübt. Männer sind aggressiver und körperlicher. Frauen töten intelligenter, mehr – wie soll ich sagen – mit Niveau?«, bemerkte sie und fuhr fort. »Aber sicher ist das natürlich nicht. Dennoch, zurück zu den Fundorten. Das sind Plätze, die vielleicht einen Bezug zum Täter haben oder einen symbolischen Charakter besitzen. Vielleicht oder bestimmt sogar kannte der Täter oder die Täterin die Orte. Es könnte sich um ritualisierte Morde handeln.«

Die Männer der Sonderkommission machten Notizen, als Lutz Henning stutzte, auf eines der Fotos deutete und plötzlich sagte:

»Das erinnert stark an eine Fesselung aus der Hexenzeit.« Schütt und Becker belächelten dies. Westermann drehte sich abrupt um und fixierte beide mit durchdringendem Blick.

»Meine Herren! Wenn Sie das hier nicht ernst nehmen, sollten Sie Ihrem normalen Tagesdienst nachgehen. Haben Sie mich verstanden?«, sprach er leise und mit einer Kälte, die den Beamten einen Schauer über den Rücken jagte.

»Ist ja schon gut«, maulte Schütt.

»Gerade von Ihnen hätte ich eigentlich mehr erwartet!«, erwiderte der Hauptkommissar aus Oldenburg. »Wir sind am Limit angekommen und nehmen jeden noch so kleinen Hinweis ernst! Aber das sagte ich Ihnen ja bereits.« Schütt verstand die Anspielung auf Charlotte sofort und nahm sich augenblicklich zurück.

»Behalten Sie bitte Ihr Wort. Ich komme gleich darauf zurück«, sagte Johanna Erding, strich sich ihre Bluse glatt, fuhr sich durch die kurzen dunklen Haare, die ihren dunkelbraunen Augen einen passenden Rahmen verliehen. Sie war ohne Zweifel attraktiv, wenn auch keine Schönheit, aber äußerst faszinierend. Sie war sportlich, drahtig und wirkte auf eine herbe Art erotisch. Eine Frau, die wusste, was sie wollte, und es deutlich zum Ausdruck brachte. Sie bat nicht, sie forderte. Die anwesenden Männer legten sich jedenfalls von einer Sekunde auf die andere mächtig ins Zeug, um positiv aufzufallen und Eindruck zu hinterlassen. Selbst Thomas Hartwig saß plötzlich aufrecht und rückte sein Sweatshirt zurecht und betrachtete ihre langen Beine, die in einer verwaschenen Jeans steckten und durch die High Heels noch länger erschienen. Thomas bekam auf einmal hektische Flecken im Gesicht, wie Westermann grinsend feststellte.

Erding räusperte sich und sagte: »Die dritte Frage, die wir uns gestellt haben, ist: Wer ist der Täter? Wie müssen wir uns den Menschen vorstellen, der diese Morde begangen hat? Wir haben nach den Fakten, die uns vorgelegen haben, eine Rekonstruktion des Falles erwirkt, die wir dann interpretiert haben. Und damit Sie weiter ermitteln können, werde ich sie Ihnen vortragen, wenn Herr Henning sich noch einmal zu seiner Hypothese geäußert hat.« Johanna Erding wandte sich ihm zu. »So, noch mal. Wie kommen Sie darauf, dass Sie das hier an die Hexenzeit erinnert hat?« Die anderen schauten gespannt auf den Kollegen von der kriminaltechnischen Untersuchung.

»Ich habe darüber in einem meiner Bücher gelesen. Dem Hexenhammer.« Einige der Soko-Beamten grienten verhalten. »Dort wird von derartigen Ritualen, besonders dem sogenannten Hexenbad gesprochen. Dazu gehörten Fesselungen dieser Art«, wieder zeigte er auf die Fotos. »Sie führten die sogenannten Wasserproben im 17. Jahrhundert auch auf der Insel durch. Ich dachte nur, das könnte passen«, sagte er leise.

»Wasserprobe?«, fragte Hartwig neugierig.

»Ja, die Beschuldigten wurden im Mittelalter auf die gleiche Weise wie unsere Opfer gefesselt und in der Neuen Tiefe vom Boot aus in die Ostsee geworfen. Sehen Sie, Hände und Füße über Kreuz gefesselt. Linke Hand, rechter Fuß und umgekehrt. Genau wie bei den Leichen.« Die Beamten saßen sichtlich beeindruckt da und folgten schweigend den Erläuterungen Hennings.

»Also, die vermeintlichen Hexen wurden ins Wasser gestoßen, und wenn sie versanken, hielt man sie vorerst für unschuldig, blieben sie an der Oberfläche, sprach man sie bei der anschließenden Gerichtsverhandlung schuldig.«

»So ein Mis…«, wollte Becker rufen, als Schütt ihm einen drohenden Blick zuwarf. »Und wieso, also, wenn sie untergegangen sind, waren sie doch tot. Was für ein Blödsinn!«, sagte er stattdessen.

»Nein, das stimmte so nicht. Wenn sie nicht vorher ertranken, zog man sie herauf und sprach sie, allerdings eher selten, frei. Da sie aber meist an der Oberfläche blieben, erklärte man sie für schuldig.« Westermann nickte.

»Wie sollte das denn funktionieren, wenn sie gefesselt waren?«, fragte Mareike Jansen. »Dann geht man doch zwangsläufig unter.«

Henning wiegelte ab. »Nein, nein. Erstens sind sie schon durch die Art der Fesselung in einer Art Waage gehalten. Sehen Sie«, er deutete mit dem Stift auf die Fotos der freigelegten Opfer. »Was fällt Ihnen sonst noch auf?«

Alle zuckten die Schultern und sahen hilflos auf den Kollegen, der sich anscheinend bestens mit der Hexenmaterie auszukennen schien.

»Was haben die beiden Frauen an oder besser gesagt um?«

»Einen Umhang aus dickem Wollstoff«, entgegnete Westermann. Er hielt inne und starrte wie ein Besessener auf die Fotos.

»Und darunter wollene Kleidung. Genau, die Opfer trugen Wollkleidung«, antwortete Hartwig.

»Richtig. Und wenn Sie öfter Mittelalterromane als Thriller gelesen hätten«, erklärte Henning stolz, »dann wüssten Sie, dass die Kleidungsstücke meistens von armen und einfachen Bürgern getragen wurden und oft mit Öl behaftet waren.«

»Warum mit Öl?«, fragte Hartwig interessiert.

»Wahrscheinlich durch die Art der Herstellung der Wollkleidung bedingt. Schafswolle? Fett? Kann ich nicht genau sagen. Und vielleicht auch als Schutz gegen Kälte und Ungeziefer nehme ich an. Und Fett schwimmt bekanntlich oben, oder? Außerdem trug die Art der Fesselung dazu bei, dass sie schwerlich untergingen. Der Körper bildete einen Hohlkörper.« Lutz Henning zuckte kaum merklich mit den Schultern und zeigte auf die Fotografie an der Pinnwand.

»Das ist aber ziemlich gruselig, wenn Sie mich fragen«, murmelte Becker. »Was hat das denn mit den toten Frauen zu tun. Wir leben doch nicht im Mittelalter.«

»So, nun wollen wir alle wieder in die Gegenwart zurückfinden und uns dieser Fälle annehmen. Aber dennoch ziemlich beeindruckend Ihre Annahme«, sagte Erding lobend und zeigte entschlossen auf die Fotos.

»Es handelt sich aufgrund der detaillierten Ausführungen, wie eingangs bemerkt, sehr wahrscheinlich um Ritualmorde. Morde, bei denen der Täter sich alter Kulthandlungen bediente. Auf Hexenkult wäre ich allerdings als Letztes gekommen.« Johanna Erding zog die Augenbrauen zusammen und wippte auf ihren Pfennigabsätzen. »Kommen wir zu der Motivlage. Der Täter will seine Opfer beispielsweise bestrafen. Deine Augen sind die Sünde. Das Böse steckt in ihnen, deshalb entferne ich sie dir.«

»Rote Haare. Die Frauen hatten beide rote Haare.«

»Ein Zeichen des Feuers, des Teufels!«, ergänzte Westermann trocken.

»Die umgekehrten Kreuze, Zeichen des Teufels, sollen dich zurück in die Hölle schicken zu deinesgleichen«, vollendete Erding den Satz.

Es war still im Raum. Niemand wagte, den Worten Erdings und Westermanns auch nur das Geringste entgegenzusetzen.

»So und nun zeige ich Ihnen auf, wie Sie auf anderen Wegen weiter ermitteln könnten«, motivierte die Fallanalytikerin die Soko.

Die Köpfe der Mitarbeiter rauchten. Trotz allem mussten sie Ruhe bewahren und konzentriert an die Arbeit gehen. Westermann hängte mehrere Fotos der zweiten ermordeten Person an die Pinnwand.

»Kennt jemand die Frau?« Er blickte sich um und zog die linke Augenbraue hoch. »Nichts, dann sind wir kaum weiter als gestern.«

»Doch, die Informationen aus der Pathologie sind da. Die habe ich gleich mitgebracht«, antwortete Erding. »Es handelt sich wie bei dem ersten Opfer eindeutig um Mord. Aber das war Ihnen bereits klar.« Sie lächelte und eine Reihe blitzweißer Zähne wurde sichtbar. Die Profilerin wandte sich zur Pinnwand und heftete mehrere Fotos an. »Die Tote ist mit einem extrem scharfen Gegenstand, vermutlich einem Schwert, geköpft worden.« Sie hielt einen Moment inne und taxierte die Kollegen, die erstaunt in die Runde schauten.

»Woran haben die das festgemacht?«, fragte Westermann.

»Zuerst haben sie entdeckt, dass die Haare im Nacken ziemlich dilettantisch mit einer eher stumpfen Schere gekürzt wurden. Sie verstehen, was ich meine? Da war ein Stümper am Werk, das war kein klassischer Haarschnitt, den ein Friseur durchgeführt hat.« Sie zeigte mit dem Stift auf zwei der fünf Fotos. »Das vorab. Dann wurde der Hals mit der eben genannten, extrem scharfen Hiebwaffe vom Nacken zum Kehlkopf abgetrennt, gut zu sehen an den Trennungsrichtungen. Es müssen mindestens drei Hiebe getätigt worden sein, was unterschiedliche Schnittkanten belegen.« Erneut wies sie auf die Fotografien.

»Also da brauchte jemand mehrere Anläufe, um die Frau zu töten?«, fragte Schütt.

»Exakt! Allerdings war sie bereits tot. Aber dazu komme ich sofort.«

»Wie gruselig ist das denn«, antwortete er und kratzte die Schädeldecke. »Das war quasi eine Hinrichtung!«

Die Gruppe raunte. Zwei der Männer schenkten sich Kaffee in ihre Becher ein. Schütt griff zu einem Keks und ließ ihn blitzartig im Mund verschwinden.

»Eine Hinrichtung, das wiederum könnte zu der These des Kollegen Henning passen«, sprach Erding. »Denn: Hexen wurden im Mittelalter ebenfalls hingerichtet. Ja, und das war noch nicht alles. Lassen Sie mich bitte weiter ausführen.« Sie legte den Finger auf die Lippen, um das laute Gemurmel, das im Raum entstanden war, zu unterbinden.

Mit einem Stift deutete sie auf das dritte Foto des zweiten Opfers, das den aufgespießten Kopf zeigte.

»Sie wurde, genau wie die erste Tote, vorher und das betone ich, vorher mit einem Draht oder Ähnlichem erdrosselt und dann enthauptet. Das ergaben die Untersuchungen der Augenhöhlen und des Gewebes um die Höhlen. Es fanden sich mehrere punktförmige Einblutungen der Lider sowie der Schleimhäute.«

»Aber wie geht das, wenn sie vorher tot war?«, fragte Daniela Worms.

»Der Täter erwürgte sie und erstellte als Folge ein Szenario. Außerdem hätte sie bei einer derartigen Hinrichtung wesentlich mehr Blut verloren, was aber hier nicht der Fall war.

Es wurden übrigens Farbspuren der Ummantelung des Drahtes gefunden sowie Holzteilchen, die sich im vorderen Bereich des Halses in die Haut gebohrt hatten«, antwortete Erding. »Somit hat er ihr, als sie bereits tot war, auf einem Holzblock oder Ähnlichem den Kopf abgeschlagen.«

»Aber warum tötet er sie vorher, wenn er sie hinterher ertränkt beziehungsweise hinrichtet.« Henning war unsicher, weil er sich überhaupt nicht in den Täter hineinversetzen konnte. »Das ist ein sehr wichtiger Punkt. Ein Serientäter handelt bedürfnisorientiert. Also welches sind die Bedürfnisse des Täters und was sagen sie über ihn aus? Warum sind die Frauen rothaarig? Warum drapiert er sie ganz offensichtlich? Unser Team hat sich die letzten Tage damit beschäftigt, dieses herauszufinden. Wir sind zu dem Schluss gekommen, dass es ihm um die Tötung selbst ging. Keine sexuelle Motivation. Es ging ihm um Macht und Zurschaustellung. Beide Morde waren keine Sexualdelikte. Entweder weil er an ihnen nicht interessiert war oder keine Möglichkeit bestand. Sie wurden nicht vergewaltigt, und auch sonst gab es keine Penetration.«

»Was meinen Sie damit? Diese Perversen haben doch meistens sexuellen Drang.«

»Gar nicht so oft, wie Sie denken. Die Genugtuung hat er beim eigentlichen Tötungsvorgang erfahren. Die sexuelle Befriedigung brachte ihm wahrscheinlich das Erdrosseln der Frauen. Es ist die Machtausübung, die ihn erregt. Den Opfern dabei in die Augen zu sehen, wenn sie ihr Leben aushauchen, das macht ihn an. Deshalb auch immer noch meine Vermutung, dass es ein Mann war, der das alles hier angerichtet hat.

Die Drosselungsspuren deuten darauf hin, dass der Täter direkt vor den Opfern gestanden haben muss. Im Blut beider Opfer sind außerdem Spuren von Opipramol gefunden worden.«

Hartwig schien hellwach und fragte: »Was bewirkt das Zeug?«

»Es gehört zur Gruppe der Antidepressiva und bewirkt, warten Sie, ich muss das selbst nachlesen.« Johanna Erding zog eine schmale Lesebrille aus der Jackentasche und setzte sie auf ihre Nase, die sie noch strenger erscheinen ließ. »Es erzielt eine beruhigende, angstlösende Reaktion.« Sie notierte auf der Tafel: beruhigend, angstlösend, Opipramol.

»Dann hat der Täter die Opfer vorher quasi ruhiggestellt?«, fragte Thomas.

»So kann man das sagen«, antwortete Erding und nickte.

»Dann könnte es meiner Meinung nach allerdings auch eine Frau gewesen sein. Eine Person, die kaum noch Widerstand leistet, ist doch relativ leicht zu händeln«, mutmaßte Hartwig. In diesem Augenblick kam Becker mit hochrotem Kopf ins Büro.

»Na, Becker, haben Sie schon wieder eine Hiobsbotschaft für uns?«, fragte Hartwig trocken und fuhr sich mit der Hand über den dunkelblauen Sweater, um einen Fussel zu entfernen.

»Ha, ha, dass ich nicht lache. Nein, ich wollte Ihnen nur mitteilen, dass ich für uns alle Pizza bestellt habe, die gerade geliefert worden ist.«

»Na dann, Männer, auf geht's! Erst mal einen Happen essen, bevor wir mit unserer reizenden Kollegin weitermachen. Lassen Sie das erstmal sacken, und nach der Pause sehen wir weiter«, sagte Westermann, sah Johanna Erding an, die nickte. Westermann sammelte die vor ihm liegenden Unterlagen zusammen. Angestrengt schichtete er sie zu einem Haufen, als er Beckers Aufschrei hörte.

»Das ist Hanna, Hanna Schattenberg. Die Frau kenne ich!« Der Hauptmeister wurde kreidebleich und setzte sich auf den nächstbesten Stuhl. »Aber sie hat keine roten Haare!«

Plötzlich blieben alle verdutzt stehen und sahen den Kollegen an. »Mit der Hanna bin ich ein paar Mal ausgegangen. Nichts Ernstes, wenn Sie verstehen. Die ist … war richtig nett.« Er hielt hilflos mit beiden Händen den Kopf. »Wenn ich das gewusst hätte, dann …«

»Dann was? Warum haben Sie sich das Foto nicht angesehen?«, bohrte Westermann.

»Weil mir das alles zu viel ist. Ich ertrag die Bilder nicht. Aber hätte ich geschaut, dann hätte ich Ihnen längst sagen können, wer sie ist und wo … wo sie wohnt … wohnte.«

»Und, wo wohnte das Opfer?«, forderte Westermann den Hauptmeister scharf auf.

»In Landkirchen, in einem Wohnblock.« Becker war sichtlich erschüttert.

»Geben Sie uns die Adresse und wir fahren sofort gesammelt hin. Becker, Sie rufen den Besitzer des Hauses an, wir müssen in die Wohnung. Oder haben eure Leute einen Schlüssel bei ihr gefunden?«

Henning schüttelte den Kopf. »Nein, keine persönlichen Gegenstände. Nichts.«

»Wollen Sie mitkommen, Frau Erding?«

»Nein, ich sehe mir den Tatort allein in Ruhe an, wenn Sie wieder da sind.«

»Und was ist mit der Pizza?«, rief Becker den Beamten der Mordkommission hinterher.

»Guten Appetit«, rief Hartwig kopfschüttelnd, bevor er in den Wagen sprang.

»Gebt mir fünf Minuten, bis ihr reingeht, bitte.« Henning nickte, und Thomas Hartwig folgte seinem Chef. Bevor sie die Wohnung im ersten Stock betraten, die von einem Hausmeister der Wohnungsanlage geöffnet wurde, schlüpften sie in die Schuhüberzieher und zogen Vinylhandschuhe an. Der Mann, der die Tür mit einem Universalschlüssel öffnete, den die Hausverwaltung für alle Fälle im Büro hinterlegt hatte, betrachtete die Gruppe der Polizeibeamten, nickte kurz und verschwand genauso schnell, wie er gekommen war. Auf der Treppe blieb er für einen Augenblick stehen und verfolgte interessiert die Vorgehensweise der Kriminalbeamten. *So viel Aufwand für so eine kleine Wohnung,* dachte er und verließ das Haus.

»Gibst du mir mal die Taschenlampe«, forderte Westermann Hartwig auf. Wortlos reichte er ihm die schmale Leuchte, die sich in seiner Jackentasche befand. Konzentriert untersuchte er jeden Winkel in Flur, Wohnzimmer und äußerst sorgfältig im Badezimmer.

»Sei mal ruhig«, rief Thomas. »Hier ist irgendwo eine Katze.« Der Kommissar lauschte dem leisen Maunzen, das aus dem Schlafzimmer kam. Er folgte dem Geräusch, zog die P 99 aus dem Holster und stellte sich seitlich neben den Kleiderschrank. Westermann ging ihm nach und blieb ebenfalls mit gezückter Waffe in der Tür stehen, um Hartwig abzusichern, falls sich noch etwas anderes außer einer Katze im Schrank versteckte.

Thomas riss mit einer Hand die Schranktür auf und rief: »Rauskommen. Kommen Sie sofort da raus!« Seine Stimme klang heiser. Er öffnete die Tür, und ohne Vorwarnung sprang eine schwarze Katze aus der Öffnung. Maunzend schlich sie um die Beine des Kommissars und schubberte ihren Kopf an der Wade. Westermann ging auf den Schrank zu und zerrte die Kleidung zur Seite, die auf Holzbügeln an einer Stange hing.

»Nichts!«, murmelte er und blickte sich um. »Aber schau mal einer an.« Er deutete auf zwei Schälchen, die auf dem Schrankboden standen und in denen sich Reste von Katzenfutter und Wasser befanden. »Die hat hier jemand eingesperrt.«

»Warum sperrt man eine Katze im Kleiderschrank ein? Die tut doch niemandem was«, sagte Hartwig. »Vielleicht ist der Täter Katzenliebhaber und wollte auf keinen Fall, dass sie ihn bei der Arbeit stört.«

»Wie meinst du das?« Thomas steckte seine Waffe zurück in das Holster. »Wenn die Person ihr Werk hier vollendet hat, hätte die Miezekatze wahrscheinlich bei der Beseitigung des Opfers gestört.«

»Oder sie wäre weggelaufen, während er die Leiche beseitigte«, beendete Hartwig den Satz. »Genau, ich glaube, er hat die Frau in der Wohnung getötet und von hier aus entsorgt.«

»Aber da wäre ihm doch das Tier egal gewesen. Wie auch immer.« Er zuckte die Schultern, ging zurück zum Flur und gab den Kollegen der Kriminaltechnik die Vermutung weiter. »Geht mal mit Luminol durch. Es könnte sein, dass die Frau hier umgebracht wurde. Wir haben keine Blutspuren entdeckt. Vielleicht findet ihr ja was.« Henning stand im Korridor und sah den kleinen weißen

Block neben dem Telefon. Er nahm ihn hoch. »Hat jemand einen Bleistift?«

Einer der Beamten reichte ihm einen. Er kritzelte über das unbeschriebene Blatt.

»Sieh an, da steht etwas. Vielleicht können wir damit etwas anfangen.«

»Und was steht da?«, fragte Westermann. »Hm, Lü … Ga … halb 8. Sagt mir gar nichts.«

»Vielleicht bedeutet es ja auch gar nichts«, sagte Hartwig.

»Einpacken«, sagte Dirk Westermann. »Was ist mit dem Telefon? Anrufliste?«

»Nein, altes Modell, da ist nichts drauf«, sagte Henning. »Na, dann sucht mal schön.«

Die Leute der Spurensicherung nickten und machten sich an ihre Arbeit.

»Und was ist mit der Katze?«, fragte Thomas seinen Chef.

»Die nimmst du natürlich mit, bis wir die Familie unterrichtet haben.«

»Warum eigentlich wieder ich? Sag jetzt nicht, weil ich Harry heiße«, maulte Hartwig.

»Ne, weil du leidensfähig bist.«

»Brauchst gar nicht wieder mit Fußball anfangen. Ich will das nicht mehr hören.«

Wortlos griff er nach dem Tier, das immer noch um seine Beine herumschlich, und hob sie vorsichtig hoch.

»Du machst mich wenigstens nicht blöd von der Seite an«, flüsterte er der Katze leise ins Ohr. »Wenn das man der Frau Martin gefällt, Mann, Mann, Westermann.«

*

»Hast du nicht Lust, mal wieder einen maritimen Abend in Mirellas Haifischbar zu veranstalten? Die Leute freuen sich bestimmt, endlich mal wieder deiner Musik lauschen zu können.« Katrin lümmelte im Jogginganzug auf der Couch und blätterte gelangweilt in einer Illustrierten, während Charlotte Hagedorn vor einer Staffelei saß, auf der ein mit Leinen überzogener Keilrahmen stand. Gekonnt arbeitete sie emsig daran, ein Strandbild mit aufgewühlter, düsterer See zu erschaffen, gleichzeitig den Blick fest auf die Ostsee gerichtet. Ein Pinsel klemmte zwischen ihren Lippen und ließ sie äußerst künstlerisch wirken. »Warum malst du so einen bedrohlichen Himmel?« Die Nichte der Malerin legte die Zeitschrift auf den Schoß und beobachtete ihre Tante, die mit einem Quast sattes Grau auf die vorher weißen Wolkenfelder tupfte.

Charlotte zog den Pinsel aus dem Mund und deponierte ihn auf der schmalen Holzrille der Staffelei. »Weil das so ist!«, entgegnete sie spitz, kniff die Augen zusammen, um das Firmament in ihrem Geist aufzunehmen. Entschieden nahm sie dunkles Anthrazit auf ihren Quast und fuhr wild über die Leinwand, was das Himmelszelt weitaus bedrohlicher aussehen ließ, als es tatsächlich war. Auf ihrer Farbpalette vermischten sich zusehends die Acrylfarben, sodass eine undefinierbare lilabraungraue Masse entstand.

»Mhm, wenn du meinst. Ist ja schließlich dein Bild.«

»Das seh ich genauso«, murrte ihre Tante.

»Das Gemälde soll wohl deine derzeitige Verfassung widerspiegeln«, setzte Katrin eins drauf.

»Guck du in die Zeitung und lass mich malen!« Ihre Nichte verzog den Mund und blätterte demonstrativ in dem Magazin. Charlotte hingegen tupfte immer heftiger auf dem Leinengewebe herum. Wie von Geisterhand entwickelte das Gepinsel plötzlich ein Eigenleben und mutierte zu einem unwirklichen düsteren Gewusel. Da war weder Himmel erkennbar noch die Ostsee. Das war ein reines Leinwandmassaker.

»Und auf Musik habe ich im Moment absolut keine Lust«, sagte sie und hämmerte mit dem Quast auf die Leinwand, als wenn sie jemanden erstechen würde. »Da sitzen all die Leute, die auf der Vernissage rumstanden. Ich bin doch nicht bescheuert! Die warten nur darauf, dass sie über meine Person herziehen können.« Wie ein Torero steckte sie den Pinsel erneut zwischen die Lippen und tippte mit dem Zeigefinger heftig gegen die Brust.

»Die lachen mich aus.« Plötzlich verstummte sie, lenkte den Blick auf den Sund und starrte nach draußen. Katrin blickte zu der Frau, deren Haare wirr an der Stirn klebten und die auf sie einen bedrückten Eindruck machte, während sie mit hängenden Schultern auf ihrem Hocker saß. Und ihr war bei dem Gedanken an die düsteren Anwandlungen, die sie gerade nach außen transportierte, unwohl. »Die Stiefmütterchen kommen auch nicht in Gang«, sagte Charlotte apathisch, als könnte sie damit böse Geister in ihrem Kopf verscheuchen. Ihre Nichte legte die Zeitung beiseite und stand auf. Sie ging auf ihre Tante zu und umfasste ihre Schultern.

»Sei nicht so bedröppelt, das wird schon wieder.« Sie hauchte ihrer Tante einen Kuss auf die Wange, die ebenfalls mit Farbe beschmiert war.

»Du weißt doch, keine Schlagzeile ist morgen so alt wie die von gestern oder heute ist nichts so alt wie morgen.« Sie musste unweigerlich lachen. Ihre langen Haare fielen ihr über die Schultern und verdeckten das halbe Gesicht, als sie sich prustend den Bauch hielt. *In ihrer Jeans und dem cremefarbenen Sweatshirt sieht sie hinreißend aus,* dachte Charlotte, als sie sich auf dem Stuhl umdrehte, um ihre Nichte anzusehen. Ein verhaltenes Lächeln überzog ihr Gesicht, als sie nuschelte:

»Nichts ist so alt wie die Zeitung von gestern.« Dann lachte sie lauthals und prustete den Pinsel aus dem Mund, sodass er auf die Erde fiel. »Na, dass du das weißt, hätte ich mir ja denken können.« Charlotte Hagedorn wischte mit dem Handrücken über die Stirn, um die Haarsträhnen zur Seite zu schieben, und hinterließ einen grauen Streifen auf der Haut. Katrin juchzte nun noch lauter und wies auf das Gesicht ihrer Tante.

»Was ist denn nun schon wieder? Du benimmst dich in letzter Zeit ziemlich pubertär.«

»Du siehst jetzt fast genauso aus wie dein Gemälde. Und der Fußboden auch. Außerdem bin ich seit meiner Kindheit pubertär, das weißt du doch. Das Leben ist schon grausam genug, wie du ja gerade wieder einmal vor Augen gehalten bekommst.« Charlotte zog eine Grimasse und stand auf. Sie stellte sich vor das Sofa, hinter dem ein großer rechteckiger Spiegel mit wunderschönem alten Rahmen an der Wand hing, spuckte auf ihren Finger und versuchte, die Farbe zu entfernen. Allerdings verschmierte sie mit ihrer Aktion die grauen Tupfer nur noch mehr in ihrem Gesicht. Grinsend wischte sie die Hände an ihrer weißen, mit bunten Farbtupfen besprenkelten Latzhose ab, um erneut mit dem Reinigungsprozess fortzufahren, während Katrin sich an den Farbflecken auf dem Boden zu schaffen machte. »Nun lass doch gut sein! Geh halt nachher ins Bad und mach es richtig weg. Wasser und Seife sollen wahre Wunder wirken«, bemerkte ihre Nichte. »Geh mal wieder Scharwenzel spielen. Die Frauen sind allesamt gut drauf, und irgendwann musst du dem Mob sowieso entgegentreten. Ob es dir nun passt oder nicht.«

»Ja, du hast gut reden, gehst mit dem nettesten Polizisten von ganz Ostholstein aus und bist auf der Sonnenseite des Lebens angekommen.«

»Nun mach aber halblang. Erinnerst du dich vielleicht daran, dass es mir nicht immer gut ging?« Sie erhob sich und brachte den Lappen in die Küche. »Können wir jetzt endlich mit den alten Kamellen abschließen?«, rief sie. »Mir geht es gut. Allerdings hänge ich mich auch nicht alleweil dermaßen weit aus dem Fenster wie du, kleine Miss Marple.«

»Ich, ich …« Weiter kam Charlotte nicht. Katrin gab ihr einen dicken Schmatzer auf die Wange, als ihr Handy klingelte.

»Das ist Dirk, nu sei mal leise.« Sie hielt sich den Finger über die Lippen.

»He, schön dass du anrufst. – Wie, du kommst nicht? – Weißt du was, ich glaube, wir lassen das mal eine Weile ruhen.« Wutentbrannt drückte sie den roten Pfeil auf ihrem Telefon, sah ihre Tante blitzend an. »Siehst du, es sieht keineswegs immer so toll aus bei mir.«

»Was ist denn los?«, wollte Charlotte neugierig wissen.

»Weiß ich doch nicht. Er sagte nur, dass etwas Wichtiges dazwischengekommen ist. Der kann mich mal.« Katrin drehte sich um und verließ augenblicklich das Wohnzimmer.

Wenig später hörte Charlotte Katrin weinen. Sie überlegte, ob sie sie trösten sollte, entschied dann aber, das Mädchen vorerst in Ruhe zu lassen, damit es Schmerz und Wut eindämmen konnte.

Betulich widmete sie sich wieder ihrem Bild, bis sie seufzend feststellte: »Da ist nun wirklich *nichts* mehr zu retten.« Sie stand auf, betrachtete das undefinierbare Geschmiere, deckte ein weißes Baumwolltuch darüber, nahm das Telefon von der Anrichte und wählte eine Nummer.

»Habt ihr Lust auf Scharwenzel?«

*

»Mensch ist das schön, dass du da bist, Charlotte. Gib mal deinen Mantel!« Hanne Ohlsen winkte, nahm ihrer Kartenkollegin den Mantel ab und hängte ihn an die Garderobe. »Sind schon alle da. Wir dachten schon, du kommst gar nicht, nach der Geschichte.« Charlotte hob mit finsterer Miene die Hand.

»Stopp! Ich fühl mich gemobbt. Ich möchte heute Abend nichts, aber auch gar nichts mehr darüber hören, sonst mach ich auf dem Absatz kehrt und geh sofort. Ich hab gehofft, dass ich bei meinen Freundinnen besser aufgehoben wäre als beim Rest der Meute. Vielleicht war das keine gute Idee, Scharwenzel zu spielen.« Die Fotografin schnaubte, und der Farbe des Gesichtes nach zu urteilen, war im Moment mit ihr nicht unbedingt gut Kirschen essen. Sie zog die Mütze vom Kopf und richtete ihre Frisur.

»Nun beruhige dich mal wieder. Will niemand drüber reden. Wir freuen uns, dass du da bist.« Hanne umarmte die Freundin und drückte ihr einen Kuss auf die Wange.

»Komm rein. Lass uns erst mal etwas trinken. Einen Lütten?« Charlotte nickte und folgte der Gastgeberin durch die geräumige Diele in das nicht minder große Wohnzimmer, das man ohne Übertreibung als Wohnhalle bezeichnen konnte. Die kleine Truppe war bereits anwesend. Hanne, Nele, selbst Lena waren da. Normalerweise spielten sie zu acht, aber heute hielt Charlotte es für sinnvoller, nur die engsten Vertrauten um sich zu scharen.

»Na das kann ja noch ein netter Abend werden«, sagte sie und setzte sich Lena gegenüber. »Na min Deern, schön, dass du da bist. Geht's dir gut?«

Sie umschlang die Hände ihrer Freundin, die vor über einem Jahr ihren Mann, den Beerdigungsunternehmer Max Hartmann, auf grausame Weise verloren hatte, und drückte sie.

»Ich freue mich auch. Mir geht's gut, danke«, erwiderte Lena.

»Ich hab eigentlich gar keine Zeit für Scharwenzel, aber Katrin meinte, ich müsste mal raus«, sagte Charlotte. »Wie geht's Kaja und dem Lütten?«

»Gut, wirklich! Uns geht es gut. Du musst nicht jedes Mal fragen.« Sie nickte und blickte ihrer Freundin in die Augen, die auf einmal einen liebevollen Ausdruck bekamen.

»So, können wir nun mal anfangen?«, rauschte Hanne mit einem Tablett mit gefüllten Gläsern ins Wohnzimmer.

»Kleiner Kreis ist doch lustig«, freute sich Lena und teilte die Karten aus. »Wer gegen wen?«

»Ich spiel mit Nele«, rief Hanne und setzte sich auf den letzten freien Platz.

»Na dann. Bleibt ihr ja auch gar nichts anderes übrig«, antwortete Charlotte kichernd. »Dann sind *wir* wohl jetzt ein Pärchen«, flüsterte sie in Lenas Richtung.

»Wir holen uns die Stiche, wetten?« Die ambitionierte Malerin blickte auf ihr Blatt, und auf Anhieb gefror ihr Lächeln. Außer Achten und Königen hatte sie nichts Verwertbares in ihrem Kartenblatt stehen.

Nich een Scharwenzel und keen Olsch, dachte Charlotte. Die höchsten Karten in diesem Spiel, das ausschließlich auf Fehmarn gespielt wurde, waren nämlich die Kreuz Damen, de Olsch, gefolgt vom Buben, früher Scharwenzel genannt, die selbst über dem As standen.

»Wer wohl de Olsch in der Hand hat?«, raunte die Künstlerin ihrem Gegenüber zu.

»Keine Ahnung, ich jedenfalls nicht«, Griente Lena, die ihr Kartenblatt allerdings genauso geheimnisvoll betrachtete wie Charlotte. Ihrem Gesicht war nicht das Geringste abzulesen. »Dann weiß Miss Marple ja, wer dieses Spiel gewinnt, oder?«, flüsterte Lena.

»Pokerface, meine Liebe, Pokerface, das kriegen wir schon. So komme ich allerdings nie auf 24 Punkte«, prustete sie hinter vorgehaltener Hand.

Es dauerte eine geraume Weile, dann erspielte die Erste mit 24 Punkten ihren ersten, sogenannten Faden. So ging es Stunde um Stunde hin und her, und die gewonnenen Spiele hielten sich in etwa die Waage.

»Wenn uns die Touris zuhören könnten, die würden denken, wir sind alle glattewech bekloppt. Na ja, das Spiel kann man ja lernen, wenn man denn möchte, obwohl die Regeln sind ja für Unwissende auch nicht ganz ohne«, lachte Hanne, woraufhin die Frauen lautstark einstimmten.

»Die sollten uns erstmal beim Grabenspringen sehen«, kreischte Nele und kriegte sich kaum noch ein.

Ein Lütter folgte dem nächsten, und die vier Scharwenzel-Damen waren spätestens nach der dritten Runde allesamt vom Schnaps ziemlich angetüddelt. Die Stimmung war aufgelockert, und selbst Miss Marple von Fehmarn schien für einen Moment ihren Gripskasten ausgeschaltet zu haben. Aber das täuschte.

»Ich hab's«, rief sie plötzlich in die gelöste Runde und sprang wie elektrisiert vom Stuhl auf. Sie hielt die Karo-

Dame in die Höhe und sagte: »De Olsch, ich hab's gewusst, de Olsch!«

»Was hast du«, lallte Hanne ihrer Kartenfreundin entgegen. »Die Olsch kannst du gar nich haben, die hab …«

Charlotte winkte herablassend ab. »Ich weiß, wer das hinter dem Baum ist, den Mara fotografiert hat. Seht ihr denn nicht. Die Karo-Dame mit den roten Haaren. Jetzt weiß ich, wer das ist.«

»Nun tüddelst du aber komplett. Wir spielen Scharwenzel und nicht vier Frauen und ein Mord von Agatha Christi!«

Plötzlich brachen die Spielerinnen in lauthalses Gelächter aus und blickten Charlotte mitleidig an.

»Ach, ihr habt sie doch nich alle.« Sie tippte sich mit dem Finger gegen die Stirn. »Ihr wisst ja gar nicht, wie wichtig das für unseren Mordfall ist.« Sie winkte ab und stiefelte ungehalten zur Tür.

»Unseren Mordfall«, grölte Hanne und glotterte, bis ihr Tränen die Wangen herunterliefen.

»Ach, ihr habt sie doch nicht mehr alle. Das ist von großer Bedeutung! Ich muss sofort nach Haus und meinen Kommissar anrufen.«

Das Gelächter nahm einen Höllenlärm an, und wenn Charlotte nicht so böse dreinblicken würde, fiel die Erste der Damen wohl bald vom Stuhl. Sie lagen mit Tränen in den Augen halb auf dem Tisch und warfen die Karten im hohen Bogen auf die Tischplatte.

»Aber das kannst du auch von hier … Ich pinkel mir gleich in die Hose«, johlte Hanne und hielt sich den Bauch.

»Ne, ne, ich will sofort los. Ihr seid mir viel zu albern.« Umständlich versuchte Charlotte, in ihren Mantel zu steigen, wobei die Mütze immer wieder vom Kopf rutschte.

Wütend riss sie sie herunter und schmiss sie wuchtig auf den Boden.

»Nimm lieber ein Taxi, du kannst doch kein Fahrrad mehr fahren und überhaupt, das geht schneller«, rief Nele ihr gackernd hinterher. »Es tut mir leid«, rief die Freundin, die sich langsam besann und sah, wie Charlotte das Gelächter zu schaffen machte.

Plötzlich hielt Charlotte inne. »Da hast du wahrscheinlich recht«, antwortete sie nach der Menge Schnaps keineswegs zielsicher, als sie die Mütze wieder vom Boden aufheben wollte. Ihr war klar, dass die Freundinnen nicht ermessen konnten, was in ihrem Kopf vor sich ging.

»Ich finde es aber gar nicht lustig, dass du jetzt unsere Runde sprengst. Wir sind noch lange nicht fertig«, rief Hanne enttäuscht.

»Papperlapapp. Wenn ihr mich nicht verstehen wollt, ist das euer Pech! Aber ich muss einen Mordfall lösen.« Erneut drang prustendes Gefeixe zu ihr. Beleidigt zog sie ihre Mütze über die Ohren und öffnete die Haustür.

»Nun bleib halt hier im Flur, bis das Taxi hier ist.« Hanne wählte mucksch die Nummer der Taxizentrale Barnasch.

»Und was meinst du, wen du da auf dem Foto erkannt hast?«, fragte Nele amüsiert und dennoch interessiert.

»Das ist geheim, du verstehst das sowieso nicht, laufende Ermittlungen.«

»Laufende Ermittlungen«, juchzte alles durcheinander.

Nun hatte Charlotte nicht nur die Vernissage gesprengt.

Als die Fotografin überstürzt das Haus und die Scharwenzelrunde verlassen hatte, sagte Nele nachdenklich:

»Das ist aber auch schlimm, was hier auf der Insel in letzter Zeit alles Schreckliches passiert. Diese Morde im letzten Jahr und nun schon wieder. Langsam wird einem ganz mulmig ums Herz. Die ersten meiner Gäste sind schon abgereist. Die haben schlicht Angst, hier ermordet zu werden.« Hanne und Lena sahen sie fassungslos an. Selbst Hanne wurde auf einmal ruhig und sagte: »Ja, zwei unserer Gäste aus dem Rheinland sind auch weg. Einfach so. Über Nacht haben die ihre Koffer gepackt und mir morgens wortlos die Schlüssel übergeben. Kannst du das glauben?«

»Na ja«, entgegnete Lena. »Das ist ja auch wirklich gruselig, was sich hier abspielt. Normalerweise ist das keine Einladung für einen erholsamen Urlaub.«

»Nun lass uns mal nicht die Laune vermiesen. Wir trinken noch einen Lütten, oder was sagt ihr, Mädels?

✻

»Katrin! Katrin, ich weiß, wer hinter dem Baum steht! Kaaatrin!« Atemlos polterte Charlotte ins Wohnzimmer, streifte auf dem Weg dorthin ihre Stiefel von den Füßen und schleuderte sie nachlässig von sich. Dort blieben sie unbeachtet auf dem Dielenboden liegen. Ihre Nichte blickte, dem lauten Gepolter folgend, erstaunt in ihre Richtung. Der Fernseher lief, und sie hatte es sich mit einem Glas Rotwein auf der Couch gemütlich gemacht.

»Du bist schon wieder zurück? Was ist denn passiert? Wer steht hinter welchem Baum?« Katrin richtete sich auf und forderte ihre Tante auf, sich neben sie zu setzen.

»Ich weiß jetzt, wen Mara an diesem Tag fotografiert hat.« Sie riss den Mantel von den Schultern und warf ihn auf die Lehne des Ohrensessels. Die Strickmütze, die immer noch windschief über den Ohren hing, ließ darauf schließen, dass sie sich während der Fahrt nach Hause grübelnd den Kopf geschubbert hatte.

»Nun beruhige dich erstmal. Möchtest du auch Wein? Komm, setz dich, dann erzählst du mir alles.«

Charlotte plumpste neben ihre Nichte auf das Sofa und sah sie aus glasigen Augen an.

»Und nimm endlich deine Mütze ab«, lachte sie, sprang hoch und holte ihrer Tante ein Glas aus der Vitrine. »Na, prost. Und nun vertell, wat ist bei Hanne passiert?«

Charlotte nahm zögerlich einen Schluck Wein und schüttelte sich. Angewidert stellte sie das Glas zurück auf den Tisch.

»Du hast ja keine Ahnung. Wie wir so gespielt haben, da hatte ich plötzlich die Karo-Dame in der Hand.« Katrin sah ihre Miss Marple schulterzuckend an.

»Und was ist an der Karo-Dame so wichtig?«

»Na, lern du erst mal richtiges Fehmarnplatt«, konterte Charlotte und sprach weiter. »Die hat rote Haare. Genau wie die auf dem Foto.«

»Ja, das ist ja prima, aber was soll mir das jetzt sagen?«

»Weißt du denn nicht, wer noch so rote Haare hat? Ich hab die ganze Zeit überlegt, an wen mich die Frau erinnerte. Dann fiel es mir siedendheiß beim Scharwenzel ein.« Sie blickte ihrer Nichte aufgeregt in die Augen und leerte ihr Weinglas in einem Zug.

»Nein, weiß ich nicht. Woher auch. Ich kenne wohl kaum jede deiner Freundinnen. Nun sag, wer ist sie?«

»Die Lüders, Marianne Lüders. An die kannst du dich doch erinnern, oder? Die hast du gesehen. Aufm Wochenmarkt. Ich habe mich mit ihr unterhalten.« Charlotte redete wie ein Wasserfall, was einerseits dem Schnaps zuzuschreiben war, den sie mit ihren Scharwenzel-Damen getrunken hatte, andererseits ihrer Aufgeregtheit, dem Fall einen Schritt näher gekommen zu sein. »Du hast noch betont, wie merkwürdig sie ist, weißt du?« Katrin stellte ihr Glas auf die Truhe.

»Du könntest recht haben, ich erinnere mich an die Frau. Ziemlich groß, sehr hager und diese rot gefärbten Haare. Hab noch zu dir gesagt, die sieht aus wie eine Hexe«, kicherte sie und hielt die Hand vor den Mund.

»Genau, die meine ich. Und die auf dem Bild, ist eindeutig *die*!«

»Aber Tantchen, das kannst du doch nicht so konkret wissen.«

»Ich weiß es, und deshalb rufe ich jetzt deinen Kommissar an.« Sie schwang sich vom Sofa und zerrte das Mobiltelefon aus der Station. Es schien, als hätte die Erkenntnis sie auf dem Weg nach Hause wieder nüchtern gemacht. Der glasige Schein auf ihren Augen war auf einmal verschwunden. Umständlich wählte sie die Nummer von Dirk Westermann.

»Weißt du eigentlich, wie spät es ist? Der Mann hat bestimmt Besseres zu tun, als sich um deine Flausen zu kümmern. Der hat nicht einmal Zeit, sich bei mir zu melden«, mokierte sich Katrin. Entrüstet ging Charlotte mit dem Telefon am Ohr zum Fenster und warf einen Blick in die Dunkelheit.

»Ich weiß, dass es spät ist, aber ein Kommissar hat immer Dienst, gerade in einer so brenzligen Angelegenheit. Außerdem ist er dankbar für jeden Hinweis, den er bekommt. Das ist ein überaus schwieriger Fall. Und wag es nicht noch einmal, meine Gedanken *Flausen* zu nennen, sonst …Ach hallo, Herr Kommissar, schön, dass Sie … äh du da bist, ich muss dich unbedingt sprechen und dir etwas äußerst Lebenswichtiges mitteilen. – Ja, das ist von enormer Bedeutung für die laufenden Ermittlungen. Vielleicht können dir meine Informationen helfen, den Fall zu lösen. – Das ist fein. Ich warte solange, natürlich. Tschühüss bis gleich.« Grinsend blitzte die Zungenspitze zwischen ihren Lippen hervor, sie drückte den roten Knopf des Telefons und legte es zurück.

»Ja sag mal, tickst du nicht richtig? Du kannst ihn nicht so dir nichts mir nichts hierher beordern. Der hat wahrhaft Wichtigeres zu tun, als sich deinen Blödsinn anzuhören.«

»Blödsinn, du weißt ja nicht, was du redest. Das muss ja wohl er entscheiden. Er käme bestimmt nicht her, wenn es ihm unwichtig erscheinen würde. Außerdem bekommst du dadurch die Chance, ihn zu sehen.« Charlotte ging lächelnd auf ihre Nichte zu und legte die Hand auf ihre Schulter. Schroff schüttelte sie sie ab.

»Vielleicht will ich ihn ja gar nicht sehen. Er hat ansonsten ja auch keine Zeit für mich.« Trotzig schüttete sie den Rest des Weines aus der Flasche in ihr Glas.

»Na, nun sei man nicht so zickig. Der hat dich schon sehr gern, der Dirk. Das sieht doch ein Blinder mit 'nem Krückstock.«

»Und warum sehen wir uns dann kaum noch?« Katrin leerte ihr Weinglas in einem Zug. Sie erinnerte sich aus heiterem Himmel an das vergangene, erste Jahr ihrer Beziehung. Die zarten Annäherungsversuche nach dem fürchterlichen Brand, als er sie in den Arm nahm, um sie zu trösten, und sie unvermittelt küsste. Ein plötzlich aufflackerndes Gefühl war durch nichts mehr zu stoppen gewesen. Der Moment, als Katrin die schwärzeste Nacht ihres bisherigen Lebens durchstehen musste, brachte die Liebe.

So widersprüchlich es sich auch anfühlte. Dirk war nicht der Irrwisch. Nicht wie Sven, der mit seinen jugendlichen Flausen immer für gute Laune sorgte. Er war auch nicht der smarte Jungspund wie Thomas Hartwig, der ihr immer wieder Avancen machte. Dirk eroberte ihr Herz im Sturm. Mit seiner Ruhe, seiner Ausgeglichenheit und mit seinem zurückhaltenden Wesen. Der Altersunterschied spielte keine Rolle, und sie genoss jede Sekunde des Beisammenseins mit ihm. Er gab ihr die Ruhe, die sie so vermisst hatte. Sobald das Telefon klingelte, klopfte ihr Herz aufgeregt, und sie brauchte Stunden, um ihren Puls wieder zu beruhigen, nachdem sie aufgelegt hatten. Ihr fielen die Verabredungen zum Spazierengehen am Strand von Katharinenhof ein, bei denen er zaghaft, wie zufällig ihre Hand berührt hatte, als sie zunächst schweigend und schüchtern durch den Sand stapften. Und der Kuss, der dem ersten folgte, war sanft und zärtlich. Nicht fordernd und drängend. Nur behutsame Erkundung des Gegenübers. Leidenschaftliche Hingabe folgte ein paar Wochen später beim Besuch in ihrer Wohnung. Charlotte war außer Haus, besuchte bis zum nächsten Tag eine Freundin, und sie genossen die Zweisamkeit. Katrin wurde heiß und kalt bei der Erinnerung an ihre allererste Liebesnacht. Auch die war anfänglich keineswegs hemmungslos. Zusammen kuscheln, den Partner mit Händen und Lippen suchen und entdecken. Die zärtlichen Berührungen steigerten sich in fordernde Ekstase, als beide das Gefühl gegenseitigen Vertrauens verspürten. Sie ließen letzte Ängste schwinden und vergaßen die Welt um ihre Zweisamkeit herum, als ihre Körper miteinander verschmolzen.

»Verstehst du nicht, wie kompliziert der Fall ist. Einen Mörder zu finden, ist der schwierigste Job von allen, glaube mir. Wenn er könnte, wäre er jeden Tag und jede Nacht bei dir«, brachte Charlotte sie in die Wirklichkeit zurück und stupste sie grinsend an. »Sei ihm nicht böse, er hat keine andere Wahl. Und er ist ein toller Typ, oder?« Katrin seufzte und sah sie von der Seite an. Sie bewunderte ihre Tante für ihren Weitblick und ihre Weisheit.

»Ja, wahrscheinlich hast du recht. Ich weiß gar nicht, was in mich gefahren ist.« Plötzlich liefen Tränen über ihre zart geröteten Wangen. Ihre Tante nahm ihr das Glas aus der Hand, stellte es auf den Truhentisch und hielt sie in den Armen.

»Ach meine Süße, ich hab dich doch soo lieb.«

※

Eine Viertelstunde später klingelte es an der Haustür.

»Geh du man hin. Ich halt mir solange die Ohren zu.« Sie blinzelte ihrer Nichte aufmunternd zu. Aufgewühlt stand Katrin auf und huschte zur Tür. Sie zog ihre Baumwollbluse glatt und betrachtete ihr Gesicht im Spiegel, der über der Anrichte hing. Eine leichte Röte hatte ihre Haut überzogen und hektische Flecken an ihrem Hals platziert, die sie mit den Händen aufgeregt wegzureiben versuchte. Allerdings wurde dadurch alles nur schlimmer. Sie drehte sich zur Tür, sog gierig Sauerstoff durch die Nase und öffnete. Jedweder Zorn, der in den vergangenen Tagen in ihr brodelte, verflog in dem Moment, als sie ihn im Hausflur stehen sah. Er war ein Bild von einem Mann. Groß, gut gebaut und sehr attraktiv mit seinen weißen welligen Haaren, in denen immer seine Brille steckte.

»Dirk.« Erleichtert fiel sie ihm in die Arme und zog ihn in den Flur. Sie klammerte sich an ihn, als hätte sie Angst, er könnte sich augenblicklich in Luft auflösen und gleich wieder verschwinden. Leise schloss er die Tür und umarmte sie. Seine Lippen suchten ihre, und die Zunge drang fordernd tastend in ihre Mundhöhle. Die offensichtliche Erregung drängte gegen ihr Becken.

»Ich hab dich so vermisst, kleines Mädchen«, flüsterte er heiser. Die Stimme klang ungeduldig, als er seinen Körper immer härter an sie drückte und sie fordernd küsste. Dirk Westermann öffnete die obersten Knöpfe ihrer Bluse und fuhr unter das Bustier. Ihre Nippel wurden hart, und sie schob ihm stöhnend ihren Unterleib entgegen. »Mann, Mann, da hat aber jemand Sehnsucht. Ich könnte …« Er knurrte leise und biss ihr zart in den Hals. Atemlos wandte sie sich von ihm ab.

»Psst, Charlottchen sitzt im Wohnzimmer.«

»Ist mir egal, ich will dich, jetzt, sofort.«

Sie schmunzelte ihn an und richtete ihre Bluse. Zittrig knöpfte sie sie zu und flüsterte:

»Wenn du willst, kannst du heute Nacht hierbleiben, es sei denn, du schläfst lieber mit Thomas.« Sie zwinkerte ihm frech entgegen. »Bei Thomas, nicht mit.«

»Ich bleibe sehr gerne. Ich könnte ein paar Stunden Entspannung gut gebrauchen!«

»Wenn du meinst, dass du zur Entspannung kommst.« Sie zuckte verheißungsvoll die Schultern und strich mit ihrer Hand über seine empfindlichste Stelle.

»Hinterher bestimmt«, hauchte er ihr ins Ohr, während sie mit der Hand über die Wölbung in seiner Hose glitt. »Lass das, oh, lass das, oder ich hab mich nicht mehr unter Kontrolle und entspann mich sofort.«

»Könnt ihr Turteltauben nun mal langsam wieder normal werden, sonst kommt ihr nie ins Bett.« Die kecke Stimme

Charlottes brachte die beiden Verliebten dazu, laut los-zuprusten.

»Ja, Tantchen, wir kommen ja«, kicherte Katrin und hielt die Hand vor den Mund.

»Geh schon mal, ich muss vorher zur Toilette.« Er zeigte auf den Zustand in der Hose und verzog schmerzhaft das Gesicht. Die hübsche Brünette nickte und schlich an ihm vorbei ins Wohnzimmer, nicht ohne mit ihrem Hüftkno-chen wie zufällig an ihm entlang zu streifen. »Biest!«, flüs-terte er kratzig und verschwand im Badezimmer.

»Na, der hat dir aber ordentlich eingeheizt, Kindchen.« Sie lächelte verschmitzt, betrachtete das errötete Gesicht ihrer Nichte und nahm lächelnd einen Schluck.

»Tantchen!«

Wenige Minuten später erschien Dirk deutlich abgekühlt im Wohnzimmer. Er blickte sich um und sah durch die Scheibe in die Dunkelheit.

»Schade, dass es so duster ist. Ihr habt hier einen so schönen Ausblick.«

»Papperlapapp«, rief Charlotte Hagedorn und deutete auf den Sessel, der dem Sofa gegenüber stand, und for-derte ihn ungeduldig auf Platz zu nehmen. Wohl wissend, dass er mit Sicherheit tausendmal lieber neben seiner hei-ßen Freundin sitzen würde. »Was möchtest du trinken? Tee, Kaffee?«

»Wenn ihr ein Bierchen hättet, wäre ich garantiert nicht abgeneigt.« Schmunzelnd sah er Charlotte Hagedorn an, die auf ihrem Sitzplatz hin und her rutschte.

»Katrinchen, kannst du bitte?« Wortlos stand sie auf, nicht ohne beim Rausgehen lasziv mit den Hüften zu schwingen.

»Ph«, räusperte sich Westermann leise. »So, nun erzähl mir bitte, was dich dermaßen aus der Fassung gebracht hat.«

»Wo ist Thomas?«, fragte sie stattdessen und rieb sich das Ohrläppchen.

»Der hat sich für ein paar Stunden aufs Ohr gelegt. Der ist total fertig.«

»Und was ist mit dir? Müde?«

»Geht so«, antwortete er ehrlich. »Ich konnte dich doch mit deiner wichtigen Botschaft nicht alleine lassen.« Er zwinkerte ihr schelmisch zu und betrachtete ihr gerötetes Ohr.

»Entzündet?«, fragte er nebenbei.

»Nein, ich hab neue Ohrringe. Irgendwie kann ich die nicht so gut vertragen. Aber schau, sind die nicht süß?«

Charlotte zeigte ihm die goldenen Delfine, deren Augen aus glänzenden Saphiren gearbeitet waren.

»Na, das sind doch ganz entzückende Kerlchen«, grinste Dirk und bestaunte die zierlichen Stecker. *Charlotte und ihre Delphine*, dachte er und blickte sie zwinkernd an. *Mit dem hat sie einen richtigen Glücksgriff gemacht*, dachte Charlotte, zupfte ihren bunten selbstgestrickten Pullover zurecht und begann, ihre Ausführungen wie ein großes Tuch vor ihm auszubreiten.

»Ich war heute beim Scharwenzel, da habe ich die Karo-Dame in der Hand gehalten und wusste plötzlich, wer die Unbekannte auf dem Foto der Mara ist.« Westermann blickte sie erstaunt an. Eine steile Falte bildete sich zwischen den Augenbrauen, die seine Gesichtszüge noch markanter aussehen ließ und die schon fast dauerhaft einen Platz auf seiner Stirn hatte. Er faltete die Hände vor dem Mund und legte die Lippen auf die Daumen. Dann atmete er durch und fragte:

»Erst mal der Reihe nach: Was ist Scharwenzel?« Er wollte die innere Unruhe nicht zeigen, die ihn umgehend erfasste.

»Ein Kartenspiel, das nur auf Fehmarn gespielt wird, ist aber jetzt unwichtig«, wiegelte sie aufgeregt ab.

»Wen hast du denn erkannt?«

»Marianne Lüders. Ich bin mir ganz sicher.« Charlottes Ohren röteten sich, was ihrer Aufregung zuzuschreiben war.

»Und wer ist diese Marianne Lüders?«, wollte Westermann wissen. Charlotte spürte, dass Dirk innerlich brodelte und sie ihm mit Sicherheit einen großen Schritt weiterhelfen konnte. Katrin kam aus der Küche zurück und reichte dem Kommissar die Bierflasche.

»Danke«, zwinkerte er. *Ich würde mich am liebsten auf seinen Schoß setzen*, dachte sie, unterließ es jedoch, um den Dialog der Tante auf keinen Fall zu unterbrechen.

»Die Marianne ist eine von unseren Scharwenzel-Damen. Allerdings haben wir sie seit Wochen nicht mehr zu Gesicht bekommen. Keine Ahnung, wo sie abgeblieben ist. Aber sie ist das auf dem Foto, ganz sicher!«

»Wir sehen uns den Ausschnitt des Fotos genauer an, sobald das Labor uns die Vergrößerung zurückgeschickt hat. Einverstanden? Danach, falls sie es sein sollte, werden wir der Dame einen Besuch abstatten, um die Sachlage zu klären. Ist dir das recht?« Charlotte nickte heftig und hüstelte.

»Ich hab auch Durst, Katrin!« Noch einmal sprang ihre Nichte auf und kam mit einer Flasche Wasser zurück. »Was soll ich denn damit? Ich bin doch kein Goldfisch!«

Dirk Westermann schrieb eine Notiz und überlegte, ob die Künstlerin sich nicht getäuscht haben könnte. Auf jeden Fall würde er dieser Frau umgehend einen Besuch abstatten, um das Rätsel des Fotos zu lösen – aber nicht mehr heute. Er schaute auf seine Uhr, nahm die Brille ab und gähnte, während er die Augen rieb. Seine Wangen waren eingefallen, und die Bartstoppeln legten dunkle Schatten auf sein Gesicht. Es wurde Zeit, dass der Fall gelöst wurde.

*

Eine halbe Stunde später verabschiedete sich Charlotte zufrieden und suchte gähnend ihr Schlafzimmer auf. Sie war ausgelaugt, und man sah ihr die Strapazen der letzten Zeit an. Kurz darauf lag sie unter ihrer weichen Daunendecke und versank in einen tiefen, traumlosen Schlaf. Sie hörte das Gekicher aus dem Wohnzimmer nicht mehr.

Dirk Westermann stürzte, nachdem Katrins Tante verschwunden war, augenblicklich wie ein gieriger Löwe auf sie zu und bedeckte ihren Mund mit unzähligen Küssen. Sie streckte ihm ihre Brüste entgegen, und er legte sich auf sie.

»Lass uns zu Bett gehen«, flüsterte er heiser. »Ich halt das keine Sekunde länger aus. Du machst mich genauso verrückt wie neulich am Strand.« Er sprang hoch, zog sie an den Händen zu sich und hob sie federleicht auf seine Arme. Leise schlich er mit ihr durch den dunklen Flur in Katrins Zimmer, das neben dem Wohnbereich lag und ebenfalls über einen Balkon verfügte, der tagsüber einen fantastischen Ausblick bot.

›Das ist ja fast wie im alten Haus. Toll!‹, hatte sie zu ihrer Tante gesagt, als sie die Wohnung das erste Mal gemeinsam angesehen hatten. ›Bekomme ich diesen Raum oder willst du?‹

›Ne, Mädchen, nimm du ihn. Ich habe den ganzen Tag die Sonne vom Wohnzimmer aus. Da brauche ich nachts keinen Balkon. Kann ja sowieso nichts sehen, wenn ich schlafe.‹ Katrin hatte gelacht und sich wie ein Kind gefreut.

Sie stellte sich vor, mit Dirk abends draußen auf dem Balkon zu sitzen und dem Mond zuzusehen, wenn sein Licht wie ein großer Teppich auf der Ostsee schimmerte.

Leidenschaftlich warf er sie auf das Boxspringbett und hockte sich auf ihren Bauch. Nur das Mondlicht erhellte den Raum und zeichnete sanft ihre Konturen nach. Als er die Schuhe abstreifte, polterten diese auf den Dielenboden.

»Pst, nicht so laut, Charlotte«, stöhnte Katrin.

»Die träumt längst von Verbrecherjagd«, flüsterte er. Dirk zog das Shirt über die muskulösen Schultern und ließ es erregt zu Boden fallen. Dann knöpfte er geschickt einen Knopf nach dem anderen ihrer Bluse auf. Sie wand sich wie ein Aal unter ihm und seufzte. Mit geschlossenen Augen ergriff sie die Gürtelschnalle seiner Hose und öffnete sie. Der Kommissar beugte den entblößten Oberkörper vor und küsste sie. Der Reißverschluss der Jeans gab ein ratschendes Geräusch von sich, als Katrin ihn mit zitternden Fingern langsam herunterzog. Aufgewühlt fuhr er hoch. Schlanke, kühle Männerhände packten den Stoff der Bluse und zogen es von den schmalen Schultern. Das Bustier folgte und flog im hohen Bogen in eine Ecke des Zimmers. Wortlos sank sie zurück und drückte ihren Kopf ins Kissen. Ihre Augen hielt sie geschlossen und genoss jede Berührung forschender Hände, die immer fester zupackten. Sie biss in einen Zipfel des Daunenkissens und wand ihren Körper wie eine Schlange.

»Bitte … nimm mich … bitte«, bettelte sie aufgewühlt. Dirk sprang auf und zerrte hastig die Jeans von den Beinen. Es war so lange her, dass er diese Art der Gefühle zugelassen hatte. Aufgewühlt stellte er sich ans Fußende und befreite sie von ihrer Hose. Sie lag vor ihm und streckte ihm willig ihr Becken entgegen. Langsam beugte er den sehnigen Brustkorb herunter und nahm das kleine Stück Stoff ihres Slips zwischen seine Zähne. Wie ein Wolf zerrte er mit leisen Knurrlauten solange an ihrem Höschen, bis es auf dem Boden lag. Für einen Moment betrachtete er zärtlich ihren nackten, wunderschönen Körper, streichelte über die makellose Haut, bis sie die Leidenschaft kaum noch ertragen konnte. Dann liebten sie sich.

*

»Moin.« Die Kollegen der Sonderkommission blickten sich fragend an.

»Alles in Ordnung?«, fragte Hartwig.

»Ja, wieso? Wir haben allerhand auf dem Zettel. Gibt's schon irgendetwas Verwertbares? Habt ihr die Nachbarschaft von Hanna Schattenberg befragt?«, fragte Westermann.

»Nichts«, antwortete Becker. »Irgendjemand etwas Ungewöhnliches bemerkt?« Allgemeines Kopfschütteln war die Antwort. »Nur das Bild ist von der KTU zurück«, antwortete Harms.

»Das ist eine sehr gute Nachricht. Wo ist es?«, bemühte sich Dirk Westermann um einen versöhnlichen Ton. Harms deutete hinter sich auf den Schreibtisch. Dort lag das in Schutzfolie eingepackte Leinwandfoto und eine Reproduktion des Ausschnittes, den Charlotte Hagedorn für so wichtig erachtete. Der Hauptkommissar betrachtete das Original und die Kopie eingehend und rief die Fotografin an.

»Charlotte, kannst du herkommen? Ich habe etwas für dich.«

»Was hast du denn dauernd mit der zu quatschen?«, fragte Hartwig den Vorgesetzten gereizt.

»Was ist denn mit dir?«, stellte Westermann die Gegenfrage. »Sei froh, dass wir Hilfe haben. Schlecht genächtigt, oder warum bist du so mies drauf?«

»Ich bin keineswegs mies drauf.« Mürrisch drehte Thomas sich weg und blätterte in den aufgeschlagenen Akten. Die Haare standen ungekämmt vom Kopf ab, und in dem Sweatshirt, das er trug, schien er geschlafen zu haben.

»Das war gestern sehr hilfreich, was uns Erding erzählt hat, oder?«, vermeldete Henning, um die angespannte Situation zu entschärfen. Westermann nickte.

»Ich denke, damit kommen wir einen kleinen Schritt voran, obwohl uns das dem Täter kaum wirklich näher bringt, weil wir nicht wissen, wo wir suchen sollen.«

»Ja, das ist ein kritischer Stand der Dinge. Man weiß überhaupt nicht, wo man anfangen soll«, antwortete Schütt.

»Haben wir irgendwelche Fingerabdrücke oder DNA?« Westermanns Gute-Laune-Pegel senkte sich zusehends. Sobald er die Dienststelle betreten hatte, beschlich ihn erneut das mulmige Gefühl, es mit einem eiskalten Serientäter zu tun zu haben, der mit ihnen ein perfides Spiel spielte, um Macht und Gerissenheit zu demonstrieren. *Der weiß genau, dass wir ihm nicht so schnell auf die Schliche kommen. Es muss irgendwo eine winzige Spur geben. Die Männer sind total verzweifelt,* dachte er und sah in die Runde der Kollegen, die nichts unversucht ließen, um Beweise zu finden.

»Die Frau Hagedorn kann uns eventuell weiterbringen. Sie kennt vermutlich die Person, die sich auf dem Foto hinter diesem ominösen Baum versteckt. Vielleicht hilft uns das.« Westermanns Stimme klang nicht besonders zuversichtlich. »Ich hol Kaffee, sonst noch jemand?«

Er ging, ohne die Antwort abzuwarten, aus dem Zimmer.

»Den hat's aber ganz schön erwischt. Ich hätte nicht gedacht, dass ihn dieser Fall so beschäftigt.« Henning, der Leiter der KTU, blickte ihm sorgenvoll hinterher.

»Der war bei seiner Freundin, das hat ihn so umgehauen«, warf Hartwig trocken in den Raum. Alle unterbrachen ihre Arbeit und starrten Thomas erwartungsvoll an.

»Ja, der war die ganze Nacht nicht da«, versuchte er, den ausgesprochenen Satz hastig zu korrigieren. Offensichtlich war er ziemlich sauer, weil Westermann ihm weder mitgeteilt hatte, wo er hinwollte, noch, dass er nicht zurück in die Pension kommen würde. Die anderen wandten sich grinsend ihren Akten zu. »Schließlich haben wir rund um die Uhr Bereitschaft«, nörgelte er und stierte auf ein Blatt Papier. Es beschäftigte Hartwig mehr, als er zugeben wollte, dass sein engster Kollege ihm nicht vertraute und, ohne ihm etwas mitzuteilen, verschwunden war. »Und außerdem hab ich die blöde Katze am Hals.«

»Die gefundene DNA auf dem Armkettchen gehört eindeutig Sophie Larsen. Darauf sind nur die Fingerabdrücke der Müllers, die das Kettchen herbrachten«, sagte Henning, als Westermann zurückkam.

»Dachte ich mir. Wäre ja auch zu schön gewesen. Der Typ spielt mit uns, da bin ich absolut sicher. Sehr wahrscheinlich hat er uns das Armband als eine Art Wegweiser direkt vor die Nase gelegt. Wo ist diese Erding? Ich dachte, die wollte uns helfen.« Der Hauptkommissar kippte Kaffee in einen Becher und ließ die Flüssigkeit die Kehle hinunterlaufen.

»Die ist auf dem Weg zur Wohnung der Toten. Will sich ein eigenes Bild machen«, antwortete Schütt. »Die stand bereits heute Morgen um sechs hier im Flur und hat sich nach dem Weg erkundigt. Gleich nach Dienstbeginn.« Westermann nickte.

»So, Hartwig, komm, bevor Charlotte Hagedorn herkommt, schwing deinen schwarz-weiß-blauen Hintern hoch. Wir suchen noch einmal im Staberhorst nach dieser ominösen Stelle. Und vergiss das Handy nicht. Oder doch besser einen Regenschirm?«

»Langsam ist genug. Wenn du nicht von deiner …«

»Reicht!« Westermann zog die linke Augenbraue in die Höhe. »Jetzt mach aber mal Pause.« Dirk zog seine Jacke an und verließ ohne ein weiteres Wort das Büro.

»Tut mir leid, war echt nicht so gemeint«, antwortete Hartwig kleinlaut, als er ihm hinterher eilte. »Mir ist klar, dass das dir echt alles zu schaffen macht.«

»Wir haben keine Zeit, um zu philosophieren. Wer weiß, was der uns noch präsentiert.« Der Hauptkommissar blieb stehen und reichte ihm die Hand. »Komm, Jungchen, lass gut sein.«

Gott sei Dank regnete es an diesem Morgen nicht, und sie konnten ohne Regenschirm auf Suche gehen. Ergebnislos betraten sie zwei Stunden später die Polizeidienststelle.

»Nichts, ich weiß auch nicht, was die da im Wald gesucht haben soll«, fluchte Hartwig und ging unzufrieden zurück ins Büro. Die Fallanalytikerin Johanna Erding saß bereits an einem der Schreibtische und machte Notizen.

»Moin«, sagte Westermann und reichte der attraktiven Kollegin aus Lübeck die Hand.

»Ja, moin«, war die knappe Antwort.

»Na, wie sieht's aus?« Dirk Westermann blickte neugierig auf die Aufzeichnungen der Profilerin und nickte, als er die ersten Zeilen las. Hartwig blickte ihm über die Schulter.

»Ich hinterlasse keine Spuren, außer denen, die ihr finden sollt. Ich bin schlauer als ihr. Ich besitze die Macht, euch genau so viele Informationen zukommen zu lassen, wie ich will. Ich bin perfekt!«

»Was soll das bedeuten?« Hartwig sah Erding fragend an.

»Wir haben es mit einem ziemlich gerissenen Psychopathen zu tun. Wir schätzen sein Alter auf 25 bis 45.«

»Warum?«, fragte Hartwig.

»Ein Täter, der so agiert, funktioniert nicht impulsiv, sondern äußerst intelligent und überlegt. Sehr überlegt. Ein junger Täter handelt meist spontan. Das hier war keineswegs spontan. Er drapiert die Leichen gezielt so, dass wir sie finden. Er tötet sie nicht im Affekt«, antwortete Erding und redete weiter. Sie stand auf und wippte auf ihren High Heels auf und ab. »Die Tötungen entsprechen einem ausgeklügelten Muster. Keine sexuellen Handlungen. Rote Haare der Opfer, das Erdrosseln, die umgekehrten Kreuze. Letztendlich das Entfernen der Augen, die Progression des Köpfens.« Die Profilerin nickte und blickte dabei auf die Fotos an der Wand. »Genauer gesagt, rituelles Töten. Das sind weder Zufallsmorde noch Verdeckungstaten. Es geht keineswegs um Habgier oder sexuelle Motivation, sondern um Hass und Mordlust, die sich anscheinend steigert. Was wird er uns als Nächstes präsentieren? Der Täter überträgt Zorn, den er für eine bestimmte Person oder Sache empfindet, auf die Opfer. Diese müssen in irgendeiner Verbindung zu der Person oder Sache stehen, die er abgrundtief hasst. Exfrau, Geliebte, Mutter, Hexenkult? Das kann ich noch nicht sagen. Aber im Täglichen wird er sich kaum auffällig verhalten. Diese Art Mensch ist meist charismatisch und überaus angepasst. Eher unauffällig. Er ist in der Lage, sich in die Gefühlswelt des Gegenübers zu versetzen, ohne wirklich etwas zu empfinden. Keinerlei Empathie. Er spiegelt sozusagen seine Umwelt. Das macht die Sache immens schwierig. Die Person ist unscheinbar, wenn sie es will. Sympathischer Psychopath, wenn Sie so wollen. Allerdings nur nach außen.«

Hartwig zog irritiert die Augenbrauen hoch. »Wie kommen Sie eigentlich immer darauf, dass es ein Mann ist? Wenn ich nicht irre, können Frauen genauso töten wie Männer. Außerdem waren die Frauen ja schon tot, bevor er oder sie die Frauen obendrein entstellt hat und …«

»Genau deshalb gehe ich von einem Mann aus. Das Entstellen von Opfern liegt liegt meist in der Hand eines männlichen Täters. Allerdings käme auch ein Pärchen in Betracht, wenn Sie die verschiedenen Fußabdrücke mit ins Kalkül ziehen. Es ist äußerst irritierend. Selbst mein Team ist sich da nicht absolut sicher.« Westermann blickte besorgt über den Brillenrand.

»Ja, sicher ist bisher gar nichts. Was ist mit der vermissten jungen Frau? Könnte sie ebenfalls sein Opfer sein? Was meinen Sie?« Erding betrachtete die Bilder der drei Frauen.

»Die beiden getöteten hatten rote Haare, diese hier«, sie zeigte auf Sophie, »ist blond. Wobei die rote Haarfarbe des zweiten Opfers anscheinend kurz vor ihrem Tod herbeigeführt wurde. Wenn die Verschwundene eines seiner Opfer ist, dann …«

»Was dann?«, fragte Westermann nervös.

»Dann lebt sie sehr wahrscheinlich noch. Wäre sie tot, dann hätte er sie uns mit Sicherheit bereits präsentiert. Etwas anderes lässt seine narzisstische Eitelkeit überhaupt nicht zu.«

»Das heißt also: Wenn sie zu den Opfern gehört, könnte sie in seiner Gewalt sein?« Hartwig starrte beide an.

»Ja, absolut!«, antwortete Erding.

»Dann müssen wir noch intensiver nach ihr suchen!«

»Jungchen, was meinst du, tun wir hier? Aber wonach sollen wir suchen?«, fragte der Hauptkommissar.

»Ihr müsst nach Übereinstimmungen auf die Suche gehen, die die Frauen verbinden. Denn wenn ihr die Gemeinsamkeit der Opfer gefunden habt, seid ihr auf der Spur des Täters.«

Die Tür ging auf, und Charlotte Hagedorn rauschte in das karg eingerichtete Büro. Sie schob ihre Mütze vom Kopf und öffnete den bunten, mit Applikationen versehenen Wollmantel. Grinsend ging sie auf ihren Lieblingskommissar zu.

»Charlotte, na hast du ausgeschlafen?«, fragte der Kommissar.

Sie lächelte ihn an, ordnete ihre graue Mähne, die elektrisiert vom Kopf abstand, mit einer Hand, begrüßte die Besatzung der Sonderkommission, während sie mit der anderen Hand die Wollmütze in die Jackentasche stopfte.

»Wie sollte ich nach einer so wundervollen Nacht nicht ausgeschlafen sein.« Sie zwinkerte, und Westermann sah plötzlich verlegen zu Boden. Dirk räusperte sich und schob die Brille auf den Kopf. »Ihr seht alle aus, als hätte man euch euer Spielzeug weggenommen.« Sie kicherte, als sie die Runde der Beamten anschaute, die vielsagend auf die Frau blickten.

»Ach Charlotte, wir sind wirklich nicht in der Laune, nach Spielzeug zu suchen.« Westermann ging um den Tisch herum und öffnete die Folie. »Hier ist das Bild, und eine Vergrößerung des Ausschnittes, der für die Untersuchung wichtig erscheint. Schau mal, ob du etwas erkennst. Ach ja, das ist übrigens Johanna Erding, eine unserer besten Fallanalytikerinnen.« Die Künstlerin reckte ihr Kinn, musterte die Frau abschätzend und reichte ihr daraufhin die Hand.

»So wie aus der Serie ›Profilers‹? Die hab ich aber anders in Erinnerung. So wie im Fernsehen sehen Sie aber nicht aus. Aber na gut. Ich will mal nicht so sein. Kann ja niemand etwas dafür, dass Sie so hübsch sind«, murmelte Charlotte zweideutig und betrachtete sie eingehend. Erding riss den Mund auf und starrte die bunt gekleidete Frau von oben bis unten an. *Ziemlich schnippisch, diese Frau*, dachte die Profilerin. »Auf jeden Fall kann ja gar nichts mehr schieflaufen, wenn ein Analytiker an Bord ist. Die finden doch immer den Mörder. Zumindest in der Glotze«, sagte Charlotte. Sie schluckte, trat an den Tisch heran und nahm, ohne weiter aufzublicken, das Bild in die Hände. Ihr war klar, dass sie mit ihrer unüberlegten Ansprache gerade die Fähigkeiten ihrer Kommissare herabgesetzt hatte. »War nicht so gemeint, Dirk«, murmelte sie schuldbewusst.

»Ich weiß, Charlotte. Nun sieh dir lieber die Fotos genau an.« Sie setzte ihre Brille auf und betrachtete eingehend die Ablichtungen.

»Ich bin irritiert … irgendwie …«

»Was irgendwie? Was irritiert dich?«, fragte Westermann und baute sich hinter der Künstlerin auf.

Johanna Erding warf ebenfalls einen Blick auf die Fotografien, wobei sie geflissentlich an der ihr eigenartig erscheinenden Frau mittleren Alters vorbeisah.

»Ohne Frage, das ist zweifellos Marianne Lüders, nur sie sieht jünger aus als in der Realität.«

»Das könnte an dem Schnappschuss liegen oder an der wahrscheinlich nachträglichen Bearbeitung. Weiß doch jeder, dass heutzutage kein Bild mehr rausgeht, ohne dass es vorher gephotoshopt wird«, entgegnete Erding. Charlotte drehte sich zu ihr, verengte die Augen zu schmalen Schlitzen und blitzte sie knurrig an.

»Woher wollen Sie das wissen?« Sie räusperte sich. »Sind Sie auch bearbeitet?« Ein Grinsen huschte über das Gesicht von Charlotte, als plötzliches Gelächter die angespannte Stimmung für einen Moment in Luft auflöste. »Außerdem bin ich selbst Fotografin und lasse sehr wohl Aufnahmen unbearbeitet, wenn sie aus sich heraus schön sind.« Erneut scannte sie die attraktive Profilerin mit stechendem Blick. Erding trat einen Schritt zurück, steckte die Hände in ihre Hosentaschen und erhoffte sich Schützenhilfe der beiden Kommissare, die wie die Kollegen verlegen zu Boden blickten und sich grinsend hinter ihren Akten verschanzten.

»Meine Liebe, so war das keineswegs gemeint. Ich bin schließlich kein Fotograf.« Schnell versenkte sie den Blick in die Fotografien.

»Ich bin nicht *Ihre Liebe*! Trotzdem, ich bin mir absolut sicher, das ist Marianne Lüders.« Entschlossen tippte sie mit dem Zeigefinger auf das Originalbild.

»Und wo wohnt diese Marianne Lüders? Wir sollten ihr einen Besuch abstatten, dann kann sie uns erklären, was sie im Staberhorst zu erledigen hatte. Ich glaube, dass das Foto etwas mit dem Tod von Mara zu tun hat. Es waren die letzten, die sie geschossen hat«, sagte Westermann. Plötzlich sah es nach Aufbruch aus. Der Hauptkommissar und sein Kollege streiften ihre Jacken über und blickten fragend auf Charlotte.

»Die wohnt Richtung Gahlendorf. Ich schreibe es euch auf.« Sie griff zu Papier, einem Stift und notierte Namen und Adresse.

Johanna Erding setzte sich wieder an den Platz und fing an, ihre Notizen aufzuschreiben. ›Sucht nach der Gemeinsamkeit der Opfer.‹ Unruhig rieb sie das Kinn. »Irgendetwas stimmt hier nicht. Bin ich auf dem Holzweg und wir suchen die falsche Person? Eine Frau? Vielleicht hat Hartwig doch recht?« Ihr war klar, dass Frauen sehr wohl in der Lage waren, ihren Mordgelüsten genauso nachzugehen wie männliche Täter. Allenfalls physisch war es in ihren Augen schwierig, das alleine in die Tat umzusetzen. Waren sie zu zweit? Die gefundenen Fußspuren könnten ein Hinweis darauf sein. Aber zwei Psychopathen? Ein Pärchen? Dann wäre alles noch sehr viel gefährlicher, als sie ahnten.

*

»Das liegt aber klasse«, sagte Hartwig, als sie den Wagen vor dem Grundstück parkten.

»Mhm, idyllisch«, lautete die knappe Antwort Westermanns. Das Haus lag eingebettet zwischen Wiesen und Feldern, die sanft zur Steilküste hin abfielen und den Blick auf die strahlend blaue Ostsee freigaben. Die Sonne schien und ließ das Meer glitzern. Ein Segelboot kreuzte auf dem Wasser.

»Da wär ich jetzt auch gern«, erwähnte Thomas und steckte die Hände in die Taschen. Westermann spürte, dass es ihm schwerfiel, seine Gefühle in Worte zu fassen. Lächelnd zog er die Pfeife aus der Jackentasche und entzündete sie.

»Lass uns ein Stück laufen und den Kopf in den Wind halten. Ich möchte mir die Umgebung ansehen. Ich brauche noch ein paar Minuten, um klar denken zu können. Die derzeitige Lage ist verwirrend, und ich benötige eine logische Sichtweise.« Er stieß den Rauch in den Himmel.

»Von mir aus, obwohl ich nicht weiß, ob das Gestinke dir

hilft. Du solltest lieber die Pfeife ausmachen, dann hast du frische Luft, und der Verstand kommt wie von selbst.«

Westermann blieb stehen und sah Hartwig von der Seite an. Thomas wirkte auf ihn wesentlich abgeklärter als noch ein Jahr zuvor. Das Kindliche war aus seinem Wesen verschwunden, und ein markanter, gesetzter Zug spiegelte sich in den blauen Augen wider. In verwaschenen Jeans und der dunkelbraunen Lederjacke, die er sich erst kürzlich zugelegt hatte, war er zu einem äußerst attraktiven Mann gereift. *Ja, der Job bringt so einiges mit sich*, dachte er und war froh, ihn an seiner Seite zu wissen. Wenn er manches Mal auch ein wenig wild war und über die Stränge schlug, so konnte er sich im richtigen Moment auf ihn verlassen. Westermann lächelte.

»Jungchen, die Pfeife ist das, was mir Ruhe gibt. Wenn ich sie im Mund habe, kann ich mich wesentlich besser konzentrieren.« Er grinste, und sie liefen eine Weile, bis sie oberhalb der Steilküste von Gahlendorf ankamen.

»Das ist eine schöne Ecke auf der Insel«, stellte Thomas Hartwig erstaunt fest. »Sieh mal den geilen Strand. Der ist richtig weiß. Toll! Und wie flach das Wasser hier ist. Karibisch! Lass uns runtergehen.« Ohne eine Antwort abzuwarten, stiefelte er in seinen Boots den steilen, schlierigen Sandweg hinunter, nicht ohne auf dem matschigen Weg zweimal ins Straucheln zu geraten, bis er ans Wasser gelangte. »Nun komm schon, das ist mega!« Westermann schüttelte lächelnd den Kopf.

»Ne, du kommst zurück! Wir müssen.« Der Hauptkommissar drehte sich um und hatte plötzlich das Gefühl, dass er die Lösung im Haus von Marianne Lüders fand. Thomas folgte ihm und versuchte, ihn einzuholen. »Was ist denn mit dir auf einmal los?«

»Mir ist klar, dass wir keine Sekunde verplempern dürfen, bis wir Sophie gefunden haben, verstehst du? Vielleicht lebt sie wirklich noch.« Im Stechschritt eilten sie die marode Fahrbahn zurück bis zum Grundstück. Ein paar Minuten später standen sie vor dem Tor zu Marianne Lüders' Haus und klingelten. Nichts regte sich.

»Lass uns ein bisschen umsehen«, sagte Thomas.

»Aber du siehst doch, das ist verschlossen wie Fort Knox.« Ein Zaun umschloss nicht nur das Grundstück. Auch die schwere Eingangspforte schien mindestens zwei Meter hoch zu sein. Erneut drückte Hartwig den Klingelknopf, der von außen an das Tor angebracht war.

»Scheint wirklich niemand zu Hause zu sein. Vielleicht arbeitet die Lüders.«

»Könnte angehen. Wir fahren gegen Abend noch einmal her.« In diesem Moment summte das Handy von Westermann. Er zog es aus der Jackentasche, Strich über das Display und öffnete die SMS Die Nummer kannte er bereits, die Mitteilung ließ ihm einen Schauer über den Rücken laufen. ›Wenn das neunte Mal die Glocken läuten, auf dem Platz, dem rechten, brennt sie lichterloh … das Böse wird zurückgedrängt in die Hölle. Dann ist der Hexentrieb vorbei, und das Übel wird geheilt.‹

Fassungslos schüttelte er den Kopf. Hexentrieb? Das hat etwas mit unseren Fällen zu tun, da bin ich mir … das gibt's doch nicht …

*

»Was halten Sie davon, wenn wir zusammen etwas essen gehen? In einer angenehmeren Atmosphäre fällt uns vielleicht mehr zu den Gemeinsamkeiten der Opfer ein. Außerdem habe ich langsam mächtigen Hunger.« Westermann blickte von Erding zu Hartwig. »Und?«

»Von mir aus«, antwortete Johanna Erding.

Thomas Hartwig nickte, wie immer, wenn es ums Essen ging, war er dabei.

»Aber bitte nicht wieder eine Inseltour veranstalten. Lass uns in Burg bleiben.«

»Auch gut«, sagte der Hauptkommissar.

»Mir ist es gleich, ich kenne mich hier sowieso nicht aus«, bemerkte die Fallanalytikerin.

»Grieche? Italiener? Deutsch?«

»Lass uns zu ›Don Camillo e Peppone‹ gehen. Der neue Laden ist echt nett. Und ich hätte tierischen Hunger auf Pizza.«

»Hunger? Appetit nennt man das, was du hast. Aber das ist trotzdem eine gute Idee.«

Sie zogen ihre Jacken über und stiefelten zügig die Bahnhofstraße entlang, bis sie das Restaurant am Markt erreichten. Hartwig wunderte sich, wie man mit mindestens zehn Zentimeter hohen Absätzen so schnell laufen konnte, und blickte die hübsche Kollegin bewundernd von der Seite an.

Herrlicher Duft von Pizzateig und Gewürzen schlug ihnen entgegen, als sie die Tür öffneten und eintraten.

»Da ist gerade ein Platz freigeworden. Von dort kann man die Leute beobachten«, sagte Hartwig, betrachtete die bodentiefen Fenster und wies auf einen freien Tisch.

»Wir wollen keine Leute beobachten, wir müssen unsere bisherigen Erkenntnisse sortieren und zu einer Lösung kommen«, säuselte Erding. Westermann nickte. Thomas zog die Lederjacke aus, als hätte er die Worte nicht gehört, und setzte sich. Während er die Speisekarte studierte, die eine junge Kellnerin gereicht hatte, schob er die Ärmel seines zerknitterten Sweatshirts hoch. »Jam Jam.«

»Das sieht gut aus«, stellte Westermann sachlich fest, als er die Bedienung beobachtete, die gefüllte Teller am Nebentisch servierte.

»Wenn das Essen genauso schmeckt, wie es aussieht, bin ich zufrieden«, murmelte die Profilerin. Sie schlüpfte aus ihrem Mantel, hängte ihn über die Stuhllehne und krempelte ihre Blusenärmel auf.

»Für einen Sondereinsatz wären Sie aber nicht geeignet«, entgegnete Hartwig trocken. »Der Schuhe wegen, meine ich.« Die Blicke, die sein Kollege ihm zuwarf, ließen ihn augenblicklich verstummen. Stur stierte er auf die Speisekarte, als könnte er sich nicht entscheiden, und bestellte letztendlich eine Pizza mit Gorgonzola und Rucola. Erding und Westermann wählten Carganelli mit Lachs und frischem Spinat an Hummersoße.

»Das ist wirklich megalecker«, schmatzte Hartwig, als er das erste Pizzastück in den Mund schob.

»Kommen wir noch einmal zu den Gemeinsamkeiten. Was meinten Sie damit genau, Frau Erding?« Westermann wischte mit der Serviette über die Lippen und schnalzte zufrieden mit der Zunge.

»Zuallererst sollten wir das Gesieze lassen. Wir arbeiten hier eng zusammen, und es ist wohl förderlich, sich auf eine andere Ebene zu begeben. Ich heiße Johanna.« Sie hob das Glas und prostete den Kollegen augenzwinkernd zu. Hartwig sah der Fallanalytikerin verständnislos in die braunen Augen. Das geschwollene Gerede gefiel ihm nicht sonderlich. *Das passt zu der Modetussi,* dachte er.

»Dirk, und der schweigsame Beamte neben mir heißt Thomas.« Er hatte sehr wohl mitbekommen, dass Hartwig Schwierigkeiten hatte, den bisherigen Ausführungen Erdings zu folgen.

»Von mir aus«, murmelte er und stopfte sich ein weiteres Pizzastück in den Mund, das er mit Lambrusco hinunterspülte. Die Atmosphäre in der Pizzeria hatte etwas von der Leichtigkeit des italienischen Lebensgefühls. Leise Hintergrundmusik von Eros Ramazzotti verstärkte diesen Eindruck.

Die Kellnerin, die an ihrem Tisch bediente, kokettierte ganz offensichtlich mit Thomas. Mit gegeltem Kurzhaarschnitt und huskyblauen Augen stellte er einen faszinierenden Typen dar, der jungen Frauen die Köpfe verdrehen konnte. Er blinzelte ihr grinsend zu, was sie umgehend mit einem Lächeln erwiderte.

»Kannst du mal wieder zurück in die Gegenwart?« Westermann betrachtete die hübsche Italienerin und neigte schmunzelnd den Kopf.

»Als Gemeinsamkeiten kommen für mich gleiche Interessen infrage«, sagte Johanna und sah Dirk Westermann nachdenklich an. Auf ihre Wangen legte sich ein rosafarbener Hauch. »Ähnliche Hobbys und sportliche Aktivitäten«, stotterte sie. »Vielleicht sind sie im selben Verein. Im Chor oder was weiß ich. Forstet die Vorlieben der Mädchen durch.« Sie tupfte den Mund ab, nachdem sie den letzten Bissen vertilgt hatte. Zufrieden rieb sie mit der Hand den flachen Bauch und wischte mit dem Handrücken über die Lippen, als Zeichen, dass es ihr geschmeckt hatte. Westermann beobachtete sie genau und war erstaunt, wie normal sich die studierte Kriminaloberkommissarin verhielt. »Was haben wir? Wir haben die gemeinsame rote Haarfarbe, die allerdings bei der zweiten Toten nachträglich gefärbt wurde. Wir haben kleine silberne Kreuze, die verkehrt herum als Symbol des Satans angebracht wurden. Wir haben entfernte Körperteile und rituelle Ablageorte wie den Galgenberg und den nicht minder geheimnisumwitterten, wenn auch nicht historischen Ostersoll, an dem sich vor vielen Jahren ein Selbstmord zugetragen hat. Ein Ort des Todes. Am Galgenberg wurden nachweislich Menschen gerichtet.« Johanna tupfte mit einer Serviette erneut über die Lippen, bevor sie fortfuhr. »Geköpft, um genau zu sein. Der Galgen ist also irreführend, wenn ich das mal so sagen darf. Das sind die bisherigen Gemeinsamkeiten der Fälle. Ich finde, damit können wir schon etwas anfangen.« Plötzlich bemerkte sie, wie Westermann bleich wurde und sie mit offenem Mund anstarrte. Seine Mundwinkel zuckten. »Was ist los? Hast du dich verschluckt?«, fragte Erding.

»Moment.« Er griff nach dem Handy, das neben ihm auf dem Tisch lag, und öffnete die Textnachrichten. Laut las er vor. »*Zu jener Zeit häufte sich die Erde, umgeben von Reihen alter Steine, um Gerechtigkeit zu verkünden. Die Zeichen waren aber die Falschen.*«

»Wo hast du das denn her? Und warum zeigst du uns das erst jetzt?« Sie deutete auf Hartwig und sich selbst.

»Ich kenn das schon, ein Fake, wenn ihr mich fragt«, antwortete Hartwig lapidar. »Von wem ist das?«

»Prepaidnummer. Nicht zuzuordnen«, antwortete Westermann. »Henning hat bereits alles versucht.«

»Ich habe bis zu diesem Augenblick mehrere SMS mit Hinweisen erhalten, die mir merkwürdig erschienen und von denen ich nicht wusste, was sie bedeuten sollten. Bisher konnte ich es mit den Fällen nicht in Verbindung bringen, weil es für mich überhaupt keinen Zusammenhang ergab. Ich ignorierte es als Fake«, er sah Thomas bedeutungsvoll an. »Aber vielleicht ...« Er blickte die Profilerin an und schien irritiert.

»Zeig mal her«, forderte sie.

Westermann reichte ihr das Handy. »Zu jener Zeit – also wahrscheinlich vor langer Zeit – häufte sich die Erde. Eiszeit?«

»Zu weit hergeholt«, antwortete der Hauptkommissar. »Ein Erdhaufen, Erdhügel, Hügel, Berg?«

»Auf jeden Fall ein Haufen Erde«, meinte Hartwig gelassen und formte mit der Hand einen imaginären Berg neben sich.

»Lass mich weiter schauen. Gerechtigkeit verkünden. Wo wurde hier früher Gerechtigkeit verkündet? Recht ausgeführt?«

»Im Gericht?«, mutmaßte Hartwig. Erding wiegelte ab. »Hier gab es kein Gericht. Hier gab es Richtplätze, Richtplatz. Galgenberg!«, schnipste sie.

»Und woher weißt du das alles, Johanna?« Westermann sprach ihren Vornamen aus, als wenn sie sich schon ewig kennen würden.

»Ich habe mich ein wenig mit der Historie der Insel befasst, weil die markanten Symbole der Mordfälle ebenfalls historischen Hintergrund haben. Die Fesselungen, die Ablageplätze. Geschichtsträchtiger geht es kaum.« Die Kommissare nickten zustimmend.

»Die falschen Zeichen, was soll das bedeuten?«, fragte Hartwig. Das Interesse, diese äußerst merkwürdigen Rätsel der SMS zu lösen hatte plötzlich vorrangige Priorität.

»Falsche Zeichen, Vorzeichen? Das muss irgendetwas bedeuten, was wir wissen sollten«, überlegte Johanna laut. Westermann grübelte, dann antwortete er.

»Das kann ich dir sagen. Das falsche Zeichen war der

Galgen. Es wurde niemals jemand dort gehängt, wenn ich mich recht erinnere«, antwortete Westermann.

»Der zweite Tatort!«, sagte die Fallanalytikerin.

»Was du alles weißt«, grunzte Hartwig. »Die Tote wurde geköpft, genau wie die Verurteilten, die in früheren Jahrhunderten ihren Tod an eben dieser Stelle fanden.«

»Aber warum hat man dann einen Galgen aufgestellt, wenn Verbrecher einen Kopf kürzer gemacht wurden?« Hartwig fuhr demonstrativ mit der Handkante am Hals entlang.

»Wahrscheinlich diente der nur zur Abschreckung. Das Hängen war eine quälende Angelegenheit, das Köpfen auf jeden Fall humaner«, murmelte Erding und trank einen Schluck Wasser.

»Ja, das mit dem Galgenberg könnte stimmen. Das war bis ins 19. Jahrhundert der Richtplatz der Insel. Hab ich mir von Henning erzählen lassen«, erklärte Westermann.

»Beeindruckend«, sagte Johanna. »Die Mitteilungen stellen für uns Rätsel dar! Du hast da auf deinem Handy zweifellos Botschaften von unserem Mörder!« Jetzt stutzte auch Hartwig. Westermann druckste und presste die Lippen zusammen. »Sind da noch weitere Informationen?«

»Ja, scroll weiter nach oben.«

»Das gibt's doch nicht! *Wenn über Kreuz die Sünde liegt, ruht an der Stätte, die nicht der Wahrheitsfindung dient, die Wahrheit in der Tiefe.*«

»Wann hast du die bekommen?«

»Bevor ich zum Fundort der Mara Osterdeich gerufen wurde. Jetzt, wo du es sagst. Der musste genau wissen, dass ich vor Ort bin und den Fall in die Hand nehme.«

»Na ja, nach eurem spektakulären ersten Mordfall war dein, euer Name ja in aller Munde, oder?«

»Das kann man wohl sagen«, meinte Hartwig und bestellte einen weiteren Lambrusco.

»Warum richtet der Täter die Opfer?« Gebannt starrten die Kommissare auf Erdings rote Lippen, als folgte sogleich die Lösung.

»Bestrafung?«, fragte Hartwig unsicher. »Ja, aber wofür bestraft er sie? Was haben die Frauen getan, dass man sie regelrecht hinrichtet?«

»Die Fesselungen, die laut eurem Kollegen Henning auf ein Hexenritual hinweisen. Nehmen wir an, die zwei Toten und die Vermisste sind vermeintliche Hexen. Die toten Frauen gehörten sicher zu den vermeintlichen Zauberinnen.« Die Männer nickten. Westermann war bei dem Gedanken an Sophie noch blasser geworden. Jetzt bekam alles langsam, aber sicher einen Sinn. Die Angst um das Mädchen ließ selbst den abgeklärten Kommissar, der für strukturierte, analytische Gedankengänge bekannt war, angstvoll nach vorn blicken.

»Das sind keine Hexen«, antwortete Hartwig und tippte den Finger gegen die Stirn.

»Doch, es sind welche. In seinen Augen sind sie es, weil sie irgendetwas machen, was ihn an Hexen oder Hexerei erinnert.«

»Der Typ spielt mit uns. Der gibt uns jede Menge Hinweise«, sagte Erding.

»Leider stimmt das so nicht«, antwortete Westermann und öffnete stumm die dritte Mitteilung. Geschockt sahen beide ihn an. Die Fallanalytikerin nahm das Handy erneut, las leise vor und holte tief Luft.

»*Wenn das neunte Mal die Glocken läuten, auf dem Platz, dem rechten, brennt sie lichterloh … das Böse wird zurückgedrängt in die Hölle. Dann ist der Hexentrieb vorbei, und das Übel wird geheilt.*«

»Auf jeden Fall lebt sie noch«, betonte sie.

»Warum?«, wollte Hartwig wissen.

»Weil die Glocken erst läuten werden, und dann brennt sie lichterloh. Dann ist der Hexentrieb vorbei.« Sie tippte auf die Mitteilung. Die Männer waren für einen Moment sprachlos.

»Wir müssen herausfinden, was die Zeilen bedeuten, dann haben wir unseren Tatort und vielleicht auch den Mörder.«

»Das verstehe ich nicht«, erwiderte Hartwig angespannt, während Westermann den Teller von sich schob. Er setzte die Brille auf den Kopf und rieb mit Zeigefinger und Daumen erschöpft die Augen. Man spürte die Spannung, die in der Luft lag.

»Das sind alles Rituale, die Hexenkult und Zauberei geschuldet sind«, sagte Erding. »Und jetzt suchen wir die Gemeinsamkeiten.«

»Zauberei, ihr spinnt! Kokolores. Das gibt's alles überhaupt nicht. Mann, wir leben im 21. Jahrhundert, in der Medienzeit, schon mal was davon gehört? Handys, Computer und Technik spielen eine entscheidende Rolle, aber kein Hexenwerk.« Thomas tippte gegen die Stirn.

»Nein, nein«, rief Erding. »Sie haben etwas getan, was einer Hexentat gleichkommt, eine Sünde begangen, wie sie den Frauen im 17. Jahrhundert oft nachgesagt wurde. Sie haben Männer verführt, sie quasi verhext. Oder sie hatten eine besondere Vorliebe, Kartenlegen, Hellsehen, Heilen oder Ähnliches.«

»Hellsehen, oh nee …«

»Stopp, Thomas, halt jetzt bitte den Mund, wenn dir das auch zehnmal unsinnig erscheint. Ansonsten kannst du deine Akten wälzen und sehen, ob du die Lösung schneller parat hast.« Westermann war aufgebracht, sah den Kollegen angriffslustig an und konzentrierte sich anschließend wieder auf Johannas Ausführungen. Er stützte seinen Ellbogen auf die Tischplatte, legte das Kinn auf die geöffnete Hand.

»Noch mal, was haben die Frauen gemacht?« Schuldbewusst blickte Thomas Hartwig auf und erwähnte beiläufig: »Erinnerst du dich an die Wohnung dieser Hanna?« Westermann zuckte mit den Schultern.

»Was meinst du?«

»Ich meine den Tisch in dem Erker, auf dem Spielkarten rumlagen. Für eine Art Séance oder so.« Westermann sah ihn wissend an.

»Ja, du hast recht. Das könnte bedeuten, dass sie Karten gelegt hat, Kartenlegen, Hexe?«

Erding nickte. »Ja, kann durchaus sein. Was ist mit der ersten Leiche? Habt ihr in ihrer Wohnung irgendwas gefunden?« Die Kommissare schüttelten die Köpfe.

»Doch!«, sagte Dirk Westermann. »Wenn ich mich richtig erinnere, fotografierte diese Mara überwiegend unheimliche Orte. Sie machte sozusagen Geisterfotos. Von dort kommt auch das Bild, das Charlotte Hagedorn dermaßen aufgebracht hat.« Johanna klopfte mit den Fingern gegen die Lippen und sah die Männer unverwandt an.

»Das ist es, das ist es«, rief sie und schlug krachend mit der Faust auf den Tisch. Die anwesenden Gäste unterbrachen ihre Gespräche und sahen die drei verwundert an. Auf einmal war es mucksmäuschenstill im Lokal. Leise sprachen sie weiter.

»Und Sophie?« Westermann schluckte. Sie erinnerte ihn eher an einen Engel als an eine Hexe. *War sie wirklich ein Engel? Ein gefangener Engel? Das Rätsel muss gelöst werden, bevor Schlimmeres passiert!*

»Wir müssen umgehend in die Wohnung von Sophie Larsen. Vielleicht finden wir dort einen Anhaltspunkt auf ein ähnliches Hobby. Zahlen bitte«, rief Westermann und sprang vom Stuhl auf. Er winkte die Kellnerin heran und verlangte die Rechnung. Dann ging er zügig zur Garderobe und schlüpfte in seinen Caban. »Mann, Mann. Ich hoffe, dass das Mädchen noch lebt.« Westermann sah beide angespannt an. Die nickten und gemeinsam verließen sie das Restaurant.

Die erneute Untersuchung der Wohnung brachte allerdings keine weiteren Erkenntnisse. Weder Tarotkarten noch Pendel und schon gar keine Glaskugel, in der man verschwommene Gestalten erkannte, wenn man nur lange genug hineinstarrte. Nichts, was auch nur im Geringsten auf irgendwelche mystischen Aktivitäten hinwies. Ein paar Bücher über Engel, die den Kommissaren als einzige Hinweise dienten. Ansonsten las sie Thriller von Adler Olsen, Stieg Larsson und im kompletten Widerspruch dazu Rosamunde Pilcher.

»Sieh an, sieh an, welch düstere Pfade dieses himmlische Wesen beschreitet. So harmlos, wie jeder uns hier weismachen will, scheint sie dann doch nicht zu sein.« Westermann zog den neuen Krimi von Adler Olsen aus dem Regal. »*Selfies*«, ließ er trocken verlauten und blätterte.

»Der Weg war umsonst«, sagte Hartwig, und Westermann sah die Enttäuschung auf seinem Gesicht.

»Kein Weg ist umsonst, Jungchen.«

»Vielleicht ist es das Thema. Vielleicht ist unsere Sophie ein Engel«, schmunzelte Hartwig. »So, wie sie aussieht.«

»Na ja, du weißt ja, dass hinter einer hübschen Fassade genauso gut ein Dämon stecken kann.«

Wortlos verließen sie die Wohnung und stiegen in ihren Wagen.

»Lass uns erstmal zur Pension fahren, ich möchte unbedingt duschen und frische Klamotten anziehen«, sagte Dirk.

»Ja, du stinkst«, entgegnete Thomas.

»Na schau dich mal selbst im Spiegel an, da würdest du erschrecken«, monierte Westermann.

Als sie den Dienstwagen auf dem Parkplatz parkten, fiel ihnen auf, dass Nele Martin dabei war, Blumen in Kübel zu pflanzen.

»Moin, Frau Martin, alles klar?« Thomas Hartwig tippte der Pensionswirtin auf die Schulter. Sie fuhr erschreckt herum und wischte mit dem Handrücken Schweißperlen von der Stirn.

»Wie können Sie mich so erschrecken«, rief sie entrüstet.

»Wir wollten nur Hallo sagen«, erwiderte der Hauptkommissar freundlich. »Sie haben hier alles so hübsch angelegt. Sehr nett, wirklich. Und das Haus ist neu gestrichen, oder? Das sieht ja toll aus. Ist mir vorher gar nicht so aufgefallen. Super.« Er betrachtete die Fassade, die Kübel, die links und rechts neben der Tür auf den Stufen standen und mit Weihrauchpflanzen und Efeu bepflanzt waren. »Sie haben hier eine kleine Puppenstube.« Westermann benutzte das Wort Puppenstube, was Hartwig nachdenklich stimmte.

»Ist mit dir alles in Ordnung?«, fragte er besorgt und grinste.

»Sei ruhig«, flüsterte er und schob den Kollegen zum Gästehaus. »Man wird ja wohl freundlich sein dürfen.«

»Wir treffen uns in einer Stunde«, sagte Westermann. »Mach dir Gedanken über das Läuten in meiner Handymessage. Vielleicht findest du in dem Bücherregal im Flur eine Bibel. Und füttere die Katze. Du hast doch Futter besorgt?« Hartwigs Gesicht wurde rot wie eine Tomate. *Die Katze!*

»Und glauben Sie man ja nicht, dass ich das mit der Katze nicht längst mitgekriegt habe«, rief Nele Martin den Beamten zu, die noch im Eingang standen. »Ich hab sie auch schon gefüttert, das arme Tier. Aber dass das nicht noch mal vorkommt. Haustiere sind hier nicht erlaubt!«

Hartwig winkte ihr kurz zu und verschwand schleunigst im Haus. Westermann machte auf dem Absatz kehrt und lief durch den angrenzenden Park. Er versuchte, die letzten Momente von Sophie nachzustellen, und schritt Meter für Meter noch einmal den Weg ab. Erfolglos.

Kurz vor 19 Uhr betraten sie die Dienststelle. Hauptkommissar Schütt begrüßte sie bereits im Flur.

»Die Charlotte sitzt nebenan und wartet auf Sie.« Er sah Westermann an.

»Nun, ich denke, wir lassen das mit dem Gesieze. Ich bin Dirk, und das ist Thomas. Alles andere ist verworren genug.«

Schütt nickte und reichte den Männern die Hand. »Olaf.«

Gemeinsam gingen sie ins Büro, in dem Charlotte eine geschlagene halbe Stunde in Zeitschriften blätterte, die Becker ihr gereicht hatte.

»Na endlich. Wird aber auch Zeit, dass ihr endlich kommt. Wird ja schon bald wieder dunkel. Habt ihr die Marianne befragt?« Ihre Beine baumelten unter dem Stuhl, als sie über den Rand ihrer Lesebrille blickte.

»Nein, sie war nicht zu Hause«, antwortete Hartwig.

»Na, die wird einkaufen sein. Ich denke, heute Abend ist sie sicherlich daheim. Sie fährt nicht gern Auto, wenn es dunkel wird.«

»Das ist endlich mal eine vernünftige Aussage«, sagte Hartwig. »Aber danke, Charlotte, dass du dir so viel Kopf machst. Was gibt es denn Wichtiges, dass du hier bist?« Sie rutschte auf ihrem Stuhl umher, fummelte mit ihren Händen an ihrer Mütze herum und versuchte, die richtigen Worte zu finden.

»Also, ich habe noch einmal darüber nachgedacht, was die Gemeinsamkeit der drei Opfer sein könnte.«

»Es sind nur zwei, und ich hoffe, es bleibt dabei«, sagte Westermann und steckte die Pfeife zwischen die Lippen. Charlotte hüstelte wie auf Kommando.

»Schon gut, ich lass es ja.«

»Also«, begann sie ihren Monolog fortzuführen. »Die Frauen haben die gleiche Ader.«

»Gleiche Ader? Was meinen Sie denn damit?«, fragte Hartwig.

»Na, ja, sie frönen demselben Hobby, um es mal so auszudrücken.«

»Dasselbe Hobby?« Er schob ein Kaugummi in den Mund. »Ja, nun lassen Sie mich doch mal zu Ende reden. Die Mara fotografierte unheimliche Orte, die Hanna ist so was wie eine Hexe auf Rezept.«

»Was soll das denn bedeuten?« Hartwig schüttelte verständnislos den Kopf. »Sie ist Heilpraktikerin und hat sich spezialisiert. Ich war auch schon einmal bei ihr in Behandlung. Übrigens mit Erfolg. In einem früheren Leben war ich eine …«

»Nun lass mal gut sein. Was willst du uns sagen?«

»Sie hat Leute in ein anderes Leben geführt. Rückführung nennt man das. Reinkarnationstherapie, um genau zu sein.«

»Das ist ja alles schön und gut, so weit waren wir bereits, aber eines passt da gar nicht«, unterbrach Westermann sie.

»Die Sophie – wir haben die gesamte Wohnung noch mal auf den Kopf gestellt und nichts, aber auch gar nichts gefunden, was darauf hindeutet, dass sie ein übersinnliches Hobby pflegt. Außer ein paar Engelbüchern nichts. Eher Gruselkabinett mit düsteren Ambitionen, wenn man ihre restliche Lektüre anschaut.« Der Hauptkommissar schenkte Kaffee aus der Maschine in einen Becher.

»Doch, sie hat das Besondere.« Die Männer starrten sie plötzlich an.

»Werd mal deutlich«, sagte Dirk und blickte sie ernst an. »Sie ist eine Seherin!«

»Sie ist was?«, riefen beide Männer wie aus einem Mund.

»Eine Seherin. Sie kann Tote sehen. Es machte ihr von Anfang an mächtig Angst, aber sie kann es. Und die Hanna, das weiß ich von ihrer Mutter, hat ihr dabei geholfen, damit klarzukommen.«

»Ach nee«, äußerte Westermann und leerte den Becher. »Und wieso erfahren wir das erst jetzt?«

»Hat mich irgendjemand danach gefragt?«, antwortete sie keck. »Und die Mara kennen sie natürlich auch. Das ist eine Fehmaranerin. Man kennt sich hier. Wenn ich mich recht erinnere, haben die sich ab und zu getroffen, Gedankenaustausch und so.«

»Gedankenaustausch«, sinnierte Westermann. »Jetzt passt alles zusammen!«, rief er und knallte den Keramikbecher so wuchtig auf die Tischplatte, dass Charlotte erschreckt zusammenzuckte.

»Wo ist das Motiv? Der bringt die doch nicht um, weil es ihm Spaß macht. Warum tötet er Frauen, die etwas mit übersinnlichem Zeug im Kopf haben?«

»Hass?« Westermann griff gedankenlos zum Feuerzeug und entzündete die Pfeife.

»Wenn ich bitten darf«, monierte Charlotte.

Der Hauptkommissar schien ihre forsche Anweisung nicht wahrzunehmen.

»Aber es gibt sicher noch mehr Hexen, äh, vermeintliche Hexen«, sagte Hartwig. Er ging zur Kaffeemaschine und goss den Rest der schwarzen Brühe in seinen Becher.

»Ich denke, die Mara hat ihn oder sie bei irgendetwas gestört, wie man auf den Fotos zweifelsohne erkennen konnte. Das zweite Opfer war Heilpraktikerin und legte Tarotkarten. Vielleicht hat sie ihm irgendwann die Karten ausgelegt oder so eine Rückführung abgehalten. Möglicherweise hat sie dem Mörder, ohne dass sie es wusste, etwas Schlimmes vorausgesagt«, sagte plötzlich Johanna Erding, die leise ins Büro gekommen war.

»Das ist doch totaler Quatsch«, rief Hartwig. Er hielt sich die Ohren zu. »Langsam, glaube ich, habt ihr völlig die Realität aus den Augen verloren. Da ist irgendein Spinner oder eine Spinnerin oder vielleicht zwei davon, die Bock darauf haben, Frauen zu töten. Ritual, ja, aber Hexenkult finde ich absolut abwegig.«

Thomas Hartwig bekam einen hochroten Kopf, zog die Jacke an und sagte: »Ich muss an die frische Luft, sonst krieg ich einen Koller.« Wortlos verließ er den Raum und ließ Charlotte, Westermann und die Profilerin sprachlos zurück.

»Johanna, sag mir eins, wieso Sophie, wenn sie überhaupt ein Opfer sein sollte? Charlottes Meinung nach kann sie Tote sehen. Und wenn ich mir die Fotos von Sophie ansehe, finde ich nichts, was darauf hindeutet, dass sie irgendjemandem etwas Schlimmes abverlangt.« Westermann öffnete das Fenster und blies den Rauch hinaus. Ihm schien die Sache immer mehr aus den Händen zu gleiten. Jetzt waren sie bereits genauso in diesem übersinnlichen Wust gefangen wie die drei Frauen.

Johanna Erding rieb sich das Kinn und grübelte. »Eventuell war er, gehen wir davon aus, dass es ein Mann ist, in sie verliebt. Vielleicht hat sie ihn zurückgewiesen. Wer weiß? Wenn es eine Frau war: Frauen können ziemlich biestig sein, das sag ich dir. Neid, Eifersucht, Hass.«

Charlotte seufzte, fixierte die Fallanalytikerin missbilligend, erhob sich, zog ihren Mantel vom Haken und schlüpfte hinein. Ihr war aufgefallen, dass die beiden sich duzten. Es gefiel ihr überhaupt nicht. *Die werde ich im Blick behalten,* dachte sie und sagte stattdessen: »Ich geh jetzt zu Katrin, und dann will ich nach Hause. Mir ist das alles mittlerweile viel zu kompliziert. Ich muss nachdenken. Soll ich deiner Süßen etwas ausrichten? Ich soll dich nämlich ganz herzlich grüßen und dir einen dicken Schmatzer geben.«

Verdattert sah Dirk Westermann sie von der Seite an.

»N… nein, brauchst du nicht. Ich melde mich bei ihr.« Sie reichte Dirk siegessicher die Hand, sah die Profilerin argwöhnisch an und verschwand, ohne sich von ihr zu verabschieden. Westermann stand kopfschüttelnd mit der Kollegin im Büro, beobachtete durch die geöffnete Tür, wie sie den Flur entlangrauschte. Im Nebenraum arbeiteten die Teamkollegen, die angestrengt nach Hinweisen suchten. *Ich werd verrückt. Das ist alles dermaßen unbegreiflich. Irgendwie drehen hier alle durch.* Verzweifelt sah er Johanna in die Augen.

✳

Der Hauptkommissar ließ sich auf einen Stuhl fallen, als er allein im Büro saß, lehnte sich zurück und verschränkte die Arme vor der Brust. Dann betrachtete er stirnrunzelnd die Fotos an der Wand. *Wo ist Sophie? Verdammt, Kind, wo bist du?*

Mittlerweile war es draußen dunkel. Westermann sprang auf, zog den Caban über und verließ die Dienststelle. Auf dem Parkplatz traf er Schütt.

»Alles klar? Du siehst nicht gut aus«, sagte er und sah den Hauptkommissar aus Oldenburg besorgt an.

»Ne, alles gut. Ich fahr jetzt zum Haus dieser Marianne Lüders. Mal schauen, welchen Grund sie hatte, im Staberholz rumzukriechen.«

»Mach das. Oder soll ich mitkommen?«

Westermann schüttelte den Kopf, stieg in den Wagen und fuhr Richtung Gahlendorf. Schon von Weitem konnte er sehen, dass Licht im alleinstehenden Gebäude brannte, um dessen Mauern sich ein schwarzes Band Finsternis gezogen hatte. *Zumindest scheint sie zu Hause zu sein. Vielleicht löst sich der ganze Waldrummel in Rauch auf.*

Er klingelte, wie bereits Stunden zuvor.

»Ja?«, erklang nach nochmaligem Läuten eine Stimme aus dem Lautsprecher neben dem Klingelknopf.

»Kriminalpolizei, Westermann, würden Sie bitte die Tür öffnen?«

Es war plötzlich ruhig. Weder Antwort noch Summen des Türöffners. Der Kommissar drückte erneut den Klingelknopf.

»Hallo? Öffnen Sie die Tür, ich habe ein paar Fragen.«

»Ja, ja, eine Minute, ich muss mir kurz etwas überziehen.« Das Tor schob sich wie von Geisterhand im Zeitlupentempo zu beiden Seiten auf, und Westermann schritt langsam die kiesbedeckte Auffahrt hinauf. Geduldig wartete er auf der obersten der drei ausgetretenen

Steinstufen. Er steckte die Hände in die Hosentaschen und blickte über die Felder. Aber es war zu dunkel, um überhaupt irgendetwas erkennen zu können. In der Ferne schwache Lichtpunkte vorbeifahrender Schiffe, das war alles, was er wahrnahm. Die Tür öffnete sich. Der Hauptkommissar drehte sich um und wich erstaunt einen Schritt zurück auf die nächsttiefere Stufe. Er nahm die Pfeife aus dem Mund und stopfte sie in die Jackentasche. Mit einer männlichen Person hatte er in diesem Moment nicht gerechnet.

»Kriminalpolizei, Westermann.« Er hielt dem hageren Mann den Dienstausweis entgegen. »Ich wollte eigentlich mit Frau Marianne Lüders sprechen.« Der überraschte Typ im Eingang machte keinerlei Anstalten, ihn hineinzubitten.

»Das ist meine Mutter«, sagte er, während er die nassen Finger mit einem schwarzen Tuch abtrocknete. »Die ist allerdings nicht zu Hause.« Sorgfältig faltete er das benutzte Handtuch zusammen und hielt es zwischen Daumen und Zeigefinger.

»Und wo finde ich Ihre Mutter? Es ist äußerst wichtig!« Der hochgewachsene Mann, etwa Mitte 30, fixierte ihn und fuhr mit einer Hand durch die kurz geschnittenen blonden Haare, die wie Stachel von der Kopfhaut abstanden. Im Schein der Flurlampe sah es aus, als trüge er einen Heiligenschein.

»Die ist seit zwei Monaten auf einer Kreuzfahrt mit einer ihrer Freundinnen, aber fragen Sie mich bloß nicht, wo die hin ist und mit wem. Die überwintern gern in der Sonne. Denen fällt ständig etwas Neues ein, so schnell kann ich kaum folgen, wie die ihre Koffer gepackt hat. Sie ist ständig unterwegs.« Er lachte sympathisch.

»Hat sie keine Nachricht hinterlassen, wo Sie sie im Ernstfall erreichen können?«, hakte Westermann nach.

»Nein, so eng ist unser Verhältnis nicht. Ich bin schließlich nicht ihr Aufpasser!« Der stechende Ton entging dem Hauptkommissar nicht.

»Und wann ist sie zurück? Hat sie Ihnen das wenigstens mitgeteilt?« Ungeduldig sah er den Mann an. Es schien, als hätte sich alles gegen ihn verschworen. Lüders verharrte immer noch regungslos im Eingangsbereich, zuckte teilnahmslos mit den Schultern.

»In den nächsten vier Wochen wollte sie wiederkommen. Mehr kann ich Ihnen nicht sagen. Aber was wollen Sie denn von ihr?« Er rollte das Handtuch zwischen den Fingern. Polizei im Haus, das machte keinen besonders guten Eindruck, falls jemand hier vorbei fuhr.

»Nur ein paar Fragen zu einer laufenden Ermittlung. Aber wenn ich schon dabei bin: Haben Sie eine Ahnung, was Ihre Mutter im Staberholz gemacht haben könnte, Herr …?«

»Lüders, Jakob Lüders, um genau zu sein. Meine Mutter – im Staberholz? Nein, das weiß ich nicht. Was soll sie da getrieben haben? Einen Spaziergang? Sie geht ziemlich oft spazieren. Warum nicht im Wald?« Er schüttelte den Kopf und zuckte die Schultern. »Gibt's sonst noch was? Ich muss jetzt rein, hab jede Menge Arbeit.« Der Polizeibeamte verneinte und verabschiedete sich.

»Dann nichts für ungut.« Er reichte ihm eine Visitenkarte. »Sie möchte mich bitte auf dem umgehend anrufen, wenn sie wieder da ist oder sich bei Ihnen meldet. Sie kann mich zu jeder Tages- und Nachtzeit erreichen.« Lüders nickte und verschloss sofort die Tür.

Der Beamte ging den Weg zurück, den er gekommen war,

zündete die Pfeife an und blieb neben dem Auto stehen. Er betrachtete das Haus und sah, wie sich hinter einem Vorhang eine Silhouette abzeichnete.

*

Die kleine, handbemalte Glocke über der Eingangstür, bei deren Geläut man das Gefühl bekam, als befände man sich auf einer Alm in Oberbayern, bimmelte, als Charlotte Hagedorn atemlos vom Treppenaufstieg die Tür aufriss.

»Hallo, Kind, hast du einen Tee für mich? Ich bin total geschafft. Musstest du dir unbedingt ein Büro im obersten Stockwerk einrichten?«

»Nun komm erst mal rein und setz dich. Warum bist du denn dermaßen außer Puste? Ich dachte, du bist so ein Sportass.« Katrin grinste und nahm Charlotte in den Arm.

»Ich außer Puste? Pah, ich komm nur grad von deinem Dirk, und mir raucht ziemlich der Dötz.« Sie wedelte mit der Hand vor ihrem Gesicht herum. und zog ihre Wollmütze vom verschwitzten Kopf. »Das Rauchen solltest du ihm aber mal ganz schnell abgewöhnen. Du weißt ja, dieser Gestank geht mir mächtig auf den Keks und macht obendrein krank.« Sie hüstelte theatralisch. Ihre Wangen glühten, und sie pellte sich aus ihrem Mantel. »Hier ist es bannig warm, Deern«, klagte sie und öffnete das Sprossenfenster sperrangelweit.

»He, nun lass das mal. Das ist mein Büro, und für meine Gäste muss es kuschelig sein.« Katrin ging zu Charlotte und verschloss das Fenster wieder. »Aber du kannst deine alte Tante hier nicht so …«

»Doch, ich kann. Setz dich, dann können wir in Ruhe Tee trinken. Die nächste Braut kommt erst in einer halben

Stunde. Und wenn Dirk Pfeife raucht, finde ich das sehr angenehm, um nicht zu sagen äußerst männlich«, erwiderte die Eventmanagerin trotzig. Widerwillig setzte sich Charlotte auf den weißen Korbsessel in der kleinen Wartelounge, die sich direkt im Eingangsbereich befand. »So spät kriegst du noch Kunden? Da ist es doch schon fast dunkel!«

Ihre Nichte stand vor dem Fenster, blickte hinaus und sah die Breite Straße hinunter. Die Beleuchtung der Altstadt wirkte heimelig und urgemütlich. »Manche meiner Kunden kommen erst, wenn sie Feierabend haben, das weißt du«, antwortete sie gereizt.

Ihre Tante nickte und sah sie verwundert an. »Da unten gehen langsam die Lichter aus, und hier gehen sie an«, sagte Katrin und steckte eine Hand in die Tasche ihrer dunkelblauen Leinenhose. Abwesend strich sie mit der anderen ihre Bluse glatt, in dessen Gewebe sich vom Sitzen Knitterfalten festgesetzt hatten. Der dicke Zopf fiel ihr über den Rücken.

»Siehst toll aus, brauchst nicht zu plätten, alles paletti!« Charlotte Hagedorn hob stolz den Daumen in die Höhe. Ihre Nichte winkte ab und ging in den hinteren Bereich des Büros. Wie praktisch für sie und ihre Brautleute, dass sich das Büro in der Innenstadt von Burg befand. Die Aufteilung der Agentur war komfortabel. Sie hatte zwei gleichgroße Räume zur Verfügung, in denen zum einen eine Kosmetikerin die Bräute schminkte und frisierte, während Katrin im anderen Zimmer letzte Feinheiten für das besondere Event abarbeiten konnte. Alles in einer Hand unter einem Dach! Die Idee kam ihr, als sie unbeabsichtigt ein Gespräch im Wartezimmer des Hausarztes mitangehört hatte. Mehrere Frauen unterhielten sich lautstark darüber, dass man auf der Insel sämtliche Details für eine Hochzeit mühsam zusammensuchen musste. Sie nahm diesen Gedanken auf und hatte, kaum zu Hause angekommen, einen Plan für die Zukunft ihrer Hochzeitsagentur erstellt. Ihre Tante war begeistert und bot prompt ihre Hilfe als Hochzeitsfotografin an.

Eine Kosmetikerin fand sie ohne Probleme nach kürzester Zeit, ebenso ein Floristikunternehmen, das Brausträuße und Dekorationen anfertigte. Restaurants gab es genügend auf der Insel, und so war für jeden etwas dabei. Selbst ein Cabriolet als Brautauto führte sie im Programm. Leckere Hochzeitstorten bestellte sie entweder im Hofcafé in Klausdorf oder im Café Albertsdorf, die berühmt für ihre aufwändigen Motto-Torten waren.

»Warum machst du dein Büro nicht am Sund auf? Die Wohnung ist groß genug«, fragte Charlotte.

»Nein, Burg ist super. Da bin ich direkt im Ort und jeder findet mich. Die zentrale Lage ist einmalig.« Eine gut durchdachte Homepage brachte Heiratswillige selbst aus Italien, England und der Schweiz auf die Insel, auf der eigentlich meistens die Sonne schien. Nur im Moment hatte das Wetter sich wieder einmal den grausamen Gegebenheiten angepasst. So zumindest schien es.

Katrin war sichtlich stolz auf ihre Hochzeitsagentur ›Inseltraum‹. Sie spürte die Verbundenheit mit der Insel und ihren Menschen von Tag zu Tag mehr und konnte sich kaum vorstellen, jemals wieder woanders leben zu können als auf Fehmarn.

Ein paar Minuten später kam sie mit Teebechern und einer Keksschüssel zur Wartelounge.

»Nun trink erst mal was, dann erzählst du mir, was los ist. Ich seh doch, dass es dir nicht besonders gut geht.« Sie setzte sich zu ihrer Tante, die sofort nach den Keksen griff und zwei davon auf einmal in den Mund stopfte.

»'tschuldigung«, murmelte sie, »ich hab Hunger.« Katrin lächelte, obwohl es ihr selbst nicht gerade berauschend ging, und ließ Charlotte über deren Ermittlungsschritte berichten. Sie hörte zwar zu, nahm die Informationen aber nur am Rande auf. Kurz darauf öffnete sich die Tür und ein offensichtlich verliebtes Paar betrat schüchtern das Büro.

»So, Tantchen, jetzt muss ich.« Sie erhob sich und half Charlotte in den Mantel.

»Bis nachher«, sagte sie und drückte ihr einen Kuss auf die Wange. »Du solltest lieber etwas mit deinem Kommissar unternehmen. Ich glaube, der ist schlecht drauf.« Charlotte Hagedorn blickte ihrer Nichte in die Augen, in denen auf einmal ein verräterischer Glanz schimmerte. Sie schluckte.

»Dann geht es uns allen wohl zurzeit nicht so gut. Tschüss, Miss Marple, ich muss jetzt.« Eilig drängte sie die Künstlerin aus der Tür, wischte mit dem Handrücken die Träne weg, die im Augenwinkel glitzerte, und begrüßte anschließend lächelnd ihre Gäste.

٭

Nils stapfte durch den Sand.

»Hier finden wir niemals etwas«, jaulte er. »Du hast mir versprochen, dass hier jede Menge rumliegt.« Der blonde Junge, dessen Sommersprossen auf der Nase leuchteten, blickte zuerst seinen Vater an, dann die Brücke, die in unmittelbarer Nähe mächtig ihren Bogen über den Sund spannte. Ratternd rollte gerade ein Intercity darüber hinweg und verschwand immer kleiner werdend Richtung Festland. Nils hielt angestrengt die Hand über die Augen, um die Eisenbahn solange zu verfolgen, bis sie gänzlich verschwunden war. Sein Vater, Dennis Rohde, strich die ebenfalls blonden Haare aus dem Gesicht. Er glaubte, dass es am Sund, gegenüber dem Fährhaus, durch Strömung und letzte heftige Stürme besonders gut möglich sein könnte, auf verborgene Schätze zu stoßen, die angeschwemmt im Grund verschwanden. Allerdings wusste er auch, dass der Filius nicht viel Ausdauer besaß. Der stieß in diesem Moment wütend Sand mit der Fußspitze in die Luft und warf den Metalldetektor, den er gerade vom Vater geschenkt bekommen hatte, vor sich auf den Boden.

»He, mein Freund. Passiert das noch einmal, dann war's das! Hast du verstanden?«, rief der Lackierer zornig. Wütend ging er auf seinen Sohn zu und deutete mit einem Fingerzeig auf das Metallgerät. »Aufheben, aber dalli! Ich geb nicht jede Menge Geld aus, damit du es hier vor Ort versenkst. Weißt du, wie lange deine Mutter und ich dafür arbeiten müssen?«

Dennis Rohde blickte den 13-Jährigen grätig an. Der schaute genervt am Vater vorbei und rollte mit den Augen, als würde ihn alles nichts angehen. »Wir können das hier auch sofort abbrechen, dann schmeiß ich das Ding in den Müll und du kannst mit dem Handy weiterhin im Zimmer verblöden«, schrie er. Ein paar Angler, die unweit von ihnen am Strand ihre Angeln auswarfen, beobachteten Vater und Sohn interessiert. Nils war es auf einmal peinlich, weil er genau wusste, dass er zu weit gegangen war. Er biss sich auf die Lippen und zwang sich, lieber den Mund zu halten und keine motzigen Erwiderungen zu geben.

Die Beziehung glich zur Zeit ohnehin einer unfertigen Brückenbaustelle, an der beide herumbauten, nur jeder ganz offensichtlich in eine andere Richtung. Heidi, Dennis' Frau, hatte ihren Mann vor Kurzem inständig gebeten, etwas zu finden, das sie zusammen unternehmen konnten.

»Tu es mir zuliebe. Mit einer Gemeinsamkeit lockst du deinen Sohn in die Natur. Du kannst sein Interesse für Dinge wecken, die nichts mit dem verteufelten Handy zu tun haben«, hatte sie gesagt, ihn flehentlich angesehen und dabei die Hände wie zum Gebet gefaltet.

Die Idee mit dem Metalldetektor kam Nils' Eltern, als sie am Strand von Westermarkelsdorf spazieren gingen und Dennis eine alte verrostete, jedoch leere Panzerpatrone fand, die möglicherweise beim letzten Sturm angeschwemmt wurde. Stolz brachte er sie dem Sohn wie eine Beute mit nach Hause, der wiederum seit Stunden im Zimmer vorm Handy saß und irgendwelche YouTube-Videos anstarrte. Mit der Patrone aus dem letzten Krieg riss er den Jungen allerdings augenblicklich vom Sessel.

»Hey Papa, was ist das denn? Cool, gibt's noch mehr davon? Das finde ich voll krass. Lass mal los.« Sein Vater erklärte ihm daraufhin, dass diese Sachen nicht einfach am Strand herumlagen. Er selbst hätte bereits während der eigenen Kindheit nach derlei Schätzen gesucht. Leider ohne den erhofften Erfolg. »Wäre ich damals im Besitz eines Metalldetektors gewesen, ja dann ...«

Nils sah ihn entgeistert an. »Was ist ein Metalldingsda?« Dennis setzte sich zu ihm auf die Bettkante und erklärte freudestrahlend, dass damit Gegenstände aus Metall aufgespürt werden konnten. Er lockte mit verlorenen Münzen, Schmuck und alten Waffen aus Kriegszeiten, die sie gemeinsam aufstöbern könnten.

»Kauf doch gleich zwei für euch beide«, riet Heidi ihrem Mann abends, als Nils längst im Bett lag und schlief. Der allerdings wies sie brummig zurück.

»Weißt du, wie teuer die Dinger sind?« Seine Frau sah ihn sprachlos an.

»Wofür arbeiten wir so hart, wenn nicht mal ein bisschen Spaß dabei herausspringt. Ich bitte dich, nun gönn dir mal was. Außerdem kannst du ihn so auf jeden Fall vor die Tür locken, du verstehst – Männersachen.« Die Worte zeigten Wirkung, denn wenige Tage später erklärte Dennis ihr mit weinerlicher Stimme, dass er gerade einige Hundert Euro für zwei dieser Detektoren ausgegeben hatte.

»Bravo, endlich machst du mal, was ich dir sage.« Sie küsste ihn herzlich auf den Mund und sagte: »Ich bin stolz auf dich, mein Held!«

Dennis dachte an Heidis mahnende Äußerung und bat den Jungen noch einmal freundlicher, das Gerät aufzuheben. Nils bückte sich.

»Tut mir leid«, murrte er leise. Vorsichtig entfernte er den Sand und blickte seinen Vater unsicher von der Seite an. »Können wir jetzt weiter suchen?«, fragte er. Der Maler schluckte und wurde sich der angespannten Situation bewusst. Er wollte gemeinsame Aktivitäten, und dafür musste auch er etwas tun.

»Klar suchen wir weiter, wir haben noch jede Menge Strand vor uns.« Er zeigte Richtung Brücke. Meter für Meter ließen sie die Sensoren über den Sand hinweg gleiten. Plötzlich schrie Nils auf.

»Ich glaube, ich hab was!« Je näher er mit dem Gerät einer bestimmten Stelle kam, umso lauter fiepte es.

»Warte, ich helfe dir.« Dennis kam dazu, und es klang vielversprechend.

»Papa, halt fest, ich grabe.« Er zog eine kleine Schaufel aus dem Rucksack und fing an, an der Wasserkante zu buddeln. »Da ist nichts!«, rief er enttäuscht.

»Da muss was sein, sonst würden die Dinger kaum dermaßen verrückt anschlagen. Geh ein Stück weiter.« Erneut grub Nils im Sand, dicht an der Kante zum Wasser. In einer Tiefe von mehr als zehn Zentimetern schlug die Schippe auf etwas Hartes.

»Hier ist es!« Vorsichtig buddelte er mit den Händen, um nichts zu zerstören. Dann sah er staunend den Vater an und zog den Gegenstand aus dem Loch. »Das glaubst du jetzt nicht. Das ist ein Handy, Papa. Ich hab ein Handy gefunden!« Dennis biss sich auf die Lippen, schüttelte den Kopf und musste grinsen.

»Was anderes konnte es bei dir ja auch gar nicht sein.«

Nils war euphorisch und glücklich, dass der Ausflug für ihn mit einem Fund endete.

»Aber gebrauchen kann ich es trotzdem nicht, das ist goldfarben. Das ist ein Mädchenhandy, völlig uncool! Und funktionieren tut es auch nicht.«

»Wir nehmen es erst mal mit nach Hause und schauen, ob wir es in Gang kriegen. Okay?« Langsam verstauten sie ihre Sachen im Rucksack und machten sich über die breite Düne zurück zum Parkplatz auf. Dennis drehte sich um und warf noch einen Blick auf die kleine Marina, in der bereits die ersten Boote ihren Liegeplatz für die kommende Saison gemietet hatten. Die Sonne hatte richtig Kraft, und er spürte die Wärme auf seiner Kopfhaut.

»Das war schön«, murmelte er leise.

Eine halbe Stunde später riss Nils die Tür auf und hielt seiner Mutter das Mobiltelefon entgegen. »Mama, guck mal, was wir am Strand Cooles gefunden haben! Aber es geht nicht mehr.«

»Du musst es aufmachen und in Reiskörner legen.«

»In Reis?«, fragte Dennis.

»Ja, das entzieht dem Telefon die Feuchtigkeit. Vielleicht hast du Glück, und es funktioniert noch. Morgen probierst du es dann einfach mal.«

»Wenn du meinst.«

Vorsichtig zog er das Handy am nächsten Tag, gleich nach Schulschluss, aus dem Reisbad und legte es auf den Schreibtisch. Konzentriert baute er die Einzelteile zusammen und verband es mit seinem Ladekabel. Er drückte auf den Knopf, der das Telefon in Gang setzte, und sah Sekunden später, wie das Display anfing zu leuchten.

»Die hat das nicht einmal ausgeschaltet. Wie blöd ist die denn? Das Ding ist nicht mal passwortgeschützt«, murmelte er, öffnete das Menü und stellte fest, dass über 50 Whats-App-Nachrichten auf dem Handy eingegangen waren. *Die muss ja beliebt sein.* Er las die erste Mitteilung. ›*Wo bist du? Melde dich, unbedingt!*‹ Die zweite: ›*Sophie, bitte melde dich, wir haben Angst um dich, Mama. Wo steckst du? Melde dich, machen uns große Sorgen.*‹ Nils kam das merkwürdig vor. Er griff das Telefon und rannte die Treppe hinunter.

»Mama, mit der hier stimmt irgendetwas nicht, guck mal, was da alles für Nachrichten drauf sind. Die wird gesucht, glaub ich.« Er reichte ihr das goldfarbene Mobiltelefon. Heidi Rohde nahm es an sich, scrollte von einer Mitteilung zur nächsten und wurde blass.

»Das ist das Handy von dieser vermissten Sophie!«

»Wir müssen sofort zur Polizei. Fass das auf keinen Fall mehr an, Fingerabdrücke«, rief Nils. Heidi Rohde zog einen Gefrierbeutel aus der Schublade und ließ das Telefon hineingleiten.

✳

Hauptkommissar Olaf Schütt öffnete die Tür.

»Hallo, Dirk, ich habe hier jemanden, der sehr wahrscheinlich ein wichtiges Beweisstück gefunden hat!« Westermann blickte über den Brillenrand und winkte die beiden Personen, die unschlüssig in der Tür warteten, zu sich. Er stand auf, bat den Jungen und seine Mutter, Platz zu nehmen.

»Was haben Sie denn so Wichtiges für uns?« Stolz zog Nils das in der Gefriertüte befindliche Handy aus dem Rucksack und reichte es dem Kommissar.

»Das hab ich mit einem Metalldetektor gefunden«, sagte er mit glühenden Ohren. Westermann schmunzelte.

»Waren Sie dabei?«, fragte er Heidi Rohde.

»Nein, das haben Nils und mein Mann am Strand von Fehmarnsund entdeckt.« Sie deutete auf den neben ihr sitzenden Jungen.

»Das war mindestens 20 Zentimeter tief eingebuddelt«, beendete Nils den Satz. »Das hat der Verbrecher bestimmt da versteckt. Da sind jede Menge komischer Nachrichten drauf.« Er nickte heftig, und sein Gericht errötete.

»Na, dann wollen wir mal sehen, was die KTU herausbekommt«, sagte Westermann und betrachtete die Mitteilungen auf dem Handy. Er wusste augenblicklich, dass das Telefon Sophie gehörte, und übergab das Handy Henning.

»Was machen die jetzt damit, die KTUs?«, wollte Nils wissen.

»Die Leute der Kriminaltechnik untersuchen das Handy auf eventuelle Fingerabdrücke, gehen die gespeicherten Daten durch und verfolgen die Anrufe zurück. Sie können sehen, wo genau dieses Telefon zuletzt eingeloggt war und ob jemand angerufen hat, der verdächtig sein könnte.«

»Wow, das ist ja krass. Aber Fingerabdrücke sind auch

von uns drauf. Die müssen Sie unbedingt rausfiltern.« Nils rutschte auf dem Stuhl umher.

»Dafür bräuchten wir eure Abdrücke, um sie mit denen auf dem Handy abzugleichen. Ihr wollt ja nicht fälschlicherweise verdächtigt werden.« Nils schüttelte aufgeregt den Kopf.

»Na klar, ich meine nein, wir haben ja nichts zu verbergen. Aber mein Vater hat es auch angefasst. Der muss kommen!« Westermann nickte.

Dennis Rohde, der kurze Zeit später direkt von einer Baustelle auf die Dienststelle eilte, gab gemeinsam mit seinem Sohn die benötigten Fingerabdrücke ab.

»Mensch, Papa, hättest du gedacht, dass wir mal berühmt werden?«

Dirk Westermann betrachtete das Handy und startete es. »Es ist nicht mal mit einem Code versehen. Praktisch für uns.«

»Wo genau haben Sie es gefunden?«

»Am Fehmarnsund«, sagte Dennis Rohde und sah den Kommissar fragend an. Westermann stand auf und deutete auf eine Fehmarnkarte, die an der Wand hing.

»Zeigen Sie mir bitte genau, wo Sie das Handy entdeckt haben.« Dennis Rohde orientierte sich und tippte mit dem Zeigefinger auf die Stelle, die dem Fundort am nächsten kam.

»Ungefähr hier«, sagte er. Westermann nahm einen Stift und zeichnete ein dickes Kreuz an die Stelle.

»Danke, Sie haben uns sehr geholfen.« Er verabschiedete sich von Vater und Sohn.

»Vielen Dank. Wenn wir mal einen fähigen Mann brauchen, rufen wir dich an«, sagte der Hauptkommissar und zwinkerte Nils zu. Dann wandte er sich dem Team zu.

»Schickt umgehend die Spusi hin. Ihr müsst den Abschnitt genau untersuchen. Nehmt Taucher mit und informiert die Wasserschutzpolizei.« Thomas ging aus dem Raum und informierte die zuständigen Stellen. Westermann blickte auf das Display, auf dem fast 50 Sprachnachrichten als neu angezeigt waren.

»Notier bitte die Nummern«, sagte er zu Mareike Jansen, die an ihrem Schreibtisch saß. Vielleicht finden wir eine brauchbare Spur. Ich schätze, das sind überwiegend die Nummern von Eltern und Freunden.« Akribisch las er jede Mitteilung, als er plötzlich stockte.

»Hm? Was ist das denn?« Er richtete sich auf und las die Nachricht erneut. »*Ihr Miststücke, so etwas wie euch müsste man verbrennen. Ihr verdammten Hexen werdet auf dem Scheiterhaufen enden, Schlampen.* Krass, das ist mal eine Ansage.« Mareike sah Westermann sprachlos an. »Unterdrückte Rufnummer, schätze Prepaid, das macht die Sache schwierig«, sagte der Hauptkommissar und las die Message noch einmal. »Wir müssen herausfinden, wem diese Mitteilung zuzuschreiben ist. Henning soll umgehend den Provider ausfindig machen.« Mareike erhob sich.

»Geben Sie her, ich bring das sofort zu ihm.«

Westermann reichte es der Kollegin und steckte die Hand in die Hosentasche. Er blickte aus dem Fenster. *Dieser Fall macht mich verrückt.* Er nahm sein Handy, wählte eine Nummer und verließ den Raum.

»Na Süße, hast du Lust, spazieren zu gehen? Ich muss raus, sonst dreh ich durch.« Der Hauptkommissar setzte die Brille ab, rieb sich die Augen und ging zurück ins Büro.

»Ich bin kurz weg. Wenn irgendetwas ist«, er hielt sein Telefon in die Höhe und entfernte sich mit Sorgenfalten aus der Dienststelle.

»Der ist aber gewaltig angeschlagen«, sagte Mareike, die dabei war, die Jacke überzustreifen.

»Den lass man einfach in Ruhe. Das macht uns hier alle fertig«, antwortete Hartwig, der gerade wieder das Büro betreten hatte und besorgt die Stirn runzelte. Die Stimmung schien auf dem Nullpunkt angekommen zu sein. Niemand riss einen Witz oder machte dumme Sprüche, wie es normalerweise der Fall war, um bedrückende Momente zu überspielen. Manchmal war es die einzige Rettung, Aus dem Morast übler Verbrechen, die die Mordkommission zu bearbeiten hatte, heil herauszufinden, ohne dass die Seele zugrunde ging. Es gab viele Hinweise, kaum Verdächtige und keine richtig heiße Spur, die sie irgendwie weiter brachte. Alles wurde immer schmutziger und dunkler. Die Beamten der Soko waren längst am Limit.

»Wir brauchen umgehend den Besitzer des Handys!« Hartwig raufte die Haare und verbarg das Gesicht hinter den Händen. »Was ist das für ein scheiß Spiel? Wo ist Sophie? Verdammt!« Wütend schlug er mit der Faust auf den Tisch.

Unerwartet öffnete sich die Tür. Eine Frau, Anfang 20, mit blondem Bubikopf und großen blauen Kulleraugen betrat schüchtern das Büro. Alle Augen waren auf sie gerichtet. Sie errötete. Die Männer der Ermittlungsgruppe saßen augenblicklich aufrecht und richteten plötzlich wie auf Kommando gleichzeitig ihre Haare. *Die benehmen sich wie Gockel*, dachte Thomas Hartwig und schüttelte den Kopf.

»Ich soll mich hier melden!«, sagte die Blondine.

»Und wer, bitte schön, sind Sie, wenn ich fragen darf?«

»Ich heiße Svenja Marquardt und bin die Freundin von Sophie Larsen.« Thomas schnellte hoch und reichte der Frau die Hand.

»Hartwig, Thomas Hartwig, Kommissar.« Verlegen räusperte er sich. *Die ist ja wirklich eine heiße Nummer,* dachte er und bot ihr einen Stuhl an. In ihren Augen konnte er Angst erkennen.

»Haben Sie sie gefunden?«

»Nein, leider nicht. Wir hoffen, dass Sie uns weiterhelfen können.« Sie schüttelte den Kopf. *Süß, diese Grübchen. Und die Figur ist auch nicht von schlechten Eltern.* Die Röhrenjeans betonte die schlanke Figur der jungen Frau. Die Lederjacke saß ziemlich knapp und unterstrich die weiblichen Reize mehr, als dass sie sie verdeckte. Thomas schalt sich einen Idioten, weil er den Blick nicht von ihr lassen konnte, und räusperte sich. »Möchten Sie einen Kaffee?«

»Gern. Aber Nein zu Ihrer Frage, ich kann Ihnen auch nichts weiter sagen, als dass wir verabredet waren und sie nicht gekommen ist.« Sie zuckte die Schultern. »Ich habe sie gefühlt Tausend Mal angerufen und immer wieder WhatsApps geschickt. Sie hat nicht ein einziges Mal darauf reagiert.«

Hartwig nickte. »Würden Sie mir Ihre Handynummer geben?« Svenja zog ihr Handy aus der dunkelbraunen Ledertasche und scrollte in den Kontakten, bis ihre eigene Nummer erschien. Sie hielt sie dem attraktiven Kommissar entgegen, sodass er die Ziffern notieren konnte. »Die können wir dann schon mal von unserer Liste streichen.«

»Wie – von der Liste streichen? Von welcher Liste? Ich hab nichts verbrochen!« Die Frau wurde blass, und man sah ihr an, dass es in ihr arbeitete. »Was ist passiert, hier stimmt doch was nicht.« Aufgeregt sprang sie vom Stuhl und stand vor Thomas Hartwig. Sie knetete ihre kalten Hände.

»Bitte setzen Sie sich wieder. Ihre Freundin wird immer

noch vermisst, und wir suchen sie überall. Wir haben … ich kann Ihnen nichts weiter dazu sagen. Selbst wenn ich wollte.« Fast wäre ihm herausgerutscht, dass sie Sophies Handy gefunden hatten. Er lief wie ein Tier im Käfig unruhig umher. »Na ja, ich denke, da Sie uns bereitwillig Ihre Nummer gegeben haben, um die Log in Daten zu überprüfen, haben Sie nichts zu verbergen.«

»Was sollte ich verbergen? Wir sind die besten Freundinnen und ich mach mir ernsthaft Sorgen. Verstehen Sie das?«

»Ja, tue ich.« Er füllte ihr einen Becher mit Kaffee. »Wissen Sie, wir versuchen alles, um sie zu finden. Haben Sie eine Vermutung, ob sie eventuell untergetaucht sein könnte? Freund? Hasst jemand Ihre Freundin?«

»Was stellen Sie denn für Fragen? Warum sollte sie untertauchen? Wir wollten das Wochenende in Hamburg auf die Piste, Party machen. Da haut sie doch nicht ab. Dafür gibt es überhaupt keinen Grund. Das hier ist alles Quatsch! Und wer bitte schön, sollte Sophie hassen? Haben Sie sie gesehen, ich meine auf einem Foto?« Svenja Marquardt schnaubte erregt. »Sie ist das fröhlichste und liebenswürdigste Mädchen, das hier auf der Insel herumläuft. Ein wirklicher Engel, verstehen Sie?« Hartwig sah ihr die zunehmende Verunsicherung deutlich an.

»Nun seien Sie mal nicht gleich sauer. Wir ermitteln ernsthaft in alle Richtungen. Das sind jetzt drei Frauen …« Hartwig biss sich auf die Lippe.

»Wie drei Frauen? Sind noch mehr verschwunden?«

»Ich kann und darf Ihnen dazu nichts sagen. Aber trotzdem, vielen Dank für Ihre Hilfe. Sie haben keine Vermutung, wo Sophie sein könnte?«

Svenja schüttelte den Kopf. »Aber was machen Sie denn jetzt?«

»Wir suchen sie! Erzählen Sie mir bitte genau, wie dieses Wochenende ablaufen sollte.«

∗

Katrin kam aus der Tür, sah Dirk im Wagen sitzen und winkte ihm zu. Freudestrahlend stieg sie zu ihm ins Auto und gab ihm einen Kuss, als er ihr den Kopf zuwandte.

»Das ist ja ein Ding. Wo wollen wir denn hin?«, fragte sie lächelnd.

»Irgendwohin, einfach raus.« Sie sah, dass es ihm nicht gut ging.

»Wie viel Zeit hast du für mich?«

»Eigentlich keine, aber andererseits bräuchte ich wesentlich mehr davon. Ich muss den Schädel freibekommen«, sagte Dirk und startete den Wagen.

»Dann lass uns nach Wallnau fahren. Wir können auf dem Deich spazieren gehen. Ich wollte mir sowieso ansehen, wie schlimm der von der letzten Sturmflut in Mitleidenschaft gezogen wurde.«

»Welche Richtung? Du musst mich wohl lotsen, min Deern. Ich kenn mich nach wie vor keinen Deut besser aus.«

»Du sprichst ja Platt! Ich bin beeindruckt«, versuchte Katrin, den Kommissar aufzumuntern. Er lächelte verhalten. »Fahr erstmal nach Petersdorf, dann zeige ich dir den Weg.« Sie hielt es für angebracht, ihn nicht mit irgendwelchen Straßennamen zu bombardieren, die er sowieso kaum zuordnen konnte. Sie wusste, dass er mit den Morden auf der Insel schwer zu kämpfen hatte und alle Synapsen in seinem Schädel unter Strom standen, um sich zu verbinden. Beide schwiegen, bis sie durch den kleinen Ort fuhren.

»Da weiter, Richtung Bojendorf. Dann kommst du fast von selbst nach Wallnau.« Katrin blickte aus dem Wagenfenster über die zartgrünen Felder, als sie Dirk plötzlich leise stöhnen hörte. Erschreckt sah sie ihn an.

»Fahr rechts ran, fahr ran«, sagte sie eindringlich. Unkonzentriert brachte der Hauptkommissar den Wagen am Straßenrand zum Stehen und schaltete mit zitternden Fingern den Motor aus. Er legte den Kopf auf das Lenkrad und war kaum noch ansprechbar. Sie sah Tränen auf die Hände tropfen. Katrin war geschockt! So hatte sie den souveränen, analytisch denkenden Mann, der sich durch nichts aus der Ruhe bringen ließ, noch nie vorher gesehen. Er, der normalerweise eher abgeklärt daherkam und immer Herr der Lage zu sein schien, brach vor ihren Augen zusammen. Der Gefühlsausbruch erschütterte sie zutiefst. Zärtlich strich sie ihm übers wellige, weiße Haar. Langsam nahm er den Kopf hoch und sah sie an.

»Es tut mir leid. Das ist normalerweise nicht meine Art.«

»Alles ist gut. Vermutlich trägst du die Last der zahllosen Mordfälle schon viel zu lange mit dir herum.« Sie hielt sein schmal gewordenes Gesicht zwischen ihren Händen und gab ihm einen sanften Kuss.

»Nein, das ist es nicht. Mich bringt so schnell nichts aus der Fassung. Aber dieser Fall, da ist ein Dämon unterwegs, und ein Menschenleben hängt sehr wahrscheinlich am seidenen Faden. Wer weiß, was dem unschuldigen Mädchen gerade passiert – und wir, wir sind so machtlos. Ich bin das erste Mal in meinem Leben wirklich ratlos.« Seine Lippen zitterten. »Ich habe Angst um das Mädel. Verstehst du das? Wenn du ihr Gesicht sehen könntest. Sie gleicht einem Engel. Was haben die Frauen dieser Bestie getan?« Dirk Westermann schrie plötzlich und schlug mit der flachen

Hand gegen das Lenkrad. »Wenn ich das Schwein zwischen die Finger bekomme, ich garantiere für nichts.« Der erbarmungslose Blick des Mannes, in den sie verliebt war, und der harte Tonfall, der aus ihm herausbrach, ließ ihr einen kalten Schauer den Rücken hinunterlaufen. *Geriet dieses Mal alles außer Kontrolle?* Katrin grübelte und schaute über die Felder. Sie sah bereits an Charlotte und deren Verhalten, dass der Fall ihr zu viel abverlangte. Sie verausgabte sich restlos.

»Komm, lass uns ein bisschen laufen. Du wirst sehen, dann geht es dir wieder besser.« Es schien, als wäre sie dazu verdammt, die Personen, die sie am meisten liebte, bei ausgiebigen Spaziergängen am Meer zur Ruhe zu bringen. »Oder soll ich?« Sie zeigte auf die Fahrerseite. Dirk verneinte und startete den Wagen. Er öffnete die Fensterscheibe auf seiner Seite und sog die frische Luft tief durch die Nase in die Lungen. Zehn Minuten später fuhren sie auf den kleinen Parkplatz, der gegenüber des Deiches versteckt hinter Bäumen und Gebüsch lag. Er ging zum Kofferraum und zog die Jacke an, Katrin verschloss den Reißverschluss ihres Parkas.

»Mütze braucht man gar nicht mehr. Es ist richtig schön warm geworden, findest du nicht auch?« Seufzend schob sie ihre Hand in seine und zog ihn hinter sich her. Sie stapften über einen schmalen matschigen Pfad, der sie zum Deich führte. Ein paar Stufen, dann standen sie auf dem Schutzwall. Der Blick war fantastisch. Die Ostsee leuchtete jadegrün, lag ruhig und glasklar vor ihnen. Kein Wind peitschte das Wasser auf. Die Steine auf dem Grund waren weit ins offene Meer gut zu erkennen.

»Sieh dir das an!« Katrin zeigte auf die Ausbrüche, die der blanke Hans bei der letzten Sturmflut vom Damm gerissen hatte. »Das war aber sehr knapp. Wenn da noch eine Sturmflut hinterhergekommen wäre, hätte der Deich wahrscheinlich nicht mehr gehalten. Mann, Mann, Mann.« Sichtlich ergriffen betrachtete sie die ausgefressenen Ausbuchtungen. Sie zog ihr Handy aus der Jackentasche und fotografierte die zerstörten Stellen im Wall. »Das ist der Hammer! Lass uns da vorn an den Strand runtergehen. Ich möchte die Löcher von unten fotografieren.«

»Für die Nachwelt?« Es war das erste Mal seit langer Zeit, dass Dirk verhalten lächelte. Sie spürte, dass die Ablenkung ihm guttat. »Du musst mich für verrückt halten, dass ich wie ein Waschweib zu heulen anfange.« Katrin blieb stehen und sah ihren Freund an.

»Ich halte es, ehrlich gesagt, für sehr männlich. Du bist empathisch. Fühlst dich in andere Menschen ein. Das imponiert mir. Ich kann mir gut vorstellen, dass das den meisten deiner Kollegen längst abhandengekommen ist. Bei dem ganzen Elend, das ihr euch ansehen müsst. Ich weiß nicht, wie viel ich davon ertragen könnte.« Er nahm sie wortlos in den Arm und presste ihren Körper fest an seinen. Katrin suchte mit ihren Händen einen Weg, um unter die geöffnete Jacke von Dirk zu gelangen. Sie wühlte, bis sie nackte Haut ertastete, und streichelte ihm sanft mit ihren Fingerspitzen über den Rücken. Minutenlang standen sie eng umschlungen auf dem Deichkamm und schauten schweigend über die Ostsee.

»Du zeigst, dass dir die Menschen, um die es geht, wichtig sind. Und dass du dir um diese Sophie richtig Sorgen machst. Es macht alles menschlich, so schlimm das auch sein mag.« Katrin schloss die Augen und genoss die Zeit mit ihm.

»Es wäre alles so schön, wenn …«, sagte er rau, als das Handy klingelte. »Siehst du, so schnell hat die Realität uns wieder. Ja – hm – ist gut. Ich fahre zu den Eltern von Mara. – Ja, nach Wenkendorf, will mir das Zimmer ansehen. Könnte sein, dass ich da etwas finde, was uns weiterbringt.«

»Hast du noch Zeit oder musst du ins Büro?«, fragte der Kommissar seine hübsche Begleitung.

»Nein, ich kann mitkommen, wenn du möchtest. Ich warte solange im Wagen. Außerdem brauchst du jemanden, der dich lotst, oder?«

»Du kleines Biest. Da siehst du mal, wie hilflos ich ohne dich und deine Tante wäre.«

»Was hat Charlotte damit zu tun?«

»Sie hat uns bisher einen ordentlichen Schritt weitergebracht, auch wenn wir noch längst nicht am Ziel sind, wie mir scheint.« Er seufzte. Katrin blieb eine Antwort schuldig.

»So, jetzt fährst du über Bojendorf nach Wenkendorf. Da wolltest du doch hin?«

Dirk Westermann nickte und fuhr wie beschrieben die fast neun Kilometer. Eine Viertelstunde später rollte der Wagen auf den Hof von Maras Eltern.

»Puh, das wird nicht einfach. Bis dann«, sagte er und hauchte ihr einen flüchtigen Kuss auf die Lippen. Sein Kiefer arbeitete. Katrin spürte die steigende Anspannung in ihm und hielt sich bedeckt.

»Ja, bis später.«

Der Hauptkommissar klingelte, und eine blasse, verweinte Helen Osterdeich, die um Jahre gealtert schien, öffnete die Tür.

»Herr Kommissar? Was kann ich für Sie tun? Gibt es schon …, aber kommen Sie bitte herein.« Westermann gab ihr die Hand und folgte in den Flur.

»Ich würde mich gerne in Maras Zimmer umsehen, wenn es Ihnen recht ist? Sie hatte doch ein Zimmer, wo sie sich aufhielt, wenn sie hier zu Besuch war?« Erstaunt sah die Mutter der Ermordeten den Kommissar an.

»Ja, sie hat … hatte eine kleine Wohnung, einen Anbau. Den kann ich Ihnen zeigen. Aber was glauben Sie dort zu finden? Ihr Leben fand in Lübeck statt, nicht hier.« Tränen stiegen in ihren Augen hoch, und sie zog ein Taschentuch aus ihrer Hosentasche. »Entschuldigen Sie bitte, ich …«

Westermann schüttelte den Kopf. »Es tut mir leid, dass Sie das durchmachen müssen. Deshalb ist es für uns so wichtig, jede noch so kleine Spur zu verfolgen. Manchmal gibt es etwas, was direkt vor unseren Augen liegt und wir nicht erkennen.«

»Warten Sie, ich hole den Schlüssel. Wir müssen wieder raus.« Sie schlurfte zu einer riesigen Truhe, auf der eine hölzerne Schale stand. Aus der zog sie ein Schlüsselbund, an dessen Ring ein knuffiger Robbenanhänger herunterbaumelte. Als sie das Bund in den Händen hielt, rannen die Tränen haltlos über die Wangen. Schluchzend ging sie voran, und der Polizeibeamte folgte ihr. Links vom Haus befand sich ein Anbau, daneben eine schmale Eingangstür und ein winziges Sprossenfenster, das zum Wohnbereich gehörte. Das Ganze wirkte wie ein kleines Puppenhaus. Im Inneren des Anbaus eine bescheidene Küche, tief hängende Decken, bei denen er aufpassen musste, dass er sich nicht den Kopf anstieß, und jede Menge Eichenholz. Westermann blickte sich suchend um. Das Wohnzimmer war ebenso hutzelig. Der Kachelofen gab dem Raum seine Gemütlichkeit. In der Mitte des Wohnraumes stand ein alter Tisch, um ihn herum vier Stühle. Auf der Tischplatte, auf der ein weißes Tischtuch ausgebreitet war, lagen ein Laptop, eine Kamera und unzählige Speicherkarten.

»Gehörte das alles Ihrer Tochter?« Sie nickte stumm.

»Das war ihr Reich. Hier hatten wir ansonsten nichts verloren. Ich bin nur ab und zu auf einen Kaffee zu ihr, wenn sie hier war, oder habe durchgelüftet, wenn sie in Lübeck gearbeitet hat. Nur seit ihrem Tod bin ich nicht mehr hier drinnen gewesen. Sie verstehen?« Sie schluckte und unterdrückte die aufkommenden Tränen. Ihr Kinn zitterte. In ihrer schwarzen Hose und dem dunklen Pullover sah sie fast zerbrechlich aus. Die hängenden Schultern zeigten die Last, die sie seit dem Tod ihrer Tochter trug.

»Wie geht es Ihrem Mann?«, fragte Westermann und atmete tief. Er schüttelte unmerklich den Kopf, weil er selbst nicht verstand, wieso diese Mordfälle ihn völlig aus dem Kurs warfen.

»Sein Herz macht Probleme. Er hat Herzrhythmusstörungen. Der Arzt kommt täglich, um nach ihm zu schauen. Der Hund weicht die ganze Zeit nicht von seiner Seite. Es ist so schrecklich.« Sie weinte haltlos und hielt sich mit einer Hand an der Stuhllehne fest.

»Setzen Sie sich.« Westermann rückte den Stuhl zurecht, damit sie Platz nehmen konnte. Er ließ ihr eine endlose Minute und legte die Hand tröstend auf ihre Schulter. »Entschuldigen Sie, ich muss Sie das fragen. War Ihre Tochter hier?«

»Wie kommen Sie darauf?« Sie schüttelte entsetzt den Kopf.

»Weil ziemlich persönliche Dinge auf dem Tisch liegen. Das sind doch ihre, oder?«

»Ja, aber das verstehe ich nicht. Sie war überhaupt nicht auf Fehmarn.« Ungläubig betrachtete sie das Equipment.

»Doch, so wie es aussieht, war sie auf der Insel ... und das erklärt auch, warum ihre Sachen hier auf dem Tisch liegen.«

»Aber wo ist dann ihr Wagen? Sie kommt immer mit ihrem Auto her ... das versteh ich nicht«, weinte sie und hielt sich den Kopf.

»Sie ist Fotografin gewesen, und niemand lässt sein Handwerkszeug einfach so herumliegen. Ich kann das nicht so ganz nachvollziehen«, sagte Westermann. »Das mit dem Auto werden wir auf jeden Fall überprüfen.«

Plötzlich übermannte Helen erneut tiefer Schmerz. Sie breitete die Arme über den Habseligkeiten ihrer Tochter aus und fing an zu schluchzen.

»Was ist hier los? Dann war sie ja hier«, weinte sie.

»Kann ich mir die Sachen näher anschauen? Ich meine, kann ich sie mitnehmen?«

»Und was wollen Sie damit? Das ist nur ihre Kamera!«

»Aber es könnte sein, dass wir darauf etwas finden, was uns auf die Spur des Täters führt.«

»Haben Sie denn jemanden in Verdacht?« Geschockt blickte Helen Osterdeich den Kommissar aus verweinten Augen an.

»Nein, leider.«

Kurze Zeit später saß Dirk Westermann im Auto. Wortlos startete er den Motor und fuhr los. Sein Kiefer knirschte, und Katrin sah, dass die Anspannung ihn wieder im Griff hatte. *Was wollte sie auf Fehmarn?*, dachte er und versuchte, ein Bild aus unzähligen Puzzleteilen zu erstellen. »Soll ich dich nach Hause oder zurück ins Büro bringen?«, fragte er sachlich.

»Fahr mich ins Büro. Ich muss noch einiges aufarbeiten«, sagte Katrin und blickte traurig aus dem Fenster.

*

»Gut, dass du da bist«, rief Schütt, als Westermann die Dienststelle betrat.

»Wieso, habt ihr mich vermisst?«

»Ne, der Hansen ist verschwunden.«

»Hansen? Der aus Lübeck, dieser Makler?«

Schütt nickte.

»Ja, den haben sie wieder laufen lassen müssen. Keine Handhabe. Das Alibi, das seine Assistentin ihm gegeben hatte, konnten sie nicht widerlegen. Der Haftrichter musste es akzeptieren, obwohl er Zweifel hatte. Sein Anwalt hat ihn rausgeholt. Jetzt ist er weg, also untergetaucht.«

»Schlaues Kerlchen. Der wird erst mal in Ruhe mit seinem Anwalt beratschlagen, wie er sich in nächster Zukunft zu verhalten hat. Irgendwas stimmt da nicht«, sagte Westermann.

»Ja und soll ich dir auch sagen, warum?« Westermann zog die Augenbraue hoch. »Der kannte die Frauen, alle drei. Und war öfter auf Fehmarn, als wir geahnt haben.«

»Und woher wisst ihr das?« Westermann zog die Jacke aus und hängte sie über die Stuhllehne.

»Weil seine Büromaus aus dem Nähkästchen geplaudert hat, um ihre eigene Haut zu retten. Die haben sie ein bisschen unter Druck gesetzt. Sie erzählte, dass er mit Mara des Öfteren auf die Insel gefahren ist und sie hier ihre dämlichen Esozicken getroffen hat. Darüber haben die beiden sich dann köstlich amüsiert.« Schütt legte ihm die Unterlagen auf den Schreibtisch. »Wenn die geplaudert hat, dann weiß er mehr, als er uns erzählt hat. Wir müssen den unbedingt finden.« Westermann kaute auf seiner Lippe. »Ich werd verrückt, gebt sofort eine Fahndung raus.«

»Ach ja, das Handy ist ausgewertet«, sagte Schütt. Dirk stand auf, goss Kaffee ein und nahm einen Schluck.

»Da haben die sich ja richtig ins Zeug gelegt. Wo sind die Unterlagen?« Schütt nickte und deutete auf den Haufen Papier, der direkt vor Westermann auf dem Tisch lag. »Alle Nummern mit sämtlichen Namen, alle Achtung.«

»Die SMS mit der ominösen Mitteilung kam Gott sei Dank nicht von einem Prepaidhandy«, ergänzte Schütt.

»Ist ja heute kein Hexenwerk mehr«, sagte Westermann und lächelte. Er ließ sich auf den Stuhl fallen und riss die Augen auf. »Die Handynummer gehört einer Frau! Einer gewissen«, er griff nach dem gelben Haftzettel, auf dem Name und Adresse der Frau notiert waren, »Sabine Grothin hier in Burg.« Schütt nickte.

»Wissen wir. Thomas ist mit Mareike Jansen direkt hingefahren. Ein Wohnblock, ein paar Straßen weiter.« Westermann las die Anschrift und wollte die Jacke überziehen. »Die sind schon eine Stunde weg. Ich denke, die kommen gleich zurück.« Dirk setzte sich wieder und vertiefte sich in die Unterlagen. Dann nahm er sein Handy:

»Ist Ulf da?«

»Ne, warum?«

»Er soll sofort los. Ich habe die komplette Fotoausrüstung von Mara Osterdeich im Kofferraum. Die muss umgehend untersucht werden.«

»Aber das können wir doch auch hier erledigen«, sagte Sebastian Harms, der von einem Aktenberg aufblickte.

»Stimmt! Dann geh zum Auto, liegt alles hinten im Wagen. Achte auf Fingerabdrücke!« Er warf dem Kollegen der KTU die Wagenschlüssel zu. Der Blick, den er dem

Hauptkommissar zuwarf, sprach Bände. »Wer ist hier beim kriminaltechnischen Dienst?«

»Schon gut. Alles bestens.« Dirk Westermann ruhte wieder in sich. Der Ausflug hatte ihm gutgetan. Die frische Seeluft und die Anwesenheit Katrins wirkten wie Balsam auf seine geschundene Seele.

Harms kam mit der Fotoausrüstung zurück und legte die Sachen auf einen Tisch, den er vorher freigemacht und mit Folie ausgelegt hatte. Darauf breitete er akribisch die Gegenstände aus und holte seinen Koffer.

»Dani, hilfst du mir? Zu zweit geht das etwas schneller.« Die Beamtin der KTU nickte und setzte sich zu Sebastian. Vorsichtig wedelten sie mit dem Pinsel über das vorhandene Material und suchten nach Fingerabdrücken. Sorgfältig verstaute Daniela die fixierten Kunststofffolien. Als sie ihre Spurensuche beendet hatten, startete Harms den Computer, und sie durchforsteten die Dateien, die ihnen weiterhelfen sollten. Tausende Fotografien, die, sämtlich nach Daten sortiert, Unmengen an Arbeit bedeuteten.

»Nimm die letzten fünf Monate, also vom November letzten Jahres bis Anfang März dieses Jahres. Was hat sie in der Zeit für Aufnahmen gemacht? Wir suchen spezielle Fotos aus diesem verdammten Forst, Staberhorst.«

»Na, dann viel Spaß«, sagte Harms. »Du kannst ja schon die Speicherkarten durcharbeiten«, sagte er zu Daniela Worms. Sebastian steckte die erste Karte in den Computer. Auch hier jede Menge Bilder. Sie befolgten Westermanns Anordnung und durchforsteten die Ordner der gewünschten Zeiträume.

»Wieso fünf Monate?«, fragte er.

»Weil die Bäume, wenn du dich an das Foto der Ausstellung erinnerst, keine Blätter trugen. Wir haben jetzt April, und ich denke, ab November ist eine gute Spanne.«

»Dirk, das klingt plausibel«, sagte Harms und konzentrierte sich auf die Massen an Ordnern.

✻

Die Tür der Dienststelle sprang auf, und Mareike Jansen, Thomas Hartwig und eine Frau Mitte 20 im Schlepptau, betraten den Flur. Abwesend schlurfte die in Schwarz gekleidete, ganz offensichtliche Anhängerin der Gothic-Szene hinter den Polizeibeamten her. Olaf Schütt blieb erstaunt in der offenen Tür stehen und Betrachtete das exotisch aussehende Mädchen. Sein Blick tastete die zierliche, vielleicht einen 1,65 Meter große Gestalt millimetergenau ab. Die langen, tiefschwarz gefärbten Haare fielen ihr weit über die Schultern und standen im krassen Kontrast zu ihrem bleichen Gesicht, aus dem nur mit Kajalstift geschminkte dunkel umrahmte Augen hervortraten. Mehrere Silberringe schmückten Lippen und Nasenflügel, und um den Hals hingen jede Menge Rosenkränze und ein mit Nieten verziertes Hundehalsband. Der Mund des Hauptkommissars aus Burg stand sperrangelweit offen. Die junge Frau schlurfte kaugummikauend in derben Stiefeln und langem Rock den Beamten hinterher. Vernichtend starrte sie den Kommissar aus stahlblauen Augen an, während sie provozierend mit der Zunge die schwarz geschminkten Lippen leckte und den Kaugummi zu einer großen Blase anschwellen ließ, bis diese knallend zerplatzte. Irritiert wich er einen Schritt zurück, als sie mit einem lauten »Buh!« an ihm vorbeischlunzte. Sie zog die Kapuze ihrer dunklen Jacke über den Kopf und verschwand hinter den Polizisten in einem der Büros.

»Na, das war ja mal ein Auftritt«, knurrte Becker, der lauernd hinter seinem Chef gestanden hatte und mit roten Ohren die Tür schloss.

»Soll das jetzt witzig sein, oder was?«, maulte Schütt und ließ sich auf den Schreibtischstuhl fallen.

»Na ja, die hat doch wohl nicht mehr alle Tassen im Karton!« Der Hauptmeister schlug die flache Hand gegen die Stirn und raufte anschließend den Schädel.

»Das lass mal nicht den Westermann hören. Für ihn sind zuerst einmal alle Gutmenschen.« Er senkte den Blick und stierte auf die Unterlagen, die vor ihm auf dem Tisch zu einem riesigen Aktenberg angewachsen waren.

Im Büro saßen sich Hartwig, Mareike Jansen und Sabine Grothin am Besuchertisch gegenüber.

»So, nun erzählen Sie mal, warum Sie der Sophie Larsen diese ominöse Mitteilung aufs Handy geschickt haben. *Ihr Miststücke, so etwas wie euch müsste man verbrennen. Ihr verdammten Hexen werdet auf dem Scheiterhaufen enden, Schlampen.*« Der Kommissar las die Message von Sophies Telefon vor, das in einer Klarsichthülle steckte.

»Das ist nicht von mir, Mann eh.«

Lässig zuckte Sabine mit den Schultern und formte mit dem Kaugummi erneut eine Blase, die vor ihrem Mund mit einem Knall zerplatzte. Mit den Fingern fummelte sie die Kaugummireste von den Lippen.

»Ich hab gar kein Handy!«

»Wem wollen Sie das denn weismachen? Zeigen Sie mir denjenigen, der in der heutigen Zeit kein Handy hat«, sagte Mareike Jansen und hielt ihr die Mitteilung unter die Nase.

»Den Schwachsinn habe ich nicht geschrieben, kenne ich nicht, ehrlich. Ich hab mit der ganzen Sache nichts zu tun. Was wollt ihr eigentlich von mir? Bringt mich in diesen Laden, und ich soll euch erzählen, warum ich irgendeiner Tussi so einen Scheiß geschickt haben soll, hä?«

»Was wir wollen? Antworten. Wir hätten gern ganz normale Antworten. Mal andersherum. Wo waren Sie in der Zeit vom, sagen wir, 13. bis 20. und 27. bis 29. April?«

»He Alter, wieso fragst du mich so 'n Scheiß? Weiß ich doch jetzt nicht mehr. Bei Freunden, auf dem Friedhof, was weiß ich denn. Party, nehm ich an.« Sie zuckte mit den Schultern.

»Was halten Sie davon, wenn ich Sie vorläufig festnehme, weil Sie verdächtigt werden, Mara Osterdeich und Hanna Schattenberg ermordet zu haben? Vielleicht hilft das Ihrem Gedächtnis ein wenig auf die Sprünge.« Hartwig klopfte mit der flachen Hand auf den Tisch, sodass Sabine Grothin zusammenzuckte und augenblicklich das Kaugummikauen einstellte.

»Ich … ich hab nichts damit zu tun! Ich bring keine Leute um.« Grinsend blickte sie vom Kommissar zu dessen Kollegin.

»Das liest sich aber auf Ihrer WhatsApp ganz anders.«

»Das ist nicht mein Handy.« Sie hauchte gelangweilt gegen ihre Fingernägel.

»Glauben Sie wirklich, wir könnten kein Handy mit unterdrückter Nummer zuordnen?« Hartwig grinste und hielt ihr ein Papier unter die Nase, auf dem die Rufnummer mit dem dazugehörigen Namen und Adresse sowie der passende Sendemast, in dem sie sich eingeloggt hatte, verzeichnet war. »Die Provider haben für jedes Problem eine Lösung«, sagte er und lehnte sich entspannt zurück.

»Nein, ich war das nicht. Nicht das mit dem Handy und auch nicht das mit den Morden. Ich bringe niemanden um!«, murmelte sie abwesend. Sie sprang auf. »Ist das ein Verhör? Dann will ich einen Anwalt, sonst sage ich gar nichts mehr.«

»Sie haben zu viel Tatort gesehen«, sagte Mareike Jansen trocken. »Das hier ist eine ganz normale Befragung, *wenn* Sie kooperativ sind.«

»Wenn Sie nicht mit uns reden wollen, lese ich Ihnen Ihre Rechte vor, wir machen eine Vernehmung daraus, und anschließend werden Sie dem Haftrichter vorgeführt. Dann können Sie von mir aus auch Ihren Anwalt anrufen. Aber alleine die App bringt Sie in böse Schwierigkeiten, so wie ich das sehe. Also, was machen wir?« Hartwig wusste, dass bereits die Androhung einer Vernehmung manch Unwilligem die Sprache zurückgab, um zu reden. Sabine Grothin standen plötzlich Schweißperlen auf der Stirn, hinter der es wie verrückt zu arbeiten schien.

»Also, also gut, ich … es ist mein Handy.« Sie biss auf ihre Unterlippe und nagte dabei den schwarzen Lippenstift ab, der sich wie ein Film auf ihre Zähne legte. »Aber mit den Morden habe ich absolut nichts zu tun. Ehrlich!«

»Und warum schicken Sie dann derartig boshafte Botschaften?«, fragte Mareike Jansen. Sie spürte, dass die junge Frau nach Worten suchte, die sie nicht verdächtig machten.

»Die wollten mich nicht dabei haben«, maulte sie.

»Wobei nicht dabei haben?«, fragte Jansen.

»Ich wollte mit in ihren Club und … und auch dazugehören.«

Hartwig blickte sie an. »Dazugehören?« Sie kaute an ihren Fingernägeln, die bereits bis auf das Fleisch heruntergebissen waren.

»Ja, die haben eine geile Gruppe gebildet, eine Art Hexenzirkel, wenn Sie verstehen, was ich meine.«

»Versteh ich nicht, klären Sie uns auf.« Hartwig stand auf und nahm sich einen Kaffee. Die Befragte sollte nicht sehen, wie nervös Thomas wurde.

Allein die Aussage ›Hexenzirkel‹ brachte sein Blut in Wallung. Daher fragte er so belanglos als möglich:

»Möchten Sie auch?« Sabine Grothin schüttelte verwirrt den Kopf. »Also?«

»Na ja, kein richtiger Zirkel. Das sind meist mehr, bis zu 13. Aber die drei haben eine Interessengemeinschaft gegründet, um sich über ihre Fähigkeiten und Erlebnisse auszutauschen.«

»Welche Fähigkeiten sind das Ihrer Meinung nach?«

»Die eine macht Reinkarnationstherapien, die andere entdeckt Geistwesen auf Fotos, und die Sophie sieht echte Verstorbene.«

»Und woher wissen Sie das alles?« Hartwig strich sich durch die kurzen dunklen Haare und setzte sich zurück auf den Stuhl. Sabine Grothin betrachtete lange sein Gesicht, dessen Wangenknochen kantig hervortraten. Sie begutachtete die Augenringe, die nicht zu übersehen waren. *Sollte sich mal schminken, dann sieht der nicht so käsig aus,* dachte sie und sagte:

»Sie haben sich einmal wöchentlich getroffen. Im Museumscafé in Katharinenhof.« Hartwig nickte. Er kannte das Freilichtmuseum nur zu gut. Es lag nur wenige Hundert Meter vom Tatort seines ersten Falles entfernt.

»Und Sie waren auch da?«

Sie nickte. »Ja, ich habe zufällig ihr Gespräch mitangehört und unauffällig gelauscht.« Mareike nahm ihren Zopf, der bis vor ihre Brust hing, und schwenkte ihn nach hinten.

»Unauffällig ist aber etwas anderes, wenn ich Sie mir so ansehe. Finden Ihre Eltern das toll?« Sabine Grothin kniff die Augen zusammen und sah die Beamtin aus schmalen Schlitzen hasserfüllt an. »Das geht Sie gar nichts an! Außerdem rede ich mit meinen Alten nicht mehr, wenn Sie es genau wissen wollen. Mein Alter hat sich längst vom Acker gemacht … wegen meiner beknackten Mutter. Die ist total neben der Spur. Ich hasse sie! Außerdem fällt man doch heute mit meinen Klamotten nicht mehr auf! Ich wechsle mein Outfit und meine Haarfarbe wie meine Unterhosen. Ist doch nichts dabei. Außerdem passt meine Ausstattung zum Museum«, grinste sie plötzlich. »Ich habe mich in die hinterste Ecke gesetzt, Zeitung gelesen und Milchkaffee getrunken. So konnte ich ihren Gesprächen folgen. Das Café ist ja nicht gerade groß.«

»Haben Sie denn zu verstehen gegeben, dass Sie sich anschließen wollten?«, fragte Hartwig. Es erstaunte ihn, wie schnell die Launen der jungen Frau wechselten. Irgendetwas gefiel ihm nicht am Verhalten der eigenartigen Person.

»Ja, leider. Die haben mich ausgelacht und gefragt, womit ich ihre Sitzungen bereichern würde.«

»Und? Womit?«, fragte Thomas.

»Ich besitze ein Witchboard und rufe die Seelen Verstorbener beim Gläserrücken.«

Die Obermeisterin biss sich auf die Lippen, um nicht laut loszuprusten. »Passten wohl nicht so ganz in die Truppe.«

»Was wissen Sie denn schon? Sie haben doch null Ahnung, was zwischen den Welten alles vorgeht. Nur, weil Sie es nicht sehen können, heißt es noch lange nicht, dass es nicht existiert.« Sabine fixierte die Polizistin mit eiskalten Blicken, sodass ihr augenblicklich eine Gänsehaut den Rücken hinunterlief.

»Jetzt aber Spaß beiseite«, sagte Hartwig. »Warum haben Sie Sophie Larsen diese App gesendet? Haben die anderen die Gleiche bekommen?« Der Kommissar stand erneut auf, schob die Ärmel des grauen Sweatshirts hoch und steckte die Hände in die Hosentaschen. Sabine Grothin fuhr sich provozierend mit der Zunge über die Lippen, während sie den gut aussehenden Mann beobachtete. Ihm waren die Blicke hübscher Frauen normalerweise keineswegs unangenehm, aber die, die direkt vor ihm saß, passte auf keinen Fall in sein Beuteschema. Sie war einfach nur eigenartig und obendrein unheimlich.

»Ja, die habe ich an die drei verschickt. Was dagegen? Ich konnte ja nicht ahnen, dass sie gleich umgebracht werden.« Sie stutzte. »Sie sagten doch vorhin, die beiden Frauen wurden ermordet. Und was ist mit der dritten? Mit Sophie Larsen?« Jansen starrte aus dem Fenster, als Hartwig antwortete.

»Darüber geben wir Ihnen ja wohl kaum Auskunft. Aber wo haben Sie die Handynummern her?« Er schüttelte unmissverständlich den Kopf.

»Angerufen, unter Vorwand auf dem Festnetz angerufen, und die haben mir bereitwillig ihre Nummern rausgerückt. Ich hab mich als jemand ausgegeben, der Fragen hat. War überhaupt kein Problem.«

Im Nebenraum stand Westermann mit Schütt und verfolgte das Gespräch durch eine verspiegelte Scheibe.

»Wir haben nirgends ein Handy von Mara oder Hanna gefunden. Das hat der Täter mit Sicherheit verschwinden lassen. Wieso haben wir das von Sophie gefunden? War das Zufall oder hatte er keine Zeit? Hat er sie samt Handy im Sund versenkt?«

Er hatte die Arme vor der Brust verschränkt und hielt die Pfeife zwischen den Lippen. Seine Gedankengänge entsprachen einem Wollknäuel, das sich komplett verknotet hatte. Keine Aussicht auf Entwirrung. Der Vanilleduft seines Pfeifentabaks zog durch den gesamten Raum. Schütt hatte sich abgewöhnt, ihn daran zu erinnern, dass das Rauchen in der Dienststelle verboten war. ›Außergewöhnliche Zustände bedürfen außergewöhnlicher Methoden‹, war das Credo des Oldenburger Polizeibeamten. Was ergab es für einen Sinn, sich dagegen zu stellen.

»Ich glaube nicht, dass sie es war«, sagte Westermann leise zu dem Kollegen. »Die ist vielleicht sonderbar, aber eine Mörderin? Dafür ist sie in meinen Augen nicht clever genug. Wenn du sie genau beobachtest, siehst du das unruhige Flackern in ihren Augen. Ich weiß nicht …« Er zog an der Pfeife.

»Glaubst du wirklich? Ich halte sie auf jeden Fall für verdächtig. Diese Typen haben doch alle einen an der Marmel mit ihrem Grufti-Getue.« Westermann lächelte.

»Das lass sie auf keinen Fall hören. Die sind weniger gruselig, als sie aussehen. Gestandene Persönlichkeiten zum Teil, die einfach nur aus der Masse ragen möchten und ihren Lifestyle durchziehen. Was ist denn schon dabei, sich düster zu kleiden und zu schminken, anders zu sein? Die machen mir weitaus seltener Kopfzerbrechen als die, denen du nicht ansiehst, was sie in ihren Gehirnen ausbrüten. Verstehst du? Viel zu offensichtlich.«

»Aber erinnerst du dich an den Fall mit diesem Grufti-Pärchen, das in Witten jemanden umgebracht hat?«, erwiderte Schütt und stemmte die Arme in die Hüften. »Mit 66 Messerstichen haben sie einen Bekannten niedergemetzelt. Das haben die ja in den Medien förmlich ausgeschlachtet.« Er blinzelte und wedelte mit einer Hand den Qualm zur Seite.

»Wir werden sehen. Ich denke, sie wird den beiden alles erzählen, was sie wissen wollen. Ihr Handy wurde zu den gegebenen Zeiten zwar an merkwürdigen Stellen geortet, aber nicht an den Fundorten«, entgegnete Dirk Westermann.

»Wo denn?«, fragte Schütt und betrachtete die Frau durch die Scheibe.

»Auf einem Friedhof in Landkirchen!«

»Hä? Was hat die da denn gesucht?«

Westermann griente. »Ich denke, die hat Zwiegespräche mit den verstorbenen Seelen abgehalten.«

»Auf dem Friedhof?«

»Ja, wo sonst hat man dermaßen viele Kontaktmöglichkeiten?« Er lachte leise. »Dennoch sollten wir sie unbedingt im Auge behalten«, bemerkte Schütt. Westermann nickte.

Im Vernehmungsraum erzählte Sabine Grothin ihre Version der Geschichte. warum sie den Frauen die Apps gesendet hatte. »Ich war sauer und wollte ihnen einen Schreck einjagen, mehr aber nicht. Und das ist die Wahrheit!« Hartwig hielt es nicht für angebracht, sie über ihre Rechte aufzuklären, um sie weiter zu vernehmen.

»Sie können gleich nach Hause. Wir haben die Aussage aufgenommen, und Sie müssen, wenn sie geschrieben ist, bitte unterschreiben. Dann sollte es das fürs Erste sein. Falls wir noch Fragen haben oder Sie uns hier Lügen aufgetischt haben, kommen wir schnellstens auf Sie zurück. Ach so, eine Frage noch. Haben Sie zufällig rote Perücken?«

Mareike Jansen verließ mit der Aufzeichnung das Büro, und Thomas Hartwig legte das Handy zurück in die Schreibtischschublade.

»Was soll ich mit einer Perücke? Meine Haare sind geil und echt.«

Schütt hatte sich ins Nebenzimmer verzogen, während Dirk Westermann nachdenklich vor der Scheibe stand, die ihn vom Vernehmungszimmer trennte. Er fuhr mit der Hand über seinen mittlerweile grauseligen Siebentagebart und schob die Pfeife in den Mundwinkel. *Der macht das richtig gut, der Jung,* dachte er und behielt die Situation und Hartwig, der mit dem Rücken zum Mädchen stand, im Auge, als sie plötzlich leise aufstand und sich auf den Beamten zubewegte. Westermann reagierte augenblicklich und betrat mit lautem »Moin« den Raum, als Sabine Grothin unvorbereitet ihre Zunge über den Hals von Thomas streichen ließ.

Sie flüsterte: »Du weißt gar nicht, was dir entgeht, schöner Mann.« Es war, als hätte sie auf einmal ihr Selbstbewusstsein zurück.

»Baah. Geh mir vom Hals, Alte!«, schrie er, als Mareike im gleichen Moment ins Zimmer kam und der jungen Frau sofort den Arm auf den Rücken drehte.

»Loslassen, Bullenschweine, verdammt, lasst mich sofort los! Sonst …« Ihr Blick glich plötzlich dem eines Eisgletschers.

✻

Hartwig gähnte und goss den x-ten Kaffee die trockene Kehle hinunter.

»Hier ist nichts. Wer weiß, wo sie die Bilder gelassen hat. Wahrscheinlich irgendwo.«

»Nicht irgendwo. Die sind hier auf diesen Trägern! Eine Fotografin braucht jederzeit ihre Fotos. Und da Kamera und Laptop hier auf Fehmarn in Aktion waren, muss sie auch zuletzt vor Ort gewesen sein. Aber wieso wussten ihre Eltern nichts davon?«

Westermann stand auf, schaute aus dem Fenster und zuckte die Schultern. »Sag mal, wie spät ist es?«

»Gleich halb zwei. Nachts, wohlgemerkt«, antwortete Thomas und gähnte lautstark. Dirk war nicht aufgefallen, dass die Kollegen der Soko bereits vor Stunden die Dienststelle verlassen hatten. Einzig die Nachtwache saß in ihrem Büro.

»Du hast das mit dieser Sabine Grothin übrigens richtig gut gemacht. Muss auch mal gesagt werden, Jungchen.«

Hartwig nickte. »Danke, gern geschehen«, sagte er grinsend.

»Und wie sie dich abgeschleckt hat, das war göttlich«, schmunzelte Westermann.

»Das reicht. Sei bloß ruhig, wenn ich nur daran denke, wird mir noch ganz schlecht.« Thomas schüttelte sich angeekelt.

»Warum hat sie sich nicht bei den Eltern gemeldet?«, lenkte er das Gespräch auf die Bilderordner.

»Wahrscheinlich ist sie spät auf die Insel gekommen und wollte niemanden wecken. Vielleicht ist sie noch mal los nach Burg, etwas trinken, Freunde treffen? Was weiß ich«, mutmaßte Westermann.

»Mann, Dirk, das haben die doch alles bereits durchforstet, warum noch mal? Ich bin im April angelangt. Mann, ein halbes Jahr voller Bilder, das reicht mir. Wofür brauchen die dermaßen viele Fotos von einer Geschichte. Das sind auch die letzten Fotos, denke ich, die sie gemacht hat.«

»Okay, wir machen diesen letzten Ordner zu Ende, dann ist Schluss für heute. Ich brauch 'ne Mütze Schlaf«, sagte Dirk und beugte sich über die Schulter von Thomas. Müde betrachtete er die Reihe der letzten 100 Fotos, rieb die Augenlider und fixierte den Blick, weil die Motive immer wieder vor den Augen verschwammen und er nur noch unscharfe Konturen erkannte. »Wo sind wir jetzt?«

»April, 10. April, wenn du es genau wissen willst.« Hartwig rieb sich ebenfalls die Augen und gähnte ununterbrochen.

»Da, stopp. Da sind die Ablichtungen vom Wald. Hab ich's nicht gesagt. Wir finden sie.« Dirk Westermann schlug mit der Faust auf den Tisch. »Kannst du die vergrößern?«

Thomas nickte und zoomte die Bilder auf 150 Prozent.

»Siehst du, das sind die Richtigen. Jede Menge rote Haare hinter dem Baum. Was hat sie da entdeckt?« Hartwig zuckte die Schultern. »Ich seh nur Bäume mit Haaren. Was kann sie mehr wahrgenommen haben als wir?« Thomas stand völlig fertig auf und wollte endlich den Computer ausschalten, als Westermann »Anlassen!« schrie.

Die Anspannung war unerträglich und explosiv. »Wir suchen jetzt so lange, bis wir etwas Stichhaltiges gefunden haben, hast du verstanden?« Dirk schnaubte und stierte den übernächtigten Kollegen an. Er steckte die Hände in die Hosentaschen und tigerte unruhig zum Fenster, anschließend zurück zum Schreibtisch, und starrte auf den Bildschirm, als könnte er in den Fotos die Wahrheit entdecken. Gähnend steckte er die Pfeife in den Mund und zündete sie an. Das Rauchverbot in der Dienststelle schien ihn wenig zu beeindrucken. Er blies den Rauch in die Luft und tippte mit der Maus auf den kleinen weißen Pfeil, der die Bilderfolge weiterführte. Es tauchten immer ähnliche Motive auf. Der rothaarige Frauenkopf im Wald hinter einem Baum.

»Was wollte die Lüders da? Das erscheint mir sehr merkwürdig«, sagte Westermann und schluckte. Hartwig riss, frei von jeder Kinderstube, wie eine Hyäne das Maul auf und verweigerte demonstrativ die Antwort. Das letzte

Bild zeigte die Frau, als sie ertappt in Richtung Fotografin blickte.

»Die hat Mara entdeckt! Hat anscheinend mitgekriegt, dass sie sich in ihrer Nähe aufhält!«, rief Dirk. »Vielleicht ist sie ihr gefolgt, hat sie überwältigt und umgebracht. Auf jeden Fall scheint sie die Letzte gewesen zu sein, die sie gesehen hat.« Er schaute Thomas an, der direkt neben ihm stand, kein Wort sagte und missmutig dreinblickte. Westermann schüttelte unmissverständlich den Kopf. »Wenn du hier nicht mit mir arbeiten willst, brauchst du es nur zu sagen. Du kannst auch nach Oldenburg in die Dienststelle fahren und Innendienst schieben.« Durch enge Schlitze sah er den Kollegen herausfordernd an. Der schluckte, atmete tief durch und fragte versöhnlich:

»Wenn sie die Fotografin überwältigt und ermordet hätte, warum hat sie die Tote nicht im Wald gelassen? Was hatte sie zu verbergen? Und wie kam die Ausrüstung hinterher in ihre Wohnung? Die wird die Unbekannte wohl kaum dorthin geschleppt haben, oder?«

Jetzt schüttelte auch Dirk den Kopf. »Ich werd irre.« Er sprang vom Stuhl. Es war mittlerweile eine Viertelstunde nach vier Uhr morgens. »Wir müssen uns das noch einmal genau ansehen.«

»Aber das haben wir doch, und uns ist nichts, aber auch gar nichts aufgefallen, außer jeder Menge Bäume.«

»Ich weiß. Trotzdem ist da etwas, was die Frau sehr wahrscheinlich dazu gebracht hat, Mara zu töten. Langsam glaube ich auch, dass eine Frau die Täterin ist.«

»Du weißt, dass es gleich halb fünf ist. Lass uns bitte eine Runde schlafen, ich kann nicht mehr.«

Westermann blickte teilnahmslos auf den Bildschirm. »Vielleicht hast du recht.« Er gähnte, klopfte die erkaltete Pfeife im Aschenbecher aus, legte die linke Hand auf Hartwigs Schulter und drückte mit der anderen endlich auf den Knopf des Computers. Erledigt verließen sie das Büro.

Wenige Stunden später saßen sie genauso übernächtigt kurz nach neun Uhr mit ihren Kollegen an den Schreibtischen und suchten Hinweise. Aber trotz aller Wühlerei traten keine neuen Erkenntnisse ans Tageslicht.

»Komm, Thomas, wir fahren zu diesem Forst und …«

»Und was wollt ihr da?«, fragte Johanna Erding, die in enger Jeans und T-Shirt am Fenster stand, die Arme vor der Brust verschränkte und mit dem Rücken gegen die Fensterbank lehnte. Sie zog die Augenbrauen hoch, und die runde silberfarbene Nickelbrille, die sie heute trug, rutschte auf die Nasenspitze. »Lasst die Hunde suchen!«

»Einen Leichenspürhund?« Westermann stutzte. »Auf die Idee bin ich bisher überhaupt nicht gekommen. Wie kommst du darauf, dass im Staberhorst eine Leiche liegen könnte?«

»Na ja, wenn diese Mara umgebracht wurde, dann sicherlich nicht, weil da geklauter Schmuck vergraben liegt. Das hätte diejenige auch anders regeln können.«

»Wie denn?«, fragte Hartwig. »Wieder ausgraben und woanders verbuddeln zum Beispiel. Mit einer Leiche macht man das auf keinen Fall. Es ist mühsam genug, sie unter die Erde zu verfrachten.« Westermann biss sich auf die Lippe.

»Du könntest recht haben. Dann hat sie vielleicht mitbekommen, wie die Dame irgendwen vergraben hat. Das wäre schon ein gravierender Grund, jemanden zu … Und es gäbe noch ein Opfer – Sophie.« Er ließ den Satz im Raum stehen und nahm bleich das Telefon in die Hand.

Nur wenig später hatte er einen Hund samt Führerstaffel

angefordert. »Sie werden in gut einer Stunde vor Ort sein und mit uns den Wald durchforsten. Wonach auch immer.«

»Los, Dirk, dann lass uns fahren!« Sie verließen die Dienststelle, ohne sich zu verabschieden. Erding sah ihnen hinterher und schloss für einen Moment die Augen. Sie überlegte, und es schien, als schliefe sie im Stehen, als sie versuchte, sich in den Täter hineinzuversetzen. *Du störst mich? Was hast du gesehen? Ich muss wissen, was du gesehen hast. Ich folge dir und werde dich beseitigen.*

Eine Stunde später fuhren die Fahrzeuge der Hundestaffel vor. Sie manövrierten den Privatweg entlang und stoppten auf einem Grünstreifen vor dem Waldgebiet. Westermann wies die Kollegen der Staffel in die Situation ein und folgte mit seinen Blicken den vier Männern, die mit ihrem Schäferhund auf die Suche gingen. Hartwig zog den Reißverschluss der Lederjacke zu und stapfte langsam hinterher.

»Komm schon, du Indianerhäuptling.« Dirk brachte mühsam ein gequältes Lächeln zustande. Ihm war nicht wohl bei der Sache. Was, wenn das Mädel, das sie die letzten Wochen angestrengt suchten, vergraben unter der Erde, irgendwo hier im Wald lag? Ein kalter Schauer jagte ihm über den Rücken. Seine Beine fühlten sich bei jedem Schritt bleischwer an. Westermann dachte in diesem Moment an Katrin. Was wäre, wenn sie Opfer eines Irren werden würde, weil sie mit ihm zusammen war. Könnte er das ertragen? War es ein Fehler, sie so stark an sich zu binden? Hatte er ein Recht, sie in den gefährlichen Beruf, der ihm alles abverlangte, mit hineinzuziehen?

»Komm schon«, flüsterte Thomas leise, um die Hundestaffel nicht bei ihrer Arbeit zu stören.

Der auf Leichengeruch abgerichtete Polizeihund zerrte an der Leine des Staffelführers und zog ihn immer tiefer ins Gehölz. Ein aufgescheuchter Hase schlug verschreckt einen Haken und verschwand im Unterholz. Es schien, als würde die Zeit nicht vorangehen. Der Hund irrte umher, und es sah aus, als wenn sie sich getäuscht hatten und einem Hirngespinst nachliefen. Fast ein wenig erleichtert blieb Westermann stehen und spähte durch das Geäst zum Wasser. Sie standen nah am Abgrund zur Steilküste, als das Tier plötzlich anschlug. Der Rüde lief um einen der Bäume herum und bellte. Dirk eilte zur Truppe. Direkt vor dem etwa zehn Meter hohen Baum stoppte er.

»Hier ist etwas«, sagte der Staffelführer. »Männer, Schaufeln!«, rief er und zog den Hund zu sich, um ihn zu belohnen. »Platz!« Das Tier legte sich zu den Füßen des Beamten nieder.

Einer der Polizisten schoss Fotos vom frisch geschaufelten, plattgedrückten Boden, über dem loses Blatt- und Astwerk sowie Moos eingearbeitet lag. Vorsichtig begannen die Polizeibeamten anschließend, an der markierten Stelle das Erdreich zu entfernen. Es sah ganz offensichtlich danach aus, dass feuchtes Material an diesem Punkt vor nicht allzu langer Zeit bewegt worden war. Es dauerte fast eine Viertelstunde, dann hielt einer der Männer plötzlich inne und hob den Arm.

»Hier, hier ist etwas!« Ein Stück blauer Stoff kam zum Vorschein. Die Beamten legten die Schaufeln zur Seite und fingen an, die Erde mit den Händen abzutragen.

Hartwig stand abwesend neben seinem Chef und starrte auf die Kollegen, die nach und nach Erdboden beiseite räumten.

»Das fass ich nicht. Wenn das Sophie ist, dann …« Dirk wirkte sichtlich erschüttert, als eine Frauenhand zutage kam. Rot lackierte Nägel leuchteten ihnen entgegen. Der Hauptkommissar schaute resigniert auf das immer größer werdende Loch. Er nahm das Handy und rief die Leute der Spurensicherung. »Ich glaube, wir haben sie gefunden. Ihr müsst sofort kommen.«

»Lasst die Spusi den Rest machen«, sagte er und bedankte sich bei den Männern der Hundestaffel. Er ging in die Hocke und kraulte dem Vierbeiner den Kopf. »Das hast du wirklich gut gemacht, Junge.« Die Suche nach Sophie hatte anscheinend ein Ende. Sie hatten das Spiel verloren. Dirk entfernte sich einige Meter vom Tatort und lehnte erschöpft gegen einen Baum. Sein Körper zitterte unkontrolliert. Fahrig zog er die Pfeife aus der Jackentasche und zündete sie an. Tief inhalierte er den Rauch und stieß ihn Richtung Himmel.

»Darf ich auch?«, fragte Thomas und griff zur Pfeife, die Dirk ihm entgegenhielt.

»Mach man, Jungchen. Wir waren zu spät.« Er steckte die Hände in die Hosentaschen. Die Anspannung fiel von ihm ab, und er starrte, aschfahl im Gesicht, mit leerem Blick zwischen den Bäumen hindurch, aufs Meer.

Kurze Zeit später erschien die Spusi.

Henning dokumentierte die Lage und den Zustand der Toten, befreite sie von der Erde, während Daniela Worms den Ablageort und die Leiche fotografierte. Anschließend zog er sie mit Johnson vorsichtig aus dem Loch und legte sie auf eine weiße Plane.

»Wir müssen sie so in die Gerichtsmedizin schaffen. Es wird auf keinen Fall etwas verändert, lasst alles, wie es ist! Fundort ist vielleicht nicht Tatort.« Sie hoben die Getötete in den vorgesehenen Sack. Henning betrachtete sie. »Sie ist bereits länger tot, wenn nicht schon Wochen. Die Zersetzung hat stark eingesetzt, und der Madenbefall, aber was mir nicht … Sie muss umgehend in die Rechtsmedizin.« Er stutzte, als er ihr Gesicht ansah und sein Kinn knetete. Westermann sah ihn verständnislos an.

»Was ist?« Der Forensiker schüttelte immer wieder den Kopf und verzog den Mund. »Du kannst sagen, was du willst, aber das hier ist niemals diese Sophie!«

Westermann starrte ihn fassungslos an.

Am nächsten Tag obduzierte der Pathologe die Leiche. Er forderte Westermann auf, umgehend nach Lübeck zu kommen. Eine knappe Stunde später fuhr er auf den Parkplatz der Gerichtsmedizin.

Dirk Westermann betrat den Raum.

»Moin, und was gibt's Neues?«, fragte er und blieb vor dem Tisch stehen.

»Moin«, antwortete der Gerichtsmediziner und blickte den Hauptkommissar aus Oldenburg ernst an. »Das hier ist eine Frau, circa 60 Jahre alt. Eine gepflegte und attraktive Erscheinung. Schlank, keine erkennbaren Krankheiten. Zähne akkurat. Tadelloses Gebiss. Wir machen einen Abdruck, mit dem wir die Zahnärzte abklappern können. Weder Schuss- noch Stichverletzungen. Das Einzige, was beunruhigt, sind die Strangulationsmerkmale am Hals. Genau wie bei den anderen Ermordeten. Es scheint sich hier definitiv um ein weiteres Opfer zu handeln. Sie ist circa vier Wochen tot. Plus minus zwei Tage. Der Befund des Entomologen hat ergeben, dass durch die Temperatur, das Erdreich und den Befall der Tiere eine Zeit von vier Wochen im Bereich des Möglichen liegt. Die Frau ist stranguliert und dann ein oder zwei Tage später vergraben worden.« Westermann ging um den Autopsietisch herum und blieb direkt neben ihrem Kopf stehen. Aufgefallen waren ihm schon am Ablageort, der nachweislich nicht der Tatort war, die feinen, rot gefärbten Haare, die bis auf die Schultern fielen. »Aber was daran stimmt nicht?«

»Es ist auf keinen Fall die, die auf den Ablichtungen zu sehen war«, erläuterte der Pathologe.

»Das seh ich«, entgegnete Westermann. »Außerdem sagte Charlotte, dass die Frau auf dem Bild aussieht wie ihre Scharwenzelkollegin, nur viel jünger. Johanna hat das noch damit abgetan, dass Photoshop heute alles glättet und verjüngt. Wenn ich das jetzt allerdings zusammenfüge: Wer ist die Frau?«

»Ich weiß nicht, aber anscheinend sind Rothaarige auf der Insel ja zuhauf vertreten.« Westermann nahm das Handy und schoss Fotos vom Gesicht der Toten. »Ich muss los. Wenn du noch etwas findest, rufst du sofort an, ja? Ich lass derweil einen Abgleich vom Foto machen.«

»Na klar, mach ich.«

Der Hauptkommissar war im Begriff, den Autopsiesaal zu verlassen, als er sagte: »Schick mir bitte die Fingerabdrücke, damit ich sie ebenfalls durchlaufen lassen kann.«

Der Mediziner nickte, als ihm plötzlich einfiel. »Bleib mal kurz. Ich habe am Körper der Toten ein weiteres rotes Haar gefunden, das allerdings nicht zu ihr gehört.« Westermann drehte sich um die eigene Achse und starrte den Pathologen an. »Und was heißt das?«

»Dass diejenige, die unsere Tote sehr wahrscheinlich im Wald eingebuddelt hat, ebenfalls rote Haare hat.«

»Witzig, da bin ich auch schon allein hintergekommen. Lass das toxikologisch auf Gift durchleuchten. Ich möchte wissen, ob wir die gleiche DNA wie bei der Ermordeten finden.«

Der Gerichtsmediziner nickte und vertiefte sich wieder in seine Arbeit.

Wenig später lief das Foto der ums Leben Gekommenen durchs Raster. Allerdings gab es keinen Treffer.

Für den gleichen Morgen berief Westermann eine Pressekonferenz ein, die über die bisherigen Ergebnisse informieren sollte. Allein die Tatsache, dass bis jetzt drei ermordete Frauen aufgefunden wurden, ergab die Notwendigkeit, diese Informationen umgehend der Presse mitzuteilen. Die zwingend erhofften Hinweise aus der Bevölkerung könnten sie weiterbringen. Noch wagte niemand, das Wort Serienmörder auch nur in den Mund zu nehmen, geschweige denn, es der Öffentlichkeit kundzutun. Auch vom Geschlecht des Täters sollte die Bevölkerung nichts erfahren … zumindest vorerst nicht. Denn es handelte sich bis hierhin nur um vage Vermutungen.

Eine Stunde nach Erscheinen des Fotos trafen sämtliche Vertreter der Zeitungsverlage sowie regionaler Fernsehsender zu einer außerordentlichen Pressekonferenz im Hotel Wisser zusammen. Mittlerweile stieg die Angst der Bürger und vieler Inselbesucher, und viele der Urlaubsgäste verließen bereits fluchtartig ihre Feriendomizile. Niemand wollte Opfer eines Killers werden. Obwohl die Polizei mithilfe der Presse versuchte, die Fälle bedeckt zu halten, um die Aufklärung nicht zu gefährden, sickerte dennoch in Windeseile durch, dass zwei Morde auf der Insel geschehen waren und eine Frau vermisst wurde. Die Pressemitteilungen ließen sich nicht mehr verhindern. Die Zeitungsverlage brachten täglich auf ihren Titelseiten blutrünstige Meldungen heraus, die Insulaner und Gäste in Angst und Schrecken versetzten. Die Abreisewelle hatte mittlerweile einen ungeahnten Höhepunkt erreicht.

Das vor wenigen Minuten ausgedruckte Foto der letzten Toten wurde von Westermann in die Höhe gehalten. Unaufgefordert meldete sich ein Vertreter der ›Lübecker Nachrichten‹ zu Wort.

»Sie suchen die Frau? Die ist mir bekannt.« Augenblicklich richteten alle Anwesenden ihre Kameras auf den Journalisten. Plötzlich stand er im Mittelpunkt des Geschehens. »Das ist Marianne Lüders.« Lautes Gemurmel ging durch die Reihen. Das Blitzlichtgewitter schien überhaupt kein Ende nehmen zu wollen.

»Woher wissen Sie das, Herr …?«

»Kechner, mein Name ist Mischa Kechner«, antwortete der Journalist. »Und ich weiß es so genau, weil ich erstens von der Insel bin und zweitens meine Frau mit ihr zusammen Scharwenzel spielt, gespielt hat«, korrigierte er sich.

»Scharwenzel? Das hab ich schon einmal gehört.«

»Wird nur auf Fehmarn gespielt, Kartenspiel. Wäre jetzt aber zu umfangreich, Ihnen das zu erklären.«

»Ja«, antwortete Dirk Westermann. »Somit haben wir die Frage, wer die Tote ist, geklärt. Wir bitten Sie, keine Fotos der Toten herauszubringen, bevor wir keine weiteren Erkenntnisse haben. In allen anderen Fällen sind die laufenden Ermittlungen in vollem Gang, und wir haben bisher leider keine Erfolgsmeldung. Was den Täter betrifft, so wissen wir nicht, ob es sich um eine Frau, einen Mann oder mehrere Täter handelt. Deshalb können wir auch hier keine genaue Täterbeschreibung abgeben. Allerdings wissen wir, dass der Täter oder die Täterin rote Haare hat. Die einzige Spur, die wir verfolgen, wird zurückgehalten, um einen Erfolg nicht zu gefährden. Danke, meine Damen und Herren.« Ohne ein weiteres Wort verließ Dirk Westermann das aufgebaute Podium und verschwand durch eine Seitentür zum Hinterausgang. »Ich fahr jetzt zum Staatsanwalt und hole mir einen Durchsuchungsbeschluss für das Haus der Lüders. Wenn das auf dem Bild nicht die Lüders ist, wer dann? Und wieso hat der Sohn uns erzählt, die Mutter wäre im Urlaub? Den nehmen wir sofort in die Zange.«

✻

Die Wagen der Soko-Beamten hielten kurze Zeit später mit quietschenden Reifen vor dem Gebäude, dessen Tor genau wie bei den ersten Besuchen verschlossen war. Nach erfolglosem Läuten ordnete Westermann das gewaltsame Öffnen des Tors an. Er wusste nicht, was sie finden würden, aber er ahnte, dass sich hinter diesen Mauern die Lösung verbarg. Die Verriegelung wurde beseitigt. Vier Männer in Zivil schoben das Tor beiseite. Danach marschierte die Truppe auf die Eingangstür zu. Hartwig klingelte. Niemand öffnete.

»Hab ich mir gedacht. Aufmachen!«, brüllte er.

Das Türschloss wurde hektisch geöffnet, und die Beamten stürmten in das Haus.

»Wonach suchen wir?«, fragte Johnson.

»Sichert zuerst die Räume, dann findet irgendetwas, das auf Marianne Lüders hinweist.« Westermann seufzte und schüttelte den Kopf. Er schob sich an zwei Kollegen vorbei ins Wohnzimmer. Tiefe Fenster gaben die Aussicht auf Felder und die weit entfernte Ostsee frei. Der Hauptkommissar ließ den Blick durch das Zimmer schweifen. *Die Einrichtung passt weder zum Haus noch zur Gegend.* Entschlossen fuhr er mit dem Finger über die hochglanzlackierten weißen Möbel. »Nicht ein Staubkorn«, entfuhr es ihm. *Diese Lüders scheint ein ganz schöner Putzteufel gewesen zu sein. Alles wie geleckt.* Er stutzte. *Wie kann es so klinisch aussehen, wenn sie bereits einige Wochen tot ist?* Augenblicklich erinnerte er sich an den Mann, der mit Handtuch bewaffnet die Tür geöffnet hatte. *Der Sohn?* Er warf einen Blick auf den Innenhof, der an einem roten Holzschuppen endete. Eine schwarze Katze huschte über das mit Kies ausgelegte Areal. Westermann setzte sich für einen kurzen Moment in den Ledersessel, der vor dem Fenster thronte, und ließ den Raum auf sich wirken, während er grübelte. *In diesem Zimmer gibt es keine einzige Aufnahme von Familienmitgliedern, Freunden, Kindern oder Enkeln. Es sah nicht danach aus, als wenn hier eine Tochter vorhanden war. Vom Sohn, den er bereits kennengelernt hatte, gab es ebenfalls keine Ablichtung. Das finde ich suspekt. Jede Familie hat irgendwo Bilder ihrer Liebsten.* Er stand auf und ging in den Flur, in dem die Kollegen der Spusi ihre Arbeit verrichteten. Auch an den Wänden kontrollierter Kahlschlag. Der einzige Lichtblick dieser klinisch reinen Unterkunft war ein zwei mal drei Meter großes auf Leinwand gezogenes modernes Strandbild. Westermann strich mit den Fingern darüber. *Das könnte der Strand sein, an dem ich mit Thomas war.* Er dachte an die Küste von Gahlendorf, den feinen puderigen Sand, den er oberhalb der Steilküste bewundert hatte. Das blaue, flach abfallende Meer, das augenscheinlich ein seichtes Paradies für Kinder darstellte. Der Blick wanderte zurück in den großzügigen Flur. Akkurat verlegtes Eichenparkett. Ein weißes Schränkchen, auf dem eine hellblaue Murano-Glasschale sich dekorativ in den Raum einfügte. Daneben ein mobiles Telefon. Nirgends hingen Jacken an Haken, standen Schuhe herum. *Wie geleckt*, dachte er.

»Nehmt ihr euch gleich mal den roten Schuppen auf der anderen Seite des Grundstückes vor?«, sagte er und ging zurück ins Wohnzimmer. Er öffnete die Schranktüren, ohne etwas zu verändern, und betrachtete die nach Alphabet geordneten Aktenordner, die penibel im Schrank aneinandergereiht waren. *Hier wohnt ein Putzteufel. Mann, Mann. Der könnte bei mir auch mal Ordnung schaffen. Wenn ich an meine Wohnung in Oldenburg denke.* Er lächelte. *Über kurz oder lang werde ich mir sowieso ein neues Domizil zulegen müssen. Die Junggesellenbude kann ich Katrin auf Dauer kaum zumuten.*

»Und? Irgendwas entdeckt?«, fragte Westermann genervt, als Harms um die Ecke kam.

»Ne, nichts. Das Haus sieht aus wie ausgestorben.«

»Im Schuppen. Habt ihr im Schuppen etwas gefunden?«

»Nichts, nur ein leerer muffig riechender Kellerraum, in dem jede Menge alte Sachen herumstehen. Kisten, Gartengeräte und so weiter.«

»Dann brechen wir ab. War eine blöde Aktion. Eine Idee, wo wir den Sohn auftreiben können? Unterlagen über seinen Beruf, Arbeitgeber?«

»Ja, in dem Büro am Ende des Ganges liegen Rechnungen und Angebote auf dem Schreibtisch.«

»Und was macht er?«

»Der ist Dienstleister. Gartenarbeiten, Hausreparaturen und Ähnliches. Aber davon gibt es jede Menge auf der Insel. Wer weiß, wo der sich grad aufhält?« Westermann nickte. »Er heißt übrigens Jakob Lüders, der Sohn.«

»Schon klar«, sagte Westermann. »Wo könnte der augenblicklich sein?«

»Wahrscheinlich bei irgendeinem Kunden. Wir haben keinen Plan gefunden, auf dem Termine notiert sind.« Harms klappte den Metallkoffer zu und zog die Handschuhe aus. »Was hast du denn geglaubt, das du finden würdest?«

»Das weiß ich auch nicht«, antwortete Dirk Westermann. Enttäuscht rief er die Leute zusammen und zog als Letzter der Beamten die Tür zu.

»Was für eine Pleite«, sagte Thomas Hartwig, als er hinter ihm her trottete.

Westermanns Handy klingelte. Er führte ein kurzes Gespräch mit der Pathologie und sagte zu Hartwig:

»Die Obduktion der Frau verlief ohne besondere weitere Vorkommnisse. Einzig irritierendes Beweisstück ist das rote Haar, das allerdings im Abgleich keine Übereinstimmungen zeigte. Die DNA gehört nicht der Toten. Das ergaben die Gentests. Damit ist *kein* Verwandtschaftsverhältnis erkennbar: Somit können wir ausschließen, dass die Haare, die Henning am Körper der Toten fand, einem Kind der Ermordeten zuzuordnen sind.«

»Na, das ist ja ein Ding«, sagte Hartwig. »Und jetzt sind wir genauso blöd wie vorher.«

»Na ja, wenn man es genau betrachtet, bringt uns das Ganze schon einen Schritt weiter. Bei den Haaren handelt es sich um asiatische Haare, die chemisch verändert wurden.«

»Haben wir es wirklich mit einer Asiatin zu tun?«

»Jungchen, stell dich doch nicht blöder an, als du bist. Haare für Perücken werden oft aus asiatischem Haar hergestellt und mit Chemie behandelt, um sie weicher und behandelbar zu machen. Das ist wesentlich billiger, besonders für Echthaarperücken.«

»Also trug der Täter oder die Täterin vielleicht eine Perücke?«

*

Katrin saß müde am Frühstückstisch und blickte auf den Sund. Sie schlürfte ihren Kaffee und zog die Füße zu sich. Sie umklammerte die Knie, damit sie nicht von der Stuhlkante herunterrutschten. Es war sieben Uhr morgens. Charlotte kam barfuß im bunten Pyjama aus ihrem Zimmer geschlichen und gähnte lauthals. Die grauen halblangen Haare standen wirr vom Kopf, als hätte sie in eine Steckdose gefasst. Verwundert rieb sie die Augen.

»Was machst du denn hier?«, wollte Katrin wissen. »Du hast doch wirklich alle Zeit der Welt, um auszuschlafen. Ruh dich doch aus.«

Ihre Tante ignorierte die Anweisungen ihrer Nichte und erkundigte sich stattdessen: »Musst du denn schon los?« Sie blickte auf die Uhr, die über dem Sekretär an der Wand hing. »Das ist ja noch halbe Nacht, Heiland Mailand.« Knurrig tappte sie auf nackten Sohlen platschend in die Küche und machte Tee. »Willst du mit mir frühstücken?«, rief sie.

»Nein, ich habe keinen Hunger«, antwortete Katrin und pustete den Milchkaffee.

»Kind, du musst etwas essen, du bist schon wieder dünner geworden.« Sie kam zur Tür rein und setzte sich zu ihrer Nichte an den Esstisch. »Was ist nur los?«

Die Eventmanagerin zuckte die Schultern. »Ich weiß auch nicht, seit den Morden ist alles anders bei Dirk und mir. Selbst du bist nicht die Alte und scheinst irgendwie gestört.«

»Nun hör aber mal auf! Ich und gestört. Was ist denn in dich gefahren?« Charlotte sprang auf und tippte aufgebracht ihren Zeigefinger gegen die Stirn. »So etwas will ich hier auf keinen Fall hören, verstanden? Vergiss nicht, mit wem du redest!« Beleidigt nahm sie ihren Becher und verließ das Zimmer. »Siehst du! Das meine ich. Ihr seid alle nur noch agro, dünnhäutig und geht wegen jeder kleinsten Bemerkung wie HB-Männchen in die Luft. Da wird man ja verrückt«, fauchte Katrin. Wütend riss sie die Terrassentür auf und stapfte auf den Balkon. In Jogginghose, sockfuß und nur mit einem hauchdünnen Top bekleidet, stand sie morgens um sieben Uhr fröstelnd in der Kälte. »Und wenn ich mir hier den Tod hole, bist du schuld daran. Diese verdammten Morde! Diese blöde Tussi im Wald!« Erschrocken hielt sie die Hand vor den Mund. »Das war nicht so gemeint«, flüsterte sie, obwohl sie wusste, dass niemand sie hörte.

In der Außenanlage waren die ersten Arbeiter bereits wieder in die Verschönerung des Areals vertieft. Das weiße, prächtige Haus direkt am Sund entwickelte sich zu einer Perle an der Küste. Die Anlage rund ums Gebäude wuchs, und die Fliesenleger und Gärtner gaben ihr Bestes. Einer der Männer lehnte auf einer Schaufel und blickte grinsend in die Richtung, aus der das Gekeife zu ihm drang. Er entdeckte im obersten Geschoss auf dem Balkon eine Frau, die mit verschränkten Armen vor der Brust wütend auf die Ostsee stierte und vor sich hin plapperte. Die Worte hallten in seinen Ohren. ›Verdammte Morde. Blöde Tussi im Wald.‹ Der Mann beobachtete die Szene einen Moment und wandte sich anschließend wieder seiner Arbeit zu.

Katrin huschte frierend zurück in die Wohnung, verschloss leise die Terrassentür, blieb stehen, atmete ein, hob gleichzeitig die Arme hoch, um sie verschränkt mit lautem Auspusten fallen zu lassen. Sie wiederholte die Übung, die ihren Puls runterfahren sollte. Reumütig schlurfte sie den langen Korridor entlang und stoppte vor Charlottes Tür. Zaghaft klopfte sie an ihre Tür. Nichts. Sie drückte zögerlich den Griff hinunter und öffnete die Tür. Ihre Tante hockte mit dem Rücken zu ihr auf der Bettkante und sah abwesend aus dem bodentiefen Fenster. Der Blick über die Felder war ihr gleichgültig. Der eigene Ausbruch wenige Minuten zuvor erheiterte sie keineswegs.

»Tantchen, es tut mir leid. Ich wollte nicht so böse zu dir sein.«

Leise schlich sie zum Bett und stand niedergeschlagen wie ein ertapptes Schulmädchen vor ihrer Tante. Charlotte griff nach der Hand ihrer Nichte.

»Hast ja recht, min Deern. Das lockt uns alle ganz schön aus der Reserve. Ich weiß auch nicht, was mit mir los ist.« Traurig schaute sie Katrin an. »Vielleicht ist es wirklich besser, wenn ich mich aus all dem Schlamassel in Zukunft heraushalte.« Ihre eiskalten Finger zitterten. Katrin setzte sich neben ihre Tante auf das Bett und umfasste ihre Schultern.

»Ach Tantchen, ich sehe ja ein, dass du das niemals durchhältst. Aber dieses Mal ist es besonders schlimm, und du solltest auf mich hören. Fürchterliche Morde und ein verschwundenes Mädchen. Das hält ja keiner mehr aus. Du darfst das nicht so an dich heranlassen.« Ihre Nichte sorgte sich um ihre Charlotte und drückte ihr einen Kuss auf die Wange.

»Ja, aber wenn es doch der Polizei hilft, was ich herausfinde?« Sie blickte Katrin in die Augen. »Weißt du was? Wir genießen zuerst ein leckeres Frühstück, anschließend fahre ich in die Agentur, arbeite, und heute Nachmittag unternehmen wir beide einen Ausflug. Was hältst du davon? Wir könnten nach Lübeck fahren und ein bisschen shoppen gehen. Lecker essen, na du weißt schon.«

Charlotte Hagedorn seufzte. »Ja Kind, du hast recht. Ich putz die Wohnung, mache Mittag und dann fahren wir meinetwegen aufs Festland, damit ich auf andere Gedanken komme. Sonst kriege ich hier langsam, aber sicher einen Inselkoller.«

Als ihre Nichte sich verabschiedete, gab sie ihrer Tante einen dicken Kuss.

»Ich hab dich doch so lieb, Tantchen. Das weißt du wohl?«

Die Fotografin nickte und streichelte über ihren Arm. »Meine Süße«, antwortete sie und betrachtete Katrin, die in ihrem dunkelblauen Hosenanzug edel aussah. Die Haare hatte sie zu einem Knoten verschlungen und mit einer Perlmuttspange verziert. »Richtig hübsch.« Charlotte brachte ihre Nichte zur Tür und winkte ihr zum Abschied. Eine halbe Stunde später klingelte es an der Tür, als Charlotte noch immer in Gedanken versunken am Frühstückstisch saß.

»Hast du was vergessen, min Deern?«, rief sie und öffnete arglos die Tür.

*

»Nein, sie hat nichts vergessen, aber du ganz offensichtlich, dass man sein Maul nicht so weit aufreißen soll!« Wortlos drängte die unbekannte Person Charlotte Hagedorn in ihre Wohnung und verschloss die Tür.

»Aber was …« In dem Moment, als sie schreien wollte, legte sich eine in Handschuhen steckende Hand auf ihren Mund und drückte mit der anderen die Nadel einer Spritze in den Hals. Charlotte sackte augenblicklich in sich zusammen. Seelenruhig zog die Frau einen schwarzen Müllsack heraus, der in ihrer Jackentasche verstaut war. Mit einer gleichmütigen Ruhe faltete sie ihn auseinander. Zog ihn ihr hoch bis über den Kopf und verknotete das gelbe Band, sodass niemand sehen konnte, was sich in dem Sack befand. Die Rothaarige hatte genauestens ausgekundschaftet, ob im Umfeld jemand aktiv war. Die Arbeiter in der Anlage schienen viel zu beschäftigt, um etwas mitzubekommen. Schweigend schlich sie durch das Loft. Die Wohnung war leer. Aber das wusste sie bereits. Als Katrin in ihren Wagen stieg, war eindeutig der richtige Moment gekommen, Charlotte Hagedorn aus dem Verkehr zu ziehen. Die Nachricht im Tageblatt hatte sie zu neuem Handeln gezwungen. Die unheimliche Frau verschloss die Fenster, rückte ein paar Stühle zurecht, räumte seelenruhig das Geschirr vom Tisch in die Spülmaschine, sodass es aussah, als hätte die penetrant neugierige Alte die Wohnung geordnet verlassen. Sie grinste. Dann ging sie zurück in den Flur und suchte nach der Tür, hinter der sich das Zimmer von Katrin befand. Ohne Eile schlich sie hinein und öffnete nacheinander die Schubladen einer weißen Kommode, die gleich neben dem Fenster ihren Platz hatte. In der obersten Lade wurde sie fündig. Dort verwahrte die attraktive Frau Höschen und Büstenhalter. Sie griff einen schwarzen Stringtanga und hielt ihn unter die Nase. *Der steht mir sicher gut,* dachte sie, befühlte den Stoff, ließ ihn durch ihre Finger gleiten und steckte ihn in die Hosentasche, während sie einen Blick auf den Garten warf. *Und du bist die Nächste. Der Slip kommt zu den anderen.* Langsam schritt sie zurück in den Flur. Der Sack lag auf dem Boden. Sie öffnete die Eingangstür und schaute, ob der Weg zum Fahrstuhl gegenüber frei war. Niemand bewegte sich auf der obersten Etage, zu der nur diese eine Wohnung gehörte. Entspannt drückte sie den Knopf, um den Lift nach oben zu bewegen. Ein leiser Klingelton ertönte, und die Metalltüren schwangen geräuschlos auf. Noch ein Blick, dann legte sie einen Holzkeil zwischen die Flügel, damit sie sich nicht von alleine schlossen. Ein Grinsen huschte über ihr Gesicht, als sie die Tür erreichte, den Sack am Kopfende packte und im Rückwärtsgang hinter sich her zerrte. *Wie einfach.* Emotionslos ließ sie ihn vor dem Lift los und verschloss die Wohnungstür. *Mann, Mädchen, du hast ganz schön Gewicht,* dachte sie, als sie erneut die Plastikbänder in die Hände nahm. Plötzlich hörte sie, wie ein Stockwerk tiefer ein Schlüssel in ein Türschloss gesteckt wurde. Leise Stimmen drangen durch den Treppenflur. Sie lauschte und lehnte gegen den Fahrstuhlschacht. Mit der Fußspitze stieß sie den Keil ins Innere des Fahrstuhles. Es ruckelte, als sie den Sack mit Charlotte schroff über die Schwelle zog und mit den Füßen in die Ecke drückte. Wohlweislich hatte sie Stiefel zu ihrer Jeans angezogen, um beweglicher zu sein, als mit ihren High Heels. Die Haare hatte sie zu einem Zopf gebunden, damit diese nicht bei der Arbeit störten. Nur die dicke Jacke nervte. Ihr wurde warm, und sie fing an zu schwitzen. Entschlossen drückte sie den Knopf für das Kellergeschoss. Wie von Geisterhand schlossen die Türen, und der Lift bewegte sich ohne weitere Unterbrechungen nach unten.

Niemand hielt sie mit ihrem Paket auf. Ein Blick in den Spiegel, der an der rechten Seite des Fahrstuhlinneren hing, zeigte ihr, dass ihr sorgfältig zurechtgemachtes Äußeres lädiert aussah. Ihre Eitelkeit ließ es nicht zu, dermaßen ramponiert herumzulaufen. Sie versuchte, mit wenigen Handgriffen zumindest die Frisur in Ordnung zu bringen. Der Aufzug stoppte, und die Türen sprangen auf. Vorsichtig steckte sie den Kopf nach draußen, um nachzusehen, ob jemand in der Nähe war. Sie grinste. Kein Mensch schien Interesse daran zu haben, sie aufzuhalten. *Charlotte, Charlotte, niemand interessiert sich für dich.* Ohne abzuwarten, zerrte sie den Müllsack über den Betonboden zum Auto, das in der Tiefgarage unmittelbar neben der Kellertür parkte. *Ein Leichtes herauszufinden, wie man am besten ins Gebäude kommt. Ich sollte euch Nachhilfeunterricht in Sachen Sicherheit geben,* dachte sie. Schnell öffnete sie die hinteren Türen des Caddys, zog den Sack bis zur Ladekante, sodass der Oberkörper Charlottes dagegenlehnte. Ohne Schwierigkeiten kroch sie in den Wagen und zerrte den Sack ins Innere des Fahrzeugs. Es war geschafft. »Du bringst niemanden mehr auf dumme Gedanken und mich nicht in Gefahr.«

*

Katrin bog von der Dorfstraße ab, verlangsamte ihr Tempo Richtung Püttsee. Der Flügger Leuchtturm lag mitten im Naturschutzgebiet, und die kleine Straße zum Leuchtfeuer endete anderthalb Kilometer vor dem Turm. Der verriegelte Weg dorthin durfte nur am Hochzeitstag vom Brautpaar und ein paar Gästen mit dem Wagen befahren werden. Heute mussten die drei zu Fuß auf den Weg, um ihren Hochzeitsleuchtturm aus der Nähe anzuschauen.

Katrin fuhr auf den kostenpflichtigen Parkplatz, der direkt vor dem Naturschutzgebiet auf einem Pachtgelände eingerichtet worden war. Das Pärchen wartete bereits am Auto gelehnt auf die Eventmanagerin. Sie stieg aus und begrüßte die Verliebten. Der Bräutigam schmunzelte, als er die Wanderschuhe an ihren Füßen entdeckte. Seine Verlobte verpasste ihm daraufhin einen Hieb mit dem Ellbogen in die Seite.

»Lass das«, flüsterte sie. Katrin Duvenstedt wusste, dass sie eineinhalb Kilometer Fußmarsch vor sich hatten, und hatte in der Frühe entschieden, bequeme Schuhe anzuziehen, die allerdings nicht zu ihrem edlen Outfit passten. Fröhlich begrüßte sie das sportlich gekleidete Brautpaar:

»Na, dann mal los. Seid ihr schon aufgeregt? Wir haben ungefähr eine halbe Stunde Spaziergang vor uns. Aber das Wetter spielt uns ja richtig in die Karten.« Sie blickte nach oben und deutete auf den blauen Himmel, unter dem ein paar Schäfchenwolken langsam weiterzogen. Einträchtig spazierten sie die Strecke entlang, den Blick immer auf das Leuchtfeuer gerichtet, das mit jedem Meter an Größe zunahm. Der schlanke Bräutigam zückte das Handy und fotografierte, um alles festzuhalten und nichts von der umliegenden Natur mit Leuchtturm zu verpassen. Der achteckige Turm, der in neuem Glanz erstrahlte, nachdem er drei Jahre lang saniert wurde, gefiel den beiden Hochzeitswilligen auf Anhieb.

»Der ist doch wirklich prädestiniert zum Heiraten, findet ihr nicht auch?« Sie duzte das Pärchen, wie sie es mit allen anderen hielt. Es brachte Vertraulichkeit, die für die nächsten Wochen die Nervosität des Paares herabsetzte. Schließlich war eine Trauung eine ziemlich intime Angelegenheit, die Vertrauen verlangte. Das Brautpaar gab sich letztendlich in die Hände einer Fremden, die den schönsten Tag ihres Lebens organisierte.

Sie hatten den über 37 Meter hohen Leuchtturm erreicht. Telefonisch kündigte sie die Hochzeitswilligen vorab beim Leuchtturmwärter an, damit sie ihren Trauort in Ruhe begutachten konnten. Es schien alles perfekt heute Morgen. Die Witterung spielte mit, und die Sonne strahlte mit den Gesichtern des Paares um die Wette. Die Pächterin der Leuchtturmanlage erwartete das Trio bereits.

»Moin, moin«, empfing sie die kleine Gruppe freundlich. »Ihr wollt euch also in luftigen Höhen trauen.« Die Metapher registrierte Katrin sogleich und speicherte sie in ihrem Gedächtnis, um sie für Werbemaßnahmen nutzen zu können.

»Ja«, sagte Janin mit hochrotem Kopf.

»Wenn sie die Treppen bis in den Himmel schafft«, grinste Lars und zog seine Zukünftige zärtlich in die Arme.

»Das sind ja nur 162 Stufen, die werdet ihr schon bewältigen«, zwinkerte die Leuchtturmpächterin den beiden zu.

»Na, dann mal los«, forderte die Hochzeitsplanerin die Verliebten auf, sich auf den Weg zur Aussichtsplattform zu machen. Prustend und außer Atem erlangten sie nach fast fünf Minuten alle drei ihr Ziel und wurden mit einem grandiosen Ausblick belohnt.

»Der Blick über grüne Felder und die blaue Ostsee ist mit nichts vergleichbar. Das ist einfach nur wunderschön«, keuchte Janin und hielt Lars fest an der Hand. Allerdings traute sie sich nicht, aus dem Inneren des Turms auf die Galerie zu steigen.

»Stell dich nicht so an«, sagte Lars verschmitzt. »Das Geländer ist doch höher als du«, feixte er. Sie wollte keineswegs als Feigling dastehen und setzte den ersten Fuß ins Freie.

»Bei gutem Wetter wie heute kann man bis nach Dänemark sehen«, sagte Katrin und wies mit dem Finger in Richtung Skandinavien. »Wer nicht mit nach oben will oder kann, der bleibt unten an einem der Tische und trinkt einen leckeren Kaffee. Das ist doch toll, oder?«

Beide nickten. »Du hast uns total überzeugt«, freute sich Lars und drückte seine Janin an sich, während sie engumschlungen den fantastischen Ausblick über die Insel genossen. Katrin überließ die beiden für einen Moment ihrer Verliebtheit und der Galerie. Sie selbst stieg die Stufen allein hinunter, als ihr Handy klingelte. Sie blieb auf dem Absatz stehen und hörte, was am anderen Ende der Leitung gesprochen wurde. »Nein«, schrie sie und hechtete bleich wie die Wand die letzten Stufen hinunter, rannte ohne sich umzusehen zum Ausgang des Areals. Der Leuchtturmwärter sah sie erstaunt an. »Bitte … Du musst die beiden zum Parkplatz fahren. Ich muss sofort los. Kannst du mich zuerst zu meinem Auto bringen … Bitte!«

Eine Stunde später öffnete Katrin aufgeregt die Tür zur Wohnung.

»Charlotte, ich bin wieder da«, rief sie.

»Charlotte? Wo bist du?« Es war still in ihrem neuen Zuhause, in dem sie ihre Tante vermutete, weil sie nicht glauben wollte, was sie gerade am Telefon gehört hatte. Nacheinander öffnete sie sämtliche Türen, um festzustellen, dass sie nirgends aufzufinden war. Ihr wurde mulmig. Es war nicht Charlottes Art, sich einfach aus dem Staub zu machen, ohne eine Nachricht zu hinterlassen. *Wir wollten doch gleich los, wenn ich wieder da bin. Normalerweise ruft sie wenigstens an, wenn sie noch weggeht,* dachte Katrin und schlich unruhig zurück in den Flur. »Na, das ist aber wirklich merkwürdig.« Sie nahm den Stoff der Jacke in die Hand, ohne die ihre Tante nie aus dem Haus ging. Auch der Mantel hing ordentlich an seinem Platz. »Das glaub ich jetzt nicht!« Die Holzklotzschen standen genauso unter der Garderobe wie ihre Stiefel. Sie fing an zu zittern und verließ die Wohnung, um mit dem Lift in den Keller zu gelangen. Vielleicht suchte sie etwas. Katrin versuchte, sich selbst zu beruhigen. Zuzutrauen war es ihr, dass sie auf Strümpfen im Gebäude umherirrte. Als sie den untersten Raum erreichte, rief sie erneut nach ihr. »Charlotte, wo bist du?« Alles war dunkel. Der Flur mit den einzelnen kleinen Verschlägen sowie der Waschkeller waren verschlossen und leer. Sie drückte auf die Türklinke zur Tiefgarage. Alles duster. »Charlotte!« Ergebnislos fuhr sie zurück in die Wohnung. Sie wählte die Nummer von Charlottes Handy. Es klingelte. Freizeichen, Gott sei Dank. Mal sehen, wo sie jetzt wieder steckt. Erschreckt fuhr sie herum, als sie das Mobiltelefon ihrer Tante hinter sich klingeln hörte. Sie kannte den Klingelton der Neunten Symphonie genau. Sie ließ es mehrmals läuten und folgte dem Geräusch. In ihrem Zimmer wurde es eindringlicher. Das Telefon lag auf der Kommode, dudelte seine Melodie und vibrierte. »Da stimmt etwas nicht, ganz und gar nicht«, rief sie erregt.

Das Herz fing unkontrolliert an zu rasen, und sie hatte auf einmal das Gefühl, keine Luft mehr zu bekommen. Nervös trippelte sie durch den Raum zurück zum Fenster und blickte suchend hinaus. Plötzlich klingelte ihr eigenes Mobiltelefon erneut. Verdutzt zog sie es aus der Hosentasche und nahm es in die Hand. Die Nummer war unterdrückt.

»Ja?« Sprachlos lauschte sie den Worten am anderen Ende. »Was?«, schrie sie und zitterte am ganzen Körper. Geschockt glitt ihr das Telefon aus der Hand und fiel zu Boden. Sie stand immer noch vor dem Fenster und presste die Finger vor den Mund. »Charlotte!«

Nachdem sie sich gefangen hatte, hob sie das Handy auf und wählte zitternd die Nummer ihres Freundes.

»Dirk, Gott sei Dank, du musst … du musst sofort …«, schrie Katrin verzweifelt in ihr Telefon. »Charlotte, Charlotte«, schrie sie und stammelte wirr durcheinander.

Westermann verstand nicht ein Wort, nur Charlotte, Charlotte.

»Wo bist du?«, rief er in den Hörer.

»Zu Hause. Ich wollte, wir wollten nach Lübeck fahren. Aber sie ist nicht da. Niemand ist da, und ihre Sachen sind alle da. Sie hat nicht einmal ihr Handy bei sich. Dann, dann hat diese Stimme, entführt … töten … will sie töten!« Katrin schrie in den Hörer. »Du musst sofort kommen.«

»Okay, ich fahr los. Dann erzählst du mir, was los ist. Ich bin gleich da. Bleib ruhig.« Der Hauptkommissar versuchte sie zu beruhigen. Verstört kam er zehn Minuten später die Stufen hochgerannt. Katrin stand bleich in der Tür und lauerte.

»Was ist denn bloß passiert?«, fragte er irritiert, als sie ihm weinend um den Hals fiel.

»Charlotte wurde entführt. Jemand will sie umbringen«, wimmerte sie. Dirk zog sie durch den Flur ins Wohnzimmer.

»So, setz dich hin.« Er drückte sie in den Ohrensessel. Minutenlang war sie nicht in der Lage, einen klaren Satz zu formulieren.

Der Kommissar strich sich die silberweißen Haare aus dem Gesicht, holte ein Glas Wasser aus der Küche und hielt es ihr unter die Nase. Dann zog er ein unbenutztes Taschentuch aus der Hosentasche und reichte es ihr.

»Jemand will meine Tante umbringen«, flüsterte Katrin leise und gab ihm das Handy. »Angerufen hat sie mich. Mir gesagt, dass sie Charlotte ihrer gerechten Strafe zuführt. Wer zu neugierig ist, hat sie gesagt, wird bestraft. Was bedeutet das, Dirk?« Der Kommissar zog die Augenbrauen zusammen, und eine steile Falte bildete sich zwischen seinen Augen.

»Was das bedeutet, weiß ich nicht«, sagte er und scrollte die eingegangenen Rufnummern durch. »Nicht verfügbar. Der Anruf könnte von überall getätigt worden sein. Genauso gut von einer Telefonzelle.« Westermann stand auf und verließ den Raum. Katrin hörte, wie er telefonierte. »So, die überprüfen, von wo aus das Gespräch geführt wurde. Wenn es sich allerdings um eine Zelle handelt, wird sich kaum etwas ergeben. Das könnte jeder gewesen sein. Von überall. Bist du sicher, dass es eine Frau war?« Sie nickte und wischte die letzten Tränen von der Wange. Fahrig knüllte sie das Taschentuch zwischen den Fingern und sah Dirk mit verweinten Augen an.

»Ja, das war eine Frauenstimme. Hört das denn niemals auf? Was hat Charlotte bloß verbrochen, dass sie von einem Schlamassel ins nächste rutscht.« Die Schultern zuckten resigniert. Der Hauptkommissar zog sie vom Stuhl hoch und nahm sie in den Arm. Katrin lehnte ihren Kopf gegen seine Brust und zitterte unaufhörlich. Vorsichtig streichelte er mit der Hand über ihre Haare und atmete tief. Er blickte aus dem Fenster und grübelte.

»Was sagtest du, hat sie gesagt? Wer zu neugierig ist, wird seiner gerechten Strafe zugeführt? Was wusste sie? Sie hat mir doch bereits alles erzählt. Und sie wusste, wer die Person auf dem Foto war. Aber das hätten wir auch ohne Charlotte herausgefunden. Es war nur eine Frage der Zeit. Sie kannte die Frauen, aber hatte nichts weiter mit ihnen zu tun. Was zum Teufel? Es hat irgendetwas mit dem Bild im Staberholz zu tun. Es reicht!« Westermann schob Katrin von sich und dirigierte sie zurück in den Sessel. »Hast du überall nachgesehen?«

Sie nickte. »Ja, ich war sogar in der Tiefgarage. Nichts!« Der Kommissar ging in den Flur und kam kurze Zeit später wieder ins Wohnzimmer.

»So, die Spusi rückt an und wir durchsuchen das Haus bis in die kleinste Ecke, bis wir etwas gefunden haben.«

»Na, wie sieht's aus?«, fragte Westermann, als die Männer der Spurensicherung zurück in die Wohnung eilten.

»Nichts Auffälliges, außer einem roten Haar im Lift. Es klebte an der Tür. Ich weiß nicht, ob das relevant ist, aber ich lass das sofort überprüfen«, sagte Lutz Henning. »Es passt zum Rest der Geschichte. Wir werden ja von roten Haaren verfolgt.«

»Vielleicht sollten wir die Fundorte noch einmal untersuchen. Es könnte möglich sein, dass sich weitere auffinden lassen«, sagte Westermann und streichelte Katrins Hand, die verzweifelt im Sessel hockte.

»Was ist, wenn die DNA nirgends registriert ist? Dann haben wir nichts außer ein paar verdammten roten Haaren.«

*

Das Licht im Kellergewölbe blitzte auf. Die wahre Hexe betrat den Raum und bewegte sich auf Sophie zu, die erschöpft an der Kette hing.

»So, meine Süße, wach auf. Heute haben wir zwei Hübschen viel vor.«

Skrupellos stieß die Mittdreißigerin,die in Jeans und schwarzes Herrenhemd gekleidet vor ihr stand, ihre Gefangene gegen den Oberschenkel. Stöhnend hob sie den Kopf. Die Haare pappten verfilzt auf ihrem Gesicht. Josephine hockte sich hin und strich ihr die Strähnen mit den Fingern zur Seite. Träge öffnete Sophie die Augen. Sie gab ein mitleiderregendes Bild ab. Die Haut vom Holz zerkratzt und die Wunden auf dem Körper sahen aus, als hätte eine Katze sie die Nacht über traktiert.

Das Mädchen, noch immer von der Erscheinung geschockt, die sie gesehen und als Halluzination abtat, glaubte nach wie vor, dass verabreichte Drogen für die schrecklichen Wahrnehmungen ursächlich wären. Ihr war klar, dass sie eine gewisse Gabe besaß, aber dieser Anblick erschreckte sie dermaßen, dass sie sich wünschte, es wären nur Einbildungen gewesen. *Wenn mir Hanna tatsächlich erschienen ist, dann … dann ist sie tot.*

Die Begegnungen, die sie seit Kindertagen verfolgten und in Abständen immer wieder heimsuchten, schürten ihre Ängste und ließen sie wachsam werden. Deshalb ging sie regelmäßig zu Hanna, die ihr immer wieder half, mit der Situation besser klarzukommen.

Aber Hanna kann nicht tot sein. Sophie war verwirrt. Sie wusste längst nicht mehr, was Wahrheit, was Trugbild war. In ihr war alles dumpf.

Die Frau stand auf. Sie taxierte ihr Opfer, neigte wie in Trance den Kopf und streifte seelenruhig Vinylhandschuhe über.

»Ich hab dir etwas Schönes mitgebracht. Das wird dir gefallen.« In aller Ruhe griff sie den Emailleeimer, den sie vor wenigen Minuten mit in den Kellerraum gebracht hatte. Erwartungsvoll blickte sie in den Kübel und zog mit einer Hand eine Packung heraus, die sie auf den Tisch legte, der unmittelbar neben Sophies Lager stand. Es folgten dunkle Handtücher und ein Etui mit Kamm und Schere. Akkurat ordnete sie die Dinge auf der Tischplatte an, bis sie, wie mit Lineal exakt angeordnet, vor ihr lagen.

»Heute machen wir uns schick«, sagte sie und klatschte

erneut begeistert in die Hände. Sie strahlte und entblößte ihre weißen Zähne.

»Das wird ein feuriger Ball, heute Abend. Du weißt doch, dass wir morgen den ersten Mai haben. Da wird getanzt und gefeiert, und stell dir vor, wir beide feiern mit.«

Sie löste Sophies Handfessel, hob sie hoch und setzte sie auf den Stuhl, der vor dem Tisch stand. Sie fesselte ihre Hände hinterrücks mit einem dünnen Seil an der Stuhllehne und griff zur Schere. Lächelnd sah sie auf das glänzende Metall und hauchte dagegen. Sophie schrie auf.

»Nein, nicht meine Haare, nicht die Haare!«

Im Spiegel, der auf dem Tisch aufgestellt war, konnte Josephine das entsetzte Gesicht von Sophie deutlich sehen, und es gefiel ihr außerordentlich gut, was sie sah.

Als Sophie eine, ihr unendlich erscheinende, Stunde später in den Spiegel schaute, der vorher mit einem Tuch verhängt war, weinte sie nicht einmal mehr. Was ihr entgegen starrte, war eine hohlwangige Fremde mit zerschundenem Körper und kurzen feuerroten Haaren, die in ungleichen Strähnen wirr vom Kopf abstanden. Die bösartige Frau hatte sie gedemütigt und offensichtlich ihren Spaß daran, sie zu verunstalten. Die Macht, die sie ausübte, hatte sie offenbar erregt. Leidenschaftlich hatte sie mit einem nassen Lappen ihren verletzten Leib gereinigt. Sie fuhr mit einem feuchten Tuch über ihre Brüste und die wachsartige Haut. Anschließend betrachtete sie wohlwollend das Ergebnis. Bleich wie eine Statue aus weißem Marmor saß sie auf ihrem Stuhl und ließ das Geschehen emotionslos über sich ergehen. Die Hexe öffnete ihre Handfessel und stellte sie auf ihre wackligen Beine. Dann streifte sie ihr ein Kleid aus grobem Leinen über den nackten Körper, nicht, ohne sie mit den Händen an Brust und Taille zu berühren. Das Kleidungsstück hing wie ein alter Sack bis zu den Knöcheln an ihr herunter. Sophie spürte kaum, dass die Fesseln wieder angelegt und sie auf den Holzstuhl zurückgedrückt wurde.

Die verhasste Person stand wenig später in einem eleganten Cocktailkleid aus dunkelgrüner Seide vor ihr. Ihre tiefroten Haare hatte sie zu einem Chignon gesteckt, und lange blutrote tropfenförmige Ohrringe vollendeten das Bild einer geheimnisvollen Femme fatale. Eine magisch-dämonische Person, die andere auf verhängnisvolle Weise ins Unglück stürzte.

Sophie bekam nur am Rande mit, dass die Hexe mit einer Spritze auf sie zukam.

»Bitte nicht«, hauchte Sophie und schüttelte unmerklich den Kopf. Es war ein letzter leiser Versuch, das Herz ihrer Peinigerin zu erweichen. »Bitte, ich will nach Hause.« Dabei wusste sie, als sie in die eiskalten Augen der Frau starrte, dass dies ihr letzter Abend sein würde. Ihr war klar, dass sie diese Nacht nicht überleben würde.

*

Beißender Qualm stieg auf und drängte sich in ihre Lungenflügel. Bei jedem Atemzug sog Sophie beißenden Rauch ein. Bewusstlos hing sie verschnürt wie ein Paket an einem etwa zwei Meter hohen Pfahl. Der Pflock stand auf einem angehäuften Berg aus Holzscheiten, Ästen und Buschwerk, der vorher akribisch aufeinandergestapelt worden war.

Ich habe meine Arbeit fast vollendet. Jetzt will ich endlich den Lohn für meine wochenlangen Vorbereitungen genießen. Danach kümmere ich mich um die neugierige Alte. Die anderen Hexen haben ihr Leben verbraucht.

Die verspürte Erregung und die Vorfreude waren schneller verflogen als erhofft. Der absolute Kick blieb aus. Tausendfach spielte sie die Vorgehensweise der Taten im Kopf durch, steigerte sich und war enttäuscht, als sie plötzlich wie leblose Puppen vor ihr lagen. Das hatte sie sich anders vorgestellt. Es gab keine sexuelle Handlung, da ging es einzig darum, diese Hexen zu vernichten und die Lust am Töten auszukosten. Während sie den Frauen langsam den Draht um den Hals schlang und erwartungsvoll die Luftzufuhr abdrosselte, spürte sie keine Begeisterung in sich aufsteigen. Nicht die, die sie empfand, wenn die Vorstellung davon sich in ihrem Kopf immer und immer wieder wie ein Film abspulte. Die erstarrt geweiteten Augen, die sich mit roten Einblutungen füllten, berührten sie auch nicht. Die offenen Münder, die verzweifelt versuchten, einen Schrei auszustoßen, als der Draht fester und fester um ihre Kehle gezogen wurde. Als sie ihr Leben aushauchten, brachte es keine Genugtuung. Wütend darüber, dass das Hochgefühl nicht wie erwartet ausfiel, entfernte sie Mara erbost die starrenden toten Augen und legte sie in ein Glas Isopropylalkohol. *Du hättest nicht so genau hinsehen sollen. Dann wäre dir das hier vielleicht erspart geblieben. So kann ich mich jederzeit an deinem Blick ergötzen*, aber es passierte nicht.

Die Rothaarige stand vor dem Scheiterhaufen und genoss sichtlich jede Sekunde des Feuers, das sich gierig durch die aufgeschichteten Holzscheite fraß. Während sie den Kopf zur Seite neigte und die unwirkliche Szenerie abscannte, lächelte sie und dachte an Hanna.

Diese komische Kartentussi. Wollte mir tatsächlich weismachen, dass ich in einem vorigen Leben als Mörder geköpft wurde. Mir blieb gar keine andere Wahl, als ihr den Spaß selbst zu gönnen. Immerwährend spulte das Kopfkino laufende Bilder vor dem inneren Auge ab. Die Vorgehensweise wurde penibel durchdacht. *Die Haare zu färben, hat mich angemacht, weil sie ununterbrochen schrie und um Gnade winselte. Den Kopf abzuschlagen, war nur ein notwendiger Genuss, um den Polizisten etwas zu bieten. So geschockt habe ich Bullen selten gesehen. Aber für mich war es keineswegs aufregend, da sie bereits tot war. Der erregendste Moment war der, als der Draht sich zuzog und sie um ihr Leben bettelte, verängstigt nach Luft hechelte und ihrem Tod mit offenen Augen entgegenstierte.* Josephine lächelte. *Es dauerte länger als in der Fantasie. Leider war die Einbildung wesentlich plastischer als die Realität.* Josephine verzog angewidert das Gesicht. Man sah, dass sie mit den Ergebnissen nicht zufrieden war.

Dabei machte es nicht einmal Spaß, das Schwert so oft durch ihren speckigen Hals zu treiben. Ich hätte sie nicht vorher erdrosseln sollen. Das Blut …

Als der abgetrennte Kopf auf dem Tisch lag, ödete es sie nur noch an. Wütend hatte sie ihn weit von sich geschleudert, weil es sie böse machte, dass es bereits wieder vorbei war.

Überflüssiger Müll, den ich nur an den richtigen Stellen entsorgen musste. Nur dich Sophie, auf dich habe ich mich lange vorbereitet. Bin dir täglich gefolgt, um deine Tagesabläufe genauestens zu studieren. Ein zauberhaftes Mädchen, das jeden in seinen Bann zog. Engelsgleich. Du warst so unberührt, bis … bis du anfingst, deinen Körper und die Wirkung auf Männer zu entdecken. Du hast nur mit den Typen gespielt und dich dem Erstbesten am Strand von Katharinenhof hingegeben. Josephine spuckte angeekelt aus. Das Herz schlug heftig. *Das ist die Strafe, hüb-*

sche Sophie. Warum hast du nicht auf mich gewartet? Ich hätte dich geliebt wie sonst niemand zuvor. Deine weiche Haut, die blonden engelsgleichen Locken. Wie lange bin ich schon bei dir, ohne dass du es geahnt hast?

Die Erregung ließ sie stöhnen. Mit beiden Händen fuhr sie über die Brüste und ihre Lenden. Dann griff sie zu einem Ast und stocherte im Holz herum, um wütend die Glut anzufachen.

Sophie kam zu sich. Sie schlug verwirrt die Augen auf und sah, dass ihre Peinigerin sie gierig betrachtete. Bewusstlos sackte sie wieder in sich zusammen.

Der Scheiterhaufen loderte an vielen Stellen unkontrolliert. Es knisterte und zischte. Der Holzhaufen entwickelte mehr und mehr Hitze. Josephine stand wie ein unwirklicher Paradiesvogel in ihrem extravaganten Kleid, das sie extra für diesen besonderen Moment gekauft hatte, vor dem Höllenfeuer und fühlte sich an dem eher trostlosen Ort genau richtig platziert. Sie bohrte erneut im aufgeschichteten Buschwerk herum, um den Flammen Nahrung zu geben. Sie wusste, dass sie niemand stören würde. Dies war kein Platz, an dem Menschen vorbeispazierten. Ordnungsgemäß hatte sie das Maifeuer angemeldet, sodass keiner auf die Idee kam, hier einen Scheiterhaufen zu vermuten. Überall auf der Insel brannten heute Nacht Feuer. Wer interessierte sich gerade für das ihrer Gefangenen? Die Rothaarige lächelte. Die Höllenhitze brachte ihre Wangen zum Glühen. Sophie kam für einen Moment zu sich und versuchte, den Kopf anzuheben, um ihn von der glühenden Hitze wegzudrehen. Die Flammen züngelten gierig um sie herum und fingen an, den Saum des knöchellangen Wollrocks anzufressen. »Es wird dir nicht gelingen, Liebes. Brennen sollst du. Hexen wie dich, die verbrennt man

auf dem Scheiterhaufen! Ist deiner nicht unsagbar schön?«
Verächtlich starrte sie auf Sophie, die ihre Augenlider auf-
schlug und schreien wollte. Das Klebeband über ihrem
Mund verhinderte, dass auch nur ein Laut herausdrang.
Sie riss entsetzt die Augen auf, als sie begriff, was um sie
herum geschah. Sie spürte die Flammen und die unendliche
Hitze, die bereits auf dem Weg zu ihren Füßen hochkroch.

»Ja, schrei nur, wenn du kannst. Aber du kannst nicht.«
Die Hexe genoss den Moment, als das Feuer die Schuhe
von Sophie erreichte. In wenigen Minuten würde es ihre
Fußsohlen verbrennen. Dann ... Josephine konnte nicht
genug davon bekommen und tanzte plötzlich wie eine
bunte Erscheinung um die Gepeinigte, die sich unter unsäglichen Qualen auf dem Holzhaufen wand. Sie zerrte an den
Seilen, die ihren Körper am Pflock festhielten. Verzweifelt
sog sie mit jedem Atemzug Rauch und Asche in ihre Nase.
Um sie herum Dunkelheit. Nur die Flammen erhellten den
Platz auf dem das Feuer errichtet worden war. Dahinter
dunkle Bäume und unheimliches Dornengestrüpp. Es war
eine unwirkliche Bühne, die die Tanzende hier geschaffen
hatte, um ihre Gefangene ins rechte Licht zu rücken. Die
abgeschnittenen rot gefärbten Haare auf dem Kopf der
Schwerverletzten leuchteten ebenso wie die Feuersäulen,
die wütend nach Sophie griffen. Die Flammen erreichten
die Fußsohlen. Die Schmerzen waren unerträglicher als
alles, was sie vorher jemals erlebt hatte.

Ihr Blutdruck stieg, und das vom Wind immer mehr
angefachte Feuermeer versengte die Sohlen ihrer Leinen-
schuhe. Dann fiel sie erneut in erlösende Ohnmacht, die
dem Tod vorausgehen sollte.

Plötzlich hörte die Frau, die gebannt auf den Scheiterhaufen stierte und sich siegessicher glaubte, Hundegebell.

»Klecks, wo bist du? Klecks, komm zu Herrchen!«
Der kleine weiß-braun gefleckte Terrier hüpfte aufgeregt vor dem Feuer.

Die Scharfrichterin hatte sich, als sie das Gebell vernahm, augenblicklich in die Büsche geschlagen. Den Blick weiter auf den Scheiterhaufen gerichtet, um die Vernichtung Sophies nicht für eine Sekunde zu versäumen.

»Kommst du endlich her! Wo steckst du denn?« Der Hund kläffte unablässig, und nicht einmal zehn Sekunden später zwängte sich ein Mann in Sportkleidung durch das Gebüsch. »Mensch, Klecks, komm her, du kannst doch nicht einfach … Das ist ein fremdes Grundstück. Das gibt Ärger, wenn der Besitzer kommt.« Wütend zerrte er am Halsband des Tieres. »Los jetzt!« Der Terrier machte keine Anstalten, den Ort des vermeintlichen Maifeuers zu verlassen. Das Bellen irritierte den Jogger. So kannte er den Vierbeiner nicht. Er richtete sich auf, sah auf das Feuer – und erstarrte.

»Da … da ist jemand auf dem Maifeuer!«, schrie er. Augenblicklich ließ er den Hund los, zog seine Sportjacke aus und versuchte, die Flammen zu löschen. Je mehr er allerdings fächelte, umso höher schlugen sie ihm entgegen. Die gefesselte Frau war besinnungslos … oder tot? Der Kopf war wie leblos auf die Brust gesunken. Der Mann blickte suchend über den Platz. »Ich brauche einen Stock, damit ich das Holz …«, sprach er sich zu. Wild entschlossen wühlte er im umliegenden Gelände nach einem passenden Holzstück. Er griff einen dicken Ast und fing an, die oberen brennenden Holzteile herunterzureißen. Das Kläffen des Hundes hallte über das versteckt gelegene Grundstück, und der Jogger hoffte, dass jemand auf sie aufmerksam wurde. Hartnäckig riss er glimmende Stücke vom Haufen, sodass der jungen Frau die Flammen nicht zu nahe kommen konnten.

»Hilf mir, Gott, wenn es dich gibt, hilf mir«, schrie er verzweifelt nach einem Wunder.

Josephine, die rothaarige Hexe, verfolgte mit versteinerter Miene den Kampf des Mannes gegen das Feuer. Sie biss in den lackierten Fingernagel und brach ihn wutentbrannt ab.

Wenn Sophie das überlebte, dann könnte sie ... Das überlebt die niemals, dafür sorge ich.

Die Frau im Cocktailkleid verharrte für Sekunden still an ihrem Platz und überlegte fieberhaft. Den grausamen Ort zu verlassen, den sie lange vorher auserkoren hatte, das ging auf keinen Fall. Den Richtplatz der Insel, auf dem mehr als 100 Hexen bereits im Mittelalter ihr Leben lassen mussten. *Es gibt keinen besseren Ort als diesen. Nun will der Typ mit seinem Viech das zunichtemachen?*

Entschlossen zwängte sie sich durch das Gebüsch, suchte nach einem stabilen Ast und trat hinter den Mann.

»Was machen Sie da?«, hörte der Sportler plötzlich eine eiskalte Stimme. Der erste Schlag traf ihn unvermittelt am Hinterkopf. Der Jogger stöhnte und sackte in sich zusammen. Benommen hielt er die Hände an die Schläfe, als er wieder zu sich kam und versuchte, den Kopf zu heben. Er wusste nicht, wie lange er dort bereits lag, aber er wusste, dass die Person, die ihn niedergeschlagen hatte, nichts Gutes im Schilde führte. Vorsichtig öffnete er die Augen. *Eine Frau? Das ist eine Frau!* Sie fachte die Glut auf dem Scheiterhaufen erneut an. Die Flammen versengten die Schuhe der jungen Frau am Pfahl. Der Sportler blickte suchend nach einem Gegenstand, einer Waffe, die er einsetzen konnte, um das besinnungslose Mädchen zu retten. Sein Kopf schien auseinanderzuplatzen. Der Ast, mit dem er vorher niedergeschlagen wurde, lag direkt neben ihm. Als er hinlangte, fühlte er die klaffende Wunde am Hinterkopf.

Ohne die merkwürdig aussehende Frau aus den Augen zu lassen, griff er nach dem Holz, bündelte seine Reserven und sprang auf. Er hob den schweren Ast und rannte laut schreiend auf den Scheiterhaufen zu.

Sekunden später rief eine heisere Stimme: »Was machen Sie da?«

»Was ich hier mache? Helfen Sie mir, sofort, sonst stirbt sie, wenn sie nicht längst tot ist.« Verschwitzt zeigte er mit dem Ast auf das Mädchen, das leblos auf dem Scheiterhaufen hing.

»Soll sie, das ist mein Ziel«, antwortete Josephine und schlug erneut zu. Der Mann geriet ins Taumeln und starrte die unwirklich aussehende Person vor sich entsetzt an.

»Was?« Er hielt sich die Hand gegen die Platzwunde und spürte, wie das Blut über die Stirn rann. »Was soll das?« Der Sportler versuchte, die Hand mit dem Ast in die Höhe zu strecken, als ihn der nächste Schlag traf.

»Du bringst mir das hier nicht zu Ende«, rief Josephine und schlug mit Kraft immer wieder auf den bereits am Boden liegenden Mann. Er stöhnte und versuchte, seinen Kopf zu schützen. Als immer mehr Schläge auf ihn einprasselten, gab er auf.

Josephine ließ ihre Waffe fallen, sammelte Holz und Gestrüpp, das sie pausenlos auf den Scheiterhaufen warf. Während das Feuer wieder aufflammte und enorme Hitze entwickelte, sang die rothaarige Frau ohne Unterlass:

»Wenn das neunte Mal die Glocken läuten, brennst du lichterloh, das macht mich froh. Dann ist der Hexentrieb vorbei, und ich bin endlich frei.« Sie wiederholte den Singsang und war sicher, dass die Höllenglut Sophie verbrennen würde.

Westermann und Hartwig saßen im Wohnzimmer ihres Appartements und tranken starken Kaffee, der ihre Lebensgeister erwecken sollte.

»Bist du fit?«, fragte Dirk Thomas, der müde nickte.

»So fit wie du«, antwortete er und zeigte auf die dunklen Ringe unter Westermanns Augen, die sich tief in sein aschfahles Gesicht eingegraben hatten. Der Jüngere von beiden blickte auf seine Uhr. »Es ist fast Abend. Ich werd verrückt.« Er biss herzhaft in ein Käsebrötchen und kaute gedankenversunken.

»Ich kann dir sagen, was wir als Erstes machen. Wir fahren zur Kirche und fragen den Pastor um Rat.«

»Und was erhoffst du dir davon?«

»Ich denke, die Antwort weiß jemand, der die Bibel kennt, und es könnte uns einen Riesenschritt weiterbringen.«

»Wann ist dir das eingefallen?«

»Heute Nacht im Bett. Ich hatte eine Erleuchtung«, versuchte er ein müdes Lächeln, das ihm allerdings wenig gelang.

»Du meinst wohl heute Nachmittag«, sagte Hartwig, tippte auf seine Armbanduhr und gähnte hemmungslos.

»Kannst du mal die Hand vorhalten, wir sind doch nicht im Zoo.« Er rollte mit den Augen.

»'tschuldigung. Aber das eine sage ich dir. Wenn das hier vorbei ist, dann … dann …«

»Dann was? Dann machen wir ganz normal weiter wie sonst auch.«

»Ne, dann machen wir erst mal eine geile Sause mit Stadion und Kiezbesuch. Und du kommst mit. Ich zeig dir mal, was richtig Spaß macht, und wir besaufen uns sinnlos.«

»Na, ich weiß nicht, ob das richtig Spaß macht.« Dirk grinste.

»So, sieh zu, wir müssen los.« Westermann sprang auf und zog die Jacke an. Ein paar Minuten später liefen sie durch den Senator-Thomsen-Park und bewegten sich auf die Sankt-Nikolai-Kirche zu, dessen spätbarocke Turmhaube im letzten Abendlicht grünlich schimmerte.

»Da wirst du aber wohl niemanden antreffen um diese Zeit. Da vorne ist das Kirchenbüro.« Er zeigte auf ein kleines Schild, das ihnen den Weg wies. Der Hauptkommissar nickte und folgte dem Kollegen. Durch ein altes, unterteiltes Fenster schimmerte tatsächlich Licht. Sie stiegen die Stufen hoch und öffneten die nicht verschlossene Holztür, die eigentlich zugesperrt sein müsste, weil die Bürozeiten längst vorbei waren. Die Männer bewegten sich im Raum auf die rechte Seite zu, über dessen gesamte Breite sich ein Tresen zog. Dahinter stand eine attraktive zierliche blonde Frau mit modischem Haarschnitt, die ihnen sofort ihre Aufmerksamkeit schenkte. Sie lächelte die Kommissare verhalten an.

»Guten Abend«, sagte Westermann freundlich und zückte seinen Dienstausweis. »Kriminalpolizei. Wir suchen den diensthabenden Pastor.«

Die Sekretärin erwiderte den Gruß und antwortete irritiert: »Da haben Sie aber Glück, dass überhaupt jemand hier ist. Allerdings haben wir keinen Pastor. Wir haben eine Pastorin und die ist im Gemeindesaal. Wir haben nämlich heute Abend eine Veranstaltung. Wenn Sie wieder rausgehen, finden Sie den Gemeinderaum auf der linken Seite.« Sie lächelte und deutete durch das Fenster auf das Gebäude.

»Sie haben eine Pastorin?«, erkundigte sich Hartwig, und seine Augen fingen an zu leuchten.

»Ja, warum nicht? Das ist doch heute nichts Besonderes mehr, oder? Aber ist was passiert?«, fragte die Frau erstaunt, und eine leichte Röte überzog ihr Gesicht. »Ich meine, normalerweise kommt die Kripo nicht so oft zu uns.«

»Nein, keine Sorge, wir haben nur ein paar Fragen in kirchlichen Angelegenheiten.« Westermann wusste nicht, wie er es besser hätte formulieren können.

»Na, dann gehen Sie mal rüber. Sie müsste im Saal sein.« Die hübsche Gemeindesekretärin kam hinter ihrem Tresen hervor und sagte: »Wissen Sie was, ich bringe Sie hin.« Sie lief voran, und die Kommissare folgten der attraktiven Sekretärin auf dem Fuß. »Hallo?«, rief sie, als sie den Flur des Gebäudes betraten.

»Ich bin hier«, rief eine Stimme aus dem Gemeindesaal. Die Bürokraft zeigte mit der Hand auf die geöffnete Tür und verabschiedete sich. Westermann und sein Kollege blickten sich suchend um.

»Können Sie uns bitte sagen, wo wir die Pastorin finden?«

Die junge sportliche Person grinste die Männer an, stieg vom Stuhl, der ihr als Leiter diente, und schritt auf die Polizeibeamten zu.

»Ich bin die Pastorin, wenn Sie nichts dagegen haben.« Der Hauptkommissar streckte ihr die Hand entgegen, während Hartwig verschmitzt zur Seite sah.

»Mordkommission, Kripo Oldenburg, Westermann.« Er zog seinen Ausweis aus der Jackentasche und hielt sie der zierlichen Kirchenfrau vors Gesicht. Die Augenbrauen der Pfarrerin verengten sich.

»Und? Ist etwas passiert? Sind Sie wegen der Morde hier?« Westermann nickte. »Ja, das ist ziemlich schrecklich und wühlt die Gemeinde sehr auf. Es ist noch gar nicht lange her, dass derartige Dinge hier auf der Insel passiert sind, und nun plötzlich immer wieder. Die Leute fragen mich, wo Gott sich gerade aufhält. Aber lassen wir das. Es gehört wohl nicht zu Ihren Aufgaben, sich um die Gemeindearbeit zu kümmern.« Sie faltete verlegen die Hände.

»Wenn Sie einen Moment Zeit für uns erübrigen könnten, wären wir sehr dankbar. Und wenn wir können, werden wir mit Sicherheit die Ruhe in Ihrer Gemeinde wieder herstellen. Deshalb müssen wir unbedingt diesen Fall lösen.« Die Pastorin bat sie, Platz zu nehmen. Sie zog einen der Stühle heran und setzte sich den Kommissaren gegenüber.

»Womit kann ich Ihnen helfen?« Ihr erstaunter Blick entging den Polizeibeamten nicht.

»Wir ermitteln in zwei beziehungsweise drei Mordfällen und suchen nach einer vermissten Person und haben …« Es hatte den Anschein, als wüsste er nicht, wie er die Fragen formulieren sollte. »Offenbar handelt der Täter oder die Täterin nach gewissen Ritualen. Vor jeder der Taten ist auf meinem Handy ein mysteriöser Spruch eingegangen. Wir können uns keinen Reim darauf machen und sind an dem Punkt angelangt, wo wir göttlichen Beistand gut gebrauchen könnten.« Er stockte und suchte die richtigen Worte. Dabei zog er ein gefaltetes Blatt aus der Jackentasche. »Hier habe ich einen Zettel, auf dem Zeilen stehen, mit denen wir überhaupt nichts anfangen können und von denen wir mittlerweile davon ausgehen, dass sie mit den Morden zu tun haben. Es ist irgendwie kirchlich angehaucht, wenn ich das mal so formulieren darf, und wir hoffen, dass Sie uns weiterhelfen können. Es ist äußerst wichtig, diesen dritten Vers zu deuten, bevor es zu einem weiteren Verbrechen kommt.« Ernst überreichte er der Pastorin das Schriftstück. Sie nahm es fragend in die Hand, faltete es auseinander und las. Die Mundwinkel senkten sich herab, und der Blick verfinsterte sich zusehends. Noch einmal las sie die Zeilen, dann hob sie den Kopf. Sie stand auf und suchte nach Worten. Auf ihrem Gesicht erschienen rote hektische Flecken, als sie die Sätze aussprach, die den Kommissaren bereits wie Stempel ins Gehirn gedrückt waren.

»Wenn das neunte Mal die Glocken läuten, auf dem Platz, dem rechten, brennt sie lichterloh … das Böse wird zurückgedrängt in die Hölle. Dann ist der Hexentrieb vorbei, und das Übel wird geheilt. – Also, wenn das neunte Mal die Glocken läuten – das bezieht sich, unter Vorbehalt, auf die Walpurgisnacht. Ich muss … warten Sie.« Ohne weitere Erklärung ging sie aus dem Raum, um eine Minute später mit einem Buch zurückzukehren. Sie schlug das schwarze Buch auf und blätterte nervös nach einer bestimmten Seite. Hektisch glitten die Augen über die Zeilen. »Hier steht es. Im achten Jahrhundert lebte die heilige Äbtissin Walburga. Ihr zu Ehren wurde am ersten Mai ein Gedenktag gefeiert.« Sie überlegte und fuhr fort. »Neun Tage lang wurden zuvor die Glocken geläutet. Diese Tage werden heute noch als die Walpurgistage bezeichnet.«

»Neun Tage lang Glockengeläut für eine Frau?«, sagte Hartwig und schüttelte den Kopf.

»Sie war keine Frau, sie war eine Heilige. Die neun Tage dienten dazu, die Hexenumtriebe zu verhindern, die in der Nacht vom 30. April auf den 1. Mai auf Anhöhen von sogenannten Hexen vollzogen wurden.«

Hartwig fing an zu lachen. »Was für ein Quatsch!«

»Wenn Sie das als Quatsch empfinden, weiß ich nicht so recht, was Sie dann hier möchten?« Ihre Stimme nahm einen harten Ton an, und sie raufte die kurzen dunklen Haare.

»Nein, so war das nicht gemeint«, entschuldigte er sich und blickte verlegen zu Boden.

»Das hat er wirklich nicht so gemeint«, versuchte Westermann die Wogen zu glätten. »Allerdings liegen uns die Mordfälle wie Felssteine auf der Seele, und diese mittelalterlichen Botschaften verwirren uns. Bitte, helfen Sie uns! Es ist immens wichtig. Ansonsten wissen wir nicht, wie wir diesen Dämon unter Kontrolle bringen sollen.«

»Sie wissen hoffentlich, was Dämonen sind, bevor Sie ein solch schwergewichtiges Wort benutzen. Na gut«, fuhr sie fort, ohne Hartwig auch nur eines Blickes zu würdigen. »Also, die Hexen, oder sagen wir die vermeintlichen Hexen, hielten ihren Hexensabbat auf dem Brocken und ähnlichen Anhöhen ab, und um sie zu vertreiben, wurden die Glocken zum Tage der Walburga neun Tage geläutet. Auf dem rechten Platz, dem rechten, auf dem rechten Platz brennt sie lichterloh – Hexenplatz gibt es hier keinen. Ich meine, keine Anhöhe für einen Hexensabbat. Aber, warten Sie mal.« Sie stand auf, ging erneut aus dem Gemeinderaum und kam kurze Zeit später mit einer vergilbten Karte zurück. »Ich weiß, dass es hier einen Richtplatz gab, auf dem die verurteilten Hexen verbrannt wurden.« Sie faltete die alte Fehmarnkarte auseinander, legte sie auf den Tisch und versuchte den Ort zu finden, an dem sich der Platz befunden hatte.

Westermann und Hartwig standen auf und beugten sich über das Papier. Die Pastorin fuhr mit dem Finger das nicht mehr vorhandene Straßenbild nach, neigte den Kopf und tippte plötzlich auf einen Punkt.

»Sehen Sie, hier, hier ist es. Das ist der frühere Richtplatz. Unweit der St.-Jürgen-Kapelle. Aber da ist heute nichts mehr. Wenn ich mich recht erinnere, sind dort später Kleingärten entstanden und Häuser gebaut worden. Eine kleine Fläche, die von dornigem Gestrüpp überwuchert ist, ist das Einzige, was davon übrig geblieben ist. Der Friedhof, der da eingezeichnet ist«, sie tippte auf ein Kreuz, das auf der Karte markiert war, »ist auch weg. Das ist alles, was ich Ihnen dazu sagen kann.« Die Pastorin zuckte die Schultern. Westermanns Augen fingen an zu leuchten, und die Hände schwitzten.

»Wie kommen wir da hin?«, rief er plötzlich, als hätte er eine Eingebung, und bewegte sich hastig auf die Tür zu.

»Wenn Sie hier rausfahren, dann links Richtung Feuerwehr, Sie wissen?« Hartwig nickte. »Geradeaus, erste Straße rechts in die Mathildenstraße. Dann kommt linksseitig eine Mini-Verkehrsinsel. Danach folgt der Kapellenweg. Den fahren Sie rein, etwa hundert Meter weiter befindet sich die St.-Jürgen-Kapelle. Wenn Sie davor stehen, geht rechts ein kleiner Fußweg zu den alten Gärten. Der Platz liegt ungefähr hundert Meter weiter links. Ist aber wie gesagt nur Dornengestrüpp«, rief sie den Kommissaren hinterher, die fast das Gebäude verlassen hatten und zum Wagen eilten. Der Motor jaulte, als sie durch die Straßen rasten. Westermann langte nach dem Blaulicht und setzte es aufs Autodach. Er jagte durch die Sahrensdorfer Straße und ignorierte laut hupend das rote Leuchtsignal der Ampel. Eine ältere Frau, die gerade die Fahrbahn überqueren wollte, wich erschreckt zurück und deutete schimpfend mit ihrem Stock. Mit quietschenden Reifen bog der Hauptkommissar in die Mathildenstraße ein, bis sie die kleine Verkehrsinsel erreichten. Es war bereits dunkel, und er stellte das Fernlicht ein, um besser sehen zu können.

»Da vorn«, schrie Thomas. »Da musst du links.« Westermann stieg auf die Bremse und nahm die falsche Seite der Fahrbahn. »Mann, das ist der Gegenverkehr. Sei froh, dass hier abends die Bürgersteige hochgeklappt werden. Mann, Mann.« Hartwig klammerte sich am Haltegriff fest, um nicht auf dem Schoß seines Vorgesetzten zu landen. »Pass auf, das muss gleich kommen. Mach das Blaulicht aus oder soll uns jeder sehen?« Der Hauptkommissar zog das Licht vom Dach und warf es Hartwig auf die Oberschenkel. Der suchte die Kapelle. »Mensch, warum ist es so dunkel?«

»Weil man dann die Hexenfeuer besser erkennen kann«, malte Westermann den Teufel an die Wand, vor der kleinen Kapelle hielt er an. Nervös sprang er aus dem Wagen. Sein Kollege folgte ihm. Beide zogen, während sie den schmalen Weg entlangliefen, die Pistolen aus dem Holster und rannten weiter, bis sie einen schwachen Schein wahrnahmen.

Nach fast 50 Metern stoppten sie, und Westermann legte vorsorglich den Zeigefinger über die Lippen. Sein Herz schlug unkontrolliert heftig, dass er Angst bekam, es würde gleich stehen bleiben. Schleichend näherten sie sich dem Platz, der tatsächlich von Dornengebüsch überwuchert war.

»Siehst du das?«, flüsterte Hartwig. Sein Kollege nickte und schlich weiter. Er drängte sich durch eine enge Lücke im Gestrüpp und sah ein Feuer durch die Büsche leuchten. Lautes Knistern erinnerte ihn an das Flammeninferno, das Katrin und ihre Tante im letzten Jahr um Hab und Gut brachte. Die Nackenhaare stellten sich auf, und er zwängte sich mit Thomas weiter durch das dichte Gebüsch.

»Halt, Waffe fallen lassen.« Der Schrei ließ Jens Renner zusammenfahren. Westermann eilte auf den Sportler zu und warf ihn zu Boden. Hartwig hechtete zum Feuer, sah geschockt auf die Frau, die an einem Pfahl auf der Feuerstelle fixiert war und deren Schuhe bereits von den Flammen erfasst worden waren. Thomas kickte mit den Stiefeln die lodernden Holzscheite beiseite, Nahm einen Ast und riss das Feuerholz auseinander. Er schmiss den Ast zur Seite, griff nach dem Mädchen und versuchte, die Gefesselte zu befreien. Der Qualm stieg in seine Lungen, und er musste husten. Sophie hing bewusstlos am Pfahl, und es würde nur noch wenige Minuten dauern, bis ihr Kleid in Flammen aufging.

»Es geht nicht, ich bekomm das Feuer nicht aus«, schrie er. »Dirk, sie ist angebunden. Ich schaffe das nicht allein.« Verzweifelt trieb er die brennenden Holzstücke mit den Füßen auseinander. Westermann hörte das Röcheln des am Boden Liegenden, dem er das Knie auf den Rücken presste, um ihm die Hände hinter dem Rücken mit Handschellen zu fesseln.

»Ich hab ein Messer in meiner Hosentasche«, rang Jens Renner schwer atmend nach Luft.

Der Kommissar griff in die Tasche des Mannes und zog ein Klappmesser heraus. Er schnellte hoch und riss Hartwig zur Seite.

»Halt ihn in Schach, hörst du. Halt ihn in Schach! Ich hol sie da runter!« Er schrie und hoffte, dass es nicht zu spät war. Leblos hing die junge Frau in den Seilen.

Westermann hielt die Luft an, sprang auf das Holz, das immer noch teuflisch brannte und vom Wind ständig neu angefacht wurde, und durchtrennte mit dem Messer die Fesseln, die mehrfach um ihre Knöchel gezurrt waren. Wie ein Bleigewicht baumelte sie mit den Händen am Holzpflock.

Dirk suchte nach weiteren Stricken und atmete den Rauch ein. Eine weitere Hustenattacke packte ihn. Hilflos unterdrückte er das Würgen. Sein Gesicht glühte, als er endlich die Seile um ihre Handgelenke fand, die an einem Haken festgezurrt waren. Er tastete zwischen die Gelenke und zerschnitt sie, so schnell er konnte. Sophie fiel ihm leblos entgegen. Westermann fing sie auf und sprang im gleichen Atemzug mit ihr auf dem Arm vom Feuer. Keuchend sackte er auf die Knie. Vorsichtig ließ er sie vor sich auf die Erde gleiten, zerrte sich die die Jacke herunter und legte ihren Kopf darauf.

»Thomas ruf den Krankenwagen, hörst du?«

Er nickte und wählte die Nummer, während Westermann den Puls an ihrem Hals suchte. Vorsichtig löste er das Klebeband von ihrem Mund.

»Sie lebt, sie lebt! Aber sie ist Bewusstlos.« Augenblicklich begann er mit einer Mund-zu-Mund-Beatmung.

»Die Frau, sie wollte das Mädchen umbringen. Die Frau«, hechelte Jens Renner und versuchte immer wieder, sich auf den Rücken zu drehen.

»Was faselst du da?«, rief Hartwig und riss ihn hoch. »Du bist das, jetzt haben wir dich endlich.« Mit einem Stoß ließ er ihn zurück auf die Erde fallen.

»Bleib ruhig, Thomas. Wir haben ihn. Den Rest erledigen wir, wenn wir ihn in Untersuchungshaft haben.«

»Ich … ich war das nicht«, schrie Renner. »Die Rothaarige, eine Frau war das hier.« Verzweifelt wehrte er sich gegen die Vorwürfe.

»Das kannst du vergessen du, du …«

»Warte«, rief Westermann. »Wer war das, sagten Sie?«

»Eine Frau mit roten Haaren hat das Feuer angezündet. Ich … ich wollte ihr helfen.« Unentwegt deutete er auf Sophie, die immer noch bewusstlos am Boden lag.

»Sie muss sofort in die Klinik, vielleicht überlebt sie.«
Der Hauptkommissar zeigte auf die verschmorten Schuhe.
Darunter war die verbrannte Haut der Fußsohlen, die
große Blasen warfen. »Gib mir deine Jacke, Thomas.« Sein
Kollege zog die Lederjacke aus, und sie tauschten sie als
Unterlage für den Kopf, um sie mit Westermanns Caban
zuzudecken. Dann hörten sie die Sirenen.

Der Feuerteufel war verschwunden.

Eine halbe Stunde später lag Sophie mit schweren Verbrennungen an ihren Füßen und einer schweren Cyanid-
vergiftung im Inselkrankenhaus. Ob sie es überstehen
würde, wusste zu diesem Zeitpunkt niemand. Das Ärzte-
team kämpfte um ihr Leben. Ihr Körper war auf 35 Kilo
abgemagert und sehr geschwächt. Das Feuer hatte beide
Beine in Mitleidenschaft gezogen. Zudem hatte sie eine dramatische Rauchvergiftung davongetragen. Die Ärzte versetzten das Mädchen ins künstliche Koma, um die Heilung
zu unterstützen und sie nicht den immensen Schmerzen
auszusetzen, die die Wunden verursachten. Der Hauptkommissar benachrichtigte als Erstes ihre Eltern. Weinend
stürzten sie nicht mal eine Viertelstunde später in die Inselklinik und sprachen mit dem behandelnden Arzt und den
beiden Kriminalpolizisten.

»Wir reden in ein paar Tagen über den genauen Her-
gang. Jetzt ist erstmal wichtig, dass wir sie gefunden haben
und sie lebt«, beruhigte Westermann Sophies Mutter und
nahm die schluchzende Frau in den Arm, bevor die von
Sorgen gezeichnete, aber dennoch unendlich erleichterte
Frau zusammenbrach.

Stunden später lag das schwer verletzte Mädchen an
diverse Schläuche angeschlossen im Intensivzimmer. Eine

Infusion versorgte sie mit dem nötigen Gegengift, dass das Cyanid neutralisieren sollte. Die Monitore piepten und zeigten sämtliche Funktionen, wie kaum spürbaren Puls und einen instabilen Herzschlag. Selbst für einen Transport in die nächstliegende Uniklinik wäre sie zu schwach gewesen. Die Ärzte versuchten alles in ihrer Macht Stehende, das Leben der jungen Frau zu retten. Dirk Westermann saß auf einem Stuhl neben dem Bett und betrachtete Sophie, deren Eltern weinend an der anderen Bettseite verharrten. *Trotz der Verbrennungen und dem Verband um ihren Kopf sieht sie wunderschön und zerbrechlich aus,* dachte er und seufzte.

»Du schaffst es, Sophie, ich weiß es, du bist stark«, flüsterte der Kommissar. Niemals vorher war ihm ein Fall so nah gegangen wie dieser. Dirk fuhr mit den Fingern über die geröteten Augen, die vor Müdigkeit brannten. Er gähnte und schien um Jahre gealtert zu sein. Aber er konnte nicht einfach gehen. Es war fünf Uhr morgens, als leise die Tür aufging und eine Schwester eintrat. Sophies Eltern hielten die Hände ihrer Tochter und veranlassten den Kommissar, endlich nach Hause zu gehen, um ein paar Stunden zu schlafen. Sie wollten am Bett ihrer Tochter wachen, egal, was kommen würde, und ihn auf jeden Fall sofort benachrichtigen, wenn sich etwas änderte. Mitleidig tätschelte er noch einmal kurz die Hand ihrer Mutter.

»Wir kriegen das Schwein«, sagte er und verließ mit gesenktem Kopf das Zimmer.

Thomas befragte währenddessen den Jogger Jens Renner, der zur selben Zeit hustend und mit Atemnot kämpfend in einem Behandlungszimmer lag und mit Flüssigkeit versorgt wurde.

Die Ärzte versorgten die Wunden am Kopf. Er wollte partout nicht im Krankenhaus bleiben, weil er seinen Hund auf dem Platz suchen wollte. Nachdem Thomas Hartwig sich lange mit ihm unterhalten hatte, während er verarztet wurde, war klar, dass er nichts mit dem Fall zu tun hatte. Thomas Hartwig entfernte die Handschellen und dankte ihm für die Hilfe. Die Informationen, die er den Polizeibeamten geben konnte, waren allerdings äußerst wichtig für die weitere Ermittlung. Freiwillig erzählte der Jogger, was er wusste, und fragte immer wieder nach Klecks und der rothaarigen Unbekannten, die ihn niedergeschlagen hatte.

»Da war weder ein Hund noch eine Frau. Wir haben nichts gefunden«, sagte Thomas entmutigt. Inständig bat Jens Renner darum, endlich gehen zu dürfen, um seinen Vierbeiner zu suchen. Erleichtert verließ er wenig später das Inselkrankenhaus, nahm ein Taxi, das vor dem Eingang stand, und ließ sich direkt zur St.-Jürgen-Kapelle bringen. Er bat den Fahrer zu warten. Die ganze Zeit über hatte er das Gefühl, als glaubten sie ihm die Geschichte mit der Person nicht. Verstört machte er sich auf den Weg, um den Hund zu finden. Unablässig durchforstete er die gruselige Umgebung, die mit einem Flatterband der Polizei abgesperrt war. Das Feuer war erloschen, und es stank wie in einer Räucherei. Er kroch auf allen vieren durchs Gestrüpp, zerriss sich dabei die Jacke und rief immer wieder den Namen des Hundes. Als er fast aufgeben wollte, sah er etwas unter einem Dornenbusch hervorblitzen.

»Klecks«, schrie er, »Klecks.« Vorsichtig ließ er sich auf den Bauch fallen, kroch weiter unter das Gehölz und zog den Hund hervor. »Nicht tot sein, bitte nicht.« Er hielt den leblosen Vierbeiner auf dem Arm und legte den Kopf auf die Brust des Tieres. Kaum wahrnehmbar hob und senkte sich der Körper. »Du lebst, mein Gott, du lebst.« Tränen der Erleichterung rannen über die Wangen des Mannes, der vor wenigen Stunden mit Mut und Stärke einer Frau das Leben retten wollte. Überschwänglich küsste er den kleinen Terrier. »Wir schaffen das, Klecks. Halt durch.« Behutsam trug er den Hund auf seinen Armen bis zum Taxi, um sich zum Tierarzt fahren zu lassen.

»Wir wissen nicht, wo wir noch suchen sollen«, sagte Hartwig.

»Wir haben sämtliche Orte untersucht, an denen Charlotte sich aufhalten könnte. Sie ist wie vom Erdboden verschluckt, genau wie der Makler. Hat die Fahndung nach dem Lüders etwas ergeben?«, fragte Westermann. Thomas zuckte mit den Schultern. Unter seinen Augen lagen tiefe dunkle Schatten, und der Bartwuchs glich eher dem eines Alp-Öhis als dem eines gepflegten Kommissars.

»Nein, der ist ebenfalls verschwunden. Weißt du was, wir fahren jetzt in die Pension, duschen und rasieren uns.« Westermann blickte Thomas verwundert an und antwortete:

»Da wirst du verrückt. Du hast recht, wir laufen hinterher ein paar Meter am Wasser und lassen uns das Gehirn durchpusten. Vielleicht bringt uns das auf andere Gedanken. Das waren harte Wochen, und wir werden Charlotte finden, das verspreche ich dir. Genauso, wie wir das Schwein ausfindig machen, egal, ob das ein Mann oder eine Frau ist. Wichtig ist, dass wir Sophie haben. Und Charlotte ist pfiffig. Das weiß ich genau.« Westermann wusste nicht, ob er selbst an das glaubte, was er gerade von sich gab, aber er durfte die Hoffnung auf keinen Fall aufgeben. Es war nicht auszudenken, was passierte, wenn sie Katrins Tante nicht fanden und sie – er wollte diesen Gedanken nicht zu Ende führen und ahnte, dass dann auch ihre Beziehung unter einem schlechten Stern stehen würde. Dafür liebte er die beiden schon jetzt viel zu sehr. »Lass uns fahren.«

Sie verließen die Dienststelle und fuhren in die Pension. Frisch geduscht und rasiert genehmigten sie sich einen Kaffee und setzten sich für einen Moment auf den Balkon. Hartwig gähnte und strich über das glattrasierte Gesicht.

»Du solltest mal ein bisschen Make-up für deine Augenringe nehmen«, versuchte Thomas seinen Chef aufzumuntern.

»Das musst du gerade sagen. Hast du schon in den Spiegel gesehen? Da siehst du den Tod auf Latschen. Willst du lieber schlafen?«, fragte Westermann, als er sah, dass Thomas ständig den Mund aufriss.

»Ich könnte jetzt 'ne Runde pennen. Am Strand lang laufen ist, ehrlich gesagt, heute nicht mein Ding. Ich bin total platt.«

»Weißt du was, leg dich hin. Ich fahr zu Katrin und guck, wie es ihr geht.« Ohne eine Antwort abzuwarten, sprang er auf, griff nach der Jacke und verließ eilig das Appartement. Als er auf dem Parkplatz am Sund einbog, sah er ihren Wagen bereits von Weitem. *Sie ist zu Hause.* Dirk Westermann stieg aus und verschloss das Auto, als er sah, dass die Arbeiter immer noch damit beschäftigt waren, Grund und Boden herzurichten. Er nahm seine Pfeife, steckte sie in den Mund und zündete sie an. Das Wetter hatte sich verändert, und der Himmel war bedeckt. *Das könnte Regen geben*, dachte er und ging auf einen der Männer zu. Ihm war eine Idee gekommen.

»Moin, das sieht aber nett aus, was Sie da machen. Ist wohl jede Menge Arbeit?«, fragte er und verwickelte den Mann, der ihm am nächsten stand, in ein Gespräch.

»Geht so«, sagte der, ohne ihn anzusehen.

»Kann ich Sie etwas fragen?« Westermann zog seinen Ausweis aus der Innentasche seiner Jacke und hielt sie dem Kerl unter die Augen, der jetzt neugierig den Kopf hob.

»Was … was wollen Sie denn von mir?«

Der Kommissar spürte die Unsicherheit, mit der er an ihm vorbei sah. »Sie arbeiten ja schon länger hier, wie ich festgestellt habe«, wieder zeigte er auf die Blumenrabatten. Der Mann nickte und schob die Mütze zurück. Die anderen nutzten die Gelegenheit, sich zu verziehen, um eine Zigarettenpause einzulegen.

»Ja, warum?« Er stemmte sich auf die Harke in seiner Hand und blickte zum ersten Mal in Westermanns Augen.

»Sie kennen die Besitzer der Wohnungen in dem Haus hinter mir?« Der Gärtner schüttelte den Kopf und schaute zum Gebäude.

»Ne, eigentlich nicht. Nur vom Sehen. Ich habe keinen Kontakt zu den Eigentümern, das läuft alles über die Eigentümergesellschaft.« Er wollte sich der Arbeit zuwenden, als der Kommissar weiter bohrte.

»Ist Ihnen eine Dame im besten Alter aufgefallen, die hier mit einer jüngeren Frau wohnt?« Wieder schüttelte er mit dem Kopf.

»Ne, warum, suchen Sie die denn?« Der Mann fixierte den Polizeibeamten.

»Nein, ich möchte nur wissen, ob Sie gesehen haben, ob sie alleine das Haus verlassen hat? Oder in Begleitung einer rothaarigen Frau gewesen ist?« Westermann wusste, dass er mit Interna hausieren ging, die nicht für die Öffentlichkeit bestimmt waren, aber er wusste auch, dass er das Risiko eingehen musste, jedem noch so kleinen Hinweis nachzugehen. Erneut wiegelte der Gärtner ab.

»Nö, da kann ich gar nichts für Sie tun. Ich muss jetzt aber …« Abrupt wandte sich der Arbeiter ab. »Ach, eins noch. Kennen Sie einen Jakob Lüders? Der ist Dienstleister.« Der Mann drehte sich um und schüttelte den Kopf. »Ne, sagt mir nichts der Name.« Westermann nickte und stapfte zum Haus zurück.

Wenn Charlotte das Haus, mit wem auch immer verlassen hatte, wurde sie vielleicht dabei beobachtet. Ohne einen weiteren Blick drückte er auf die Klingel und wartete auf den Summton.

✳

Stöhnend kam Sophie zu sich. Zwei Tage hatte sie in ihrem Krankenbett um ihr Leben gekämpft. Der Herzschlag stabilisierte sich, und sie bekam über eine Kanüle Astronautennahrung zugeführt, um wieder Kraft schöpfen zu können. Heute Morgen fuhren die Ärzte das künstliche Koma zurück und ließen sie langsam aufwachen. Die Schmerzen wurden über starke Medikamente gelindert. Sophie würde sich erholen, da waren sich die Mediziner nach bangen Stunden sicher. Ihre Eltern saßen zwei Tage und Nächte an ihrem Bett und waren einfach nur unsagbar glücklich, dass sie ihre Tochter zurückhatten. Dirk Westermann klopfte, nachdem er den erlösenden Anruf der Klinik erhalten hatte, verhalten an die Zimmertür und trat ein, ohne eine Antwort abzuwarten.

»Guten Morgen!« Er war sehr erfreut darüber, das Mädchen wach zu sehen. Lächelnd schritt er auf die Eltern zu und begrüßte sie. Anschließend ging er ans Bett und sagte: »Na, das ist ja fein, dass Sie wieder bei uns sind. Wir haben uns mächtig Sorgen gemacht.« Leise zog er einen Stuhl heran und setzte sich. »Wie geht es Ihnen?« Dirk wusste, dass sie noch nicht auf der Höhe war, allerdings ließ die Fahndung nach Charlotte ihm keine andere Wahl. »Ich muss dringend einige Fragen stellen. Sind Sie dazu in der Lage?« Müde bewegte sie den Kopf. Die Larsens standen auf und wollten den Raum verlassen, als er sie bat zu bleiben. »Sie brauchen nicht gehen, aber es ist sehr wichtig, dass ich ein paar Antworten bekomme. Wir sind auf der Suche nach einer Frau, und wenn Sophie uns hilft, finden wir sie vielleicht, bevor Schreckliches passiert. Verstehen Sie das?« Ihre Eltern nickten. Ihnen war klar, wie bedeutend die Aussage ihrer Lütten sein würde. Schließlich hatten sie ihre Tochter in letzter Sekunde von einem Monster befreit. Westermann zog sein Notizbuch heraus und fragte:

»Kannten Sie die Person, die Sie in ihre Gewalt gebracht hat?« Sophie schüttelte kaum merklich den Kopf.

»Nein«, hauchte sie, und Tränen standen in ihren Augen.

»Es ist wirklich wichtig.«

»Nein, die Frau ... die Frau hat mir im Park aufgelauert und mich ins Auto gestoßen. Ich bin erst zu mir gekommen, als ich in einem Gewölbe lag.« Sie weinte haltlos.

»Muss das denn wirklich sein?«, fragte ihr Vater. Zärtlich tätschelte er die Hand seiner Tochter.

»Ja, es muss. Sophie, können Sie sich erinnern, wo das war? Haben Sie irgendetwas bemerkt, was uns zeigt, wo genau das gewesen sein könnte?«

»Nein, ich war die ganze Zeit gefangen und meistens angekettet. Da war nur eine Katze, durch die bin ich auf die Katzenklappe gestoßen. Ich hab sie aufgerissen und wollte raus, weil ich einmal nicht an diesen verdammten Ketten hing.« Ihr Puls raste, und sie sank hilflos ins Kissen zurück.

»Nun lassen Sie doch das Mädchen endlich in Ruhe. Sie

sehen doch, wie schlecht es ihr geht.« Larsen stellte sich wutschnaubend vor das Bett seiner Tochter.

»Papi, lass. Ich bin durch diese Klappe und wollte weg. Verstehen Sie. Ich hatte eine Chance, dieser Hexe zu entkommen.« Westermann lauschte den Worten und wurde bei dem Wort Hexe stutzig.

»Wieso nennen Sie die Frau Hexe?«

»Weil sie eine war. Sie wollte mich erniedrigen, hat mich durchweg gequält und hatte rote Haare. Sie hat die roten Haare einer Hexe«, schrie Sophie.

»Beruhige dich, Kind«, sagte ihre Mutter und streichelte ihre Hand. »Hören Sie doch auf. Wie soll …«

»Mama. Also zuerst eine Steintreppe, dann bin ich höchstens 20 Meter über den kalten, nassen Boden gekrochen. Kiesboden, und dann war ich auf Rasen, glaube ich. Aber es war so dunkel.« Sie schluchzte. »Sie hat mich gefunden und … und ich …«

»Bleiben Sie ganz ruhig. Sie sind in Sicherheit, aber wenn wir sie nicht finden, schafft es die andere Frau vielleicht nicht.« Dirk Westermann war so angespannt, dass sich seine Wangenknochen hart abzeichneten. »Erinnern Sie sich! Haben Sie, als Sie draußen waren, irgendetwas gehört oder gesehen, was uns weiterhelfen könnte?«

Sophie überlegte angestrengt, als wollte sie ihren Ausbruch noch einmal Revue passieren lassen.

»Es war dunkel, windig und kalt. Alles war ruhig. Da waren keine Autos, kein Licht. Keine anderen Häuser. Ja, ich … ich, ich bin über den Boden gekrochen. Bis zu einem Baum, dann stand sie plötzlich vor mir.« Sophie schrie. Ihre Eltern sprangen auf, und ihr Vater lief zur Tür und riss sie auf.

»Bitte, ein Arzt.«

Westermann musste noch einen Versuch wagen. »Sagen Sie mir jetzt bitte, ob Ihnen irgendwas aufgefallen ist!« Sein Ton war hart, als er sie eindringlich ansah. »Bitte!«

Sophie zitterte am ganzen Körper. Der Monitor schlug heftig aus und piepte immer schneller. Ihr Herzschlag geriet in Aufruhr, und ihre Mutter streichelte ängstlich ihren Kopf.

»Mäuschen, bitte beruhige dich. Er geht gleich. Gehen Sie bitte.«

»Ich gehe, wenn ich Antworten habe«, rief er laut. »Es geht hier um ein Menschenleben, oder wollen Sie dafür verantwortlich sein, wenn noch ein Mensch stirbt?«

Aufgebracht sprang der Kommissar vom Stuhl auf und starrte alle drei an. Die Angst schnürte ihm die Kehle zu.

»Was ist hier los?«, rief der Arzt, als er ins Zimmer stürmte. »Was machen Sie da? Sehen Sie nicht, dass die Frau gerade zurück bei den Lebenden ist? Verlassen Sie auf der Stelle den Raum. Sie ist nicht vernehmungsfähig. Das hat Zeit.«

»Das hat keine Zeit«, brüllte der Kommissar. »Wenn *sie* uns nicht hilft, haben Sie eine weitere Tote zu verantworten.« Dirk Westermann geriet in Rage, sprang auf den Arzt zu und packte ihn an seinem weißen Kragen. »Ich lass mich nicht abwimmeln.«

»Raus«, schrie der Mediziner und zeigte hochrot im Gesicht zur Tür. »Auf der Stelle!«

»Bitte Sophie, es geht um die Tante meiner Lebensgefährtin.« Die Verzweiflung trieb ihn an weiter zu gehen, als er das normalerweise tun würde. Der Arzt riss sich los und schob den Polizeibeamten schroff zur Tür.

»Das hat ein Nachspiel, das verspreche ich Ihnen. Ich werde eine Dienstaufsichtsbeschwerde gegen Sie einleiten, und jetzt raus!«

Westermann drehte sich frei und wollte zurück zum Bett, als Sophie versuchte sich aufzurichten und leise rief:

»Halt, warten Sie. Ich kann mich an eines erinnern.« Plötzlich blieben alle wie versteinert stehen und blickten auf die Verletzte im Krankenhausbett. Der Kommissar stand direkt am Fußende des Bettes und sah Sophie flehend an. »Da waren Pferde. Ich habe Pferde gehört. Ganz nah.« Müde sank sie zurück ins Kissen und schloss ermattet die Augen.

»Danke, Sophie«, flüsterte Dirk Westermann und wollte das Krankenzimmer verlassen. »Und da war ein Zaun. Ich konnte nicht fliehen, ein sehr hoher Metallzaun«, weinte sie. Westermann drehte sich abrupt um, blickte sie dankend an und lächelte. Eilig verließ er das Zimmer. Auf dem Flur stieß er mit einer Krankenschwester zusammen, die wuchtig mit dem Ellbogen gegen die Wand knallte.

»Sind Sie nicht ganz dicht? Was fällt Ihnen denn ein?« Der Kommissar beachtete die Frau nicht weiter und rannte wie von Sinnen auf den Parkplatz. Er sprang in den Wagen und raste Richtung Dienststelle.

»Alle hier rein«, schrie er, als er den Flur der Burger Wache entlanglief. »Alle!« Nacheinander eilten sämtliche Polizeibeamten, die in verschiedenen Büros arbeiteten, in den Büroraum der Soko. Westermann stellte sich vor die Pinnwand und deutete hektisch, die Tür zu schließen.

»So, Leute, ich komme gerade aus der Inselklinik. Die Sophie hat uns einen Hinweis gegeben, der uns vielleicht zum Versteck des Mörders oder besser gesagt der Mörderin führt.« Ohne Pause redete er weiter. »Also, wir haben ein einsames Haus, irgendwo da draußen. Das Einzige, was uns weiterbringt, sind Pferde und ein Zaun. Ein sehr hoher Zaun aus Metall.« Die Beamten sahen sich ratlos an. Schütt sprach zuerst.

»Du weißt aber schon, dass wir eine Pferdeinsel sind?«
Westermann nickte heftig.

»Ja, ja, das weiß ich. Aber Pferde in der Nähe eines einsamen Hauses gibt es vielleicht nicht so viele. Ich möchte, dass sofort alle hier Anwesenden ausschwärmen und sämtliche Bauernhöfe abklappern, auf denen es Pferde gibt. Das kann doch nicht so schwer sein?« Plötzlich sprangen die Kollegen auf und schnellten auf die Tür zu.

»Stopp, stopp«, rief Schütt. »Wir brauchen zumindest einen Lageplan. Die Leute können ja nun nicht sinnlos auseinanderlaufen. Wir nehmen eine Fehmarnkarte und ich kennzeichne sämtliche Höfe, auf denen es Pferde gibt. Dann teilen wir uns in Gruppen auf und klappern die Bauernhöfe ab. Ist doch sinnvoll, oder?«

»Du hast eindeutig recht«, antwortete Westermann und nickte ihm wohlwollend zu. Schütt marschierte unverzüglich in sein Büro und kam mit einer Inselkarte zurück. Er nahm einen roten Stift und kreiste alle Betriebe ein, von denen er wusste, dass es dort Pferde gab.

»Was ist mit Blieschendorf?«, fragte Becker.

»Ja, und Klausdorf hast du vergessen. Und Gahlendorf.«

»Gahlendorf?«, rief Hartwig. »Aber da waren wir doch bei dieser Lüders«, entgegnete er aufgebracht.

»Die hatte, soweit ich weiß, keine Pferde.«

»Wer denn dann?« Westermann zuckten die Augenlider. Er war sichtlich nervös.

»Bauer Höfel, die haben jede Menge Gäule auf der Koppel gegenüber«, sagte Becker. »Und die Weide grenzt doch ans Grundstück der Lüders, wenn mich nicht alles täuscht.«

»Ich brauche *sofort* einen weiteren Durchsuchungsbeschluss!«, rief Dirk Westermann scharf. »Unverzüglich.«

»Ja, aber so schnell? Du weißt doch, wie lange der Staatsanwalt prüft. Ohne …«, versuchte Thomas seinen Vorgesetzten von der Realität zu überzeugen. »Das letzte Mal …«

»Ist mir egal. Seht zu, dass ihr den besorgt, und wir fahren augenblicklich hin. Irgendwas in diesem Haus stimmt nicht! Da finden wir die Lösung. Wer nicht beschäftigt ist, kommt mit. Der Rest bleibt mit uns in Funkkontakt. Wer einen Hinweis hat, der uns helfen könnte, meldet sich umgehend. Ist das klar?«

Die Männer und Frauen der Sonderkommission blickten betreten in die Runde.

»Ja, is klar«, salutierte Becker und stand stramm vor Dirk Westermann.

»Aber wir haben doch alles durchsucht«, rief Henning und packte seinen Alukoffer.

»Dann nicht gut genug!«, rief Westermann, rannte aus dem Büro und Hartwig folgte ihm. »Und wer soll jetzt bitte noch mit uns kommen, wenn die Kollegen die Gäule auf den Bauernhöfen ins Visier nehmen?«, maulte Henning.

*

Die Jagd ging von vorn los. Dirk und Thomas rasten wieder die Straße nach Gahlendorf entlang. Die Kollegen Henning und Harms folgten ihnen und hatten Schwierigkeiten, dem teuflischen Gespann im Wagen vor ihnen zu folgen. Vor einer Querstraße kam der Dienstwagen gerade noch zum Stehen. Ohne abzuwarten, ob ein anderes Fahrzeug kreuzen könnte, jagte Westermann in den gegenüberliegenden Weg, in dem Marianne Lüders mit ihrem Sohn das einsam gelegene Haus bewohnte.

»Lü … Ga … halb acht.« Der Hauptkommissar sah

verwundert auf Hartwig, dem die Kürzel über die Lippen kamen. »Jetzt weiß ich auch, was das Gekritzel auf dem Papier in der Wohnung bedeutet. Das war die Abkürzung für Lüders, Gahlendorf und halb acht war vielleicht eine Uhrzeit. Eine Verabredung? War die Hanna bei der Lüders? Warum ist das alles so verworren?« Thomas runzelte die Stirn.

Westermann antwortete: »Das ist gar nicht so schlecht. Gut, Jungchen, das könnte die Auflösung der Abkürzungen auf dem Zettel sein. Zumindest wissen wir jetzt, dass die Hanna sehr wahrscheinlich hier war.« Er grübelte, als Thomas rief:

»Siehst du! Hier ist eine Pferdekoppel.« Aufgekratzt tippte er wie ein Specht mit dem Finger gegen die Seitenscheibe. »Die ist mir gar nicht aufgefallen.«

»Weil du dich nicht für Pferde interessierst?«

»Was weißt du denn schon. Reiten ist doch etwas sehr Schönes.« Hartwig griente, machte anzügliche Bewegungen mit seinem Becken und wusste, dass er im selben Moment gerade weit übers Ziel hinausgeschossen war. Kleinlaut guckte er aus dem Fenster. »Da grenzt ein Zaun. Wenn sie ein paar Meter gekrochen ist, wie sie sagte, und aufgehalten wurde, könnte sie die Gäule tatsächlich gehört haben«, brabbelte er. Die Wagen bremsten und hielten direkt vor dem verschlossenen Tor.

»Öffnen«, schrie Westermann, als er aus dem Auto hechtete, zum Tor rannte und wie ein Irrer daran rüttelte. Henning folgte dem Kollegen kopfschüttelnd, drängte am Hauptkommissar aus Oldenburg vorbei und entriegelte mit wenigen Handgriffen wortlos das Schloss.

Wie bereits zuvor öffnete niemand die Haustür, als Hartwig klingelte.

»Ist da nie jemand zu Hause?«, fragte er.

»Kein Problem. Aufmachen sofort!«, ordnete Westermann scharf an. Erneut stürmten die Polizisten ins Haus, durchsuchten sämtliche Räume, nahmen sich Schränke, Keller und das riesige Dachgeschoss vor.

»Hier ist nichts«, rief Henning entmutigt. »Du weißt, dass das richtig Ärger gibt. Wir haben keinen Durchsuchungsbeschluss! Der Staatsanwalt sah keine Notwendigkeit nach der letzten Pleite.«

»Lass uns zur Scheune rüber. Vielleicht haben wir da irgendwas übersehen«, ignorierte Dirk Westermann die Ansage des Kriminaltechnikers. In der Ferne zuckten Blitze eines aufkommenden Gewitters.

»Ist das nicht gruselig?«, mahnte Henning und folgte ihm.

»Mann, wir haben jetzt zum zweiten Mal jeden Winkel durchsucht. Dirk! Was soll das hier? Du siehst doch, dass hier nichts ist. Außerdem weiß ich eigentlich nicht, wonach wir suchen.«

»Sei ruhig! Es ist genug! Ich will dieses Schwein, und zwar jetzt. Es reicht!«, schrie Westermann ungehalten, als es plötzlich laut donnerte. Wutentbrannt rannte er aus dem Haus, über den Hof zum Holzgebäude. Thomas Hartwig zuckte mit den Schultern, presste die Lippen zusammen und sah ihm mitfühlend hinterher. Dann wandte er sich Henning zu und sagte:

»Es geht um die Tante seiner Freundin. Das Ganze hier frisst ihn geradezu auf. Er ist die ganze Zeit kaum noch ansprechbar. So habe ich ihn noch nie gesehen. Er ist nur noch ein Schatten seiner Selbst. Wir müssen uns anstrengen. Wenn das hier nicht bald ein Ende hat, gehen wir alle am Stock.« Thomas schüttelte den Kopf und folgte ihm schweigend. Der Leiter der KTU nickte verstehend, rief achselzuckend den Kollegen zu sich und forderte ihn auf, mit ins gegenüberliegende Gebäude zu kommen. Leises Donnergrollen legte sich wie eine dumpfe Warnung über das Gelände. Noch einmal untersuchten sie den gesamten Gebäudekomplex, als Henning eine schwarze Katze miauen hörte.

»Miez, miez, komm her«, lockte er das Tier, das es für angebrachter hielt, hinter einem Holzhaufen an einer der Wände zu verharren und mit der Tatze unermüdlich am Holz zu kratzen, während das Gewitter immer näher rückte.

Sebastian Harms kam um die Ecke gerannt und riss Westermann aus seinem Tatendrang, der ums Gebäude lief und die Wände untersuchte.

»Das musst du dir ansehen.« Er hielt eine rote Perücke in den Händen. Der Hauptkommissar wurde blass und folgte Harms in einen Raum, der versteckt hinter einer Holzverkleidung im Keller lag und nur zufällig von Henning entdeckt worden war. Er hatte eine Vertiefung an einer Stelle im Steinboden aufgespürt, die aussah, als wenn etwas immer wieder über sie geschliffen wurde. Als er die Holzwände abklopfte, bemerkte er in Höhe der Furche ein hohles Geräusch, das einen Meter weiter wieder dumpf klang. Noch einmal tastete er sich an der Wand entlang, und als er gegen eine der Latten drückte, sprang unkontrolliert eine Tür auf.

»Das gibt's doch nicht«, rief Westermann, und sein Herz fing an zu rasen.

»Dahinter fand Henning diese Eisentür. Sieh dir das an. Hier war ein Sicherheitsschloss. Ich hab es geöffnet. Und jetzt wirst du verrückt! Hier unten gibt es jede Menge

Räumlichkeiten, Kammern, Gewölbe. Riesengroß. Im ersten sieht es aus wie im Ankleidezimmer der Queen.« Westermann schob sich erregt an Harms vorbei und betrat schnaubend das Zimmer. Er hielt die Finger über die Lippen, als könnte er nicht fassen, was er sah. Und trotzdem fühlte er sich auf eine unangenehme Weise bestätigt.

»Ich hab's gewusst. Hier finden wir die Lösung!« Auf einmal leuchteten seine Augen, und die Wangen röteten sich. Über die gesamten Wände des Kleiderraumes, der mindestens 40 Quadratmeter groß war, waren helle Holzschränke eingebaut, die bis unter die Decke reichten. An der Stirnseite gegenüber der Tür stand ein etwa zwei Meter hoher, mit weißen Ornamenten verzierter, hölzerner Standspiegel.

»Alle Achtung«, sagte Westermann und öffnete nacheinander sämtliche Schranktüren. Edle, reichlich mit Strass ausstaffierte Kleider sowie Hosenanzüge und Röcke hätten vielen Boutiquen alle Ehre gemacht.

»Mein lieber Herr Gesangsverein. Nobel, nobel!«, pfiff Harms durch die Zähne.

Westermann zog eine der Kleiderschienen heraus und befühlte den edlen Stoff.

»Alles anscheinend Markenklamotten. Nichts von der Stange«, mutmaßte er und schob die Metallschiene zurück.

»Schau dir das mal an«, rief Harms und winkte Westermann zu sich. »Eh, meine Freundin würde dafür töten, hier einen ganzen Tag zu verbringen. Sieh dir die Schuhe an! Das sind Hunderte!« Harms legte die Perücke neben den kahlen Styroporkopf auf die Anrichte und zog silberfarbene Pumps, die über und über mit Pailletten besetzt waren, aus einem der deckenhohen Regale. »Das ist der Hammer! Und wie schwer die Dinger sind.« Er wog das

Paar in den Händen. »Na ja, bei der Größe sollen die wohl Gewicht haben«, sagte er lässig. Westermann neigte neugierig den Kopf zum Kollegen.

»Zeig mal her!« Er griff nach den Schuhen und drehte sie verwundert um. Auf der Sohle entdeckte er die eingebrannte Schuhgröße der Pumps. »44. Mann oh Mann, die hatte aber riesige Treter. Davon haben die in der Pathologie gar nichts erwähnt.« Westermann zog sein Handy aus der Hosentasche und wählte.

»Wieso, das ist normal. Hast du mal gesehen, was für große Füße einige Frauen heute haben? Das ist weiß Gott nicht unbedingt niedlich. Wenn ich da an die Patschfüßchen meiner Süßen denke. Ne glatte 38. Ich finde, das reicht.«

»Na, dafür können sie ja nun überhaupt nichts. Außerdem sind viele Frauen heute wesentlich größer als früher«, antwortete Westermann.

»Hallo, könntet ihr bitte mal untersuchen, welche Schuhgröße die Marianne Lüders gehabt hat – ja, ich warte.« Es dauerte eine Minute, bis die Antwort kam. »Okay! Ja, das habe ich mir fast gedacht. Danke, Tschüss.« Er drehte sich zu Harms, der immer noch bewundernd vor den geöffneten Schränken verharrte. »39, die hatte Schuhgröße 39. Das ist auf jeden Fall nicht ihr Schuhschrank!« Harms schaute Westermann verdattert an. »Dann muss die ja doch eine Tochter haben.«

»Und die trägt sämtliche roten Perücken, die hier im Schrank stehen. Oder?« Dirk Westermann hatte von einem der anderen Schränke die Türen geöffnet, in dem 20 Kunststoffköpfe, akribisch aufgereiht, standen. Auf diese waren verschiedene Zweitfrisuren, nach Form und Länge geordnet, gestülpt. Halblange Variationen, glatte Bobfrisuren, eine Kurzhaarperücke sowie lange gelockte Versionen.

»Aber immer in roter Haarfarbe. Das ist nicht normal. Ich weiß von meiner Freundin, dass die meisten Frauen ständig ihre Haarfarbe ändern, um anders auszusehen, um ihren Typ zu verändern, wenn sie ihr Leben verändern wollen. Aber immer rot? Ich kann mir das nicht vorstellen.« Westermann winkte und zog eine der Perücken mit halblangen roten Locken vom Styroporkopf und drehte sie auf links. »Was suchst du?«

»Ich will wissen, ob das Echthaar- oder Kunsthaarperücken sind.«

»Und warum ist das für uns so wichtig?« Der leitende Kommissar legte die Perücke zurück. »DNA? Und wenn wir bei den gefundenen Haaren Genmaterial isolieren, dann ist das nicht die DNA, nach der wir suchen, wenn du verstehst.« Harms kratzte sich verwundert den Kopf.

»Darauf muss man erst mal kommen«, sagte er und suchte weiter nach brauchbaren Spuren. Westermann machte mit seinem Handy Fotos.

»Das wird immer verrückter. Was spielt sich hier ab? Lass uns das noch einmal zusammenzufassen. Hier unten im Ankleidezimmer stehen und hängen etliche Tausend Euro herum. Die sehr wahrscheinlich nicht der Toten gehörten.«

»Nöö, aber vielleicht trägt ja der Sohn die teuren Nuttenklamotten, wenn es keine Schwester gibt!« Westermann sah ihn an und schwieg.

»Ne, das glaub ich nicht. Seht euch das mal an.« Harms kam in den Raum und hielt zwei Silikonbrüste in den Händen.

»Was ist das denn?«, rief Westermann aufgebracht.

»Das sind Gummititten«, frotzelte Harms und schwenkte die Teile in der Luft. »Jetzt wisst ihr Bescheid. Das ganze Getue hat keine Frau veranstaltet. Das war eindeutig ein

Mann, so wie die Sache aussieht.« Alle starrten sich verdattert an. »Wir suchen die ganze Zeit nach einem Phantom. Der Sohn, dieser Jakob Lüders, ist unser Mann.«

»Ihr müsst unbedingt kommen«, rief Henning und winkte aufgeregt die beiden Polizisten hinter sich her, nicht, ohne einen abschätzenden Blick auf die Glitzerwelt im Kellerraum zu werfen. »Fein, fein. Aber nun kommt bloß mal mit. Wir haben das krasse Gegenstück zu diesem edlen Tempel aufgestöbert. Das glaubt ihr nicht.«

Eilig verließen die Männer das Ankleidezimmer.

»Was glaubst du, haben wir hier gefunden? Das sind uralte Gewölbe. Gruselig, kann ich nur sagen.« Er sah die Kollegen fassungslos an. »Sind allesamt verschlossen gewesen. Macht euch auf einiges gefasst.« Eine unscheinbare Lampe unter der Decke fing an zu flackern, als ein weiterer Donner knallte. Sie erfüllte den Raum nur mit wenig diffusem Licht. Die niedrige Türzarge zwang Westermann, den Kopf einzuziehen, um nicht dagegenzustoßen und die Brille auf seinem Schopf herunterzustoßen. Er zog die Taschenlampe aus der Jackentasche, schaltete sie ein und schob sie zwischen die Lippen, um die Hände frei zu behalten. Der Boden war mit alten Katzenköpfen verlegt, die sich im Laufe vieler Jahre eingetreten hatten. Es bildeten sich Mulden, in denen schlierige Wasserpfützen das Licht reflektierten.

»Das riecht moderig«, sagte Harms und folgte als Schlusslicht. Henning, der nach Westermann in das Gewölbe kam, von dem drei weitere Türen abgingen, ging voran und öffnete die erste, in der ein neues Zylinderschloss mit einem silbrig glänzenden Schlüssel steckte.

»Seht euch das an«, sagte er und deutete auf die Schlösser. Sie betraten einen Raum, in dem Folterinstrumente eine unheimliche Atmosphäre verströmten. Ketten, Brustwarzenzangen genauso wie Daumen- und Knieschrauben und Mundsperren hingen an den, mit Findlingen ausgeschlagenen Wänden. Westermann nahm langsam die Taschenlampe aus dem Mund und blieb wie angewurzelt stehen.

»Wie perfide«, sagte er, setzte die Brille auf und musterte die Instrumente.

»Es ist ziemlich kalt hier drinnen«, meinte Henning und zog seine Jacke fester zusammen.

»Und das Gewitter ist auch nicht gerade ermutigend«, raunzte Hartwig, als ein lauter Knall alle erschreckt zusammenfahren ließ. Die Lampe flackerte erneut, und plötzlich erlosch sie.

»Verdammt, jetzt ist der Strom weg«, fauchte Harms. Taschenlampen leuchteten auf.

»Weiter!«, forderte Westermann.

Links vor der Steinwand stand eine Streckbank.

»Und was ist das?«, fragte Harms beklommen und deutete auf ein rundes Gerät, das rechts gegenüber in der Ecke gewaltigen Platz einnahm. Er leuchtete direkt auf das monströse Gerät. Über dem eisernen tonnenähnlichen Gebilde thronte ein Kopf mit weit aufgerissenem Maul und leeren Augenhöhlen. Die stickige Luft im Raum nahm ihnen den Atem – oder war es das Grauen, das sie entdeckt hatten. Harms war im Licht der Taschenlampe blass geworden, und Westermann starrte in sein erschüttertes Gesicht.

»Das nennt man eine Eiserne Jungfrau«, sagte Westermann ohne Gefühlsregung.

»Was machte man damit?«, folgte die nächste Frage.

»Da kommst du gleich rein, wenn du weiterfragst. Aber im Ernst. Siehst du die Dornen im Inneren der Figur? Wenn jemand da hineingesteckt wurde und man die Türen schloss, bohrten sich die Stacheln ins Fleisch der- oder desjenigen.

Das war sehr wahrscheinlich ein langer und schmerzvoller Tod.«

Harms schluckte: »Ich muss hier raus«, und verließ ohne ein Wort das Gewölbe.

»Hättest ihn ja nicht so erschrecken müssen«, sagte Henning leise.

»Das sollte ihn nicht erschrecken. Ich glaube, die Realität sah noch viel grausamer aus, als wir uns das auch nur im Geringsten vorstellen können. Ich bin jedenfalls froh, nicht im Mittelalter gelebt zu haben.« Henning verzog sich ebenfalls.

»Komm, wir sind keineswegs am Ende.« Er drehte den Schlüssel, der sich leicht in Bewegung setzte, und öffnete die nächste Tür, in der Hand- und Fußfesseln an schweren Ketten hingen, die tief ins Mauerwerk verankert waren. Loses Stroh lag davor, als wartete es auf einen Gefangenen.

»Das glaube ich nicht, das ist ein Kerker. Ist das ein Museum oder was, zum Teufel?« Westermann schluckte und schielte über den Brillenrand. Es schien, als öffneten sich plötzlich Abgründe. »Beschrei es bloß nicht. Was, wenn Sophie …« Er verwarf den Gedanken augenblicklich und drehte sich zur letzten Tür um.

»Ich denke, da ist nichts. Der wirkte genauso gruselig wie die anderen. Der ist nur sehr viel größer, ach sieh selbst.«

Henning stieß die letzte Tür auf und schob sich hinein. Westermann folgte ihm. Die stickige, moderige Luft nahm der Hauptkommissar kaum noch wahr. Sein Adrenalinspiegel ließ ihn hochkonzentriert auf das Wesentliche achten. Alte Wolldecken lagen zusammengeknüllt auf dem Steinboden. Dahinter Eisenketten. Etwa drei Meter davon entfernt, mitten im Raum, ein Holztisch und ein Stuhl. Auch hier Katzenköpfe am Boden und Findlinge als Mauerwerk. Einzig eine Wand war aus Holz. Westermann registrierte es und trat näher. Auf dem Tisch stand eine weiße Plastikschale und in ihr … Er stutzte und rückte die Brille dicht vor die Augen.

»Lebensmittelreste. Das sind Lebensmittelreste.« Er nahm die Schale und schnüffelte am Inhalt. Es roch sauer. Nach Milchbrei. Westermann kratzte mit dem Zeigefinger von der vertrockneten Masse heraus, rieb sie zwischen den Fingern und schnupperte erneut daran.

»Das ist Brei. Hier hat jemand Haferbrei gegessen.« Henning sah ihn fragend an. Ein Plastikbecher lag am Boden. Der Leiter der Sonderkommission griff danach und ließ ihn in einer Plastiktüte verschwinden, genau wie die Schale. »Stellt den Raum auf den Kopf. Irgendetwas stimmt hier nicht. Ich glaube, wir haben die Grube des Bösen gefunden.« Eine böse Vorahnung beschlich ihn, und er leuchtete mit der Lampe den Fußboden ab. Plötzlich huschte etwas an ihm vorbei. »Ah, eine Ratte, verdammt!« Hartwig machte einen Satz zur Seite, obwohl er nicht sehen konnte, wo genau sich das Tier befand. Westermann griff sich erschreckt an den Brustkorb. Die Taschenleuchte glitt ihm aus der Hand und rollte unter den Tisch. Er bückte sich. Der Lichtkegel fiel auf eine Vertiefung im Steinboden. Als er die Leuchte an sich nehmen wollte, sah er etwas Glänzendes dazwischen. Neugierig ging er auf die Knie und neigte den Kopf. Vorsichtig zog er mit den Fingerspitzen ein feines goldblondes Haarbüschel aus der Ritze. Er steckte die Lampe zwischen die Zähne, zog einen Klarsichtbeutel aus der Jackentasche und öffnete ihn. Langsam ließ er die Haare hineingleiten und richtete sich auf.

»Was hast du da?«, fragte Henning und plierte mit den Augen.

»Wenn mich nicht alles täuscht, sind das hier blonde Haare, und die sind niemals aus dem Mittelalter.« Wortlos standen sie sich gegenüber. »Nehmt, wenn es sein muss, jeden Stein hoch, und wenn er noch so klein ist. Hier ist des Rätsels Lösung, da bin ich mir sicher.«

»Von hier geht auch noch ein Raum ab«, sagte Henning plötzlich, als er mit seiner Leuchte einen verwinkelten Teil des Gewölbes erhellte. Er ging zu der Eisentür, die mit mehreren Schlössern verriegelt war. »Die kriegen wir so einfach nicht auf.«

»Aufflexen, wenn's sein muss«, wies Westermann an. »Ich gehe hier heute nicht raus, bevor wir Beweise haben, die uns zu Charlotte bringen, und der Fall geklärt ist. Ich will den Dämon fassen, und zwar in den nächsten 24 Stunden.« Sein Gesicht nahm einen harten Ausdruck an, der selbst Henning erschreckte.

Thomas stand sprachlos daneben. Westermann jagte auch ihm eine Heidenangst ein.

*

Das Spiegelbild im verschnörkelten weißen Standspiegel starrte ihn an. Die Kieferknochen arbeiteten, und das schmale Kinn zeigte harte Züge. Angespannt zog er mit der rechten Hand die rote, verqualmt stinkende Perücke vom Kopf und fuhr sich mit der anderen durch die kurzen blonden Haare. Er war keine Schönheit, aber auch nicht unattraktiv. Jakob versuchte angestrengt, der Spiegelung entgegenzulächeln. Das Gesicht bekam auf einmal weibliche Attribute zurück.

Die Zurücksetzung durch die Mutter, das Traktieren der empfindsamen Kinderseele hatte aus ihm eine verweichlichte Erscheinung gemacht, die er, als er älter wurde, mit kantigem Haarschnitt, grober Kleidung und düsterem Blick vertuschte. Er erinnerte sich an eine der quälenden Situationen, die seine Seele getötet hatten.

30 JAHRE ZUVOR

»Setz dich gerade hin, was bist du für eine jämmerliche Göre. Eine kleine Schlampe bist du, sonst gar nichts. Und wie du wieder aussiehst. Kannst du nicht einmal am Tisch sitzen, ohne das Essen überall um dich herum zu verteilen? Siehst du nicht, wie viel Mühe ich mir damit gegeben habe? Du bist wie dein Vater, der wusste es auch nie zu würdigen, was ich alles für ihn getan habe. Wenn du es in Zukunft nicht fertig bringst, dich an die Gepflogenheiten meines Hauses zu halten, verbringst du die Nacht im Keller, hast du verstanden?« Die keineswegs unattraktive, sehr schlanke Frau, die für diese Tageszeit etwas zu auffällig geschminkt daherkam, sprang außer sich vom Stuhl auf. Sie fegte mit der Hand den mit Bratwurst, Gemüse und Kartoffeln gefüllten Teller vom Tisch, sodass die goldenen Anhänger ihres Bettelarmbandes wie leise Glöckchen am Weihnachtsabend am Handgelenk klirrten. Ihr Gesicht entgleiste zu einer widerlichen Fratze. »Zu den Hexen bring ich dich, den bösartigen Weibern, die dir sämtliches Leben aussaugen und dich mit Sicherheit genüsslich auffressen.« Spucke stob aus ihrem Mund, als sie hysterisch auf das Kind einschrie. Ihr Wutausbruch passte überhaupt nicht zu ihrer akkuraten Kleidung. Sie trug eine tadellos sitzende dunkelblaue Stoffhose, die hervorragend mit der hellblauen Seidenbluse harmonierte, deren Farbe allerdings in krassem Kontrast zu den frisch frisierten roten Haaren stand, die in sanften Wellen bis zu den Schultern reichten. Das Wesen der Frau erinnerte eher an eine Furie als an eine adrette Hausfrau in mittleren Jahren, die in gepflegter Umgebung ein Kind großzog. »Glaube nur nicht, weil dein Vater, der Hurensohn, nicht mehr anwesend ist, könntest du dir alles erlauben. Eines dieser abartigen Weiber hat sich bereits seiner verdorbenen Seele angenommen. Der schmort wahrscheinlich längst in der Hölle.« Sie lachte unbeherrscht.

Der Gesichtsausdruck der Mutter verursachte beim fünfjährigen Kind keine Angst. Es fixierte die Bratwurst, mitten in fettiger Soße auf dem Fußboden. Umgeben von Porzellanscherben und weitläufig verteilten Essensresten lag das ersehnte Mittagsmahl direkt zu den Füßen. Starr verharrte der sichtlich unerwünschte Nachwuchs an seinem Platz. Das Kind versuchte, nicht in die kalten grauen Augen zu sehen, in denen das Böse ein Zuhause zu haben schien. Nur eine verkehrte Bewegung, ein falsches Wort, dann würden die nächsten Tage und Nächte ohne Nahrung im Keller enden. Es bedeutete, dass der Magen vor Hunger schmerzte und Kälte der angegriffenen Gesundheit zu schaffen machte. Das Kind stierte weiterhin unbeweglich auf den Boden, um nicht noch mehr Missbilligung zu erfahren. Plötzlich klatschte es. Der Schmerz, den die schallende Ohrfeige auf der Wange verursachte, wurde registriert, aber nicht bewertet. Nur in die Schublade einer hoffnungslosen Kinderseele geschoben, um sie wie die anderen fest zu verschließen. »Sieh mich an, wenn ich mit dir rede. Hast du verstanden? Nein? Dann, dann …« Irgendwie prasselten die nächsten Schläge wie Blitze in einem undurchsichtigen Nebel herunter und wurden ebenfalls in der Hoffnung still ertragen, dass der Keller keine Option darstellte. *Irgendwann bin ich groß,* dachte das Kind, *dann wirst du mir niemals mehr wehtun, dann tue ich dir weh …*

Er fiel nicht auf. Das männliche Objekt, das er nach außen darstellte, war innerlich längst verkümmert. Bereits mit neun Jahren hatten sich jegliche Emotionen aufgelöst. Er lernte, sich an die Umwelt anzupassen. Spiegelte Charaktereigenschaften der Mitmenschen. Wenn er allein war mit seiner Katze, dann keimten für wenige Augenblicke zarte Gefühlsregungen in ihm. Als die Katze ihre eigenen Wege ging, sich das Interesse verlor, verkümmerte selbst diese Emotion. Irgendwann spürte er Erregung nur noch, wenn er Tiere quälte, statt sie zu lieben, auseinandernahm und tötete. Immer strukturierter und grausamer vollzog er die Jagd. Aber je länger er sich damit befasste, umso mehr verlor es den Reiz, den er brauchte, um sich zu spüren. Es reichte nicht mehr, Tieren das Leben zu nehmen, sie auszuweiden. Irgendwann wollte er wissen, wie es sich anfühlte, das alles mit einem lebenden Menschen zu machen. Ihn reizten Frauen, die ihn seit seiner Jugend verlachten und abwiesen, weil er nicht dem Bild eines starken Mannes entsprach. Er suchte Befriedigung und Rache. Rache an Weibern, die der Mutter ähnelten. Hexen darstellten. Sie, die Frau, die ihn sein verdammtes Leben lang kontrolliert und gequält hatte. Sie beschimpfte ihn, schimpfte ihn einen Jammerlappen, ein weibisches Stück Dreck, das niemals ein normales Dasein führen könnte. Jakob sollte der Mann werden, der noch nie existiert hatte. Die verhasste Mutter hatte alles in ihm zerstört.

Jakob starrte noch immer in den Spiegel und dachte an die rothaarige Hexe, die sich Mutter nannte. Er lächelte. Was für ein Schock, als sie sein Versteck aufspürte. Sie kannte die Räume in dem Gewölbe nicht, die er als Junge beim Spielen zufällig entdeckt hatte und deren Geheimnis bei ihm gut aufgehoben schien. Im Laufe der Jahre hielt er sich immer öfter in den Kellergewölben auf, spielte mit den Folterinstrumenten, die er gefunden hatte, wie andere Kinder seines Alters mit der Carrerabahn. In ausschweifenden Gedanken baute er Szenarien auf, in denen er in den Räumen Frauen versteckte, sie quälte und ihrer gerechten Strafe zuführte. Er stellte sich an Stelle des Erlösers und würde die Welt von allen bösen Weibern befreien. Immer bizarrer trieb er dunkle Gedankenspiele voran und erlangte dabei höchste Befriedigung. Dann fiel ihm eines Tages der Kleiderschrank der Mutter auf, die den Schrank gefüllt hatte mit außergewöhnlichen Kleidungsstücken, die Glamour und Weiblichkeit versprühten. Als er 18 Jahre alt war, zog er das erste Mal eines ihrer Abendkleider an. Der Stoff auf seiner Haut erregte ihn dermaßen, dass er im gleichen Augenblick zum Höhepunkt kam. Beschämt versteckte er das Kleid, das er beschmutzt hatte. Von da an gab es für ihn kein Zurück mehr. Jakob verwandelte sich bei jeder sich bietenden Gelegenheit in Josephine, deren Namen er in einem historischen Buch gelesen hatte und der ihm gefiel. Er lief durch das Haus, wenn die Mutter nicht daheim war, betrachtete sich im Spiegel und schminkte sich mit deren Kosmetikartikeln. Im Laufe der Jahre verfeinerte er sein Spiel und fing an, einen der Kellerräume im Keller des Holzschuppens mit Schränken herzurichten. Da war er gerade 22. Längst hatte er sich in einschlägigen Geschäften auf der Reeperbahn, in Hamburgs sündigster Meile, Kleider gekauft, die es in allen Farben und Formen zu erwerben gab. Er fühlte sich dort im Nachtleben von Sankt Pauli geborgen. In der Boutique Bizarre tauchte er weitaus tiefer in die Welt des Fetisch und der immer stärker werdenden abnormen Gelüste ein, als er es für möglich gehalten hätte. Die geheime Existenz wuchs, und die andere, düstere, weibliche Seite seines Wesens übernahm immer mehr die Macht, je älter er wurde.

Als er vor einigen Wochen dann dem Spiegel gegenüber saß und sich schminkte, sprang plötzlich unverhofft die Tür auf, und die Mutter stand wie angewurzelt und angeekelt in der offenen Tür.

»Jakob Lüders. Du ekelerregendes Schwein, was machst du hier? Was ist das? Du perverses Monster. Ich will dich hier nie mehr sehen, verschwinde von meinem Grund und Boden.« Sie schrie wie von Sinnen.

Jakob blickte in den Spiegel und sah das hassverzerrte Gesicht seiner Mutter. Ihm war in diesem Moment klar, dass er das Zuhause niemals verlassen würde. Langsam stand er auf, ging im roten Paillettenkleid in hohen Stilettos auf sie zu. Jakob hatte eine halblange rothaarige Perücke auf und war stark geschminkt. Direkt vor ihr blieb er stehen und leckte sich die roten Lippen.

»Ich heiße Josephine, du musst mich verwechseln.« Er neigte den Kopf und starrte die verhasste Mutter aus glanzlosen Augen an. Ein Lächeln huschte übers Gesicht, als Jakob in aller Seelenruhe einen schmalen Gürtel nahm, der neben ihm am Kleiderhaken hing, ihn zwischen den Händen auseinanderzog und langsam um den Hals der Mutter schlang. Entsetzt stierte Marianne Lüders die Person an, die ihr Sohn war, konnte sich jedoch nicht aus der Starre befreien, die sie gefangen hielt.

Mit einem Lächeln auf den Lippen zog Jakob den Gürtel zu. Panisch versuchte seine Mutter, das Leder von ihrer Kehle zu lösen. Je stärker sie sich wehrte, umso mehr verengte sich die Schlinge. Sie röchelte und kämpfte um ihr Leben. Es würde die Erlösung für Josephine sein …

Die Musik aus der Anlage dröhnte ›Suzanne‹ von Leonard Cohen. Jakob liebte dieses Lied. Wehmütig trennte er sich von den roten Pumps. Bedächtig nahm er das Paar in die Hand, schloss die Augen und inhalierte den Geruch des weichen Kalbsleders. Behutsam wie einen Schatz stellte er sie in den schwarzen Schuhkarton mit der goldenen Aufschrift und verschloss ihn mit dem dazugehörigen Deckel. Er betrachtete seine schlanke Silhouette und fuhr mit den Fingern über die Taille, bis er den Strumpfhosenbund in den Fingerspitzen hielt. Langsam schälte er sich aus dem Nylon, faltete die Seidenstrumpfhose sorgfältig zusammen und deponierte sie in der obersten Schublade der Kommode neben dem Spiegel. Er dachte an Sophie und begann, seinen Körper zu liebkosen. »Du warst nicht gehorsam, du warst ein böses Mädchen. Böse Mädchen werden bestraft. Kleine Hexe, du kommst in die Hölle.« Die Gesichtszüge glichen einer grässlichen Fratze.

Als er vorhin am Scheiterhaufen Stimmen gehört hatte, zog er sich schweren Herzens vom Feuer zurück. Sie hatten sie mit Sicherheit nicht mehr gerettet, dafür hatte er mit dem starken Flammenmeer gesorgt. Auch wenn er gern zugesehen hätte, wie sie in Schutt und Asche aufging, so war er überzeugt, dass sie längst tot war. Ihre Seele wäre frei, und er könnte in einem anderen Leben auf ein Wiedersehen mit ihr hoffen. All das Böse in ihr war verschwunden. Jakob lächelte, als er sich entkleidete. Der Body mit den Silikoneinlagen verschwand genauso in der Kommodenschublade wie der zarte Seidenslip, den er sich vorher liebevoll unter die Nase rieb. »Sophie, du hast so gut gerochen«, hauchte er.

Beim letzten heimlichen Zutritt ihrer Wohnung, den er sich als Hausmeister durch einen Schlüssel verschaffte, hatte er das Höschen aus der Wäschetruhe gegriffen und in die Hosentasche gesteckt. Seitdem versetzte er sich an dessen Geruch in Erregung und schlüpfte in den schwarzen Slip, wenn er Josephine war.

Als er alles sorgfältig in der Kommode verstaut hatte, stieg er in eine Jeans und ein verwaschenes Sweatshirt. Angewidert zog er Socken über die Füße und schlüpfte in dunkelbraune Dockers. Er war nicht mehr Josephine, schaute in den Spiegel und stellte fest, dass die Haut, die er in diesem Moment nach außen trug, ihm nicht behagte. Er hasste Jakob.

Bald bin ich nur noch Josephine, und sämtliche Hexen, die mir über den Weg laufen und ihr Unwesen treiben, will ich ihrer gerechten Strafe zuführen.

Angeekelt betrachtete er das Spiegelbild, das ihm wie eine groteske Maske entgegenstierte. Er machte sich auf, um in den verriegelten Kerker zu gehen. Charlotte sollte dafür büßen, dass sie ihn fast verraten hatte. *Diese alte Schachtel.* Als er im Tageblatt las, was für einen Aufstand sie im Senator-Thomsen-Haus veranstaltet hatte, wurde er wütend. Was, wenn die Scharwenzel-Freundin seiner Mutter ihn vorher erkannt und an die Polizei ausgeliefert hätte? Er musste handeln, bevor sie das Geheimnis preisgab. *Es ist der richtige Zeitpunkt, das Miststück zu den anderen in die Hölle zu schicken.*

Jakob blickte sich um, verließ das Ankleidezimmer. Langsam schritt er den Kellergang entlang und nahm eine Axt von der Mauer. Mit funkelnden Augen leckte er über die blankpolierte Klinge. Vor einer Eisentür mit alten Schlössern blieb er stehen. Er zog einen Schlüssel aus der Hosentasche und öffnete sie. Angestrengt schob er vier Riegel beiseite, die er zusätzlich angebracht hatte. Knarzend zog er die schwere Tür auf. Einen Schritt, dann stand er in dem Raum, in dem die Wände schalldicht ausgeschlagen waren und in dem er sich bereits vorher ausgiebig um Mara und Hanna gekümmert hatte. Jakob schaltete eine Lampe an, die unter der Decke hing und das Zimmer mit kaltem Licht ausleuchtete.

Er musste es schnellstens beenden. Keine Zeit mehr für Spielereien, die er eigentlich ins Programm eingebaut hatte. Nicht mal umziehen wollte er sich. Charlotte musste einfach in kürzester Zeit beseitigt werden. Einen Ort für sein grausames Spiel hatte er längst gefunden. Die Äste am Alversteen hatte er vor einigen Tagen freigeschnitten, um die Künstlerin als leuchtendes Seezeichen für die durch den Sund fahrenden Schiffe effektvoll in Szene zu setzen. Zwischen Gold und Strukkamphuk lag das Megalithgrab fast idyllisch. Weiße Leuchtfarbe für den Stein hatte er besorgt, und sie sollte als fleischgewordene Warnung dienen, niemandem mehr in die Quere zu kommen.

Charlotte lag am Boden und hatte ihren Kopf auf die Arme gelegt, um nicht auf dem harten Steinboden verharren zu müssen.

»Na, meine Beste, wie geht es dir?« Sein kalter Blick erreichte sie, als er unkontrolliert mit dem Beil herumwedelte. Die Klinge reflektierte das Licht der Deckenlampe und blendete Charlotte, als sie versuchte, sich aufzusetzen.

»Was soll das werden? Wollen Sie mich jetzt auch um die Ecke bringen? Sie wissen doch, wer ich bin. Was glauben Sie denn, was jetzt passiert? Der Kommissar, meine Nichte und die gesamte Soko suchen mich mit Sicherheit längst – und dann gnade Ihnen Gott. Die werden Sie jagen.« Mit festem Blick sah sie ihm unerschütterlich in die Augen. »Glauben Sie ernsthaft, Sie können das weiter so durchziehen? Ich bin nicht wichtig, aber Sie, Sie haben ihr ganzes Leben vor sich, Junge, wachen Sie auf und hören Sie auf damit.«

»Halt endlich dein verdammtes Maul, du alte Hexe.«

»Oh nein, ich bin keine Hexe. Vielleicht ein bisschen verrückt. Eine Künstlerin, ein bunter Papagei. Aber ich habe weder eine Gabe noch tue ich Dinge, die mysteriös genug sind, um von Ihnen überhaupt wahrgenommen zu werden.« Charlotte versuchte, beruhigend auf ihn einzuwirken. Sie war sich der Gefahr sehr wohl bewusst, in der sie sich befand. Ihr Leben hing an einem extrem dünnen Faden, und wenn ihr nicht irgendetwas Geniales einfiel, würde sie hier in diesem Loch sterben.

Jakob kam langsam auf sie zu. »Wir haben leider keine Zeit mehr zu plaudern, die Jagd hat längst begonnen. Aber niemand wird mir auf die Schliche kommen, niemand, verstehst du! Wir machen gleich einen kleinen Ausflug. Das wird dir gefallen, und du wirst für immer in aller Munde sein. Das ist doch, was du wolltest. Dass man dich sieht, hört, du im Mittelpunkt stehst. Dein blödes Gequatsche wahrnimmt, mit dem du mich fast verraten hättest. Du willst keine Hexe sein? Ich hoffe, dass du noch keinem von deiner Vermutung erzählt hast.«

Charlotte spürte, dass kaum noch Zeit blieb. Sie schüttelte den Kopf. Was hatte er vor? Sie sah den Hass in Jakobs Augen, und Angst kroch in ihre Eingeweide.

»Mein Gott, Junge. Was glaubst du, werden sie mit dir machen? Du gehst den Rest des Lebens ins Gefängnis, das ist dir doch wohl klar?«, fasste sie ihren Mut zusammen und versuchte erneut, auf ihn einzureden. Es fiel ihr schwer, der Stimme einen ruhigen Klang zu verleihen. Er reagierte nicht. »Kann ich wenigstens ein Glas Wasser bekommen, ich habe schrecklichen Durst«, änderte sie ihre Taktik. Sie brauchte Aufschub und überlegte fieberhaft.

»Eine Henkersmahlzeit von mir aus«, antwortete er und lachte hysterisch. Breitbeinig stand er vor ihr und kaute auf seinen Lippen. Er verließ den Raum. Charlotte hustete. Ihre rechte Gesichtshälfte schmerzte, weil sie auf der Seite im Sack über den Boden geschleift worden war. Sie fasste an ihr Ohr und fühlte zwischen den Fingern plötzlich ihren Ohrring. Der Delfin! Dirk hat ihn gesehen! Ohne nachzudenken, riss sie ihn vom Läppchen und ließ ihn hinter ihren Rücken fallen. *Wenn er kommt, findet er ihn, dann weiß er, dass ich hier war.* Sie betrachtete die alte, an die Wand geheftete Landkarte. Sie erschien ihr vergilbt und zeigte Fehmarn. Die Umrisse ähnelten einem Brotkanten, dem Knust, wie die Fehmaraner ihre Insel liebevoll nennen. Auf ihr mehrere markierte Stellen mit roten, verkehrt herum hängenden Kreuzen. Doch wie sehr sie sich auch bemühte, die Orte zu erkennen, an denen die Satanskreuze gezeichnet waren, es gelang ihr nicht. *Hätte ich jetzt nur meine verdammte Brille auf, Heiland Mailand.*

Angestrengt plierte sie auf das alte Papier. *Es ist nur der Hauch einer Chance,* dachte sie, als sie den anderen Ohrring ertastete. *Er wird zwei und zwei zusammenzählen*

und mich finden. Da bin ich mir sicher. Charlotte zitterte
plötzlich, und Tränen füllten ihre Augen. Es war das erste
Mal seit vielen Jahren, dass sie Tränen vergoss. Sie hockte
am Boden, und die Schultern zuckten. Mit den Knöcheln
angekettet lauerte sie auf das, was geschehen sollte.

Jakob Lüders kam mit einem Becher Wasser zurück und
reichte ihn der Fotografin. Er beobachtete sie. Die grauen
Haare hingen zerzaust um ihr Gesicht herum, und ihr bunter Nachtpyjama wirkte völlig fehl am Platz. Sie starrte
ihre nackten Füße an, um ihm nicht in die Augen sehen
zu müssen. Bedächtig nahm sie kleine Schlucke Wasser, in
der Hoffnung, Zeit zu gewinnen.

»Es ist genug«, fluchte er. Mit dem Stiefel schlug er Charlotte den Trinkbecher aus der Hand. Er hielt eine Spritze,
mit der er langsam auf sie zuging.

»Nein, bitte nicht, ich will nicht sterben!«, rief sie flehend.

»Du wirst auch noch nicht sterben. Das erledigen wir
vor Ort.« Lüders hockte sich hin und stieß ihr die Nadel
in den Hals.

*

Es dauerte eine knappe Stunde, dann hatte er Charlotte aus
dem Caddy gehievt und zum Alversteen geschleppt. Es war
um einiges einfacher, in Hosen seine Arbeit zu verrichten.
Niemand besuchte um diese Zeit das über 5.000 Jahre alte
Steinzeitgrab, das nur einen Kilometer südwestlich von
Albertsdorf am Deich zu finden war. Versteckt hinter Bäumen und Büschen befand er sich auf erhöhtem Gelände fast
unmittelbar am Strand an einem ziemlich flachen Küstenabschnitt. Da das Hünengrab von See aus leicht zu sehen

war, diente es den Seeleuten bis zum Bau des Leuchtturms Strukkamphuk als Orientierungspunkt bei der Einfahrt in den Fehmarnsund und durfte nicht entfernt werden. Damit es gut sichtbar war, hatte man zu damaliger Zeit auf die Deckplatte ein weißes Kreuz gezeichnet. Der denkmalgeschützte Stein schien Jakob der ideale Platz, um Charlotte als warnendes Mal ihrer gerechten Strafe zuzuführen. Leider war das Megalithgrab umwuchert von Bäumen und Büschen, sodass er die Gewächse zur Seeseite entfernen musste, damit sein Mahnmal überhaupt sichtbar wurde. Im Halbdunkel hatte er gestern am Abend die Sträucher zur Meerseite heruntergeschnitten. Vorsichtig legte er Charlotte, die er im Keller in eine Wolldecke gehüllt hatte, auf den Boden. Er öffnete die Decke und betrachtete die bewusstlose Frau. Es schien ihm, als lächelte sie. *Die ist doch einfach nicht totzukriegen. Jetzt lacht sie auch noch. Aber dir wird das Lachen bald vergehen.* Jakob hockte sich vor sie hin und entkleidete sie. Nackt lag sie auf der ausgebreiteten Decke. Sein Kopf neigte sich von einer Seite zur anderen. Er schien jedes Gefühl der Realität verloren zu haben. Blitze zuckten über den Himmel. Das war die perfekte Inszenierung einer grausamen Theaterbühne. Langsam streifte er ihr die Haare aus dem Gesicht und öffnete eine Farbdose. Mit wirrem Blick tauchte er einen Pinsel in die weiße Farbe und fing an, ihr Gesicht zu bemalen. Es folgten der Körper, Arme und Beine. Jakob stellte sich aufrecht hin und betrachtete sein Werk. Er lächelte.

»Hoffentlich regnet es nicht«, war seine einzige Sorge, als es über ihm grummelte.

Auf die Deckplatte des Alversteen brachte er mit einem dicken Quast hellgrüne fluoreszierende Farbe auf, die leuchten würde, sobald ein Schiff vorbeifuhr. Jakob grinste.

Nach einer halben Stunde packte er sie und zog sie zum Alversteen. Er hievte sie hoch und stellte sie gegen den Stein. Charlotte stöhnte. Sie kam zu sich, als er sie mit einem dünnen Seil festzurrte. Jetzt konnte sie nicht mehr herunterrutschen.

»Was für ein Anblick.« Jedes vorbeifahrende Schiff würde sein Werk wahrnehmen können, dafür hatte er gesorgt. Vier Kutscherleuchten mit Kerzen bestückt, platzierte er zu ihren Füßen. Das Licht würde die Blicke von vorbeifahrenden Seefahrern auf sich ziehen.

Charlottes Augenlider flatterten, als sie zu sich kam. Sie wusste nicht, wo sie sich befand, als sie die Augen aufschlug. Lallend versuchte sie, Worte zu formen.

»Was … wo … ich … mir ist übel.« Sie starrte den Mann an, der niemand anderes war als Jakob Lüders. »Was …« Sie erkannte, dass er sie festgebunden hatte und sie sich nicht bewegen konnte. Der kalte Blick aus dämonischen Augen jagte ihr genauso Schauer über den Rücken wie die Blitze, die über den dunklen Himmel hinwegzogen. Aussichtslos zerrte sie an ihren Händen, die unter den Seilen keine Bewegungsfreiheit zuließen. Jakob zog ein Fleischmesser mit einer polierten Klinge aus dem Bund der Hose. Charlotte stieß vor Entsetzen einen gellenden Schrei aus.

»Dich wird hier niemand hören. Spare deine Kraft. Es ist zwecklos.« Langsam kam er auf sie zu. Er hatte sich das Szenario in seinem kranken Hirn ausgemalt. Jetzt würde er es zu Ende bringen. Oberhalb des Brustbeines setzte er die Spitze der Klinge an und sagte: »Ein Kreuz aus Blut soll deinen Körper zeichnen und jedem Ungläubigen als Mahnmal dienen. Jeder wird sich an meine Taten erinnern, und niemand wird vergessen, was ich der Menschheit Gutes getan habe, um die Welt von bösen Hexen zu befreien.«

Der Arm mit dem Messer schnellte in die Luft, um Charlotte zu töten. Einen Augenblick hielt er inne, um den Moment auszukosten. Als er einen Schritt auf sie zumachte, um zuzustoßen ...

*

Die letzte Tür öffnete sich knarrend, nachdem Henning die Schlösser aufgeflext hatte. Zu dritt standen sie im letzten Gewölbe des gruseligen Kellers.

»Licht, wir brauchen Licht«, schrie Westermann. Draußen tobte immer noch das Gewitter. Seine Erregung nahm ungeahnte Ausmaße an. Hartwig nahm eine Taschenlampe und leuchtete die Wände ab. Er fand einen Schalter und betätigte ihn. Plötzlich wurde der Raum in kaltes Licht getaucht.

»Der Strom funktioniert wieder«, rief Hartwig. Alle Wände waren schalldicht isoliert, und mehrere Folterinstrumente standen auch hier wie in einem Museum. Den Männern stockte der Atem. Westermann durchsuchte das Gewölbe. Vor der gegenüberliegenden Wand lag eine Decke am Boden. Dirk Westermann nahm sie hoch und schnüffelte daran, als könne er Charlottes Spuren aufnehmen.

»Ich weiß nicht wieso, aber ich bin davon überzeugt, dass sie hier war.« Hartwig warf Henning verständnislose Blicke zu.

»Woher willst du das wissen?«, fragte er resigniert.

»Weil hier all das Böse stattgefunden hat. Weil hier das Übel sitzt. Versteht ihr das nicht?« Thomas nickte. »Alle Spuren führen hierher. Und ich garantiere euch, dass wir in diesen Räumen alle fehlenden Spuren entdecken werden.«

Dirk Westermann ging auf die Knie und rutschte über den schmutzigen Boden. Jeden Zentimeter leuchtete er ab, in der Hoffnung, etwas zu finden. Entmutigt stand er nach einer Weile wieder auf und starrte seine Kollegen an. Hartwig schritt ein paar Meter auf die Wand zu und hielt die Lampe in die Höhe.

»Seht euch das mal an.« Er deutete auf eine alte Landkarte, die direkt vor ihnen an die Mauer geheftet war.

»Was ist das?«, fragte Henning.

»Eine Karte von der Insel, wenn mich nicht alles täuscht«, antwortete Westermann und trat vor die verblichene Karte. Akribisch begutachtete er die Markierungen, die darauf angebracht waren. »Das sind Punkte auf der Insel. Seht her! Da ist der Ostersoll, das ist der Galgenberg. Kommt mit den Taschenlampen her.« Wild gestikulierend winkte er Hartwig und Henning zu sich. Alle drei hielten ihre Leuchtkegel direkt auf die Karte. Westermann neigte den Kopf und versuchte, die verkehrt herum gezeichneten Kreuze zuzuordnen. »Schau mal, Thomas, das ist doch die St.-Jürgen-Kapelle, wenn mich nicht alles täuscht.«

Thomas Hartwig nickte. »Ja, und das ist der gruselige Hexenbrennplatz.« Er tippte mit dem Finger immer wieder auf die Stelle, an der sie Sophie aufgespürt hatten.

»Mann, das ist ein Ding«, sagte er und suchte nach weiteren Punkten, die ihnen bekannt vorkamen. »Der Platz im Staberhorst.« Henning steckte die Taschenlampe in den Mund und klopfte gegen das Kreuz, das den Wald markierte.

»Wer auch immer das hier alles getan hat, der- oder diejenige hat auch Marianne Lüders auf dem Gewissen.« Westermann war überzeugt, die Höhle des Bösen gefunden zu haben.

»Was ist das hier für ein Platz?«, fragte Thomas Hartwig entschlossen. Alle drei schauten auf die Stelle, an der das fünfte Kreuz eine Stelle markierte, die nichts mit den bisherigen Morden zu tun hatte.

»Das ist am Wasser«, rief Henning. »Siehst du, das ist die Wasserkante.« Dirk Westermann stierte nervös auf die Karte.

»Wenn das der Ostersoll im Osten ist, dann ist das hier im Westen. Alversteen steht da, siehst du?«

»Wir müssen da hin. Irgendetwas muss da sein. Der Mörder hat dieses Zeichen nicht umsonst darauf gepflastert«, rief Westermann, griff nach dem Handy und wählte. »Olaf, sagt dir der Name Alversteen etwas?« Schnaubend steckte er Sekunden später sein Handy zurück in die Tasche.

»Aber du weißt doch gar nicht, ob …«

»Du weißt aber, dass Charlotte verschwunden ist. Ich bin fest davon überzeugt, dass der Teufel Charlotte in seiner Gewalt hat. Wir müssen zumindest sicher sein, dass sie nicht dort ist. Verstehst du?«

Hartwig schluckte. »Dann lass uns sofort dorthin fahren. Ich rufe die Kollegen an, die können den Saustall hier aufräumen.«

Westermann riss die Karte von der Wand und rollte sie zusammen. »Die nehmen wir mit, daran können wir uns orientieren.« Dirk Westermann eilte auf die Tür zu. Thomas nickte und folgte ihm.

Als Henning seine Taschenlampe ausstellen wollte, rutschte sie ihm aus der Hand und fiel auf den Boden.

»So ein Mist«, rief er und ging auf die Knie, um die Lampe zu erreichen, die unter eine Streckbank rollte. »Verdammt!« Mit der Hand strich er über den Boden, um die Leuchte fassen zu können. Er wischte sie mit dem Arm unter der Bank hervor. Als er sie aufnehmen wollte, sah er etwas Glitzerndes im Leuchtkegel aufblitzen. »Was ist ...?« Mit den Fingerspitzen hob er das kleine glänzende Schmuckstück auf. »Das ist ein Ohrring. Männer, ich hab hier was.« Euphorisch lief er den Kollegen hinterher, die bereits das Gebäude verlassen hatten. »Wartet mal, ich hab da etwas gefunden. Vielleicht gehört das einem der Opfer.«

Westermann blieb im Laufen stehen und drehte sich um, während Hartwig in den Wagen sprang. Henning übergab Dirk den kleinen goldenen Ohrstecker, der die Form eines Delfins aufwies.

»Das ist Charlottes Ohrring«, rief Westermann entgeistert. »Ich hab's gewusst. Sie war hier. Das ist ein Zeichen. Ich kenne Charlotte. Sie wusste, dass ich den Ohrring kenne, und sie hat ihn mit Sicherheit hier abgelegt, damit wir ihn finden.« Er war plötzlich aufgeregt und hoffte, dass sie lebte.

»Los, wir müssen sofort zu diesem Hünengrab.«

Mit quietschenden Reifen rasten sie die Strecke bis zu dem angegebenen Punkt auf der Karte. Sie fuhren an einem kleinen Parkplatz vorbei, auf dem nur ein alter weißer Caddy stand.

»Wollen wir hier nicht halten?«, fragte Hartwig erstaunt.

»Wenn der wirklich bei diesem Höhlengrab ist, dann ist Vorsicht geboten.« Westermann ging in die Eisen und lenkte den Wagen auf die Parkfläche. »Hünengrab heißt das. Nicht Höhle.«

»Du wieder.« Schweigend verließen sie das Auto und zogen ihre Pistolen aus dem Holster. Zu dritt schlichen sie am Buschwerk entlang, bis ein kleiner Weg auf den vorgelagerten Deich führte.

»Hier muss sich irgendwo dieses verdammte Grab befinden«, flüsterte Westermann. Er schlich voorneweg, und die

Kollegen folgten ihm schweigend. Westermann blieb plötzlich abrupt stehen. Er legte einen Finger über die Lippen und winkte Hartwig und Henning zu sich.

»Irgendwas passiert da.« Er deutete auf die linke Seite. Hinter Buschwerk bewegte sich eine Gestalt. Die Männer duckten sich und versuchten, die Bewegungen der Person nachzuvollziehen.

Dann rief Westermann: »Halt, stehen bleiben. Waffe weg.« Er sprang auf und rannte mit wenigen Schritten die Anhöhe hinauf. Hartwig und Henning folgten ihm und blieben direkt vor Jakob Lüders stehen, der das Messer anhob, um es Charlotte in die Brust zu stoßen.

»Halt, Waffe fallenlassen, sagte ich. Lassen Sie das Messer fallen. Sofort!«, schrie Westermann und rannte mit gezogener Waffe auf ihn zu. Irritiert starrte Lüders in seine Richtung. Er schnellte erneut den Arm in die Höhe.

»Ihr haltet mich nicht auf«, er ließ das Messer hinuntergleiten. Ein Schuss fiel. Das Messer traf Charlotte an der Schulter und fiel zu Boden. Westermann hatte den Alversteen genau im Blick. Jakob Lüders richtete sich auf, griff nach dem Messer und wollte es Charlotte in den Bauch rammen, als erneut ein Schuss die Stille zerriss. Lüders sackte zusammen und prallte auf den Boden. Charlotte Hagedorn schrie gellend und hörte überhaupt nicht mehr auf zu schreien. Hilflos zerrte sie an den Seilen. Westermann erreichte sie und trat mit dem Fuß das Messer beiseite. Thomas und sein Kollege folgten ihm und stoppten neben ihm. Hartwig zielte auf Lüders, der regungslos dalag.

»Kannst du wegstecken«, hauchte Westermann und drehte den Mann auf den Rücken. »Der Dämon ist auf dem Weg zurück in die Hölle.«

Hartwig sah ihn entgeistert an.

»Ich habe ihn nicht erschossen. Er ist nur bewegungsunfähig«, lächelte Dirk Westermann und zeigte auf den Oberschenkel des mutmaßlichen Mörders. Stöhnend kam er zu sich und fing an zu jaulen.

»Na, mein Bester, das schmeckt dir wohl nicht. Halt's Maul, oder ich verpasse dir auch noch eine«, rief Hartwig und drehte den Mann auf den Bauch, um ihm die Handschellen anzulegen. »Und ganz im Vertrauen«, flüsterte er ihm ins Ohr. »Wenn ich hier das Kommando hätte, dann wärst du bereits auf dem Weg in die Hölle. Du wirst das Tageslicht nicht mehr wiedersehen, dafür sorgen wir – versprochen.«

Der Spuk war zu Ende.

Dirk Westermann erhob sich und löste die Fesseln, die Charlotte am Stein festhielten. Weinend sank sie in die Arme des Kommissars. Er zog den Caban aus und hüllte sie darin ein. Thomas Hartwig drehte Jakob Lüders zurück auf den Rücken und zerrte ihn hoch.

»Ich brauche einen Arzt, sehen Sie nicht, was Sie angerichtet haben?« Mit schmerzverzerrtem Gesicht stierte er die Männer an.

Henning rief den Notarztwagen und telefonierte mit den Kollegen.

»Fünf Minuten, ich hätte nur noch fünf Minuten gebraucht. Woher …«, fluchte Jakob Lüders.

»Halt's Maul, hab ich gesagt, sonst …« Hartwig hielt ihm die Waffe unter die Nase und schlug ohne Vorwarnung mit der anderen Faust zu.

»Das ist für Mara.« Ein weiterer Schlag traf ihn mitten ins Gesicht. »Das ist für Hanna«, wieder landete die Faust in Lüders Visage. »Das für deine Mutter, das für Sophie, du Arschloch. Und hier zu guter Letzt für unsere Charlotte.« Wie von Sinnen schlug er auf ihn ein.

»Thomas! Stopp! Lies ihm seine Rechte vor und dann ab zum Haftrichter. Der kommt nie wieder raus, dafür sorgen wir.«

»Ich könnte nur kotzen«, schrie Hartwig außer sich.

»Mach langsam, ist gut, Jungchen.« Westermann versuchte Thomas zu beruhigen.

»Aber eine Frage hätte ich noch: Warum Ihre Mutter?«, wollte Dirk Westermann wissen.

»Meine Mutter ist der Anfang allen Übels. Ich bin das Produkt meiner Mutter. Die Brut der Hölle. Sie war die Schlimmste aller Hexen.« Er lachte lauthals und blickte geistesabwesend über das Meer, während er blutüberströmt am Boden lag. »Hätte ich viel früher machen sollen«, flüsterte er.

»Mach ihm das Gesicht sauber, bevor …«, sagte Westermann und drückte Charlotte an sich. »Ich sagte doch, ich schicke den Höllenfürsten dahin, wo er hingehört.« Vorsichtig hob er die zitternde Frau auf die Arme und brachte sie zum Wagen.

Hartwig zog sein Handy aus der Tasche und wählte.

»Katrin, hier ist Thomas. Wir haben sie, ja, alles ist gut.«

EPILOG

Jakob Lüders stand drei Monate nach den Morden vor dem Richter, der ihn des dreifachen und des versuchten Mordes beschuldigte. Er wurde zu einer lebenslangen Haft mit anschließender Sicherungsverwahrung ohne Aussicht auf Entlassung verurteilt. Somit war klar, dass er seiner Hölle nie mehr entkommen würde.

Seit dem Haftantritt sitzt er in der überaus penibel gesäuberten Zelle, schminkt sich und bittet um Kleider und Kosmetik. In der Freizeit schreibt er an seinem ersten Thriller, der den Titel ›Hexensabbat‹ trägt.

Zwei Wochen später konnte Sophie das Inselkrankenhaus verlassen. Die Wunden würden heilen, auch wenn jeder Schritt noch schmerzte. Eine Therapie sollte ihr dabei behilflich sein, den Albtraum zu verarbeiten. Aber die Wunden, die ihr Martyrium in ihrer Seele hinterlassen hatten, würden noch sehr lange brauchen, um zu verheilen. Diese böse Erfahrung hatte sie reifen lassen. Dass sie mit Männern gespielt hatte, kostete sie beinahe das Leben.

Die Trauer um die ermordeten Frauen überzog die Insel wie ein dunkler Schatten, der sich nur langsam auflöste und noch lange nachklang.

Charlotte wäre nicht Charlotte, wenn sie allem Bösen nicht auch etwas Gutes abgewinnen konnte. Der Delfin, den Henning im letzten Kellergewölbe gefunden hatte, gilt seitdem als ihr Glücksbringer, den sie hütet wie einen Augapfel.

Gott sei Dank trug sie außer ein paar Schnittwunden an ihrer Schulter keine bleibenden Schäden davon, nur, dass Katrin zwei Tage brauchte, um die Farbe von ihrem Körper zu schrubben.

Katrin und Dirk nahmen sich eine zweiwöchige Auszeit und mieteten sich ein kleines Ferienhaus in Schweden direkt in den Schären. Dirk brauchte die Zeit, um zu Katrin und zu sich selbst zurückzufinden.

Er stand auf der Terrasse des Holzhauses, als sein Handy klingelte.

»Ja Thomas, was gibt's? – Nein!«

»Du musst wieder los, oder?«, sagte Katrin traurig.

»Nein, mein Schatz. Das war Thomas.«

»Und was wollte der?«

»Stell dir vor: Der HSV hat zwei zu eins gegen Wolfsburg gewonnen. Der Dino lebt weiter!«

Allerdings würde es nicht allzu lange dauern, dann mussten sie sich bereits wieder auf der Insel häuslich einrichten.

ENDE

REZEPT

Heidis und Heikes Fehmarnsches Hexenfeuer

Zum Abschluss serviere ich euch noch den passenden Schnaps zu diesem dämonischen Krimi: Heidis und Heikes Fehmarnsches Hexenfeuer.

1 Kilogramm Schlehen. Am besten nach dem ersten Frost pflücken.

1 Kilogramm brauner Zucker

Wodka oder Korn

Einen Zentimeter Chilischote (nach Schärfe)

Zuerst die Schlehen abspülen und mit einem Brett leicht andrücken, damit der Saft besser entweichen kann.

Die Schlehen in eine große Flasche füllen (2 Liter), den Zucker dazugeben.

Anschließend mit Wodka auffüllen. Dabei den Flaschenhals freihalten, damit das Hexenfeuer in der Flasche

gestürzt werden kann (1x täglich), um den Zucker aufzu-
lösen.

Chili mit in die Flasche geben. Aber Vorsicht! Je nach
Schärfe der Chilischote lieber etwas weniger nehmen,
damit das Feuer nicht zu stark brennt.

Den Likör 6 bis 8 Wochen ziehen lassen.

Feuriges Hexenvergnügen!

DANKSAGUNG

Ich danke meiner Superlektorin Claudia Senghaas für die tolle Unterstützung in allen Belangen. Es ist schön, dich an meiner Seite zu wissen. Die Gespräche mit dir bereichern mich sehr. Auf viele weitere Jahre. Küssi …

Danke an den Gmeiner-Verlag und das gesamte Team, das mir immer mit Rat und Tat zur Seite steht. Ein toller Verlag, der sich immer sehr um seine Autorenkinder kümmert.

Danke allen Leserinnen und Lesern, die mich begeistert anfeuern, nur nicht aufzugeben. Ohne euch wäre das alles hier nicht möglich.

Danke, liebe Marina Kienitz. Wenn ich dich nicht hätte! Du bist die wahre Leseratte, die mir immer wieder Hinweise und Tipps gibt und nicht müde wird, meine Geschichten zu lesen und zu prüfen. Klasse.

Danke allen Freunden, Bekannten und Geschäftsleuten, die mir mit ihren Namen und Geschäften ein realistisches Ergebnis mit viel Lokalkolorit ermöglichen.

Ein Herzensdank gilt meiner Familie. Martin, Svenja, Sascha und Nicolas. Schön, dass ihr mich immer wieder unterstützt.

Wenn ich euch nicht hätte ... Ich liebe euch sehr.

Ein besonderer Dank gilt auch der Malerin Miriam Lange, die erneut einen hervorragenden Kapiteltrenner nach meinen Wünschen erstellt hat.

Danke Gregor Wilczek, der mit einer wunderschönen Komposition ein neues Krimilied für mich geschaffen hat. Du bist ein guter Freund über so viele Jahre.

Danke auch Heide und Uwe für die Idee mit dem Hexenfeuer. Tolle Idee. Tolles Rezept.

Falls ich jetzt irgendjemanden vergessen haben sollte, bitte ich um Entschuldigung. Ihr seid alle toll!

Ein letzter Dank gilt meiner wunderschönen Insel Fehmarn, die mir, seit vielen Jahren Heimat, immer wieder neue Inspirationen für weitere, mörderische Geschichten aufzeigt.

Danke

Heike Meckelmann im Gmeiner-Verlag:

SPANNUNG

GMEINER

WWW.GMEINER-VERLAG.DE
Wir machen's spannend